漳州师范学院学术专著出版基金资助出版

明代洪武至正德年间的翰林院与文学

MINGDAI HONGWU ZHI ZHENGDE NIANJIAN DE
HANLINYUAN YU WENXUE

郑礼炬 ◎ 著

中国社会科学出版社

图书在版编目（CIP）数据

明代洪武至正德年间的翰林院与文学/郑礼炬著. —北京：
中国社会科学出版社，2011.7
ISBN 978-7-5004-9788-2

Ⅰ.①明…　Ⅱ.①郑…　Ⅲ.①中国文学-文学史-研究-
明代　Ⅳ.①I209.48

中国版本图书馆 CIP 数据核字（2011）第 078118 号

责任编辑　郭晓鸿（guoxiaohong149@163.com）
特约编辑　王冬梅
责任校对　张玉霞
封面设计　李尘工作室
技术编辑　戴　宽

出版发行　**中国社会科学出版社**
社　　址　北京鼓楼西大街甲 158 号　　　邮　编　100720
电　　话　010—84029453　　　　　　　传　真　010—84017153
网　　址　http://www.csspw.cn
经　　销　新华书店
印　　刷　北京君升印刷有限公司　　　装　订　广增装订厂
版　　次　2011 年 7 月第 1 版　　　　　印　次　2011 年 7 月第 1 次印刷
开　　本　710×1000　1/16
印　　张　37.75
字　　数　616 千字
定　　价　70.00 元

序

"回首长干思无限，水风杨柳作秋声。"（王冕《金陵怀古》）伴随着水风秋声，从福建漳州师范学院传来一好消息，郑礼炬将要出版博士学位论文《明代洪武至正德年间的翰林院与文学》。欣慰之中，不由得回想起我与礼炬共同关注这一课题的点点滴滴。

那是 2003 年博士生入学之初，我据程千帆师的教导并结合自己的体会，与礼炬等几位同学谈话。我当时引用了唐代诗人李从远的一首写于九月的诗，其中有一句是"摘果珠盘献"（《奉和九月九日登慈恩寺浮图应制》，《全唐诗》卷一百五十），话锋从原来礼佛的角度转而为另一类比喻。我说，研究生的三年学习，要拿出自己最满意的学位论文，好比是摘下你最满意的果实，向老师、学校、国家献上。首先要有目标，志存高远，奋力摘取最满意的果实，不是随手捞一个来交差；二是要有眼光，善于发现树上最好的果实（这就是学位论文的选题）；三是优化知识结构，积聚实力，发挥你最大的潜力，使出你最大的劲，跳得最高，跳得最好，跳起来摘取最丰满、最新鲜、最满意的果实。这个比喻，用意很清楚，要求在三年研究生的学习中拿出最好的学位论文：选题站在国内外学术的最前沿，敢于攻克重点、难点、制高点；学风扎实，资料翔实；富有学术价值与创新意义，是国内外学术园地中收获的最有亮点与特色的果实。今天，我们所处的是一个日新月异的时代，"外面的世界很精彩"，时时处处有一种巨大的诱惑。我们要耐得住寂寞与清贫，坚定信念，把握方向，专心学业，"板凳甘坐十年冷，文章不写半句空"，在求实中不断开拓，把自己培养成既具有扎实的专业知识又不断创新的人才。记得有句谚语说："人生无目标，不如一只鸟。人生无追求，不如一头牛。"不做呆鸟与笨牛，既会埋头拉车，更会抬头看路，我们应该有高远的学术理想和追求目标。

礼炬将这些话牢记在心上，在选择博士学位论文题目上下了一番工夫。经过一番对文本、文献及研究状况的考察，礼炬将目光集中在明代翰林与文学上。明代掌秘书、著作等事的翰林院，是明王朝重要的中央机构。《明史·选举志二》说："非进士不入翰林，非翰林不入内阁，南、北礼部尚书、侍郎及吏部右侍郎，非翰林不任。而庶吉士始进之时，已群目为储相。通计明一代宰辅一百七十余人，由翰林者十九。盖科举视前代为盛，翰林之盛则前代所绝无也。"翰林又是饱学之士荟萃之地，对明代文学的影响很大。但是，相对于唐、宋等朝代翰林与文学的研究，明代翰林与文学的研究相对比较滞后，特别缺少这方面较为整体、系统性的研究。礼炬将目光瞄准这一点，敏锐地选择了"明代洪武至正德年间的翰林院与文学"作为博士论文选题。当年，南京大学许结教授的一位与礼炬同届的博士生选择了"清代翰林与文学"作为博士论文的选题，可谓所见略同，都有很大的开拓空间。

礼炬在硕士生阶段师从石家宜教授，攻读中国文学批评史方向的学位，在古代文论等方面打下了较好的基础。跟我读博士学位时，转而关注文化制度与文学的关系。礼炬苦战三年，终于完成博士学位论文《明代洪武至正德年间的翰林院与文学》，后又经过一些修订，交出版社正式出版。礼炬的《明代洪武至正德年间的翰林院与文学》正是朝着他的学术理想和追求目标而努力的，因而，这部专著形成了他自己鲜明的特色。

一 文学与史学并重，文化制度与文学交叉研究，努力把握明代翰林馆阁文学演变的脉络

《四库全书总目·〈怀麓堂集〉提要》指出："自李梦阳、何景明崛起弘、正之间，倡复古学，于是'文必秦、汉，诗必盛唐'；其才学足以笼罩一世，天下亦响然从之，茶陵之光焰几烬。逮北地、信阳之派转相摹拟，流弊渐深，论者乃稍稍复理东阳之传以相撑拄。盖明洪、永以后，文以平正典雅为宗，其

究渐流于庸肤。庸肤之极，不得不变而求新。正、嘉以后，文以沉博伟丽为宗，其究渐流于虚㤤。虚㤤之极，不得不变而务实。二百余年，两派互相胜负，盖皆理势之必然。"(《四库全书总目》卷一百七十)明代的翰林院馆阁文学与七子派的文学构成了明代文学的主体，而在明孝宗弘治年间前七子崛起之前，馆阁文学的创作几乎笼罩了文坛，翰林院作家的创作为天下所景仰，风靡全国，成为明代洪武至正德年间文学创作的重要组成部分。礼炬阅读了大量的文献，包括经、子、史、集四大部类的相关存世文献，将文学与史学、文化制度与文学相结合，而又坚持以文学研究为主，把台阁文学的研究细致化、深入化、系统化，某些结论具有创新性和启发性，对后起的研究已经产生了影响。礼炬在《明代洪武至正德年间的翰林院与文学》中初步考察了明代翰林院的数次重大制度性变化，明确认识到：较之唐宋两代，明代的翰林院建制更加稳定，所以明代翰林院作家队伍和文学传承更具有共同特征，但是明代中叶以来翰林院的命运与政治斗争紧密关联，亦对翰林院作家文学创作的风格产生影响，具有多样面目。从正德年间始至明末，刘瑾专政、嘉靖初大礼议、张居正改革、万历党争、崇祯改制等重大历史事件，都导致翰林院的组成人员产生重大改变。特别是在前七子崛起以后，翰林院的馆阁文学受到重大冲击，七子派中的作家部分进入馆阁，改变了馆阁文学的传统，产生了新变的因素，推动了明代文学的演变和发展。

礼炬在《明代洪武至正德年间的翰林院与文学》中，又下大气力考察了明代翰林院这种文化制度与文学之间的关系，指出：明代洪武到正德年间的翰林院文学，时间上的跨度约为160年(从明代建立到16世纪二十年代)。这一时间段的翰林文学，大致代表了此期明代文学的主流。论文考察到从洪武至正德年间的一组数据：翰林学士78人、侍读学士55人、侍讲学士接近60人、南京翰林院掌院20余人，修撰超过100人，编修超过300人，检讨100余人。虽然这些统计数字中有重合的人员，但仍可以反映出翰林院是会聚明朝这一时期作家的渊薮的事实。礼炬在《明代洪武至正德年间的翰林院与文学》中努力把握明代翰林馆阁文学演变的脉络，指出：明初一大批作家对建立本朝的翰林馆阁文学进行理论探索，形成一定的共识，经过创作实践，逐渐出现了所谓"台阁体"的雏形。在诗歌创作上，数派并存的明初诗坛逐渐确立以

《唐诗品汇》为宗的学习范本，确立明代馆阁诗歌宗唐的方向；在散文创作上，明代的翰林作家追溯馆阁文学的渊源，从理论上探讨要广泛地学习先秦、两汉、唐、宋散文，逐渐过渡到以"唐宋八大家"散文为学习对象的创作实践。

二 着力把握明代馆阁文学中色彩浓厚的儒家特色

礼炬在《明代洪武至正德年间的翰林院与文学》中指出：兼具儒家学者身份的作家是明代翰林院的第一批馆阁作家，所以从明代翰林院建立的时候起，翰林文学即笼罩着浓厚的儒家思想，这种状况一直到成化、弘治年间都没有发生改变。以李东阳为首的茶陵派逐渐改变了道学与文学紧密结合的情形。较之"台阁体"作品浓厚的儒家伦理道德思想，弘治以来翰林院作家创作的文学意味比较强烈，儒家比德、载道的文学观有所减弱，但是终明一代，儒学的思想在翰林院馆阁文学中的地位依然崇高，礼炬在《明代洪武至正德年间的翰林院与文学》中较早地注意到这种现象，也注意到以儒学尤其是朱熹理学为一尊的思想对于文学的束缚以及作家们自觉的矫正乃至反叛的创作尝试。

三 认真梳理明代馆阁文学与山林文学、郎署文学之间的关系，明确明代翰林文学的历史地位

礼炬广证文献，细读文本，力求将立论建立在翔实的资料上，在《明代洪武至正德年间的翰林院与文学》中，以明代翰林文学创作为主体，以景泰十子、前七子为参照系，确定明朝馆阁文学的地位以及它同七子派之间的关系。从文献来看，北宋欧阳修比较早地提出馆阁文学与山林文学的区别，山林文学以枯槁瑟缩为特征，乃仕途坎坷的作家所为；馆阁文学以温润丰腴为特征，是得时位者之所为，二者"有着仙凡之隔"（宋濂《〈蒋录事诗集〉后》）。明代永乐以来的翰林院馆阁文学的发展，一方面不断发展着台阁体的特征，形成馆阁文学的创作高潮；另一方面也出现一批馆阁作家翻新出奇，与台阁体作家产生

很大的风格差异，景泰十子的文学创作就是此期翰林院文学创作的参照系。成化以后，随着"台阁体"流弊渐多，馆阁文学创作万喙一声，在景泰、天顺年间失去活力，但是这个时期翰林作家却很多，作品繁富。翰林作家的风格慢慢地出现了转变。成化至正德时期，李东阳重振翰林院馆阁文学，他和友人、学生组成以翰林作家为主体的茶陵派，这是一个创作上与三杨"台阁体"有一定区别的作家群体，体现为诗歌创作上既宗唐又出入宋元，散文创作上风格比较清峻整洁，注重文学特性。李东阳的文学创作及其理论创辟，于前七子的复古运动，犹如陈涉之于汉高祖，有着重要的过渡性意义。弘治以来，前后七子的文学创作队伍的主力军是一批任职郎署的新科进士，他们看到馆阁文学的弊端，登高振臂，一呼百应，如影随形。七子派的崛起适逢其时，有力地改变了明朝文学的面貌。万历以后，明朝翰林院的文学创作呈现出复杂的态势，馆阁文学的参照系又是以七子派以及山林（山人）文学为主的，这一点亦当大力考索，大有深入挖掘、可为之处。

四　确立了万历年间馆阁文学传统复归的时间节点，有利于进一步推动明代后期翰林院与文学研究的深入

明代万历之前的翰林院作家及其创作情况在王世贞的《弇山堂别集》等书中收集、整理，而万历之后的创作分布及其演变，文献上较难考索，加上万历以后，诸派迭起，难以确定翰林院作家文学创作的主流风格，所以要在弘治至万历之间梳理出明代馆阁文学的演变史，是一件较难进行的研究工作。特别是七子派与翰林作家之间纠结复杂的关系，是不可逾越的鸿沟。通过对晚明大学士朱国祯的笔记小说《涌幢小品》的研究，翰林院馆阁文学传统回归的时间基本上可以确定下来，大约在万历三十八年至天启元年（1610—1621）之间，即介于大学士王锡爵（1534—1610）的卒年与朱国祯撰写《涌幢小品》（1609—1621）的时间之间。这一时间点的确立，有利于进行下一步的研究，期望礼炬能对明代的翰林院文学的演变史作一次完整的研究。

总之，礼炬的《明代洪武至正德年间的翰林院与文学》将翰林文化与文学相结合，文学创作与理论批评相结合，考据与批评相结合，视野颇为开阔，思

路清晰，分析细致，有理有据，多有发明，颇有新见，将明代翰林文化与文学交叉研究推进了一步。

明代翰林院与文学是值得进一步深化的课题，明清文化制度与文学的交叉研究更是有待于进一步开拓的领域，学海无涯，任重道远，我与礼炬共勉之！

陈书录

庚寅年"水风杨柳作秋声"之时

前　言

　　明代洪武到正德（1368—1521）年间的翰林院文学，时间上的跨度约为160年（从明代建立到16世纪二三十年代）。这一时间段的翰林院馆阁文学，大致代表了此期明代文学的主流。根据黄佐《翰林记》和其他材料所载，从洪武至正德年间，明朝的翰林院有翰林学士78人、侍读学士55人、侍讲学士接近60人、南京翰林院掌院20余人。最能反映翰林院组成人员的是修撰、编修和检讨的人数，修撰超过100人，编修超过300人，检讨100余人，虽然这些统计数字中有重合的人员，但仍可以反映出翰林院是明朝这一时期作家的渊薮的事实。此期明代翰林院作家创作队伍庞大，所产生的影响不容忽视。在这段时间内，翰林院馆阁文学发展与变化的轨迹，反映出随着社会思潮的发展变化，翰林院文学创作渐趋没落的趋势。研究洪武至正德年间的翰林院文学，描绘明朝馆阁文学从兴起到衰变的整个过程，加深对明代文学的认识，是拙著的重要目标。

　　业师陈书录先生循循善诱，结合及门弟子各自的知识结构进行授课，于其不足的地方补正之，于其擅长之所在鼓励之。我们亦遵循老师的教导，努力发展研究能力，关注明清文学研究的前瞻性课题。在多次向老师汇报阶段性学习收获之后，陈先生遂以明代的翰林院与文学作为我的博士学位论文选题。小子不敏，非敢曰能，愿学焉。下面是我选择"明代洪武至正德年间的翰林院与文学"这个课题的最初想法，其中一些构想至今未能很好地完成，仍需要待以时日，焚膏继晷以赴。

一 选题将涉及的研究范围

自唐代始，历朝中央政府机构职官有了翰林院的建制。供职翰林院中的士人随从皇帝充当文学侍从，具有备顾问、承制草诏等职司。宋、元以来的翰林院在国家的政治生活中有着重要的地位，北宋设翰林学士院（包括诸馆、殿、阁），宋代的馆阁官员成为当时朝廷储备宰相人才之渊薮，而元代的翰林院兼荷修国史的任务，把国史院并入翰林院，称翰林国史院，在建制上与宋代翰林学士院有所不同，却对明代的翰林院衙门建制产生了一定的影响。明代翰林院的建制成为明、清两代非常稳定的制度，延续了 500 余年时间。

拙著所论的明代翰林院是广义上的，它包括詹事府之司经局、春坊等机构。在明代人的观念中，这些机构同属于"翰林"，例如黄佐著《翰林记》、廖道南著《殿阁词林记》都是这样处理的。虽然宣宗皇帝为各政府机构制定 35 篇官箴，翰林院与其他机构均有御制官箴，但是翰林院官与詹事府之司经局、春坊等机构①官员互相迁转，尤以翰林院和国子监、礼部的关系异常密切。翰林官员地位很显要，为明朝士人仕宦的极选。《明语林》："国朝仕进，以翰林为极选，竞进恐后。"②"国朝进士一入史馆，即与六卿抗礼，鼎甲无论，即庶常吉士亦尔，二十年间，便可跻卿相清华之选，百职莫敢望焉。"③ 而翰林选官极为严格，故翰林院实为明朝人才之渊薮。

考察《明实录》和《明通鉴》，在嘉靖（1522—1566）之前，明代翰林院的建制和它在明朝政府的地位与作用呈现出大体定型、相对稳定、稍有变动与发展的过程，其组成人员也比较容易检得。更为重要的是嘉靖之前明代社会相对稳定，虽然在正德（1506—1521）年间国力持续下降，但明王朝还是强盛

---

① 按，《明史》卷七十三谓："本府坊局仅为翰林官迁转之阶。"（张廷玉等：《明史》，中华书局1974 年版，志第四十九，职官二，第 1785 页，"詹事府"条）本书中如馆阁、翰苑、翰林、史馆、词馆、殿阁、玉堂等均为翰林院的别称，不另出注。

② （清）吴肃公：《明语林》，黄山书社 1999 年版，卷四，第 554 页，"言志"条。按，吴肃公生于明天启六年（1626），卒于康熙三十八年（1699）。明诸生，入清不仕，高其气节，仍称故国为国朝。

③ （明）谢肇淛：《五杂俎》，《明代笔记小说大观》本，上海古籍出版社 2005 年版，卷十五，第1833 页。

的，在社会生活的各个方面没有引发巨大的变动，士人的心理和行为不至于像嘉靖以后“士风浇漓”[①]。这种状况反映到文学层面上，表现为翰苑文人成为当时文学创作的主导力量。在洪武到正德之间约160年的时间里，翰苑文人的创作与嘉、隆以后有过在翰林院任职经历的文人之创作仅在数量上作一比较，多寡揭然。

近年来，明代文学的流派研究潮流逐渐带动了对单个作家和作家群体进行更细致、更深入的研究态势，这样的研究路径很有意义。《明代洪武至正德年间的翰林院与文学》是对明代传统的雅文学进行研究的一次尝试。明代的翰林院馆阁文学在以下方面还有待进一步进行研究：

1. 元末文风激发了明初君臣努力建设本王朝“一代之文学”的意图。明代立国之初，明太祖锐意文学，就主张文风须简质，这是朱元璋对元代末年文风不满而树起的口号，也是他试图建立本王朝文学的努力，如在日常行政中惩罚茹太素疏奏冗蔓，初现使用行政命令改变行文格式的做法，又通过褒扬文风简质的作家来助长这种风格。朱元璋的做法有矫枉过正的倾向，对文学自身的发展是不利的。明代皇帝遵循祖制，干涉文学的发展方向，也时有措施，如明宣宗在宣德二年（1427）殿试发策之后明确地对翰林侍臣发出指示说要排斥浮华的风习[②]；明英宗正统七年（1442）制策仍要求“无骋夸辞，无摭陈言”[③]，此后历朝多次要求禁止冗蔓文风，以期对当时的文学发展设置预期目标，而文学的实际发展脉络和轨迹不仅与明太祖的期望相反，也是其后历朝朝廷所禁锢不了的。要清晰地描绘明朝“一代之文学”的面貌，需要从事这一领域研究的

---

① 明人沈德符谓：“国朝士风之敝，浸淫于正统而靡溃于成化。”虽然部分士人如此，但在“嘉靖初年，士大夫尚矜名节，自大礼献媚而陈洸、丰坊之徒出焉”。嘉靖中，严嵩柄国之时，“当时谄风滔天”（沈德符：《万历野获编》，《明代笔记小说大观》本，上海古籍出版社2005年版，卷二十一，第2466—2467页）。主要生活在嘉靖年间的何良俊（1506—1573）说：“今仕宦之家，皆积财巨万，犹营求不已。”（《四友斋丛说》，卷十，上海古籍出版社2005年版，第一册，第938页）万历间，顾起元谓：“有一长者言曰：正、嘉以前，南都风尚最为醇厚，荐绅以文章政事、行谊气节为常，求田问舍之事少，而营声利、畜伎乐者，百不一二见之……”（顾起元：《客座赘语》，《明代笔记小说大观》本，卷一，第1212页，“正嘉以前醇厚”条）士大夫若于义与利之间选择失措，好货观念与士风浇漓，盖同时而有。

② 黄彰健等校：《明宣宗实录》，台北“中央研究院”历史语言研究所校印，卷二十六，第672—673页。

③ 黄彰健等校：《明英宗实录》，台北“中央研究院”历史语言研究所校印，卷八十九，第1816页。

学者投入极大的精力，前赴后继地进行研究。

2. 明代翰林院馆阁文学始终贯穿着浓厚的儒家经学思想。皇帝称内阁和翰林官曰"儒臣"，翰林院的官员时常标榜其儒者的身份。明代的翰林建制与宋代的馆阁制度是有着很大差别的。明朝的文学和儒家经典是紧密结合的，和所谓"积学"挂钩，紧密地服从于皇帝对文学的要求。不仅从明初（1368）到宣德末年（1435）如此，这种观念甚至影响到前七子的作家，《玉堂丛语》载李梦阳曾经说"为曹、刘、鲍、谢之业，而欲兼程、张之学，可谓系小人失丈夫矣"①。它说明了李梦阳的创作也夹杂着明代儒学的思想。

吴元年初置翰林院时，翰林院的组成人员是由明太祖屡次征召来的儒士充任的，详见《明太祖实录》。明代很多位皇帝继承了太祖的做法，如宣德五年（1430）到宣德九年（1434）间多次提拔国子监学官为翰林院官，褒奖儒臣，此做法一直延续到英宗正统十年（1445）左右。

明代翰林院中的儒家学者很多。英宗时，在内阁的有国子祭酒兼学士萧镃（从1451年12月到1457年1月预机务）、理学家薛瑄（从1457年1月到1457年6月预机务）、李贤等。李贤在内阁（从1457年2月到1466年12月）极受宠信，他性喜读书，好谈性理之学。天顺庚辰（1454）科出身的张元桢（一作祯）博涉群书，尤好探经传，多所独得。当时谈学者数人，各树门户，而张元桢岸然不为下，他撰述有关于《周易》、《四书》、《太极图》等儒学经典的著作。孝宗时，预机务的翰林儒臣有邱濬（从1491年10月到1495年2月在阁）等人。倪谦父子都是翰林学士〔倪谦，天顺元年（1451）任学士，成化元年（1465）起，改掌南院；倪岳，成化十八年（1482）任学士，弘治六年（1493）任礼尚，十年改南京〕，是仅有的"父子光学"（指父子皆为翰林院的学士）的馆阁佳话。这类儒家学者相当多，他们的创作是翰林院馆阁文学的一个重要组成部分。对翰林院中的经学家文学进行研究，是本书的重要内容。

考察《明实录》，太祖、成祖、仁宗、宣宗等朝史料中的"文学"、"词章"、"文章"的含义有一定差异性。这些词语的含义值得进行探讨，如《明英宗实录》载正统元年的一段皇帝赐敕语，其中的"文学"等同于"学问"；《明

---

① （明）焦竑：《玉堂丛语》，中华书局1981年版，第200页，"品藻"条。

英宗实录》人物传记中论张瑛时谓"文章非儒臣所长"；正统七年（1442）权谨卒，《明英宗实录》也说"文学非其所长"①。仔细地区分这些词语语义之间的差别，确定各自的含义，对于研究儒家思想之于明代翰林院馆阁文学产生的影响具有一定的意义。

3. 明成祖时常把汉、唐、宋三个朝代并提，其侍臣指出超越这三个朝代而致三代之治是成祖的目标。而到了宣德年间，明宣宗对于前代的治隆，仅提到汉、唐。他认为宋代积弱，不能与汉、唐并提，更指出其积弱原因，系宋代变更政治上的成宪所致，不值得本朝歆羡。明宣宗的看法标志着明代统治者产生了轻视宋朝的思想，他们否定宋代历次改革变易成宪的正当性，从而在政治、文化诸领域轶越两宋，开启全面复古和模拟的道路。这种思想深入人心，成为有明一代君臣的共识，影响到明代社会生活的方方面面，影响了翰林院馆阁文学乃至一代文学的创作和发展。

明代翰林院馆阁文学的发展需要进行具体的分析。成祖要求翰林院庶吉士为文必驱班、马、韩、柳之间，而永乐间开始形成的三杨台阁体却与学习以欧阳修为主的宋六家很有关系。在明仁宗的指导下，三杨等台阁大臣体会欧阳修文章中体现的忠爱思想。在宣宗朝，皇帝仍然时常读欧阳集，突出的也是欧阳修的忠君思想。可以说，在制度上，明代翰林院是在沿袭元代制度的基础上发展而来的，而在古文创作上，却师范欧、苏、王、曾等宋代文学家，这是一个探索复古和模仿对象转变、确定的过程。明代的诗歌创作基本上排斥宋诗，仅以唐代诗人及唐代以前的各朝诗人诗作为摹本。馆阁作家和七子派的成员，不约而同地坚守这一共识。

4. 各阶段之地域文学研究。从翰林作家的籍贯之地域分布的角度来研究明代翰林院馆阁文学具有重要的意义。明初，武将多出于濠、泗之地，而闽、浙、吴中等地区则成为文臣的渊薮。福建的闽中十才子在永乐年间有四人进入翰林院：高棅（典籍）、王偁（国史院检讨）、王恭（典籍）、王褒（修撰）。通过科举进入翰林院的闽人也很多，据王世贞《弇山堂别集》记载，宣德间闽地及第者很多，举业很发达，这使得闽诗派的诗学主张在翰林乃至整个明代都产

---

① 　黄彰健等校：《明英宗实录》，卷九十，第 1823 页。

生了深远的影响。考之《千顷堂书目》，永乐年间在翰院中任职留有别集的、为该书著录的福建士人也很多。可以设若干专题来探讨之，如明初翰林院馆阁文学与两浙文学、明初闽中文学创作与理论对翰林院馆阁文学的影响、明代江西作家与翰林院馆阁文学、翰林院中吴中作家的文学取向等。

5. 洪武、永乐年间经过科举进入翰林院的士人留下的别集不多，由其他途径进入翰林院的士人在创作上留下的作品更多，这说明此期文学的主导文风、作家队伍仍未发生根本性的转变，明朝自己培养的翰林作家其创作还处于发轫阶段。《玉堂丛语》言："词林故华贯，国初惟才是畀，不拘身格，后独以一甲进士若庶吉士充之，他有与者，辄搉不相容，而其途狭矣。"① 在正统、景泰年间，经科举进入翰林的士人留有较多文集。据《千顷堂书目》所著录的按登科编年之明代别集，清楚地显示出弘治年间曾为庶吉士的士人，在六部和内阁任职的很多，著述繁富，它说明了弘治数科培养的庶吉士对翰林馆阁文学创作乃至此时全国文坛繁荣的意义，而英宗年间有数科不选庶吉士，则连这些年份科举出身的文人的著作数量都很少。所以，明朝翰林院的庶吉士制度对于翰林院作家队伍而言是非常重要的。

另外，庶吉士制度对于明朝中央政府吏部、礼部、国子监以及内阁等部门官员的培养都有重大的意义。《明史》卷七十："成祖初年，内阁七人，非翰林者居其半。翰林纂修，亦诸色参用。自天顺二年（1458），李贤奏定纂修专选进士。由是，非进士不入翰林，非翰林不入内阁，南、北礼部尚书、侍郎及吏部右侍郎非翰林不任。而庶吉士始进之时，已群目为储相。通计明一代宰辅一百七十余人，由翰林者十九。盖科举视前代为盛，翰林之盛则前代所绝无也。"② 虽然散馆之后，多数庶吉士不能留馆阁，但士大夫皆以庶吉士的身份荣耀终身。从这个意义上说，庶吉士身份的作家之创作亦可以看做馆阁文学的辐射与延伸，足见翰苑馆阁文学对明朝文学创作的影响力。

6. 翰林馆阁文学在三杨台阁体后，它的发展有待研究。《四库全书总目·〈怀麓堂集〉提要》："自李梦阳、何景明崛起宏（当作弘，清人避讳改字）、正之间，倡复古学，于是'文必秦、汉，诗必盛唐'；其才学足以笼罩一世，天

---

① （明）焦竑：《玉堂丛语》，第197页。

② （清）张廷玉等：《明史》，卷七十，第1701—1702页。

下亦响然从之，茶陵之光焰几烬。逮北地、信阳之派转相摹拟，流弊渐深，论者乃稍稍复理东阳之传以相撑拄。盖明洪、永以后，文以平正典雅为宗，其究渐流于庸肤。庸肤之极，不得不变而求新。正、嘉以后，文以沉博伟丽为宗，其究渐流于虚憍。虚憍之极，不得不变而务实。二百余年，两派互相胜负，盖皆理势之必然。平心而论，何、李如齐桓、晋文，功烈震天下而霸气终存；东阳如衰周弱鲁，力不足御强横而典章文物尚有先王之遗风。殚后来雄伟奇杰之才，终不能挤而废之，亦有由矣。"① 李东阳已经认识到台阁体的弊端而矫正之，到李梦阳、何景明等七子继起，在诗文创作上改变方向，与台阁体趣味不同。这两股文学发展潮流之间的关系需要加以辨析。

7. 以李东阳为首的茶陵派中的翰林作家之创作成就及其与前七子的关系。

鉴于以上诸方面问题的解决均未见诸前贤著述，均为未知领域，属于发轫始作之研究，对于明代文学的研究具有意义，故当竭力从事，期望有所收获。

二　国内外关于该课题的研究现状及趋势

国内外关于该课题的研究现状及趋势，兹简介如下，当有挂一漏万之虞。

关于明代文坛上的作家，《中国历代文学家评传》对明代重要的作家有所介绍，但仍然有大量的不足。北京出版社 2001 年出版的大型丛书《20 世纪中国文学研究》之《明代文学研究》卷在收集国内明代文学研究成果上做了很多工作，可以检索相关篇目，但它对 20 世纪 90 年代中后期的研究成果基本不收录。黄仁生撰写的单篇论文《二十世纪明代文学研究》（《复旦学报》2001 年第 2 期）所介绍的情况更为详尽。

关于明代思想史的研究著作，国内有马积高著的《宋明理学与文学》（湖南师范大学出版社 1989 年版）等，较新近的专著有葛兆光的《中国思想史》（复旦大学出版社 1998 年版）等；海外明史研究成果，有美国牟复礼和英国崔瑞德合著的《剑桥中国明代史》（中国社会科学出版社 1992 年版）、中国台湾吴智和主编的《明史研究论丛》（台北大立出版社 1982 年版）、陶希圣和沈任

---

① （清）永瑢等：《四库全书总目》，中华书局 1965 年版，卷一百七十，第 1490 页。

元合著的《明清政治制度》（台北商务印书馆有限公司 1983 年版）等。国内关于明代内阁制度史的研究成果以王其榘的《明代内阁制度史》（中华书局 1989 年版）为代表。

有关明代文学思潮的研究成果，有廖可斌的《复古派与明代文学思潮》（台北文津出版社 1994 年版）及简恩定的《中国文学复古风气探究》（台北文史哲出版社 1992 年版）、熊礼汇的《明清散文流派论》（武汉大学出版社 2003 年版）等。对明代儒家学者的著述和地理分布状况进行研究的著作成果有麦仲贵的《明清儒学家著述生卒年表》（台北学生书局 1977 年版）、马涛的《明儒地理分布统计》（《河北师院学报》1985 年第 1 期）等。

业师陈书录先生在《杨维桢——明代诗文逻辑发展的起点》（《南京师大学报》1995 年第 3 期）所确定的明代文学逻辑起点也将是我研究翰林院与文学这个课题的起点。关于明代文学分阶段的研究成果有罗宝珊的《明代之初期文学》（《明史研究论丛》，台北大立出版社 1982 年版，第 33—65 页）、饶龙隼的《明初诗文的走向》（《江西师范大学学报》2001 年第 2 期）、黄卓越的《明永乐至嘉靖初诗文观研究》（北京师范大学出版社 2001 年版）、宋强刚的《朱元璋对文字、文体的改革与明代的文风》（《学术界》1995 年第 4 期）、夏咸淳的《明代散文流变初探》（《上海社会科学院学术季刊》1988 年第 3 期）、齐治平的《中国文学批评史上唐宋诗之争》［《北京师范学院学报》1981 年第 2、3 期（明代部分）］、陆湘怀的《从宋诗出版看明代和清初诗风》（《古籍整理研究学刊》1997 年第 5 期）、孙学堂的《从台阁体到复古派》（《陕西师范大学学报》2002 年第 4 期）等。

对翰林院单个作家、作家群体的研究成果则有姬秀珠的《明初大儒方孝孺研究》（台北文史哲出版社 1995 年版）、穆甲地的《康海文学思想初探》（《西北大学学报》1984 年第 1 期）、魏崇新的《台阁体作家的创作风格及其成因》（《复旦学报》2001 年第 2 期）、王忠阁的《陈庄体及其在明代诗坛上的历史地位》（《河南师范大学学报》2001 年第 5 期）、夏咸淳的《明代文人心态之律动》（《东南大学学报》2003 年第 4 期）及南京师范大学研究台阁体（作者：陈传席）、吴中派（作者：李双华）、茶陵派（作者：司马周）的博士论文。

　　对地域性翰林作家的研究成果如下：（1）魏崇新可能正在从事明代江西籍作家群体整理与研究，其撰写的相关论文很多。其论文《明代江西文人与台阁文学》（《中国典籍与文化》2004 年第 1 期）统计了明代江西翰林作家群体；（2）王琦珍有《论明初文坛的浙江文派》（《江西师范大学学报》1993 年第 1 期）；（3）廖可斌有《地域文人集团的兴替与元末明初文学思潮的变迁》（《社会科学战线》1993 年第 4 期）；（4）蔡一鹏撰有研究闽中十子的系列论文，如《闽中诗派的诗歌创作与明初社会、文化背景》（《福建论坛》1990 年第 3 期）、《论闽中诗派》（《文史哲》1991 年第 2 期）等；（5）徐永瑞《论青丘子其人其诗》（《苏州大学学报》1991 年第 3 期）论述了高启被祸惨烈，吴中四子、北郭十友相继被打击，并且指出明初文人集团在洪武七年（1374）之后，人物凋零，声气熄灭，直到三十一年（1398）始见闽中十子社出现；（6）王学太的《以地域分野的明初诗歌派别论》（《文学遗产》1989 年第 5 期）；（7）张寅彭的《略论明清乡邦诗学中的“泛江西诗派”》（《文学遗产》1996 年第 4 期）；（8）王忠阁的《闽中诗派与明代前期诗风的演变》（《河南大学学报》2001 年第 5 期）等。对翰林院官员升迁路径的研究成果，有唐克军的《明代官员升迁路径论》（《史学月刊》2004 年第 1 期）勾画得甚为清晰。

　　对明代文学作整体审视的成果，较早些时候则有钱基博的《明代文学》（商务印书馆 1933 年版），20 世纪 90 年代以后则业师陈书录先生的《明代诗文的演变》（江苏教育出版社 1996 年版）较有特色。

三　研究的方法

　　1. 当前明代文学研究的趋势表现为对文学上成就明显的作家进行深入研究，逐渐开展作家群体研究，有扩大视野，倾向于作宏观研究的发展势头，同时借助其他学科的理论、方法来深化研究明代文学，拙著有志于此而力不逮焉。

　　2. 把明代翰林院作家的文学创作及理论发展史纳入明代文学整体发展演变中，观照明代文学的整体发展与演变。同时，重视明代翰林作家的文学理论建树研究，对具体作家作品进行分析和研究。

3. 在研究翰林院文学时，考虑到明代翰林院馆阁文学在文学自身发展的纵向时间线性上的地位，从而建立起唐、宋、元文学对研究对象的参照系作用，给予定位；考虑到明代翰林院文学各阶段的发展与本阶段的当代文学创作的关系，建立起其时当代文学的整体面貌与明代翰林院馆阁文学的横向参照系。在研究过程中，为各阶段翰林院文学的研究树立参照系，借以确立其文学史地位，描述其演变的轨迹。

目　录

上编　综　论

中编 作家作品论·明代洪武至景泰年间的 翰林院与文学

下编 作家作品论·明代翰林院馆阁文学的 渐变与复振

上编

综　论

上编以三章的篇幅分别对"儒家经学思想与明代翰林院馆阁文学"、"北宋馆阁学士与明代翰林院馆阁文学"、"明朝翰林院馆阁文学中的地域性因素"等内容进行探讨，研究贯穿于明代洪武至正德年间翰林馆阁文学创作的某些共性问题。

第一章　儒家经学思想与明代翰林院馆阁文学

本章拟对明代翰林馆阁文学与儒家文艺观之间的关系进行讨论。在元末，明太祖与陶安等臣工经过反复探讨，确定了程朱理学作为将来新王朝的统治思想的地位。明成祖通过编纂《五经四书大全》、《性理全书》等典籍，颁行全国，强化了儒家思想在明朝的一统地位，在成化（1475—1487）之前几乎没有思想家敢于对程朱理学思想提出异议。

明朝正式建立以前，朱元璋以吴为国号建立政权，组建政府机构。在吴元年（1367）五月，沿袭元代的制度，组建翰林国史院。翰林院的第一批成员全部来自荐举的儒士，使得明初翰林院作家的文学创作带上浓厚的儒家本经思想。在英宗天顺（1457—1464）以后，翰林院的作家基本上是经过层层科举考试选拔出来的进士，他们无法摆脱接受教育时起即被灌输的程朱理学思想，所以明初至正德时的翰林院作家一直以程朱理学作为创作的指导思想，以至于在研究明代翰林院作家的文章创作时，不得不排除大量道德说教类的创作（尤其以铭、碑、传、墓志等类体裁进行连篇累牍的创作）。即使如此，明代翰林院作家创作中仍然时时体现着理学家的文艺观念，但是明代翰林作家主张把文学与理学结合起来，这是与宋代道学家"以文害道"的思想最大区别之处。

早在元末，陶安、宋濂等人以儒家学者的身份参与到朱元璋的政权中，成为明朝翰林院的第一批作家。永乐以迄正统间，杨士奇久居翰林院官，领导当时文坛，但是他总是不忘以儒家学者的形象出现在人前，所以他对仁宗（永乐间当太子时）与王汝玉切磋诗歌的文艺活动持反对、劝阻的态度，这是杨士奇和当时翰林院大部分作家的创作出现连篇累牍的道德教化类作品的原因。浓厚的儒家经学思想成为明代翰林馆阁文学的首要特征，以至于研究明代翰林院馆阁文学成就时，必须拨开政治、道德、人伦、哲理等重重雾翳，方能寻觅到翰林院馆阁文学的审美特性。

从明代洪武至正德年间的翰林院馆阁文学发展演变之流来看，以三杨为首的台阁体作品充满浓厚的儒家经学思想，在正统时泛滥成千篇一律的模式，文学特性几乎被淹没，其流弊到了无以复加、不可收拾的地步，至成化年间以李东阳为首的翰林作家对文学本身特性才给予更多的重视，为过渡到前七子的复古运动做好准备。成化年间，即使出现了重视文学审美特性的翰林创作主流，当时馆阁中仍然形成以杨守陈兄弟为首的恪守儒家文学观的作家群，又有庄昶、陈献章、罗伦、邹智等馆阁作家形成"陈庄体"，在李东阳的茶陵派之外可谓是一个特立独行的诗歌流派。

第一节　明初征召儒士及初建翰林院

作为元末起义军首领之一的朱元璋，他的军事力量在对元抗争、对其他起义军的战争中逐渐壮大，建立明朝政权的规划纳入其视野。朱元璋雄心壮志的实现，得益于他征召来的大批儒士。在他们的帮助下，朱元璋诏复古制，草创了明朝的政治制度。在整合、吸纳元代翰林制度的基础上，明朝的翰林院制度基本确立，影响贯穿明、清两个朝代。元末明初，大批儒士也因此成为朱元璋所置的翰林院的首批成员，影响了明代翰林院作家的文学创作思想。明太祖本人也有意地引导本朝翰林院馆阁文学的文风。

一　征召儒士，初建翰林院

在朱元璋建立明朝的过程中，征召来的大批文人及学者起到了重要的作用。有学者认为："明代开国制度的创设，除左相李善长之外，大多倚重于像陶安、詹同、宋濂这样一批翰臣。"① 据《明太祖实录》载:"（乙未,1355）丁巳,上召陶安、李习与语时事……由是礼遇安甚厚,事多与议焉。"② 这是朱元璋攻取太平后首次与耆儒遇合。被征召的士人多是"儒士",以后陆续征召来的儒士有杨宪、唐仲实、姚琏、许元、叶瓒玉、胡干、吴沉、汪仲山、李公长、金信、徐孳、童冀、戴良、吴履、张起敬、孙履、滕毅、杨训文等;1360 年,浙东著名学者青田刘基、龙泉章溢、丽水叶琛、金华宋濂被征至建康。征辟刘基、宋濂,"置儒学提举司,以宋濂为提举,遣世子受经学"③,"太祖为筑礼贤馆处之"④。这些儒士基本上是饱读儒家经典的学者。如宋濂"自命儒者,以文学受知"⑤,王祎为太祖所优遇,"上喜曰:浙东有二儒者,卿与宋濂"⑥。"（汪克宽）祖华,受业饶双峰,得勉斋黄氏之传。克宽承其家学,尤邃于经……（赵）汸,休宁人。从临川虞集游,获闻吴澄之学,通贯诸经,尤长于《春秋》。"⑦ "征处士陈谟至。谟,泰和人,邃于经学,旁及子史百家,涉流溯源,要诸至当。"⑧ 至正十八年（1358）,"辟儒士范祖干、叶仪,既至,祖干持《大学》以进,上文治道何先,对曰:'不出乎此书。'"⑨ 这些儒士进讲经史,敷陈治道,君臣互相倚重,奠定了明代初年政治上以儒家经典为统治思想的局面。

这些被征召、荐举来的儒士,被授予一定的官职,比较常见的是担任教职,或进入翰林院成为词臣。"（己亥,1359）命宁越知府王宗显开郡学,延儒士叶仪、宋濂为五经师,戴良为学正,吴沉、徐原等为训导,时丧乱之余,学校久废,至是始闻弦诵之声,无不忻悦。"⑩ 吴元年,定律令,征集儒士。"以李善长为总裁官,杨宪、傅瓛、刘基、陶安、徐本文、原吉、范显宗、钱用

---

① 关文发、颜广文:《明代政治制度研究》,中国社会科学出版社 1995 年版,第 101 页。
② 黄彰健等校:《明太祖实录》,卷三,第 33 页。
③ 同上书,卷八,第 106 页。
④ 同上书,前编卷二,第 55 页。
⑤ 同上。
⑥ （清）钱谦益:《列朝诗集》,清顺治年间钱氏绛云楼刻本,第十一册,甲集,卷第十二,第 20 页。
⑦ 黄彰健等校:《明太祖实录》,卷十六,第 216 页。
⑧ 同上书,卷十七,第 235 页。
⑨ 同上书,卷六,第 74 页。
⑩ 同上书,卷七,第 80 页。

任、盛元辅、吴去疾、赵麟、崔永泰、张纯诚、谢汝志、周祯、刘惟敬、周祥、陈敏、孙忠、李祥、潘黼、程孔昭、傅敏学、王藻、吴彤为议律官。"① 修元史时征集大批儒士："命翰林学士臣宋濂、待制臣王祎（按，当作祎字）、协恭刊裁儒士臣汪克宽、臣胡翰、臣宋禧、臣陶凯、臣陈基、臣赵埙、臣曾鲁、臣赵汸、臣张文海、臣徐尊生、臣黄篪、臣傅恕、臣王锜、臣傅著、臣谢徽、臣高启分科修纂"，"于五六月之间成此十三朝之史"②。重开史局后，"仍以宋濂、王祎为总裁，复征四方文学士朱右、贝琼、朱廉、王彝、张孟兼、高逊志、李懋、李汶、张宣、张简、杜寅、殷弼、俞寅、赵埙等十四人为纂修官"③。又开礼局，除原有的翰林词臣外，还继续征荐士人十八人编纂。"屡敕议礼臣李善长、傅瓛、宋濂、詹同、陶安、刘基、魏观、崔亮、牛谅、陶凯、朱升、乐韶凤、李原名等，编辑成集。诏郡县举高洁博雅之士徐一夔、梁寅、周子谅、胡行简、刘宗弼、董彝、蔡深、滕公琰至京，同修礼书。"④ 这些文士大都是翰林院中词臣。朝廷修《洪武正韵》时，也大量网罗天下士人。洪武十三年（1380），在废除丞相制度后，以儒士王本、杜佑、龚敩、赵民望、吴源为春夏官，以备顾问，是翰林内阁制度建立之前的一种过渡性的措施，也显示了明朝对儒家耆儒的优待。通过这几次大规模的人才收罗，天下的儒士基本上为明朝所用。

吴元年（元至正二十七年，1367），初置翰林院，以陶安、潘廷坚为翰林学士。此后，多次征召儒士，授予翰林编修官职的多达三四十人，具体姓名已不可考。如胡翰、汪克宽、宋僖、陶凯、陈基、曾鲁、高启、赵汸、谢徽等十六人，一次性地都被授予翰林院国史编修官之职。洪武元年（1368），"元翰林学士危素、张以宁、鲁坚等谒见大将军于军门，（徐）达以其儒者，礼遇之"⑤。太祖任命降明的危素、张以宁为翰林侍讲学士，仍然供职于馆阁，以示宠渥。"洪武间，诏举经明行修练达时务之士年七十以下者，郡县礼送京

① （清）徐乾学：《资治通鉴后编》，文渊阁四库全书，第345册，卷一百八十四，第611页。

② （明）宋濂：《进元史表》，《宋濂全集》，浙江古籍出版社1999年版，《銮坡前集》，卷一，第340页。

③ 黄彰健等校：《明太祖实录》，卷三，第238页。

④ （清）张廷玉等：《明史》，卷四十七，志二十三，礼一，第1223—1224页。

⑤ 黄彰健等校：《明太祖实录》，卷三十四，第621页。

师"；当有人反对荐举六十岁以上士人时，太祖说："正为比来有司不体朕意，士有耆年，便置不问，岂知老成人古人所重……若年六十以上七十以下者，当置翰林院，以备顾问。"① 当时，明太祖还着意在翰林院中培养新朝所需的人才，"上留意文学，广储人才，乃开文华堂于禁中。于是有选入国子学读书者，命于诸司先习吏事，谓之'历事监生'，又有'小秀才'、'老秀才'之目，至是上又择其年少俊异者，得张唯、王光军等凡十余人，皆授翰林院编修。上听政之暇，辄幸堂中，评其文学优劣，赐以鞍马、弓矢、白金有差。……谕中书省臣曰：'……必以德行为本而文艺次之。'"② 以儒士充任翰林职官和授予翰林院官职守以德行为本的做法，使明代的翰林院一开始成制便带上浓厚的儒家道学味。

二 明初翰林院文学的特征

元末东南文坛领袖杨维桢反对宋诗，"先生自谓代之诗人谓宋体所梏，故作此体（按，指嬉春体）变之云"③。"嬉春体"绮错婉媚，即《四库全书总目》所谓"元人欲以新艳奇丽矫之，迨其末流，飞卿、长吉一派与卢仝、马异、刘义一派，并合而为铁体，妖冶俶诡，如出一辙，诗又大弊"④。《明语林》："会稽杨维桢，以文主盟四海。王彝独薄之，曰：'文不明道，而徒以色态惑人取媚，所谓淫于文者也。'作《文妖》数百言诋之。"⑤ 杨维桢本来也是学习杜甫的，但却走上歧途，因此纠正元末文风、建设本朝文学成为明代开国君臣必须考虑的大事。刘基的主张对明太祖引导明初翰林院馆阁文学的走向起到重要的作用。刘基为苏平仲的文集作序云：

> 文以理为主，而气以摅之。理不明，为虚文；气不足，则理无所驾。文之盛衰，实关时之泰否。是故先王以诗观民风，而知其国之兴废，岂苟

---

① （明）余继登：《典故纪闻》，元明史料笔记丛刊本，中华书局1981年版，卷四，第75页。

② （清）夏燮：《明通鉴》，中华书局1959年版，卷五，第302页。

③ （清）钱谦益：《列朝诗集》，第四册，甲集前编，卷第七，第14页。

④ （清）永瑢等：《〈唐诗品汇〉提要》，《四库全书总目》，卷一百八十九，第1713页。

⑤ （清）吴肃公：《明语林》，卷五，第84页，"识鉴"条。

然哉！文与诗，同生于人心，体制虽殊，而其造意出辞，规矩绳墨，固无异也。

唐虞三代之文，诚于中而形为言，不矫揉以为工，不虚声而强聒也，故理明而气昌。玩其辞，想其人，盖莫非圣贤之徒，知德而闻道者也，而况又经孔子之删定乎！

汉兴，一扫衰周之文敝而返诸朴。丰沛之歌，雄伟不饰，移风易尚之机，实肇于此。而高祖、文帝制诏天下，咸用简直。于是，仪、秦、鞅、斯县（按，通悬字）河之口，至此几杜。是故贾疏、董策、韦传之诗，皆妥帖不诡，语不惊人，而意自至。由其理明而气足以摅之也。周之下，享国延祚，汉为最久，盖可识矣。武帝英雄之才，气盖宇宙，而司马相如又以夸逞之文侈之，以启其夜郎邛笮、通天桂馆、泰山梁甫之役，与秦始皇帝无异，致勤持斧之使，封富民之侯，下轮台之诏，然后仅克有终。文不主理之害一至于斯，不亦甚哉！相如既没，人犹尚之，故扬子云用是见知成帝。然而汉家朴厚之尚已成，其根未尝拔也。故赵充国将也，有屯田之奏；刘更生宗室子也，有封事之言。往复开陈，周旋辨析，诚意恳至，理明辞达，气畅而舒，非汲汲以鸿生硕儒争名当代者所能及也。岂非习尚有源而得之于自然乎？呜呼！此西汉之文所以为盛，国祚绝而复续，如元气之不坏而乾坤不死也。后之人论不及此，而以相如、子云为称首，不亦悲哉！东汉班孟坚之外，虽无超世之文，要亦不改故尚，故亦不失西京旧物。下逮魏晋，降及于隋，驳杂不一，而其大概，惟日趋于绮靡而已。是故非惟国祚不长，而声教所被，亦不能薄四海。观国风者盍于是乎求之哉！

继汉而有九有，享国延祚最久者，唐也。故其诗文有陈子昂，而继以李、杜；有韩退之，而和以柳。于是唐不让汉，则此数公之力也。继唐者宋，而有欧、苏、曾、王出焉，其文与诗，追汉、唐矣，而周、程、张氏之徒，又大阐明道理，于是高者上窥三代，而汉、唐若有歉焉。故以宋之威武，较之汉、唐弗侔也，而七帝相承，治化不减汉、唐者，抑亦天运之使然与？是故气昌而国昌，由文以见之也。元承宋统，子孙相传，仅逾百载，而有刘、许、姚、吴、虞、黄、范、揭之俦，有诗有文，皆可垂后者，由其土宇之最广也。

今我国家之兴，土宇之大，上轶汉、唐与宋，而尽有元之幅员，夫何高文宏辞未之多见？良由混一之未远也。①

这篇序文提出了对明代翰林院馆阁文学有深远影响的主张：①提出文以理为主，即文道结合的主张，强调儒家思想对文学的指导意义。举出汉武帝时司马相如、汉成帝时扬雄为反面例证；又加以正面的北宋故事为例：宋代国势不如汉、唐而因周、程、张氏之徒"大阐明道理"，故治化相侔，说明"文不主理之害"。明代翰林院馆阁文学形成儒家经学与文学结合得很紧密的重要特征，与之不无关系。②文风要"返诸朴"，"用简直"，能使国祚长久；若文风绮靡，则享国短暂，举大量的例子加以论证。明太祖通过奖掖手段、行政命令提倡文风要简直，也不出刘基所虑。③提倡作家创作与国家初兴气象相侔的作品，而这正是翰林院作家义不容辞的职司。

有学者认为，明太祖既建立国家，其自信逐年与增，兼为君师，改造士风，扭转士习②，对明初文风的控制也是他力图强控社会的一个表现。大体通过三条途径：

（1）严酷打击吴中的文人。元代末年，张士诚据吴，能礼贤下士，招揽文人，"吴亡之后，吴臣多见诛戮"③。如饶介、高启、徐贲、张羽、王行、谢肃、王蒙、陈汝言、卢熊、袁华等被杀戮，杨基卒于戍所，而遭谪徙、下狱的则更多，仅袁凯以佯疯、陈基以廉谨免于文祸，这是对吴中文学毁灭性的打击。吴中的文学创作及风格，"较少受理学思想的束缚"④，而如杨维桢又倡写"嬉春体"⑤，高启大量创作吟咏江南女子、娼妓的诗歌，自然为明廷所排斥。吴中文风因此缺乏引导明代翰林院馆阁文学的契机。

（2）排斥浙东文人，防止他们形成文人政治集团进而威胁明王朝的统治。元末，太祖依靠大量的浙东文人出谋献策。著名的有叶仪、宋濂、范祖干、许

---

① （明）刘基：《苏平仲文集序》，《刘基集》，第二卷，浙江古籍出版社 1999 年版，第 88—89 页。
② 罗冬阳：《明太祖礼法之治研究》，高等教育出版社 1998 年版，第 48—62 页。
③ （清）钱谦益：《陈学士基》，《列朝诗集》，第六册，甲集前编，卷第十，第 1 页。
④ 廖可斌：《复古派与明代文学思潮》，台湾文津出版社 1994 年版，第 59 页。
⑤ （清）钱谦益：《列朝诗集》，第四册，甲集前编，卷第七下，第 19—20 页，《嬉春体四绝》诗。

元、王天锡、王祎、胡翰、叶琛、章溢、刘基、吴沉、朱右、苏伯衡、陶凯、张孟兼、桂彦良等人，形成了浙东派。但在明朝建立以后不久，浙东文人逐渐受到排挤打击，如苏伯衡、陶凯、张孟兼、吴沉、王彝等人皆不以善终。浙东文人的代表刘基、宋濂遭遇如下：刘基洪武四年（1371）回乡闲住，八年（1375）为胡惟庸毒死；宋濂亦渐渐受到排挤，于洪武十年（1377）致仕，十三年（1380）流放茂州，行至夔州病死。洪武六年（1373），太祖勉强宋濂饮酒五卮，宋濂醉酒，面如赭，行不成步，上欢笑，亲御翰墨，赋诗一章以赐，仍命侍臣咸赋《醉学士歌》，美名之曰"俾后世知朕君臣同乐如此"，在明时传为词坛盛事，而陈田却认为其时在太祖龙虎之威的震慑下，宋濂佯为醉态，步履不定，手不能持笔书写，以避君主猜疑①。《明史》桂彦良本传："迁晋王府右傅。帝亲为文赐之。彦良入谢。帝曰：'江南大儒，惟卿一人。'对曰：'臣不如宋濂、刘基。'帝曰：'濂，文人耳；基峻隘，不如卿也。'"② 《明语林》亦有类似记载："太祖亲征江南，命王祎进《江西颂》。太祖览之，喜曰：'故知浙东有二名儒，卿与宋濂耳。学问之博，卿不如濂；才思之敏，濂不如卿。'"③ 时刘基、宋濂尚健在，而太祖已有不烦之意。所以，刘基、宋濂的文风和主张被明朝的统治者有选择地采纳，刘基沉郁顿挫的诗风和闳深肃括的文风，在明初馆阁无人踵武，而他建设明代文学的主张则为太祖所宗，馆阁文学的创作实践了他的理论。在洪武之后，若以翰林院馆阁文学的标准评价宋濂，其文学成就确实是明代馆阁文学的精华。

（3）太祖经常君臣唱和，评骘诗文优劣，以期转变时尚。《明通鉴》："（洪武八年）上留意文学，广储人才……上听政之暇，辄幸（文华）堂中，评其文学优劣，赐以鞍马、弓矢、白金有差。"④ 陈田在刘崧《陪陶尚书宋太史夜宿斋宫分韵得万字》后加按语："上亲览诵之，品第有差，既而复命中贵人传旨，令赋诗者咸往殿后观栀子花，俾人各赋诗，既成，序进如初。"⑤ 《殿阁词林

---

① （清）陈田：《明诗纪事》，《续修四库全书》，第1710册，影清光绪贵阳陈氏听诗斋刻本，甲签，卷四，第290页。

② （清）张廷玉等：《明史》，卷一百三十七，列传第二十五，第3948页。

③ （清）吴肃公：《明语林》，卷六，第104页，"品藻"条。

④ （清）夏燮：《明通鉴》，卷五，第302页。

⑤ （清）陈田：《明诗纪事》，甲签，卷十一，第342页。

记》："丙午年（1366）六月，旱，上祷雨钟山，获应，赋七言《喜雨》诗，命待制黄哲等赓和。已而，诸将告捷，多令翰林诸儒臣应制赋诗，上亲加评品。洪武元年（1368）十一月，召大本堂诸儒，试以《钟山蟠龙赋》。时与文学之臣燕饮赓和……（十年，1377）十二月，上制十题，命典籍吴伯宗赋之，援笔立就，词语峻洁，上嘉其才敏，赐织金锦衣。"[①] 明太祖在有意地引导文风的走向上，他还身体力行。王世贞说："高皇帝神武天授，生目不知书。既下集庆，始厌马上，长歌、短篇，操笔辄韵，有魏武乐府风，制词质古，一洗骈偶之习。"[②]《列朝诗集》"太祖高皇帝"条引解缙语："（太祖）常喜诵古人铿钧炳朗之作，尤恶寒酸、咿嚶、龌龊、鄙陋，以为衰世之为，不足观。"[③] 又以行政命令对当时的文风进行干涉。洪武八年（1375），"命翰林院儒臣择唐宋名臣笺表可为法式者。词臣以柳宗元《代柳公绰谢表》及韩愈《贺雨表》进，令中书省颁为式，并禁骈丽对偶体"[④]。洪武九年（1376），因茹太素事，太祖颁《建言格式序》，播告大小臣工："朕厌听繁文"、"许陈实事，不许繁文。若过式者，问之"[⑤]。"（帝）辄命儒臣列坐赋诗为乐。（范）常每先成，语多率。帝笑曰：'老范诗质朴，殊似其为人也。'"[⑥] 片面地、极端地崇尚简直、制词质古、一洗骈偶，也不利于形成宋代以来翰林馆阁文学的风格。

洪武年间，继宋濂之后的翰林院馆阁文学，由于人才凋敝、皇帝对作家施加强力高压意志诸原因，在馆阁文学的创作上，处于摸索的阶段，成就并不大。

第二节　明代永乐以后儒士的作用

明代的翰林院官员，虽然以文字为其职守，但是都以儒者自居，颇有轻视

---

① （明）廖道南：《殿阁词林记》，文渊阁四库全书，第 452 册，卷十三，第 306—307 页。

② （明）王世贞：《艺苑卮言·五》，《弇州四部稿》，文渊阁四库全书，第 1281 册，卷一百四十八，第 393 页。

③ （清）钱谦益：《列朝诗集》，第一册，乾集之上，第 1 页。

④ （清）夏燮：《明通鉴》，卷五，第 309 页。廖道南《殿阁词林记》卷十三亦载之。

⑤ （明）朱元璋：《明太祖文集》，文渊阁四库全书，第 1223 册，卷十五，第 158 页。

⑥ （清）张廷玉等：《明史》，卷一百三十五，列传二十三，第 3918 页。

文学的意味。明代翰林院官员的升迁路径经常是转任国子监祭酒、司业等官，这成为一种不成文的制度，反映了明代翰林院与国子监的紧密关系，也体现了翰林院作家的儒者身份。明代馆阁作家对这种双重身份的认同是宋、元馆阁之臣所没有的，其浓厚的儒家思想深刻地影响了他们的文学创作。

一　翰林院官与儒家政治的结合

明初罢丞相，分事权于六部。六部尚书直接向皇帝负责，强化了皇权，权力集中化的强度前所未有，这同时导致皇帝日常处理的政务量大增，儒士和翰林院官员成为辅佐太祖处理政事的首选人员。洪武年间仿照宋制，设殿阁大学士和四辅官，而其人任官无所表现，一切都断自宸衷，没有实现太祖的预设目标，况且其官不常设，制度不完备。靖难之后，成祖始命儒臣直文渊阁，预机务，建立内阁制度。"朝廷选任儒者，若江右解大绅、胡光大、杨士奇、金幼孜、永嘉黄宗豫、福建杨勉仁，一时共事者七人。"[①] 这七人本以儒士身份为成祖特简，但都在入值文渊阁之前被授予翰林院的官职。

明代的翰林官员自称为儒臣，史籍或称之为儒臣，或称之为翰林儒臣，而称他们为文学侍从之臣的记载比较少。在历朝典籍中，是明人开始使用"翰林儒臣"这个词的。《明太祖实录》卷三十一记洪武元年（1368）三月辛未朔事："命翰林儒臣修《女戒》。"[②] 这是明代典籍中最早出现的由翰林、儒臣两个词组成的短语。在《四库全书》中检索到的"翰林儒臣"一词，共搭配 80 个，仅限于明代人使用，是明人的专用术语；其中《殿阁词林记》、《翰林记》使用此词尤多，另外明人编纂的一些礼书中也使用之。这种现象说明了明代的儒家思想与翰林官员之间紧密的关系：他们本着明太祖以德行为本的祖训而供职翰林。翰林官员受到皇帝的优遇时，却把殊荣归于儒家的身份和儒家思想。翰林院侍读学士武周文致仕，与皇帝辞行，"成祖赐坐与语，慰谕良久，又赐酒馔楮币，给驿传送。侍读胡广曰：'陛下待儒臣，进退之际，恩礼具至，儒道光

---

① （明）杨溥：《太子宾客国子祭酒兼翰林侍讲致仕胡先生墓碑》，见《明文衡》，文渊阁四库全书，第 1374 册，卷八十二，第 609 页。

② 黄彰健等校：《明太祖实录》，卷三十一，第 535 页。

荣多矣。'成祖笑曰：'朕用儒道治天下，安得不礼儒者？致远必重良马，粒食必重良农，亦各资其用耳。'"①

　　杨士奇虽然在仁宗、宣宗时主文柄，但是他进言于仁宗（为太子时），却视文学为末技，说明了他从儒家政治思想生发的文学价值观："永乐七年（1409），赞善王汝玉每日于文华后殿道说赋诗之法。一日，殿下顾臣士奇曰：'古人主为诗者，其高下优劣何如？'对曰：'诗以言志。《明良》、《喜起》之歌，《南薰》之诗，是唐虞之君之志，最为尚矣。……汉武帝《秋风辞》，气志已衰；如隋炀帝、陈后主所为，则万世之鉴戒也。如殿下于明道玩经之余，欲娱意于文事，则两汉诏令亦可观，非独文词高简近古，其间亦有可裨益治道；如诗人无益之词，不足为也。'殿下曰：'太祖高皇帝有诗集甚多，何谓诗不足为？'对曰：'帝王之学，所重者不在作诗。太祖皇帝，圣学之大者，在《尚书注》诸书，作诗特其余事。于今殿下之学，当致力于重且大者；其余事，可姑缓。'殿下又曰：'世之儒者亦作诗否？'对曰：'儒者鲜不作诗，然儒之品有高下。高者，道德之儒；若记诵词章，前辈君子谓之俗儒。为人主，尤当致辨于此。'"② 他反对以王汝玉纯以文学导引仁宗（时为太子），主张文学创作与儒家思想结合。"国初，刘基、宋濂在馆阁，文字以韩柳欧苏为宗，与方希直皆称名家。永乐中，杨士奇独宗欧阳修，而气焰或不及，一时翕然从之。"③ 杨士奇之所以改变宗法对象，是因为仁宗喜欢欧阳修之文。"仁宗在东宫久，圣学最为渊博。酷好宋欧阳修之文，乙夜翻阅，每至达旦。杨士奇，欧之乡人，熟于欧文，帝以此深契之。"④ 相较而言，唐宋诸家古文中，欧文之中寓有为臣之道，提供了道德与文学结合得最好的范本，故为仁宗和杨士奇所取。杨士奇自叙"我仁宗皇帝在东宫，览公奏议，爱重不已，有生不同时之叹。尝举公所以事君者勉群臣，又曰：'三代以下之文，唯欧阳文忠有雍容醇厚气象。'既尽取公文集，命儒臣校定刻之。"⑤《明太宗实录》的记载与此接近："皇太子过滁州，登琅琊山，指示学士杨士奇曰：'此醉翁亭故址也。'因叹欧阳修立朝

　① （明）余继登：《典故纪闻》，元明史料笔记丛刊本，卷六，第119页。
　② （明）杨士奇：《圣谕录·中》，《东里集》，文渊阁四库全书，第1239册，别集二，第627—628页。
　③ （明）黄佐：《文体三变》，《翰林记》，文渊阁四库全书，第596册，卷十九，第1073页。
　④ （清）钱谦益：《仁宗昭皇帝》，《列朝诗集》，乾集之上，第5页。
　⑤ （明）杨士奇：《滁州重建醉翁亭记》，《东里集》，文渊阁四库全书，第1238册，卷二，第18页。

正言不易得，今人知爱其文而知其忠者鲜矣。盖皇太子为文章尤善修，每曰：
'三代以下文人，独修有雍容和平气象。'尤爱其奏议切直，尝命刊修文以赐群
臣，且谕之曰：'（欧阳）修之贤非止于文，卿等当考其所以事君者而勉之。'"①

二　明代嘉靖以前各科举入翰林之儒学家

1. 翰林院官的儒家学者身份

廖可斌《复古派与明代文学思潮》列有景泰至弘治年间翰林院中的道学
家：薛瑄、吴与弼、陈献章、庄昶②；香港麦仲贵《明清儒学家著述生卒年
表》收罗更加丰富，翰林院中著名的儒家学者有刘基、宋濂、危素、张以宁、
王祎、方孝孺、朱右、朱善、陶安、申屠衡、吴伯宗、薛瑄、李时勉、吴与
弼、杨溥、陈献章、章懋、庄昶、张元祯、罗伦、黄仲昭、罗钦顺、湛若水、
何瑭、邹智、吕柟、穆孔晖、舒芬、张邦奇、黄佐、霍韬、谢铎、汪俊、崔铣
等人③。翰林诸学士中的学者则有胡俨、李贤、薛瑄、吴与弼、邱（丘）濬、
刘健、倪谦、倪岳、彭时、杨守陈、杨守阯、周洪谟等，翰林院是当时人才的
渊薮，如陈献章会试屡次不第，但他隐居广东白沙，深研学问，声闻于太学，
"以布政使彭韶、都御使朱英交荐，召至京师"，"授翰林院检讨而归"④。

《明史·儒林传一》对明代开国至正德年间儒学尊崇的地位作了一个概括：
"《宋史》判《道学》、《儒林》为二，以明伊、洛渊源上承洙、泗，儒宗统绪、
莫正于是。所关于世道人心者甚巨。是以载籍虽繁，莫可废也。明太祖起布
衣，定天下，当干戈抢攘之时，所至征召者儒，讲论道德，修明治术，兴起教
化，焕乎成一代之宏规。虽天亶英姿，而诸儒之功不为无助也。制科取士，一
以经义为先，网罗硕学。嗣世承平，文教特盛。大臣以文学登用者，林立朝
右。而英宗之世，河东薛瑄以醇儒预机政，虽弗究于用，其清修笃学，海内宗
焉。吴与弼以名儒被荐，天子修币聘之殊礼，前席延见，想望风采，而誉隆于

---

① 黄彰健等校：《明太祖实录》，卷二百三十，第 2231 页。
② 廖可斌：《复古派与明代文学思潮》，第 128 页。
③ 麦仲贵：《明清儒学家著述生卒年表》，台湾学生书局 1977 年版，第 1—81 页。
④ 同上书，第 52 页。

实，诟谇丛滋。自是积重甲科，儒风少替。白沙而后，旷典缺如。"① 诸儒之功在明初是卓著的，得到皇帝的肯定，二程朱子儒学因此被明王朝确立为制科取士的指导思想。在程朱理学的思想桎梏下，翰林院中涌现众多的儒家学者是正常的，朝廷以隆重的礼节延引名儒、纯儒，也会反作用于人才，形成所谓儒术与科举结合的人才培养方向。

2. 大量的翰林院官与国子监官互调任职的情形

宋濂为明太祖征召任五经师（1359），继而为翰林学士（1368），复为国子司业（1370），又入为翰林侍讲学士、翰林学士承旨，他是明朝最早的一个在翰林院和国子监互相迁转的官员。宋讷由助教升翰林学士，文渊阁大学士，终国子监祭酒；在任祭酒时，因为连科状元出自太学而得到太祖召见，当面褒奖其造就人才之功。张美和为县学教谕，后迁国子助教，改翰林院编修。聂铉授翰院待制，改国子助教，迁典籍。魏观的经历与宋濂差近。事例颇多。这为后世翰林官职与国子监官职互转开了先例。明朝初中期的翰林官除因宦官寻机报复而被贬谪到外地外，一般不离开中央政府机构，这是一项不成文的制度。为解决官员秩满升迁的问题，翰林院与国子监的官员互调是比较常用的一种方法。"明初祭酒、司业，择有学行者任之，后皆由翰林院官迁转。"② "明太祖时，国学师儒，体貌优重。魏观、宋讷为祭酒，造就人才，克举其职。诸生衔命奉使，往往擢为大官，不专以科目进也。中叶以还，流品稍杂，拨历亦为具文，成均师席，不过为儒臣序迁之地而已。"③

从宣宗宣德二年（1427）到宣德九年（1434），朝廷多次提拔国子监学官为翰林院官，表示儒者可用的思想，此做法一直延续到英宗正统十年（1445）。宣德二年（1427），改翰林侍讲陈敬宗为国子司业。"上曰：'侍讲，清华之职；司业，师表之任，秩虽未崇，其任则重，亦可谓儒者之荣矣。'"④ 宣德五年（1430），升北京国子监博士汪奉、许子谟为翰林院检讨。"时行在吏部言：旧例，国子监官九载考满者，但复职增俸，奉等已经三考，应复职，上曰：'国

---

① （清）张廷玉等：《明史》，卷二百八十二，列传第一百七十，第7221—7222页。
② 同上书，卷七十三，志四十九，职官二，第1790页。
③ 同上书，卷一百六十三，列传第五十一，第4434页，"赞"条。
④ 黄彰健等校：《明宣宗实录》，卷二十九，第760页。

子监官有例复职，固是优待儒者，但他官九载俱升职，学官独不升乎？'遂升奉等为翰林院检讨，仍理博士事，又曰：'若教官中有学术才识出众者，尤当不拘资格拔擢，勿谓儒者不可用。'"① 宣德年间，张山、侯复、张信、王仙、潘哲、刘琢等人都因为考最、考称被授予翰林院官职，以示奖赏。英宗正统年间一仍旧法，正统十年（1445），授予国子监学官赵琬、李洪、孔铎、翁英、诸质翰林院官职，仍管国子监事②。明代著名的士大夫如钟仲益、邹辑、王璲、王叔英、方孝孺、程本立、杨士奇、胡俨、苏伯厚、吴溥、梁潜、刘季篪等人都是由教职转向翰林院官。

3. 由翰林官迁转两京国子监祭酒

"国子监，古太学也。祭酒，古宴宾之尊长者先举酒以酹地者也，博士有之，郡邑三老亦有之。至晋而始以祭酒属国子，遂为诸生师。"③ 明代国子监的祭酒具有翰林院官的经历也是一个非常明显的特色。廖可斌曾断言翰林院官："在出任他职后，也仍然不忘自己的本来身份。"④ 而翰林院官员出任国子监祭酒则说明明代的翰林与儒学之间的紧密关系。兹根据王世贞《弇山堂别集》卷六十三南北两京国子监祭酒年表统计得：在李本任北京国子监祭酒之前的翰林院官中，有魏观、乐韶凤、宋讷、龚敩、张显宗、胡俨、李时勉、萧镃、刘铉、陈询、邢让、陈鉴、李绍、柯潜、周洪谟、耿裕、邱濬、费闿、郑纪、谢铎、李旻、周玉、石珤、鲁铎、贾咏、赵永、严嵩、陆深、许诰、林文俊、吴惠、吕柟、许成名、崔桐、徐阶、王用宾、王道等三十七人，而只有许存仁、梁贞、李鸿渐、胡季安、杨松、徐旭、贝泰、王恂、刘益、司马恂、林瀚、张璪、王鸿儒、魏校、王激、王教十六人由他官改任⑤，由翰林官出任祭酒的占这一时期祭酒总数的近70％。在李本之前，出任南京国子监祭酒的翰林院官占的比例更大，除胡淡、陈琏、蔡清三人，其余三十五人均有翰林院官经历。这种现象有力地说明了明代翰林院与儒学之间的紧密关系。

---

① 黄彰健等校：《明宣宗实录》，卷七十，第1648页。
② 同上书，卷一百二十八至一百三十，第2559—2595页。
③ （明）王世贞：《弇山堂别集》，中华书局1985年魏连科点校本，卷六十三，第1175页。
④ 廖可斌：《复古派与明代文学思潮》，台湾文津出版社1994年版，第83页。
⑤ 按，（明）王世贞的《弇山堂别集》卷六十三所录未竟全功。如邢宽，永乐十二年（1424）进士第一，历官南京侍讲学士，兼南京国子监事。王恂虽由他官改任，而其早年官翰林检讨。

第三节 明代文学与文章的含义

明代翰林院馆阁文学家经常以儒者身份自荣，他们的创作中具有浓厚的儒家思想，所以在明代的庙堂和馆阁文学制作中，"文学"、"文章"这两个概念的内涵有着细微的区别。

《东林列传》载："我太祖高皇帝即位之初，首立太学，命许存仁为祭酒，一宗朱氏之学，令学者非五经、孔孟之书不读，非濂、洛、关、闽之学不讲。成祖文皇帝益张而大之，命儒臣辑《五经四书大全》及《性理全书》，颁布天下。"① 奠定儒家程朱理学思想在明代的统治地位。在科举制度上，明代"始以经义，继以论表，终以策问，是欲并理学、经济、文章而备求之一人"②。儒学渗入到明代政治、社会生活的方方面面，文学创作活动也逐渐受到儒家思想的干涉。明代弘治年间出现的"陈庄体"是类似于宋代"击壤体"的理学家诗歌："至于诗，则名家者犹罕。国初诗人，生胜国乱离时，无仕进路，一意寄情于诗，多有可观者，如编修高启，盖庶几古作；其后举业兴而诗道大废，作者皆不得已应人之求，岂特少天趣？而学力亦不逮矣。……弘治检讨陈献章、庄昶养高山林，以诗鸣，谓之陈庄体，为世所宗。"③ 明代举子一遵程朱儒学章句从事制艺，导致"诗道大废"；另外，道学家陈献章、庄昶的诗歌创作又符合时人的趣味而"为世所宗"，正反两方面都说明儒家思想对明代诗歌的影响。在明代翰林作家的观念中，"文学"和"文章"是两个概念，各自的内涵不同，它们的区别表明了在儒学影响之下明人对文学的认识。

1. "文学"一词包含儒家学术的含义

"文学"一词在明代指的是"文章"和"学问"。清人考翰林之名，初见于汉时。"未以署官，特作赋者假喻于文辞云尔。唐翰林院，初本儒臣、文学、

---

① （清）陈鼎：《东林列传》，文渊阁四库全书，第 458 册，卷二，第 199 页。
② （清）龙文彬：《明会要》，中华书局 1956 年版，第 868 页。
③ （明）黄佐：《文体三变》，《翰林记》，文渊阁四库全书，第 596 册，卷十九，第 1073 页。

供奉、待诏之所。"① 在这里，儒臣与文学分开言，"文学"的意义与现代之"文学"的含义接近，但在明代时合文学于"儒术"一词。仁宗朝（1425），赐祭胡广文曰："卿德行之修，文学之懿，士林所重。"② 宣宗时多次荐举"文学"之士：①四川双流县知县孔有谅言六事，其一曰慎科目，考察人才时，"间有文学中式者，实行或乖，以致真才少见"③，句中把"文学"作为"实行"的对立面对举，含"文学"、"学问"两种意思。②李时勉是宣宗时翰林院中的学者，他得罪仁宗，被投入锦衣卫狱，宣宗"闻其文学，遂释之而复其官"④。此"文学"一词的理解当结合李时勉为明世著名师儒的生平，可知它明显地含有"学问"的意义。③"上屡命廷臣举文学才艺之士，冀得人为用，（边）文进以绘事供奉内廷"⑤，纵观上下文，皇帝欲"得人为用"，"文学"与"才艺"分开言，它也包含了"学问"的含义。④英宗时，罗汝敬卒，《明英宗实录》的简短小传谓："汝敬，江西吉水人，永乐甲申进士，选为翰林庶吉士。时太宗注意作养，忽召汝敬背诵古文，不能称旨……汝敬自是奋力进学，寻擢为修撰，九年满升侍郎……汝敬文学才干皆有可称。巡抚侍郎于谦尝戏汝敬，闭于空室，令作诗三十韵放之，汝敬援笔顷刻而就，人服其敏云。"⑥ 罗汝敬"奋力进学"，研讨儒家经典，所以他的"文学才干"皆有可称处。⑤英宗敕谕："凡生员，'四书'本经必要讲读精熟，融会贯通，至于各经子史诸书，皆须讲明……学者所作'四书'经义论册等文务要典实，说理详明，不许虚浮夸诞……先须察其德行，考其文学；果所行所学皆善，须礼待之；若一次考验，学问疏浅，姑且诫励。"⑦ 生员学习写的"'四书'经义论册等文"，既有文章的成分，又有学问的分量，所以有司"察其德行，考其文学；果所行所学皆善，须礼待之"，而如果有"文"之士"学问疏浅"，则加训斥，此处"文学"一词也是把"文章"与"学问"合成一个词语。

---

① （清）鄂尔泰等：《词林典故》，文渊阁四库全书，第599册，卷二，第446页，"官制"条。
② 黄彰健等校：《明仁宗实录》，卷九下，第291页。
③ 黄彰健等校：《明宣宗实录》，卷十一，第307页。
④ 同上书，卷二十二，第585页。
⑤ 同上书，卷二十三，第618页。
⑥ 黄彰健等校：《明英宗实录》，卷六十，第1151—1152页。
⑦ 同上书，卷十七，第345页。

　　明人普遍地使用"文学"这个词，一般都把"文章"与"学问"的含义糅合在一起。嘉靖初张璁因大礼议骤贵，升翰林学士，为翰林院官员所轻，对翰林院官员心怀宿恨。未几，张璁入为大学士，遂寻机报复。"入阁未几，上以侍读汪佃进讲《洪范·九畴》不称旨，令吏部改调外任，因命内阁选择翰林诸臣，称职者留用，不称者量除他官，盖疑璁有密揭也。杨一清等言：'翰林清要之地，诚不可以匪人处之。且文学政事，才各有宜，枉而用之，终无成绩。宋两制儒臣，皆尝扬历州郡，遂多名臣，内外均劳，自昔然矣。臣请选自讲读以下，其学有本原，文能华国，行义无玷者，存留供职，以备经筵史局之选。即文学未称，而才识疏通，堪理政事者，请下吏部，量才外补。'"① 此处"文学"，即指文（文能华国）与学（学有本原）两重含义。

　　2. 用于专指创作的"词章"、"文辞"等词语

　　明人另有专门的词语如"文章"、"词章"、"辞章"、"文词"来称谓文学创作，而且用词具有一定约定俗成的性质。《明宣宗实录》多有此类例子：

　　①"（林志）学经史诸子及天经地志医卜之说，靡不通晓，文章简奥，不蹈袭旧说。"（第 730 页）

　　②宣德五年（1430），"命大学士杨士奇、杨荣、金幼孜曰：'新近进士多年少，其间岂无有志于古人者，朕欲循皇祖时例，选择俊秀十数人，就翰林教育之，俾进学励行，工于文章，以备他日之用。卿等可察其人及选其文词之优者以闻。'于是士奇等选萨琦、逯端、叶锡、陈玑、林补、王振、许南杰、江渊八人以闻，上命行在吏部俱改为庶吉士，送翰林进学"。（第 1523 页）

　　③金幼孜"其学该博，文章和平宽厚，类其为人"。（第 1969 页）权谨有操履而不善文章。

　　④曾棨"学博才赡，为文章沛然莫御，无间贵贱幽远，求辄应之，诗文布于四方"。（第 1986 页）

　　⑤宣宗谕："考官取士，但据文章不悖经义，即可充选……若德行不修而徒有文辞亦终无益；考官须是学问老成、心术正大之士。"（第 2037 页）

　　⑥宣宗作赋《织妇词》一篇以示左右臣曰："朕非好为词章"，并且作诗一

　　────────────

　　① （明）焦竑：《玉堂丛语》，卷八，第 278 页。

首吟咏此事："……优游词垣内，研究古载籍，摛辞务淳彪，励行必端直……"（第 2250 页）其中学问、词章、德行分别言之。

《明英宗实录》使用这些词的地方，其含义也是相同的：

①张瑛在内阁，"无所建白，文章、政事皆非所长云"。（第 458 页）

②永乐戊戌（1418）科第二人周叙，"其文章雅赡，字体苍劲，为时所重"。（第 677 页）

此外，时人的一些著述用词也可佐证之。《水东日记》提到"王景彰学士、张宗海修撰之文章经术"①。《玉堂丛语》记解缙赞刘三吾曰："余闻之，故老多言：国初草昧时，官民冠冕衣裳之制，皆出自三吾。可谓有制作才，不独擅华国之文而已也。论者又谓文章不如宋濂，而浑厚过之……"② 这里赞扬刘三吾有两种才干，其中的"文章"即指"华国之文"，有别于他考述儒家礼制的才能。

3. 道德与文学合离的关系

明代翰林院作家对儒家道德与文学的关系，大体持尊经、轻文的态度，这些看法与社会整体对文学的观点具有一致性。

主张文学与儒家道德结合的思想始于明太祖洪武初年。洪武三年（1370），"诏曰：汉唐及宋取士，各有定制，然贵文学而不求德艺。前元待士甚优，而权要每纳奔竞之人，夤缘阿附，辄窃仕禄，其怀材抱道者，耻与并进；自今年八月始，特设科举，务取经明、行修、博通古今、名实相称者，朕将亲策于廷，第其高下"③。明太祖欲纠正汉、唐、宋三代"贵文学而不求德艺"的取士制度缺陷，因此要求把文学与德艺结合起来考试人才，敕谕全国，这个做法为他的子孙继承，预期效果逐渐显现出来："所以三百年来，士贵名节，人重清修。即应试之文，多醇正典雅，无非道德所发挥，即文章亦德行也。"④ 明宣宗在殿试时指示近臣："国家取士，科目为先……后世惟考其文学而遂官之，欲得真才难矣。然文章论议本于学识，有实学者，其言多剀切；无实见者，其言多浮靡。唐虞取士，亦常敷奏以言，况士习视朝廷所尚，朝廷尚典实则士习

---

① （明）叶盛：《江浙文物之盛》，《水东日记》，中华书局 1980 年版，卷二十六，第 259 页。

② （明）焦竑：《玉堂丛语》，卷六，第 198 页。

③ （清）嵇璜等：《历代制·下》，《钦定续通典》，文渊阁四库全书，第 639 册，卷十九，选举三，第 260 页。

④ （清）孙承泽：《贡举》，《春明梦余录》，文渊阁四库全书，第 868 册，卷四十，第 260 页。

日趋于厚；尚浮华则士习日趋于薄，此在朝廷激励成就之有道也。"又曰："我祖宗之法取士尚惇厚，不尚浮华，尔等精择之，朕将亲览焉。"① 宣宗进一步认为文章本于学识，有实学者言辞必剀切，无实见者言多浮靡，在儒家学术与文学创作及文风之间建立起某种关联。

明代国家确立了儒学的崇高地位，逐渐引发士大夫和文人对文道结合观点的认同。成化年间，桑悦（1447—1503）的文学创作曾为翰林院馆阁文学重要作家邱濬排斥，但桑悦本人仍持文道合一的主张，持论较馆阁作家有过之而无不及。桑悦《子游言公祠堂碑》：

> 圣人学文于天地，贤者学文于圣人。文学以经纬天地为极，自非圣人莫能与乎斯文也。……然则公之文学，乃入圣师文学之阶梯，又岂止言语文字而已哉？若曰孔子作《春秋》，笔则笔，削则削，游、夏不能赞一辞，是又以言语文字为文学也；以言语文字为文学，特艺焉而已耳，所以汉唐诸书以儒林、文艺分为二传，抑彼扬此，意深有在。杜子美诗亦曰："文章一小技，于道未为尊。"若公之文章，诚可谓道德传闻（《吴都文粹续集》传闻一作博文二字）者，果可以小技目之欤？今去公二千余年，而世之名为儒者，不过哺啜简册二尺四寸之糟粕，为出入口耳四寸之妙用；就使其文其学，华藻如相如，勤笃如元凯，亦画饼充饥，曷足以窥圣学之一斑，而况识浅谀闻之士？稍能呼风喝月，抽黄配白，即以小才自恃；渴思吞海，狂欲上天，不复知身心为何物，甚至剽窃章句，惟取掇拾科第而止，以是谓之文学，宁不有玷公之文学乎？学公之文学，必以求道为主。等而上之，见道卓尔，则颜子之文学在是，由是优而游之，不知由之乃孔子之文学也。呜呼！是可一蹴而至否耶？②

此碑文表现出尊崇圣人、尊道轻文的倾向，主张文学以求道为主的观点，说明了明代初、中期从上至下、笼罩整个社会的儒家文学观。这种文学观首先在翰

---

① 黄彰健等校：《明宣宗实录》，卷二十六，第672—673页。
② （明）桑悦：《子游言公祠堂碑》，《明文海》，文渊阁四库全书，第1453册，卷六十八，第603页。

林院作家的创作观念和作品中得以体现。

在文与道之间产生矛盾之时，明代馆阁作家排斥文词。连酷好欧阳修文章的仁宗，从稳固统治的需要出发，有时也排斥文词。"上召大学士杨士奇等谕曰：'朝廷所重，安百姓；而百姓不得蒙福者，由牧守匪人，由学校失教。故岁贡中，愚不肖者十率七八。古事不通，道理不通，此岂可授安民之养？自今宜戒因循之弊；严考之本经、"四书"义，不在文词之工拙，但取有理者。'"① 翰林院出身的以师道自膺的学者章懋严格甄别文学与儒学各自的统绪，不使二者混淆："道德一条，题目最大，非纯乎圣贤之学者，不足以当之。如吕东莱及何、王、金、许四先生者，固无庸议；其次则徐毅斋侨、杨船山与立、叶通斋由庚三先生，可以亚之；若更入他人，则似乎泛滥而不纯矣。至于范浚、潘墀、时澜、应镛、邵困、吴师道，虽深于经学，皆有著述，然道德恐有所未及，盖亦汉儒之类，恐当以儒林目之；王炎泽、石一鳌、戚仲贤、吕浦，则又其下者也；此外傅寅、马之纯、孙道子、胡长孺、柳贯、黄溍、张枢、胡助、陈樵、宋濂，皆不过文章之士，恐当以文学目之，如此分别，庶几游、夏文学不混于颜、闵之科，使后人无得而议焉。"② 宋濂等人在元末兼具儒者与作家的身份，但在道德上有所不及，只能算是"文章之士"。章懋的看法无疑代表了后人对宋濂的评价，所以清代修《明史》时，宋濂仅被列入《文学传》而不能升入《儒林传》。

结　　语

从明朝建立之时起，程朱理学在国家政治生活中的崇高地位就得以确立，它深刻地影响了明代文学的创作及作家的思想。有明一代翰林院作家的创作异常丰富，在初中期的明文坛上，他们激扬文字，主导风流，但也深受儒家思想的影响。拙著所探讨的对象为明代初中期翰林院作家与儒家思想的关系，而对嘉靖以后的翰林院作家与儒学关系的研讨则有所歉焉，但笔者相信这个观点适用于整个明代的作家及其文学创作活动。

---

① 黄彰健等校：《明仁宗实录》，卷三下，第127页。
② （明）章懋：《与韩知府泰》，《枫山集》，文渊阁四库全书，第1254册，卷二，第52页。

第二章　北宋馆阁学士与明代翰林院馆阁文学

清代乾隆三十八年（1773）开四库馆，纂修《四库全书》。以纪昀为首的翰林院官员对历代典籍进行整理，并且为每部典籍撰写提要，做了大量钩玄提要、爬梳剔抉的工作。他们撰写的提要语，反映出清代翰林院文人一贯持有的典型观念和典范意识，这种观念被纪昀等人普遍地运用到对明代翰林作家著述的评价中。纪昀以典范意识这个尺度来衡量明人的馆阁文学创作，观点相当准确，眼光非常精到。这种现象启发了拙著对明代翰林院文风与宋代翰林作家之间传承关系的研究。本章论述了元代到清代的翰林院作家一直都存在着对宋代馆阁文学的崇拜心理。明代翰林作家在各种文类的创作上，普遍地以宋代有过翰林经历的作家及其作品为顶礼膜拜的对象，学习他们的创作，形成历代馆阁文学相对一致的风格，主要表现为学习欧阳修、苏轼、王安石、曾巩等人的文学创作。

第一节　《四库全书总目》论典范意识

在中国封建社会文化最为高涨的时期，清代乾隆朝编纂了《四库全书》。经纪昀总其成的《四库全书总目提要》，对清朝之前的中国文化作了一番总结，这是与清王朝在文治武功走向辉煌时而形成高屋建瓴的眼光紧密相关的。以这种眼力来观照此前的历代文化，表现为树立批评的标准，即某种典范意识。康熙皇帝撰《训饬士子文》："尔诸生幼闻庭训，长列宫墙，朝夕诵读，宁无讲究？必也躬修实践，砥砺廉隅，敦孝顺以事亲，秉忠贞以立志，穷经考义，勿杂荒诞之谈，取友亲师，悉化惊盈之气；文章归于醇雅，毋事浮华，轨度式于规绳，最妙荡轶。子衿佻健，自昔所讥。苟行止有亏，虽读书何益？"① 文中谈到诸生文章要合乎轨度，是清代较早涉及文风的文献。雍正十年（1732），"奉上谕：制科以四书文取士，所以觇士子实学，且和其声，以鸣国家之盛也。语云：'言为心声'，文章之道与政治通，所关巨矣……况四书文号为经义，原以阐明圣贤之义蕴而体裁、格律先正具在，典型可稽，虽风尚日新，华实并茂而理法、辞气、指归则一。"② 雍正皇帝也有意地以"典型"来饬令当时的士子。

纪昀在《四库全书总目》中也以典范意识作为纂写提要的绳约：

1. 经部　明代刘绩《三礼图》的《提要》："是书所图，一本陆佃《礼象》、陈祥道《礼书》、林希逸《考工记解》诸书，而取诸《博古图》者为尤多，与旧图大异。考汉时去古未远，车服礼器犹有存者。郑康成图虽非手撰，要为传郑学者所为。阮谌、夏侯、伏朗、张镒、梁正亦皆五代前人，其时儒风淳实，尚不以凿空臆断相高。聂崇义参考六本，定为一家之学。虽踳谬沿伪在所不免，而递相祖述，终有典型。"③ 强调师徒授受，祖述前贤，因而学术具有典型。

2. 集部　宋魏天应《论学绳尺》的《提要》论制艺："其始尚不拘成格，如苏轼《刑赏忠厚之至论》，自出机杼，未尝屑屑于头项、心腹、腰尾之式。南渡以后，讲求渐密，程序渐严。试官执定格以待人，人亦循其定格以求合，于是双关、三扇之说兴，而场屋之作遂别有轨度，虽有纵横奇伟之才亦不得而越。此编以绳尺为名，其以是欤？"④ 连制艺都强调其自有轨度约束。

3. 集部　元潘昂霄《金石例》的《提要》论金石文的撰写："九卷之末，有跋云：右先生《金石例》皆取韩文，类辑以为例，大约与徐秋山括例相去不

① （清）康熙：《圣祖仁皇帝御制文集》，文渊阁四库全书，第1299册，第三集，卷二十五，第195页。
② （清）雍正：《世宗宪皇帝上谕内阁》，文渊阁四库全书，第415册，卷一百二十一，第621页。
③ （清）永瑢等：《〈三礼图〉提要》，《四库全书总目》，卷二十二，第176页。
④ （清）永瑢等：《〈论学绳尺〉提要》，《四库全书总目》，卷一百八十七，第1702页。

远……又知六卷至八卷所谓韩文括例者，皆全采徐氏之书，非昂霄所自撰矣。其书叙述古制，颇为典核，虽所载括例但举韩愈之文，未免举一而废百，然明以来金石之文，往往不考古法，漫无矩度，得是书以为依据，亦可谓尚有典型，愈于率意妄撰者多矣。"①

4. 论启札之体以"典型"："《中州启札》二卷《永乐大典》本，元吴宏道撰……裒中州诸老往复书尺，类为一编，凡若干卷。体制简古，文词浑成。其上下议论，率于政教彝伦有关，风流笃厚，典型具存。今考其所载，有赵秉文、元好问、张斯立、杜仁杰诸人札子，大抵皆一时名流。《永乐大典》载宋元启札最夥，其猥滥亦最甚，惟此一编，犹稍稍近雅，以文多习见，故亦仅存其目焉。"②

5. 表现在对本朝文集批评中的典型意识。清代宋荦《西陂类稿》的《提要》谓："平心而论，荦诗大抵纵横奔放，刻意生新，其渊源出于苏轼……又施元之苏诗注，久无传本。荦在苏州重价购得残帙，为校雠补缀，刊板以行，其宗法可以概见。故其诗虽不及士禛之超逸，而清刚隽上，亦拔戟自成一队；其序、记、奏议等作，亦皆疏畅条达，有眉山轨度。"③清李来章《礼山园文集》的《提要》谓："是集摹仿欧、曾，颇为近似。以作意点缀求姿，故或失之微缛。中如《李氏紫云山庄记》、《辛公子传》诸篇，规橅古人，亦觉墨痕未化，谓之不失典型则可矣。"④

每一种提要，先由四库馆臣在编纂《四库全书》时分头写成，最后由纪昀润色，总为《四库全书总目》，所以这种櫽括历代文化成就加以总结的典范意识是清代乾隆时期学者们的普遍意识。运用它对经、史、子、集四大部类的古代典籍进行观照、审视，反映了清代学者弃其糟粕、取其精华的眼光。

《四库全书总目》对历代别集的提要，清晰地表现出"考镜源流"的方法论。所使用的"典型"、"轨度"、"雅音"等批评语词，它们的形成也有一个过程。在论明代别集时，四库馆臣常使用"前辈流风余韵"、"故步"、"北宋诸臣

---

① （清）永瑢等：《〈金石例〉提要》，《四库全书总目》，卷一百九十六，第1791页。
② （清）永瑢等：《〈中州启札〉提要》，《四库全书总目》，卷一百九十一，第1737页。
③ （清）永瑢等：《〈西陂类稿〉提要》，《四库全书总目》，卷一百七十三，第1526页。
④ （清）永瑢等：《〈礼山园文集〉提要》，《四库全书总目》，卷一百八十三，第1657页。

奏议遗风"等词，也说明典范意识已经形成。拙著将在下面的章节中以《四库全书总目》所表现的典范意识这一切入点，对明代翰林院馆阁文学的渊源研究进行探讨，揭示明代翰林院作家创作与宋代馆阁作家及其创作之间的关系。

第二节 《四库全书总目》诸提要论北宋馆阁文学

清代四库馆臣对历代典籍提要时使用的"典型"、"轨度"、"雅音"等词汇，反映了他们的批评标准。宋代馆阁作家的成功创作，形成了清人对南宋、元、明文学创作进行批评的绳约。从明代馆阁文学创作的实际情况来看，洪武、永乐乃至正统年间，明代翰林作家对北宋的散文创作极为推崇；天顺、成化以后，诗文并宗北宋馆阁作家，影响愈来愈深远，从而激发了前七子派对宗宋潮流进行反拨的文学复古运动。

1. 馆阁文学整体宗尚风格出现之前的"典型"论

纪昀等人长期担任文学侍从之臣，供职宫廷和翰林院，他们推崇雅则的文风，对历代翰林院作家文学创作的实绩把握得很准确。虽然唐朝已有翰林院的建制，但当时的文学成就没有显现出翰林院作家作为一个整体应当具有的独特风貌，所以四库馆臣亦不论及，但诸如"典型"等词已出现在四库馆臣对唐人著述的批评语汇中，而且清人论述北宋初诗文革新之前的诗文别集时，所使用的"典型"一词的含义并不明确。唐钱起《钱仲文集》的《提要》："大历以还，诗格初变，开、宝浑厚之气，渐远渐漓，风调相高，稍趋浮响。升降之关，十子实为之职志。起与郎士元其称首也。然温秀蕴藉，不失风人之旨，前辈典型，犹有存焉。"[①] 自汉代建安以来，诗风转向绮丽，《诗经》开创的温柔敦厚的诗歌传统渝失不返，这里所指的"前辈典型"大概指的是李白《古风》五十九首其一"大雅久不作"[②] 句之《诗经》传统。

北宋翰苑馆阁文学的风格的形成和定型有一个过程：

---

① （清）永瑢等：《〈钱仲文集〉提要》，《四库全书总目》，卷一百五十，第1286页。
② （唐）李白：《李太白文集》，上海书店1988年版，卷二，第42页。

《国老谈苑记》：太宗幸龙图阁阅书，指西北架一漆画箧——上亲自署钥者，谓学士陈尧叟曰："此田锡之奏疏也。"怆然者久之。则当时已重其言，故其没也，范仲淹作墓志、司马光作神道碑，而苏轼序其奏议，亦比之贾谊。为之操笔者，皆天下伟人，则锡之生平可知也。诗文乃其余事，然亦具有典型，其气体光明磊落，如其为人，固终非漂淰者所得仿佛焉。①

田锡（940—1003）的奏议为宋太宗（976—997 年在位）所重，富于文体"典型"，他的诗文也具有"光明磊落"的"典型"性，与其人格相仿，但并非指宋初翰林院馆阁文学的整体气象。宋真宗（998—1022 年在位）时期，朝廷君臣彼此唱和。以杨亿（974—1020）、刘筠（971—1031）、钱惟演（977—1034。一作 962—1034，误）为首的馆阁诗人大量地写作辞采华丽、属对精工的"西昆体"诗。《〈西昆酬唱集〉提要》曰：

其诗宗法唐李商隐，词取妍华而不乏兴象，效之者渐失本真，惟工组织，于是有优伶挦撦之戏。石介至作《怪说》以刺之，而祥符〔按，大中祥符（1008—1016），宋真宗的年号〕中递下诏禁文体浮艳，然介之说，苏轼尝辨之。真宗之诏缘于《宣曲》一诗，有"取酒临邛"之句。陆游《渭南集》有《西昆诗跋》言其始末甚详。初不缘文体发也。其后欧、梅继作，坡、谷迭起，而杨、刘之派遂不绝如线。要其取材博赡，练词精整，非学有根柢，亦不能镕铸变化，自名一家，固亦未可轻诋。《后村诗话》云："《西昆酬唱集》对偶字面虽工而佳句可录者殊少，宜为欧公之所厌。"又一条云："君谟以诗寄欧公，公答云：'先朝杨、刘风采，耸动天下，至今使人倾想。'岂公特恶其碑板、奏疏，其诗之精工律切者，自不可废欤？"二说自相矛盾。平心而论，要以后说为公矣。②

清人以翰林词臣的去取眼光评论西昆体，认为"其诗之精工律切者自不可废"，

---

① （清）永瑢等：《〈咸平集〉提要》，《四库全书总目》，卷一百五十二，第 1306 页。
② （清）永瑢等：《〈西昆酬唱集〉提要》，《四库全书总目》，卷一百八十六，第 1693 页。

并且指出北宋大家欧、梅、苏、黄既变革西昆体，又吸收其长处，这是很有见地的看法。虽然西昆体并非四库馆臣所希慕、挹扬的翰林馆阁文学风格，但在北宋中期形成的、为后世翰林院馆阁文学宗尚的馆阁文学风格里有着它的因子。晏殊（991—1055）为北宋初的宰相，又是馆阁著名作家。《宋史》本传称：

> （晏）殊平居好贤，当世知名之士，如范仲淹、孔道辅，皆出其门。及为相，益务进贤材，而仲淹与韩琦、富弼皆进用，至于台阁，多一时之贤。……文章赡丽，应用不穷，尤工诗，闲雅有情思。①

晏殊的诗词，雍容华贵，并非欧阳修复古运动以后的文风，却对后世的翰林院馆阁文学产生了影响。

2. 北宋翰林的馆阁文学

北宋文学人才最盛的"庆历到元丰（1041—1085）期间"②，涌现出一大批具有翰林经历的作家及其创作，形成后世视为典范的文学风格。《四库全书总目》之北宋毕仲游（1047—1121）《〈西台集〉提要》谓：

> 仲游少负隽名，其试馆职时，所与同策问者，乃黄庭坚、张耒、晁补之诸人，而苏轼独异所作，擢为第一。他日，又举以自代，且称其学贯经史，才通世务，文章精丽，议论有余。原状具见东坡集中。今观其著作，大都雄伟博辨，有珠泉万斛之致，于轼文轨辙最近，针芥之契，殆由于此，其间如《正统》、《封建》、《郡县》诸议，虽不免稍失之偏驳，而其他论事之作，类皆明白详尽，切中情理，不为浮夸诞谩之谈。盖其学问既有根柢，所从游者，如富弼、司马光、欧阳修、范纯仁、范纯粹、刘挚辈，又皆一时名德，渐渍薰陶，故发为文章，具有典则。③

---

① （元）脱脱：《宋史》，中华书局1977年版，卷三百一十，列传第七十，第10197页。
② 游国恩等：《中国文学史》，第二册，人民文学出版社1964年版，第4页。
③ （清）永瑢等：《〈西台集〉提要》，《四库全书总目》，卷一百五十五，第1337—1338页。

这里讲到毕仲游与苏轼"文轨最近",又与当时巨公富弼(1004—1083)、司马光(1019—1086)、欧阳修(1007—1073)、范纯仁(1027—1121)、范纯粹(1046—1117)、刘挚(1030—1098)交游,所以发为文章,自然就"具有典则"。李彭《日涉园集》之《提要》曰:

> 所与酬倡者,如苏轼、张耒、刘羲仲等,皆一代胜流,故其诗具有轨度,无南宋人粗犷之态。吕居仁称其诗文富赡宏博,非后生容易可到。刘克庄《后村诗话》,亦称其博览强记,而独惜其诗体拘狭少变化。今观所作,克庄所论为近之,然边幅未宏而锤炼精研,时多警策,颇见磨淬之功。在江西派中,与谢逸、洪朋诸人,足相颉颃,终非江湖末派所能及也。①

据赵彦卫《云麓漫钞》,李彭(约1094年前后在世)在江西诗派中位居第十五。李彭与师友互相切磋,诗歌创作上因而"具有轨度",体现出"富赡宏博"的特色,非江湖末派所能及。四库馆臣称赵令畤"所与游处,皆元祐胜流,诸所纪录,多尚有典型"②。吴则礼(?—1121)《北湖集》之《提要》曰:

> 则礼诗格峭拔,力求推陈出新,虽间涉于颓唐,而逸趣环生,正复不烦绳削。近体好为生拗,笔力纵横,愈臻道上。杂文虽寥寥数首,而法律严密,具有典型。观所作《欧阳永叔集跋》、《曾子固大般若经抄序》,知其于古文一脉,具有渊源,宜其折矩周规,动符轨度,固非渡江以后讲学家支离冗漫之体所得而比并矣。③

吴氏与陈师道(1053—1102)、韩驹(1080—1135)、唐庚(1070—1120)等唱和,故其诗作染江西诗派之习,而古文"具有渊源",推崇欧公,反对"组绣

---

① (清)永瑢等:《〈日涉园集〉提要》,《四库全书总目》,卷一百五十五,第1339页。
② (清)永瑢等:《〈侯鲭录〉提要》,《四库全书总目》,卷一百四十一,第1194页。
③ (清)永瑢等:《〈北湖集〉提要》,《四库全书总目》,卷一百五十五,第1338页。

雕琢，务为奇巧妩丽"① 之文。

《宋史·文苑传一》序称：

> 自古创业垂统之君，即其一时之好尚，而一代之规抚可以豫知矣。艺祖革命，首用文吏而夺武臣之权，宋之尚文，端本乎此。太宗、真宗，其在藩邸，已有好学之名，作其即位，弥文日增。自时厥后，子孙相承，上之为人君者，无不典学；下之为人臣者，自宰相以至令、录，无不擢科，海内文士彬彬辈出焉。国初，杨亿、刘筠犹袭唐人声律之体，柳开、穆修志欲变古而力弗逮。庐陵欧阳修出，以古文倡，临川王安石、眉山苏轼、南丰曾巩起而和之，宋文日趋于古矣。南渡文气不及东都，岂不足以观世变欤？②

北宋从宋太祖开国始，即形成抑武右文的国策，影响几三百年。宋代皇帝均爱好文艺，影响所及，两宋涌现大量的学者、作家，著述繁富，远逾前代。欧阳修（1007—1073）借知贡举的权力，强制改变文风，掣起古文运动的大纛，王安石（1021—1086）、苏轼（1037—1101）、曾巩（1019—1083）起而和之，终于完成古文运动的任务。这四位北宋作家及其文学成就不仅奠定了北宋文学的基石，也是明代翰林作家师法的对象，四库馆臣给予他们很高的评价。

这些领袖文坛的作家，在京师汴京供职翰林之时，互相鼓吹，掀起诗文革新运动的浪潮。苏轼等人更与所谓"元祐胜流"作家们酬唱，形成强势的文学创作团体，影响巨深。下面列出四位北宋古文运动主将的馆阁经历及其文学创作实绩。

欧阳修："宋兴且百年，而文章体裁犹仍五季余习，锼刻骈偶，溗涩弗振，士因陋守旧，论卑气弱。苏舜元、舜钦、柳开、穆修辈，咸有意作而张之，而力不足。修游随得唐韩愈遗稿于废书簏中，读而心慕焉。苦志探颐，至忘寝食，必欲并辔绝驰而追，与之并。举进士，试南宫第一，擢甲科，调西京推官，始从尹洙游，为古文，议论当世事，迭相师友；与梅尧臣游，为歌诗，相

---

① （宋）吴则礼：《六一居士集跋》，《北湖集》，文渊阁四库全书，第1122册，卷五，第467页。
② （元）脱脱：《宋史》，卷四百三十九，列传第一百九十八，第12997—12998页。

倡和，遂以文章名冠天下。入朝为馆阁校勘……复学士，留守南京。……迁翰林学士，俾修《唐书》……知嘉祐二年（1057）贡举。时士子尚为险怪奇涩之文，号'太学体'。修痛排抑之，凡如是者，辄黜毕事。向之嚣薄者，伺修出，聚噪于马首，街逻不能制，然场屋之习从是遂变。加龙图阁学士，知开封府。……唐书成，拜礼部侍郎兼翰林侍读学士。修在翰林八年，知无不言……为文天才自然，丰约中度。其言简而明，信而通，引物连类，折之于至理，以服人心，超然独骛，众莫能及，故天下翕然师尊之。奖引后进，如恐不及，赏识之下率为闻人。曾巩，王安石，苏洵，洵子轼、辙，布衣屏处，未为人知，修即游其声誉，谓必显于世。……苏轼叙其文曰：'论大道似韩愈，论事似陆贽，记事似司马迁，诗赋似李白。'识者以为知言。"①

苏轼："嘉祐二年（1057），试礼部。方时文磔裂诡异之弊胜，主司欧阳修思有以救之，得轼《刑赏忠厚论》，惊喜，欲擢冠多士，犹疑其客曾巩所为，但置第二。复以《春秋》对义，居第一，殿试中乙科。……欧阳修以才识兼茂，荐之秘阁。试六论，旧不起草，以故文多不工。轼始具草，文义粲然。复对制策，入三等。自宋初以来，制策入三等，惟吴育与轼而已……寻除翰林学士。二年，兼侍读……宣仁后崩，哲宗亲政。轼乞补外，以两学士出知定州……其体浑涵光芒，雄视百代，有文章以来，盖亦鲜矣。……高宗即位，赠资政殿学士，以其孙符为礼部尚书。又以其文置左右，读之终日忘倦，谓为文章之宗。"②

曾巩："欧阳修见其文，奇之。中嘉祐二年（1057）进士第。调太平州司法参军，召编校史馆书籍，迁馆阁校勘、集贤校理，为实录检讨官……神宗召见，劳问甚宠，遂留判三班院……帝以三朝、两朝国史各自为书，将合而为一，加巩史馆修撰，专典之……为文章，上下驰骋，愈出而愈工，本原六经，斟酌于司马迁、韩愈，一时工作文词者，鲜能过也。"③

王安石："其属文动笔如飞，初若不经意，既成，见者皆服其精妙。友生曾巩携以示欧阳修，修为之延誉。擢进士上第，签书淮南判官。旧制，秩满许

---

①　（元）脱脱：《宋史》，卷三百一十九，列传第七十八，第10381页。

②　同上书，卷三百三十七，列传第九十七，第10801、10802、10811、10815页。

③　同上书，卷三百一十九，列传第七十八，第10390—10392页。

献文求试馆职，安石独否。再调知鄞县……寻召试馆职，不就……帝（神宗）由是想见其人，甫即位，命知江宁府。数月，召为翰林学士兼侍讲。"①

以上四位翰林学士的文学创作成为北宋文学的典型，也成为元、明两代翰林馆阁文学的学习对象。我们看到，北宋古文运动的代表作家实际上都有过任职翰林的经历。宋时"秩满许献文，求试馆职"，在文章政事上卓有成就的宋代文人一般有过任馆职的经历。《宋史》称"宋之得才，多由进士，而以是科（按，制举科）应诏者少。惟召试馆职及后来博学宏词，而得忠鲠文学之士。或起之山林，或取之朝著，召之州县，多至大用焉……太宗以来，凡特旨召试者，于中书学士舍人院，或特遣官专试，所试诗、赋、论、颂、策、制诰，或三篇，或一篇，中格则授以馆职……治平三年（1066），命宰执举馆职各五人……欧阳修曰：'近年进贤路狭，往时入馆有三路，今塞其二矣。进士高科，一路也；大臣荐举，一路也；因差遣例除，一路也。'……右正言刘安世建言：'祖宗之待馆职也，储之英杰之地以饬其名节，观以古今之书而开益其聪明，稍优其廪，不责以吏事，所以滋长德器，养成名卿贤相也。'"② 入选馆职的文人既多且泛，以至于他们的词臣身份被忽略不论。笔者以为，馆阁经历和词臣身份是我们考察宋代六大家的古文之所以对元、明、清诸多作家产生影响的重要因素，其重要性应当得到重视，关于翰苑馆阁文学对后世影响产生的诸因素应当进行深入的研究。

3. 北宋翰苑诸大家对南宋作家的影响

在南、北宋之交，北宋诸大家文风影响已经相当显著，往往作为当时流俗文章的对照面和参照系出现，观照着南宋文学创作中出现的各种弊端。王洋《东牟集》的《提要》称："其诗极意镂刻，往往兀奡自喜，颇不为边幅所拘。文章以温雅见长，所撰内外制词，尤有典则。盖洋生当北宋之季，犹及睹前辈典型，故其所作，虽未能上追古人，而蝉蜕于流俗之中，则翛然远矣。"③ 郑刚中（1088—1154）称："诗文则出于南北宋间，犹及见前辈典型。方回作是

---

① （元）脱脱：《宋史》，卷三百二十七，列传第八十六，第10541、10543页。
② 同上书，卷一百五十六，选举志二，第3645—3648页。
③ （清）永瑢等：《〈东牟集〉提要》，《四库全书总目》，卷一百五十六，第1351页。

集跋，称其文简古，诗峭健，在封州诗尤佳……"① 崔敦礼（？—1189）的诗文则以"篇帙尚富，大抵格律平正，词气畅达，虽不能标新领异，而周规折矩，尺寸不逾，前辈典型兹犹未坠，未可等诸自郐无讥"②。承传王安石文风的则有陆游（1125—1210），四库馆臣认为："游以诗名一代，而文不甚著，集中诸作，边幅颇狭，然元祐党家，世承文献，遣词命意，尚有北宋典型，故根柢不必其深厚，而修洁有余，波澜不必其壮阔，而尺寸不失。士龙清省庶乎近之，较南渡末流，以鄙俚为真切、以庸沓为详尽者，有云泥之别矣。"③ 与陆游、杨万里（1127—1206）交游的刘应时（约1162年前后在世），其诗"虽格力稍薄，不能与（陆）游等并驾，而往来于诸人之间，耳擩（按，原文如此）目染，终有典型，较宋末江湖诸人，固居然雅音矣"④。南宋末的陈耆卿（1180—1236）"以文人之笔藻，立儒者之典型，合欧、苏、王为一家"（《〈筼窗集〉提要》转引叶适语）。"虽当南渡后文体衰弱之余，未能尽除积习，然其纵横驰骤，而一归之于法度，实有灏气行乎其间，非啴缓之音所可比，宜其与（叶）适代兴矣。"⑤《四库全书总目》注意到吴龙翰（卒于1276年后）诗法正眼授受所自，"是其渊源授受，犹及见前辈典型，故其诗清新有致，颇耐咀吟，在宋末诸家尚为近雅"⑥。

4. 苏轼在南宋的影响

北宋诸家中又以苏轼对南宋作家的影响为最著。北宋末年，政和进士郭印"其交游最密为曾慥（？—1155）、计有功（约1126年前后在世）等，皆一时博雅之士，则印亦胜流矣……其诗才地稍弱，未能自出机杼，而清词隽语，瓣香实在眉山，以视宋末嘈杂之音，固为犹有典型矣"⑦。

苏轼的影响，主要通过两种途径传播。一为师徒相授的传承方式。李廌（1059—1109）"才气横溢，其文章条畅曲折，辩而中理，大略与苏轼相近"⑧。

① （清）永瑢等：《〈北山集〉提要》，《四库全书总目》，卷一百五十八，第1361—1362页。
② （清）永瑢等：《〈宫教集〉提要》，《四库全书总目》，卷一百五十九，第1371—1372页。
③ （清）永瑢等：《〈渭南文集〉提要》，《四库全书总目》，卷一百六十，第1381页。
④ （清）永瑢等：《〈颐庵居士集〉提要》，《四库全书总目》，卷一百六十，第1382页。
⑤ （清）永瑢等：《〈筼窗集〉提要》，《四库全书总目》，卷一百六十三，第1396页。
⑥ （清）永瑢等：《〈古梅吟稿〉提要》，《四库全书总目》，卷一百六十五，第1415页。
⑦ （清）永瑢等：《〈云溪集〉提要》，《四库全书总目》，卷一百五十七，第1354页。
⑧ （清）永瑢等：《〈济南集〉提要》，《四库全书总目》，卷一百五十四，第1331页。

李昭玘（？—1126）"早为苏轼所知，耳濡目染，具有典型，北宋之末，翘然为一作者。当时与晁补之（1053—1110）齐名，固不虚也"①。叶梦得（1077—1148）"本晁氏之甥，犹及见张耒（1054—1114）诸人，耳濡目染，终有典型，故文章高雅，犹存北宋之遗风；南渡以后，与陈与义（1090—1138）可以肩随，尤、杨、范、陆诸人皆莫能及"②。二为家学渊源传承的方式。苏籀（1090—1164?）"其诗文雄快疏畅，以词华而论，终为尚有典型"③。晁公遡（晁公武弟）的先辈与苏轼过从甚密，"晁氏自迥以来，家传文学，几于人人有集。南渡后则公武兄弟最知名……其诗在无咎、叔用之下，盖其体格稍卑，无复前人笔力，固由一时风会使然，而挥洒自如，亦尚能不受羁束；至其文章，劲气直达，颇有崦崎历落之致，以视《景迂》、《鸡肋》诸集，犹为不失典型焉"④。

第三节　元、明两代的翰林院馆阁文学

一　元、明两代翰林院馆阁文学的发展与传承

1. 元代翰林院馆阁文学继续发展北宋馆阁文学的特征

两宋时期，馆阁文学的特征已然出现，代有传人，源流不绝。沈与求（1086—1137）《龟溪集》的《提要》曰："其制诰诸篇，典雅春容，亦具有唐人轨度。"⑤ 南宋许应龙（1169—1249）在理宗时历掌内外制，"史称郑清之、乔行简罢相制，皆应龙所草，帝极称其善。今二制并在集中，典雅严重，实能得代言之体。其他亦多深厚简切……大抵疏通畅达，切中事情，务为有用之

---

① （清）永瑢等：《〈乐静集〉提要》，《四库全书总目》，卷一百五十五，第1338页。
② （清）永瑢等：《〈石林居士建康集〉提要》，《四库全书总目》，卷一百五十六，第1349页。
③ （清）永瑢等：《〈双溪集〉提要》，《四库全书总目》，卷一百五十七，第1357页。
④ （清）永瑢等：《〈嵩山居士集〉提要》，《四库全书总目》，卷一百五十八，第1363页。
⑤ （清）永瑢等：《〈龟溪集〉提要》，《四库全书总目》，卷一百五十七，第1352页。

言，非篆刻为文者可比；虽其格力稍弱，然春容和雅，能不失先正典型，在南宋馆阁之中，亦可称一作手矣"①。元朝灭南宋以后，宋代馆阁文学的特征更得以发展。程钜夫（1249—1318）在宋亡以后为元世祖所重，累官翰林学士承旨，"文章亦春容大雅，有北宋馆阁余风……其诗亦磊落俊伟，具有气格。近体稍肤廓，当由不耐研思之故；古诗落落自将，七言尤多遒警，当其合作，不减元祐诸人……明太祖洪武甲戌（二十七年，1394），诏取其本入秘阁，盖数十年后已隔异代，犹重为著作典型云"②。其制作前连北宋馆阁之风，身当元朝之盛，承上启下，被明代翰林院馆阁诸臣奉为典型。王沂于元文宗至顺年间（1330—1332），历跻馆阁，多居文字之职，"与傅若金、许有壬、周伯琦、陈旅等俱相唱和，故所作诗文春容和雅，犹有先正轨度"③。许有壬（1286—1364）自延祐二年（1315）成进士，立朝五十年，卒于元顺帝至正末年，著有《至正集》一百卷，人称馆阁钜手。所谓"先正轨度"，是指王沂的创作具有宋代馆阁文学的特征。

2. 元代翰林院馆阁文学的典范性

翰苑馆阁文学经南宋到元代，一直代有传人。戴表元（1244—1310）虽终老于家，但他以振起斯文自任，实承北宋馆阁诸家的创作传统。宋濂为戴表元作《剡源集序》曰："辞章至于宋季，其敝甚久，公卿大夫视应用为急，俳谐以为体，偶俪以为奇，腼然自负其名高。稍上之，则穿凿经义，檃括声律，挛挛为哗世取宠之具。又稍上之，剽掠前修语录，佐以方言，累十百而弗休，且曰：'我将以明道，奚文之为？'又稍上之，骋宏博，则精粗杂糅而略绳墨；慕古奥，则删去语助之辞，而不可以句：顾欲矫弊而其敝尤滋。私自念辞章在世，如日月之丽乎天！……及览先生之文，新而不刻，清而不露，如晴岚出云，姿态横逸，而连翩弗断；如通川萦纡，十步九折，而无直泻怒奔之失……初先生既擢第，悯宋季辞章之陋，即濯然自异。久之，四方人士争相师法，故至元、大德间（按，即1264—1308年间），东南文章大家，皆归之先生无异

---

① （清）永瑢等：《〈东涧集〉提要》，《四库全书总目》，卷一百六十二，第1394页。
② （清）永瑢等：《〈雪楼集〉提要》，《四库全书总目》，卷一百六十六，第1433—1434页。
③ （清）永瑢等：《〈伊滨集〉提要》，《四库全书总目》，卷一百六十七，第1442页。

辞。先生之殁仅六十年，已罕有知其名若字者，殊可哀也。"① 元初柳贯
（1270—1342）虽任职翰林待制兼国史院编修官的时间较短暂，但其受经于金
履祥（1232—1303），文章轨度出于方凤、谢翱、吴思齐、方回、龚开、仇远、
戴表元、胡长孺等人，"学问渊源，悉有所受，故其文章原本经术，精湛闳肆，
与金华黄溍相上下"②。柳贯对宋、明之间翰林院馆阁文学传统的连接起到桥
梁和中介作用，由他上承宋代馆阁文学之端绪，下开启金华黄溍（1277—
1357），以至于明代宋濂。元代还有赵孟頫（1254—1322）等人起到这样的作
用。张雨（1283—1350）"早年及识赵孟頫，晚年犹及见倪瓒、顾阿瑛、杨维
桢，中间如虞集、范梈、袁桷、黄溍等，诸人皆以方外之交，深相投契，故耳
濡目染，具有典型"③。而这篇《句曲外史集》的卷首提要（系作于乾隆四十
二年九月）在"耳濡目染"句后言："渊源有自，固非方外枯槁者、流气含蔬
笋者比矣。"④ 张雨因"渊源有自"，所以他的文集与方外黄冠之流作品的"枯
槁者"、"流气含蔬笋者"面貌不同，"具有典型"。赵孟頫、虞集、黄溍这些元
代翰林院作家的风格以及他们对于宋代、明代馆阁文学所起的中间作用，得到
清代四库馆臣的赞许。

有元四大家，皆在元代翰林国史院供过职，他们的创作体现着翰林院馆阁
文学的特色。在他们的周围，受其影响，一批作家风格接近于他们。傅与砺
（字若金）为同郡范梈（1272—1330）所知，得其诗法，虞集、宋褧以异材荐
之台省，馆阁交称无异辞。"若金当元极盛之时，亲承宿老指授，故其诗极有
轨度，而文亦和平雅正，无棘吻蛰舌之音；虽不能雄视词坛，然亦可以劘诸家
之垒矣。"⑤ 赵汸（1319—1369）经术师从黄溍，诗律得自虞集，"其渊源所
自，皆天下第一，故其议论有根柢，而波澜、意度均有典型，在元季亦翘然独
出。诗词不甚留意，然往往颇近元祐体，无雕镂繁碎之态。盖有本之学与无所
师承、剽窃语录、自炫为载道之文者，固迥乎殊矣"⑥。赵汸的诗歌风格近乎

① （明）宋濂：《宋濂全集》，浙江古籍出版社1999年版，《銮坡前集》，卷六，第468页。
② （清）永瑢等：《〈待制集〉提要》，《四库全书总目》，卷一百六十七，第1443页。
③ （清）永瑢等：《〈句曲外史集〉提要》，《四库全书总目》，卷一百六十八，第1453页。
④ （清）纪昀等：《〈句曲外史集〉提要》，文渊阁四库全书，第1216册，第352页。
⑤ （清）纪昀等：《〈傅与砺诗文集〉提要》，文渊阁四库全书，第1213册，第181页。
⑥ （清）永瑢等：《〈东山存稿〉提要》，《四库全书总目》，卷一百六十八，第1461页。

"元祐体"，足以说明宋、元两代翰苑馆阁文学一脉相承。

宋、元虽异代，但馆阁作家之间或同属一宗族，或因籍贯相同、地域相近，宋代馆阁文学对元代翰林院作家的文学创作产生影响。元代翰林学士承旨、浏阳人欧阳玄（1273？—1357），其祖先庐陵人，与欧阳修同宗，"六入翰林而三拜承旨，盖当四海混一之时，文物方盛，纂修实录、大典、三史，皆大制作。两知贡举及读卷官，凡宗庙朝廷雄文大册、颁示万方制诰，多出公手……羽仪斯文，黼黻治具，公之功为最多。君子评公之文，意雄而辞赡，如黑云四兴，雷电恍惚，而雨雹飒然交下，可怖可愕；及其云散雨止，长空万里，一碧如洗，可谓奇伟不凡者矣。非见道笃而择理精，其能致然乎？呜呼！自宋迨元，三四百年之间，文忠公以斯道倡之于其先，天下学士翕然而宗之。今我文公复倡之于其后，天下学士又翕然而宗之。双璧相望，照耀两间。何欧阳氏一宗之多贤也，不亦盛哉！"① 宋濂为元代学士曾白文集作序曰："惟曾氏出于鄅国公，自都乡侯据南徙，代有显人。至于文定公巩、文肃公布、文昭公肇起于南丰，遂以文章名天下。文定之制，熛鸷奔放，雄浑瑰伟。文昭之作，简严平实，温润雅驯：最为学者之所同慕……而文肃之子司农少卿纡，固守家法，亦以辞章称……呜呼！何南丰曾氏之多贤哉？先生之裔，分自南丰，父祖皆宋进士，书诗之业，远有端绪。先生既承家庭之训，又出从元夫钜儒游，钻研六经……甲午始擢进士第，助教国子，修撰翰林……盖先生之文，刻意以文定公为师，故其骏发渊奥，黼藻休烈，起伏敛纵，风神自远……擅一代之英明，作四方之楷则，先生其有之矣。濂也不敏，幸识先生于建邺，欲以古文辞就正焉，而先生亡矣。"② 以上两序均论述了宋代馆阁作家对元代同宗之翰林作家产生的影响，而欧阳玄、曾白与宋人欧阳修、曾巩又皆江右人氏。

3. 明代对元代翰林馆阁文学的传承

（1）远承宋代馆阁文学

在明朝建立之前，刘基就十分歆羡宋代的文风，对宋代文学的成就有所论定："宋之文，盛于元丰（1078—1085）、元祐（1086—1093）时，天下犹未分也。南渡以来，朱、胡数公以理学倡群士，其气之所钟，乃在草野，而不能不

---

① （明）宋濂：《欧阳文公文集序》，《宋濂全集》，《郑济刻辑补》，第 1909—1910 页。
② （明）宋濂：《曾学士文集序》，《宋濂全集》，《銮坡后集》，卷二，第 598—599 页。

见排于朝廷……故其为文有中和正大之音，无纤巧萎靡之习，春容而纡余，衍迤而宏肆，不极于理不止，粹乎其为言也！"① 刘基、宋濂之友王袆死于明初，其文学成就固可视为明代翰林院馆阁文学的准备。"袆师黄溍，友宋濂，学有渊源，故其文醇朴闳肆，有宋人轨范。"② 四库馆臣论元末明初作家高启时兼论及古文的发展演变史："唐时，为古文者主于矫俗体，故成家者蔚为巨制，不成家者则流于僻涩。宋时，为古文者主于宗先正，故欧、苏、王、曾而后，沿及于元，成家者不能尽辟门户，不成家者亦具有典型。启诗才富健，工于摹古，为一代巨擘，而古文则不甚著名，然生于元末，距宋未远，犹有前辈轨度，非洪（熙）、宣（德）以后渐流为肤廓冗沓号台阁体者所及。"③ 这段话揭橥了欧、苏、王、曾四家古文对元、明、清以来的作家所产生的普遍影响，虽未言及高启古文渊源所自，而以其人生于元末，距宋未远，文章宗尚未变化，有前辈轨度，高度评价他的古文成就。永乐年间的王直，是甲申科（1404）进士，又被选为庶吉士，入翰林院，就学于文渊阁。教习期满，与王英一起被留馆阁，在翰林二十余年，二人合称"二王"，是著名的词臣。王直创作的"诗文典雅纯正，有宋、元之遗风。……萧镃作是集序，称其文汗漫演迤，若大河长川，沿洄曲折，输写万状。盖明自中叶以后，文士始好以矫激取名，直当宣德、正统间，去开国之初未远，淳朴之习犹未全漓，文章不务胜人，惟求当理，故所作貌似平易，而温厚和平，实非后人所及。虽不能追古作者，亦可谓尚有典型者矣"④。此处提要语亦指出明代翰林院馆阁文学与宋、元两代的馆阁文学有着承续的关系。

（2）接受元代馆阁文风的直接熏陶

杨基诗有"论文若到虞、杨地，应对清江忆范公"句⑤，推崇元代四大家的文学成就。元末明初，从柳贯到黄溍，再师徒授受至宋濂，他们之间有着清晰的渊源关联。在三人周围形成了一批文人群体，这些作家的创作是后来明代翰林院馆阁文学的先声。宋濂自叙："濂未冠，辄受经学文于乡先达，若渊颖

---

① （明）刘基：《王师鲁尚书文集序》，《刘基集》，卷二，第95页。

② （清）永瑢等：《〈王忠文集〉提要》，《四库全书总目》，卷一百六十九，第1466页。

③ （清）永瑢等：《〈凫藻集〉提要》，《四库全书总目》，卷一百六十九，第1472页。

④ （清）永瑢等：《〈抑庵集〉提要》，《四库全书总目》，卷一百七十，第1485页。

⑤ （明）杨基：《省垣对雨有怀方员外》，《列朝诗集》，第十册，甲集，卷第七，第23页。

吴公立夫，内翰柳公道传，文献黄公晋卿，皆天下名士，悉得供洒扫之役，其渊源非不正也。"① 四库馆臣说："元末文章，以吴莱、柳贯、黄溍为一朝之后劲。濂初从莱学，既又学于贯与溍。其授受具有源流，又早从闻人梦吉读贯五经，其学问亦具有根柢。《明史》濂本传称其，为文醇深演迤，与古作者并。在朝，郊社宗庙山川百神之典，朝会燕飨律历衣冠之制，四裔贡赋赏劳之仪，旁及元勋巨卿碑记刻石之辞，咸以委濂，为开国文臣之首。"② 渊源既正，根柢又深，使宋濂成为明代翰林院首臣。宋濂的创作已经显现出后来明朝翰林院馆阁文学的特征。《四库全书总目》云："濂文雍容浑穆，如天闲良骥，鱼鱼雅雅，自中节度。"③

（3）明代翰林院馆阁文学与宋代馆阁文学的关系——文统相承、诗道分途

明代翰林院作家在诸种文体的创作上继承了宋代翰林作家形成的典则和规范，而在诗歌创作上却不追随宋诗的道路。明代翰林院作家的创作，古诗学汉魏，近体学唐。元末，东南文坛领袖杨维桢（1296—1370）反对宋诗，"先生自谓代之诗人谓宋体所梏，故作此体（按，即嬉春体）变之云"④。"嬉春体"绮错婉媚，即《四库全书总目》所谓"元人欲以新艳奇丽矫之，迨其末流，飞卿、长吉一派与卢仝、马异、刘义一派，并合而为铁体，妖冶俶诡，如出一辙，诗又大弊"⑤ 之"铁体"，也是从杜甫诗歌中发展而成的，故为明初文坛的作家所普遍反对。明初，影响较大的诗派有以刘崧为首的西江派和张以宁开辟的、以林鸿为首的闽中派。西江派以雅正标宗，宗杜甫。闽中派以雄丽树帜，祢三唐而祧宋元。这两个流派在诗学宗旨上有其共同点，又各有所长，洪武间并未融合成一种统一的诗歌理论。永乐间，江西的杨士奇和闽中十子之高棅、王偁、王褒、王恭等被朝廷征修《永乐大典》，二派诗风才有融会的机缘。杨士奇受到乡邦文学的影响甚深，源头之一即为西江派。闽派诗因士子在明代

---

① （明）宋濂：《莆阳王德晖先生文集序》，《宋濂全集》，《翰苑别集》，卷二，第989页。
② （清）永瑢等：《〈宋学士全集〉提要》，《四库全书总目》，卷一百六十九，第1464页。按，《明史》卷一百二十八宋濂本传，"咸以委濂"与"为开国文臣之首"间有"屡推"二字（第3787页）。
③ 同上。
④ （清）钱谦益：《列朝诗集》，第四册，甲集前编，卷第七，第14页。
⑤ （清）永瑢等：《〈唐诗品汇〉提要》，《四库全书总目》，卷一百八十九，第1713页。

初得高第者多，"盛行于永（乐）、天（顺）之际（1403—1464），六十余载"。① 高棅"在翰林二十年，四方求诗画者略无虚日"②。其创作与诗歌理论及所选《唐诗品汇》一书影响甚巨。其诗歌及理论深契翰林趣味，"终明之世，馆阁以此书（按，《唐诗品汇》）为宗"③。明代翰林院作家内部数支宗唐的创作群体绾结于杨士奇，从他开始，宗唐诗风成为明代翰林院创作的不易准则。

二 明代翰林院馆阁文学渊源论

宋濂尤其重视文章、学问师友之间传授的重要性，持论尤多，时时见诸制作。其《题永新县令乌继善文集后》曰："世之学者必有师，虽百工伎艺之微，亦必有以相授，然后能造其阃奥。况为文者，发造化之秘，贯今古之统，苟无以管摄而阖辟之，则何以尽其变化不测之妙？其不传之于师，奚可哉？吾乡修道先生胡公，以光明正大之学，发于精深严简之文。训迪学子，篇章句字皆有法。往往从之者多得文之旨趣。其所造固有浅深高下之殊，而体裁终不失于古。四明梦堂噩师，虽居浮屠中，能久与先生游，先生为文之法，实与闻之。乌君继善，自幼学文于梦堂，凡先生所指授者，悉以语乌君。故乌君之为文，峻洁如明月珠，起伏如春江涛。因语二三子曰：'必如乌君，然后可以言文也。'若无师授，其可易致是哉？"④ 又如《孙伯融诗集序》："诗道之倡，其有师友渊源乎？非师不足尽传授之秘，非友不足成相观之善，无是二者，不可以言诗也。"⑤ 在古文与诗歌创作上，这两篇序都主张师友传授的重要性。宋濂给刘崧的诗集作序说："诗，缘情而托物者也，其亦易易乎？然非易也。非天赋超逸之才，不能有以称其器；才称矣，非加稽古之功，审诸家之音节、体制，不能有以究其施；功加矣，非良师友示之以轨度，约之以范围，不能有以择其精……濂也以缪悠之资，玩时愒日，不能成一章。性雅好登临，又无济胜之具；虽于诸家诗无所不读，终不及窥其藩篱，有负师友多矣。其视刘君，不

① （清）陈田：《明诗纪事》，续修四库全书，第 1710 册，卷十，第 338 页转引。
② 同上。
③ （清）永瑢等：《〈唐诗品汇〉提要》，《四库全书总目》，卷一百八十九，第 1713 页。
④ （明）宋濂：《题永新县令乌继善文集后》，《宋濂全集》，《翰苑别集》，卷六，第 1061—1062 页。
⑤ （明）宋濂：《宋濂全集》，《芝园前集》，卷五，第 1253 页。

亦重可愧乎？虽然，濂虽不善诗，其知诗决不在诸贤后，故因作序而相与一言之，使郊、愈复生，当不易吾言矣。"① 宋濂把自己的经验推己及人，以文坛盟主的地位臧否当时作家的成就，奖挹刘崧的诗歌成就。"刘崧平正典雅的诗风得到杨士奇的继承与发展"②，对明代台阁体的风格产生了影响。

家学渊源继续对明代翰林院馆阁文学的形成起到重要的作用。宋濂撰《苏平仲文集序》认为自秦代以下，文章莫盛于宋朝；宋代之文，莫盛于眉山苏氏父子。三苏之中，"若文公之变化傀伟，文忠公之雄迈奔放，文定公之汪洋秀杰"，三种风格皆为时人苏平仲所有。"平仲，文定公之裔孙。少警敏绝伦，诵说不劳而习。中岁大肆于文辞，精博而不粗涩，敷腴而不苟缛，不求其似古人而未始不似也。"③ 苏伯衡的文学创作受到家学的影响，与其先祖肖似，为宋濂所喜，后宋濂以翰林承旨致仕，举平仲以自代。宋濂撰《故东吴先生吴公墓碣铭》讲述明朝首科状元吴伯宗之父吴仪的师承渊源："登乡先达虞文靖公集之门，于是博极群书，其学绝出于四方……于文辞尤丰赡有力，下笔之顷，思如涌泉，开阖抑扬，不愆矩度。"④ 虞集（1272—1348）是元末的馆阁巨手，故吴仪的文学渊源极正。吴仪之子吴伯宗为洪武四年（1371）首科状元，官至武英殿大学士。"其诗文皆雍容典雅，有开国之规模，明一代台阁之体，胚胎于此。"⑤ 吴仪既缵承家学，又师承虞集，文辞不逾矩度，至其子吴伯宗，所作风格雍容典雅，有台阁气象。泰和人杨士奇为陈谟之外孙行，学问与文学皆受自陈谟。陈谟所作，"文体简洁，诗格春容，则东里渊源，实出于是。其在明初，固泬泬乎雅音也"⑥。永乐初的翰林学士解缙，其父为元代翰林学士欧阳玄所赏，卒业于欧阳玄门下，又学诗于黄溍、揭傒斯等元翰林作家⑦，所以解缙的诗学虽得自家传，实远承元代翰林馆阁文学之风。从罗复仁到其侄罗养蒙再到罗汝敬，也是明代洪武到永乐年间翰林作家家学传承的一个例子。罗复

① （明）宋濂：《刘兵部诗集序》，《宋濂全集》，《銮坡后集》，卷三，第 608—609 页。
② 魏崇新：《杨士奇之创作及对台阁文风之影响》，《南京师范大学文学院学报》2004 年第 6 期。
③ （明）宋濂：《苏平仲文集序》，《宋濂全集》，《芝园续集》，卷六，第 1575—1576 页。
④ （明）宋濂：《宋濂全集》，《銮坡前集》，卷四，第 416—417 页。
⑤ （清）永瑢等：《〈荣进集〉提要》，《四库全书总目》，卷一百六十九，第 1477 页。
⑥ （清）永瑢等：《〈海桑集〉提要》，《四库全书总目》，卷一百六十九，第 1476 页。
⑦ 参见（明）解缙《鉴湖阡表》（解缙：《文毅集》，文渊阁四库全书，第 1236 册，卷十二，第 783 页）。

仁在洪武时任弘文馆学士，善为词赋，在翰林有《玉堂唱和稿》；其侄养蒙不愿为官，又与解缙之父交密，其子罗汝敬为解缙选入翰林为庶吉士①。罗汝敬既受到家学的传授，又得到解缙的沾溉，其著作有《寅庵先生集》三十卷。曾棨的祖上也曾任职于翰林，他的先人号"小轩先生"者（曾德裕），仕元为翰林侍读学士；号"亦轩先生"者（曾巽申），为编修②；曾棨本人幼时又为解缙激赏③，成进士后，自然在文风上与解缙趋同。吴澄之学再传而授余学夔之父，余氏亦可谓家学有源委④。

第四节　明代翰林院馆阁文学的建设及其发展历程

一　以刘基、宋濂为代表建设明代馆阁文学的理论

刘基、宋濂的馆阁文学理论和主张对明代翰林院文学的整体取向有着指导性的意义。刘基为苏平仲的文集作序，序文详见前第一章第一节，故不赘引。这篇序文提出了对明代文学有影响的四点主张：①提出文以理为主即文道结合的主张。举出汉武帝时司马相如、汉成帝时扬雄的创作为反面例证，而正面以北宋为例，其国势不如汉、唐，却因周、二程、张氏之徒"大阐明道理"，故治化相侔，说明"文不主理之害"，而明代翰林院馆阁文学所形成的儒家经学与文学结合得很紧密的重要特征与之不无关系。②文风要"返诸朴"，"用简直"，能使国祚长久；若文风绮靡，则享国短暂，举大量的事例论证。明太祖通过奖掖手段、行政命令提倡文风要简直，也不出刘基所虑。③对北宋的文学

---

① 参见（明）解缙《送养蒙罗先生归庐陵序》（解缙：《文毅集》，卷八，第705页）及《翰林学士左春坊大学士眷侄胡广填讳弘文馆学士罗复仁传》（解缙：《文毅集》，卷十一，第758页）。

② 参见（明）梁潜《巵畔集序》（梁潜：《泊庵集》，文渊阁四库全书，第1237册，卷七，第338页）。

③ 参见（明）解缙《莲竹轩记》（解缙：《文毅集》，卷十，第746页）。

④ 参见（明）王直《赠余学夔赴常州教授诗序》（王直：《抑庵文集》，文渊阁四库全书，第1241册，卷四，第71页）。

进行总结，提出以"欧、苏、曾、王"作为本朝文学的学习对象；若欲师元代的作家，则以刘、许、姚、吴、虞、黄、范、揭诸人为模范，实际上皆是推崇宋代以来馆阁文学成就之意。④提倡作家们创作反映国家初兴气象的作品。刘基、宋濂都把希望寄托在苏平仲的身上，他们的用意是一致的，期待着苏平仲能在翰林院中光大自己的创作成就，发挥黼黻治具的政教功用。

宋濂的观点与刘基的大致相同，文道并及，但他有重道轻文的倾向。宋濂为王祎作《华川书舍记》，论证"天之文"、"地之文"、"人之文"三种"文"之间的关系，表现其宗经的文学思想：

> 群圣人与天地参，以天地之文发为人文，施之卦爻而阴阳之理显，形之典谟而政事之道行，咏之《雅》、《颂》而性情之用著，笔之《春秋》而赏罚之义彰，序之以礼、和之以乐而扶导防范之法具。虽其为教有不同，凡所以正民极、经国制、树彝伦、建大义，财成天地之化者，何莫非一文之所为也。自先王之道衰，诸子之文，人人自殊。……（下列管夷吾、邓析氏、列御寇、墨翟、公孙龙、庄周、慎到、申韩、鬼谷子、苏秦、张仪、孙武、吴起等人之文）独荀况氏粗知先王之学，有若非诸子之可及，惜乎学未闻道，又不足深知群圣人之文。凡若是者，殆不能悉数也。文日以多，道日以裂，世变日以下，其故何哉？盖各以私说臆见哗世惑众，而不知会通之归，所以不能参天地而为文。自是以来，若汉之贾谊、董仲舒、司马迁、扬雄、刘向、班固，隋之王通，唐之韩愈、柳宗元，宋之欧阳修、曾巩、苏轼之流，虽以不世出之才，善驰骋于诸子之间，然亦恨其不能皆纯揆之群圣人之文，不无所愧也……唯群圣人之文则然，列峙如山岳，流布如江河，发越如草木，亦惟群圣人之文则然，而诸子百家之文固无与焉。故濂谓立言不能正民极、经国制、树彝伦、建大义者，皆不足谓之文也。①

宋濂在这篇文章中提出的重要观点有：①源于圣人与天地之文的人"文"，其功用笼罩一切。②自"先王之道衰，诸子之文，人人自殊"，诸子之文不具有

---

① （明）宋濂：《宋濂全集》，《潜溪前集》，卷五，第56—57页。

圣人之文的气象，表现出排斥诸子文的倾向。③追溯从西汉开始文统与道统结合的文学家，提供学习的对象，并要求作家提防染指诸子文风。宋濂在《徐教授文集序》中说："文之至者，文外无道，道外无文。"追溯道文结合的人物，在孟子之后有"贾长沙（贾谊）、董江都（董仲舒）、太史迁（司马迁）得其皮肤，韩吏部（韩愈）、欧阳少师（欧阳修）得其骨骼，舂陵（周敦颐）、河南（程颐、程颢）、横渠（张载）、考亭（朱熹）五夫子，得其心髓"①。在《王君子与文集序》中说文章"根柢于诸经，涵濡乎百代。体制严而幅尺弘，音节谐而理趣远"②，更表述为源道征圣、宗经的观念。

但是，宋濂本人亦是文学造诣较高的作家，他对文学特质的认识是深刻的。宋濂为入明的元代翰林侍讲学士张以宁的文集所作序《张侍讲翠屏集序》，就较少著笔去谈道统，而深论文学，见解相当精辟：

> 周、秦以前，固无庸议，下此唯汉为近古。至于东都，则渐趋于绮靡。而晋、宋、齐、梁之间，俳谐骫骳，岁益月增，其弊也为滋甚。至唐韩愈氏，始斥而返之。韩氏之文，非唐之文也，周、秦、西汉之文也。韩氏之文固佳独，不能行于当时，逮宋欧阳修氏，始效而法之。欧阳氏之文，非宋之文也，周、秦、西汉之文也。欧阳氏同时而作者，有曾巩氏，有王安石氏，皆以古文辞倡明斯道，盖不下欧阳氏者也。欧阳氏之文，如澄湖万顷，波涛不兴，鱼鳖潜伏而不动，渊然之色，自不可犯；曾氏之文，如姬、孔之徒复生于今世，信口所谈，无非三代礼乐；王氏之文，如海外奇香，风水啮蚀，木质将尽，独真液凝结，靳然而犹存。是三家者，天下咸宗之。有元号称多士，或出入其范围而橐括其规模者，辄取文名以去，故章甫逢掖之徒每骄人曰："我之文学欧阳氏也，学曾、王氏也。"殊不知三君子者，上取法于周、于秦、于汉也。所以学欧阳氏而不至者，其失也纤以弱；学曾氏而不至者，其失也缓而弛；学王氏而不至者，其失也枯以瘠。此非三君子之过也，不善学之，其流弊遂至于斯也。文之信难言

---

① （明）宋濂：《宋濂全集》，《芝园后集》，卷一，第 1352 页。
② 同上书，《銮坡后集》，卷六，第 688 页。

者一至于是乎！①

宋濂评价张以宁的风格是"丰腴而不流于丛冗，雄峭而不失于粗厉，清圆而不涉于浮巧，委蛇而不病于细碎"，又精当地概括了古文的文统，用来形容欧、曾、王三家的笔墨也极尽能事，汪洋浩瀚，比喻恰当，又对学习欧、曾、王三家的流弊作了描述，正是后来台阁体末流的写照。在《王君子与文集序》中，宋濂说秦汉以来有"班、马之雄深，韩、柳之古健，欧、苏之峻雅"② 多种风格，作家各擅所长，皆可以名世。简言之，宋濂也看到了古文学习的最佳对象为唐宋间韩、柳、欧、曾、王数家，又提倡在古文创作中道统与文统结合，以期超越唐宋，达到周秦时文学"近古"的理想状态。

二　宋濂论台阁文学

明代洪武年间，宋濂是较早对翰林院馆阁文学进行论述的作家，明太祖有开国文臣之誉。在明代，翰林馆阁文学与台阁文学（或台阁体）两个概念经常混合着使用，台阁文学包括了台省部院诸大臣的创作，但还是以翰林院作家的创作为主，是馆阁文学这一概念的扩展。明人罗玘《馆阁寿诗序》曰："今言馆，合翰林、詹事、二春坊、司经局，皆馆也，非必谓史馆也。今言阁，东阁也。凡馆之官晨必会于斯，故亦曰阁也，非必为内阁也。然内阁之官亦必由馆阁入，故人亦蒙冒，概目之曰馆阁云。"③ 宋濂为元代末年的郑东、郑采兄弟作《郑氏联璧集序》称："濂受而读之，杲斋（郑东）之文，则气韵沉雄，如老将帅师，旌旗、金鼓缤纷交错，咸归节度。曲全（郑采）之文，则规制峻整，如齐鲁大儒，衣冠伟然，出言不烦，曲尽情意。然皆有台阁弘丽之观，而无山林枯槁之气。"④ 洪武三年（1370），宋濂为同僚汪广洋《凤池吟稿》作序曰：

---

① （明）宋濂：《宋濂全集》，《黄誉刻辑补》，第 2027—2028 页。
② 同上书，《銮坡后集》，卷六，第 689 页。
③ （明）罗玘：《馆阁寿诗序》，《圭峰集》，文渊阁四库全书，第 1259 册，卷一，第 7 页。
④ （明）宋濂：《郑氏联璧集序》，《宋濂全集》，《翰苑续集》，卷二，第 818 页。

昔人之论文者，曰有山林之文，有台阁之文。山林之文，其气枯以槁；台阁之文，其气丽以雄。岂惟天之降才尔殊也？亦以所居之地不同，故其发于言辞之或异耳。濂尝以此而求诸家之诗，其见于山林者，无非风云月露之形，花木虫鱼之玩，山川原隰之胜而已。然其情也曲以畅，故其音也眇以幽。若夫处台阁则不然，览乎城观宫阙之壮，典章文物之懿，甲兵卒乘之雄，华夷会同之盛，所以恢廓其心胸，踔厉其志气者，无不厚也，无不硕也。故不发则已，发则其音淳庞而雍容，铿钧而镗鞳。甚矣哉，所居之移人乎！

今观中书右丞汪公之诗，益信其说为必然者矣。公以绝人之资，博极群书，素善属文，而尤喜攻诗。当皇上龙飞之时，杖剑相从，东征西伐，多以戎行，故其诗震荡超越，如铁骑驰突，而旗蠹翩翩，与之后先。及其治定功成，海宇敉宁，公则出持节钺，镇安藩方，入坐庙堂，弼宣政化，故其诗典雅尊严，类乔岳雄峙，而群峰左右如揖如趋。此无他，气与时值，化随心移，亦其势之所宜也。①

以上两序所论的诗人都要比四库馆臣所论的吴伯宗早出现的关于台阁之文的论述。宋濂在《汪右丞诗集序》中论述山林、台阁风格乃因作家所处之境地及所处时代的情势潜移默化地影响于作家心灵世界而形成。在《蒋录事诗集后序》中，宋濂再次申说道："予闻昔人论文有山林、台阁之异。山林之文，其气瑟缩而枯槁；台阁之文，其体绚丽而丰腴……（蒋有立）善古文，宏富充赡，得作者之体。"②宋濂圈定了翰林院馆阁作家创作台阁体作品的题材：城观宫阙之壮、典章文物之懿、甲兵卒乘之雄、华夷会同之盛，描述了台阁体的风格特征：体貌弘丽，无枯槁、瑟缩之气，音节淳庞而雍容、铿钧而镗鞳，体制典雅尊严、绚丽丰腴。永乐以后，台阁体的风格大体如此。

宋濂关于明朝馆阁文学的看法不是孤立的，也不是一种惊世骇俗之论。高启《题高士敏（逊志）辛丑集后》曰："论文者有山林、馆阁之目。文岂有二

---

① （明）宋濂：《汪右丞诗集序》，《宋濂全集》，《銮坡前集》，卷七，第481—482页。
② 同上书，《翰苑续集》，卷四，第842页。

哉？盖居异则言异，其理或然也。今观宗人士敏《辛丑集》，有春容温厚之辞，无枯槁险薄之态，岂山林馆阁者乎？"① 袁华虽然是元末杨维桢的学生，但他的诗歌"大都典雅有法，一扫元季秾纤之习，而开明初春容之派"②，是明朝翰林院台阁体形成的先声。除了宋濂本人以创作实绩来开辟馆阁文学的道路外，其他文人也在创作中实践这种风格。在宋濂之时，宋讷于洪武十三年（1380）被征为国子助教，迁翰林学士、文渊阁大学士，终国子监祭酒，颇为明太祖所重。"讷领成均胄子之任，师道严正，为一时典型。文章亦浑厚醇雅。"③

三 台阁体与台阁体形成前后的馆阁文学

1. 吴中文学、浙东文学与明初馆阁文学

元末，张士诚据吴地，能礼贤下士，网罗天下文人。"吴亡之后，吴臣多见诛戮"④，如饶介、高启、徐贲、张羽、王行、谢肃、王蒙、陈汝言、卢熊、袁华等，杨基卒于戍所，被谪徙、下狱者更多，仅袁凯以佯疯、陈基以廉谨免祸，这是江南地区尤其是吴中的一场文化浩劫。吴中文人的文学创作及其风格，"较少受理学思想的束缚"⑤，如杨维桢倡写"嬉春体"⑥，高启大量创作吟咏江南女子、娼妓的诗歌。由于明朝对曾经效力于吴的文人打击得异常残酷，所以吴地文风自然为明廷所排斥，因此吴中作家及其风格也就丧失了引导明初翰林院馆阁文学发展方向的机缘。

明太祖朱元璋自起事以来，依靠濠、泗等地的武将征战四方，依靠大量的浙东文人出谋献策。朱元璋帐下来自浙东的著名文人有叶仪、宋濂、范祖干、许元、王天锡、王祎、胡翰、叶琛、章溢、刘基、吴沉、朱右、苏伯衡、陶凯、张孟兼、桂彦良、方孝孺等人，形成了人数众多的浙东派政客与文人小团

---

① （明）高启：《题高士敏（逊志）辛丑集后》，《凫藻集》，文渊阁四库全书，第1230册，卷四，第304页。

② （清）永瑢等：《〈可传集〉提要》，《四库全书总目》，卷一百六十九，第1475页。

③ （清）永瑢等：《〈西隐集〉提要》，《四库全书总目》，卷一百六十九，第1465页。

④ （清）钱谦益：《陈学士基》，《列朝诗集》，第六册，甲集前编，卷第十，第1页。

⑤ 廖可斌：《复古派与明代文学思潮》，台湾文津出版社1994年版，第59页。

⑥ （清）钱谦益：《列朝诗集》，甲集前编，卷第七下，第19、20页。

体。明朝建立后不久，浙东文人集团受到了濠、泗武人集团的排挤打击和明太祖的猜忌。刘基于洪武四年（1371）回乡闲住，八年（1375）为胡惟庸毒死。钱谦益评价刘基入明朝的诗作："遭逢圣祖，佐命帷幄，列爵五等，蔚为宗臣，斯可谓得志大行矣。乃其为诗，悲穷叹老，咨嗟幽忧，昔年飞扬磊砢之气，渐然无有存者。"① "窃见其为歌诗，悲惋衰飒，先后异致，其深哀托寄，有国史、家状所能表其微者。"② 钱谦益深刻地体会到刘基入明以后的内心况味。宋濂入明以后，仕途起起落落，遭遇坎坷。于洪武十年（1377）致仕，十三年（1380）被流放茂州（今茂汶，在四川西部），行至夔州（今重庆市东部奉节）病死。宋濂的人生遭遇是明太祖对臣工恩威并用，进行胁迫、迫害的政治事件的典型。洪武六年（1373），太祖勉强宋濂饮酒五卮，宋濂醉酒，面如赭，行不成步，太祖益欢笑，亲御翰墨赋诗一章以赐，仍命侍臣咸赋《醉学士歌》曰："俾后世知朕君臣同乐如此"，在明时传为词坛盛事，而陈田却认为其时在龙虎之威震慑下，宋濂佯为醉态，步履不定，手不能持笔书写，以避君主猜疑③。又，《明史》桂彦良本传曰："迁晋王府右傅，帝亲为文赐之。彦良入谢，帝曰：'江南大儒惟卿一人。'对曰：'臣不如宋濂、刘基。'帝曰：'濂，文人耳；基峻隘，不如卿也。'"④ 时刘基、宋濂健在，而太祖已有不耐烦之意。浙东文人如苏伯衡、陶凯、张孟兼、吴沉、王彝等人皆不以善终，俱为政治迫害之故。到明太祖统治中叶，浙东文人的精英陨落殆尽。

刘基、宋濂等虽彼人已逝，而其文风和文学主张被明朝历代统治者有选择地采纳。刘基沉郁顿挫的诗风和闳深肃括的文风，在明初翰林作家中无人敢于蹑武，而他建设明代文学的主张则为明太祖与馆阁文学所宗。宋濂的部分文学主张成为明代翰林院馆阁文学的奠基石，他从柳贯、黄溍一脉相传而来的"上自群圣人之文，下逮诸子百家之文"而"冥搜而精玩"的学习古文之道⑤及"必历谙诸体，究其制作声辞之真，然后能自成一家"⑥、"上自《诗》、

---

① （清）钱谦益：《列朝诗集》，第一册，甲集前编，卷第一，第1页。
② 同上书，第八册，甲集，卷第一，第1页。
③ （清）陈田：《明诗纪事》，续修四库全书，第1710册，甲签，卷四，第290页。
④ （清）张廷玉等：《明史》，卷一百三十七，列传二十五，第3948页。
⑤ （明）宋濂：《华川书舍记》，《宋濂全集》，《潜溪前集》，卷五，第56页。
⑥ （明）宋濂：《刘彦昺诗集序》，《宋濂全集》，《銮坡后集》，卷六，第693页。

《骚》，下从魏、晋以来迄于唐、宋，凡数十百家，皆钻研考核，穷其所以言。用功既深，精神参会，绝无古今之间"① 的创作方法却为明代翰林院作家所弃。

明太祖经常进行君臣唱和，评骘作品优劣，以期转变彼时文风。《明通鉴》载："上留意文学，广储人才……上听政之暇，辄幸（文华）堂中，评其文学优劣，赐以鞍马、弓矢、白金有差。"② 清末，陈田在刘崧的诗《陪陶尚书宋太史夜宿斋宫分韵得万字》后加按语："上亲览诵之，品第有差，既而复命中贵人传旨，令赋诗者咸往殿后观栀子花，俾人各赋诗，既成，序进如初。"③《殿阁词林记》曰："丙午年（1366）六月，旱，上祷雨钟山，获应，赋七言《喜雨》诗，命待制黄哲等赓和。已而，诸将告捷，多令翰林诸儒臣应制赋诗，上亲加评品。洪武元年（1368）十一月，召大本堂诸儒，试以《钟山蟠龙赋》。时与文学之臣燕饮、赓和……（十年，1377）十二月，上制十题，命典籍吴伯宗赋之，援笔立就，词语峻洁，上嘉其才敏，赐织金锦衣。"④ 王世贞论曰："高皇帝神武天授，生目不知书；既下集庆，始厌马上，长歌、短篇，操笔辄韵，有魏武乐府风，制词质古，一洗骈偶之习。"⑤ 明太祖在有意地引导着文风的走向。《列朝诗集》"太祖高皇帝"条引解缙语："（太祖）常喜诵古人铿钧炳朗之作，尤恶寒酸、咿嘤、龌龊、鄙陋，以为衰世之为，不足观。"⑥ 明太祖又以行政命令对当时的文风进行干涉。洪武八年（1375），"命翰林院儒臣择唐宋名臣笺表可为法式者。词臣以柳宗元《代柳公绰谢表》及韩愈《贺雨表》进，令中书省颁为式，并禁骈丽对偶体"⑦。洪武九年（1376），因茹太素事颁《建言格式序》："朕厌听繁文"，"许陈实事，不许繁文。若过式者，问之"⑧。皇帝崇尚简直，制词质古，一洗骈偶，对文学施予影响，也不利于形成翰林院

① （明）宋濂：《刘兵部诗集序》，《宋濂全集》，《銮坡后集》，卷三，第 697 页。
② （清）夏燮：《明通鉴》，卷五，第 302 页。
③ （清）陈田：《明诗纪事》，续修四库全书，第 1710 册，甲签，卷十一，第 342 页。
④ （明）廖道南：《殿阁词林记》，文渊阁四库全书，第 452 册，卷十三，第 306—307 页。
⑤ （明）王世贞：《艺苑卮言·五》，《弇州四部稿》，文渊阁四库全书，第 1281 册，卷一百四十八，第 393 页。
⑥ （清）钱谦益：《列朝诗集》，第一册，乾集之上，第 1 页。
⑦ （清）夏燮：《明通鉴》，卷五，第 309 页。
⑧ （明）朱元璋：《明太祖文集》，文渊阁四库全书，第 1223 册，卷十五，第 158 页。

馆阁文学的风格。

由于皇帝意志等政治高压的原因人才逐渐凋敝，继宋濂之后的洪武年间翰林院馆阁文学，处于在文学发展道路上摸索的阶段，成就不显著。

2. 以翰林院馆阁文学为主体的台阁体最终形成

方孝孺（1357—1402）是洪武、建文之间比较重要的翰林作家，其《逊志斋集》的风格不同于乃师宋濂。"文章乃纵横豪放，颇出入于东坡（苏轼）、龙川（陈亮）之间。"① 方孝孺师承宋濂，是浙东文人群体的后辈。随着方孝孺被朱棣诛杀，浙东文人在明初翰林院的影响不复存在。

建文（1399—1402）之后，大批的江西文人进入中央政府中枢。据廖可斌先生统计，在文学上有成就的江西籍文人不下 30 人②，"国初馆阁，莫盛于江右"，一时有"翰林多吉水，朝士半江西"之语③，这种人才活跃的现象对形成统一的台阁体风格起到至关重要的作用，虽然三杨之外的部分翰林作家在创作风格上仍存在着细微的差异。杨世奇撰《前朝列大夫交阯布政司右参议解公墓碣铭》评价解缙曰："公之文雄劲奇古，新意迭出；叙事高处逼司马子长、韩退之，诗豪宕丰赡似李杜。"④ 胡俨（1361—1443）"诗颇近宋江西一派，词旨高迈，寄托深远，与三杨之和平安雅者气象稍殊；文章则得法于熊钊，钊学于虞集，师授相承，渊源极正，故其气格苍老，可以追踪作者，为明初之一家焉"⑤。杨士奇为同乡同僚梁潜撰墓志铭，高度评价他"为文章，驰骋司马子长、韩退之、苏子瞻，亦间出庄、骚为奇，务去陈言，出新意；古诗高处逼晋宋"⑥。曾棨的诗"佳处不减昆体"⑦。王英与三杨龃龉，其诗"五言如良玉缜栗，迥异当时台阁之体"⑧。

台阁体的代表作家主要活动于成祖到宣宗（1403—1435）时期。在这段时

---

① （清）永瑢等：《〈逊志斋集〉提要》，《四库全书总目》，卷一百七十，第1480页。按，苏辙尝于元符元年（1098）卜居龙川，但是根据上下文意，非指苏辙，当指南宋陈亮。

② 廖可斌：《复古派与明代文学思潮》，台湾文津出版社1994年版，第90—95页。

③ （清）钱谦益：《列朝诗集》，乙集，卷第二，第16页，"周叙"条。

④ （明）杨士奇：《东里集》，文渊阁四库全书，第1238册，卷十七，第206—207页。

⑤ （清）纪昀等：《〈颐庵文选〉提要》，文渊阁四库全书，第1237册，第545—546页。

⑥ （明）杨士奇：《梁用之墓铭》，《东里集》，文渊阁四库全书，第1238册，卷十七，第200页。

⑦ （明）郑瑗：《井观琐言》，文渊阁四库全书，第867册，卷一，第236页。

⑧ （清）陈田：《明诗纪事》，续修四库全书，第1710册，乙签，卷八，第550页。

期里，他们进入翰林院，成为内阁大学士，政治生活逐渐安定。尤其在仁宗、宣宗时，君臣信任，互为倚重，三杨等馆阁作家意气发舒，形成鲜明特色的台阁体。先是仁宗为太子时，他们就追随其左右，娱意于文事，"仁宗在东宫久，圣学最为渊博。酷好宋欧阳修之文，乙夜翻阅，每至达旦。杨士奇，欧之乡人，熟于欧文，帝以此深契之"①。杨士奇自叙"我仁宗皇帝在东宫，览公奏议，爱重不已，有生不同时之叹。尝举公所以事君者勉群臣，又曰：'三代以下之文，唯欧阳文忠有雍容醇厚气象。'既尽取公文集，命儒臣校定刻之"②。《明太宗实录》的记载与此相近："皇太子过滁州，登琅琊山，指示学士杨士奇曰：'此醉翁亭故址也。'因叹欧阳修立朝正言不易得，今人知爱其文而知其忠者鲜矣。盖皇太子为文章尤善修，每曰：'三代以下文人独（欧阳）修有雍容和平气象。'尤爱其奏议切直，尝命刊修文以赐群臣，且谕之曰：'修之贤非止于文，卿等当考其所以事君者而勉之。'"③ 宣宗皇帝临轩发策，谓翰林儒臣曰："朕于取士，不尚虚文，欲得忠鲠之士为用。其间有若刘蕡、苏辙辈能直言抗论，庶几所望，朕当显庸之。"④ 仁宗和宣宗推崇欧阳修、刘蕡、苏辙等宋代文章，因为这些宋代作家的文章中寓有为臣事君之道，这必然使得明代翰林院作家选择道德味道浓厚的宋代馆阁文章作为模拟学习的对象，而疏远满腹牢骚的司马迁、韩愈、柳宗元等人的散文，从而改变了永乐以前明初馆阁对汉唐文章推崇的局面。

台阁体的代表作家风格接近，相辅相成。福建建宁府建安县（今建瓯市）杨荣与江西吉安府泰和县杨士奇共主一代文柄，其文章"具有富贵福泽之气。应制诸作，沨沨雅音；其他诗文，亦皆雍容平易，肖其为人。虽无深湛幽渺之思、纵横驰骤之才，足以震耀一世，而逶迤有度，醇实无疵，台阁之文所由，与山林枯槁者异也"⑤。杨荣的诗文表现着富贵福泽的盛世气象，诗文雍容平易，逶迤有度而醇实。杨士奇"文亦平正纡余，得其仿佛，可称春容典雅之音"⑥，"清

---

① （清）钱谦益：《列朝诗集》，乾集之上，第5页，"仁宗昭皇帝"条。
② （明）杨士奇：《滁州重建醉翁亭记》，《东里集》，文渊阁四库全书，第1238册，卷二，第18页。
③ 黄彰健等校：《明太宗实录》，卷二百三十，第2231页。
④ 黄彰健等校：《明宣宗实录》，卷六十四，第1510页。
⑤ （清）永瑢等：《〈杨文敏集〉提要》，《四库全书总目》，卷一百七十，第1484页。
⑥ （清）永瑢等：《〈东里全集〉提要》，《四库全书总目》，卷一百七十，第1484页。

明粹温"，"吐辞赋咏，冲澹和平，汲汲乎大雅之音"①。"（明）郑瑗《井观琐言》称其文典则，无浮泛之病。杂录叙事极平稳，不费力"②。"杨尚法，源出欧阳氏，以简澹和易为主，而乏充拓之功，至今贵之，曰台阁体。"③ "其诗清真丽则，悠然而有余思，逼真唐人气格。"④ 三杨中较晚进入权力核心的湖广石首（今属湖北）人杨溥的诗"和平雅正，无雕刻险怪之弊"，"盛世之音也"，"温厚疏畅而不雕刻，平易正大而不险怪，雍雍乎足以鸣国家之盛"⑤。这种统一的台阁体风格笼罩了与三杨志同道合的翰林院作家及各台省部院作家的文学创作。金幼孜"其文章边幅稍狭，不及士奇诸人之博大，而雍容雅步，颇亦肩随，盖其时明运方兴，故廊庙赓飏，具有气象，操觚者亦不知也"⑥。王直"诗文典雅纯正，有宋元之遗风"，萧镃称"其文汗漫演迤，若大河长川，沿洄曲折，输写万状，盖由蓄之深，故流之也远"，"所作貌似平易，而温厚和平"⑦。李时勉为文"平易通达，不露圭角。"⑧ 薛瑄"文章雅正，具有典型"⑨。刘球的文章"多和平温雅"⑩。

约言之，台阁体作家的文学创作所具备的共同特征为：以诗文鸣国家之盛，体现明代盛世景观，因此诗文体貌醇实而不浮泛；与作者居馆阁及台省部院大臣的身份相符，其诗文善于表现富贵气象，因而显得雍容典雅，无枯槁险怪的面目；确立平正温和的文学典范，容与舒写，发扬蹈厉，摒弃雕刻、穷搜苦吟等创作之道。在散文创作上，主要宗师欧阳修等宋代翰林大家，逐渐改变明初追随汉唐散文的趋向。在诗歌创作上，古体向汉魏诗歌学习，近体宗唐，

① （明）黄淮：《东里文集原序》，《东里集》，文渊阁四库全书，第1238册，第2页。
② （清）永瑢等：《〈东里全集〉提要》，《四库全书总目》，卷一百七十，第1484页。
③ （明）王世贞：《艺苑卮言·五》，《弇州四部稿》，文渊阁四库全书，第1281册，卷一百四十八，第394页。
④ （清）陈田：《明诗纪事》，续修四库全书，第1710册，乙签，卷三，原第10页（影印第509页），转引自《西江诗话》载何乔远语。
⑤ （明）彭时：《杨文定公诗集序》，见《明文海》，文渊阁四库全书，第1456册，卷二百六十，第53—54页。
⑥ （清）永瑢等：《〈金文靖集〉提要》，《四库全书总目》，卷一百七十，第1484页。
⑦ （清）永瑢等：《〈抑庵文集〉提要》，《四库全书总目》，卷一百七十，第1485页。
⑧ （清）永瑢等：《〈古廉文集〉提要》，《四库全书总目》，卷一百七十，第1485页。
⑨ （清）永瑢等：《〈薛文清集〉提要》，《四库全书总目》，卷一百七十，第1486页。
⑩ （清）永瑢等：《〈两溪文集〉提要》，《四库全书总目》，卷一百七十，第1486页。

不专主一家。

结　语

明代初中期，翰林院的创作是明代文学的主流，其间虽因台阁体的末流而暴露出其固有的弊端，但李东阳起而纠正之。明代翰林院的主体作家创作宗尚，大同小异。直到明朝灭亡，翰林院的文学创作仍和七子派的创作彼此消长，成为明代文学的两股创作主流。

第三章　明朝翰林院馆阁文学中的地域性因素

　　元末的文坛，在诗歌创作上，出现闽中派、越中派（包含在所谓的"浙东文派"中①）、岭南派、吴中派、江右（西江）派五个以地域分野命名的创作群体。在这五个流派中，越中派的刘基等作家，对建设明朝翰林馆阁文学提出了理论纲领，规划了明朝翰林院馆阁文学的发展方向。闽中派、西江派的作家，或以师弟子转相授受，或以理论和创作实绩，都对明朝翰林院馆阁文学的发展起到了重要作用。明朝的翰林院馆阁文学初步体现出文学的地域性特征。这种地域性作家群体在明朝初中叶的翰林院馆阁文学发展中一直存在着。从洪武到正德年间，在明代的翰林馆阁文学发展史上，出现了为数不少的地域性作家群体。

　　就明初而言，浙东作家对馆阁文学的影响至建文时的方孝孺戛然而止。刘基、宋濂等作家的理论对馆阁文学的贡献已经在第二章中论及。由于浙东文派的后劲作家方孝孺在建文四年（1402）被永乐皇帝诛杀，明初浙东文派在翰林内因后继无人而湮没，故本章不对浙东文派作仔细的论述。成化年间，翰林院中崛起鄞县的杨守陈、杨守阯兄弟，这是一个经过祖孙三代传承、在道德文章上有着深厚的家学渊源、诸兄弟散布在明朝中央台省部院各部门的家族性著述群体。由于杨氏兄弟与翰林院中部分作家的创作倾向、风格接近，本书把他们放在第九章中展开论述。

　　继浙东文派作家群而起的是江西翰林作家和闽中派的翰林作家，这是本章

---

① 参见廖可斌《复古派与明代文学思潮》，台湾文津出版社 1994 年版，第 64—71 页。

讨论的主要内容。

　　江西作家群体庞大，人数众多①。拙著主要讨论西江派代表作家泰和人刘崧及泰和前辈作家、学者对杨士奇的影响、杨士奇对江西翰林作家的培养等方面的内容。江西籍的其余翰林作家，将在第五章、第六章中随文探讨。

　　本章也讨论了从洪武到成化（1465—1487）、弘治（1488—1505）年间吴中文学对翰林院馆阁文学产生的渐进式影响。吴中文学很早就参与到明代翰林院馆阁文学的建设中来，但其对翰林院馆阁文学产生较大影响的过程曲折，时间漫长。吴中作家对翰林院馆阁文学的影响如薪尽火传，生生不息，最终在成化、弘治年间成为馆阁文学中一个重要群体，别为一帜。这是明代翰林院馆阁文学中时间跨度最为漫长、成长最为缓慢的地域性作家群体。

　　正统十三年戊辰科（1448）会试，彭时、岳正、刘珝等翰林作家释褐登第，他们是杨士奇主导之台阁体馆阁文学的最后一批作家，所以正统戊辰科也是明代翰林院馆阁作家交游、创作中江西省籍地域特征消失的下限。正统、景泰以后登第的馆阁作家，逐渐以同年会的形式进行文学活动。与此相应的是，翰林院馆阁文学中地域性的团体渐渐消失，如吴宽、王鏊等吴中翰林作家，虽有地域性特征，但为李东阳的茶陵派所笼罩。

第一节　西江派对翰林院馆阁文学的影响

　　建文四年（1402），燕王朱棣率兵攻进京师（南京），解缙、胡广等原本约定殉国的一批江西文人临时变节②，迎合燕王，此事固为个人操行上的污点，但却由此开启了江西文人对明代政治、文学、社会卓有影响的时代，仿佛可以用"家国不幸文学幸"以形容之。江西文人在明初即乐于仕进，为蒙元异姓统治之后建立的汉族王朝效力，朝廷也确实大规模地使用和依赖南方文化发达地区江西、福建、浙江诸省士大夫。《静志居诗话》卷四"王佑"条载洪武三年

---

① 　参见魏崇新《明代江西文人与台阁文学》，《中国典籍与文化》2004 年第 1 期，第 32—35 页。
② 　参见（明）张廷玉等《明史·王艮传》，《明史》，卷一百四十三，第 4047—4048 页。

（1370）明太祖简拔江西等省文人为监察御史，"（王佑）《柬胡金事子祺》诗云：'圣主亲除十八人，与君同郡最情亲。'……而《实录》载：'与选者十九人，吉水胡子祺、桐庐魏潜、王纳、河西李颜、永丰丁节、永嘉许宏士、万安夏瓒、乐清李时可、卫辉陈士举、龙泉刘毅、萧晖、合肥夏起、瑞安马汉、分宜刘沂、平阳孔希普、永新欧阳子韶、泰和王子启、安福欧阳楚、庐陵胡伯清。'"① 仅据朱彝尊所引《明太祖实录》所载的 19 人中，江西籍监察御史共 10 人（吉水、永丰、万安、分宜、永新、泰和、安福、庐陵、龙泉俱属江西布政使司）。在洪武之后，江西文人在朝规模有增无减，朝廷似乎特别钟情于江西士人。成祖即位不久，即简选解缙、黄淮、胡广、胡俨、杨荣、杨士奇、金幼孜七人为阁臣②，其中解缙、黄淮、胡广、胡俨、杨士奇五人为江西人，开创了永乐至景泰（1403—1457）年间江西士人绝对掌控明朝内阁政治的局面，江西的科举因此得到强力的催化和促进，朝廷也因此选拔了大量江西籍士人进入翰林院和中央政府。伴随着江西科举的发达和大量的江西籍文人进入馆阁这个进程，江西翰林作家对明朝前期翰林院馆阁文学的贡献是其他省籍的作家难以望其项背的。嘉靖年间掌南京翰林院事、少詹事黄佐所撰《翰林记》卷十九《文运》曰："国初，学士宋濂、太史令刘基、待制王祎皆以文章冠天下。三人者，浙产也。同时者，有胡翰、苏伯衡、张孟兼之属，后进有方希直、王叔英之属，又皆浙产也。濂子璲、基子琏、祎子绅亦皆能文章，然皆不由科目。丘（邱）濬曰：'国朝文运盛于江西。'开国之四年，策士以文，即得伦魁于金溪（按，指吴伯宗）。又十余年，始定今制，会试天下士，褒然举首者，分宜人（按，指黄子澄）也。永乐甲申（永乐二年，1404），选庶吉士读书中秘，以应二十八宿，其中十二人出江西，而官翰林者七人。宣德甲寅（1434），合丁未（1427）、庚戌（1430）、癸丑（1433）三科选之，亦如甲申之数，出江西者七人，留翰林者四人，奉敕教之者，前则吉水解公大绅（解缙），后则西昌王公行俭（王直），是又皆江西人也。盖当时有'翰林多吉安'之谣，首甲

---

① （清）朱彝尊：《静志居诗话》，人民文学出版社 1990 年版，上册，卷四，第 104—105 页。

② 按，王其榘《明代内阁制度史》（中华书局 1989 年版，第 29、70 页）认同《明史》"内阁固翰林职"的看法。《明史·职官志二》："内阁固翰林职也。嘉隆以前，文移关白，犹称翰林院，以后则竟称内阁矣。"（卷七十三，第 1787 页）

三人，或纯出江西者，凡数科。"① 明初数朝，江西一省所涌现的馆阁作家众多，非本节篇幅可以完全描述，本书在第四章至第七章具体论述他们丰富多姿的创作。本节将致力于论述江西部分馆阁作家所体现的文学地域传承特征和发展脉络。

解缙于永乐五年（1407）出阁，意味着以他为代表的放逸、豪宕的翰林院馆阁文学创作从翰林的创作中消退；永乐十三年（1415），解缙去世，他的好友王偁、王璲相继坐缙党惨死，翰林中的劲飙文风全面告退，代之兴起的是杨士奇和以他为代表的台阁体创作。明代永乐至成化年间的翰林院馆阁文学笼罩在以杨士奇为首的台阁体之下。台阁体文学创作中的诗歌受到来自闽中诗派和西江诗派影响：

> 国初诗派，西江则刘泰和，闽中则张古田。泰和以雅正标宗，古田以雄丽树帜。江西之派，中降而归东里，步趋台阁，其流也卑冗而不振；闽中之派，旁出而宗膳部，规摹唐音，其流也肤弱而无理。②

张以宁虽早于刘崧，但张以宁系明朝贰臣，而刘崧在洪武间官至吏部尚书，更受雄猜之主朱元璋的重用，尤显不易，有利于其西江诗派流行和传播；何况闽中诗派所宗的乃是林鸿的主张，即所谓"旁出而宗膳部"③ 的含义，所以闽中派在洪武前期的活动和影响在西江派之下，它的强盛和对明代馆阁文学的影响乃在永乐以后。这两个诗派在永乐时期渐渐合流，尤以闽中派的王偁与解缙交好及高棅编选《唐诗品汇》成为明代馆阁所宗为融合的标志，两派所长与流弊俱为明朝翰林院馆阁文学所有。

追溯台阁体代表作家杨士奇诗歌创作所受之影响，其源头为开创西江诗派（又称江右诗派）的刘崧（一作嵩），刘崧"以雅正标宗"，而雅正是台阁体风格最重要的特征。清纪昀等人为《槎翁诗集》所作的提要说：

---

① （明）黄佐：《翰林记》，文渊阁四库全书，第 596 册，卷十九，第 1072 页。
② （清）钱谦益：《列朝诗集小传》，上海古籍出版社 1983 年版，甲集，第 8—9 页，"刘司业崧"条。
③ 按，膳部指林鸿。洪武元年（1368），厘定官职，礼部分总部、祠部、膳部、主客部四属部。林鸿官礼部精膳司员外。

　　当明之初，雄才角立，吴中诗派昉于高启，越中诗派昉于刘基，闽中诗派昉于林鸿，岭南诗派昉于孙蕡，而江右诗派则昉于嵩。以清和婉约之音，提导后进，迨杨士奇等嗣起，豫章人士复变为台阁博大之体，而骨力不坚，久之遂浸成冗漫，北地、信阳乃乘其弊而力排之，遂分正、嘉之门户，然嵩之平正典雅实，不失为正声，固不能以末流放失，并咎韧始之人矣。[1]

"清和婉约"、"博大"是台阁体作家的共同风格，而"浸成冗漫"之弊是台阁末流的产物，并非西江诗派固然的弊端。长于元末的刘崧其诗学体系也经由师友授受而形成。《明诗纪事》引刘崧序曰：

　　自序云："年十六，得临川虞翰林（集）、清江范太史（梈）诗诵之，昼夜不废，益求汉魏而下、盛唐以来号为大家者，究其意之所在，知成乐必本于众钧，故未尝执一器以求八音之备；调膳必由于庶味，故未尝设一品以求八珍之全……"[2]

刘崧的诗学体验来自元末翰林学士虞集等人的诗歌作品。按照清人论明代翰林院馆阁作家文学必有渊源的观点，刘崧的诗学源头可谓雅正。刘崧又广泛地搜求汉魏以后、盛唐以来的大家的作品，含英咀华，这种取径与闽中派接近，更近于后来的前、后七子派（请参见本章第二节所引《明史·文苑传》一段文字）。在元明之际，西江诗派的创作活动比较频繁，刘崧又较林鸿成名更早，故在明初虽五派并存而西江派实独专美诗坛，产生全国性的影响。元末以刘崧为首时常聚会的江西诗人群体，其成员有萧翀、王佑、萧执、赵埙、刘永之、刘子中、刘子彦、李子翀、范实夫、郑同夫、汤子敏、旷逢、李叔正、万石、杨伯谦等人[3]。入明以后，刘崧"晡时吏退，独处一室，据几吟咏，夜分不

---

　　① （清）纪昀等：《〈槎翁诗集〉提要》，《槎翁诗集》，文渊阁四库全书，第1227册，第205—206页。
　　② （清）陈田：《明诗纪事》，甲签，卷十一，原第1页（影印第341页），"刘崧"条。
　　③ 参见饶龙隼《刘崧与西江派》，《西南师范大学学报》1997年第4期。按，祖籍襄城的杨伯谦（家临江），选《唐音录》，见苏伯衡撰《古诗选唐序》（《苏平仲文集》卷四）。杨伯谦实非江西人，而与西江诗派。《古诗选唐》系平阳林敬伯编纂的五、七言古体唐诗选集。

休。其年愈老，思愈壮，诗愈工，而宋景濂则谓其以天赋超逸之才，加稽古之力，雕肝琢肾，宵吟夕咏，而又有得于师友之资，江山之助，五美云备，而诗于是乎大昌"①。刘崧的诗友子弟在永乐以后凭借本省在朝翰林重臣的关系进入翰林院的相当多，他们羽翼杨士奇，追随台阁体，共襄馆阁文学一代盛举。

在研讨江西籍作家对明代翰林院馆阁文学的影响时，刘崧对杨士奇的影响最巨，而泰和这一特定地域的其他作家不仅对杨士奇也产生了影响，而且还影响到翰林院中的其他作家，风格亦与杨士奇明显不同。在杨士奇之后，翰林院中江西籍作家又有数条传承脉络。仅以杨士奇为例，可以梳理出以下数条传承关系：

首先，杨士奇接受了多个泰和前辈作家、学者创作的影响。江西泰和县的文学与儒学绾结在杨士奇身上，在他的身上体现了泰和元末明初文学与儒学的成就，具体地说，主要表现为刘崧、梁兰、陈谟对他的影响。江西吉安府泰和县杨、刘、梁、陈四家之间互为婚姻，学术文化活动频繁，子弟常接受四家族学者的教育，亲受其炙：

> 其（按，指杨士奇）家自其昆季父祖，皆业儒，其曾大父、元翰林待制吟先生，所与厚者，则吴文正公、虞文靖公诸贤。入国朝，公犹迨事其姻刘尚书子高诸名公，盖家递师友之间，所得深且厚矣。（叶盛《东里续集序》）②
>
> 公讳继先，字仲述，姓陈氏……独其姑夫刘尚书崧来抚之，谕使为学，遂受《诗经》于尚书公。数年，学日进。虽贫约仅自立，而气岸高迈，不少降意时人，尚书公甚重之。久之，益肆力古学，诸子百家靡不究览。蓄之既富，出之沛然，浑厚浩博，而简严精粹；发扬蹈厉，而锋颖潜藏，一时先生、长者皆称之……讯鞠之暇，辄为文自娱。一时与公交，皆名士大夫，识与不识，皆称为陈古文而不名也。……潜之老母，公姊也。（梁潜《故监察御史陈公行状》）③

① （清）钱谦益：《列朝诗集小传》，甲集，第8—9页，"刘司业崧"条。
② （明）叶盛：《菉竹堂稿》，清钞本，卷五，第29页。
③ （明）梁潜：《泊庵集》，文渊阁四库全书，第1237册，卷八，第349—350页。

安人长子翰林侍读兼右春坊赞善泊庵用之，循幼学里塾师也，会试礼部座主也……安人外弟少傅兵部尚书兼华盖殿大学士东里先生。（陈循《梁母陈安人挽诗序》）①

刘崧为陈继先姑父，陈继先之姐为梁潜之母，杨士奇为梁母之外弟，与陈继先亦为兄弟行。四家族子弟均在家族联姻的背景下得到家族师长的传授，受到了良好的文化教育和从事文学创作的训练，如陈继先的古文创作受到了刘崧的指导，而影响明代前期翰林院馆阁文学的杨士奇则是他们儒学和文学的衣钵继承者。元末江西吉安府多家族间的教育背景和从事文学创作的风气，在全国其他行省中比较少见，是人才成长的催化剂。洪武三年（1370），明太祖所简拔的监察御史中，江西籍十人，除了丁节未能确定是广信府永丰县的还是吉安府永丰县的外②，胡子祺、夏瓒、刘毅、萧晖、欧阳子韶、王子启、欧阳楚、胡伯清八人俱是吉安府士人，而刘沂又是吉安府安福县邻邑袁州府的分宜县人，可见吉安府（领安福、永丰、吉水、庐陵、泰和、万安、永新、永宁、龙泉九县）的人才在洪武年间即呈现井喷的壮观景象。明初，吉安府乃至江西一省在全国拥有令人艳羡的士大夫人数和作家群体，这种文化现象其来有自。

杨士奇继承了西江诗派的诗法，还受到了梁潜之父梁兰的教诲，接受了他的诗法：

先生于诗，自《三百篇》以还，若苏李、枚乘，若建安，若六朝以及盛唐诸名家，无不涵泳融液如己素有，而又志平而气和，识远而思巧，故见诸篇章，渢渢焉，穆穆焉。简寂者，不失为舒徐；疏宕者，必归于雅则，优柔而确，讥切而婉。先生之于诗，可谓至矣！然缘趣而作，既罢即弃去，间存其稿，遇有爱重之者，听持去不靳，故虽诗名闻一时，人咸以

---

① （明）陈循：《芳洲文集》，明万历二十一年（1593）陈以跃刻本，卷三，第 36 页。

② 按，宋濂曾经为吉安府永丰刘于撰写《故泰和州学正刘府君墓志铭有序》。序文交代刘于九世祖刘文从新淦（今新干）迁"吉之永丰"（《宋濂全集》之《翰苑续集》，卷一，第 795 页），洪武八年（1375），"其子厚奉前监察御史丁节状，走南京征濂为之铭"（第 794 页），丁节当为刘于父子同邑乡人，籍贯吉安府永丰县。

不得全见为憾，士奇自幼聆先生之教，间记所尝诵记若干篇，为一卷。（杨士奇《畦乐诗集原序》）①

士奇于先生有世好，且少尝从受诗法。（杨士奇《梁先生墓志铭》）②

在古文的创作上，杨士奇亲炙于外伯祖陈谟③。陈谟是著名的儒家学者，著有《海桑集》。清人《〈海桑集〉提要》认为：

> （陈谟）文体简洁，诗格舂容，则东里渊源实出于是。其在明初，固沨沨乎雅音也。④

当然，杨士奇自身对欧阳修古文的爱好和仁宗皇帝文学嗜好的一致性，才是形成台阁体最重要的因素，但江西泰和的耆老传授对杨士奇的影响也是非常突出的。

杨士奇在朝四十余年，他在文学上培养了不少后辈，最主要的传人是陈循和岳正。陈循是三杨之后创作宏富的一位代表性作家，堪称杨士奇的衣钵传人，门下士则有叶盛等人。叶盛为岳正作墓志铭，为杨士奇作《东里续集序》，都体现出他是杨士奇门下士的感情。从杨士奇到陈循，再延伸到叶盛，这是一条很清晰的文统和师承渊源脉络。岳正之婿李东阳则是振兴翰林院馆阁文学的中坚作家，他在成化、弘治、正德年间主持文坛，又一次使翰林院馆阁文学创

---

① （明）梁兰：《畦乐诗集》，文渊阁四库全书，第1232册，第713页。

② （明）杨士奇：《东里续集》，文渊阁四库全书，第1239册，卷三十九，第181页。

③ 魏崇新仅根据杨士奇为陈谟作序署名自称"甥"，就认为陈谟是"士奇之舅父"（见其《杨士奇之创作及对台阁文风之影响》，《南京师范大学文学院学报》2004年第2期），这种说法是错的。杨士奇《陈孟省传》称"先夫人，孟省姑也。余生后孟省十岁，卯角尝从学焉，既长最相厚"（杨士奇：《东里集》，文渊阁四库全书，卷二十三），陈孟省为陈谟之孙，杨士奇与他同辈。杨士奇又说："陈氏余外家。孟旦，海桑先生（陈谟）之孙，太华先生之子，于余为弟。余少从学海桑先生。"（《送陈孟旦赴江阴教谕诗序》，《东里续集》，卷六）下文所引陈循《北溪书舍八景后跋》文所言杨、陈两家关系亦类此。另外杨士奇在《王素行墓表》也有记载："素行母，海桑先生之子，先母夫人弟也。素行长士奇七年，余两人少皆受学先生。时陈氏甥十数人，先生及诸舅氏特异视余两人，以为将来庶不忝外家。"（《东里续集》，卷三十一）这都说明杨士奇为陈谟孙辈，而《外祖静得陈先生合葬墓志铭》谓"（陈主一）二子，伯讳谟，字以德，学者称心吾先生；仲讳庸，字以静，称静得先生"（《东里续集》，卷三十九），则陈谟为杨士奇外伯祖，确定无疑。

④ （清）永瑢等：《〈海桑集〉提要》，《四库全书总目》，卷一百六十九，第1476页。

作取得丰硕的成果。简言之，这是从明初刘崧到明中叶李东阳翰林院馆阁文学传承最主要的脉络，线条非常清晰。

杨士奇还以照顾姻亲的方式来培养翰林作家。他与同邑罗升及其子罗璟的关系就是一个极具有代表性的例子：

> 太子洗马泰和罗君幼以姻家子鞠养于杨文贞家，公亲洒翰墨取宋广平名（璟）名之，胡致堂字（明仲）字之。（彭时《跋罗宫洗名字后》）①

> 公讳升，字进善，泰和人。……公不幸早孤，益勤其身，以懋缵先世之德业，因自号进修，受学其外世父太师杨文贞公。文贞爱育之，与诸子恒均。其卒也，年仅四十有九。……公之子明仲（罗璟）遂以经术致身，受国之宠，而移之公，初赠翰林编修，再赠司经洗马。（程敏政《厚德罗先生诔》）②

罗璟（1432—1503，字明仲，号冰玉）是天顺七年（1463）癸未科的一甲第三人进士，官终南京国子监祭酒，撰有《北上稿》一卷。其父罗升为杨士奇爱育，而罗璟亦为其鞠养，这是杨士奇培育泰和后辈作家的一种方式。

其次，从梁兰到梁潜到陈循与杨士奇到陈循二线重合的传承脉络。梁潜之学受自其父梁兰，风格与杨士奇明显不同：

> 潜文格清隽，而兼有纵横浩瀚之气，在明初可自成一队，故郑瑗《井观琐言》称其"丰赡委曲，亦当代一作家"。杨士奇潜《墓志》，称其"（梁潜用之）为文章，驰骋司马子长、韩退之、苏子瞻，亦间出庄、列（按，原作'骚'字）为奇，务去陈言，出新意，古诗高处逼晋宋"。（《〈泊庵集〉提要》）③

> 盖先生之文，温厚和平，而豪壮迭宕之势寓焉，如江河之流，汪洋衍迤，一与风遇，则波澜勃兴，鱼龙百怪，出没隐见，可喜可愕，真当代之

---

① （明）彭时：《彭文宪公集》，清康熙五年（1666）彭志桢刻本，卷三，第29页。
② （明）程敏政：《篁墩文集》，文渊阁四库全书，第1253册，卷六十，第371页。
③ （清）永瑢等：《〈泊庵集〉提要》，《四库全书总目》，卷一百七十，第1483页。

杰作。(王直《梁先生文集序》)①

梁潜的风格与杨士奇雍容典雅、平易朴实、平正纡徐的风格有着很大的区别，但是这不妨碍他们是契心的朋友。在翰林中，杨士奇与梁潜最为相得。梁潜先是授陈循读经，继而又成为他的座主：

> 安人长子翰林侍读兼右春坊赞善泊庵用之（梁潜），循幼学里塾师也，会试礼部座主也……安人外弟少傅兵部尚书兼华盖殿大学士东里先生（按，杨士奇号东里）。(陈循《梁母陈安人挽诗序》)②
>
> 先叔竹林府君，亲受学于海桑先生（陈谟）；家兄德逊尝受学于孟省，而孟省与竹林又平生莫逆交。余尝获孟洁同游县庠，为弟子员，而君（陈孟旦）海桑先生之孙，孟洁、孟省之弟，予幼又尝与君同游于前翰林侍读泊庵（梁潜）之门，可谓有世契……君之外兄左春坊大学士东里先生杨公。(陈循《北溪书舍八景后跋》)③

虽然梁、杨之间的创作风格具有如此差别，陈循又师从梁潜，但在梁潜下诏狱死后，陈循在馆阁从杨士奇游，在经学和文学上都力求肩随东里，得到杨士奇的提携，成为台阁体的殿军。陈循文思敏捷，挥笔立就，他人不足，己常有余，创作繁富，所刊刻的诗文仅为其平生所作什一。就作品数量来看，陈循的确是当时翰林院作家中的巨擘，为杨士奇的衣钵传人。

最后，由刘崧到萧镃到邱濬、蒋冕这一脉的馆阁文学传承脉络。泰和人萧翀（鹏举），少孤而好学，从游于刘崧，得其诗法，是刘崧的弟子④，宋濂等皆亟称之，于时大著文学声名。刘崧与萧翀多有诗章往来，如《春日承鹏举过余林居适留龙陂山中不果会蒙寄诗三绝趣余入武山依韵奉答》、《春暮归自石壁泷偶题柬鹏举》、《岁暮南归留别萧翀诸友》等诗，有《武山十四境》文记载他

---

① （明）王直：《抑庵文集》，文渊阁四库全书，第 1241 册，卷六，第 135 页。

② （明）陈循：《芳洲文集》，卷三，第 36 页。

③ 同上书，第 18 页。

④ 杨士奇《山东盐运司副使萧公翀墓碣》："公谓翀，鹏举其字……乡先生刘尚书崧为之师……长于诗，有集若干卷藏于家，卒年七十有二。"［（明）焦竑：《献征录》，第四册，上海书店 1987 年版，第 4693 页］

们游武山之踪。萧翀子萧镃能承家学，又从梁不移（兰）之子、梁潜（字用之，号泊庵）之弟梁混（字本之，号坦庵）学经，授以诗法，成宣德丁未科（1427）进士，官至大学士、太子少师、户部尚书兼翰林院学士，著有《尚约文钞》十二卷、附录一卷。萧镃入翰林院后，师事杨士奇、王直二人，与陈循同为台阁体羽翼。由萧镃而经邱濬再到蒋冕（1463—1532），这一师生相承的关系直到嘉靖十一年（1532）。

第二节　闽中诗派对明代馆阁诗歌的影响

闽中诗人的诗歌创作在元末以来自成流派，转变了宋、元诗歌创作之故径，以南宋邵武人严羽的《沧浪诗话》为圭臬，实践其宗唐的诗歌理论，天下响应，追随者甚众。闽中诗派最终以永乐初高棅等著名诗人进入翰林院和高棅编选的《唐诗品汇》为机缘，对明代馆阁作家的诗歌创作影响甚巨：

> 《明史·文苑传》谓："终明之世，馆阁以此书为宗。"厥后，李梦阳、何景明等摹拟盛唐，名为崛起，其胚胎实兆于此。平心而论，唐音之流为肤廓者，此书实启其弊；唐音之不绝于后世者，亦此书实衍其传。功过并存，不能互掩，后来过毁、过誉，皆门户之见，非公论也。[①]

元末至明初，闽中有古田（今福建古田县）张以宁，崇安（今福建武夷山市）蓝山、蓝智兄弟，龙溪（今福建漳州市）林弼，不同程度上都宗唐。张以宁的部分诗歌稍乏浑涵深厚之气，近体诗间涉纤仄之习，但其清婉俊逸者足配盛唐。二蓝祖唐风，《静志居诗话》曰："二蓝学文于武夷杜清碧（本），学诗于四明任松卿，其体格专法唐人，间入中晚。盖十子之先，闽中诗派，实其昆友

---

① （清）永瑢等：《〈唐诗品汇〉提要》，《四库全书总目》，卷一百八十九，第 1713 页。

倡之。"① 在元末至正壬寅（1362）时，二蓝昆弟的诗歌创作已经名重一时②，与林弼导夫闽中十子之先。

洪武至永乐年间（1368—1424），以福清林鸿为首，形成闽中十子，团聚在他们周围的诗人以闽地人士为多，但也有如无锡浦源以诗合于林鸿所倡诗风而被邀请入社者，并非专以地域论。林鸿所作，陈衍《槎上老舍子》认为其"诗文一洗元人纤弱之习，为开国宗派第一"③。林鸿论诗以汉魏骨气虽雄而菁华不足，主唐风，尤主盛唐，以开元、天宝间声律为宗④，闽人言诗者率本之。林敏、陈仲宏、郑关、林伯璟、张友谦、周玄、黄玄等，皆其弟子。

在林鸿周围形成了以闽中十子（林鸿、郑定、王褒、唐泰、高棅、王恭、陈亮、王偁、周玄、黄玄）为主要成员的十子派⑤，陈庆元先生已列举出闽诗派中郑定、黄玄、周玄、王恭、王褒、王偁、林伯璟、陈仲完、郑迪、张友谦、郑关、郑阎、郭麐、林枝、赵迪、林绍、郑文霖、林敏、陈本⑥、林慈、陈登、马英、林志、陈埒、郑旭、陈仲宏、高棅⑦等诗人，据《明诗纪事》另有林长懋、陈全、黄旸、林（榜姓吴）实、马铎、余文、黄泽、黄寿生、陈辉、林环、郑瑛、郑璐、陈继之、黄守等人；与林鸿赠答者，更有东白上人、明远上人、龙秀才、林钦、殷秀才、肃上人、理上人、张筹、蔡原、韩玄等人。据明代科举，以下诸人亦当参与闽中诗派：丁显（1358—?），字彦伟，建阳人。洪武乙丑（1384）科第一人及第，授翰林院修撰，忤帝意，贬乡里。有《建阳集》。陈用，莆田人。永乐九年（1409）进士，字时显，选庶吉士，历官修撰、侍讲。李贞，南靖人。永乐十三年（1415）第二人进士及第，授编修，与修《五经四书大全》、《性理全书》。陈辉，字伯炜，闽县人。永乐十三年

① （清）朱彝尊：《静志居诗话》，卷四，第 90 页。可参见陈广宏教授《元明之际宗唐诗风传播的一个侧面——以"二蓝"师法渊源为中心》（罗宗强等主编：《明代文学研究国际学术研讨会论文集》，南开大学出版社 2006 年版，第 71—78 页）。

② 据（清）陈田《明诗纪事》，甲签，卷十六，第 1 页（影印第 378 页）引元代张昶至正壬寅序考得。

③ （清）陈田：《明诗纪事》，甲签，卷十，第 1 页（影印第 331 页）引。

④ 参见（清）朱彝尊《林鸿传》，《曝书亭集》，卷六十三。

⑤ 按，时并有陈郊（? —1397，字安中，号叔恭，闽县人。洪武三十年丁丑科状元，旋被诛）、林鸿、陈仲完、唐泰、高棅、王恭、郑定、王偁、王褒称"闽南十才子"。

⑥ 按，《静志居诗话》，卷六，自林枝至陈本等六人，俱为"能诗而不与其（十才子）列者"。

⑦ 参见陈庆元《明初闽中十子诗派兴起之考察》，《扬州师院学报》1995 年第 4 期。

（1415）进士。工诗，有《琴边清唱集》、《存庵集》。林文秩，字礼亨。永乐十三年（1415）进士。林时（1383—1436），字学敏，号逊斋，莆田人。永乐十三年进士。洪英，怀安人。永乐十三年进士，授编修。有《澹成集》、《诗经宗旨》。陈中，字舜用，莆田人。永乐十九年（1421）会元、进士。选庶吉士，留史馆。才思丰赡，称文章宿老，有《介庵集》。方熙，字孟明，莆田人，宣德五年（1430）进士。选庶吉士。长于诗赋，有《东轩集》。由此可见这个诗人群体的旺盛。林兴祖，福清人，明初举孝廉，官广西布政使司参议，著有《棠阴清趣集》七卷。①

十子诗派这个诗人群体呈现出以下三个特征：首先，它的诗人来自全闽，地域极广，甚至有些诗人来自外省；其次，它的宗旨从宋严羽《沧浪诗话》而来②，经由林鸿《鸣盛集》确定为规摹盛唐，由高棅选《唐诗品汇》而确定有明一代诗歌创作宗尚的对象；最后，它的形成、存在和产生影响的时间都较长。从元末以来，经过有共同宗尚的闽地诗人的创作和发扬，在林鸿之时正式形成十子诗派，又经过永乐年间十子中的王恭、王褒、王偁和高棅等人在馆阁的作用，其影响扩散到全国，并与刘崧为首的西江诗派融合，形成明代馆阁诗歌创作的正宗；尔后闽地经过科举出身的翰林人士如陈完（字仲完，一字仲筼。以字行）、杨荣、林环、林志、马铎等人参加进来，闽中派主宰诗坛，盛行于永（乐）、天（顺）之际，前后绵延六十余年。

闽中诗派很早就与江西的西江诗派有所交往。林鸿在洪武三年（1370）以人才荐，授将乐儒学训导，居七年，拜膳部员外郎，进入朝廷，太祖临轩命试《龙池春晓》、《孤雁》二诗，名动京师。洪武十三年（1380），太祖手敕召刘崧为礼部侍郎，署吏部尚书。洪武十四年（1381），刘崧被召为国子司业，刘、林两人有所往来，刘崧为其《鸣盛集》作序。不久，林鸿因天性脱略不善仕，遂自免归三山，所以在洪武朝三十余年间，闽中派诗歌的影响逊于西江派。到永乐初年，高棅、王恭、王褒、王偁四子进入朝廷，闽派诗歌的影响才扩大开来。王偁辞章超卓凌轹、雄深雅健，学博而思深，任翰林检讨，充《永乐大典》副总裁。为人跌宕不羁，眼空四海，视馆阁诸子琐琐然，不啻卧之地下，

---

① （清）黄虞稷：《千顷堂书目》，上海古籍出版社2001年版，第469页，卷十七，别集类。
② 参见蔡一鹏《论闽中诗派》，《文史哲》1991年第2期。

然与解缙交好，解缙每拟以自代。王偁的才力、器蕴与解缙略相类，两人最相得，交相推许，亦竟同祸。刘昌《悬笥琐探》记载了王偁与他的好友们在当时的名望：

> 时杭有王洪希范、吴有王璲汝玉、闽有王偁孟扬、常有王达达善，皆官翰林，四人者词翰流丽，孟扬常谓希范："解学士名闻海内，吾四人者足以撑柱东南半壁。"①

陈田所谓"翰林四王"②与解缙共为当时天下才子，在翰林院馆阁文学创作中掀起一股劲飙之风：王偁典雅清拔，气节高劲，议论英发，文章伟博；王璲才情杰出，应制赋撰《神龟赋》，出解缙之上，亦与解缙、王偁等互相矜许；王洪为孟扬所推重，才情亦类之；解缙才气放逸，为文雄劲奇古，新意叠出，下笔不能自休，诗歌豪宕丰赡，然而翰林四王中王璲、王偁坐解缙累下狱死（王偁卒于永乐十三年），王洪不为进用，王达卒于永乐五年（1407），待解缙等人卒，翰林院中的这种劲飙之文风逐渐消失，此后杨士奇、杨荣、杨溥（时称"三杨"）等人所代表的春容雍熙之文风始成为一代翰林院馆阁文学的主流。

王偁与其他江西翰林作家之间有很多往来诗篇，如《元夕黄庶子淮宅咏莲花灯和胡学士广韵》、《送曾侍讲棨从幸北京》、《投胡学士》等，尤其因解缙与胡广交好③，王偁也和胡广多有和作。据此可以推断，在解缙的周围因此形成了一个稳定的创作圈子，而王偁是明代永乐间这个馆阁作家圈子里的重要作家。

十子中对明代馆阁诗歌创作产生最重要影响的是高棅。高棅（1350—1423），字彦恢，仕名廷礼，别号漫士，福建长乐人。永乐元年（1403），以布衣召入翰林为待诏，九年始升典籍，永乐二十一年（1423）卒于官，居翰林二

---

① 转引自（清）陈田《明诗纪事》，续修四库全书，第1710册，甲签，卷十，第10页（影印第335页），"王偁"条。

② 按，钱谦益对"四王"亦有一解，指王偁、王恭、王褒、王洪（见《列朝诗集》，乙集，卷第二，"王侍讲洪"条），但不冠以"翰林"二字。

③ 解缙《答胡光大》诗有句："去年雪中寄我词，一读一回心转悲。结交谁似金兰契……一诺千金永相保。"（解缙：《文毅集》，文渊阁四库全书，第1236册，卷四，第644页）此诗可以看出他们的交情。

十年。议者服其精博，书得汉隶笔法，画出米南宫父子，时称三绝，尤以选《唐诗品汇》九十卷、《拾遗》十卷厥功甚伟。高棅对宋代以来的诗歌创作进行总结，对林鸿的主张有所发展。明清之际的钱谦益论述了高棅的贡献：

> 门人林志志其墓曰："诗至唐为极盛，宋失之理趣，元滞于学识而不知由悟以入。自襄城杨士弘始编《唐音正始遗响》，然知之者尚鲜。闽三山林膳部鸿，独唱鸣唐诗，其徒黄玄、周玄继之，先生与皆山王恭起长乐，颉颃齐名，至今闽中诗人推五人，而残膏剩馥，沾溉者多。"林之论闽诗派，可谓悉矣。推闽之诗派，祢三唐而祧宋元，若西江之宗杜陵也，然与否耶？膳部之学唐诗，摹其色象，按其音节，庶几似之矣。其所以不及唐人者，正以其摹仿形似，而不知由悟以入也。①

林志认为宋诗失之理趣，元诗失之学识，虽学唐而不知悟。钱谦益在此基础上指出，林鸿开创闽诗派，"祢三唐而祧宋元"，见识超迈，但是林鸿的诗歌创作在色象、音节上肖似唐诗，仅为模仿形似而已，犯上元人不知悟入的毛病。高棅分唐诗为正始、正宗、大家、名家、羽翼、接武、正变、余响、旁流九格，世称精鉴，本诸严羽《沧浪诗话》悟入之路径，提供了诗歌创作的榜样，昭示诗歌创作的境界，最终影响了明代的翰林诗学理论和实际创作。所以明代的前后七子也隐约宗之，如本节引四库馆臣《〈唐诗品汇〉提要》所论。清末陈田赞同四库馆臣所论，有所引申和发挥：

> 田案：漫士选唐诗，自是雅裁，明时如杨升庵（慎）、谢在杭（肇淛）已有异议，要是小疵，不害其为佳选也。诗断自唐以上，前后七子亦隐宗之，其所异者，七子探源汉魏，十子株守唐一代耳。②

陈田在四库馆臣论述的基础上详细区分前后七子与闽中十子的区别，指出他们

---

① （清）钱谦益：《列朝诗集小传》，乙集，第180页，"高典籍棅"条。
② （清）陈田：《明诗纪事》，续修四库全书，甲签，第1710册，卷十，原第16页（影印第338页），"高廷礼"条。

的共同点在于都宗唐诗。王袆（1321—1381）撰于元末的《练伯上诗序》，对明代以前的诗歌发展、演变史作了论述，主张以"圆粹而高妙"、"严峻而雅赡"、"典雅而敦实"的诗风来重建诗学①；王袆还在《浦阳戴先生诗序》的序文中主张取法盛唐。在这样的理论前提下，高棅的《唐诗品汇》为明代翰林院馆阁作家和前后七子派作家所宗，是历史的必然选择。这样看来，高棅的《唐诗品汇》在明诗的发展史上的地位显得非常重要，其唐诗选确实影响了整个明代诗坛，推动了明代诗歌理论的发展。简言之，它对唐代诗歌的艺术成就和本朝诗歌复古及学习对象的认定为明代馆阁诗歌创作和前后七子诗歌创作所共同遵守，但也有所区别。明代的翰林馆阁诗歌创作不仅宗唐，而且还宗宋、元；在宗唐之时，对唐诗初、盛、中、晚四期作家都有所学习，而明代前后七子追溯探源到汉魏诗歌，主汉魏之古诗及盛唐近体诗，对中、晚唐作家作品不甚提倡，也就是说，前后七子的学习对象较之明代翰林作家的学习对象，稍稍前移到汉魏至盛唐一段，他们之间产生既有重叠也有错开的诗歌理论景观，这是他们的区别之处。

高棅的弟子林志（1378—1427）也是一个诗论家，他在为高棅所作墓志中阐述了乃师的诗学理论，又于《律诗类编序》论律诗曰：

> 近代言诗者，率喜唐律五、七，而唐律之名家者，毋虑数十人。以予观之，大都有四变：其始也，以稍变古体而就声病，宜立于辞焉尔；其次也，则风气渐完，而音响亦以之盛，其于辞焉弗论也固宜；又其次也，作者踵继之，音响寖微，然犹以其出之兴致者，成之寄寓也，虽不皆如向之所谓盛者，而犹不专于其辞也；又其次也，则辞日趋工，而音响日益以下也又宜。况于宋氏徒以学识而声律之，元人徒以意气而韵调之，则夫其变愈宜其未已也。②

把林志于永乐十三年（1415）作的这篇诗论，与其所撰高棅（1423年卒）墓志对照，基本上可以看出高棅师徒已经形成自己的诗歌理论体系，即不专于立

---

① （明）王袆：《王忠文集》，卷五，文渊阁四库全书，第1226册，第107页。
② （明）叶盛：《水东日记》，中华书局1980年版，第254页。

辞、学识、声律、意气、韵调言诗，而强调作者诗歌创作悟入的重要性。林志的诗时有警音，与江西馆阁作家余学夔、曾鹤龄、刘子钦等交往，推进了闽中诗派与西江派的融合。

闽地后起的馆阁作家如林志、林环、杨寿夫、马铎等与杨士奇等俱有交游，杨士奇为文以识。永乐中，长乐诗人陈仲完为东宫赞善二十年，与杨士奇有交往；卒后，杨士奇为其作传，撰《陈仲完像赞》，甚惜其人其才。杨士奇另撰有《陈思孝（登）像赞》、《林君（志）墓表》、《故翰林修撰马君（铎）墓志铭》等文。江西馆阁作家刘球撰《故翰林侍读承直郎陈公（陈叔刚）行状》等文，反映了闽、赣诗人的交情。

杨荣作为馆阁大臣，对闽中作家队伍在翰林的壮大也有一定的贡献。黄佐《翰林记》卷十九《文运》曰：

> 丘濬（按，即弘治间大学士邱濬）曰："国朝文运盛于江西。开国之四年，策士以文，即得伦魁于金溪；又十余年，始定今制，会试天下士，襄然举首者，分宜人也；永乐甲申，选庶吉士，读书中秘，以应二十八宿，其中十二人出江西，而官翰林者七人；宣德甲寅，合丁未、庚戌、癸丑三科选之，亦如甲申之数，出江西者七人，留翰林者四人。奉敕教之者，前则吉水解公大绅，后则西昌王公行俭，是又皆江西人也。"盖当时有"翰林多吉安"之谣，首甲三人，或纯出江西者凡数科，间亦有连出福建者，士论或以为杨士奇、荣互相植党[1]，岂其然耶？[2]

上文所引的文字基本同于丘（邱）濬所作的《拙庵李先生（绍）文集序》。丘（邱）濬的原意在于否定杨士奇植党的传言，但客观上却有力地说明了明初江西籍馆阁作家的兴盛。在江南数省（包括南直隶）之中，独江西文人为盛，翰

---

① 按，（清）吴肃公《明语林》卷一："上尝疑杨文敏荣多受边将马，以问西杨。杨极言其无他，且称荣'习厄塞险易、卤孽情伪，廷臣罕及'。上曰：'荣数短汝，非（蹇）义、（夏）原吉，汝去内阁久矣！汝顾为之地耶？'顿首曰：'愿以容臣者，容荣使改过。'"（第7页）陆林末句标点不妥，当在"容荣"之后加逗号。东杨（杨荣）和西杨（杨士奇）之间的权力争斗，时当有之，不必讳言。

② （明）黄佐：《翰林记》，文渊阁四库全书，第596册，卷十九，第1072页。

林院中的江西籍馆阁重臣所起的作用是决定性的①。从永乐到正统（1403—1449）年间，福建的举子，举进士，也出现首甲数科连出的现象，所谓"士论或以为杨士奇、荣互相植党"的传言有一定的可能性，但是福建的馆阁作家群并不旺盛：或任职不显要，或虽受皇帝眷注而短寿无命（如莆田林环，永乐四年状元及第，十三年即卒），在举目皆是江西士人的翰林院中，显得比较单薄。杨荣本人与闽地的馆阁作家，也有来往、酬唱之作，如他为林志作《故奉训大夫右春坊右谕德兼翰林侍读林君墓志铭》，便是一例。

闽中派馆阁作家选论。下面以王褒（永乐十四年卒）为例看看闽中馆阁作家对于明朝馆阁文学的影响。钱谦益《列朝诗集》说："《闽中十子》称翰林修撰，殊不详也。"② 王褒的诗文已具有台阁的气象和题材。蔡翔《王养静先生文集序》曰：

> 唯六经之文浑浑灏灏，言精辞奥，不可尚矣。下迨汉唐，若扬雄、司马相如、韩退之、柳子厚、欧阳修、苏子瞻诸君子出，始工于文。千百载犹一日也，今先生之文，祖六经，述诸子，积中发外，根据理义，不袭陈腐语。其言和平温厚，宛有台阁之风而无山林之气，是盖深于文者，宜为录出，以与四方学者观览……③

蔡翔的序指出了王褒的散文创作具有台阁的气象。王褒的诗歌中也有台阁体的题材。《中秋文闱燕集得蓬字》诗云：

---

① 陈敬宗《荣禄大夫少保户部尚书兼武英殿大学士谥文简黄公淮墓志铭》："明年甲申会试天下士，上命解公与公为主考，得曾棨等四百七十二人。"（焦竑：《献征录》，卷十二，第 392 页）永乐甲申（1404）会试，解缙不满会元刘子钦（名敬，以字行。江西吉水人）对他的不敬，预先把殿试的题目告诉曾棨，曾棨因此被点为第一人（参见李贤《古穰集》卷二十九及郎瑛《七修类稿》卷四十四"刘车不永"条、沈德符《万历野获编》卷十四"关节状元"条），但是曾棨与解缙在及第前已是旧识（参见解缙《莲竹轩记》，《文毅集》卷十）。成祖又命解缙选本科庶吉士，二十八人中，江西进士十二人，《明阁学记》说"曾棨等二十八人俱所奖进。"（解缙：《文毅集》，附录）解缙的个人作用，可谓不小。

② （清）钱谦益：《列朝诗集》，第十八册，乙集，卷第三，第 21 页。钱谦益不察彼时杨士奇在《陈仲完传》中所说的"翰林修撰王褒举（陈）仲完学行"（杨士奇：《东里续集》，文渊阁四库全书，第 1239 册，卷四十三，第 244—245 页）这句话，杨士奇与王褒同时，所言当可信。

③ （明）蔡翔：《王养静先生文集序》，参见王褒《三山王养静先生集》，明成化十二年（1476）谢光刻本，序第 2、3 页。

　　盛时属文运，俊乂期登庸。三载荐多士，四方罗文纬。眷兹九秋半，气候何空濛。婵娟出东岭，浮云敛层空。闹棘今夕会，折桂此时同。莘堂入夜开，展席来相从。流辉照尊俎，微寒薄帘栊。柏台共济济，薇台独雍雍。主醉乐且多，宾回兴未穷。揽衣望霄汉，炯炯明光宫。人坐半天上，鸟飞疑镜中。合并不尽欢，佳期谅难逢。洗杯濯清沼，移榻当高桐。倒倾殊未已，所思悟其终。徘徊一分手，千里入飞蓬。飘飘望南陌，别过东城钟。①

此诗中已经有了台阁体经常写的夸颂文运、朝廷多士、朋友相聚等内容，但又写得很雍容典雅，类乎北宋晏殊所云的"富贵气"，风格清轻淡雅，结句有唐诗之响。另如《三山王养静先生集》卷三《圣孝瑞应》，卷七《贺春有作》、《正旦早朝》、《元夕观灯应制》等诗则是典型的馆阁体。

　　王褒的诗歌，《三山王养静先生集》卷一至卷三为古诗，卷四至卷七为近体诗。其古体诗写得比较接近古诗的面貌。如四言诗《北蒙无幻师以松泉清响扁其琴室养静居士因作操以贻之》：

　　　蔚蔚长林，有松蔽天。泠泠空涧，有鸣其泉。波涛汹涌，声在树巅。金石戞击，泉流涓涓。谁其写之，焦尾之弦。倏有倏空，与幻俱迁。何以知其然，试问比蒙之禅，但长笑而无言，聊徜徉于永年！②

这是一首描写王褒隐居生活的诗歌。用四言写物态，不滞涩而流畅，极有神韵。此诗使用典故也是王褒诗歌的一个特色，有助于他的诗歌呈现盎然的古色。如下引诸诗中所用"式微"、"北山移文"等典故，不一一枚举。

　　王褒的五言诗学习唐诗的痕迹明显，如《三山王养静先生集》卷一《题合浦丞萧云举海天东望卷》诗句"谁将寸草心，愁我堂上慈"，《送王布政公冕之任四川》诗句"扪参历井抵天上"③等句，用唐典明显。《古意》一首模仿白

①　（明）王褒：《三山王养静先生集》，卷一，第8页。
②　同上书，卷一，第1页。
③　同上书，卷三，第10页。

居易《琵琶行》的写法，但篇幅却不长：

> 湘江江上楼，有妇弹箜篌。试弦一再弹，迟迟声且柔。情繁指转急，曲长心难收。一曲未及终，泪下如迸流……①

王褒的诗歌创作也有学习汉魏古诗的地方。如《三山王养静先生集》卷一《题新安汪子容寿藏卷》诗云：

> 人生草上露，回首日已晞。顾非金石资，焉用千岁期。昨夜高堂欢，薄暮南山陲。纮歌声未歇，涕泪沾裳衣。……②

这首诗非常容易让我们想起汉末魏初诗人发出的叹逝声。另如《送苏助教文钺归北京》诗云：

> 二月春云半，雨雪日霏霏。出门总泥淖，相送桥门归。忆作桥门别，考绩朝京畿。行装束坟籍，高阁虚帘帏。谁知照乘珠，入户生光辉。赐环沐宠渥，凌晨赋《式微》。……③

在这首送别诗歌中，虽然有劝慰友人仕途加意之语，但通篇风格较为清淡。卷二《题上高余令山水小景》诗云：

> 晴川逗秋影，阴谷留闲云。孤舟对飞鸟，归思何纷纷。顾兹簪组萦，叹彼歧路分。草堂谅无恙，北山笑移文。④

此诗亦体现了王褒的风格。我们还可以从王褒的诗歌创作实绩中看到：在明朝

---

① （明）王褒：《三山王养静先生集》，卷一，第10页。
② 同上书，卷一，第5页。
③ 同上书，卷二，第3页。
④ 同上书，卷一，第10页。

永乐时期，馆阁作家的作品有山林气，但并不总是写陶潜隐居的题材，而有较多的开拓性。如其《汉府教授王先生圃以养蔬自号先生非学圃者也盖因名寓意亦将究其本欤作四诗以贻之》其一：

> 微雨朝来过，园蔬取次看。韭芽忻土暖，芥荚怯霜寒。畦理高低种，厨供旦夕餐。莫嫌藜藿舍，金玉试春盘。①

诗句清新可爱，接近田园诗面目。王褒与江西诗人的唱和篇什也很多，如《三山王养静先生集》卷三《赋得投砚峡送曾侍读使安南》、卷五《元夕黄庶子宅观红白莲花》、《元夕黄庶子宅观百花灯赓》、《正月十五夜进诗赐宴有作和馆阁诸公》等诗。

王褒的散文创作也有一定的成就。在闽中十子中，他是一个长于散文创作的作家。《三山王养静先生集》卷八《乐琴书处后记》曰：

> 事之可乐者众矣。贵富而乐者，顺而易；贫贱而乐者，逆而难。众人所不能，吾独能之，则可谓得其乐者矣。且声誉权势之崇，妾媵仆从之充，车马宫室之美，服食玩好之丰，贵富者皆可为而乐之，此人所同也。若声誉权势不能易其操，妾媵仆从不能移其度，车马宫室不能改其常，服食玩好不能变其素，其乐晏如，盖有不在于贫贱贵富也，斯君子之乐。以道充为贵，身安为富，道充则心泰，身安则体胖……②

安排了排比的句子，两相对照，有破有立，有孟子的文风。又如卷十《永思堂记》论述人生幼、长不同境遇时的文句：

> 幼而鞠于亲，左提右挈，前襟后裾，虽弗教之思，未尝不思焉。长而奔走于四方，驷马高盖，心志之所适也；重茵列鼎，口体之所安也；丰声

---

① （明）王褒：《三山王养静先生集》，卷四，第3页。
② 同上书，卷八，第1页。

美色，耳目之所娱也……①

都具有孟子铺排的作风。

王褒的写景文成就较高。《三山王养静先生集》卷九《琴室记》曰：

> ……庭前来槐四五株，有影在地，窗外竹数十个，风来有声，室仅寻丈，弗隘弗痹，石几、铜炉与琴相称。典乐（按，指林景云）肃容，已，正容端坐，为鼓《一舟行》，泠泠乎若友麋鹿、邻泉石而樵歌牧唱之在耳矣；拂轸而奏，飒飒乎如乘长风、驾轻帆而春江波涛之在席矣；改弦而张，凄凄乎乌之夜啼，雍雍乎鸿之秋鸣；既而白雪交下，熙熙乎，阳春之和，相顾失色……②

此段以通感的手法，把林景云高超的鼓琴演奏场面再现出来，语言重叠而具音乐感，想象奇异而境界阔大。《涵碧楼记》曰：

> 东南山水之胜，越为最；越之山水之胜，上虞为最；上虞山水之胜而夏盖湖为尤最。湖则滉漾谀潒，渊斋霷霸，鹭洲凫渚，出没远近，岸花汀芷，芬芳披拂，烟消日出，渔歌欸乃。举目之际，一碧万顷。襟于湖之前者为曹娥江，为镜湖；裙于湖之后者为白马，为尚绯之湖；环带于湖之左右者为秦望，为谢安石之东山，为云门，为日铸，层峦叠嶂，凝绿绚翠，靡不回奇，献功以效其能，旦夕晴雨，与时移易，虽终老于湖曲者有不能穷焉。③

上文善于发舒，辞藻繁富，既有沿袭范仲淹《岳阳楼记》的痕迹，但也有拓充之处。其他如《海上仙舟记》曰：

---

① （明）王褒：《三山王养静先生集》，卷十，第 2 页。
② 同上书，卷九，第 3 页。
③ 同上书，卷九，第 8—9 页。

……夫西洋绝域，当天光云影动荡上下，风驶浪驰，万里一息，日月出没，望若舟外蛟龙鼋鼍起伏，咫尺而蓬莱阆苑之山可指而登，洪崖浮丘之属可报而致，诚海上之仙舟矣……①

也有对范氏散文模拟的痕迹，但均能造新语，善铺陈，长句短句随所适宜。

王褒的文集诸体作品时常阐发儒家的道学思想，更确切地说是阐发孟子的思想，如《三山王养静先生集》卷八《思养堂记》引孟子论父子之养亲，卷九《味书楼记》引孟子论人生嗜好，这是明代文学"本经"创作思想的表现。蔡翔所云之"台阁之风"，大概指的是王褒的记类作品中有大量宣扬儒家伦理道德的文章，如卷八《好问斋记》、《春晖堂记》、《思养堂记》、《怡亲堂记》，卷九《忠节堂记》、《积善堂记》、《戏彩堂记》、《余庆堂记》、《椿萱堂记》，卷十《北堂春意记》、《致乐轩记》等。明初台阁体作家和成化以后一般馆阁作家都致力于创作大量的充满道德教化内容的散文，王褒的这类散文创作和馆阁前辈宋濂等人的散文创作具有一致性，他们均提供了后来台阁体一直沿用的主题和题材。

第三节　吴中作家馆阁文学的成就

元代末年，农民起义军首领之一张士诚据吴（苏州），能礼贤下士，招揽文人，一时吴地文士云集。"吴亡之后，吴臣多见诛戮"②。明朝对曾经为张士诚笼络过的文人打击得甚为残酷，他们或为徙濠，或被直接处死，仅袁凯以佯疯、陈基以廉谨免③。高启（1336—1374）也在受迫害之列，他在洪武元年（1368）应召入朝，授翰林院国史编修，复命教授诸王，纂修《元史》，在朝三

---

① （明）王褒：《三山王养静先生集》，卷九，第11页。

② （清）钱谦益：《陈学士基》，第六册，《列朝诗集》，清顺治绛云楼刻本，甲集前编，卷第十，第1页。

③ 参见廖可斌《复古派与明代文学思潮》，台湾文津出版社1994年版，专节《朱元璋集团——明王朝对吴中派的打击》。

年。洪武七年（1374），明太祖以高启为苏州知府魏观撰写《上梁文》为借口，腰斩高启于京师（今江苏南京，为明代洪武、建文、永乐三朝京师。永乐十九年，诏改京师为南京，以北京为京师，明代遂有两京制度）①。这场变故给明代文学带来无可挽回的重大损失，深为清人叹惋：

> 启天才高逸，实据明一代诗人之上。其于诗，拟汉魏，似汉魏；拟六朝，似六朝；拟唐，似唐；拟宋，似宋，凡古人之所长，无不兼之，振元末纤秾缛丽之习，而返之于古，启实为有力，然行世太早，殒折太速，未能镕铸变化，自为一家，故备有古人之格，而反不能名启为何格，此则天实限之，非启过也。特其摹仿古调之中，自有精神意象存乎其间，譬之褚临禊帖，究非硬黄双钩者比，故终不与北地（李梦阳）、信阳（何景明）、太仓（王世贞）、历下（李攀龙）同为后人诟病焉。②
>
> 启诗才富健，工于摹古，为一代巨擘，而古文则不甚著名，然生于元末，距宋未远，犹有前辈轨度，非洪（熙）、宣（德）以后，渐流为肤廓、冗沓，号台阁体者所及。③

高启在诗歌创作上的才能让四库馆臣艳羡不已：他学习前人，但作品中却存有自己的精神意象；他在古文创作上的才能虽为诗歌所掩，却遵循前人轨度，其诗文尤契清人所认定的馆阁文学的传统。四库馆臣把他与前后七子、台阁体作家进行对比，流露出对高启"行世太早，殒折太速"的感慨。当然，明初的翰林院尚处于草创阶段，刘基、宋濂等人提出的翰林馆阁文学建设的纲领还未得到落实，其组成人员出入不定，馆阁文学未必因高启即能达到相当的高度，但

---

①　朱彝尊认为高启之死非因诗贾祸。《静志居诗话》："世传侍郎贾祸，因题《宫女图》，其诗云：'女奴扶醉踏苍苔，明月西园侍宴回。小犬隔花空吠影，夜深宫禁有谁来？'孝陵猜忌，情或有之。然集中又有《画犬》诗：'独儿初长尾茸茸，行响金铃细草中。莫向瑶阶吠人影，羊车半夜出深宫。'此则不类明初披庭事，二诗或是刺庚申君（按，指元顺帝）而作，好事者因之傅会也。"（朱彝尊：《静志居诗话》，卷三，第65页）朱彝尊似乎有意为明太祖开脱，但是依照朱彝尊在卷六"王直"条（参见前注）对王直与杨士奇恩怨必有的揣度，那么高启之死，当因宫体诗贾祸。高启另作有楚、秦、魏、吴等国宫词。

②　（清）永瑢等：《〈大全集〉提要》，《四库全书总目》，卷一百六十九，第1471—1472页。

③　（清）永瑢等：《〈凫藻集〉提要》，《四库全书总目》，卷一百六十九，第1472页。

明太祖处死高启，对明朝翰林院馆阁文学的建设确实造成一定的延缓后果，也造成明初吴中文学在翰林院馆阁文学中的缺席。

廖可斌认为明初的吴中文学遭受这次打击后，到成化、弘治年间方才复原①，这是一个大致不差的认识。但是，从永乐到弘治年间，吴中作家在馆阁的影响却不绝如缕。高启的诗友释道衍（俗名姚广孝）在永乐朝与馆阁诸人交往甚密，多位馆阁作家和他的雪诗。这些以雪为对象的唱和诗是诗体中的禁体物诗，又称"白战体"，高启当初亦尝有作，而明代翰林院馆阁文学创作中禁体物的"白战体"在成化、弘治之间渐为馆阁作家所专擅，它在明初翰林院的滥觞之源恐怕就是高启和释道衍。

洪武到洪熙之间（1368—1425），吴中文人陆续进入翰林院，叶盛有所记载：

> 苏州自国朝洪武中来，凡斯文盛举，未尝乏人。吾所知如洪武壬子（五年，1372）简会试士，十八人授编修等职，入文华堂，命宋学士等为之师，俾肄业。劝惩宠锡，略似后来曾棨等，则有王琏汝器，修《元史》则高启，谢徽亦有传著，不知即潞州知州否？永乐中纂修《大典》，有王汝嘉、赵友同，《大典》尤多其人。洪熙初，弘文馆中则汝嘉与陈继嗣初……②

洪武中进入翰林院的吴人虽人数不少，但是对文学却没有多大的影响。

永乐中，翰林院有王璲三兄弟、沈度兄弟和陈继等人对翰林院的馆阁文学和吴中文学产生影响。苏州府长洲的王璲（字汝玉）是永乐年间较早在翰林院任职的作家。"汝玉少从（元）杨廉夫（维桢）、鲁道原（渊）治《春秋》，未尝举乡贡，文章笔札，清粹典则。"③他在永乐初以荐举任五经博士，永乐七年（1409）任赞善兼编修。仁宗皇帝为太子时，在散文上喜欢欧阳修的文章，在诗歌上则特别器重王璲。有文献记载，太子在分韵赋诗创作后，特意交代侍

---

① 参见廖可斌《复古派与明代文学思潮》，台湾文津出版社 1994 年版，第 63 页。
② （明）叶盛：《水东日记》，第 106 页。
③ 黄彰健等校：《明仁宗实录》，卷六下，第 227 页。

从近臣务必等待王璲次日进宫切磋诗艺，足见二人关系之密切。王璲（? —1415）精通诗法，相与太子道说赋诗之法，招致另一位侍讲太子的文臣杨士奇的不满和阻拦：

> 永乐七年（1409），赞善王汝玉每日于文华后殿道说赋诗之法。一日，殿下顾臣士奇曰："古人主为诗者，其高下优劣何如？"对曰："诗以言志，《明良》、《喜起》之歌，《南薰》之诗，是唐虞之君之志，最为尚矣。后来如汉高《大风歌》、唐太宗'雪耻酬百王，除凶报千古'之作，则所尚者霸力，皆非王道；汉武帝《秋风辞》，气志已衰；如隋炀帝、陈后主所为，则万世之鉴戒也。如殿下于明道玩经之余，欲娱意于文事，则两汉诏令亦可观，非独文词高简近古，其间亦有可裨益治道；如诗人无益之词，不足为也。"殿下曰："太祖高皇帝有诗集甚多，何谓诗不足为？"对曰："帝王之学，所重者不在作诗。太祖皇帝，圣学之大者，在《尚书注》诸书，作诗特其余事。于今殿下之学，当致力于重且大者；其余事可姑缓。"殿下又曰："世之儒者亦作诗否？"对曰："儒者鲜不作诗，然儒之品有高下。高者，道德之儒；若记诵词章，前辈君子谓之俗儒，为人主尤当致辨于此。"（《圣谕录•中》）①

当永乐之时，王璲是东宫属官，职司辅佐太子，而杨士奇熟于欧阳修古文，亦为酷好欧文的太子深契。上引杨士奇记载的君臣往事明显地表现出杨士奇对王璲谈论诗法的排斥，他贬低诗歌之道为"无益之词"，抬高诏令等文类"裨益治道"的功用。杨士奇的用意在于排斥王璲，太子肯定也听出来了，所以反问了两个问题来责难他。杨士奇倒也直录时景，没有掩饰太子对他的两番责难。太子先是以太祖皇帝多诗歌创作反诘之，再以儒者是否作诗来为难他，这两个问题相当具有刁难的意味，但是杨士奇分别以"圣学之大"不在诗及道德之儒与俗儒的区别得体地回答了太子。

永乐时期，太子宫僚多下狱死，王璲也因坐解缙党，词连而死，吴中文人

---

① （明）杨士奇：《东里集》，文渊阁四库全书，第1239册，别集卷二，第627—628页。

在翰林中与杨士奇争锋的局面自然烟消云散了。仁宗、宣宗时，一度任职翰林院的陈继对吴中作家与翰林馆阁的连接起到一定的作用。

陈继（1369—1433），字嗣初，南直隶苏州府吴县人。从学者王行、俞贞木①游，淹贯经史，时人呼为陈五经。仁宗即位，初开弘文馆，用杨士奇荐，召授翰林五经博士，进检讨，有《怡庵集》十五卷。《列朝诗集》载：

> （陈继）尝论作诗之法云："作诗必情与景会，景与情会，始可与言诗，如'芳草人伴还易老，落花随水亦东流'，此情与景合也；'雨中黄叶树，灯下白头人'，此景与情合也。"嗣初为文，根义理，辩体制，严矩矱，自矜重，不为苟作。其于诗似不甚经意，而持论如此，盖国初前辈风声未远，得之师传者为多。②

所谓"雨中黄叶树，灯下白头人"两句，确实是解说中国传统诗论中景与情关系最典型的诗句，自陈继此评后，再无异议，从中可以看出陈继在诗歌鉴赏方面的高水准。在馆阁时，陈继以文章擅名，兼工绘事，尤奇于写竹。夏昶（1388—1470），昆山人，字仲昭，永乐十三年（1415）进士。张益（1395—1449），字士谦，号蠢庵，江宁人，官中书舍人，有《文僖公集》。二人释褐任职于馆阁时，皆师事陈继。王鏊《姑苏志》载：

> （张益）登进士第，入翰林，为庶吉士，授中书舍人，转大理评事，与修《宣庙实录》，书成，迁翰林修撰，进侍读学士，入内阁，典机务……益为人清淳端谨，文章圆熟，对客数千言，援笔立就，楷书亦工。初，益与夏昶同年，及见陈嗣初（继）、王孟端（绂），俱喜作文写竹。后昶见益作《石渠阁赋》出己上，遂不复作文；益见昶竹妙绝，亦不复写竹，竟各以其所能名世。③

---

① 《明语林》卷三："陈检讨继少孤贫，尝受学于俞贞木。"（第44页）钱谦益《列朝诗集》乙集第六亦有类似记载。

② （清）钱谦益：《陈检讨继》，《列朝诗集》，第十九册，乙集，卷第六，第12页。按，俞贞木，一名宗木。

③ （明）王鏊：《姑苏志》，文渊阁四库全书，第493册，卷五十二，第983页。

由此可知，张、夏各得乃师陈继作文、写竹一绝。陈继诗法、文法、画法的传人很多：杜琼（人称东原先生）从陈继学，为文和平醇实，本乎理道，诗以博达为宗，沉着古雅，有风致，画写山水润秀；徐震少从陈继学诗，有《吊项羽庙》、《睢阳怀古》、《挽岳武穆》诸诗，脍炙人口。另有长洲王肆等人亦师从陈继，"吴中称经学者，皆宗陈氏"①。陈继与翰林中作家多有交游，在他人的文集中常有送其致仕、退居吴中的诗文，如杨士奇、杨荣、马愉、黄淮等诸人所作，杨士奇为其作墓志铭。黄淮《闻陈检讨嗣初讣音赋近体三首以悼之》：

> 立身存古道，绩学绍家传。德行颜、曾后，文章《史》、《汉》前。弹冠陪法从，解组赋归田。进退惟安命，全归不愧天。
>
> 翰苑论交日，金门待诏时。清谈多典则，素履见操持。义重投桃赠，情深伐木诗。文星光已隐，空负百年期。
>
> 春首才相见，秋初得讣音。追思如梦寐，转首异浮沉。宿草寒犹绿，愁云晚更深。声容不可作，徒有泪沾襟。②

上引组诗第一首，指出陈继在儒学和创作上均有成就，尤认为其文章有两汉风格。

吴中文学最为重要的一条地域传承脉络是从陈继到陈宽再到沈周的诗法、经学、绘事等文学艺术创作领域的连续授受关系。陈继之子陈宽（字孟贤）、陈完（字孟英）皆以诗名，颇得唐法。沈澄（字孟渊）二子沈贞（字贞吉，号南斋）、沈恒（字恒吉，号同斋，沈周之父）学于陈继，而沈周（字启南，号石田）又受业于陈宽。沈周少壮时，诗纯唐格，雅意自传，间拟长吉（李贺），而这正是师陈氏的结果。沈周在成化、弘治（1465—1505）之间与吴地的翰林作家吴宽、王鏊等人及李东阳等馆阁重臣在诗文、绘事方面来往密切，李东阳

---

① （清）钱谦益：《陈公子宽》，《列朝诗集》，第二十册，乙集，卷第七，第38页。
② （明）黄淮：《黄文简公介庵集》，民国二十七年（1938）永嘉黄氏排印敬乡楼丛书本，卷十，第7页。

曾对沈周的近况表达甚为关切之意①，这些都为明朝的翰林院馆阁文学增添了许多佳话。

在沈周、吴宽、王鏊等人参与、活跃于翰林院馆阁文学创作之前，徐有贞（1407—1472）是吴中真正参与翰林馆阁文学建设与发展的第一位作家。其人在领袖吴中风雅、恢复吴中文学声气方面有着重要的作用。徐有贞，原名珵，字元玉，南直隶苏州府吴县人。宣德八年（1433）进士，选翰林院庶吉士，历编修、春坊、谕德、侍讲、翰林学士，天顺元年（1457）入阁，晚遭摒废，归田里，放情弦管泉石之间，放浪山水十余年而卒。自云南金齿归，与刘珏、韩雍、沈周、祝颢等家居登临，共游赏之乐，更倡迭和，诗成落纸，人争传之。他不仅与同辈吴中文人唱和，而且影响到他的学生和晚辈，故吴下推风流儒雅，必以其为领袖。其门人史鉴（字明古），为文纪事有法，诗不屑为近体，欲追汉魏，与吴宽、沈周等为友；弘治、正德之间（1488—1521），吴中高士，首推沈周，次则明古。徐有贞在馆阁的门生吴宽②更是对翰林院馆阁文学多有贡献，更延及文徵明（1470—1559），继续领袖吴中文艺。

徐有贞的流风余韵，在成化、弘治年间，大放异彩。这时，徐有贞的学生、好友及吴地任职馆阁的翰林作家与主盟文坛的馆阁重臣之间唱和不断，在明朝的翰林院馆阁文学史上占有重要的地位：

> 吴中自吴宽、王鏊以文章领袖馆阁，一时名士沈周、祝允明辈，与并驰骋，文风极盛。（文）徵明及蔡羽、黄省曾、袁袠、皇甫冲兄弟稍后出。而徵明主风雅数十年……（《明史·文徵明传》）③

这段话指出数十年间吴地作家积极地参与翰林院馆阁文学活动的事实。

下面具体地来看一下吴中的作家与馆阁文学的关系。沈周（1427—1509）为世所重，翰林作家程敏政、李东阳等皆爱重之。《列朝诗集小传》把沈周与

---

① 参见（清）张廷玉等《明史》卷二百九十八沈周本传（第7630—7631页）。
② 王鏊作《吴文定公挽词》诗，有"东里渊源近，天全授受真"之句［（明）王鏊：《震泽集》，文渊阁四库全书，第1256册，卷五，第184页］，表明徐有贞与吴宽之间师徒授受的关系。天全是徐有功的号。
③ （清）张廷玉等：《明史》，卷二百八十七，第7363页。

当时以绘画、诗文名天下者作一比较：

> 百年来，东南之盛，盖莫有过之者。先生既以画擅名一代，片楮匹
> 练，流传遍天下，而一时钜公胜流亦皆推挹其诗文，谓以诗余发为图绘，
> 而画不能掩其诗者，李宾之、吴原博也；断以为文章大家，而山水竹树，
> 其余事者，杨君谦也；谓其缘情随事，因物赋形，开阖变化，神怪迭出者
> 王济之、文徵仲也；谓其独酾众流，横绝四海，家法在放翁（按，指陆
> 游），而风度主浣花（按，指韦庄）者，祝希哲也。①

在此，钱谦益所举的名家大部分为翰林人士：李东阳（字宾之）、吴宽（字原
博）、王鏊（字济之）、杨循吉（1456—1544，字君谦。曾任礼部主事②）、文
徵明③（更字徵仲，曾被征为翰林待诏）、祝枝山（1460—1526，字希哲。徐
有贞外孙），有意或无意之中，均把沈周与翰林院馆阁作家的诗文、绘画创作
联结在一起。

沈周的诗歌创作确实存在着与当时翰林院馆阁文学风格趋向一致的地方。
他早年所作，模仿唐人，守而未化；后师眉山苏轼，学为长句，又为放翁陆游
近律，出入于杜甫、苏轼、陆游之间。成化、弘治之时，翰林作家的创作出入
宋、元是一次新变，沈周亦与此转变相应和，如影随形④。在具体的诗歌创作
活动中，沈周与翰林作家相隔南北数千里之遥，酬唱不断，如步和苏轼的《清
虚堂》（苏轼原诗诗题全称为《兴龙节侍宴前一日微雪与子由同访王定国小饮
清虚堂定国出数诗皆佳而五言尤奇子由又言昔与孙巨源同过定国感念存没悲叹

---

① （清）钱谦益：《列朝诗集小传》，丙集，第 290 页。

② 明代礼部与翰林院关系密切。自成化年间周洪谟以后，"礼部尚书、侍郎，必由翰林；吏部两
侍郎，必有一由于翰林"［（清）张廷玉等：《明史》，卷七十三，职官志二，翰林院，第 1787 页］。

③ 文徵明在翰林院与姚涞似乎有矛盾。《静志居诗话》："文徵仲待诏翰林，相传为学士（按，指
姚涞）与杨方城（杨维聪）所窘，昌言于众曰：'吾衙门非画院，乃容画匠处此？'何元朗（何良俊）
《丛说》述之……"朱彝尊对这段传言进行辩证，引姚涞赠行序反驳，序中有"倾倒为何如者"之句，
谓"先生遽以南归为念"故辞官。（朱彝尊：《静志居诗话》，卷十一，第 314—316 页）

④ 吴宽最好苏学，用事果切，自成一家；王鏊诗不专法唐，于宋似梅尧臣、范成大（关于吴宽、
王鏊的文学成就见本书第九章之论述，此处概括语出《列朝诗集小传》，第 275—276 页）。李东阳主张
出入宋、元（参见李东阳《怀麓堂诗话》）。

久之夜归稍醒各赋一篇明日朝中以示定国也》）诗韵，明代翰林作家和沈周均有作品。沈周有《暮投承天习静房与老僧夜酌复和清虚堂韵》、《挽方水云道士用东坡先生清虚堂韵》、《用清虚堂韵送匏庵少宰服阕还京》、《十二月四日入郭小舟逼坐五客徐舜乐出吴太史所和东坡先生清虚堂诗一韵三篇末章有及余者时天作小雪亦即兴奉同一首》、《和沈文甫仪宾所寄清虚堂韵诗》等诗；吴宽有《雪中李世贤（杰）招观东坡清虚堂诗真迹》、《是日往观果刻本盖世贤招饮恐客不至故给尔乃复次韵》、《明日世贤持启南雪岭图索题复次韵》，还写有《同年会散夜赴济之》，此诗回忆苏轼当年以清虚堂为题与朋友反复酬唱的往事，借以怀念王鏊；顾清有《定庵用东坡过清虚堂韵重赠奉和》、《四月十二日定庵先生过访诵东坡过清虚堂诗用韵奉谢》、《陪定庵过北野再用韵》、《东园钱别太守酒酣剧论至于得失宠辱之际听之洒然是夕被酒齿痛不寐辄用苏长公过清虚堂韵歌以扬之卒章颂言为将来世讲之张本也》、《壬申正月十九日过北野同南村访北花园废址明日北野有诗仍用清虚堂韵走笔奉答》等和诗。沈周与馆阁作家皆用宋代清虚堂唱和的故事，续写文坛佳话。沈周作《用清虚堂韵送匏庵少宰服阕还京》，赠别吴宽，送其北去京师。弘治七年（1494）十二月，吴宽继母王氏得到朝廷例赐祭葬，丁忧归家，服阕当在弘治十年（1497），此诗当作于是年，而李东阳的门生顾清（1460—1528）同僚友的唱和诗《壬申正月十九日过北野同南村访北花园废址明日北野有诗仍用清虚堂韵走笔奉答》则作于正德七年壬申（1512），两诗的创作时间跨度达15年，由此可见翰林院中以清虚堂为题唱和的风气之长久，端为成化、弘治年间的馆阁风流。

吴地在翰林中最重要的两位作家是吴宽和王鏊。吴宽（1435—1504）、王鏊（1450—1524）是茶陵派的中坚作家，与茶陵派趋同：

> 原博之诗，醲郁深厚，自成一家，与亨父（张泰）、鼎仪（陆钎），皆脱去吴中习尚，天下重之。①

陆钎、张泰稍早于吴宽、王鏊，都是天顺七年（1464）进士、著名的馆阁诗

---

① （明）李东阳：《怀麓堂诗话》，《李东阳集》，岳麓书社1985年版，第556页。

人，诗名相亚，是李东阳的同年，也是茶陵诗派的重要成员。陆钎、张泰和他们的前辈徐有贞一样，在进入翰林院以后，改变了吴地作家特有的地域性特征。徐有贞因其志向远大，故诗文取道通达，不屑为雕章绮句，风格雄伟奇丽；但其在景泰年间郁郁不得志及晚年废退的遭遇，影响了他的诗文创作风格，所以在长短句中抒写其抑塞、激昂、感慨之怀，有辛弃疾、刘过之风，这种文风与吴中的风格不似。李东阳为成化、弘治年间文坛盟主，他的文学创作有着浓厚的馆阁文学特征和北方地域特征，因为他的曾祖父李文祥以戍籍居住北京，所以李东阳虽楚人（祖籍湖广茶陵县，毗邻江西吉安府永新、永宁二县）而实燕产，因此吴地作家追随茶陵派实际上就是向翰林院馆阁文学和北方文学的特征靠拢，摒弃南方文学的自身特征。这是徐有贞、陆钎、张泰他们自觉的认识，吴宽、王鏊也是如此自觉地改变自己的创作风格。但是在成化时，吴宽、王鏊领导了一批在京师的吴地作家，倪岳《青溪漫稿》卷九有五言绝句诗题《杨柳湾湾中居者多吴人》，说明当时在北京吴地士人聚居于杨柳湾一带，经常酬唱，所以吴宽、王鏊虽追随李东阳，却是茶陵派中的吴中派，多少还保持吴地文学创作的特征。

中国古代文学创作中南北地域性的差异，早已多有论著。元末明初作家陶安仍有所论述，其《张景远诗集序》曰：

> 自朔、南同文，七十有余年。季朝遗老殆尽，斯民长养于混一之世。凡咏歌成声，彬彬治平之音矣。在昔作者，江左宫商振越，河朔词义朴厚。当其分裂，各随风气，以专一长；逮其末也，振越者流于轻靡而意浮，朴厚者流于陋率而味寡。①

陶安发展了唐代魏徵《隋书·文学传序》对南北文学不同特质的论述，间接地指出元朝末年吴中的绮靡文风。元末明初另一位作家王祎《书徐文贞公诗后》也论及了南北文风的差异：

---

① （明）陶安：《陶学士集》，文渊阁四库全书，第1225册，卷十三，第736页。

　　至元（1335—1340）、大德（1297—1307）之间，东平李公谦、孟公祺、阎文康公复、徐文贞公琰，并以文学政事为世典刑。海内尊之，号四大老。而徐公尤长于诗，初未尝雕刻藻绘以为工，而中原浑厚之意，隐然可以概见……数十年来，士大夫气习益下，词章日堕于纤靡，翰墨日趋于颓媚，遂无复向时余韵矣。词翰，细事耳，于此不亦可观世变乎？①

这里所论的是元代东平路（今山东东平）的四大家，他们代表的北方文学具有所谓"中原浑厚之意"。元末的作家群体南移，所以"词章日堕于纤靡，翰墨日趋于颓媚"，实际上讲的就是江南的文学风格。明代迁都北京后，南、北方因地域分野而形成明显不同的文风，在嘉靖（1522—1566）、万历（1573—1619）年间表现得尤其突出。苏州府嘉定（今上海市嘉定）士人徐学谟（1522—1593。榜名徐学诗，嘉靖二十九年庚戌进士）曾经分析过南北文学的不同特征，并评价了吴地作家的地域特征：

　　盖余观于吴中二卢先生之诗，而知采诗之系于观风者，大也。夫诗何以谓之风也？诗非风也，而当其所感触，出之以天倪，犹大块之有噫气也，蓬蓬乎动于物，而不自知，而亦无所不至，东西南北，善行而数变，故谓之风也。仲尼删《诗》三百篇，始风于二《南》，尚矣！其他列国之诗，各因其谣俗之变，而互为之声，若郑之靡，唐之啬，豳之忠厚，陈以巫觋著，秦以驷铁雄，又何尝以一律概之也，乃圣人所以各存其故而不废者，何哉？取其出之于天倪，而无事于假借，不务诡饰矜胜，以快志意炫耳目为也；如必相假借，务诡饰矜胜，以快志意炫耳目，如今人之所为，则列国之谣俗，混为一风己，则不能以自辨，而采诗者将奚据而观之乎？余是以知古今人之诗，未尝不同，而所以为诗者则异也。夫大江南北，其谣俗之不相为用，岂不称较然哉！其发之为声诗，大都北主迅爽，而南人则诮其粗；南主婉丽，而北人则短其弱，而要之不诡于率然应感之情，即仲尼而在，均有取焉，南北人亦何相笑之有？

---

① （明）王祎：《王忠文集》，文渊阁四库全书，第1226册，卷十七，第349页。

余，吴人也，故知吴人之诗，自国初高阳诸公以婉丽倡之，稍祖唐调。二百年来，作者辈出，即其人才力殊禀，然皆以吴人作吴语，务极其所偏至，各自能名家，虽间以弱诎，要不至浣其质而漓之也，盖余犹及见其人焉。逮嘉隆之际，而北风日竞矣，一旦坐夺南人之气，而少年争附离之，决臆掉吻，驰逐叫号，于是和平雅淡之调希，而傲睨浮薄之音炽，率词揆方，不知是遵何风也哉！（徐学谟《二卢先生诗集序》）①

徐学谟主要针对前后七子的"瞎盛唐"诗而发，连带而论及地域文学的特征。他总结出吴地作家的特征，即婉丽与"吴人作吴语"两个方面。王璲（汝玉）在永乐七年（1409）作《题采菱图》，诗后记说"中吴徐希孟携谢孔昭所临松雪翁《采菱图》索诗，为作吴歌，题其上，不能不动江南之思也"②，此诗即为"吴人作吴语"的较早作品。何良俊论前七子之徐祯卿："徐昌毂（祯卿）之文，不本于六朝，似仿佛建安七子之作，出典雅于藻茜之中，若美女涤去铅华，而丰腴艳冶，天然以国色也。苟以西北诸公比之，彼真一伧父耳。"③ 徐祯卿是南直隶太仓州人，地近苏州，是典型的吴人。徐祯卿虽号称前七子之一，但其文不改吴地特征，明人已有定论。到了吴宽、王鏊的时候，他们虽然也属于茶陵派的阵营，但其创作却体现出浓郁的吴地作家的地域特色。这种强调地域特征的倾向尤其明显地体现在吴宽的诗歌中。以下数首诗歌都表现出吴宽的地域认同：

堂成圬者更相烦，只尺墙东别置门。长愿清风分故旧，独寻芳草忆王孙，士英出唐宗室后。楚人预约空诗帖，吴客难言泛酒尊。荒径寂寥春去远，倚阑还用吊花魂。（卷十《二答李士英》）

遗墨持归走僮仆，想见开缄重薰沐。百年珠玉慨沉埋，袖拂蛛丝光夺目。遂令短纸一尺余，价压书巢三万轴。乞邻与人真自惭，艺苑酬功百言足。夜归解带不成眠，海月亭亭当矮屋。琅然乌鹊忽惊飞，月下新篇已堪

①　（明）黄宗羲：《明文海》，文渊阁四库全书，第1456册，卷二百六十九，第125—126页。
②　（明）王璲：《青城山人集》，文渊阁四库全书，第1237册，卷三，第720页。
③　（明）何良俊：《四友斋丛说》，《明代笔记小说大观》本，第1053页。

读。湖湘文种得一家，前有希籧后怀麓。吴人再结文章缘，几上分明留此幅。锦囊收贮莫教迟，俗子无知将手触。后世诸孙更好文，还向吴人获珠玉。（卷十《偶见元李希籧提举遗墨乞归宾之盖希籧其先世也因宾之作海月庵记为谢以此酬之》）

休笑吴侬故态狂，小园日涉步能量。闲凭却爱琴徽冷，连饮惟夸茗碗香。何日归田成老懒，终年学圃觉清忙。乘凉莫惜重相过，只待篱边雨一场。（卷十五《次韵任太常过园居四首》其四）①

诗中的"楚人预约空诗帖，吴客难言泛酒尊"、"湖湘文种得一家，前有希籧后怀麓"、"吴人再结文章缘"、"后世诸孙更好文，还向吴人获珠玉"、"休笑吴侬故态狂，小园日涉步能量"都是强调吴宽自己地域身份的诗句。李东阳的诗句也反映了吴中诗文创作在翰林院馆阁文学中的影响：

种树长安不作阴，幽居何处解冠襟。间逢北客论山价，老向南枝识鸟心。江水纵平终是险，惠风虽好未为深。祇应棹入荆溪去，遥听吴歌答楚音。（《用韵答邵国贤（宝）》）②

邵宝（字国贤），无锡人，成化二十年（1484）进士，晚于吴宽、王鏊，是又一个吴地作家。在茶陵派内部，吴地作家确实很多，几乎可以说是吴（吴地作家）、楚（李东阳）两地作家组成茶陵派的创作骨干。

在彼时馆阁作家中，除了吴中作家有明显的地域认同感，其他南方作家亦有之。程敏政，其《挽过野舟六绝》第四首诗，亦有感慨：

谈屑多吴体，才华似郢人。一编窥豹稿，谁复和阳春。③

明朝自迁都以后，政治中心在北方，而人才大部分来自南方。在李东阳之前，

---

① （明）吴宽：《家藏集》，文渊阁四库全书，第1255册，第71—72、78、107—108页。
② （明）李东阳：《李东阳集》，第525页。
③ （明）程敏政：《篁墩文集》，文渊阁四库全书，第1253册，卷七十四，第548页。

翰林院的主要作家也都来自南方，因此在明朝前期翰林院馆阁文学的发展史上，没有体现出太多的地域区别，但细微的区别还是有的，毕竟北地的风物、节令、风俗均与南方有着较大的区别，作家在作品中写入这些内容时，必定使作品染上地域的特征①。永乐时期，屡次扈从成祖北狩的馆阁作家其作品就已有这样的倾向②。这个趋势不断加强，到了正德、嘉靖、万历年间，文学坛坫由馆阁转向郎署，当前七子兴起时，出现徐学谟所说的"北风日竞矣，一旦坐夺南人之气"的局面，以肤廓的假盛唐气象为宗尚的北方文学风靡天下。从李东阳楚人燕产而主翰苑文柄，到李梦阳、何景明以北人主持郎署文柄，就地域分野对文学产生影响的意义来说，李东阳也可以说是从翰林院馆阁文学到前、后七子派文学过渡的重要作家。

---

① （明）杨慎《升庵诗话》卷六"妖浮"条："羊孚曰：'吴声妖而浮。'"（第745页）羊孚所论之妖浮虽然不符合明代吴地的诗歌风格，但是相对于北地文学来说，体格清新、造情婉约、靡曼华丽之"妖浮"特征是南方文学重要的区别性特征。

② 永乐时，江西吉安府安福县籍的翰林修撰彭汝器，曾经随从成祖亲征漠北，这段经历对作家的风格产生了影响。"追陪属车万乘之发舒，其豪雄磊落之怀，侍直之暇，与诸公更倡迭和，宫商相宣，律吕谐协，铿乎沛然俪古作者，一何盛哉！"〔周叙：《彭修撰先生诗集序》，《石溪周先生文集》，明万历二十年（1592）周承超刻本，卷六，第22页〕

中 编

作家作品论·明代洪武至景泰年间的
翰林院与文学

明代的翰林院始建于吴元年（1367）五月，吴王朱元璋以陶安、潘庭坚为翰林院学士。当时天下未定，朱元璋的吴政权各项制度大多沿袭元制，翰林院亦如此，初名为翰林国史院。明洪武元年（1368），草创中的翰林国史院正式定名为翰林院。洪武二年（1369），定翰林官制，置学士承旨、学士、侍讲学士、侍读学士、直学士、典簿、待制、修撰、应奉、编修、典籍等官属。洪武十八年（1385），明太祖再次更定官制，定正官学士一人，正五品；侍读学士、侍讲学士各二人，并从五品；侍读、侍讲各二人，正六品；修撰三人，从六品；编修四人，正七品；检讨四人，从七品；庶吉士，无定员。经过这次全面的更定，明代翰林院的制度基本确定下来。建文时期，稍有改变，但随着明成祖靖难成功，又恢复了原来的祖制。待成祖迁都北京后，留都南京仍设翰林院，以一名学士执掌。此后，明朝的翰林院制度基本没有变动之处，这项制度延续到清代，历时五百余年。

明代翰林院的建制对馆阁文学的发展具有重要的意义。它与宋、元的翰林院制度有所不同，对培养明代翰林作家产生了直接的影响：（1）并史馆于翰林院，将史馆之职完全隶属于翰林院；设修撰、编修等官属，用以安置历科一甲进士，留用优秀的庶吉士。通过这样的途径，明朝培养的馆阁作家数量可观。（2）新创庶吉士制度。明太祖于洪武十八年（1385）创立庶吉士制度，而庶吉士专隶翰林院，则始于永乐二年（1404）。明成祖命选取进士二十九人，进学于文渊阁。此年所选者，所留王直、王英二人均成为馆阁重要作家；名传后世者，不下十余人，对于培养官僚队伍相当有效，而对翰林院馆阁作家的成才，显得更为重要。以培养庶吉士的方式，馆阁文学得以薪火相传，成为明代洪武至正德年间文学的大宗。

本编共四章，分别列"洪武年间的翰林院与文学"、"与三杨台阁体风格不同的馆阁作家"、"台阁体"、"正统到景泰年间的翰林院与文学"四个专题进行探讨，基本上按照时间顺序研究作家和作品，是为作家作品论第一部分。

附：永乐至弘治年间翰林院选庶吉士情况与馆阁作家一甲出身者一览表

年代	所选人数	庶吉士中著名者	翰林著名作家一甲出身者	说　明
永乐二年	29	王直、王英、陈敬宗、李时勉	曾棨、周述	正式选定为永乐三年（1405），原为28人，后加周忱，共29人。
四年	13		林环	
九年	11	钱习礼	苗衷	
十年	17		马铎、林志	
十三年	62	高谷	陈循	
十六年	16	周叙		
十九年	15		曾鹤龄	
二十二年	6			
宣德二年	1		马愉	此科只选邢恭一人为庶吉士。
五年	8		林文	
八年	28	徐有贞、萧镃、吴节、姜洪	曹鼐	三科合选。
正统元年	13		周旋、刘定之	
四年	无选		倪谦、黄谏	
七年	无选			
十年	无选		商辂	
十三年	29	刘翔	彭时、岳正	只选北方及四川进士。杨溥卒于正统十一年（1446），三杨俱离世，故十三年戊辰榜取士，英宗对北士的偏好付诸实践。
景泰二年	25	杨守陈	柯潜、王俨	
五年	18	邱濬		
天顺元年	无选			
四年	14	张元祯		该科仍抑南士。轻南士是英宗在正统年间的偏见。
八年	18	李东阳、倪岳、谢铎、陈音、傅瀚、张泰	彭教、陆钎、罗璟	人才最盛的天顺甲申（八年，1464）一科。
成化二年	24	章懋、黄仲昭、庄昶	罗伦、程敏政、陆简	
五年	18		董越	
八年	无选		吴宽	
十一年	无选		谢迁、王鏊	

续表

年代	所选人数	庶吉士中著名者	翰林著名作家—甲出身者	说　明
十四年	28	梁储、杨廷和	杨守阯	
十七年	无选			
二十年	无选			
二十三年	30	蒋冕、吴俨、罗玘、邹智、石珤、毛纪	费宏、刘春	
弘治三年	无选		钱福	
六年	20	顾清	罗钦顺	
九年	20	王九思		
十二年	无选		伦文叙	
十五年	20	何瑭、王廷相、潘希曾、鲁铎	康海	
十八年	30	崔铣、湛若水、陆深、穆孔晖、方献夫	顾鼎臣、董圮	

说明：本表根据黄卓越《明永乐至嘉靖初诗文观研究》一书《永乐至弘治年间庶吉士情况及著名者一览表》第20—21页和黄佐《翰林记》、王世贞《弇山堂别集》、黄虞稷《千顷堂书目》编制。

第四章 洪武年间的翰林院与文学

在上编三章中，拙著主要讨论了一些贯穿在明朝翰林院馆阁文学中的共性问题。从本章开始进入对明代翰林馆阁作家作品的研究和探讨。

洪武年间，供职于翰林院的作家基本上是元代培养的儒士（四库馆臣正是从这个意义上不承认他们是纯粹的明朝馆阁作家），他们被明太祖征召到京师（南京），参与制定本朝制度，从事修纂前代典籍的工作，其中以浙东的刘基、宋濂、王祎等人为最重要。他们对明初翰林院馆阁文学的建设和发展方向提出了重要的主张，逐渐得到馆阁文学创作实绩的验证。洪武中叶，明朝出现了本朝通过科举制度培养的第一位台阁体作家吴伯宗，而有关台阁体创作的理论早已经由宋濂等人提出，在文学创作实践中，台阁体的风格在宋濂、刘基、闽中十子等人的创作中业已存在。

洪武年间的馆阁作家来自征举的四方士人，所以馆阁作家们的创作风格多样，并未形成统一的、共同的风格，台阁体作品的风格只是翰林院作家众多文学创作风格中的一种而已，但是明初作家（包括翰林院的作家）一致反对元代末年的绮靡文风，致力于探索本朝文学发展的方向，这是一个举朝共识。明太祖以行政手段强力推行质简的文风，一定程度上加速了元末文风的转变，但是明朝翰林院馆阁文学的实际发展却大大地超出明太祖的预期目标，对善于实行威权统治的明太祖来说，历史给予他"马鞭虽长，不及马腹"式的嘲讽。

第一节　明太祖对文艺的干涉和翰林院作家的多种风格

　　明初士人基本上反对元末的文风，这个认识深受汉代《诗大序》关于治世、乱世、亡国与诗歌（泛指文学）创作关系表述的影响。以杨维桢（1296—1370）为首的一些诗人在元末创作绮靡、妖冶的诗歌，四库馆臣在对高棅《唐诗品汇》的《提要》中说："宋之末年，江西一派与四灵一派并合而为江湖派，猥杂细碎，如出一辙，诗以大弊；元人欲以新艳奇丽矫之，迨其末流，飞卿、长吉一派与卢仝、马异、刘义一派并合而为铁体，妖冶俶诡，如出一辙，诗又大弊。百余年中，能自拔于风气外者，落落数十人耳。"① 杨维桢等人创作与元朝末世相称的文学面貌，这种风格为明初的作家所共同反对。袁华虽为杨维桢弟子，而"其诗大都典雅有法，一扫元季秾纤之习，而开明初春容之派"②。孙蕡的诗，在元末绮靡之余，"独卓然有古格"③。王彝（按，文渊阁四库全书本作此字，当作璲字。下引文处已改。）的诗，音节色泽力摹古格，颇近于高棅、林鸿一派，"当元之季，诗格靡丽，往往体近填词，璲能毅然以六代三唐为模楷，亦卓然特立之士"④。编修王翰，其"古体往往有质直语，然自抒性情，无元人秾纤之习"⑤。钱宰"学有原本，在元末已称宿儒，韩宜可、唐之淳皆其弟子。其诗吐辞清拔，寓意高远，刻意古调，不屑为艳仄一体"⑥。明初的其他作家如危素、朱右、孙作等人的创作皆各有风格，但都与元末风格迥异。而江西一地，据解缙言，"今之学者"都耻于"为文藻浮华"⑦。

　　明太祖朱元璋对元末的文风大为不满，他身体力行地改革文风。解缙的一

---

①　（清）永瑢等：《〈唐诗品汇〉提要》，《四库全书总目》，卷一百八十九，第 1713 页。
②　（清）永瑢等：《〈可传集〉提要》，《四库全书总目》，卷一百六十九，第 1475 页。
③　（清）永瑢等：《〈西庵集〉提要》，《四库全书总目》，卷一百六十九，第 1473 页。
④　（清）纪昀等：《〈青城山人集〉提要》，文渊阁四库全书，第 1273 册，第 681 页。
⑤　（清）纪昀等：《〈梁园寓稿〉提要》，文渊阁四库全书，第 1233 册，第 273 页。
⑥　（清）永瑢等：《〈西庵集〉提要》，《四库全书总目》，卷一百六十九，第 1470 页。
⑦　（明）解缙：《柏台思亲诗序》，《文毅集》，文渊阁四库全书，第 1236 册，卷七，第 683 页。

篇序文记载了太祖本人从事诗歌创作的活动：

> 臣缙少侍高皇帝，蚤暮载笔、墨、楮以侍，圣情尤喜为诗歌，睿思英发，神文勃兴，雷轰电逐，顷刻间，御制沛然数千百言，一息无滞。臣缙辄草书连幅，笔不及成点画，即速上进，稍定句韵，间或不易一字。上惟喜诵古人铿钧炳烺之作，凡遇咿喑鄙陋，以为衰世之制不足观，故天下之士为诗，鲜有能得上意者。有诗僧宗泐，尝进所精思而刻苦以为最得意之作百余篇，高皇一览，不竟日，尽和其韵，雄深阔伟，下视泐韵，大明之于爝火也……（《顾太常谨中诗集序》）①

在诗歌方面，明太祖的创作力勃发，堪令才子解缙惊讶，存《太祖皇帝御制文集》。叶盛称明太祖的文学创作"奇古简质，悉出圣制，非词臣代言者可及"②。洪武二年（1369）三月、六年（1373）九月、二十九年（1396）八月，明太祖多次下诏禁止"奇巧浮艳"、"深怪险僻"的文风③。兹录余继登《典故纪闻》所载具体言论三条如下：

> 太祖谓翰林侍读学士詹同曰："古人为文章，或以明道德，或以通当世之务，如典谟之言，皆明白易知，无深怪险僻之语。至如诸葛孔明《出师表》，亦何尝雕刻为文？而诚意溢出，至今使人诵之，自然忠义感激。近世文士，不究道德之本，不达当世之务，立辞虽艰深而意实浅近，即使过于相如、扬雄，何裨实用？自今翰林为文，但取通道理明世务者，无事浮藻。"（卷二，第 30 页）
>
> 太祖谓中书省臣曰："唐虞三代，典谟训诰之词，质实不华，诚可为千万世法。汉魏之间，犹为近古，晋宋以降，文体日衰，骈丽绮靡，而古

---

① （明）解缙：《文毅集》，文渊阁四库全书，第 1236 册，卷七，第 680 页。这段文字稍不同于钱谦益所引："御制"，钱氏作"玉音"；"笔不及成点画"后为"上进，才点定数韵而已，或不更一字"；"铿钧炳烺之作"后接"尤恶寒酸咿嚘龌龊龈鄙陋，以为衰世之为，不足观"（钱谦益：《列朝诗集》，清顺治间绛云楼刻本，乾集之上，第 1 页，"太祖高皇帝"条）。

② （明）叶盛：《水东日记》，中华书局 1980 年版，第 7 页。

③ 参见（明）廖道南《殿阁词林记》，卷十三、十四。

法荡然矣。唐宋之时，名儒辈出，虽欲变之，而卒未能尽变。近代制诰表章之类，仍蹈旧习，朕尝厌其雕琢，殊异古体，且使事实为浮文所蔽。其自今凡诰谕臣下之词，务从简古，以革弊习。尔中书宜播告中外臣民，凡表笺奏疏，毋用四六对偶，悉从典雅。"（卷三，第49页）

洪武时，刑部主事茹太素疏论时务，累万余言，太祖令人诵之再三，采其切要可行者才五百余言。因叹曰："朕所以求言者，欲其切于事情，而有益于天下国家，彼浮词者，徒乱德耳。"遂令中书行其言之善者，且定为建言格式，颁示中外，使言者陈得失，无烦文。（卷三，第55—56页）①

太祖分别对翰林院学士、中书省大臣、郎署官员说明本朝文章要"明白易知，无深怪险僻之语"，"无事浮藻"，不为雕刻之文；崇尚典雅，学习上古三代质实不华之文，反对骈丽绮靡之习；戒浮词，从切要，反映了明太祖全面整治文风的决心和良苦用心。

刘基为苏伯衡的文集作序，主张文学简直、朴厚的思想，与明太祖接近。

汉兴，一扫衰周之文敝而返诸朴。丰沛之歌，雄伟不饰，移风易尚之机，实肇于此。而高祖、文帝制诏天下，咸用简直。于是，仪、泰、鞅、斯县（按，通悬字）河之口，至此几杜。是故贾疏、董策、韦传之诗，皆妥帖不诡，语不惊人，而意自至。由其理明而气足以摅之也。周之下，享国延祚，汉为最久，盖可识矣。武帝英雄之才，气盖宇宙，而司马相如又以夸逞之文侈之，以启其夜郎邛笮、通天桂馆、泰山梁甫之役，与秦始皇帝无异，致勤持斧之使，封富民之侯，下轮台之诏，然后仅克有终。文不主理之害一至于斯，不亦甚哉！相如既没，人犹尚之，故扬子云用是见知成帝。然而汉家朴厚之尚已成，其根未尝拔也。故赵充国将也，有屯田之奏；刘更生，宗室子也，有封事之言。往复开陈，周旋辨析，诚意恳至，理明辞达，气畅而舒，非汲汲以鸿生硕儒争名当代者所能及也。岂非习尚

---

① （明）余继登：《典故纪闻》，元明笔记史料丛刊本，卷数、页码均随文标注。

有源而得之于自然乎？呜呼！此西汉之文所以为盛，国祚绝而复续，如元气之不坏而乾坤不死也。后之人论不及此，而以相如、子云为称首，不亦悲哉！东汉班孟坚之外，虽无超世之文，要亦不改故尚，故亦不失西京旧物。①

刘基解释汉代文风与两汉国祚的关系，力证有汉一代"简直"、"朴厚"的文风对于汉朝"国祚绝而复续"的关键作用。刘基认为汉初高祖、文帝制诏天下，扫荡东周以来的衰世文风，形成简直、朴厚的创作风尚，杜绝了战国诸子"悬河之口"辩驳的文风，从而保证了汉朝的国运得以长久。司马相如以夸逞之文见知于武帝，武帝受劝而兴诸役，危及社稷，用以论证"文不主理"的害处。刘基着力论证文学的社会功用是和国运兴衰紧密联结在一起，这种思维对于决意要超越汉唐盛世的明太祖②来说，富有说服力。也可以这么认为，明太祖就是按照刘基的思路，和汉朝的统治者一样，使用行政手段强力推行最高意志，意图作养明朝的朴厚文风。

洪武年间的翰林院处于创制阶段，其人员不定，出入翰林院的时间亦不定，况且这些作家又都生长在元朝末年，所以彼时馆阁作家们的风格比较多样，没有形成统一的风格。

高启的诗歌创作中，多篇诗作以女儿身写哀怨词。其诗如《杨白花》、《征夫怨》、《白纻词》、《子夜四时歌》、《新弦曲》、《竹枝歌》、《江上逢旧妓李氏见过四首》、《江上偶见》、《闻旧教坊人歌》等，内容都是写女性的，甚至有部分赠答娼妓的诗歌，如《宴王将军第》、《和友人过采石》、《无题》、《隔帘闻歌》、《赠妓》等。高启还写了《效香奁二首》等诗，诗风绮靡、香软。这种题材及其风格，在明代永乐以后的翰林院馆阁作家创作中很少见到。高启创作的《杨柳枝》、《竹枝歌》、《白纻词》、《子夜歌》等诗歌，是江南特有的具有地域性特征的诗题。洪武初，南方的翰林作家大都创作有此类诗题的作品。

---

① （明）刘基：《刘基集》，卷二，第88页。
② 宋濂在《致政谢恩表》中说："钦惟皇帝陛下以布衣混一四海如汉高祖，以仁义化被万方过唐太宗，宵衣旰食，孜孜图治⋯⋯"（宋濂：《宋濂全集》，《芝园前集》，卷一，第1154页）

学习宋诗的创作倾向，也存在于洪武初部分馆阁作家的创作中。高启的《清明呈馆中诸公》、《京师寓廨》其二、《闻夜雨忆故园花》、《雨中闲卧》等诗化用了南宋陆游《临安春雨初霁》的用意。当时，吴中的一些诗人还创作禁体物诗，如杨基、释道衍（姚广孝）、高启等人。高启有《咏雪禁体次徐文学韵》诗，杨基有《金陵对雪用苏长公聚星堂韵》诗，道衍的禁体之作，为永乐初多位翰林作家所步和。编修孙作有《还陈检校山谷诗》诗，表明他尤爱黄庭坚诗歌的诗学观点。

翰林典籍孙蒉（字仲衍），诗风豪逸，为宋濂高足。他的《骊山老妓行补唐天宝遗事戏效白乐天作》，风格浓丽，语言宏富。孙蒉创作有《白头吟》、《昭君叹》、《湘妃曲》、《阿娇怨》、《班姬怨》、《乌孙公主歌》等咏前代女子命运的乐府诗，而《闺怨一百二十四首》、《古意二首》等写闺怨之情，《闺怨一百二十四首》规模阔大，才思横溢，而如《白纻四时词四首》、《采莲曲》等诗则是艳冶的江南情歌。

学士乐韶凤，其诗风朴质。魏观的诗，质悫有味，如此等等，他们的风格不一而足，故谓明初的翰林院的文学创作没有统一的风格。

第二节　翰苑文章第一家——明朝首位翰林学士陶安的创作

陶安（1312—1368），字主敬，南直隶太平府当涂人（今安徽省当涂县）。追随朱元璋十余年，君臣关系异常密切，非寻常臣工可比。吴元年（1367），初置翰林院，太祖召陶安为学士，卒于洪武元年（1368）。太祖经常与陶安讨论治道：

> （帝）又论学术。安曰："道不明，邪说害之也。"帝曰："邪说害道，犹美味之悦口，美色之眩目。邪说不去，则正道不兴，天下何从治？"安顿首曰："陛下所言，可谓深探其本矣。"安事帝十余岁，视诸儒最旧。及

官侍从，宠愈渥。御制门帖子赐之曰："国朝谋略无双士，翰苑文章第一家。"时人荣之。①

陶安博涉经史，是一位以耆儒身份而参加到朱元璋集团中的文人，人称明朝的首位翰林学士。有《陶学士集》二十卷，诗、文各十卷。其文学创作，清人已有评价：

> （陶）安声价亚于宋濂，然学术深醇，其词皆平正典实，有先正遗风。一代开国之初，应运而生者，其气象固终不侔也。（《四库全书总目·〈陶学士集〉提要》）②
>
> 虽不及宋濂之俊伟，而其词类皆平正典实，有先正之遗风。一代开国之初，其气象固不侔耳。（《陶学士集》卷首《提要》）③
>
> 诗亦清劲，不愧雅音。（陈田《明诗纪事》）④

综上所评，陶安的文风平正典实，诗歌风格清劲，有先正遗风，体现了明朝开国的气象。

陶安的诗论和文论均具有浓重的理学倾向，这是他作为一位儒家学者在文学创作上所持有的观念。《送金梅窗序》、《伊洛渊源录序》二篇追溯了理学的渊源，而《深省斋记》、《处安堂记》二篇追溯儒学源头到孟子，这是明朝理学宗孟的源起⑤。其《方寸堂记》提出心学的渊源，《省心斋记》、《处安堂记》论述心对于学道的重要性，对于正德末年、嘉靖初年出现的王阳明心学来说，陶安是心学理论探索的先驱。

在古文与道之间，陶安的观点是"文与道，异名而同出"：

---

① （清）张廷玉等：《明史》，卷一百三十六，第 3926 页，陶安本传。

② （清）永瑢等：《〈陶学士集〉提要》，《四库全书总目》，卷一百六十九，第 1465 页。

③ （明）陶安：《陶学士集》，文渊阁四库全书，第 1225 册，第 569 页。

④ （清）陈田：《明诗纪事》，甲签，卷三，原第 6 页（影印第 278 页），"陶安"条。

⑤ 麦仲贵在其《明清儒学家著述生卒年表》的《自叙》中说："明儒之学，承宋儒遗绪，由程朱转而直宗孟子，而开一新局面。"即王阳明"其学虽遥承陆氏，而实直宗孟子，上希孔、颜"。宋濂在《徐教授文集序》（《宋濂全集》之《芝园后集》卷一）所持的观点与陶安差近。

　　道之显者，为文；文与道，异名而同出也。夫礼乐、典章、纪纲、法政，焕然施于天下者，皆文也，必有当然不易之理，可常行而无弊，是乃所谓道也。先王用之以为治，百姓用之以为生；顺之则理，悖之则乱。亘万古，犹一日者，良以此也。……且夫饰浮艳以为文，沦空寂以为道者，无用于世也，而世之为吏者，又往往昧夫大体，刻深其文，悖戾于道者，多矣。①

陶安反对浮艳为文，要求文章须有用于世，又提倡古文与时文合流：

　　仆因思世之为文章者有二：古文尚简严，故纪述有法；时文尚纯畅，故进取合度。人病不能兼有其长。君于此，素皆优敏，而必培之以深潜之功，昌之以正大之气，异时登名天府，而代言翰苑，益以济美于前人……（《送教谕潘君序》）②

元代以来，古文与时文的区别，一直都存在着，而且差别很大，如同鸿沟，难以弥缝其间，难得有"兼其长"者。明代嘉靖年间出现的以古文为时文或以时文为古文的倾向③，其源头均应追溯到陶安。

　　陶安的诗论与其文论相似，主张诗本于心，实际上体现了理学家的诗学观点：

　　朱子道德浑成，发言为诗，卓卓超绝，遗风余响，久而弥存。今其邦之士，故多能诗者。余尝评诗自洙泗删后，汉魏以下，作者迭兴，间有调高意远，终未足媲美三代；自《感兴》诸诗一出，融畅天人，权衡经史，以性命奥学，寓于音节韵度中，较之《古诗十九首》，陈拾遗《感遇》，理致悠深，气格苍古，直可追逐《风》、《雅》，是又诗之一助也。故善诗者，一本于心，充积汪洋，遇物发机，吐辞成声，则骨干伟

---

① （明）陶安：《张文道名字说》，《陶学士集》，文渊阁四库全书，第 1225 册，卷十八，第 787 页。
② （明）陶安：《陶学士集》，卷十三，第 737 页。
③ 参见龚笃清《明代科举图鉴》，岳麓书社 2007 年版，第六章至第七章，第 676—732 页。

杰，神采焕扬，不假雕组，自中矩矱。若夫求工于绮靡、纤巧之余，受窘于拘挛、掇拾之际，余窃病焉。……王达善假道姑孰，过余求记，为述其概云。(《诗盟记》)①

在这篇为王达善所写的《诗盟记》中，陶安反对绮靡、纤巧的诗风，嘲笑拘挛、掇拾的创作窘态，主张宗唐，追随《诗经》，努力从事创作，收媲美三代之实绩；又主张诗歌创作本于心，参以道德，发言为诗。在《张景远诗集序》中，陶安主张抒写治平之音：

> 旧居河东，徙家毗陵，独喜攻诗，虽遇事纠纷，常吟哦，有雅致，历览名山、巨川、仙墟、福境、辄吐英藻，罄其模写，使东南伟观，雄奇灵怪，千态万状，莫能秘于片辞只韵，及情因物触，嬉娱感戚，一寓之诗。其或游神冲澹，托意悠深，则又脱氛埃，弃雕琢，故体格屡变，卒归于治平之音焉；且诗亦难矣，苟培蕴丰硕，志端而远，气充而弘，则形于咏歌，自中律度。君发虽斑，造进未已，犹当扬厉风雅遗芬，高视两京、六朝之上，兹又余之所望也。②

张景远的诗歌创作，体格屡变，逐渐脱离尘俗、雕琢，最后抒写治平之音，这是明朝历代翰林院馆阁文学题写的主要内容，而陶安又希望张景远的诗歌能高视两汉、六朝，这些均体现了他的论诗宗旨。

从其创作实践来看，陶安诗文的平正风格中蕴涵着儒家的道德观念和文艺观。如《菊泉并序》：

> 菊能辅体延龄，根、茎、花、叶，皆可服，或曰："南阳郦县，有甘谷，菊生被崖，大菊落水，得其滋液，泉为甘馨，谷人饮而上寿。"辨者曰："诸花之根，唯菊浅露，水源既远，香岂由菊？设使以花得香，不过秋冬之交尔。夫水甘、淡、咸、苦，各因其源，安知无菊味者，故郦泉之

---

① (明)陶安：《陶学士集》，卷十六，第 772 页。
② 同上书，卷十三，第 736 页。

芳，匪因菊变。予尝折衷其事，以谓地产宜菊，则精英之气流通，土脉与水相感。古法：季月采以上寅，春日玉英，夏日容成，秋日金精，冬日长生。是精英之气，无间于四时，若大菊落水与？"辨者之说，或未然也……诗曰：

中央气和连混茫，金精共炼秋花黄。灵根绵络涧谷旁，真英聚入幽泉香。山中百卉不敢芳，日华月魄涵银潢。泠然入勺风露凉，乾坤甘滋流肺肠。山人童颜寿且康，七十八十犹云殇。番峰老叟医师良，何曾足迹游南阳。情甘隐逸与世忘，澹然迹疏红紫场。心渊澄莹波不扬，濯缨不必求沧浪。旧家留得轩岐方，刀圭奇验清膏肓。发开千古金匮藏，丹蟠龙鼎芙蓉光。垂亡者存弱者强，惠泽及物何可量！此菊生意盈药囊，此泉味比醍醐长。所愿仁寿均八荒，偕彼郫潭居一乡。飘飘霞佩云锦裳，携儿过我登溪堂。是时东篱天雨霜，寒蕊照水金辉煌。授我宝诀期荣昌，神舍内完绝外戕。身轻傥可八翼翔，蓬莱弱水天风刚。①

明代翰林院作家追溯出从屈原到陶渊明、周敦颐等人的爱好菊花、莲花、竹等具有象征儒家道德境界意味的多种植物。此文中陶安所本的，乃是从北宋周敦颐《爱莲说》而生发的说道德、说人生的文艺观，所以虽然《菊泉》这首诗和序篇幅比较长，但文学上的美感几近于无。陶安还写了《纪志》、《学易》等诗，记载他四十年学《易》、玩索儒道的人生。其《广陵杨节妇》诗的主要内容为宣扬贞节观。《学诗》诗则直白陶安诗歌中的儒家诗教传统：

教本闺门始后妃，经宏纬密烂生辉。辞情感物多微婉，祭享登歌盛发挥。古韵自谐何用协，序文有受未全非。考亭理趣明如日，独此时时与愿违。②

陶安谨守汉代儒家学者所传的《诗经》大序、小序，遵循汉代温柔敦厚的儒家诗教，并且接受程朱理学的"理趣"。

---

① （明）陶安：《陶学士集》，卷二，第592—593页。
② 同上书，卷七，第667页。

陶安的部分诗作，确实显得清劲。如《九日登高翠微亭分韵得满字》诗云：

> 山川甚雄丽，积雨为磨瀚。天开秋气清，游娱共萧散。石径接巉岩，兴到行不懒。微霜护新晴，杲日送余暖。层巅蹑高寒，境胜世所罕。苍茫四无极，自恨目力短。危亭基藓残，麋鹿荒町疃。居然龙虎势，城郭在平坦。崇阿吊离宫，老木荫僧馆。松云引徐步，兰露入清盥。况当重九节，野菊相留款。宾朋笑语间，文理谢雕篆。好风袭尊俎，幽鸟弄丝管。人生光景速，每恨乐事缓。嘉会幸一逢，何辞累觞满。①

这首诗写了雨后晴日登翠微亭所见景色和作者的心情。写景真切，每句写一景，各各不同，仿佛韩愈《山石》一诗，移步换景，沿石径上到层巅，极目四望，视线数次转移，最后定为亭中宴饮、赋诗，抒发感情。作者的愉快心情从"兴到行不懒"、"宾朋笑语间，文理谢雕篆"、"人生光景速，每恨乐事缓"、"嘉会幸一逢，何辞累觞满"等句中流露出来，是一首自然而清淡的诗作。

陶安和刘基、宋濂等人的诗歌，寄予了建功立业、辅佐明主的愿望，体现了"应运而生"（前引《四库全书总目·〈陶学士集〉提要》语）的开国气象：

> 水溢中原又旱干，风尘从此浩漫漫。东山好慰苍生望，南国那容皓发安。要整纲常崇黼黻，还成文物萃衣冠。圣贤事业平生志，幽乐何须恋《考槃》。（《寄刘伯温宋景濂二公》）
>
> 束帛征贤出涧阿，来从明主定山河。摅才要济邦家用，为治当调鼎鼐和。定见百年兴礼乐，先从四海戢干戈。当朝辅佐侔伊吕，汗简芳名耿不磨。（《喜伯温景濂辈至新京》）②

如此鼓励他人建功立业、辅佐明主的内容，正是宋濂《汪右丞诗集序》所谓

---

① （明）陶安：《陶学士集》，卷一，第578页。
② 同上书，卷五，第649页。

"所以恢廓其心胸、踔厉其志气者"① 的台阁体题材，而《龙江阅兵》、《康郎山应制》、《奉赓御制诗韵三首送茅山宗师》、《题画应制》、《奉赓御制中秋诗韵》、《驾幸狮子山应制》、《应制次韵石城秦淮二首》等诗更是明朝馆阁文学的先声，尤以《康郎山应制》诗似后来的台阁体作品：

> 阊阖鸣韶发羽旄，群峰青迥郁金袍。臣民喜睹天颜近，车驾遥临地位高。警跸飞廉经梵刹，行厨光禄进仙桃。真龙到处多奇胜，风卷云松沸海涛。②

这首诗写的是明太祖驾临康朗山，臣民争睹真龙天子的情景，以鸣韶、羽旄、郁金袍、警跸飞廉、进仙桃等物事形容皇帝出行的仪仗排场，后来的馆阁作家也不过如此。

陶安的诗歌创作中，还有元末江南作家专写女子的题材。如《倦绣图》诗：

> 困来无力整残妆，采线何如意绪长。纤手欲闲闲不得，要将文绣献君王。③

这首诗当是陶安在元末所作，内容是反映女子辛苦的劳动，诗风并不艳冶。另如《竹枝词》四首（存一首）也不追逐绮靡，反映了陶安对元末诗风的纠正。

第三节　洪武初翰林院中浙东派的主要作家

明初的翰林院馆阁文学作家中，来自浙东的三位作家——刘基、宋濂、王祎占有主导的地位。三人中，宋濂、王祎为同门友，俱师黄溍、柳贯，师友传授，于元末明初之际，在学术和文学创作上最具有端绪，承接了宋代以来翰林

---

① （明）宋濂：《宋濂全集》，《銮坡前集》，卷七，第481页。
② （明）陶安：《陶学士集》，卷五，第650页。
③ 同上书，卷八，第668页。

院馆阁文学的渊源。

　　贯（1270—1342）字道传，浦江人。大德间（1297—1307），用察举为江山教谕，迁昌国州学正，历国子助教、太常博士，出为江西儒学提举；至正（1341—1367）初，起翰林待制兼国史院编修官，卒年七十有三……道传甫弱冠，受经于仁山金履祥，既而从乡先生方凤（1241—1322）、粤谢翱（1249—1295）、括吴思齐（1238—1301）诸前辈游历，考秦汉以来文章之变化。是时海内为一，故国遗老尚有存者，师友讲究，渊源不绝。……（其诗文）谓如老将统百万之兵，旗帜鲜明，戈甲焜煌，而不见有喑呜、叱咤之声。临川危素谓其文雄浑严整，长于议论，而无一语袭陈道故，《元史》亦曰："沉郁春容、涵肆演迤，人多传诵之。"与同郡黄溍（1277—1357）、吴莱（1297—1340），声名一时相埒。浙东之文，争奇竞爽，涵育甄陶，人材辈出，迨于明初而极盛焉。（《元诗选》初集卷三十二《柳待制贯》）

　　溍字晋卿，婺州义乌人。……至顺（1330—1332）初，以马祖常（1279—1338）荐，入应奉翰林文字，转国子博士，出提举浙江等处儒学，亟请侍亲归，俄以秘书少监致仕；至正七年（1347），起翰林直学士、知制诰、同修国史，擢兼经筵官，升侍讲学士、同知经筵事，累章乞休，不俟报而行，遣使追及；十年（1350）夏，得请还南，七岁而卒，年八十一……（宋濂曰）"为文布置谨严，援据精切，俯仰雍容，不大声色，譬之澄湖不波，一碧万顷，鱼鳖蛟龙，潜伏不动，而渊然之色，自不可犯"。世之议者谓先生为人高介，类陈履常；文辞温醇，类欧阳永叔；笔札俊逸，类薛嗣通。历事五朝，巍然以斯文之重为己任，与临川虞集（1272—1348）、豫章偈傒斯（1274—1344。按，即揭傒斯）、同郡柳贯齐名，号儒林四杰。合而观之，待制之才雄肆，而侍讲之思峻洁。一时才士，如王祎、宋濂辈，并出黄、柳之门，而汇为一代文章之盛，殆亦气运使然者矣。（《元诗选》初集卷三十一《黄侍讲溍》）①

---

① （清）顾嗣立：《元诗选》，文渊阁四库全书，第1464册，第709—710、683—684页。

柳贯、黄溍二人俱为元朝翰林院作家。柳贯得到南宋馆阁遗老的传授，因此文章极为雅正、春容。北宋以来翰林院馆阁文学一脉，因师友讲授而渊源不绝。柳贯为《元史》所评的"沉郁春容、涵肆演迤"之作品风格，也是后来杨士奇台阁体作品的风格。黄溍的创作具有"援据精切，俯仰雍容"的风格，文辞类宋代翰林学士欧阳修，"凡朝廷大诏令、大制行，皆以属于公，而公独任斯文之重，为海内所宗师"①，而王祎、宋濂师事之，承传了他们的学术精神和馆阁文风。从柳贯、黄溍到杨士奇，他们的文学风格相似，虽然缺少师友传授关系，但是可以看到宋、元、明三朝翰林院馆阁文学的传统一脉相承，因此也可以认为宋濂等人对明朝翰林院馆阁文学的规划符合明朝翰林院馆阁文学发展的必然趋势。

王祎（1321—1381），字子充，浙江金华府义乌人。修《元史》成，擢翰林待制，终同知制诰兼国史院编修官。谥忠文。著有四库全书本《王忠文集》二十四卷，今存丛书集成初编本《王忠文公集》。

王祎的作品风格，清人已有评价：

> 祎师黄溍，友宋濂，学有渊源，故其文醇朴闳肆，有宋人轨范。濂序称其文凡三变：初年所作，幅程广而运化宏；壮年出游之后，气象益以沉雄；暨四十以后，乃浑然天成，条理不爽，可谓知祎之深矣。集中多代拟古人之作，盖学文之时，设身处地，以殚揣摩之功者，非游戏笔也。②

王祎继承乃师的文风，得柳贯之雄浑和黄溍的谨严、精切，名满四方，声传京师（元大都，今北京市）。其文学创作中具有雍容的风格特征：

> 至正（1341—1367）以后，黄公犹秉笔居中朝，于是沦谢殆尽，而得吾子充绍其声光……然自京师及四方之士，不问识与不识，见其文者，莫不称颂其美，则其得之黄公者，深矣！……其后，每见则出其文以示余，

① （明）王祎：《黄文献公祠堂碑铭并序》，《王忠文集》，文渊阁四库全书，第1226册，卷十六，第327页。

② （明）王祎：《王忠文集》，第4页，目录。

　　而亦每不同。雍容俯仰，如冠冕佩玉，周旋堂陛之上；驰骋分布，如风云蛇鸟，按兵行阵之间，而音节曲折，则与黄公如出一律……（胡翰《王忠文前集原序》）①

胡翰的序评价了王祎创作既雍容又曲折的特色，正所谓"条理不爽"者。王祎的古文创作上拟秦、汉下仿唐、宋诸家古文作者：

　　其学博，其识正，凛然有良史风，拟左氏、史迁诸文，譬之璆、琳、琅、玕、大玉、夷玉，杂然陈之于前，识者知为至宝，终莫敢优劣也。他所著述，皆温润典雅，成一家言。考其源委，虽本之先生，而超出乎规矩之外者，盖深造自得之矣。……余谓驾宋轶唐轹西汉、先秦，而骎骎乎三代也。（胡行简《王忠文前集原序》）②

具体作品如其《汉太尉谕七国檄》、《汉伏波将军谕南粤檄》等檄文及《王忠文集》卷十三的《孔子春秋文辞七首》、《高帝封功臣铁券辞》、《张良辞高帝》、《文帝赐吴王玺书》、《武帝置五经博士诏》、《贤良对武帝策》、《张汤议肉刑》、《司马相如解客难》、《宣帝赐赵充国书》、《太常博士答刘歆书》、《麒麟阁苏武颂》等篇章，各种文体俱作，表现出王祎对秦、汉文学的成功模仿，被时人评为成就卓绝。

　　王祎文学创作中的道德观念很强。伴随着这一观念的强化，其晚年的创作逐渐刊落豪放，而归于平淡：

　　于是退藏重山密林中，愈沉酣于古，而密体于方今。凡天人之理、性命之奥，皆肆其玄览，而养厥灵淳，其学遂底于成，而年亦已逾四十矣，故其为文，浑然天成，而条理弗爽，使人挹之而逾深，味之而弗竭，其平日华绮、豪放之习，至是刊落殆尽……（宋濂《王忠文后集原序》）

　　为文温温乎其纯雅，恢恢乎其宏辨，秩秩乎其密察也，而要其归，无

---

① （明）王祎：《王忠文集》，第6页，前序。
② 同上书，第7页，前序。

不本于经者，可谓有德有言之君子……（苏伯衡《王忠文后集原序》）①

宋濂把王祎晚年的文风转变归功于"学成"，论述王祎在洞察天人之理、性命之奥的基础上，修养其性灵，再发而为文，故有本经之说，可与王祎《朱元会（夏）文集序》互参：

> 君子之于文，止于理而已矣。是故理明，则气充而辞达；气也者，理之寓也；辞也者，理之载也。孔子曰："辞达而已矣。"孟子曰："我善养吾浩然之气。"气至于浩然，辞至于达，皆理之明致之也。苟为文者，不明诸理，而徒欲驱驾以气，驰骋以辞。气有不馁，而辞有不瘽者，未之有也，故曰："文以理为主。"理明矣，气不求充而自充，辞不求达而自达，而始足以言文矣。大江之西，近时有大儒曰吴文正公，其学主于理者也。当时，及门之士众矣，而独金溪朱君元会为高弟。元会之学，精敏闳博，以明理为本原，讲辨论议之际，悉尊信其师说，故其著于文也，敷畅而渊厚，譬之水焉，自流而穷原；木焉，自本而及末，莫不粲然而有章，秩然而有序。人见其气之昌、辞之达，而不知其所以然者，理明故也。②

王祎认为文学创作时，气昌才能辞达，而能养气，做到气昌，必须在儒家的理学上致力，以明理为本。

王祎才力雄赡，在各种体裁上，均有所创作，如上所见篇目，又如《思亲赋》、《药房赋》、《咏归亭赋》等赋，《寄赠申屠教谕》、《金德元西园宴集得第字》、《十一月七日出南城别陈三检讨》、《并怀陈检讨》、《陈元礼太常以使事至钱唐三月十七日堵无傲陈君从朱伯言陶中立韩与玉诸公西湖同泛分韵得气字》、排律《雪夜与友人同赋四十韵》等诗文，都体现出既雍容俯仰，又驰骋分布、条理曲折的特点。在集句诗创作上，王祎也有《陈元礼奉诏征彭处士于崇安却归永嘉省亲还京师抚事感时因集杜少陵诗四十韵奉赠》、《乙未岁（1355）家居不出偶读渊明诗因集其句为一首曰归田园》等作品，逞才使气，尤以集杜诗为

---

① （明）王祎：《王忠文集》，第 8 页，后序。
② 同上书，卷五，第 105 页。另外可参见王祎《文训》等文。

难得。

《开先寺观瀑布记》很能体现王祎古文创作的特点。这是一首篇幅较长的作品，下举其中四段为例：

　　庐山南北瀑布，以十数，独开先寺所见者最胜。开先瀑布有二：其一曰马尾泉，其一在马尾泉东，出自双剑、香炉两峰间，为尤胜。或曰："瀑水之源，昔人未有穷之者。"或曰："水出山绝顶，冲激入深涧，西入康王谷，为水帘；东出香炉峰，则为瀑布也。"十一月十八日，日南至余，约郡守吕侯，肩舆十数里，至开先。主僧志一作丈室，未成，邀坐茅屋中。乃访漱玉亭，却，至龙潭石峡口。由寺至亭，可二百步；由亭至峡口，仅数十步。盖自远观之，瀑布出自两峰间，如泻天半；由近而观，则二瀑下注，汇为重潭。潭水出石峡，乃为溪，循山足东流，以入于彭蠡。当峡口仰望，但见水从潭中出，岩谷回互，二瀑所从来，不可复见矣……

　　比抵寺，诸公皆先诣一公（按，指僧人释志一）。余独径往潭下。坐石上，瀑水方怒泻，奔腾荡激，声震如万雷，令人心怖神悸，股战栗不休。顷焉，诸公至，见余独坐，又颜色变，皆拍手呼，大笑，然水声颖洞，呼笑声亦不闻也，寺僧云："龙适洗潭矣。"……

　　一公与光应知余来，远出迎。乃与二僧携手，行至招隐桥，坐桥上。桥在寺前五十步，潭水为溪所经也。其西东，松、杉、枫、杞，苍翠色掩映。从树底望鹤鸣诸峰，高出树杪仅尺许，隐然如画图中见。又从树隙见岩腰，采薪人衣白，大如粟，初疑此白石耳，有顷，渐移动，乃知是人也……

　　一公请予诣潭下。是时，久不雨，瀑布流且绝，余指笕中水，谓曰："此水一耳，何必复往也？"是夕，宿寺中。夜半，雨大作。比晓，余未起，应扣门，告曰："瀑布流如故矣，盍亟起观之？"余欣然揽衣起，倚阑睇视良久。日初出，红光径照香炉诸峰上。诸峰紫霭犹未敛，光景恍惚，可玩不可言也。应因诵李太白《观瀑诗》，又诵笑隐《题太白观瀑图诗》。余笑曰："安知今日无太白耶？胡可谓古今人不相及也？"①

---

① （明）王祎：《王忠文集》，卷八，第176—177页。

这篇文章写了作者三次到开先寺观看瀑布的经过。前两段分别为第一、二次到开先寺观瀑布的经过，三、四段为第三次观瀑布经历，它体现了作者条理清晰的叙述能力和精细入微的状物能力。第一段，介绍开先寺所在的地理方位，远观瀑布，回望潭水和瀑布，用笔简练而有选择；通过对话，创造了庐山瀑布之源的神秘性。第二段，俯视石下的潭水，瀑布倾泻，令人胆魄俱散，心神怖悸，僧人以龙洗潭名之，适契其状；本段以"余"一人独坐石上与众人惊悸的情状对比，传神、逼真地衬托瀑布的壮观。第三段，选择招隐桥这个着眼点，看树色苍翠；远望诸峰，似画图所写；见远处的岩腰采薪人如粟，初以为是白石，而后才确定为人，极为细腻。本段写出作者对开先寺景色的欣赏，表现出高超的状物能力。第四段，似写观瀑布而非是。作者写夜宿僧寺到平明观瀑布的整个过程，其中对瀑布景色的描写并非文章的重点内容。文章着重写观瀑的哲学体验，仿佛苏轼《前赤壁赋》中所反映的思想和承天寺夜游时的心境。

王祎的创作力，不止表现在古文创作上业绩炳炜。与宋濂相较，在诗歌创作方面，王祎胜过他良多。王祎诗歌创作中，古体诗作较多，如《黄河水》、《题九江秀色图》、《筑城谣》、《五禽言次王季野韵》、《赵将军歌》、《题积庆堂歌》、《拟唐凯乐歌》、《破阵乐》、《应圣期》、《贺圣欢》、《君臣同庆乐》、《次韵刘先生古诗十首》、《江上曲》、《长安杂诗》等，亦在诗中模拟前人之作，痕迹明显，故清末陈田说：

> 忠文《书俞生拟古诗后》云："《三百篇》非出一人之手乎？而亦非一人所能为，后世视古人为何如，而顾欲以一人之所能，兼乎古人之所不能，亦难矣。"元、明之交，拟体虽开，未尽流变，使见后来诸集，不知当作如何云云也。忠文诗质坚体洁，时作小诗，亦有风致。[1]

虽然王祎自谓不敢尽拟《诗经》，但是他的拟古创作实在多，时有佳作。如《夜坐拟古二首》：

---

[1] （清）陈田：《明诗纪事》，甲签，卷五，原第1页（影印第292页），"王祎"条。

新月如弓弯，流星如箭长。惜哉弓不弦，况乃箭无铦。借问羽林军，何以射天狼？

织女居河西，河东住牵牛。奈此一水隔，数会曾无由。精卫勿填海，为我填河流。①

二诗语言流畅，明白如话，清新浏亮，特出之处在于想出意表，善作新奇的翻新之词。

王祎对翰林院馆阁文学的理论建设上有一些值得注意的观点。在作于元末的《练伯上诗序》中，王祎论述了明朝以前的诗歌流变史，指出诗歌发展至元末，经历了十次演变，与各朝气运相升降，提出了自己的诗歌见解。针对元朝的诗学，王祎认为：

> 至延祐（1314—1320）、天历（1328—1329），丰亨豫大之时，而范、虞、揭以及杨仲弘、元复初、柳道传、王继学、马伯庸、黄晋卿诸君子出，然后诗道之盛，几跨唐而轶汉，此又其一变也，然至于今未久也，而气运乖裂，士习遄卑，争务粉绘镂刻以相高，效齐、梁而不能及。②

元末既然出现了粉绘镂刻的绮靡诗风，那么最好的办法是返回到范、揭、虞所提倡的诗风，即以圆粹而高妙、严峻而雅赡、典雅而敦实的诗风为方向，这实际上是后来明朝馆阁诗歌创作的特征。王祎主张诗歌取法的对象，不止步于乃师柳贯主盛唐之说，更上溯及汉、魏古诗：

> 其诗淳厚典则，浸淫于汉、魏，视唐、宋，不多让也。(《杨季子诗序》)③
> 盱江黄子邕氏，善为诗。其诗有曰《醉梦稿》者，皆古乐府、歌行、五言古体，总若干卷，其辞简质平实，一本于汉魏，而绝去近代声律之

---

① （明）王祎：《王忠文集》，卷一，第29页。
② 同上书，卷五，第107页。
③ 同上书，卷五，第104页。

弊，殆几于古矣。(《黄子邕诗集序》)①

　　诗贵乎纯，纯则体正而意圆。体正故无偏驳之弊，意圆故有超诣之
妙。诗之可贵者，其不出于此哉？章贡刘君宗弼，善为诗，而其于《选》
诗尤工，盖出入鲍、谢，而闯曹、刘之域矣。其体裁正，故偏驳之弊绝
焉；其语意圆，故超诣之妙臻焉，是可谓之纯矣。(《书刘宗弼诗后》)②

王祎之所以主张取法汉、魏，原因在于学汉、魏古诗可以绝去近代声律之
弊③，可以有超诣之妙，绝无偏驳之弊。王祎取法盛唐和汉、魏诗歌的创作论
调对明代前、后七子的诗学，有着一定的启发作用。

　　另一则作于元末的序《宣城贡公（师泰）文集序》表现出王祎对古文创作
宗尚的思考：

　　考之唐宋，论文章则韩文公、欧阳文忠公；论政事则陆宣公、范文正
公而已。公之文章，实追韩、欧之法；其于政事，不犹陆、范之志哉！抑
非韩、欧不施于政事，而陆、范不著于文章也？就其所长，合而求之，斯
为善论公者矣。④

上引文在论述元代翰林待制贡师泰的文学创作之时，王祎论证了古文取则韩、
欧的方向，而实际上元末已经不可能出现韩、欧古文的创作，当时文学之士，
"日继沦谢"，所以这则序可以说是预为"统一海寓、气运混合"的明朝翰林院
馆阁文学指明方向。王祎又提出文风与治道隆污的关系：

　　臣闻见礼而知政，闻乐而知德。是以观世运之隆污，视文章为准则。
和平、浑厚、质实、环瞻，验治道之方昌；夸浮、纤靡、诡怪、支离，察

---

①　(明)王祎：《王忠文集》，卷七，第154页。
②　同上书，卷十七，第356页。
③　按，王祎在《练伯上诗序》(《王忠文集》，卷五)中所论"近代声律之弊"，指的是从苏轼、黄
庭坚以来，诗歌创作改变崇尚古学而产生的弊病。
④　(明)王祎：《王忠文集》，卷六，第128页。

政理之斯致。①

就此而言，明代永乐时期兴盛的台阁体，是符合以文章观世运隆污标准的必然选择。王祎在拟司马迁而作的《文训》中提出了朝廷巨文应具有的风格特征：

> 生曰："朝廷之上，有巨文焉。典、谟、誓、诰、制、册、令、诏，蔼为王言，焕为大号，而帝王之制作存焉。灏灏噩噩，浑浑洋洋，棱厉蓬孛，挥霍奋扬，或温润而精粹，或宏伟而秀雄，或严肃而简重，或衍裕而深长，经纬天地，橐钥阴阳，黼黻万化，镠镤三光。封职则气含阴雨之润，授官则义炳重离之明，敕戒则吐星汉之华，治戎则扬荐雷之轰，肆赦则垂滋于春露，明罚则示烈于秋霜。……"②

实际上，王祎所论的朝廷巨文，即翰林院馆阁作家的应用文体，其所论的风格也就是明朝翰林院馆阁文学的风格。

王祎在理论上还要求把道学与诗学结合起来，改变宋儒的"以文害道"的观念，这对明代翰林院馆阁作家的儒家学者与作家两种身份结合的现象以及他们的文学创作中浓烈的儒家思想、道德意味作了最早的理论表述：

> 其为道，皆著于文也。其文皆所以载道也。文义、道学，曷有异乎哉？有元以来，仁山金文安公以其传于北山何文定公，鲁斋王文宪公者传之白云许文懿公，实以道学名其家；而司丞永康胡公、待制浦阳柳公、侍讲乌伤黄公以及礼部兰溪吴公、翰林东阳张公，则以文章家知名。虽若门户异趋，而本其立言之要道，皆著于文。文皆载乎道，固未始有不同焉者。渊乎！粹哉！皆可谓圣贤之为学者矣。以故八十年间，踵武相望，悉为世大儒，海内咸所宗师，夫何后生晚进，顾乃因其所不同，而疑其所为同。言道学者，以穷研训诂为极致。言文章者，以修饰辞语为能事。各立标榜，互相排抵，而不究夫统宗会元之归。于是，诸公之志日微，而学术

---

① （明）王祎：《演连珠》，《王忠文集》，卷十九，第393页。
② （明）王祎：《王忠文集》，卷十九，第395页。

之弊，遂有不可胜言者矣。故祎与仲申胡先生，每论及此，未尝不太息焉。(《送胡先生序》)①

王祎认为文义与道学没有不同之处，凡道皆著于文，凡文皆载道。以元代学者、作家为例，王祎认为道学家与文章家虽然有门户异趋的倾向，而"本其立言之要道，皆著于文"，不必"疑其所为同"。既然从根底上明了他们之间"所为同"，所以王祎希望当世能避免道学家与文章家之间各立标榜、互相排抵的现象，提倡道学与文章统宗会元。就文学创作而言，即主张文以载道，这个观念调和了宋人把文学创作与理学截然对立的矛盾，对明代翰苑作家的创作思想多有裨益。

王祎论词章之儒和宋代诗歌流变时，也得到一个对馆阁文学特征的认识，它符合了明代永乐时期翰林院中的部分作家和江南部分区域作家的诗歌创作实际：

> 凡今世之所谓儒者，剽掠纤琐，缘饰浅陋，曰："我儒者，辞章之学也。"穿凿虚远，傅会乖离，曰："我儒者，记诵之学也。"而人亦曰："此所以为儒也。"嗟乎！昔之称词章者，唐之燕、许，宋之杨亿，其词章盖诚足以华国也。昔之称记诵者，汉之马、郑，宋之刘敞，其记诵盖诚足以穷经也。使若人也其记诵、词章而止，若是焉，固亦何取其为儒名耶？是故，吾所谓圣贤之学者，皆古之真儒，而今世之称记诵、词章者，其不为孔子之所谓小人儒、荀卿之所谓贱儒者？②

> 然自大历(766—779)、元和(806—820)以降，王建、张籍、贾浪仙、孟东野、李长吉、温飞卿、卢仝、刘义、李商隐、段成式，虽各自成家，而或沦于怪，或迫于险，或窘于寒苦，或流于靡曼，视开元(713—741)邈不逮；至其季年，朱庆馀、项子迁、郑守愚、杜彦夫、吴子华辈，悉纤弱鄙陋，而无足观矣，此又一变也。宋初，仍晚唐之习，天圣(1023—1031)以来，晏同叔、钱希圣、杨大年、刘子仪，皆将易其习，

---

① (明)王祎：《王忠文集》，卷七，第145页。
② (明)王祎：《原儒》，《王忠文集》，卷四，第85页。

而莫之革，及欧阳永叔，乃痛矫西昆之弊……①

北宋初晏殊、钱惟演、杨亿等人，官居馆阁，尚推崇中晚唐之李商隐等诗人的风格，创作所谓"西昆体"作品，为后起之欧阳修痛力改革。虽如此，但晏殊等北宋馆阁作家"词章盖诚足以华国"的才能，到元末仍为人崇拜，并被人捧为儒者，这说明从宋到元，崇尚西昆体的创作如暗流涌动，西昆体并未完全湮灭。明初翰林院馆阁作家如曾棨、吴中作家如刘钦谟等诗人都模仿李商隐的《无题》诗，而且获得很高的声誉，这也说明了明初馆阁诗歌创作中的一个特异现象。

刘基（1311—1375），字伯温，浙江处州府青田人。元至正十九年（1359），受朱元璋征聘，拜御史中丞兼太史令。洪武三年（1370），授弘文馆学士，次年归老青田。所为文章，气昌而奇，与宋濂并为一代文宗。其诗文杂著，凡《郁离子》四卷、《覆瓿集》十卷、《写情集》二卷、《春秋明经》二卷、《犁眉集》二卷，本各自为书，后合为《诚意伯文集》二十卷，浙江古籍出版社 1999 年出版《刘基集》排印本。《四库全书总目·〈诚意伯文集〉提要》评定其成就：

> 其诗沉郁顿挫，自成一家，足与高启相抗。其文阂深肃括，亦宋濂、王祎之亚。②

大体上刘基的诗文各有特色：诗以沉郁顿挫，文以阂深肃括。他的诗歌如《旅兴》、《感兴三首》、《有感》、《感叹》、《可叹》、《题安石蒲葵图》等忧时痛国，每形于辞，怨愤悲激，体现了沉郁顿挫的诗风，而另外一部分诗，如钱谦益所言：

> 余考公事略，合观《覆瓿》、《犁眉》二集，窃见其所为歌诗，悲惋衰飒，先后异致，其深哀托寄，有非国史、家状所能表其微者……诵《犁

---

① （明）王祎：《练伯上诗序》，《王忠文集》，卷五，第 107 页。
② （清）永瑢等：《〈诚意伯文集〉提要》，《四库全书总目》，卷一百六十九，第 1465 页。

眉》之诗，而推见其心事……①

钱氏的论述比杨守陈所作的序要深刻得多，深体诗人之心。浙江鄞县（今宁波市）杨守陈《重锓诚意伯文集序》谓：

> 方其未遇也，郁积感愤，发之文辞……然皆载道之航轮、济世之粱帛，时已传诵之。及达而施之朝庙，播之华夷，垂之百世之下，焯乎不可朽也。②

杨序只指出刘基诗文风格中载道济世等方面的沉郁，缺乏对诗人之心的体验。刘基部分反映诗人自身的心境的诗作，比较浅显易懂。如下诗：

> 东山导骑出岩阿，能使枯蒲贵绮罗。却恨卞和无禄位，中宵抱玉泪成河。（《题安石蒲葵图》）③

这首诗当写于元末，如楚人卞和怀宝，作者对前途失路，迷惘感伤，而《早春遣怀》诗以豹隐的典故以及《雨中遣闷》诗以"屏翳空多事"、"羲和失所归"、"残灯永夜"、"坐听饥猿"④ 等诗句所表达的心事却比较隐约，无从猜测。入明以后，刘基的诗歌也存有此种悱恻心理，如《漫成》、《感兴》等诗。举其《漫成》为例：

> 老去知心更有谁？愁将短发对花枝。花残更发新春叶，发白空垂满面丝。纵酒放歌怜往日，倚阑听雁立多时。若为化得抟风翮，汗漫东西信所之。⑤

诗人以"老去知心更有谁"作为首句发唱，一个孤独苍老的形象顿时产生。在

---

① （清）钱谦益：《列朝诗集小传》，甲集，第70页。
② （明）刘基：《刘基集》，第681页。
③ 同上书，卷二十四，第504页。
④ 同上书，所引诗句皆在卷二十三，第471页。
⑤ 同上书，卷二十三，第471页。

问句中，颇有经历世事沧桑的况味，发出辛酸的喟叹，这当中的太息，读者可知而不能明言。参以《二鬼》所写的失去自由的寓言式形象，可以加深对诗人期望化得抟风羽翼，"汗漫东西任所之"，获得自由之身的理解。像此种着重抒写诗人心境的诗歌还很多，如《秋兴二首》、《遣兴》、《秋夕》、《淳安舟中遇雨遣闷》、《夜坐二首》、《春蚕》等作。刘基还有部分小诗，写得清新，写景状物，别具风味，如《皆春亭》、《题小画》、《春晚》、《移梅亭》、《雪中三首》、《雪后遣兴》、《绝句二首》等诗。部分诗如《题兰花图》和其他题竹、梅、雪等佳物的诗歌，表现了作者的志趣和节操，具有比德的象征手法。《次韵岁菊》的结句"春花夏叶总埃尘"，具有哲思，体现了作者对事物乃至人生的共性有着哲理高度的认识。

刘基写了许多汉乐府古调和其他古体诗。如《诚意伯文集》卷一多用汉、唐乐府诗题，卷二有《吴歌》13首、《竹枝歌》12首、《江南曲》7首、《山鹧鸪》6首、《杨柳枝词》9首、《咏史》21首、《游仙》9首、《杂诗》41首。亦多题画诗，如卷三《题杂画卷子》、《题宋子章效米元晖山水图》、《题赵文敏公画松》、《题三香图》，卷四《为祝彦中题山水图》、《题仲山和尚群鱼图》、《题老翁骑牛图》、《题钟馗役鬼移家图》、《为杭州郑善止题蓬莱山图》、《为王辅卿郎中题雪滩寒雁图》、《题金谷园图》、《题兰花图》、《题释骖图》、《中峰永先和尚醉墨图歌》、《题钱舜举马图》、《题王元章梅花图》、《金碧山水图歌》、《题松下道士携琴图》、《题悬崖兰花图》、《题雪汀图》、《为董楚芳题山水图》、《题陆放翁卖花叟诗后》、《题柯敬仲墨竹花石》、《为戴起之题猿鸟图》、《题界画金山图》、《题界画卧龙山楼阁图》、《题群龙图》、《为丘彦良题牧溪和尚千雁图》、《玉涧和尚西湖图歌》、《顾周道山水图歌》、《题米元晖潇湘图》、《题赵学士色竹图》、《题富好礼所畜村乐图》、《题湘湖图》、《为启初门和尚题山水图》、《题赵学士松图》、《题李陵见苏武图》、《陈彦德以画见赠诗以酬之》，卷五《为贾性之题山水图》、《题雪竹图》，卷十《题兰花图》、《题王元章梅花图》、《题墨竹》、《题梅屏二绝》等。刘基写作汉乐府古调、古体诗和题画诗，在诗歌体裁、题材的开拓上，对明代的翰林院作家的创作，都有一定的影响。

刘基的文学理论对明代的翰林院馆阁文学影响甚巨，拙著已经在第二章中有所论述，除此之外，大约还有以下两方面的内容。

1. 反对萎弱纤巧的文风，提倡春容、纤余、衍迤、宏肆的文风

刘基《王师鲁尚书文集序》：

> 宋之文，盛于元丰（1078—1085）、元祐（1086—1093）时，天下犹未分也。南渡以来，朱、胡数公以理学倡群士，其气之所钟，乃在草野，而不能不见排于朝廷，其他萎弱纤靡，与晋、宋、齐、梁无大相远，观其文，可以知其气之衰矣……故其为文有中和正大之音，无纤巧萎靡之习，春容而纤余，衍迤而宏肆，不极于理不止，粹乎其为言也！[①]

上文中提到"春容而纤余，衍迤而宏肆"的风格和极理的道德结合，正是明朝翰林院馆阁文学的典型风格。在《季山甫文集序》中，刘基肯定季山甫"体格严正，文词典雅，真可以式后学、传来世，不可磨灭者也"[②]。

2. 提倡唐、宋古文，实际上已经提到了唐宋八家之名，同时刘基还提倡秦、汉散文

最重要的观点仍表现在《苏平仲文集序》（请参见本书第一章第一节引）。下面引用的是此序中刘基对唐宋八家的看法：

> 继汉而有九有，享国延祚最久者，唐也。故其诗文有陈子昂，而继以李、杜；有韩退之，而和以柳。于是唐不让汉，则此数公之力也。继唐者宋，而有欧、苏、曾、王出焉，其文与诗追汉唐矣……[③]

刘基在《王师鲁尚书文集序》中，论述了元丰、元祐年间，宋文之盛，而在此文中，作者提到韩、柳、欧、苏、曾、王数人，实际上就是时人朱右所谓唐宋六家之目，亦即嘉靖间唐顺之、茅坤等人所谓唐宋八大家，但是刘基不止推崇唐宋古文。他在《苏平仲文集序》的开头论述了汉代的文学，在《送高生序》中并提"班、马、扬、韩"之文，从而构成学习先秦、两汉、唐、宋之文的思

---

① （明）刘基：《刘基集》，卷二，第 95 页。
② 同上书，卷二，第 84 页。
③ 同上书，卷二，第 88—89 页。

想。刘基在《王原章诗集序》中论王原章的诗歌创作,所谓"直而不绞,质而不俚,豪而不诞,奇而不怪,博而不滥"①的成就,就是以汉代朴厚的文风作为标准来评价的。

宋濂(1310—1381),字景濂,号潜溪,浙江金华人。洪武二年(1369),诏修《元史》,以宋濂充总裁官,书成,授翰林学士,因事迁谪,旋召为礼部主事。六年(1373)七月,迁侍讲学士、知制诰、同修国史兼赞善大夫。宋濂久操明朝制作之柄,为开国文臣之首,著有《宋学士全集》四十二卷等传世,今有浙江古籍出版社 1999 年版《宋濂全集》四大册排印本。《四库全书总目·〈宋学士全集〉提要》评价其文学成绩,兼论及其学养渊源:

> 元末文章,以吴莱、柳贯、黄潘为一朝之后劲。濂初从莱学,既又学于贯与潘,其授受具有源流;又早从闻人梦吉,讲贯五经,其学问亦具有根柢……濂文雍容浑穆,如天闲良骥,鱼鱼雅雅,自中节度;基文神锋四出,如千金骏足,飞腾飘瞥,蓦涧注坡,虽皆极天下之选,而以德以力,则略有间矣。②

清人之评,主要侧重于宋濂所创作的翰林院馆阁文学作品,这种作品的风格为"雍容浑穆",而时人刘基则评他以沉雄、飘逸、清雅:

> 以其所蕴,大肆厥辞。其气韵沉雄,如淮阴出师,百战百胜,志不少慑;其神思飘逸,如列子御风,飘然褰举,不沾尘土;其词调清雅,如殷卣周彝,龙纹漫灭,古意独存;其态度多变,如晴跻终南,众皱前陈,应接不暇……③

刘基以"态度多变"一词很恰当地形容了宋濂的创作风貌。另一好友张以宁,则论述宋濂学问中的佛学因素和宗韩愈的文风:

---

① (明)刘基:《刘基集》,卷二,第 81 页。
② (清)永瑢等:《〈宋学士全集〉提要》,《四库全书总目》,卷一百六十九,第 1465 页。
③ (明)刘基:《宋景濂学士文集序》,《刘基集》,卷二,第 93 页。

后乎六经，孟子舆氏之醇、司马子长氏之雄，弗可企已；后乎二氏，则唐韩退之氏，牢笼并包，靡一不具，正取诸孟而奇取诸马为最多……曩在燕，得金华宋景濂氏《潜溪集》，读之，多其善学近代数大家；比来南京，始获见于史馆，受其《后集》，隽永之，瞿然起叹曰："先生之文，其进于韩氏之为乎！其言理，直而不枝；其叙事，赡而不芜，卤疏而极严缜，恣纵而甚精深，简质而自宏丽，敛腴而复顿挫……靡事镂削，旁通释老，咸得其髓。盖夫韩之于文，始乎夏夏，陈言之务去；成于浑浑然，觉其来之易。先生之进于韩，其有悟于是乎……"①

张以宁的序指出韩愈的古文创作对（先）秦（两）汉散文有所取，"正取诸孟而奇取诸马（司马迁）"，这也是明初馆阁作家共同提倡秦汉文与唐宋文的原因。这种观点还体现在宋濂本人于《张侍讲翠屏集序》中提出的"韩氏之文，非唐之文也，周、秦、西汉之文也"和"欧阳氏之文，非宋之文也，周、秦、西汉之文也"以及"三君子（欧、曾、王）者，上取法于周、于秦、于汉"②等语句中，二者之间是相通的。

在宋濂众多的作品中，《游涂、荆二山记》、《玄武石记》、《江乘小墅记》等散文记事委曲，极尽迂回之能事。长文《游钟山记》尤善写景，下面择取文中四段略作分析：

南则陆修静茱萸园、齐文惠太子博望苑，白烟凉草，离离蓁蓁，使人踌躇不忍去。沿道多苍松，或如翠盖斜偃，或蟠身矫首如虬拏人，或捷如山猿伸臂掬涧泉饮……

自门左北折入广慈丈室，谒钦上人。上人出，三人自为宾主。适松华正开，黄粉毹毹触人，捉笔联《松华诗》。诗未就，予独出行函道间，会章君三益至，遂执手止翠微亭，登玩珠峰。峰，独龙阜也。……

大江如玉带横围，三山矶、白鹭洲皆可辨，天阙、芙蓉诸峰出没云际。鸡笼山下接落星涧，涧水滪滪流。玄武湖已堙久，三神山皆随风雨幻

---

① （明）张以宁：《潜溪集序》，《翠屏集》，卷三，第613页。
② （明）宋濂：《宋濂全集》，《黄誊刻辑补》，第2027—2028页。

去。西望久之，击石为浩歌。歌已，继以感慨。又久之，傍崖寻一人泉。泉出小窾中，可饮一人，继以千百弗竭。循泉西过黑龙潭。潭大如盎，有龙当可著。侧有龙鬼庙，颇陋。由潭上行，丛竹翳路，左右手开竹，身中行，随过随合。忽腥风逆鼻，群鸟哇哇乱啼，忆夏君有虎语，心动急趋过，似有逐后者。又棘针钩衣，足数踬，咽唇焦甚……

今求其遗迹，鸟没云散，多不知其处。唯见莞儿牧竖，跳啸于凄风残照间，徒足增人悲思！况乎人事往来，一日万变，达人大观，又何足深较？予幸与二君得放怀山水窟，一刻之乐，千金不以易也。山灵或有知，当使予游尽江南诸名山，虽老死烟霞中，有所不恨。他尚何望哉！他尚何望哉！[①]

此文叙述了作者与友人的行踪，记载的历朝名胜遗踪既多，行程又繁复多变，但是他行文布置得当，叙述不见费力处，体现了宋濂"众皱前陈，应接不暇"的叙述能力，也反映了其散文"雍容浑穆，如天闲良骥，鱼鱼雅雅，自中节度"的特征。所选四段很有特色：第一段，作者看到茱萸园、博望苑的白烟与凉草以及苍松，感受到它们的可爱之处，将之拟人化。第二段，用语简洁，干净利落，中间写到松花触人而诗兴大发，诗未就而转笔到登钟山顶峰，于转折处见剪裁之功。第三段，写登上钟山顶峰所见，如画家绘画一般点染众景物，作家逸兴湍飞，浩歌感慨，最后数句写得场面紧张，陡增戒惧，以"棘针钩衣"增加现场将面临危机的紧张程度，能引起夜行路人的共鸣。第四段，写作者的感想。面对鸟没云散的遗迹和万变的人事，作者感到悲伤，因而倍感放怀于山水的快乐，也为理想不能实现而喟叹不已。全篇抒情、写景、叙事，各得其所。

宋濂的《春日赏海棠花诗序》是一篇馆阁体作品，作于洪武初年：

春气和煦，海棠名花竞放。浦阳郑太常仲舒（涛），开宴觞客于众芳园。时日已西没，乃列烛花枝上，花既娟好，而烛光映之，愈致其妍。于

---

① （明）宋濂：《宋濂全集》，《潜溪后集》，卷四，第210—213页。引文标点略异。

是，众宾咸悦，衔杯咏诗，亹亹不自休。

酒半酣，金华宋濂乃扬言曰："李格非《书洛阳名园记后》，谓园囿之兴废，为天下盛衰之候，其故何歟？忆昔烽火之际，冒雨风窜匿岩穴，闻人步履声，心怔忡若舂，花草红青，何处无之？有目不暇顾。欲求浊醪一卮，以浇渴吻，尚可得邪？今者衣冠雍容，倡酬于俎豆间，花虽不解言，亦散影婆娑，若相与为娱乐者，不知何自而致之？"亦曰：圣天子在上，廓清四海，化呻吟为讴歌，所以有斯乐尔。帝力所被，如天开日明，万物熙熙，皆有春意。其视昔日之事为何如？世道之盛，其兆已见，苟不能诗则止，能则乌可已也？虽然，经有之：'无已太康，职思其居。'吾侪今夕无乃过于太康矣乎？宜知好乐之无荒，而为良士之瞿瞿可也。"所赋诗，自太常君而下，凡三十人，其三则宾客，余皆其君昆弟子姓云。①

这是宋濂进入明朝后的作品。该文善于形容赏海棠时的欢乐气氛，明显地表现出为新朝歌功颂德的倾向，文风雍容而真切，真切的感情和善于为圣朝歌颂形容兼顾，是一典型馆阁体的成功作品。序虽短小，却能把明朝洪武年间雍熙致治的社会面貌表现出来，表现出作者深厚的文学功力。

宋濂的文学理论，主要有以下数方面内容：

1. 宋濂反复地论证文学之与经传的关系，论说经、圣人之道对于文学的作用

在《华川书舍记》中，宋濂认为千余年中，只有孟子能辟邪说，使文章纯正；孟子以后只有宋代的程、周、朱等数位理学家，完经翼传，使得"文益明"。在《经畲堂记》中，则坚持只有五经、孔孟之言等圣人之道为是，举凡外夷小道以及星历、地理、占卜、医药、种树、养马等书籍潜以经典之名目，这些书籍充其量只是"异说"。在这种认识的基础上，宋濂反对学经者只模仿五经辞采的倾向：

世儒不之察，顾切切然剽攘摹拟其辞为文章，以取名誉于世。虽韩退

---

① （明）宋濂：《宋濂全集》，《芝园前集》，卷四，第1235页。引文标点略异。

之之贤，诲勉其子亦有经训蓄畜之说。其意以为经训足为文章之本而已，不亦陋于学经矣乎！学经而止为文章之美，亦何用于经乎？以文章视诸经，宜乎陷溺于彼者之众也。吾所谓学经者，上可以为圣，次可以为贤，以临大政则断，以处富贵则固，以行贫贱则乐，以居患难则安，穷足以为来世法，达足以为生民准，岂特学其文章而已乎？①

在这篇记中，宋濂甚至以经为尚而下文章，强调领会五经的精神，用以指导创作实践。他的本经观念甚至发展为"比德"说的理论。如《竹坞幽居诗序》：

裴君（日英）曰："不然。有竹之竹，不若无竹之竹之美也。有竹之竹，适在耳目；无竹之竹，适在于心。心之所得，非若耳目之浅而易忘也。吾方有竹时，笙乎竹，箫乎竹，竽乎竹，簟乎竹，所见所闻日陈吾前者，皆竹也。然吾未尝知竹之为美也。今弃之而居乎此，虽不接乎耳目，而心恒存焉。思竹之声，以为有《虞韶》之遗音；思竹之挺拔特立，以为有壮夫伟士之节；思竹之历寒暑而不变，以为类乎有道者。其虚中不窒似仁，其直遂似义，其周于用似才，其高自骞举不屈侪类下似智。取而比德焉，无不美者，然后知竹之不可得也。吾心日存乎竹，虽谓之有竹，何过乎？且古之圣贤，后世慕之如神龙威凤者，以其不可见耳。圣贤道德虽高，使人得接而狎之，其不见慢于恒人者鲜矣。其与吾好竹之说，何异乎？"②

这篇序演绎了竹子与君子在道德上修养各方面一一对应的意义关系，文中从七个方面对竹子进行比德。自北宋周敦颐《爱莲说》之后，比德说逐渐地发展成文学创作上词章与经义结合的一种固定模式，这种比德模式深刻地影响了明代的翰林院作家。

宋濂的作品中，本经的观念很浓厚。《华川书舍记》依照《文心雕龙》的《原道》篇"天文"、"地文"、"人文"的观念来演绎宋代理学家创作与文的关

---

① （明）宋濂：《宋濂全集》，《朝京稿》，卷二，第1671页。引文标点略异。
② 同上书，《朝京稿》，卷五，第1735页。引文标点略异。

系。其他如《理学纂言序》、《赠梁建中序》、《林氏诗序》、《丹崖集序》、《故东吴先生吴公墓碣铭》、《剡源集序》、《故新昌杨府君墓铭》等文皆是。宋濂创作有很多堂记，如《贞白堂记》、《棣华堂记》、《敦睦堂记》、《复古堂记》、《永思堂记》、《贞则堂记》等，其内容都是关于圣人之道、儒家伦理的，而《思远楼记》、《见山楼记》、《瑶芳楼记》、《拙庵记》等楼记都有说大道理的文字。

宋濂以浓厚的本经意识，强调文学创作中必须遵守的原则，一个重要的动力在于反对元末以来绮靡、浮艳的文风。在以下二文中，宋濂提到元末以来诗文创作中的颓风：

> 今世之以诗鸣者，蜂起而泉涌，其视唐宋又似有所未逮，姑置之勿论。间有倡为"江南体"者，轻儇浅躁，殆类闾阎小人骤习雅谈而杂以衷语，每一见之，辄闭目弗之视。诗而至于使人弗之视，则其世道之甚下也为何如哉？（《樗散杂言序》）①

> 其阅书也搜文而摘句，其执笔也厌常而趋新，昼夜孜孜，日以学文为事，且曰："古之文淡乎其无味（也），我不可不加秾艳焉。古之文纯乎其藏也，我不可不加驰骋焉。"由是好胜之心生，夸多之习炽，务以悦人，惟日不足，纵如张锦绣于庭，列珠贝于道，佳则诚佳，其去道益远矣，此下焉者之事也。（《赠梁建中序》）②

这二序讲的都是元末时的文风，尤其针对杨维桢的"铁体"诗歌创作，虽然作者与杨维桢之间交情匪浅。宋濂认为造成这种颓靡文风的原因，在于舍弃六经对作家创作的指导作用，所以他在《赠梁建中序》中又说：

> 优柔于艺文之场，餍饫于今古之家，搴英而咀华，溯本而探源。其近道者则而效之，其害教者辟而绝之，俟心与理涵，行与心一，然后笔之于书，无非以明道为务，此中焉者之事也。③

---

① （明）宋濂：《宋濂全集》，《黄瑞刻辑补》，第 2026 页。
② 同上书，《銮坡前集》，卷十，第 557—558 页。
③ 同上书，卷十，第 558 页。

以本经、明道反对元末的文风，在当时的诗学理论中，这是很罕见的思想，也是宋濂的贡献。

2. 反对模拟与历诣诸体的观点

宋濂在创作上，不主张模拟，而主张创作，自性情、性灵发而为文辞。他自叙从事文学创作的体验：

> 濂自幼时，尝读谢内史梦惠连事，未尝不疑其说。以为诗者，发乎性情者也，触物而动，则其机应籁随，自有不容遏者，又何待西堂之梦而后得句耶？窃意内史欲神其诗之妙，故特假此说以欺世耳。及壮而远游，艰难险阻，莫不备尝，凡婴于物而不能遮释者则思，思则寐必见之，若持符节以相契，无不合者。濂然后知内史思之之专，故其见于梦寐者有不可掩也。(《王氏梦吟诗卷序》)①

宋濂对诗歌创作最详细的论述，见于其《刘兵部诗集序》。他先提出"诗缘情而托物者"的观点，然后详细地展开论述：

> 非天赋超逸之才，不能有以称其器；才称矣，非加稽古之功，审诸家之音节体制，不能有以究其施；功加矣，非良师友示之以轨度，约之以范围，不能有以择其精；师友良矣，非雕肝琢肾，宵咏朝吟，不能有以验其所至之浅深；吟咏侈矣，非得夫江山之助，则尘土之思，胶扰蔽固，不能有以发挥其性灵。五美云备，然后可以言诗矣。②

上引文字在所列举的超逸之才、稽古之功、良师友、侈吟咏、江山之助五美中，论超逸之才、侈吟咏、江山之助这三个方面是诗人进行诗歌创作的主观条件，尤其以发挥性灵为最重要，明显地体现出反对模拟的思想。在《林伯恭诗集序》中更提出"诗，心之声"的观点，他把诗如何由心生发而成的问题，借助于"气"来讨论。

---

① （明）宋濂：《宋濂全集》，《潜溪前集》，卷九，第112页。
② 同上书，《銮坡后集》，卷三，第608页。

> 诗，心之声也。声因于气，皆随其人而著形焉。是故凝重之人，其诗
> 典以则；俊逸之人，其诗藻而丽；躁易之人，其诗浮以靡；苛刻之人，其
> 诗峭厉而不平；严庄温雅之人，其诗自然从容而超乎事物之表。如斯者，
> 盖不能尽数之也。呜呼！风霆流形，而神化运行于上；河岳融峙，而物变
> 滋殖于下。千态万状，沉冥发舒，皆一气贯通使然。必有颖悟绝特之资，
> 而济以该博宏伟之学，察乎古今天人之变，而通其洪纤动植之情，然后足
> 以凭借是气之灵。……
> ……
> 世之学诗者众矣，不知气充言雄之旨，往往局于虫鱼草木之微，求工
> 于一联只字间，真若苍蝇之声，出于蚯蚓之窍而已。（《林伯恭诗集序》）①

宋濂认为不同禀性的作家所养之气不同，所以在他们的诗歌创作中，诗歌呈现
出不同的面貌。在上引序中，宋濂论述了作家在具备了"颖悟绝特之资"、"该
博宏伟之学"等条件的基础上，凭借"是气之灵"，才能有所新创，而反观众
学诗者，不知"气充言雄"的大要，所以创作显得局促，陷入窘境，但这不意
味着宋濂只主张戛戛独造，他也主张向前人已有的成就学习，《刘兵部诗集序》
中论"稽古之功"探讨的就是这个问题。在《刘彦昺诗集序》中，宋濂追溯得
自师门传授的经验：

> 予昔学诗于长芗公，谓必历谙诸体，究其制作声辞之真，然后能自成
> 一家。②

这是宋濂的老师吴莱（曾任长芗书院山长）的诗法，又见于宋濂《孙伯融诗集
序》、《故巾山处士林君墓碣铭》等文。吴莱古文创作的路径近似其诗歌理论，
也为宋濂继承，见诸《丹崖集序》等序文。

3. 文宗唐、宋及秦、汉的观点

在宋濂的文集中，可以厘定唐宋八家之目。宋濂在《华川书舍记》中提到

---

① （明）宋濂：《宋濂全集》，《翰苑别集》，卷三，第 1008—1009 页。
② 同上书，《銮坡后集》，卷六，第 693 页。

了汉代到唐、宋的文学大家，其中所论唐、宋作家基本上合于八大家之目：

> 自是以来，若汉之贾谊、董仲舒、司马迁、扬雄、刘向、班固，隋之王通，唐之韩愈、柳宗元，宋之欧阳修、曾巩、苏轼之流，虽以不世出之才，善驰骋于诸子之间，然亦恨其不能皆纯揲之群圣人之文，不无所愧也。上下一千余年，惟孟子能辟邪说，正人心，而文始明。孟子之后，又惟春陵之周子、河南之程子、新安之朱子，完经翼传，而文益明尔！①

其中"宋之欧阳修、曾巩、苏轼之流"，是个泛指的概念。在《苏平仲文集序》中，宋濂评价了三苏的文学成就；在《张侍讲翠屏集序》中，提到了欧阳修、王安石、曾巩三人的古文。合而言之，宋濂已经触及了唐宋八家的概念。

但是，宋濂对前代文学的选择，并不止步于唐、宋，而是上及周、汉、魏等代的文学，如《张侍讲翠屏集序》把韩愈、欧阳修、王安石、曾巩的古文创作的根源追溯到周、秦、西汉。《王君子与文集序》、《送王文冏序》则把两汉的司马迁、班固的创作与韩柳、欧苏的创作相提并论。《吴潍州文集序》则分析了司马迁、班固的创作在"无法"可循的六经之后提供法度，堪为后世法的意义。在《白云稿序》中，指出朱右对秦、汉以至近代的文章无不周览。在《渊颖先生碑》中记载其师吴莱认为只有汉代文学具备雄浑赡富、淳质雅奥特质的观点。

广泛地对明代之前的文学流派乃至风格进行总结或有所择取，这种倾向在元末明初是作家们普遍的共识。清同治刊本《福建通志·文苑传》②兴化路陈旅传："陈旅，字众仲，莆田人……稍长负笈至泉州，从傅定保游，声名日著，用荐为闽海儒学官。适御史中丞马祖常使泉南，一见奇之，谓旅曰：'子，馆阁器也。胡为留滞于此？'因相勉。游京师，既至，翰林侍讲学士虞集见所为文，叹曰：'此所谓我老将休，付子斯文者也。'延至馆中，朝夕以道义学问相讲习，自谓得旅之助为多。遂与马祖常交，日游誉诸公卿间。"福建行省莆田

---

① （明）宋濂：《宋濂全集》，《潜溪前集》，卷五，第56—57页。
② 清同治《福建通志》卷一百九十五，第11页。

人陈旅（1282—1337）幼长于乡间，得到御中丞史马祖常（1279—1338）的勉励，游学京师，结识元末四大家之虞集（1272—1348），相与切劘。陈旅、虞集在相互交往中增进彼此的学问，了解彼此的文学主张。陈旅得以腾声公卿间，文章声价日上，官除国子监助教。元统二年（1334），陈旅出为浙江儒学副使；至元四年（1338），人荐为应奉翰林文字，成为馆阁之臣，是宋濂等明代馆阁文学作家的前辈。陈旅的文学主张为"于文自先秦以来至唐宋诸大家，无所不究，故其文典雅峻洁，必求合于古作者而后已"①。宋濂与陈旅的时代相近，陈旅辞世三十年后，宋濂即入明朝。这一从元代后期产生的对前代文学创作的成就进行广泛的选择和扬弃的思维，延续到明初，成为共识。

宋濂的文学理论与明代前、后七子的复古运动有着密切的关联之处，前、后七子明显地吸收了其文论中的某些观点，为己所用，特别是关于汉魏诗歌和追复古学等方面的论述，甚至连七子派模拟前人而产生的弊病，宋濂都已经预为指出：

> 殊不知三君子者，上取法于周、于秦、于汉也。所以学欧阳氏而不至者，其失也纤以弱；学曾氏而不至者，其失也缓而弛；学王氏而不至者，其失也枯以瘠。此非三君子之过也，不善学之，其流弊遂至于斯也。（《张侍讲翠屏集序》）②

宋濂所论虽然是宋代的欧阳修、曾巩、王安石三家古文创作的情形，但由于他把这三位宋代作家的取法对象界定为"周、秦、西汉之文"，所以宋濂所指出的学欧、曾、王三位作家而产生的流弊，实际上就是不善学周、秦、汉文学而产生的弊端，这对以"文必秦、汉"为口号的七子派来说，实乃先见之明。

宋濂又倡无诗之论，这种观点和方法论与七子派提倡"宋无诗"③ 如出一

---

① （清）陈寿祺等撰：《福建通志》，同治十年（1871）刊本，台湾华文书局股份有限公司 1968 年影印，中国省志之九，卷一百九十五，元文苑传，原第 11 页（影印第 3518 页）。本段所引陈旅传的文字均在影印第 3518 页。

② （明）宋濂：《宋濂全集》，《黄誉刻辑补》，第 2028 页。

③ 参见（明）李梦阳《潜虬山人记》（李梦阳：《空同集》，文渊阁四库全书，第 1262 册，卷四十八，第 446 页）。

辙。明代最早提出"宋无诗"观点的是江西人刘崧①，见于明人黄容所撰《江雨轩诗序》：

> 　　近世有刘崧者，以一言断绝宋诗，曰："宋绝无诗。"……崧之时，会稽杨维桢、吴中高季迪，皆鸣于诗，其过高者凌厉险怪，痛快者巧中物情，读之如入宝藏之中，绮罗之筵，骇目适口，视古作概淡如也，亦其迈逸豪放尔……使崧之说行，后生少年，不胜望洋凌躐之患矣；慕杨、高之风竞，则古法渐矣。②

当元末之时，杨维桢（按，上引文作祯字）、高启（字季迪）名满天下，均于学唐诗方面有所成就，而西江派的代表作家刘崧观点更为激进，不选宋诗，一力排斥宋人宋诗。客观地说，在诗歌创作上，宋代诗人自有擅长的领域，正如王祎《练伯上诗序》所言，梅尧臣、苏舜钦、石延年、王安石等诗人"竞以古学相尚"③，因此黄容不无忧虑地说"使（刘）崧之说行"，"慕杨、高之风竞"，那么古学将荡然无存，所以黄容认为"宋无诗"之论有失偏颇。宋濂的观点表现在以下二文中：

> 　　夫诗一变而为楚骚，虽其为体有不同，至于缘情托物，以忧恋恳恻之意而寓尊君亲上之情，犹夫诗也。再变而为汉魏之什，其古固不逮夫骚，而能辨而不华，质而不俚，亦有古之遗美焉。三变而为晋、宋诸诗，则去古渐远，有得有失，而非言辞之所能尽也。
> 　　呜呼！三变之后，天下宁复有诗乎？非无诗也，诗之合于古者鲜也。（《樗散杂言序》)④
> 　　商、周之隆，斯义为盛；汉、魏以来，古意渐削；下沿唐、宋之间，而得之者盖鲜矣！于是吴趋楚艳而哇淫之咏汩焉，牛鬼蛇神而诞幻

---

①　又可参见（明）刘崧撰《鸣盛集原序》。在此序中，刘崧说"宋则不足征矣"（林鸿：《鸣盛集》，文渊阁四库全书，第1231册，第3页，序），意即"宋无诗"之论。

②　（明）叶盛：《水东日记》，第257页。

③　（明）王祎：《王忠文集》，卷五，第107页。

④　（明）宋濂：《宋濂全集》，《黄誉刻辑补》，第2026页。

之事彰焉，霆飞霰掷而粗厉之文布焉，胡呗梵吟而忽荒之趣见焉，伧言
粤语而俚鄙之褻形焉，莺支蝶卉而留连之思滞焉，诗道亦几乎熄矣！
（《药房樵唱序》）①

宋濂所说"天下宁复有诗"的含义，即"诗之合于古者"少之又少。《药房樵唱
序》说"汉、魏以来，古意渐削；下沿唐、宋之间，而得之者盖鲜矣"，即所谓
"诗道亦几乎熄"的意思。宋濂对刘崧的诗学极为赞赏，撰有《刘兵部诗集序》。
该序文认为将刘崧的创作置之古人中，即不可复辨，备极赞誉。在《樗散杂言
序》中，宋濂把"宋无诗"的观点更进一步阐发，据其所论，自东晋、南朝刘宋
之后，"去古渐远"，于彼时"三变之后"，"天下宁复有诗"，持论更加偏激。

4. 论馆阁文学

宋濂在理论上对建设明朝的翰林院馆阁文学进行了大量的探讨，详细地区
别了馆阁文学与山林文学的不同点。宋濂于洪武三年（1370）作《汪右丞诗集
序》（请参见本书第二章第四节引），该文系为其同僚汪广洋诗集作的序。他对
前人提出的台阁体成因进行了仔细的分析。作者认为不仅仅有天降人才这个先
天决定台阁之文与山林之文区别的因素，所居之地不同，也会形成不同的文体
特征。宋濂从居山林者所见的三类景物和居台阁者所见的四类景观来论述，着
重分析城观宫阙之壮、典章文物之懿、甲兵卒乘之雄、华夷会同之盛对作家性
情和心志的影响，它们可以恢廓作家的心胸，踔厉作家的志气，从而产生淳麗
而雍容、铿钧而鏜鞳风格的作品。宋濂分析了汪广洋诗风的前后变化，先以震
荡超越，后以典雅尊严为特征，它们均是台阁体作品，仅是台阁体风格范畴内
的差异而已，这是明代最为详尽地论述台阁之文与山林之文区别及其成因的文
章。在其《郊禋庆成诗序》中，宋濂指出在洪武五年（1372）时，朝廷大臣所
创作的庆成诗已体现出"优柔而雅驯"、"整肃而泰豫"②的面貌，这说明了明
朝的馆阁体风格逐渐形成。

苏伯衡（1329—1392？），字平仲，浙江金华人。洪武三年（1370），由学
正擢编修。洪武十年（1377），宋濂致仕，荐以自代。未久，伯衡为太祖所放

---

① （明）宋濂：《宋濂全集》，《潜溪后集》，卷七，第 259—260 页。
② （明）宋濂：《郊禋庆成诗序》，《銮坡后集》，卷五，第 650 页。

还。洪武二十一年（1388），召主会试，事竣而还，最后因表文误，下狱死。

在翰林院诸作家中，苏伯衡是一个有着家学渊源的翰林作家，文宗三苏，"精博而不粗涩，敷腴而不苟缛，不求其似古人，而未始不似也"①。诗歌创作非其所措意，而泽古既深，风格骞举，亦有典型。有《苏平仲集》十六卷。苏伯衡的《橘亭对》体现了其文学创作精博、敷腴的风格特征：

> 越之士陆孟文，家于姚江之上、历山之下，治圃以莳橘。中橘而构亭，落成之日，问名于客。客巧历之，莫当其意也，乃名之曰橘亭。
>
> 其友高明远谂于客曰："孟文钟情于一物，因亭而寓名，诸公亦知其志欤？"或对曰："我知之矣。蜀汉江陵，千树橘，其人千户等，孟文之志，大率以此；不然，珍果之产于越者，不为不少矣，而孟文之圃，非橘不莳，美名以扁其亭者，其岂无之？而孟文之亭，非橘不命，则何以哉？"或从而非之曰："噫！此志乎利者也，孟文何取焉？孟文，君子人也，而为利乎？而独不闻乎巴东人有橘大如瓮，剖之见二叟对奕其中，相顾曰：'此乐不减商山。'孟文夙怀隐操，能无景慕之情乎？莳橘盈圃，亭于其间，而日夜望之，固有不能自已者矣。方其逍遥自得，释然解声利之缠，脱然去嗜欲之梏。虽处乎一圃之中，一亭之内，而浩乎有二叟之趣，亦高世之士哉！"又有非之者曰："甚矣！若之流于诞也。世有斯事，吾未之信，藉令有之，不已怪乎？夫君子之于利也，且犹不为，况于怪而为之乎？窃谓孟文无慕乎尔也，彼苏耽者，凿井种橘，病者以井水服橘叶即巳（按，当作巳字），是盖不必据富贵之位，摄尺寸之柄，而可以推其及物之仁矣。孟文廉于进取，而切于济利者也，闻其风声，得不愿学之乎？惟其所愿学者，耽也。是故耽之所种者，孟文不独莳于其圃，而又以之名亭，然则孟文安往而不为耽哉？"
>
> 明远曰："允若尔之言，于计亦左矣。吴、越、楚、蜀、交、广之境，何地无橘？何橘无叶？以方巳之叶，而巳人之疾，何独于耽见之而他未之闻焉，耽固自有道术焉耳，不得其术而欲庶几其为，虽有函人之心，宁不

---

① （明）宋濂：《苏平仲文集序》，《宋濂全集》，《芝园续集》，卷六，第1576页。

为矢人之忍乎？则孟文又何取于斯耶？"三子者请曰："然则其志果何居？"明远曰："亦若屈原而已矣。原之颂橘也，谓其受命不迁也，谓其文章焕烂也，谓其内白可任也，方之伯夷而置以为象焉。自古知橘之深，而尚橘之至，岂复有加于原者哉？今孟文之于橘也，其知之，犹原之知也；其尚之，犹原之尚也。是以果之珍者，非不多，而其圃之所莳，则惟橘焉；名之美者，未尝无，而其亭之所扁亦惟橘焉。原知而尚之，形诸颂；孟文知而尚之，表于亭，比德于橘，其志一也。"

于是，三子者执爵，为孟文寿。侑之以歌，曰："有橘有橘，亶后皇之嘉植兮。有亭有亭，为之以为庭实兮。繄美人之好修，岂其花是玩而其实是食兮。荃独挨其中情曰希，彼灵均于焉比德兮。愿尔子孙勉尔封殖兮，庶以永君子之泽兮！"①

此文虽长，但却很真切地体现了苏伯衡的文风。该文通过比德的方法，揭示陆孟文以橘命亭名的含义。文章很有特色：首先，作者选择橘作为比德的本体，对菊、梅、竹、莲等寻常比德之植物来说是一种突破，以独到的观点，构成比德体的论说文。经过长期的发展，到明代时，作家们已经固定地将竹、兰、梅、松等植物加以拟人化，作为比德象征的本体，形成习惯写法，模拟沿袭，了无新意，成为不易的创作模式，久而久之，面目可憎，所以如何突破这个窠臼成为作家创作中一个重要的问题。其次，它具有精博而不粗涩的特点。作者在三个"客"对主人之志的非难式对话中，使用三个典故："千树橘"的典故，出《史记·货殖列传》；剖橘见叟对弈的典故，见牛僧孺《幽怪录》；仙人苏耽凿井、种橘以济人的典故，出葛洪《抱朴子》。用典精到而不僻涩，使行文活泼、流动，一气呵成。最后，该文明显地学习了苏轼《前赤壁赋》的文体，设为主客问答，分别挖掘志利、志趣、志仁的命名含义，层层递进，最后阐发比德的真谛所在。另外，文章在博采经史为己所用、仿《离骚》之体等方面，也表现出作家高超的写作能力。在《冲静篇》中，苏伯衡明显地学习了战国孟子扬厉、雄肆的文风：

---

① （明）苏伯衡：《苏平仲集》，文渊阁四库全书，第1228册，卷一，第534—535页。

（张）子玉年垂六十，须发郁然，愉愉乎，其容也；津津乎，其色也；扬扬乎，其志也；休休乎，其不知老之至也。

怪而问之曰："子玉非有华构以居也，非有膏粱以食也，非有文绣以衣也，而休休乎，而扬扬乎，而津津乎，而愉愉乎，意殆有道乎？不然，则何以能若是也？"子玉谢曰："吾何道之有！思夫大块，赋我以命也，犹其赋我以形也。长短肥瘠，妍媸黔晰，非所谓形乎？休咎通塞，成败修短，非所谓命乎？命禀于生之初，一定而不可易，不犹形禀于生之初，一成而不可更乎，则吾百岁之中，贫与富也，贵与贱也，休与戚也，吾何容心哉？何所用吾智力哉？何逃于大块哉？奚必敝吾精神，劳吾肢体，利之是殉而名之是鹜于朝莫间哉？穷居野处而吾乐焉，桑枢瓮牖而吾安焉，布衣韦带而吾适焉，饭糗羹藿而吾甘焉，则吾何为而不休休，而不扬扬，而不津津，而不愉愉？而又何道之有？"

余乃始知子玉唯无慕乎外，故无营于时；无营于时，故无碍于物；无碍于物，故无动于中。虽不敢自谓知道，其几于知道之为乎？（《冲静篇》）①

在上引段落中，运用整齐的排比句式是其最大的特点：有三字构成一句的，如"愉愉乎"、"津津乎"等；有形容词加上中心语，中间用语气词连接的句式，如"愉愉乎，其容也"、"津津乎，其色也"、"扬扬乎，其志也"等句；有以四字句连贯而下的，如"贫与富也"、"贵与贱也"、"休与戚也"等句，一句之中又有反义相对的列举；有七字长句构成排比句的，如"非有华构以居也"、"非有膏粱以食也"、"非有文绣以衣也"；有前四字加连词"而"连接后二字再加语气词"焉"的句式，如"穷居野处而吾乐焉"、"布衣韦带而吾适焉"、"桑枢瓮牖而吾安焉"、"饭糗羹藿而吾甘焉"，多方罗列贫乏的物质生活条件而表现人物自适其乐的旨趣；最后数排比句，则表现出递进的推理，得出知"道"的结论。作者又以多反问、设问句式，模仿孟子追问齐宣王的"大欲"②为何者时连续追问的行文方式。在思想上，则受到了苏轼的影响，以无欲无求、自适

---

① （明）苏伯衡：《苏平仲集》，文渊阁四库全书，第 1228 册，卷一，第 543—544 页。
② （战国）孟子著，（清）焦循撰：《孟子正义》，中华书局 1987 年版，第 89 页。

其性为人物的品格境界。

另外，如《听泉楼记》、《湘南清趣轩记》两篇记文，也是很能表现苏伯衡古文创作风格的佳作；《问刑》、《默斋说》、《存斋说》等篇杂著，极有乃祖三苏之风，文从字顺，纵横论说，篇幅颇长；《戴生名字说》列举众类，尤为烦琐，似一气直下，极为雄赡，见学究气。

在文论方面，苏伯衡与宋濂等人一样，有着浓厚的复古思想。其诗论是诗歌愈变而愈下，呈代降的趋势。即使所论的对象是唐代的诗歌，也是如此。如下二序所论：

> 风雅变而为骚些，骚些变而为乐府，为选，为律，愈变而愈下，不论其世，而论其体裁，可乎？李唐有天下三百余年，其世盖屡变矣。有盛唐焉，有中唐焉，有晚唐焉。晚唐之诗，其体裁非不犹中唐之诗也；中唐之诗，其体裁，非不犹盛唐之诗也，然盛唐之诗，其音岂中唐之诗可同日语哉？中唐之诗，其音岂晚唐之诗可同日语哉？……（律诗出）声律、对偶、章句，拘拘之甚也，诗之所以为诗者，至是尽废矣，故后世之诗，不失古意，惟有古诗，而今于唐诗，亦惟选古，律以下，则置之。(《古诗选唐序》)[1]

> 自古诗变而为选，选变而为律，天下之为诗者，不必皆本乎志，骛于茫昧之域，窘于声偶研揣之间。取声之韵合言之文，斯不易矣，又况不能积岁月之劳，极其材力之所至，而徒模拟以为工，而欲驰骋以尽夫人情物理之妙，宜其愈难哉！(《雁山樵唱诗集序》)[2]

在《古诗选唐序》中，苏伯衡结合世运的隆污变迁论述诗歌创作的演变史。仅就他所论述的诗歌盛衰情况来看，总的结论是消极的：诗歌"愈变而愈下"。对于李唐一代的诗歌创作成就，苏伯衡得出的结论是"自李唐一代之诗观之，晚不及中，中不及盛"，评价亦是负面的；对于诗体与诗歌演变的关系，苏伯衡认为律诗出而古诗废，律诗在声律、对偶、章句等方面的要求与约束，使诗

---

① （明）苏伯衡：《苏平仲集》，卷四，第592—593页。
② 同上书，卷五，第610页。

歌古意尽丧。《雁山樵唱诗集序》更是对律诗创作不本于志，仅于声韵、对偶等方面揣摩取容的创作方法大加挞伐。所以，苏伯衡的诗歌复古思想指的是诗歌创作学习唐以上南朝、汉魏乃至先秦等历代古体诗的创作手法、体裁和意蕴。

第四节　洪武年间翰林院其他作家的文学成就

在洪武、建文两朝，翰林院中任学士的有陶安、宋濂、朱升、熊鼎、宋讷、刘三吾、李逊、董伦等人；侍读学士和侍讲学士，有詹同、秦裕伯、魏观、方孝孺、危素、王时、乐韶凤、张以宁、李翀、葛均、高巽志等人；侍读、侍讲，有王佐、张信、唐愚士、戴彝德、楼琏等人，馆阁作家并不多。但在此时，明朝首科进士第一人及第出身的吴伯宗，他的创作体现出新朝在翰林院馆阁文学创作上的成就，其作品风格打上了台阁体的鲜明烙印。洪武末年到建文间，经过科举、荐举途径进入宦途的部分文人，或任职于翰林院，或以修书之故暂处史馆，诗文赓和，为永乐以后翰林院馆阁文学创作的兴盛准备了条件。

一　洪武初翰林院其他作家

张以宁（1301—1370），字志道，福建福州府古田人（今属宁德市）。元顺帝时，累官翰林学士、知制诰，人称"小张学士"。入明，复官翰林学士。《四库全书总目·〈翠屏集〉提要》称：

> 其文神锋隽利，稍乏浑涵深厚之气。其诗五言古体，意境清逸；七言古体，亦道警，惟《倦绣篇》、《洗衣曲》等数章，稍未脱元季绮缛之习；近体皆清新，间有涉于纤仄者，如《次李宗烈韵》诗"浮生万古有万古，浊酒一杯复一杯"之类，然偶一见之，不为全体之累也。……徐泰《诗

谈》称："以宁诗高雅俊逸，超绝畦畛，如翠屏千仞，可望而不可跻。"虽推挹稍过，然亦几乎近似矣。①

明朝建立之时，元代翰林学士虞集、欧阳玄、揭傒斯、黄溍等人相继物故，只有张以宁成为跨越元、明两个朝代的馆阁作家，其创作稍染元末绮缛之习。宋濂、陈南宾、刘三吾、陈琏四人为他的文集作序，评价的重点各有侧重：

> 唯汉为近古，至于东都，则渐趋于绮靡，而晋、宋、齐、梁之间，俳谐鼿骸，岁益月增，其弊也为滋甚，至唐韩愈氏始斥而返之。韩氏之文，非唐之文也，周、秦、西汉之文也……（省略处列举欧阳修、王安石、曾巩三人）殊不知三君子者，上取法于周，于秦，于汉也，所以学欧阳氏而不至者，其失也纤以弱；学曾氏而不至者，其失也缓而弛；学王氏而不至者，其失也枯以瘠。此非三君子之过也，不善学之，其流弊遂至于斯也……今观先生之文，非汉、非秦周之书不读，用力之久，超然有所悟入，丰腴而不流于丛冗，雄峭而不失于粗厉，清圆而不涉于浮巧，委蛇而不病于细碎，诚可谓一代之奇作矣。（宋濂《翠屏集序》）
>
> 先生生光岳浑全之时，文得大音完全之体，虽制作当瓜分幅裂之际，而其正气浑涵，有不与时俱碟裂，而节制以柳，宏放以韩与苏，醖经饫史，吞吐百氏，治世之音完然也……先生之文，古而精粹，皆能脱去时文窠臼，而自成一家者。（刘三吾《翠屏集序》）
>
> 予伏而读之，其长篇，浩汗雄豪似李；其五、七言律，浑厚老成似杜；其五言选，优柔和缓似韦，兼众体而具之。（陈南宾《翠屏集序》）
>
> 锐志古文辞，自先秦、两汉、唐、宋以来诸大家文章，靡弗周览详究。矧所友皆一时鸿儒硕士，论辨淬砺者有年，积之既久，渊渟涌溢，沛乎其莫能御。每操觚立言，引物连喻，贯穿经史百氏，而一本于理，其气深厚而雄浑，其辞严密而典雅，不务险怪艰深以求古，不为绮靡缋丽以徇时。其五、七言古诗及近体诸诗，沉郁雄健者，可追汉魏；清婉俊逸者，

---

① （清）永瑢等：《〈翠屏集〉提要》，《四库全书总目》，卷一百六十九，第1466页。

足配盛唐，盖可谓善学古人者。（陈琏《翠屏集序》）①

宋濂所论着重在于张以宁的古文创作。张以宁学先秦两汉之文，与韩愈、欧阳修、王安石、曾巩等人的学习对象一致，所以他的古文具有丰腴、雄峭、清圆、委蛇的创作风格。刘三吾则主要论述张氏之文保存大音完全之体，正气浑涵，学习柳宗元、韩愈、苏轼有所得，并能脱去时文的窠臼，自成一家。陈琏认为张以宁的创作一本于理，风格典雅严密、深厚雄浑。陈琏和陈南宾还论述了张以宁的诗歌创作，取法盛唐，众体兼具。

张以宁的创作中有大量的题画诗，如《题李白问月图》二首、《题海陵石仲铭所藏渊明归隐图》、《题画山水》、《题米元晖山水》、《题日本僧云山千里图》、《题赵子昂书杜少陵魏将军歌赠钱雪界万户》、《题郭诚之百马图》、《题进士卜友曾瘦马图》、《题绿绕青来卷》、《题马致远清溪晓渡图》、《题玄妙观主程南滇所藏冯太守莲花图》、《题李遂卿画》（春鹅杏花、秋鹭霜荷二题）、《题甬东卓习之郭熙雪霁图》、《题徐君美山水图》、《题李太白观瀑图》、《题双峰禄天泉上人所藏南岳笑印蒲萄幛》、《题杨子文罗汉渡海图》、《分题芜城烟雨送吴原哲教谕》等。元代的翰林学士经常作题画诗，这种风气对明初的翰林院馆阁文学创作有很大的影响。尤其在永乐（1403—1424）、宣德（1426—1435）之时，明成祖和宣宗皇帝重视绘事、书法，绘事、书法与文学成馆阁文艺创作三足鼎立之势。②

张以宁多作描写女性之诗，如《七夕吟同张士行赋》、《倦绣篇为云中吕遵义作》、《洗衣曲同唐括子宽赋》、《洗衣辞再同仲宽赋》、《题节妇卷》等，可能因此招致染元末绮靡纤缛风气之讥讽。诗中有许多怀念故乡之作，如《题松隐图》、《闽关水吟》、《有竹诗为张伯起子玄略作》、《别胡长之》、《分水铺道中》、《环翠楼为危子绎作楼在光泽县铁牛关》、《登闽关》、《过武夷》、《至建阳文公宅里》、《建宁府雨中登玉清观》、《腊月梦还家侍亲》、《次韵感怀清明并自述》等

---

①　（明）张以宁：《翠屏集》，文渊阁四库全书，第 1226 册，第 517—518、519—520、518、520 页，序。

②　参见陈宝良著《明代社会生活史》（中国社会科学出版社 2004 年版）第一章"上层社会及其生活"（第 61—66 页）。

诗。如《分水铺道中》诗:

> 长忆闽中路,今朝马首东。山高云易雨,谷响水多风。蝶抱落花片,鸟啼深竹丛。功名一画饼,身世独飞蓬。①

该诗语言简练明白,表意清晰。中间二联对句工整,描绘途中景物,想象羁宦之风尘,响多而心悲,蝶有落花可抱,人无南枝可依,所以最后发出功名如画饼、异乡宦途漂泊犹如飞蓬远征的慨叹,体现其老成而沉郁的风格。另一首《过崇安宿赤石水涩不下舟》诗云:

> 两岸青山下建溪,笋舆轧轧坐鸡栖。人间最是吴儿乐,一枕清风过浙西。②

此诗写建溪水浅,水路不得行舟之阻,故坐竹舆而行,诗中充满了作者的适意心情,仿佛辛弃疾词作《西江月·夜行黄沙道中》一般。

其部分诗如《南京早发》、《过临江怀刘原父孔文仲诸贤》等,体现的则是深厚、雄浑的风格。

张以宁偶尔有宋体之作,如《衢州咏烂柯山效宋体二首》、《和同年马仲皋咏文韵四首》等,这些诗歌模仿北宋道学家"击壤体",模写作家的人生体悟,而其《太和县》诗之"前山知有雨,流出满江云"③句则表现推理的思维,这也是宋诗的体制。

张以宁在文学理论上颇有建树,有以下三个方面的内容:

1. 提倡义理(道义)、文章(词章)合而为一

张以宁看到了宋代道学家尚道义而下词章的创作倾向:

> 儒学莫盛于前代之宋氏,大要尚道义而下词章,而始以学古倡者则已

---

① (明)张以宁:《翠屏集》,卷二,第547页。
② 同上书,卷二,第577页。
③ 同上书,卷二,第571页。

崇理致，黜崛奇而主平易，忌艰深而贵敷畅，薪以复古之作者，又恐沿袭而少变焉，是以其词纡余而曲折；及其后也，融之以训诂，发之以论说，专务明乎理，是以其词详尽而周密，其于诗也亦然。盖不为秦汉以来之杰然者，而隐然为宋氏一代之文矣。……稽之周、程二夫子，其为书，其为诗，甚简奥醇古，其兴起歆动，几鲁《语》而契《雅》、《南》者，诚非虚车也，而辂轮之饰，亦岂以词章名世者，所能至哉！（《瓯山存稿序》）①

虽然宋人尚道义而下词章，张以宁还是肯定宋代的周、程二夫子（按，原文如此）的创作方法。在《经世明道集序》中，张以宁提出词与道俱、根柢六经的思想：

盖词与理俱，而无遗憾之难也。六经之文，非有意于为之，而二者俱至，焕然天地之文。后之极意而为者，终莫几及，非吾圣人删之定之，赞而修之，讵臻是耶？后乎经者，文之正，莫如孟轲氏；后乎孟者，文之盛，莫如韩愈氏，善论者以文之圣称之。……后乎韩者，周、程、邵子以道鸣……故尝窃谓今之为文，宜仿韩氏之有本，以经传子史之文，发孔孟、周程之奥；选文者，当法真西山之《正宗》，裒为一书，根柢之于六经、孟氏，干之以韩氏，推而上之于先秦、汉唐之作者，而后华叶之以近代诸贤之众作……庶几义理、文章会于两得。②

作者仰慕六经之文，词与理俱，方是天地之至文，他自己的创作虽不能至而愿学焉。在此序中，张以宁提出了具体的操作方法，提供后学者以途径。

2. 肩随严羽，提出妙悟的诗学观点

张以宁在《秋野图序》中虽提出画与诗同一的观点，但是他反对模拟摹掠以为工的低级抄袭行径，反对诗人成为低级的画工，强调诗、画都必须由悟以入：

---

① （明）张以宁：《翠屏集》，卷三，第588—589页。
② 同上书，卷三，第586页。

　　盖其人品之超迈，天机之至到，脱略于形似之粗，领略于韵趣之胜，其悠然有会于心者，固不异而同也。(《秋野图序》)

　　画犹诗也。夫为诗者，非模拟摽掠以为似也，非琢雕剞劂以为工也，非切摩声病、组织纤巧以为密且丽也，必也涣然而悟，浑然而来趣，得于心手之间，而神溢于札翰之外，是则诗之善也。(《山林小景诗序》)①

以悟谈诗是南宋邵武人严羽在《沧浪诗话》中提出的重要见解。张以宁继承了本省前朝诗论家严羽的文艺思想和以禅喻诗的观点，该观点更为后来高棅等人所发挥。张氏谈悟，他所领悟的悟是要诗家脱略形似，领会韵趣之胜，神溢于翰札之外，做到这一步，才是善诗者。在此基础上，张以宁比较了杜甫与李白的诗歌创作成就：

　　大抵二《雅》赋多而比兴少，而杜以真情、真境、精义入神者继之；《国风》比兴多而赋少，而李以真才、真趣、浑然天成者继之，而为二大家。陶之继，则韦、孟、王、柳之得意者，精绝超诣，趣与景会，多出于兴，然于风雅，概有悟。(《黄子肃诗集序》)

　　诗于唐，赢五百家，独李、杜氏荦然为之冠。近代诸名人，类宗杜氏而学焉，学李者何其甚鲜也。尝窃论杜繇学而至，精义入神，故赋多于比兴，以追二《雅》；李繇才而入，妙悟天出，故比兴多于赋，以继《国风》。……学杜者，固诚未易及，而间学李者，率喜于飘逸，弊于轻浮，盖知李之杰于材、高于趣，而于学之卓者，犹未悉之识也。(《钓鱼轩诗集序》)②

在这两则序中，作者以"妙悟"为评诗的标准，有意提高李白、陶渊明等人诗歌成就的地位，并为近代以来学李者何其少的现象感到遗憾，这与同时而稍后的宋讷（1311—1390）推崇杜甫，授学者以法度的看法是不同的。张以宁在

---

① （明）张以宁：《翠屏集》，卷三，第585—596、601页。
② 同上书，卷三，第590、591—592页。

《蒲仲昭诗序》中，甚至质问"诗必问学乎？诗非训诂文词也"①，为诗歌创作中的妙悟一途争辩。

　　3. 比较台阁之诗与草泽之诗的风格

　　作为前元的翰林学士，张以宁深受翰苑馆阁文学的熏陶，因此他也提倡台阁之诗：

> 　　声由人心生，协于音而最精者，为诗。缙绅于台阁而诗者，其神腴，其气缛；布韦于草泽而诗者，其神槁，其气凉，故昔之善觇人之荣悴丰约者，类于是乎见，盖得于天者则然，岂人之所能强者哉？（《草堂诗集序》）②

张以宁的观点仅为沿袭前人之论，没有些许新意，更把台阁之文与山林之文的区别归结于上天，无法提出合乎文学创作机制的解释，更是一种落后的认识。元末翰林集贤学士张翥（1287—1368）与张以宁一样供职馆阁，其晚年作品保持了馆阁文学的一贯特征：

> 　　今公晚年之作，虽当运去祚移之际，其情舒而不迫，其气淳而不散，其言简以壮，和以平，犹之盛年也。（苏伯衡《张潞国诗集序》）③

这种现象可以说明元、明两朝翰林院馆阁文学自身固有的延续性和继承性，并不因朝代更迭而遭到破坏或中断。

　　宋讷（1311—1390），字仲敏，河南滑县人。入明，历任国子助教、翰林学士、文渊阁大学士，终国子监祭酒，深受明太祖倚重。有《西隐集》十卷。四库馆臣评曰：

> 　　讷领成均胄子之任，师道严正，为一时典型。文章亦浑厚醇雅……其

---

① （明）张以宁：《翠屏集》，卷三，第611页。
② 同上书，卷三，第610页。
③ （明）苏伯衡：《苏平仲集》，卷五，第605页。

《过元故宫诗》十九首，尤缠绵悱恻，有风人忠厚之遗。朱彝尊《静志居诗话》，甚推其"半船凉色潮生海，两岸秋风浪拍沙"、"华表柱头相语鹤，秣陵江上独归鸿"诸佳句云。①

洪武中叶，宋讷进入明朝翰林院任学士。此时，明朝首位状元吴伯宗（？—1384）的创作已经具备了台阁体的特征，所以四库馆臣形容宋讷文学成就之"浑厚醇雅"的特征也是彼时翰林院馆阁文学风格之一种。

宋讷善于作赋，如《勉斋赋》、《松云轩赋为前进士王公勉作》、《椰子酒瓢赋为知滑县事诸君仲仁作》、《桃溪图赋为知浚县事项侯如英作》、《云松巢赋》、《镜湖渔隐赋》、《石门隐居赋为滑县分教陈邦达国子作》、《春朝赋》（二首）、《松岩樵隐赋》等，是明初写赋较多的作家之一。

宋讷也关注到了台阁之文与山林之文的区别：

> 诗人立言，虽吟咏性情，其述事，多索古喻今，或感今思古；其写景，则所历山川、原隰、风土、人物之异，所见则昆虫、草木、风云、月露之殊，各萃于诗。至于诗人居台阁、列朝廷者，所历所见，莫非城观宫阙之雄、典章文物之美、器械车马之壮、华夷会同之盛，殆非山林所历、所见可概论也。（《唐音缉释序》)②

这篇《唐音缉释序》写于元朝至正十四年甲午（1354），此时宋讷就已经关注到馆阁之文与山林之文的区别。该文具体地探讨了山林之文与馆阁之文之所以面貌不同的原因：诗人们的社会生活面不同，引发的性情自然不同；其所历的山川、原隰、风土、人物等方面不同，表现在其所见的昆虫、草木、风云、月露等物事上，形成不同的心理烙印，因而在吟咏之时，构成山林之文与馆阁之文的各自面貌。

宋讷论诗祖杜甫，重布置，学习杜诗森严的法度、端正的规矩：

---

① （清）永瑢等：《〈西隐集〉提要》，《四库全书总目》，卷一百六十九，第1465页。
② （明）宋讷：《西隐集》，文渊阁四库全书，第1225册，卷六，第884页。

　　昔人论杜少陵以诗为文、韩昌黎以文为诗者，盖诗贵有布置也。有布置，则有得其正、造其妙矣。故学诗，当学杜，则所学法度森严、规矩端正，得其师焉。永福张惟薰先生，读书构文之眼，尤工于诗，故凡四言、五言、六言、七言与夫歌行之作，必以布置为体，而后炼其句也，又能以杜为师，故诗人与其得正，造妙者多矣……予详读默察，见先生之志，因诗而发，或发于事，或发于景，或发于人，随其所发而变，不虚、不华、不戏、不狂靡、不载理，有布置、含蓄，无晚唐小巧，绝沈约所谓八病者。（《纪行程诗序》）①

　　宋讷认为杜甫的诗歌给后世诗人以法度，可循阶而造诗歌的妙境。

　　朱右（1314—1376），字伯贤，浙江台州府章安（今属台州市）人。明代洪武三年（1370），用荐召至京师，预修《元史》，竣事后，以病辞归。洪武六年（1373），宋濂荐入史馆，纂修《日历》，授翰林院国史编修官。曾应制赋《檐雀春声》诗，为太祖激赏。有《白云稿》。

　　朱右为文，以唐宋为宗，选韩、柳、欧、曾、王、苏（包含苏轼、苏洵、苏辙父子三人）之文为《六先生文集》，这是明代第一个唐宋八大家古文选本②。虽然四库馆臣称朱右"为文不矫语秦、汉，惟以唐、宋为宗"，"其格律渊源，悉出于是"③，但是朱右仍然创作了很多模拟秦、汉之文的作品，如仿屈原而作《九规》（《惜逝》、《吊郢》、《倚棹》、《骑箕》、《探幽》、《拟渊》、《归来》、《小招》、《述统》）；在赋体的创作上，则有《吊贾生赋》、《豫斋赋》、《震泽赋》（长篇）、《麒麟阁赋》（长篇）等。在理论上，朱右也阐述了秦、汉文学对唐、宋文学的影响：

　　　　唐韩愈，上窥姚姒，驰骋马、班，本经参史，制为文章，追配古作。宋欧阳修，又起而继之，文统于是乎有在其间。柳宗元、王安石、曾巩、

---

　　①　（明）宋讷：《西隐集》，卷六，第 895 页。
　　②　按，清末陈田认为朱右之说"亦有所本"（参见《明诗纪事》，甲签，卷六，第 5 页），不是独造之选。
　　③　（清）永瑢等：《〈白云稿〉提要》，《四库全书总目》，卷一百六十九，第 1468 页。

苏轼，亦皆远追秦、汉，羽翼韩、欧，然未免互有优劣。(《文统》)①

朱右的这种观点与宋濂颇为相似，如出一辙，另见其《秦汉文衡序》、《潜溪大全集序》等，观点相类。同时，朱右以《文心雕龙》的《原道》篇为底本，进而把文统与道统结合起来。

二　明朝台阁体的开端——吴伯宗

吴伯宗（？—1384），名祐，以字行，江西抚州府金溪人。洪武四年（1371），廷试第一，授礼部员外郎，历官国子助教、翰林典籍、国子司业掌监事。洪武十五年（1382），进武英殿大学士，旋降检讨。明太祖尝制十题命赋，援笔立就，词旨雅洁。有《荣进集》二十卷，风格俊洁。

吴伯宗的诗文，《四库全书总目·〈荣进集〉提要》：

> 诗文皆雍容典雅，有开国之规模，明一代台阁之体，胚胎于此。②

在吴伯宗之前，宋濂等作家对台阁体的特征已经有所论述；台阁体的作品，刘基（1375 年卒）已经有作，如其《侍宴钟山应制》、《御柳》等诗歌，尤其是宋濂，朝廷郊社、宗庙、山川、百神之典和朝会、宴享、律历、衣冠之制及四裔贡赋、赏劳之仪旁及元勋、巨卿、碑记、刻石之辞，大都出于其手，这些创作都是台阁体的作品。所谓"明一代台阁之体，胚胎于此"，其真实内涵指的是明朝开国以后通过科举培养的翰林院作家及其创作的馆阁文学作品，以吴伯宗及其作品为肇始者③，以明朝举行首次会试的洪武四年庚戌（1371）为时间上限。吴伯宗曾历馆阁职，最重要的是，他为宋濂所取士，并和宋濂一起纂修《日历》，同官多时，亲炙其教。二人之间，完成了从元末作家参与翰林院馆阁

---

① （明）朱右：《白云稿》，文渊阁四库全书，第 1228 册，卷三，第 36 页。
② （清）永瑢等：《〈荣进集〉提要》，《四库全书总目》，卷一百六十九，第 1477 页。
③ 崔铣《胡氏集序》说"洪武文臣皆元材也，永乐而后乃可得而称数云"（崔铣：《洹词》，文渊阁四库全书，第 1267 册，卷十，第 602 页），实际上讲的也是作家所属时代的问题。

文学创作到明朝自己培养的馆阁作家创作的过渡，体现了明朝本朝的气象。若以文学作品所反映的内容为标准衡量作家作品，吴伯宗确实是明朝翰林院作家中反映开国规模的第一人。

吴伯宗的创作力充沛，文思敏捷，应制作品数量众多，如《钟山诗十二韵应制》、《长江潦水诗十二韵应制》、《奉御题咏七言诗二十六首》等。与永乐以后的翰林院馆阁文学比较，吴伯宗的创作在气象上显得相当浑厚、混茫，题材比较多样，气势壮阔，没有后来馆阁文学萎弱、单一、滑顺的弊病。以下两首诗都不为宋濂等人所倡的描写城观宫阙之壮、典章文物之懿、甲兵卒乘之雄、华夷会同之盛的馆阁题材所限：

> 巴蜀已消雪，长江潦水浑。洪涛涵日月，巨浪浴乾坤。回拥三山出，雄驱万马奔。大声如拔木，远势泻倾盆。浩荡川原混，微茫岛屿蹲。漫漫连两岸，渺渺接千村。毂转盘涡急，云蒸湿气屯。浮游多浴鹭，变化有溟鲲。已足沾畴陇，还应赴海门。朝宗长不息，灌溉意常存。惠泽流今古，阴阳顺晓昏。滔滔南国纪，永护九重尊。（《长江潦水诗十二韵应制》）

> 有客居南亩，为农尚力耕。春风茅屋静，旭日晓窗明。碧涧连云色，晴江漱石声。披烟晨起早，带月夜归清。鸡犬声相闻，牛羊卧不惊。阶前留晚翠，场圃迓秋成。陶令偏成赋，庞公不入城。朋来三径小，酒尽一壶倾。化雨诗书泽，开云竹树情。极知蒙帝力，聊用乐吾生。理世征耄士，周行列俊英。他年来束帛，努力报荣名。（《南亩耕农诗应制》）①

《长江潦水诗十二韵应制》诗写的是地处长江上游的巴蜀地区积雪融化之后，汇入长江洪涛，奔流到海的壮观景象，回衬以三山、岛屿、两岸、千村，写其阔大之景，时浩荡缓行，时急速倾泻，节度有则，在声音、气势上，写足长江的形象。作者并没有一味地任其笔触奔放直下，该诗面目雍容闲雅，缰辔有所节制。诗的后半部分，以"灌溉"、"惠泽"等词，转入对朝廷政治的期许，体现出台阁诗文的面目。《南亩耕农诗应制》诗清新如田园，全诗善于制造宁谧、

---

① （明）吴伯宗：《荣进集》，文渊阁四库全书，第1233册，卷二，第236、237页。

安静、祥和的气氛。作者在选材上极具匠心，他不以直接的语词来写明初人民安定的生活，也不直接对皇帝大唱歌颂之词，而是通过对陶渊明式的隐士过着和乐生活的描写和他们乐于出来用世愿望的抒发，表现明初统治的成效。下面两首诗则在语言修饰、词臣清华生活的感想等方面给后来的馆阁之作以示范：

> 亲庭拜舞彩衣裳，祖庙留连碧玉觞。六月火云连海岱，一篙潦水下舟航。蓬莱宫殿烟霞远，翰苑文章日月长。霄汉飞腾属髦士，即看簪笔侍君王。（《送危学士赴京》）
>
> 朝罢归来乐意浓，坐看花柳翠成丛。儒臣自许清华地，治世多存太古风。海宴河清忘帝力，金瓯玉烛藉群公。明良此际真千载，况幸词章达圣聪。（《玉堂燕坐》）①

在这样的诗歌中，作家的视线转向作为皇帝侍从之臣的生活，写眼前所见朝廷会同的盛况、宫殿衣饰之美、宴享唱和的场景和公退优游的生活，情趣十分清雅，为皇朝效翰墨职司的志向成为翰林院馆阁作家们人生的动力。凡此题材之作品，都为以后的翰林作家所大量地创作。

结　　语

明初的翰林作家，在理论和创作实践上，为后来的明代翰林院馆阁文学的发展规划了方向。他们的理论，在以下三个方面具有共同点：（1）提倡唐宋大家的古文创作，甚至于朱右选韩、柳、欧阳、曾、王、三苏文，辑为《六先生文集》。一般来说，作家们把崇尚唐宋文与崇尚秦汉文相提并论，早在元末，浙东派的吴莱即有这种倾向，而其弟子宋濂、王祎在理论上论证之，其他翰林作家如张以宁、刘基等也持有同样的主张。这对明代前、后七子"文必秦汉"的宗旨有一定的启发作用，也可以因此而加深对七子派复古运动的认识。把明代的馆阁文学与前、后七子派的文学创作视作完全对立的两个阵营，截然一分

---

① （明）吴伯宗：《荣进集》，卷三，第246—247、252页。

为二，这种认识缺乏对具体文学现象的考察，陷入主观唯心设定的研究思路，是不妥当的。（2）出现本经的文学观，改变了文以害道的观念，馆阁作家形成了文学创作与载道结合的思想。或是论述理学对文学的统摄作用，或论述道义、文章合而为一，或结合论宋代的文学成就，把程、周、张等道学家的创作和欧、曾、苏、王的创作并论，并认为程、周一系理学家的创作延及南宋。宋代理学集大成者朱熹的创作，完美地体现了道义与文章的结合。（3）论馆阁文学，论馆阁文学与山林文学的区别。元代末年，陶安就论及了馆阁文学的特征，而王祎的观点，可以说是预为明代翰林院馆阁文学而发挥，刘基、宋濂更为明代的翰林院馆阁文学进行大量的论证，刘基的观点甚至成为明太祖干涉文艺创作的思想根源。由元朝翰林学士入明复任翰林学士的张以宁，历明朝两朝馆阁，是一位有着切身体会和实践经验的馆阁作家，他的观点对于明朝翰林院馆阁文学特征的形成，起到有力的支持作用。

第五章　与三杨台阁体风格不同的馆阁作家

在杨士奇之前，解缙等人的创作在翰林院内部风靡一时，解缙的诗文风格和杨士奇等人有着很大的差异。当杨士奇主文柄之时，当时的翰林院内仍然有着与其风格不同的作家，如胡俨，其诗"词旨高迈，寄托深远，与三杨（按，指西杨泰和杨士奇、东杨建安杨荣、南杨石首杨溥三人）之和平安雅者，气象稍殊"[①]；又如王英，其仕途受到三杨等内阁大学士的抑制，诗歌创作"如良玉缤栗，迥异当时台阁之体"。本章讨论与三杨台阁体风格不同的作家及其作品，凸显明代永乐至正统（1403—1449）时貌似为台阁体一统天下的翰林院馆阁文学创作中的不同面貌，深化人们对明代永乐至正统年间翰林院作家文学创作成就的认识。

与三杨风格不同的翰林作家，可以分成两个部分来论述：（1）以解缙为中心的馆阁作家群体。在解缙的周围形成一个恃才傲物的作家群，如王偁、王恭、王汝玉、王洪等人，他们的创作流丽宏肆，文章伟博，在永乐前期领袖翰林。此外，还有数位经荐举进入翰林的作家，如梁潜等，他们与解缙等才子的创作不同，但也呈现出与后来的三杨文学创作不同的风格。这些作家的个人遭际都很悲惨，在永乐时期逐渐沦谢，历史因此给予三杨台阁体代而兴起的机缘。（2）另一部分作家，或受到解缙等前辈馆阁作家文风的影响，如王达、曾棨等，他们在永乐至宣德年间短寿而早谢世；还有一些翰林作家，由于他们在仕宦人生上遭受挫折，在文学上形成了与三杨台阁体不同的风格，如王英、胡

---

① （清）永瑢等：《〈颐庵文选〉提要》，《四库全书总目》，卷一百七十，第1483页。

儼等馆阁作家。

第一节 永乐初以解缙为代表的翰林作家群

解缙（1369—1415），字大绅，号春雨，江西吉安府吉水人。洪武二十一年戊辰（1388）科进士，试中书庶吉士，甚为太祖爱重，然洪武年间终不为所用。建文时，为翰林待诏。永乐初，进侍读学士，直文渊阁，进翰林学士兼右春坊大学士，在内阁约五年。永乐五年（1407），出为广西参议，最后为汉王朱高煦所潜，下狱死。据《明史·艺文志》，著有《春雨集》十卷、《似罗隐集》二卷、《学士集》三十卷，现存文渊阁四库全书本《文毅集》十六卷。弘治时，馆阁作家钱福的文风与解缙相近。钱福（1461—1504），字与谦，号鹤滩，松江府华亭人。弘治三年（1490）进士第一人及第，系茶陵派中人，师李东阳。有《钱太史鹤滩稿》六卷，附录一卷。《静志居诗话》曰："鹤滩吟情以捷敏胜，故自解春雨后，凡俚词俪句，动辄归之，此选家皆弃不录也。"①

解缙在朝，才高傲物，任事直前。其文学创作亦足以副之：

> 公之文雄劲奇古，新意叠出，叙事高处，逼司马子长、韩退之；诗豪宕丰赡，似李杜。（杨士奇《朝列大夫交趾布政司参议春雨解先生墓碣铭》）②

> 缙才气放逸，下笔不能自休，当时有才子之目，迄今委巷流传……至其奏议，如《大庖西封事》、《白李善长冤》诸篇，俱明白剀切。黄汝亨《狂言纪略》，诋其文义繁缛，使当贾长沙，直是奴隶。（《〈文毅集〉提要》）③

> 其诗如古体诸篇，使入太白集中，孰别其为近时之作！其言非雕琢，

① （清）朱彝尊：《静志居诗话》，第 240 页。
② （明）解缙：《文毅集》，第 841 页，附录。
③ （清）永瑢等：《〈文毅集〉提要》，《四库全书总目》，卷一百七十，第 1482 页。

其意卓然有见而非泛；其气象严峻，凛然而有不可犯之色也，岂非一代雄伟俊杰、宏博硕大之才也与？……谓先生之于文，有求辄应，下笔滔滔，不待思索，虽千万言，顷刻立就，诸作流播天下，遗稿不复尽拾。（黄谏《文毅集原序》）

崇正学而辟异端，不为支离诞谩之说，不为艰难辛苦之态，随事著作，洞视万世，而耻观摹古人……公之文，所以汪洋大肆，而无龃龉其间；正直闳深，而无偏陂之失也，兼说万有，贯通而时出之，浚其源于六经，要其归于周孔，虽不求工，文与行如影响之出于形声也。（任亨泰《文毅集原序》）①

缙诗颇伤剽直。（《〈虚舟集〉提要》）②

综众人所论，解缙的文章雄劲奇古，新意迭出，与司马迁、韩愈的风格接近，部分文类创作也有明白剀切的特征，又因为他下笔不能自休，所以有文义繁缛之讥，任亨泰以气论之，是"文如其人"理论的最好体现。解缙的诗歌，古体宗李白，豪宕丰赡，气象严峻，言非雕琢，但也因此而失之剽直。解缙在创作中体现的"不为艰难辛苦之态"的特征，为后来的杨士奇等台阁体作家所继续，而辅以欧阳修纡徐平正的文风，最终镕铸成台阁体的典型风格。

解缙的诗歌创作，豪宕之气流溢，这是其诗歌创作最主要的特征。如《西行寄同乡诸友》：

> 昔与六七友，颉颃丽江乡。上溯濂与洛，下俯班与扬。齐声逞逸翮，万里云中翔。都俞冀稷契，熙皞窥虞唐。未重闾里选，誓作邦家光。荣名各忝窃，进退齐轩昂。周子最英特，雄剑白有芒。春秋六经学，明月抱文章。上下数千载，历历陈兴亡。刘君事高节，友谊金玉相。轻财好结客，慷慨非猖狂。落落遂寡合，悲风激清霜。于中独步者，江夏真无双。总角贯经史，下笔殊辉煌。错落灿星斗，翻腾倒湖江。典章凤所习，不愧琼与香。风波荡萍梗，各在天一方……我行忽万里，飘飘在河湟。严亲且百

---

① （明）解缙：《文毅集》，第594、596—597页，序。
② （清）永瑢等：《〈虚舟集〉提要》，《四库全书总目》，卷一百七十，第1482页。

岁，慈母事未裹。仰天指日哭，泪若东海洋。鸡鸣引霜角，羞逐奴辈行。积雪照夜白，羁孤转凄凉。倮俪迹羌羯，被服马与羊。平波潋如颊，鸟鼠凌苍苍。人掘得鼠者，此鸟悲彷徨。神哉斯怪异，稽首夏禹王。禹功遍安丰，此土功最详。我欲事著述，有笔长如扛。鬼神或呵护，金石犹铿锵。秋成买宝笈，持以献吾皇。（《西行寄同乡诸友》）①

这一首诗歌以回忆往事开头，追述解缙自己和朋友的志向，作者的豪气流露无余。写周、刘二友，笔势豪纵，连贯而下，诗尽而语意也随之消尽。后面半段，写他为追求功名，离开双亲，这时抒发的悲伤感情和行路时的艰难、凄凉，很有感人的力量。作者不忘描写途中见到的掘鼠鸟悲的奇异景象，这也可以体现出解缙诗歌创作中"新意叠出"的特征。七言古诗《听琴歌》在命意上突破常规：

> 有美人兮弹素琴，天风落指生徽音。大弦泠泠小弦作，九皋仿佛闻唳鹤。初拟石间泻出泉，又似松飙鸣万壑。有时雪里对玉梅，还将三弄相裴裒。数行吹度听不见，卷入仙阙金银台。仙人闻之应叹息，乘云便欲来相识。手持一束白鸾纸，与君扫却瑶坛石。请君便弹天上谱，天香满袖天花舞。归来不记海生田，世事凄凉半尘土。殷勤便待人间曲，清韵琳琅少能续。市桥太守那得知，时时击碎昆山玉。②

作者先直接形容美人弹奏素琴的高超技巧，落指之时便生徽音，泠泠的琴声仿佛鹤的唳叫声；接着以石泻泉、松鸣壑来形容，将琴声给听者的感受以"有时雪里对玉梅"之句传达出来，化为可感的意象，让人体味到徘徊的情境；然后作者以幻写实，写美人的琴声产生了恍若隔世的美妙听觉感受；最后以市桥边上听琴的太守为之击碎昆山玉的欣赏形象结束全诗，渲染了无以复加的曼妙琴声。唐宋诗人已创作有多首欣赏音乐的诗歌，题写听琴的诗歌也不少，解缙面对这样的题材，不蹈旧窠白，不断翻出新意，表现出惊人的

---

① （明）解缙：《文毅集》，卷三，第 619 页。
② 同上书，卷四，第 623 页。

创造力。

解缙的《草书歌》、《行路难》、《采石吊李太白》等诗，豪纵之气，翻澜而出，特为俊逸。《采石吊李太白》学习李白之体，它既为学李诗的作品，也达到了与李白风格相亚的水平，可与李白比肩：

> 吾闻学士真风流，豪气直与元气侔。金銮殿上拜天子，叱呼宠幸如苍头。贵妃捧砚恬不怪，力士脱靴惭复羞。平生落魄赢得虚名留，也曾椎碎黄鹤楼，也曾踢翻鹦鹉洲，也曾弃却五花马，也曾不惜千金裘，呼儿换取采石酒，花间满泛黄金瓯。醉来问明月，月映金波流，大呼阳侯出江海，骑鲸直向北极游。我来采石日已暮，潮生牛渚聊舣舟。白浪一江雪滚滚，黄芦两岸风飕飕。我欲起学士，相与更唱酬。恐惊水底鱼龙眠不得，上天星斗散乱难为收。草草留题吊学士，学士不须笑吾俦，磊落与尔同千秋。①

此诗中，解缙借用与元代散曲家关汉卿的散曲类似的句式而形成他的豪纵风格。关汉卿的〔南吕〕《一枝花》【尾】：

> ……我玩的是梁园月，饮的是东京酒，赏的是洛阳花，攀的是章台柳。我也会吟诗，会篆籀；会弹丝，会品竹；我也会唱鹧鸪，舞垂手；会打围，会蹴踘；会围棋，会双陆。你便是落了我牙，歪了我口，瘸了我腿，折了我手，天赐与我这几般歹症候，尚兀自不肯休。②

把关汉卿散曲〔南吕〕《一枝花》中的排比句和句式相同的句子与本诗中解缙的四个"也曾"句子作一比较，可明显看到它们的句式和表情效果非常接近，都为表达一种豪放不羁的人生态度和感情状态。作者刻画出醉酒时李白的神

---

① （明）解缙：《文毅集》，卷四，第629页。

② 王季思：《王季思选元曲三百首》，东方出版社1998年版，第68—69页。北京大学古代文学教研室主编的《中国文学史参考资料简编》（北京大学出版社1998年版）与王季思所选文字略同，而《关汉卿全集校注》（河北教育出版社1988年版）、《金元散曲》（中华书局1964年版）、《关汉卿选集》（人民文学出版社1998年版）所录这支散曲的文字与引文存在较大的区别，故不从。

态：问明月、呼阳侯、骑鲸鱼、游北极，把李白夸张得神采飞扬。作者来采石矶吊慰李白时，却写江边日暮朝生，只余浪如雪滚，黄芦翻飞，一派萧索、荒凉的景象。作者欲唤起李白，一起酬唱，但又恐惊动鱼龙与星斗。最后，解缙既以草草留题自嘲，又表示与李白同一风度，具有同样的襟抱。全诗在句式、句子长短、运用排句等技巧上，富有特征，也与作者不羁的才情、起伏的感情相符。

解缙的部分诗歌作于洪武年间不得志时和永乐五年（1407）被潜离开翰林后，这两段非常时期所创作的诗歌，诗风转为沉郁，心境时见愁苦，如《答胡光大》、《东湖揽胜》、《春来曲》等诗：

> 去年雪中寄我词，一读一回心转悲。结交谁似金兰契，举世纷纷桃李姿。……百年草草为形骸，吟诗作赋愁肝肾……（《答胡光大》）
> 青眼故人殊已稀，慨慷更读南丰碑。（《东湖揽胜》)[①]

这些诗歌虽然还有汪洋雄肆、丰赡放逸的特征，但却与愁苦感情纠缠在一起，情调沉闷，确实可以用来阐释作家文学创作的风格与其心态之间变动不居的关系。再看解缙的《春来曲》，这首诗既有辞采丰赡之固有特征，而其感情又显得异常悲苦。时在春天，而作家却为春悲伤，打破人情之常规，感情因而异常深挚：

> 人逢春来喜，我逢春来悲。春来春去催人老，百年光阴能几时？去年当春发如漆，今年逢春鬓若丝。人逢春到好颜色，我见春来头愈白。一片飘潇似雪垂，纵有春风清不得。忆我初年十四五，每到春来强欲舞。读书一目数行下，醉后传觞不知数。一朝辞家入京国，正是莺花二三月。东风满路马蹄轻，挥鞭走遍长安陌。此时红颜方少年，瀛洲步武如飞仙。常临螭陛奉清跸，时拂云笺近御筵。自从衰病困怀抱，一回见春一回老。趋朝上马要人扶，形态龙钟貌枯槁。寻常怕雨又悲风，白日看花如雾中。酒肠

---

① （明）解缙：《文毅集》，卷四，第 644、646 页。

不惯易成醉，诗句懒题那得工？昔何勇锐今如此，始信蹉跎真老矣。吁嗟天运本自然，寒暑倏忽相推迁，老聃彭祖今安在？瑶池弱水皆虚传，眼前岂无旷达者，击节和我《春来》篇。①

解缙去世之时，年方四十六，正值壮年。此诗之为作，乃因鬓丝过早变白，有感而发。在诗中，作者把去年与今年、众人与"我"进行两番对比，表现解缙对于光阴流逝的感受。解缙的豪纵诗风有助于他极力地进行今昔对比：往昔之时，读书数行而下，传觞纵饮；少年得志，在京师凭得意之春风，踏遍长安路，化用唐代孟郊《登科后》诗句；在御前，成为皇帝爱重的文学侍从之臣。凡此种种，都使作者在回忆之时，品尝着快慰和辛酸交织的两种滋味。如今衰朽，作者把自己形容得相当寒碜，令人不堪面对。最后，强作欢颜，反而更加增添愁苦之情。

解缙的诗歌中，亦有大量的馆阁题材之作，如七律《武英殿喜雨》、《宴文华殿时雪方霁宫树皆如玉石刻镂上命取玛瑙盘和以蔗浆且啖且赋》、《随驾登紫金山赐果》、《随驾往观江东桥》、《万寿节恭纪》、《早朝》、《武英殿应制》、《春日早朝》、《早朝赐宴》、《退朝即事》、《呈诸阁老》、《蒙恩赐归省恭纪》等。在馆阁唱和的部分作品中，解缙的诗歌仍显出一股清新之气，这样的作品也与后来台阁体作品的情趣不同。如《赠刘编修归娶》：

> 少年归娶奏金銮，喜得天颜一笑看。红锦裁云朝奠雁，紫箫吹月夜乘鸾。灵椿堂上承中馈，宝镜台前结合欢。从此梅花消息好，青绫不似玉堂寒。②

按，诗题之刘编修当是刘素。刘素，江西吉安府永丰人，永乐丙戌（1406）科进士第三人。是时解缙正在翰林，为大学士。此诗洋溢着欢乐的气氛，不异于寻常人家婚娶时的祝福语。士子年少而得中高第，皇帝例赐归娶，自洪武年间明太祖赐新进士张宣归娶。张宣得第后归娶新人，宋濂撰有《送编修张仲藻还

---

① （明）解缙：《文毅集》，卷四，第648—649页。
② 同上书，卷五，第658页。

家毕姻》诗①，成为一代词林极为荣耀之事。明世历代皇帝均沿此制度以激励士子。

解缙在文学理论上也颇有建树，主要有以下两点：

1. 解缙反对学习战国诸子至汉代之文，主张宗唐宋散文，对杨士奇的文风有一定的影响

解缙的理论内涵与洪武时刘基等提倡秦汉文的主张有所不同，也与杨士奇所撰墓志铭概括的"逼司马子长、韩退之"的创作成就不相符。其《序廖自勤文集序》曰：

> 庄周之学，入于遁世，其出也荒唐而已；申、韩之学，入于刑名，其出也惨刻而已；苏、张之学，入于利害，其出也纵横而已，其为天下之害，可胜言哉？庄周簧鼓老氏之说，因以起虚无之教；而贾谊亦学申、韩之文，观其《鹏赋》，已深有释氏之微意，岂非人心世教之害，至于今尤烈软？……近世为文者尤甚患此，反从事《史》、《汉》、战国百家、方外之书剽窃奇漏，纵横腐败，神鬼荒忽，极其镂巧形容，以为此古文也；论及性理，则以时文鄙之；援及诗书；则以经生目之，是将为天地、人心、世教之害，有不胜言者，此予之所甚忧也……予与自勤，少之所习、耳之所闻，惟六经圣人之训，虽传注训诂，长而后能诵之也，是以出诸其口，而笔之于书为文辞，所谓荒唐、惨刻、纵横、驳杂之说，不惟有所择而取，亦无所闻而不能焉。予厥后稍喜观欧、曾之文，得其优游峻洁，其原固出于六经，于予心，溅乎其有合也。自勤之家法尤严，目不睹非圣之书，其先祖常举为训，是以自勤之文，得于邹孟氏为多，养气以直，故充塞两间而奔放浑灏，知言有要，故明辨切实，而引喻曲当，不矜谈天、雕龙之巧绝，无怪奇隐僻之说，即其事之体而措之用语，其理之常而尽其变，未尝或昧于仁义道德，外经史而别为之辞。②

---

① 按，全诗同《赠刘编修归娶》（见宋濂《宋濂全集》，《傅刻辑补》，第2189页）。宋濂集此诗后有傅旭元按语："钱谦益《历朝诗集》云：'此诗见张宣《青旸集》附录，今误入解缙集。'"

② （明）解缙：《文毅集》，卷七，第678—679页。

解缙认为只有载道之文才可称为经天纬地之文。战国之时，只有孟子的文章具有这样的特点，而庄周的道家学说、申韩的法家学说、苏张的纵横家学说，失之于荒唐、惨刻、纵横。诸子论著都不是载道的文章。下及汉代贾谊，学申韩之学，而其《鹏鸟赋》隐现后来佛教的思想。凡道家、佛家的思想对人心、世教均产生不小的危害，都不可取。解缙既从思想根源上批判了战国百家的学说，揭露了西汉贾谊的文学的害处，所以也就否定了向司马迁、班固、诸子百家、方外之作学习的方向。解缙只肯定向宋代的欧阳修、曾巩散文学习的方向，因为他们的文章既得之于六经，为本经、载经的典范，风格上又显得优游峻洁，是明代翰林院馆阁作家追求文学创作与朝廷政治相符的必然选择。在此可以看到，后来杨士奇专取欧文的选择与其文风必然得到了解缙文学理论的启发。这种专推欧阳修为代表的宋代散文之做法，抑或可以看做永乐年间馆阁诸臣的共同选择。

2. 论诗追随严羽，以悟说诗，贬低元诗，极力师古，确立刘基、刘崧在翰林院馆阁诗歌创作上的地位

解缙《说诗三则》曰：

汉魏质厚于文，六朝华浮于实。具文质之中，得华实之宜，惟唐人为然，故后之论诗以唐为尚。宋人以议论为诗，元人粗豪，不脱北鄙杀伐之声，虽欲追唐迈宋，去诗益远矣。诗有别长，非关书也；诗有别趣，非关理也。不落言论，不涉理路，如水中月、镜中象、相中色。学诗者，如参曹溪之禅，须使直悟上乘，勿堕空。有严生之论，可谓得其三昧。

学诗，先除五俗，后极三来。五俗：一曰俗体，二曰俗意，三曰俗句，四曰俗字，五曰俗韵，此幼学入门事。三来者，神来、气来、情来是也。盖神不来，则浊；气不来，则弱；情不来，则泛。苟不关于神，不属于气，不由于情，此外道也，非得心得髓之妙也。

《诗》三百篇之作，当世闾巷小子能之。后世之作，虽白首巨儒，莫臻其至，岂以古人千百于今世？遽如是哉，必有说矣。前人之诗，未暇论，爰以国初枚举之。刘基起于国初，极力师古，煅炼其词旨，能洗前代

膻酪之气，仆向选其集，首推重乐府古调，较之近体尤胜。江右则刘崧擅场，彭镛、刘永之相望，并称作者。①

上引第一、二则诗论，本着宋代严羽《沧浪诗话》中《诗辩》的"妙悟"及"诗有别材"、"诗有别趣"的观点：

> 大抵禅道，惟在妙悟，诗道亦在妙悟。且孟襄阳学力下韩退之远甚，而其诗独出退之之上者，一味妙悟而已。惟悟乃为当行，乃为本色……
>
> 夫诗有别材，非关书也；诗有别趣，非关理也。然非多读书，多穷理，则不能极其至。所谓不涉理路，不落言筌者，上也。诗者，吟咏情性也。盛唐诸人惟在兴趣，羚羊挂角，无迹可求，故其妙处透彻玲珑，不可凑泊，如空中之音，相中之色，水中之月，镜中之象，言有尽而意无穷。②

相对于南宋严羽的理论，解缙的诗学观点有所发展，他提出以先除"五俗"而后极"三来"作为学诗的门径。上引第三则诗论力挺刘基的古体诗歌创作以及西江派在翰林院馆阁文学中的地位。以刘崧为首的西江派的诗歌理论，通过刘崧到杨士奇的传授，在翰林院中与闽中派的诗学主张结合起来，最终成为台阁体诗歌创作的圭臬和不二家法。

永乐初的翰林院，号称"翰林四王"的王洪（字希范）、王璲（字汝玉）、王偁（字孟扬）、王达（字达善）是解缙的好友。王璲、王偁坐解缙累，下狱死，王洪不为进用，王达卒于永乐五年（1407）。在解缙等人去世以后，明初翰林院作家创作中的以丰赡、豪纵、奇伟为特征，扬厉着作家才情的创作风气逐渐不再占主导地位，其地位为继起的台阁体所取代。

王偁、王洪和王达三人都创作了大量的古体诗歌，形成了具有共同特色的风格。下面分别对王达、王偁和王洪这三个作家进行论述。

王达（1350—1407），字达善，南直隶常州府无锡人。黄佐《翰林记》说

---

① （明）解缙：《文毅集》，卷十五，第 820 页。
② （宋）严羽撰，郭绍虞校释：《沧浪诗话校释》，人民文学出版社 1983 年版，第 12、26 页。

王达在永乐中由助教、编修升侍读学士①，而王世贞认为他永乐元年（1403）任侍讲学士，三年（1405）卒②。据胡滨刻本，王达当任侍读学士职，王世贞所述卒年亦误，胡广撰墓志铭认为其卒于永乐五年（1407），年五十八③。传世有明正统胡滨刻本《翰林学士耐庵王先生天游杂稿》十卷。

洪武壬午④，张□（此字字形缺坏）初作《翰林学士耐庵王先生文集序》曰：

> 文，载道之器也。道著而文有不工者乎？此先儒之训无异者，何哉？理造而气充，道斯著矣。往吉（按，当作古字）之远，不啻千万载；以文称于一时，亦不下千万人，而求能以文垂千万世者，又几何人哉？是岂非文不足恃以垂久，而抑亦道之著否然乎？六经而下，班、马、董、贾偶于汉，韩、柳、刘、李鸣于唐，欧、曾、苏、王绍于宋，姚、虞、刘、黄作于元，逮我朝，宋、王、苏、徐之下，所弗道也。予获师友于四子之间，而求之唐宋诸名家，以上溯秦汉，以窥六经之遗法，所未能（以下缺行许字）……其所著《天游集》若干篇，可谓理造而道著者也。凡长篇巨帙，岳峙川流，雄赡渊雅之音，见之辞表，而诸名家者，相与齐驱并驾，未知孰先后焉，又岂世之夸丽藻绘以取誉者可同日而语哉？宜其遭际明盛，庞恩涉泽，非它可伦拟者，良有自矣。矧其雅操高风，凡得之濂、洛、关、闽者，恬退隐约之志，惟槁梅幽芷可得而同其逸趣，又岂拘拘言辞是效者比哉？尚何容心于穷达而已耳。⑤

这篇序认为宋濂等人的创作还是有所缺憾的，读者无法通过他们的散文，求得唐宋诸家，秦汉间作家及六经的遗法，而王达的《天游稿》摒弃夸丽藻绘，理造而道著，在文理结合上有独造的成就，其文雄赡渊雅，可与当时诸名家并驾

---

① （明）黄佐：《翰林记》，文渊阁四库全书，第596册，卷十七，第1042页。
② （明）王世贞：《弇山堂别集》，第二册，卷四十六，第863页。
③ 王达有《水竹居诗序》，序为翰林侍讲金幼孜水竹居诗作。按，金幼孜在永乐四年任侍讲，故王世贞所云"三年"者，明显不合。胡广撰墓志铭称卒于永乐五年，享年五十八岁［参见胡广《翰林侍读学士奉直大夫王公墓志铭》，《胡文穆公文集》，清乾隆十五年（1750）刻本，卷十三］。
④ 按，原文如此。建文四年壬午（1402）六月，燕兵破京师（今南京），燕王朱棣即帝位。七月，改建文四年为洪武三十五年，明年为永乐元年（参见《明史》，本纪第五，第75页）。
⑤ （明）王达：《翰林学士耐庵王先生天游杂稿》，明正统胡滨刻本，张序。

齐驱。以"天游"命集，说明王达身在馆阁而具逸趣，是一个不在意穷达遭际的作家。

王达的散文创作向柳宗元学习。拟题作有《却巧文》，自序明其反柳文之意，而其文不减铺张排比之势：

> 昔柳仪曹曾制《乞巧文》，千载之下有铁崖亦长拟之矣。余读二先生之文而作《却巧文》，井窥管见，其敢追踵前贤哉！姑自释其抱耳。
>
> 岁惟壬辰，七月之七，王子潜居。讧讧弗怪，适泠风飒然……有一婵娟欻荏吾席，析析步摇，滟滟繁饰，睨王子曰："吾，天女之孙也，职司天巧，式利下民，祷吾者泰，背吾者屯，趋吾者富，遗吾者贫。吾久闻子多譿少文，吾实悯子，来济子身。汝或不惮，吾悉汝陈。"王子竦肩敛踵，觑觑忢忢，似梦非梦，谓神非神，蒲伏而言曰："臣固拙矣，敢不愿闻。"天孙整裾端坐，怃然曰："噫！人生两间，孰弗异通？今子弗克巧进，自贻丑躬；不师诡遇祇业，专攻末途，嗜呇（按，通"嗜"字）庞言滋丰，技夸鬼魃，计逞狙公，鸟翼蛇骧，蜂聚蚁同，托根巍柯，名曰宛童，俾不曲合焉。致斯崇路，握雉祝天祛虫，阳纵阴戡，内倾外融，憎陋忻婟，人心攸同。聋俗簧，亡谲行迁踪，季子綯是而贵，曲逆于是而封，子不闻欤？歼乎妙夺工倕纤行曲施，能若是者，庸无不宜，前邀后障，左绳右规……"
>
> ……天孙处然笑曰："井蛙不见东海，蟪蛄不知春秋；弗识宜枢，弗察芳猷；方枘圆凿，事恒弗投；□（此字字形缺坏）方尾合，憕不知谋；耳与目敌，心与身仇；么么之技，自矜寡俦；汝不思变，吾实汝羞；今绛宫弗惩，玉堂弗忧……"
>
> ……天孙恚然冥游，茫无所得。出门视之，但见繁星丽天，万里一碧。[1]

壬辰年，若在元朝，则当为至正十二年（1352），时作者尚幼；若在明代，则在永乐十年（1412），时作者已不在世，故所谓壬辰年不可能是作者创作该文

---

[1]　（明）王达：《翰林学士耐庵王先生天游杂稿》，卷一，第12、13、14页。

的确切系年，也说明了该文是作者游戏写作的一篇骚体文。唐柳宗元制有骚体
《乞巧文》，元代杨维桢模拟柳文作《乞巧》一文，该文当为追踵之作。王达所
拟文有很强的针对性，不是反对文章制作上的工巧极新，它可能是作者感慨自
己业儒的窘境，故说"专攻末途"，也感慨于当时人们精于巧进，世俗浇漓的
世态。文中设为主客辩驳，其中的天孙应为一女性，而似为男子口吻，更喻为
主宰贫富、穷达大权的执政者。从行文上看，这篇文章并不"却"文风之巧：
上引第一段，运用僻字，虽为短句而实费解；上引第二段，安排韵语，并且
处理得相当整齐，在谋篇布局上，以类似于苏轼《前赤壁赋》的首段开头，
以类似于欧阳修《秋声赋》作者与童子对答后的景色结尾，中间更是运用孟
子的辩驳方法，佶屈聱牙而气势恣肆，这使得天孙的形象不伦不类，不像一
个女性，应当是作者借这一角色写自己矛盾的思想历程。从这篇文章可以看
到王达学习欧、苏、韩古文的痕迹。如《志妖文》则具有唐韩愈、柳宗元小
品文的写法：

> 南山之麓，北郭之坳，爰有二物，曰狐曰獝。岁遅精积，咸克为妖，
> 语言肖人，便捷轻揉，适尔相值，各逞其豪，狰狞谲变，彼此胥嘲。狐
> 曰："我贤！孰敢我先？人孰无巧，我巧尤专；躯能谓斗，尾解生烟。或
> 作婵娟，挟妒蓄疑，求容取妍；以意逢人，人皆我怜；以奸附贵，人皆我
> 延；外假子谅，中实不然；怡诸颜色，甘诸语言；欺诳一世，莫知我儇。
> 尔獝虽雄，何可及焉？"獝曰："咄咄！狐来我前，我哂尔矣。诚为尔瘨，
> 呈媚掩陋，阿匼周旋，说劳且苦，怯懦如锦，据尔攸为，志者愧并。我名
> 韩卢，又名宋鹊。昔随李斯，亦主秦伯；王敦叶梦，康衢逐客；所向无
> 前，所遇无敌。穷则噬人，馁则啮骨；猖狂莫羁，喤喤易发；气暴如雷，
> 齿利如戈；人能食我，大仇亦辙；苟或不继，厥狼复热；于兹几年，人罔
> 我测。尔狐何者？不啻虮虱。"狐厌獝语，扬顾其旁。獝怒，奋迅一咋
> 而亡。①

---

① （明）王达：《翰林学士耐庵王先生天游杂稿》，卷一，第14页。

全篇用韵语，写了狐、獝两种成精的动物。它们互相夸耀并指责对方，最后狐为獝所扑杀。作者用整齐的四言韵语，借它们各自之口，无所顾忌地夸耀，把它们的丑恶嘴脸展示出来。一以阴险为特征，一以残暴为能事，在对话中暗示了獝扑杀狐的必然性，所以文章在渲染了这两种妖精平生所做恶事之后戛然而止，余韵犹存。

王达的文集不仅以《庄子》语命名，在具体的篇章中也体现出庄子的思想和文风，如《翰林学士耐庵王先生天游杂稿》卷二《庄难文》仿照《庄子》对话体，探讨哲学问题。又如作者四十八岁时所作的《警策文》：

> 齿类秋桐，渐辞柯而委土；发如春蚕，将积素以成丝；浪尔触物，违情不解，以道制欲，爱周之泛，茫乎畛域之弗分。重衣可寓四时之乐，残香薄茗能消万古之愁，一默可以敌众喧，至拙可以忘大巧。寂寥沉静，游乎万物之初；淡泊逍遥，藏乎无端之纪。托圣贤为仪范，研精简编，纪燕饮之往来，调和口体，疏瀹心志，澡雪精神，更莫踟蹰……①

此文写作者在志堕、囊空、身病的窘境中反思人生，上引段表现了王达的道家思想。而《东海龙说》则是对神龙失水而陆居，为蝼蚁所制的寓言，加以拓展：

> 东海有臣（按，当作巨字）物，名曰龙，以为深渊之久汩也，出而戏游于波浪之间。随波下上，恣观鳖、鳌、蟹、嬴蚌群物之往来焉。适北风大振，水为之缩，沙渚之下，历历石可数。顷间，北风益振而尘氛生矣。龙左瞻右瞩，彷徨无所为，而日又酷，天候又旱，偃然以仆，勚然以疲；志虽决云霄，奋霄汉而弗逮也。群蚁于是纭纭然以集，戢戢焉以搆，头语而足导，若欲害而议之者；气耸而意得，若欲异而去之者，然力愈穷而龙体益镇，自揣无以敌龙也，乃坏千丈之堤，竭万林之木，偄偄而来，扰扰而至，布地若云矣。龙思之曰："天之与我之灵也，善变化，能幽明。吾

_____

① （明）王达：《翰林学士耐庵王先生天游杂稿》，卷一，第14、15页。

今大而不能与之战，曷若变而小乎？变而小，则彼亦小，莫若我，何哉？"于是蜿焉不动，变而益微，头角泯然而不见，声气阒然而不闻，较之蚁，若蠓蠓之与醯鸡也。群蚁曰："何以厌我欲？是不足啖矣。"后来者若有怒于导之者，各相蹂躏而去。时潮水至，向所谓蚁，漂流莫知所之，龙登天矣。

天游子论曰："神龙失水而陆居，为蝼蚁之所制，此庄生所谓者耶……"①

王达所记与《庄子》原文有些出入。《庄子·庚桑楚》篇语："吞舟之鱼，砀而失水，则蚁能苦之。"② 贾谊《惜誓》谓："神龙失水而陆居兮，为蝼蚁之所裁"③，这才是"天游子论曰"所引话的出处，但是王达的这篇文章还是学习了《庄子》的文风，如该文首句是《逍遥游》开篇"北冥有鱼，其名为鲲"的句式。此寓言善于夸张，汪洋恣肆，在想象中状物，把龙和群蚁的神态写得很生动。运用叠字和整齐的句子是这篇说体文的又一个特点。王达有时甚至学习与庄子人生态度接近的苏轼的思想：

苟有诚焉，则烛理必明；烛理明焉，则天壤间目之所系、耳之所闻，万变千化，随处随遇，洪纤高下，飞潜动植，何莫非吾家之物，为吾心之趣哉？(《静趣轩记》)④

王达谈的是儒家"诚意"道理，但是思维的方法与文字的表达却肖似苏轼《前赤壁赋》：

且夫天地之间，物各有主。苟非吾之所有，虽一毫而莫取。惟江上之清风，与山间之明月：耳得之而为声，目遇之而成色。取之无禁，用之不

---

① （明）王达：《翰林学士耐庵王先生天游杂稿》，卷二，第 1 页。
② （东周）庄周著，（清）王先谦撰：《庄子集解》，第二册，成都古籍书店影商务印书馆 1934 年版，第 34 页。
③ （南宋）朱熹：《楚辞集注》，上海古籍出版社 1979 年版，第 155 页。
④ （明）王达：《翰林学士耐庵王先生天游杂稿》，卷四，第 9 页。

竭。是造物者之无尽藏也，而吾与子之所共适。①

两段之间何其相似！说明王达模仿了苏轼的文章，而他们的思想却一为道家，一为儒家，并不相同。

王达入明以后之作，文章显得纡缓，所作的图记、楼铭、轩记等散文，都与儒家的政事、道德结合起来，如《翰林学士耐庵王先生天游杂稿》卷四《挹清轩记》、卷五《水竹居诗序》等，与后来翰林院馆阁文学中大量的此类文章趣味正复相同。此类文章既受到要宣扬儒家之道的观念约束，眼界为之狭隘，美感因之消退，明代翰林院馆阁文学中制作千篇一律的应酬文章的源头至少可以上溯到王达。宋濂之文有开国气象，而王达的散文其题材和风格则向三杨的台阁体过渡。如其《挹清轩记》：

> 挹清轩者，临江郑文志宴居之所也。谓之挹清者：挹（按，当作挹字）者，下取之也，有平挹江濑者是也；清者，澄也，弗挠之也。古人有临清赋诗者是也。夫平挹江濑，临清赋诗，婚姻已毕，宅心世外者之所为也。文志以诗礼故家，教子孙明体适用，以求乎显融者也，乌用取被以名其轩哉？然吾闻临江俗尚礼教，畏清谊，士大夫生其中多修辞立忱，建名于世，若刘绅度之清要，孔平仲之公贞，卓卓著声于当时，而鸣于后世；使其学之不莹，德之不清，志之不确，乌能益于前而利于后如此哉？世之善论事者，皆曰："君子者，治之源也。"君子养其源而清其流。流之浊者，源之浊；流之清者，源之清。是以君子修其本，则不为纷好之所挠，矧临江为名胜之地。章山崎其左，涂水流其右，玉笋阁皂相为宾主，郁郁葱葱，有四时之秀。文志之轩，正当群秀中。开窗展几，则白云青松，远近互映；澄湾古涧，彼此交清，至于风帆、沙鸟、烟雾出没，一览古今形胜于文席之间，谓之挹清。信乎其挹清矣，虽然文志今为海宁县令，宁海名邑也。风物之饶，不劣于临江。县令，牧民也。明体适用，不忝于家学。向之挹清得不为今日之挹清乎？文志清不间于隐，显则上踵孔平仲、

---

① （宋）苏轼：《苏轼全集》，上海古籍出版社 2000 年版，《文集》，卷一，第 649 页。

刘绅度之高风，故□（此字字形缺坏）江山之秀，益增其光矣，又岂独宅
心世外一时之自适哉！文志求余言，故述其颠末而为之记。[①]

　　作者解释挹清轩之名，又历数临江的前代名人，着重从礼教、清谊出发，论述
学问、道德、立志对个人立名的重要性，缓缓道来，文气确实比较平缓演迤。
由水之清而阐发君子修本治源而人生浚清的修养道理，扣住"清"字而写轩前
的风物胜景，状景虽美而为道德之附庸，这是后来明朝翰林院馆阁文学的重要
特征。

　　王偁有《虚舟集》，诗恬和安雅，典雅清拔，追逐汉唐，古诗规橅陈子昂、
李白。才气豪俊，文章伟博，奇伟灏瀚，雄深雅健，得苏轼之文风。王偁在古
体诗的创作上颇富篇章，有五言《感遇》四十八首，拟汉魏古诗《君子行》、
《长安有狭斜》、《野田黄雀行》、《结客少年场》、《今日良宴会》、《置酒高堂
上》、《车遥遥》、《苦别离》、《步虚词》、《咏史》十二首，七言古诗《前有尊酒
行》、《长歌行》、《将进酒》、《怨歌行》、《行路难》、《少年行》、《短歌行》、《远
游曲》、《塞下曲》、《君马黄》、《长相思》等，创作力是非常旺盛的。王偁还创
作了羡慕仙、道的游仙诗，也有和陶潜之作多篇，如《龟湖晚钓》、《晚至石潭
遇孤鹤怀仙》、《晚至襄山寺》、《自牧居士与玉壶道人古襄善复二师共结三生之
社书来与余论老释二师遂用答之》、《虚舟》、《题畦乐处士成趣园》其二、《菊
逸为三衢金山人赋》等诗。观《虚舟》、《感遇》四十八首其九这两首诗中，其
集名虚舟也表现王偁的道家思想。王偁临终有《自述诔》，与陶潜之诔命意相
同，得陶之旷达。此外，王偁还创作了一些艳情的作品，如《咏西施》、《杨柳
枝》、《小垂手》、《赠妓》二首，这反映了在永乐之初南方诗人的创作在题材上
的共同点，他们或多或少都沾染上了南方的习气和文风。

　　王洪有《毅斋集》八卷，文皆朴雅，骈体亦工，诗尤具有唐格。他创作的
古乐府，有《艾而张》、《朱鹭》、《雉子班》、《战城南》、《临高台》、《上陵》、
《巫山高》、《将进酒》、《有所思》等；古诗有五言《拟古二首》、《拟陶彭泽》、
《拟刘公干》、《送胡学士廙从北征》、《送金谕德廙从北征》、《题水仙花二首》、

① （明）王达：《翰林学士耐庵王先生天游杂稿》，卷四，第5—6页。

《胡祭酒席分韵得难字》、《修竹诗寄沈公俌》、《癸巳（1413）二月十三日扈从奉旨同胡祭酒及同僚先行渡江有作呈诸公》、《读韩文有作柬时彦》等篇。在诗歌中，王洪也用《庄子》及南朝典故，如《送江克恭还南京》、《钟山书舍为傅主事赋》、《送张行素之任临淄》、《挽袁太常廷玉》、《叶氏山亭》等诗，与王偁一样，思想旷达。

王璲有《青城山人集》八卷，善于诗法，诗为明仁宗所喜。其诗合于古格，诗语隽永，得唐人风范。为文兼古今体制，赋尤赡丽。

第二节　从解缙到杨士奇的过渡性作家——梁潜

梁潜（1366—1418），字用之，江西吉安府泰和人。永乐元年（1403），召修《明太祖实录》，升翰林修撰。十六年（1418），以辅导太子（仁宗）有阙，下狱死。有《泊庵集》十六卷、《诗钞》一卷。

梁潜曾从其父梁兰、同邑前辈刘崧等受诗，从陈继先为古文，与杨士奇为好友，师友授受具有渊源。梁潜的创作却与杨士奇风格大不相同，反而与解缙、曾棨等比较接近。杨士奇《梁用之墓碣铭》：

> 用之之学，通诸经，尤长于《诗》、《易》。自十五六，已用意周、程、朱、张之书；壮而益探其微。为文章，驰骋司马子长、韩退之、苏子瞻，亦间出《庄》、《骚》为奇，务去陈言，出新意。古诗高处逼晋、宋。所著有史论若干篇，碑、传、记、序、铭、颂、赞、述若干篇，五、七言古近体诗若干篇，皆可传后。①

这个评价与杨士奇对解缙的评价接近：

---

① （明）杨士奇：《东里集》，文渊阁四库全书，第1238册，卷十七，第200页。

公之文雄劲奇古，新意叠出，叙事高处，逼司马子长、韩退之；诗豪宕丰赡，似李杜。(杨士奇《朝列大夫交趾布政司参议春雨解先生墓碣铭》)①

以上二方墓志足以说明以解、梁二人为代表的文风在翰林创作中形成一股很强烈的风气，所以当解缙离开内阁时，翰林院创作中这股文风开始消退，但并未顿时消歇，而梁潜的去世，则是这股文风遭遇的又一次打击。与此同时，杨士奇等人的台阁体渐渐崛起，成为翰林院文学创作的主流。梁潜作品的风格以《四库全书总目》评价得最为全面：

　　文格清隽，而兼有纵横浩瀚之气，在明初可自成一队，故郑瑗《井观琐言》称其"丰赡委曲，亦当代一作家"。杨士奇(作)潜《墓志》，称其"为文章驰骋司马子长、韩退之、苏子瞻。亦间出《庄》、《列》为奇，务去陈言，出新意。古诗高处逼晋、宋"②。

梁潜的文风具有纵横浩瀚之气，间出奇语，作新意，与解缙同；另一方面，行文辞采丰赡委曲，铺张肇造之洪休，赞咏继明之伟烈，"温厚和平"、"豪壮迭宕"、"如江河之流，汪洋衍迤"③，与杨士奇相似，反映了从解缙到杨士奇，翰林院馆阁文学创作宗尚的逐渐转变。《国雅品》"曾少詹子启"条谓："(曾棨)古遂切直，健捷为工，颇以繁靡为累，故永(乐)、成(化)间多效其体。先辈于萧愍(谦)、杨文贞(士奇)诸公，互相宗尚，亦一时艺林风气使然也。"④ 曾棨之于梁潜为馆阁晚辈，此则品评更清楚地说明了在解缙、梁潜、曾棨三人之后，馆阁创作固然以杨士奇为首的台阁体为代表，但是解缙等人的文风和创作体制在永乐(1403—1424)至成化(1465—1487)年间依然一脉不绝如缕，时或有馆阁作家传承着解缙的翰林风范及其风格。

梁潜应制之作，如《驺虞诗》、《河清诗》、《瑞应诗》、长篇《正月六日观

---

① (明)解缙：《文毅集》，文渊阁四库全书，第1236册，第841页，附录。
② (清)永瑢等：《〈泊庵集〉提要》，《四库全书总目》，卷一百七十，第1483页。
③ (明)王直：《梁先生文集序》，《抑庵文集》，卷六，文渊阁四库全书，第1241册，第135页。
④ (清)丁福保：《历代诗话续编》，中华书局1983年版，下册，第1096页，"士品"条。

灵谷寺塔影奉和御制诗二首》、《神龟赋》、《平安南颂有序》、《瑞应赋》、《西域献狮子赋》等诸体作品，最能体现他丰赡、温厚和平的铺张文气。如《瑞应麒麟赞有序》：

> ……洪惟皇帝陛下功德盛大，仁恩宏畅，始于家邦，充溢乎八表，故薄海内外九夷八蛮之远，无不向风顺化，盖自三代以降，中国之盛未有过于今日者也。夫惟陛下盛德充积之极，故融而为醴泉，涣而为甘露，诸福之祥，无不毕至，其积盛不已，则又为麟之祥，产于数万里外，而后致之阙下，岂非上天以是昭彰陛下渐磨万国、柔远能迩之化哉！盖自周成康至于今，几二千年，麟之见才一二耳，而臣独得遭逢其时，以快睹乎旷世希有之瑞，其为欣幸可胜道哉！①

在永乐皇帝朱棣的励精图治下，明朝北征沙漠，南下西洋，绥服万国，西洋各国纷纷与明朝建立藩属关系，这是明朝国势最为强盛的时候，其父明太祖朱元璋所欲超唐轶汉的目标于朱棣在位期间基本实现。梁潜作为强盛王朝的臣子，由衷地抒发对皇帝的赞美。作者用了两组相当长的句子对皇帝的功德进行赞美，一气呵成，不见艰苦之态，语言丰赡而温润。

梁潜的记类散文创作既多又富佳作，很能体现他的散文创作特征。如《竹所记》：

> 梅冈南塘之上，渡石桥并浅堤，回纡而后入者，王君伯亮之所居也。地不盈亩，屋数椽，而竹数千竿。过其外者，徒闻鸡犬之鸣吠、童稚之语笑，机杼之声哑哑然，而居人烟火在其中者不见也。桑枢蓬户俯而后入，仰而视之，则长梢直节上拂乎云汉，而烟霞雨雾，纷披挺拔、冥迷蔽亏之状，顷刻而变万殊。而或清风徐来，却邻父之侬谈，止童子之余诵，拂衣宴坐而听之，则四壁之外，如丝簧金石之互发，而涧声、鹤唳与夫樵者之歌、牧人之谣，若呼而应，响而答者，君盖乐之，而自号之曰竹所。君简

---

① （明）梁潜：《泊庵集》，文渊阁四库全书，第1237册，卷一，第187页。

易抗直，不妄交于世，其人非负清情雅况者，亦不至其门。

予尝过君，君葛巾藜杖，练袍无缊，而油然自得，因与予观竹。入其室，予笑而问之曰："君室中何所有也？"君笑而答曰："山珍海错之奇，熊蹯豹胎之美，吾无有焉。至于钓登巨鳞，瓢贮芥荠，酒溢盏而午熟，鸡啄黍而秋肥，则吾有也。"因取酒酌之，醉而后论其先世豪奢盛美之事，而今未尝见矣。盖竹之东，旧为寅宾楼。楼之下，为濯缨之亭，其外为驷马之门，其北数十步，即梅冈；梅冈之下，为万丈楼，宋丞相信国文公为其五世祖约斋先生书"履恒谦益"四德在焉。当其盛时，连甍选槛，花木之富，宾客遨游之乐，殆无虚日；及其废也，一旦丘墟，蔓草禾黍生之，过者莫不慨然叹息。于乎！盛衰之来，亦谁能拒之？而人情不能无忻戚也。

君及见其家盛时，今老矣，乃泰然安于穷约如此，岂非贫富不易其志者哉！夫竹不以寒暑改其节，君不以穷达易其志，则宜乎君之爱夫竹之至也。至其居之安，乐之深，浮游污浊之表，而外累不足以介乎其中，则君之独得，又有在于竹之外也。君不以言于人，人亦少知之者，因书以为竹所记。（《竹所记》）①

作者善于写景，把王伯亮的居所描绘得如神仙世界，恍若尘世之外。未见其居处，先以听觉的感受引发无限的想象，写透过千竿竹子听到鸡犬之鸣吠、童稚之语笑、机杼之声，具有画外的效果，表现了人物对美好隐居生活的欣赏，也显示了作者的写作技巧；接着作者扣紧竹子的修长和它的各种神态，于清风徐来之时，燕坐而听天籁诸音和奏，把生活于此的快适和逸趣表现得让人艳羡。"若呼而应，响而答者"句的形式本诸欧阳修《醉翁亭记》，融合在全句之中。作者向欧文学习的地方还表现在上文中"至于钓登巨鳞，瓢贮芥荠，酒溢盏而午熟，鸡啄黍而秋肥"的句子，在造句上模仿得很成功②。至于介绍王伯亮住

---

① （明）梁潜：《泊庵集》，卷三，第208—209页。
② 梁潜的文风逐渐地向杨士奇台阁体过渡，也可以体现在梁潜爱好和模仿欧阳修古文上。如《题香山九老图后》有"虽然人徒知有九老之既老，而不知九老于未老之时也；知九老之甚乐，而不知九老深忧之未尝忘也"句（梁潜：《泊庵集》，文渊阁四库全书，第1237册，卷十六，第426页），也是模仿欧阳修"然而禽鸟知山林之乐，而不知人之乐；人知从太守游而乐，不知太守之乐其乐也"（欧阳修：《欧阳修全集》，中国书店1986年版，上册，第276页）的句型，作了新变和锤炼。

所的各种建筑，读者眼前仿佛可见当年盛时之壮观。作者的盛衰感受通过两相比较而流露出来，显示了他对世家大族衰败的感慨，从而更增加了作者对安于穷约的主人公高洁情趣的赞美之情。此文有比德的用意，但不会让读者觉得充满道德说教的意味。作者在表现人物的高尚节操时，流露出辛酸的感情，这样使得该文的前部分情趣幽雅，而后半部分显得气韵沉重。

梁潜在状景时，既能传神地呈现景物的特征，又能充分挥洒其汪洋演迤、浩瀚的文风。如《澄心堂记》中写汉水之态，多方形容：

> 钱君好文家于吉文之西，汉水之上。水下流为漾水，曰漾，曰汉，皆不详其所以名之之始。二水亦非舟楫所通，然疏而播之，灌其乡之田几万顷。方春雨积，众溪合注，浩然有江河之态；及雨止而潦收，则平沙浅濑，泠泠然有可爱者，而或过之以急涧，障之以断麓，跳波溅浪，漕然相激；至其汧湃汹涌，呼号喷薄之际，如山倾而谷应，如风雨之急来，而又在夫旷然宽闲之野，无城郭车马之交。此山林隐伏之士，与夫奔走乎埃尘、厌倦于烦嚣者，得之以荡涤其心志，则虽江汉之雄杰深广，有不愿以易也。[①]

作者写了汉水虽小却极具荡涤身心的效果。状写汉水在春雨时有江河之态，而在雨止之后，又流于平沙浅濑。在此，作者极力写汉水流经不同的地表而有不同的情态，描写极为精细，表现出他体物的细致眼光。在遣词造句方面，梁潜语汇丰富，用语简洁。写汉水之态时，几乎不使用语气助词，造成连贯而下如水奔泻的气势。另如《中泉记》、《楮窝记》、《洞慧观记》、《清风楼记》、《西清余玩序》等篇章，也是其散文中的典范。

梁潜善于在文中表现深挚的感情。如《水竹轩记》记载了作者梁潜与杨士奇之间以及他们对水竹轩的深厚感情：

> 人之平居，优游邱壑，日与故人子弟相欢莫逆，漫不自知其为乐也；

---

① （明）梁潜：《泊庵集》，卷三，第225页。

及其去江湖之远，索然无聊，或縻于仕宦羁愁，其心然后怀去乡之感，动畴昔之念，虽梦寐有不能已者，岂非相忘于玩熟，相惜于暌违之际者？人情所不能无者哉！予未仕时，今左春坊谕德杨君士奇，方假馆于城南彭氏水竹轩中。彭氏子弟最季者，季肃也，方抱书，日事句读，而谕德君朝夕坐轩中，见江山之秀媚，慨然有远览四方之意。予时亦数过轩中，与谕德君笑语，倦而后去，顾岂知爱赏好乐于此轩而不能忘哉？及予二人并仕于朝者，十有六年，日夜思往时傲谑，不可得也。念之刻骨，谕德君至写诗纨素，以寄季肃兄弟；予亦属笔联赋，词累累，不觉其情之至也，然后知人情相忘于玩熟，相惜于暌违，有不可掩者，盖如此。季肃今已长大，喜文词，尤酷忆谕德君尝置此诗于其轩，挟策呻吟之余，辄琅然诵不已，此其意亦可念已，于轩之外，见鸥鹭之飞翥、帆樯之去留、烟霞洲渚之晦明变化，益使人不能舍去。①

作者写了一种人类共同的感情现象，提出了他的哲学思考：人们常常"相忘于玩熟，相惜于暌违"，相聚使人觉得平淡，离别却常使人回忆起往昔一起生活的细枝末节，哀感动人。这是作者所有文章中最少道学说教的一篇，充分表现了他与杨士奇的感情，表现了他们对旧日吟赏烟霞、观鸥鹭飞翥与帆樯去留、与好友笑语连番的往事的一往情深。梁潜与曾棨深厚的感情体现在《西垣对雪诗序》中：

> 古之人赋诗，或旬月煅炼，深思而巧构，或造次顷刻，忽然得之，而意趣要妙，有不可及者。要之，不在迟速，但欲其工耳，速而工又难能也。予之来北京，与处者侍讲曾君某，每好奕，而予拙不能奕，因谓以诗为嬉戏，以当博奕，矫其难能，夺其所甚好，不为无益也，而曾君以为忘外物，御忧思，诗不如棋也。嗟夫！诗与棋，皆害于事，而棋尤甚焉，曾君盖不能忘情于彼耳。是年冬，雨雪，曾君夜饮于修撰彭君之家，预在席者七人。修撰余君某，以"长安雪后见春归"分为韵赋诗，即坐上刻烛，

---

① （明）梁潜：《泊庵集》，卷四，第230页。

期不过半寸，诗皆成，诗不成者罚；且不得运意默构，即运意默构，又罚。于是，觞酌如飞，谈论不辍，且以古诗，索句中字首尾以相顶缀，绕坐上，斯须不停，盖以是苦之，使不暇思也。俄视烛至刻处，即具纸立书，书成，又令不得一字改窜，仅仅能成章。罢去，则皆欣然，若有喜色。明日，曾君、余君，同入直秘阁，念此事，两人相视，忽大笑。予问："何为也？"曾君告予以其故，予笑曰："何自深相苦至此！"然深自苦者，乃深以为乐也。因谓以诗为戏，其乐不有过于博弈乎？①

这篇序写得颇出意外，善于制造新意，形成以奇胜出的效果。作者以比较赋诗与博弈优劣作为序，是一种非常新奇的写法，他又在序中写雪夜赋诗的情形，呈现一派紧张的"深相苦"的创作场面，这也是再出新意的地方。试想隆冬之时，红烛高烧，七人聚在一起，暖意本融融，却以分韵赋诗制造出一片紧紧相逼的寒意，所以当赋诗结束以后，大家脸上俱有欢颜，而这种苦苦运思赋诗的情景却成为次日相对一笑的美好回忆。所言者在诗，而可深味者，情也。

梁潜在诸篇文章中提出的理论主张和创作的实践说明了明朝翰林院形成台阁体文风的必然性。他在以下三篇唱和诗集的序中都提到了台阁体的风格：

> ……其和平要妙之音，有以知夫遭逢至治之乐，谂其劲正高迈之气，有以明夫培植养育之功，是皆平时蓄之于中，随所感而发之于此也，岂非盛哉！其或因事寓思，有物外无穷之情，兴起感发，为万世不尽之虑者，亦足以见君子之心也，因为之序，以明夫君子会合之美，诚朝廷亨嘉之际。(《中秋宴集诗序》)

> 永乐七年春，翰林编修朱文冕预考试天下贡士，棘闱中五十日，相与倡和，为诗凡三百余首。蔼乎欢悦之情，发于樽俎、笑谈之末，而冲乎和平温厚之气，动于典则仪度之中……(《春闱倡和诗序》)

---

① （明）梁潜：《泊庵集》，卷七，第339页。

于乎！余七人者，亦乐矣。遨游两都，历览山河之壮，既有以增其气，而荡其怀，而凡职业，文辞多朝廷制作之大，铅椠之末，预有光华焉。虽平居畏惧之，未尝敢肆，而毫发外累，曾少有干其心者，亦何其幸也！至于佳节闲暇，非有高山乔木以恣登览，无歌丝管吹以娱听闻，然樽俎之间，闲倡迭和，雄嘲而雅谑，又皆蔼然情投志合。视昔之人，感时悲怨、索莫无聊赖者，大不侔矣。是皆上之赐也，夫何敢忘？由是七人之作，益宏大演迤，得盛时和平之音，盖所谓关乎风化者，信可观矣。（《九日燕集诗序》）①

这些序都是为永乐七年（1409）的唱和诗集所作，概括了永乐前期翰林作家的共同风格：和平温厚、典则合度、宏大演迤、和平之音。在《中秋宴集诗序》中，梁潜阐述形成这种文风的主要原因：遭逢朝廷亨嘉致治之际，作家们平时有感于中，兴起感发，随所感而发之于文辞。《九日燕集诗序》则指出永乐初翰林院馆阁作家的创作没有昔人感时悲怨、索莫无聊赖之音，表现了盛世环境对文风的决定性影响。而下面两则试录序则记载当明朝强盛之时举子们的文章风格：

见于文辞者，皆宏伟而光明。培之厚，故发于论议者，皆雄深而有本，是盖关乎国家气运之隆，非偶然之故也。（《会试录序》）

盖其文辞之美，明白而辉光，清深而宏雅。其气之和平，而进于礼义者，亦英英乎其达，而硕硕乎其充也。（《京闱小录序》）②

前者是永乐十三年（1415）会试录序，后者是永乐十五年（1417）应天府乡试序。在二序中，可以看到永乐中叶的举子文风也趋近翰林院的文风，或宏伟而光明，雄深而有本，或明白辉光，清深而宏雅，文气和平，可以觇知馆阁文学创作对文坛产生的巨大影响。

---

① （明）梁潜：《泊庵集》，卷七，第 339—334 页。
② 同上书，卷七，第 342—343、345 页。

第三节　台阁体鼎盛之时与之风格不同的馆阁作家

永乐九年（1411）去世的彭汝器，享年才三十三岁，但是彭汝器的创作值得我们注意。其"为文发舒所蕴，沛然若决江河，莫之能御，而骎骎入古人之域"①，彭汝器的文学创作是永乐皇帝在翰林院建立庶吉士遴选、培养制度后在文学上收获的第一批果实。这一批翰林庶吉士中，部分作家的文风比较雄迈，抒发奇气，他们同气相援，在翰林院和台省部院各衙门中有不少同道。曾棨就是这样一位负盛名的作家，他深受解缙栽培之泽，在文风上"烂漫亦颇似大绅"②，为"轶群之俊"。

曾棨（1372—1432），字子棨，江西吉安府永丰人。永乐二年甲申（1404）进士第一，诏选进士二十八人进学文渊阁，曾棨为之首。尝应制赋天马、海天青歌，独先成，赐宝带名马，深受成祖和宣宗宠信。曾棨的文学成就历来受到极高的赞誉。吴期炤《刻曾西墅先生集序》称：

> 神采天授，藻思瀚然……（非）苟徒以绮縠之文夸耀一世。③

杨士奇撰《西墅曾公神道碑》曰：

> 天之生才甚难也，然而高明疆毅、弘博奇伟、智能勇略之士，世未尝乏。惟文章者不易得。夫探造化之闳，征帝王之法，通古今之赜，渟滀融会，而后出之上焉者，发挥行道，修正人纪，此圣贤之事，不可几及；次焉者，推明义理，纪述功德，时为风雅，以鸣国家之盛，司马迁、相如、

---

① （明）胡广：《翰林修撰彭汝器墓志铭》，《胡文穆公文集》，清乾隆十五年（1750）刻本，卷十三，第 26 页。
② （清）陈田：《明诗纪事》，乙签，卷八，原第 2 页（影印第 545 页），"曾棨"条。
③ （明）曾棨：《刻曾西墅先生集》，明万历十五年（1587）吴期炤刻本，吴序。

杨雄、班固，至于韩、柳、欧、苏，作者之事，然亦代不数人焉。太宗皇帝御天下，慨然欲作新人才，兴起斯文……（曾棨诗文）一泻千里，又如园林得春，群芳奋发，□（按，《列朝诗集小传》作锦字）绣烂然，而部分整饬。赋咏之体，必律唐人，兴之所至，笔不停挥，状写之工，极其天趣，他人不足，已（按，当作己字）恒有余。四方求者无间贵贱，日集庭下，靡不酬应。一时文人所作碑、碣、记、序、表、赞、传、铭、诗、赋，流布远迩，盖未有子棨之富者。尤工书法，草书雄放，有晋人风致，自解大绅（缙）、胡光大（广）后独步当世……①

杨荣《西墅曾公墓志铭》曰：

    为文章才思滂沛，顷刻千百言，不待思索……②

杨士奇撰序指出曾棨的诗文是鸣国家之盛的馆阁体，在当时甚得声名。杨士奇撰的神道碑文和杨荣撰的墓志铭都认为曾棨写作诗文才思横溢，顷刻可以千言无碍。曾棨虽然才思奔放，顷刻千百言，但不是夸耀于世的"绮縠之文"，他的《廷试策》阐述理学渊源，深契圣衷，正是"所谓尊德性而道问学也"③。曾棨与解缙、胡广等人皆工草书，兼具才华，性情不相上下，互相酬唱，这些馆阁作家在明代永乐时期同声相携，同气相求，更加上与解缙意气相投的王洪、王偁、王恭等人及彭汝器等翰林作家，在翰林院内部形成一股以豪迈的风格、以才华傲人炫世的作家群，这是明朝盛世之时政治与创作风格同步相应的景观。

才力雄赡、才情杰出是曾棨诗文的最大特征。《应制百咏诗》咏梅花，有题目如下：古梅、庭梅、官梅、江梅、岭梅、野梅、清梅、梦梅、问梅、探梅、索梅、观梅、友梅、寄梅、评梅、歌梅、惜梅、析梅、剪梅、浴梅、浸梅、簪梅、妆梅、蟠梅、接梅、补梅、杏梅、蜡梅、竹梅、雪梅、月梅、风

---

① （明）曾棨：《刻曾西墅先生集》，明万历十五年（1587）吴期炤刻本，碑文，第1—2页。
② 同上书，墓志，第4页。
③ 同上书，卷一，第83页。

梅、烟梅、孤梅、移梅、流梅、老梅、新梅、矮梅、远梅、落梅、瘦梅、宫梅、帘梅、寒梅、明梅、赏梅、盆梅、红梅、粉梅、青梅、黄梅、盐梅、千叶梅、鸳鸯梅、胭脂梅、西湖梅、东阁梅、靖江梅、孤山梅、罗浮梅、汉宫梅、廨舍梅、书窗梅、琴台梅、棋墅梅、樵径梅、僧舍梅、道院梅、柳营梅、芳舍梅、疏圃梅、前林梅、照水梅、山中梅、城头梅、二月梅、未开梅、乍开梅、半开梅、全开梅、水墨梅、画红梅、玉笛梅、纸帐梅，共有 85 个题目。单是就咏梅花一物即开辟出这么多诗题，曾棨的才情可想而知。这些咏梅诗共用宋代林逋典故 11 处，在诸诗中处理得并不一样。

> 林逋踏雪再来乎（《问梅》）　　人人识得林和靖（《补梅》）
>
> 逋老吟成云上仙（《孤山梅》）　　王子林逋仙踪似（《樵径梅》）
>
> 暗香疏影见如今（《西湖梅》）　　只缘寒冻锁孤山（《未开梅》）
>
> 显晦犹亲见逋老（《半开梅》）
>
> 黄昏院落色漾漾，疏影横窗半淡浓。（《月梅》）
>
> 暗香先动林逋兴，绿绮曾因李白吟。（《琴台梅》）
>
> 玉楼枝雪霜弄影，参差见露粉调香。（《水月梅》）
>
> 淡影疏枝长是伴，几看梁月照黄昏。（《纸帐梅》）[①]

上列前七句仅引了林逋与西湖孤山梅花的典故，但诗句并非只是写到梅花的意象，曾棨还着力写诗人林逋的形象，或吟诗，或踏雪，有所变化。后八句则对林逋咏梅名句中的疏影、暗香意象作别样的组织，构成句子，似乎是宋代江西诗派诗学理论中夺胎换骨的路数——是意虽前人已经有所表述，但"我"仍然可以用新的语汇、句式再次出之。这接近百首的咏梅诗足见曾棨"才思滂沛"，但其恃才滥作亦有之，如《未开梅》、《乍开梅》、《半开梅》、《全开梅》就作了四题。清代四库馆臣撰《〈西墅集〉提要》：

> 其思速可见，然集中一题百首，往往才气用事，而按切肌理，不耐推

---

① （明）曾棨：《刻曾西墅先生集》，明万历十五年（1587）吴期炤刻本，卷二，第 4、10、21、24、20、30、12、23、28、32 页。

敲，是亦速成之过也。……曾子启诗，佳处不减昆体。①

清人认为曾棨"思速可见"，这是公论；论其缺陷，亦为确论。换个角度看曾棨的诗歌，如《应制百咏诗》咏唱近百首，诗歌语言若要避免重出的现象，则必然在词语上极力以追新，或堆砌典故以造意，方能层出不穷。曾棨身为馆阁之臣，其诗用语精雅，用典迭出，于上述这些创作技巧与北宋西昆体馆阁作家均有相近之处。

最适合表现曾棨才情的诗体，是古乐府诗题及古体诗。曾棨创作了《楮窝曲》、《浦中行》、《邯郸曲》、《出塞行送杨庶子》、《大敦煌曲》、《龙支行》、《酒垆行》、《春来曲》、《车遥遥》等古题乐府及古诗。《瑞菊》是一篇比较长的七言古诗，充分展现了曾棨的才气：

> 东家先生富文学，十载从容侍帷幄。平生襟度何洒落，官舍清幽自林壑。地偏沃饶匪垲堁，南轩艺菊东篱若。是时九月秋萧索，瑟瑟商飙振寥廓。寒芳蔽蒴花□（此字字形缺坏）清，紫白红黄相间错。露华为洗姿容灼，霜力昂藏枝干弱。中有奇株秀且□（此字字形缺坏），一蒂翘然挺天萼。天公巧将金玉琢，花神细蹙红绡薄。初疑亭亭立双鹤，骈顶丹砂将俯啄。又疑粉蝶争拂掠，卷翅并栖如可捉。飘飘英皇在遐邈，彩翟霓旌动辉。翩翩韩□（此字字形缺坏）双绰约，翠袖轻盈露珠襮。烨如宓妃出河洛，皎如魏姬降衡岳。护以祥烟笼绿幕，饮以流霞脸逾渥。檀心腻腊黄略铄，宝鼎炼丹真汞跃。琼云不随真鹭鸶，五色辉辉射丛菊。吐芳不用夸芳药，倾日宁须美葵藿。芙蓉牡丹与芍药，空托重楼争灼烁。何如秋芳甘淡薄，毓瑞呈祥契冲漠。二仪和气互磅礴，品汇胚腪人未觉。先生才气真美璞，至宝温然质纯确。胸中素蕴经济略，日与夔龙相唯诺。论思献纳能謇谔，象笏朱衣兼荷橐。优游词林膺显爵，一门具庆和且乐。乃知造化意有托，孕此奇葩迥超卓。一时盛事传馆阁，锦筵置酒花前酌。酒酣兴至觥筹数，坐弹瑶瑟卷珠箔。紫蟹擘螯霜脍斫，醉来弄花香满握。雅颂风赋协韶

乐，□（此字字形缺坏）绣珠玑粲联络。词锋烨烨雄相角，宝匣龙泉拂双锷。出规入矩谢绳削，治世之音本淳朴。嗟余后至辜前约，引领奇踪空踏躩。汗颜血□（此字字形缺坏）不善斫，琐细雕虫之宏博。斐然续貂众追作，留取卷中资一谑。①

此诗前半段的笔墨主要放在写菊上，作者对菊花的颜色、枝干、神态等属性和特征极力描写，以花拟人，展开丰富的想象，幻出意表，又将菊花与众花进行比较，借以烘托其独特的"淡泊"品质，但是此诗的短处也是明显的，诗篇仿佛强弩之末，不能穿鲁缟，结语尽，意亦了了，无复韵味。当作者对菊花的状物描写基本结束后，把诗的内容引向对造化的研讨及对主人的恭维上，这或许就是所谓不以"绮縠之文夸耀一世"，而"推明义理，纪述功德"式尾大不掉的儒生常论吧。此诗一方面运用偏僻字眼，显得陌生与独造；另一方面却又大量使用相同字眼，如真、略等字多次出现，给人以词汇贫乏的感受，这就表现了曾棨以才气作诗、不耐推敲的毛病，故《国雅》评其七古曰："遒切直健捷为工，颇以繁靡为累。"②

就单篇诗歌而论，曾棨作有《和姚少师广孝近体雪诗韵禁不用缟皓白物及正月黎悔炼（按，正、黎、悔、炼此四字当分别作玉、梨、梅、练）絮比拟》禁体诗，北宋欧阳修《六一诗话》曾记载禁体诗之难作，所以写作这样体裁的诗歌也说明了他杰出的才思。大量的八景诗或十景诗也是曾棨逞才使气的表现，《刻曾西墅先生集》卷七有《胡氏山居八景》，卷八有《北京八景》、《江西八景》、《南昌古迹十咏》、《磻湘十景》、《泰和山八景》、《香闺十咏》，卷九《螺窝十景》等组诗，内容集中，连页而下的诗篇都是描写八景或十景。曾棨又创作宏肆的景物组诗，有十余首咏物诗，凡此都可以看做他旺盛创作力的体现。

在曾棨的诗歌创作中，有一个值得注意的现象，即他创作了一批所谓"昆体诗"。在《西墅集》中，当指《黛色颦眉》、《玉颊啼痕》、《妆奁宝月》、《倚槛折花》、《金钱问卜》、《妆楼乞巧》、《金盆浴发》、《碧窗春梦》、《绣床凝思》、

① （明）曾棨：《刻曾西墅先生集》，卷五，第17—19页。
② 转引自（清）陈田《明诗纪事》（清贵阳陈氏听诗斋刻本），乙签，卷八，第1页（影印第545页），"曾棨"条。

《宝镜匀妆》等总题为《香闺十咏》以及《停梭就枕》、《春思》、《清陵台》、《戏马台》等写女子相思及其生活情态的诗歌。清代四库馆臣撰《〈西墅集〉提要》曰：

> 郑瑗《井观琐言》曰："曾子棨诗，佳处不减昆体。"曹安《谰言长语》亦曰："曾学士棨《蚊睫集》，绝似唐人。"殆未确焉。①

笔者以为四库馆臣的断语非是。明人郑瑗评价曾棨"诗佳处不减昆体"是正确的，四库馆臣因寻章摘句不当而产生误断。按，《井观琐言》卷一在"曾子棨诗，佳处不减昆体"句前所论皆为明代翰林院馆阁作家的古文成就，接着转论曾棨和李昌祺的诗歌：

> 曾子启诗，佳处不减昆体。李布政昌祺，人多称其刚毅不挠，尝观其所著《运甓诗稿》，大抵浮艳不逞，不类庄人雅士所为，所谓"（申）枨也欲焉得刚"者也。②

四库馆臣没有把曾棨的诗歌和李昌祺（1376—1452）的诗歌放在一起评价，所以孤立地得出"殆未确焉"的结论。李昌祺在翰林六年，与曾棨、梁潜等为好友，才情差近，郑瑗把他们放在一起评论，肯定了曾棨诗作中的西昆成分。把曾棨《香闺十咏》与北宋杨亿等馆阁作家围绕"泪珠"一物而堆砌典故的西昆体作品比较，二者的创作手法、表现内容和感情色彩并无多少差别。曾棨的这类作品在永乐年间翰林院诗歌创作中确实显得比较大胆，但并非无人同气应和之，胡广在永乐年间也曾创作有携妓内容的作品。而下面这首曾棨的诗仿西昆体，内容却并非写艳情，表现为另一种风致，这当是今人理解的所谓"佳处不减昆体"的真正含义：

> 红烛当炉夜数线，驿亭西面绿杨边。重来烟景浑依旧，只识青帘记昔

---

① （清）永瑢等：《〈西墅集〉提要》，《四库全书总目》，卷一百七十五，第1553页。
② （明）郑瑗：《井观琐言》，文渊阁四库全书，第867册，卷一，第236页。

年。(《静海感书》)①

"数线",意即数时刻,表现作者在驿亭有所思,因而彻夜不眠。重来静海时,曾棨看到景物依旧,或者涌起感动的心情,急迫地欲去青帘里询问旧人,而一边却在想着昔年的往事,一如李商隐《无题》之思华年,具有同样的表情作用。

王英(1375—1450),字时彦,别号泉坡,江西抚州府金溪人。永乐甲申(1404)进士,与状元曾棨等28人选为庶吉士,入文渊阁进学,散馆留翰林院,官至南京礼部尚书,谥文安,改谥文忠。为三杨后进,但在诗歌创作上,风格与之迥异。有《王文安公诗文集》,其中诗五卷,卷一、二为五、七言古诗,卷三、四、五为近体诗。诗作雄壮宏大,气象自好,密切谨丽,句妥浮响。文六卷,卷一、二为序,卷三为记,卷四、五碑铭,卷六杂著,成就不高。从他的五、七言古诗和五、七言律诗的分布、数量以及成就来看,明代永乐时期翰林院馆阁作家写作近体诗热情越来越高,技巧越来越熟练,这是一个趋势。

陈敬宗《尚书王文安公传》评价了王英的文学成就:

> 太宗皇帝方锐气育才,命翰林学士解缙选进士颖秀者,与状元曾棨等通得如二十八宿之数,俾尽读书文渊阁古今书,作为班、马、韩、柳文字……宣宗皇帝即位(1425),召入便殿,谓曰:"洪武中学士有宋濂、吴沉、朱善、刘三吾,永乐初则解缙、胡广,俱有重名,今汝当讲经史,陈道义以启沃朕心,罔俾前人专其美……"公在翰林,屡为会试考官,海内名士多出门下,为文章典赡,朝廷制作经其笔居多。四方求金石、铭、志、碑、记者,接踵其门,公应酬不倦,诗歌字画,人罕能及。……②

王英是明成祖即位以后的首科进士。成祖改变其父于中央六部等部门均置庶吉常士(简称庶吉士)的做法,庶吉士专属翰林院,改一甲进士三人及二、三甲进士中优于文学者为庶吉士,进学文渊阁,三年期满,经散馆考试,众庶吉士

---

① (清)乾隆:《御选明诗》,文渊阁四库全书,第1444册,卷一百三,第541页。
② (明)王英:《王文安公诗文集》,续修四库全书影明朴学斋抄本,第243—245页。

或留馆，或除授官职，均较一般进士有所长进。翰林院庶吉士制度被历史学家视为明代培养人才的有效途径，也是明朝培养翰林院馆阁文学作家的有效途径。王英适逢皇帝锐气育才，被选为翰林院庶吉士，得以在馆阁肄学，学习班、马、韩、柳文章，这也是明朝皇帝和内阁首次旗帜鲜明地确定馆阁文学的努力方向。王英的著述虽然丰赡，但因"不离朝廷四十五年"①（陈敬宗语）而题材单调、贫乏，多是金石、铭、志、碑、记一类文章，是典型的馆阁题材的制作，成就并不高。

王英的古诗仿古气息浓厚。《杂诗三首》其一：

> 庭中多嘉木，枝叶相蔽亏。上有双飞鸟，朝出暮还归。和鸣相顾眄，乳哺得所依。如何远游子，泛泛东复西。昨来京洛间，今赴北海涯。迢遥历崇坂，车轮行且迟。垂堂古所戒，宁不悲路岐？私怀谅勿念，但悲岁月弛。顾此三叹息，良会在何时？②

该诗写的是常见的远游思归题材，首句"庭中多嘉木"发唱，为古诗所常用，结句"良会在何时"是汉魏时世人多发之感慨，而"迢遥历崇坂，车轮行且迟"写行道迟迟，却是源于《诗经·采薇》篇的句子"行道迟迟"。《杂诗三首》其二：

> 秋月流光彩，照我西南园。露华含余滋，众草萋以繁。草间所鸣蛩，竟夕何喧喧。闺中有佳人，俯默独无言。岂不兴远怀，念彼君子恩。昨朝相嬿婉，今者隔塞垣。飞鸿失其侣，嗷嗷徒高骞。顾盼失形影，中心誓弗谖。顾如团圆月，照君车上辕。③

诗中"照我西南园"句以月光照园起兴，而"露华含余滋，众草萋以繁"句所用的"萋以繁"句式，"岂不兴远怀，念彼君子恩"句为设问句式，一问一答，

---

① （明）王英：《王文安公诗文集》，第245页。

② 同上书，第251页。

③ 同上。

“顾盼失形影，中心誓弗谖”句之抒情，诸如此类句子，都能让读者联想起汉魏时古诗的相似用语。

王英用古体写馆阁题材，这是当时馆阁诗歌创作中比较少见的现象。稍后于王英的陈敬宗在《倡和诗序》中论述古诗创作的难处和境界之高下：

> 夫作诗之法，必求近古，体制、词意俱古为上，词近而意远次之，词意俱浅而体制又近，非追古者之意矣。夫器之古者，必曰商敦、周彝；文之古者，必曰《典》、《谟》、《训》、《诰》；诗之古者，必曰《国风》、《雅》、《颂》；下而近乎古者，惟汉之苏、李与建安诸子五、七言而已，继其后者，盖戛戛乎其难也。[1]

从陈敬宗总结出来的理论看，写作古体诗歌，以体制、词意俱古为上乘，以词近而意远为次，而以词意俱浅、体制又近为下。陈敬宗标榜据传为苏武、李陵创作的古诗以及建安诸子的五、七言诗为理想对象，据此来看，王英用古体写朝会宴享之事，是一件值得注意的事。《腊日赐宴后车驾狩于近郊有作四首》其一：

> 重阴霁严冬，腊候戒芳旦。初赐丽晨光，禁阙余寒散。赐酺开广筵，酌醴泛瑶盏。献酬终以三，大礼敬而简。臣工再登歌，金石韵相间。因咏既醉章，夷犹颂云汉。[2]

作者夸耀朝廷声威的用意是明显的。“初赐丽晨光，禁阙余寒散”句描写禁闼、宫殿的壮丽而点到即止，“赐酺开广筵，酌醴泛瑶盏”句写皇帝赐宴的盛况却用“大礼敬而简”曲写之。分明是欢乐的场面，却用古代臣工登歌、金石相和的场面来掩饰，所以此诗所用的古体形式与明王朝强盛的声势很难统一起来。不过，在这一组诗歌中，王英分别咏万物应候生长而皇帝驾巡原野（其二）、明朝击败边境群寇而到宗庙举行享礼（其三）、万民休沐于皇朝至仁之中（其

① （明）陈敬宗：《澹庵先生文集》，四库全书存目丛书影清抄本，集部第29册，第392页。
② （明）王英：《王文安公诗文集》，第252页。

四）三事来渲染王朝的盛事，也是一种变通的写法。

王英创作的七言古体多且篇幅较长。不论写景或抒情，作者都能极力畅写，如《清风轩歌》、《玩藻轩歌为钟鼎赋》、《溢城过雁歌送萧使君》、《临高台送钱金事入关中》等诗。《送吴太仆还滁州》是王英在春天的时候写下的送别诗：

> 广阳城头风渐渐，城上何人晓吹笛？落梅残雪思无穷，且酌芳尊送行客。客行南望滁阳山，归心只在白云间。少年作官爱山水，世上几人如此闲？杨柳春深遍郊外，苜蓿秋高散宛马。昨来入觐九重天，今日辞归双阙下。悠悠别思将奈何？离筵更起为君歌。酒阑歌罢倍惆怅，君行几日到淮河？河边见月应回首，客舍思君情更多。①

从吹笛引出眼前的梅花与残雪，转入饯别场面，其间过渡与衔接自然得体。作者写景阔大，写出"秋高散宛马"的苍茫景色。虽然是一首送客诗，却不渲染离人的愁绪，着力写吴太仆爱好山水，欲归心于白云间的志趣，借此行可以观遍春景，故问世上几人如斯、君行几日可到滁州，可见吴氏不顾作者对他的挽留而南返的急切心情，因此此诗突出地表现的是作者对吴氏的思念，尤其在末句以"河边见月应回首"句，在离人与思人之间，强调他对吴氏的思念。《夜过徐州》则更充分地表现了王英疏朗的情怀和自由的运词能力：

> 四山盘盘拥孤城，城头鼓角深夜鸣。遥空无云净如洗，河汉皎皎风冷冷。遥看四水来天际，流入长洪碧波起。惊奔倒泻乱石开，孤月摇光在波里。月光不随波浪沉，溰溰清辉照我心。虚明已觉万虑寂，怅望那知春夜深。微茫前洲野火灭，独有渔人唱明月。放舟欲去不可寻，浅水桃花隔林樾。迢迢幽兴亦何长，夷犹远在天一方。只将孤琴寄山水，更和一曲歌沧浪。须臾迈棹入平渚，泛泛轻飘片帆度。汀兰岸芷散余香，乌帽罗裳湿清露。慨思前人曾此游，画舸载酒若为愁。羽衣独立黄楼夜，玉笛横吹远浦

秋。山川风景犹如昨，今我重来胡不乐？但悲楼空昔人去，几度花开与花落。花落花开自可怜，水亦东流去不还。幽怀渺渺徒为尔，直向舟中对月眠。①

诗中多处有唐、宋人诗句的痕迹，不一一枚举。舟行到彭城脚下，以此作为着眼点，先环顾四周，山盘孤城，顺势而上，遥空无云，河汉皎皎，冷风吹拂，情景俱美；次写四水来自天际，气势奔涌，乱石为开，月光摇荡在水中。作者以源自百步洪奔腾不定的水，对照那不随波浪浮沉、长照作者的明月，好像明月专为洗涤他的身心而来，因此而逸兴湍飞，状写幽兴悠长之时月光下野火明灭、渔人唱月、浅水桃花的景色。写野火明灭、渔人独唱而放舟却不可寻的诗句仿佛苏轼的《游金山寺》诗。苏轼写他看见江心炬火明照，因而感慨江山如此却不能归山，此诗写因渔人放歌而欲去寻找但不可寻，它们的内在写作脉理是一样的。须臾舟入平渚，抒发对苏轼的缅怀，抒写小序中追思苏轼之意。最后数句更明显地化用唐代诗人张若虚《春江花月夜》的辞句，但他能够把楼空人去的诗意糅合在自己的诗篇中，并以对月眠宿舟中结束全诗，那又是苏轼《前赤壁赋》末段造出的一个境界，但二者在情感上有所区别：苏轼为乐极而眠，王英因为幽怀渺渺对月而眠。

王英的五言律诗作品颇多。如《舟行杂兴二十首》是他在永乐十一年（1413）扈从北巡，同其他随行翰林诸臣一路唱和的诗歌。又多为应制诗歌，如《元夕升平词》十首、《太宗皇帝挽词》六首、《仁宗皇帝挽辞》四首、《圣德瑞应词》十首等诗，风格比较平衍，不作华丽词语。

王英的五言律诗学唐，部分诗写景、写情出色。如《扈从晚宿夹沟》：

　　初雨过符离，云霞望欲迷。垂鞭信马去，随辇听莺啼。山绕行营外，溪回帐殿西。夜深闻鼓角，天近月华低。②

作者写出他在扈从途中的一段好景。首句点明这是一次初雨过后的扈从之行，

---

① （明）王英：《王文安公诗文集》，卷二，第264—265页。
② 同上书，卷三，第269页。

次句直写他感受到迷人的优美景色；颔联"垂鞭信马去"充分展示他享受着眼前美景，内心非常快适，仿佛不是恭敬地、规矩地跟随车辇前行之态，有一股逸出扈从鹓班鸠行行列的精神。此诗次句"云霞望欲迷"和最后一句"天近月华低"与同卷另一首诗《夜泊淮河北岸》句"潮声随月上，波影带星流"皆祖唐诗而有变化，留下馆阁诗人学习唐诗的痕迹。

王英的七言律诗用来写应酬、应制诗题的更多，如殿试、侍宴、立春、端午、赐菊、观马、怀人等，部分诗歌能见其真性情。如《寓馆有怀》：

> 客居何事倍伤情？恨不全家住蓟城。望入故乡无雁过，梦回残月有鸡鸣。归心谁复如张翰，生计安能似向平？四十年华看已过，无才深愧负时名。①

这首诗是作者的感怀之作。此时的王英年过四十，空有文名，远离老母，又不能养亲于京城，矛盾、愧疚的感情喷薄而出。首句直抒内心之伤情，以下数句连用典故，反衬自己客居京师的无奈心情。《春日开小轩谩兴》诗也是一首抒发相似感情的诗：

> 闲看芳草碧萋萋，久客思家意转迷。微雨一春归雁断，斜阳几树乱莺啼。新开水槛仍依郭，旧种村田亦傍溪。真性只宜幽遁者，何因通籍向金闺？②

对于作者来说，投闲置散的仕宦生涯只能引起他对故乡的眷恋之情和对仕宦的后悔心理。全诗写景清幽，在他"意转迷"之时，对景物倾注了喜爱的心情。最后两句以反问结束全诗，反振有力，极得唐诗之体。王英可能在仕与归之间难以取舍，所以一边以馆阁之臣的职掌为荣，一面在诗歌中发挥思归之情：

---

① （明）王英：《王文安公诗文集》，卷四，第281页。
② 同上书，卷四，第283页。

　　　平芜漠漠柳依依，迢递烟村夜火微。远水孤舟人语静，重城残月漏声
稀。心驰北阙应先到，家在南方久未归。明发杞桥须访古，淹留莫惜典
春衣。①

心驰魏阙，备皇帝顾问，从事翰林词臣草诏、制诰、经筵讲读等职事。此诗
"应先到"语足以说明他热衷仕途，功名始终萦心，难舍难弃；另一面却心系
故土，因念久未归乡，愁绪涌上心头眉间，直至于做典衣买醉之举。

　　大概由于功名未成及受到明初永乐皇帝巡狩靖边、倥偬行旅的影响，王英
写出了类似唐人杨炯《从军行》诗句"宁为百夫长，胜作一书生"的豪情
诗篇：

　　　军门有令急传呼，黄帐前头写阵图。尽道陈琳为国士，焉知葛亮是名
儒。安边有策何须献，逆虏无君久待诛。愿作前驱一小校，不簪彤管佩
金符。②

作者受到洪武、永乐年间宋濂、解缙、胡广等翰林学士故事的激励，颇有事业
心，但论事与三杨不合，故一生不得柄用，所以他在诗歌中所发的牢骚源于对
三杨的抱怨，而诗歌创作亦与台阁体不同，是又一"文如其人"的例证。

　　黄淮（1366—1449），字宗豫，号介庵，浙江嘉兴府秀水人。洪武三十年
丁丑（1397）进士，永乐间入狱十年，宣德二年（1427）致仕，家居二十余
年，谥文简。其诗文和平雅正，雍容尔雅，体格与三杨略同，但由于废退多
年，黄淮在诗文中相当繁密地流露出怨愤的心情。

　　黄淮的写菊诗虽然用陶渊明诗文的意象，但是没有流露出归隐的愿望。如
《菊轩》诗：

　　　嗟余爱菊久成癖，培植何曾倦朝夕？秋风开遍满篱花，浅白深黄斗颜
色。去年一枝开独奇，双葩挺出琼瑶姿。玉堂仙客共清赏，酒酣烂漫题新

① （明）王英：《夜泊邳州城外有怀同行诸公》，《王文安公诗文集》，卷四，第284页。
② （明）王英：《龙武岗有召》，《王文安公诗文集》，卷四，第279页。

诗。君家遥遥在京口，新筑高轩豁窗牖。轩前不作桃李蹊，剩种黄花连盈
亩。今冬作客来京华，手持锦轴征我歌。席君嗜好适相似，阁笔奈此黄花
何？昔闻晋代陶靖节，不肯折腰事参谒，归来三径有余芳，坐对南山更清
绝。君曾纡辙游闽中，红莲帐幔生清风。十载江湖倦形役，翩然一棹随归
鸿。人生出处贵有道，复喜还家事幽讨。纷纷百虑已惧忘，托此秋香慰怀
抱。明年九月天气清，轩前菊花当再荣。我来呼酒掇其英，为写柴桑千
古情。①

这首诗转韵频繁，为朋友的菊轩而作，诗中也写了黄淮对菊花的爱好，却没有
提及他要与陶渊明一样归隐故园，对朋友也只是写朋友厌倦了十年官宦生活而
还家的愿望而已。又如《对竹》其二曰：

> 舍南隙地能几许？森然秀立琼瑶柯。每经积雨色逾净，才入新秋声更
> 多。三径风流亦复尔，七贤旷荡将焉何。我欲截筒协律吕，排云上奏钧
> 天歌。②

此诗引用陶渊明《归去来兮辞》之"三径"语，但诗中明显的没有隐逸之意。

黄淮的性情偏于恬淡，尤见于其咏竹的诗章，如《黄文简公介庵集》卷一
《有竹歌为宜阳戚士昭赋》诗句"生平爱竹坡成癖"、"俗尘不入心地清"③，用
竹来陶冶性情；卷二《和胡祭酒雪竹韵》诗句"孤高未许尘轻染"，《题友竹
轩》诗句"相看更有冰霜操"，《雪竹轩》诗句"春风桃李难同调，却羡幽人得
趣先"，都表现出他对竹的特殊爱好之情。兹录《竹庄用卷中韵》：

> 手栽修竹护轩楹，心远由来地自清。万叠湘云团野色，半帘山雨送秋
> 声。鸣琴酌酒浑忘俗，筑杖敲门亦有情。高节未应便散逸，他年汗简要

---

① （明）黄淮：《黄文简公介庵集》，民国二十七年（1938）永嘉黄氏排印敬乡楼丛书本，卷一，
第17页。

② 同上书，卷二，第4页。

③ 同上书，卷一，第20页。

题名。①

黄淮借用画卷之竹来写自己的性情，表示他要坚守高节，其内心并非如此。

黄淮经常使用鸥鸟的意象来增益诗歌的情趣。如《盟鸥轩》诗云：

> 绕舍晴波漾碧空，往来只许白鸥通。百年心事沧茫外，一片闲情款乃中。蓑笠每同眠夜雨，钓丝长共立秋风。寻盟亦是忘机好，试看当年海上翁。②

诗中典故出自《列子·黄帝第二》③，后世多用"鸥盟"、"鸥友"来表达不存机诈之心，与世隔绝，自为其乐的生活意义。《口号八首》其四"朝退淡然无所事，焚香时复诵《南华》"句，说明黄淮以《庄子》作为日常朝退之后修习的功课。他为徐怀玉写的《云庵记》也表达了适怡天趣的思想：

> 此可见其（徐怀玉）一进一退，皆适于义而无系吝之私，与云之舒卷无迹未以异也……虽然君之身未尝与云俱接于目，则必契于心矣，心领神会而天趣幽然，又何必泥于迹哉！④

黄淮本人因为辅佐太子（按，即仁宗）下诏狱十年，却见疏于宣宗，退休家居二十余年，所以此文虽为徐氏而写，实际上乃是他自身的写照。

黄淮的诗歌以陶渊明诗意入诗的例子很多，表现出他对南朝诗歌的爱好，他的文学观进而远祢汉魏文章。《凤山书屋四时诗八首为蒋检讨良夫赋》其二曰：

---

① （明）黄淮：《黄文简公介庵集》，卷二，第15页。

② 同上。

③ 《列子·黄帝第二》："海上之人有好沤鸟者。每旦之海上，从沤鸟游。沤鸟之至者，百住（按，住音数，如字）而不止。其父曰：'吾闻沤鸟皆从汝游。汝取来，吾玩之。'明日之海上，沤鸟舞而不下也。"（文渊阁四库全书，第1055册，第592页）（宋）陆佃《埤雅》卷七、（清）陈大章《诗传名物集览》卷二等书均谓鸥盟典出《列子》，当无误。

④ （明）黄淮：《黄文简公介庵集》，卷四，第24页。

> 林泉胜浣花，铅椠寄生涯。字法钟王敌，辞章汉魏夸。鹁鸠花外雨，鸥鹭柳边沙。生意关幽兴，凭高眺望赊。①

这首诗中"辞章汉魏夸"诗句反映了直至永乐时翰林作家还崇尚汉魏文章的现象，应当是在杨士奇一统翰林院馆阁文学创作风气之前。

当时馆阁文学的总体气氛是学唐诗的，黄淮也推崇唐音。如《题刘孝力读书后》称"诗协唐音拟旧题"，《黄文简公介庵集》卷十《题少傅建安先生堂壁万竹图》句"烟霞生有无"语本唐作，《赠崇德辛知县》句"相逢喜复惊"与杜甫《羌村三首》其一"惊定还拭泪"句法相同，《挽赠太医院使静学蒋先生二首》其一"一度相思一惘然"句与李商隐《锦瑟》句法相似。黄淮的诗中涉及李白其人其作的地方相对多些，如《题赵松雪画李白观瀑图》诗，对图写李白观瀑布的画卷进行创作，渲染李白《望庐山瀑布》诗的本事，《题少傅建安先生堂壁万竹图》诗有李白之豪纵；《赠李尚德》诗有句"俊逸诗才推李白"，而《云松轩》诗则流露出羡慕李白为人和创作才能的感情：

> 忆向青阳事力耕，林泉好处着檐楹。白衣苍狗寻常变，雪干霜姿分外清。李白匡庐曾揽秀，陶潜彭泽每留情。题诗便欲追高兴，万壑清风笔下生。②

黄淮的散文中序文很多。对于后世馆阁文学一直传写的题目，黄淮也有很多创作。如《处素斋记》写个人穷达处之自若，《简孝堂记》、《思本堂记》、《草心堂记》、《世彩堂记》、《寿萱堂记》等表达儒家伦理纲常的主题，《谨德堂记》、《存省斋记》分别讨论儒家静与虚、静的哲学论题，《万玉轩记》对佛教的色空观点进行辩论，如此等等。黄淮的散文富有说理辩驳的成分，《芳瑞亭记》不仅大段地沿用宋代周敦颐《爱莲说》的语句，还提出"君子之行，宜与莲比德"③的观

---

① （明）黄淮：《黄文简公介庵集》，卷一，第 25 页。
② 同上书，卷二，第 15 页。
③ 同上书，卷五，第 8 页。

点。又如《竹雪山房记》曰：

　　宝庆太守王君起宗造余，求竹雪山房记。君为御史时，与余交甚笃，
阔别二十年而襟抱如故。喜其养之有素也。乃与之言曰："天下之物，有
目者所共睹，惟其自处之分不同，而其所得亦有异。君子之与物也，心领
神会，不凝滞于物，故物为我有；众人之于物也，或触境伤怀，以动摇其
中，或流连光景，沉酣玩赏，以任情纵欲，故为物之所役，而适足以汩其
德也。子于竹雪也，何若？"王君曰："愚也于物，澹无所嗜。昔读书山中
时，尝辍书燕坐，以仰观俯视，凝寒惨慄，百卉具腓，惟竹与雪交映乎左
右，静而察之，默而志之。凡竹所以为竹，雪之所以为雪，浑然具于吾
心。先正所谓万物体统一太极者，融会流通，至微至妙，愚不得而言，然
亦不可言也，姑取其迹之显者。若洁而不污、直而不挠者，以浴吾之德，
以励吾之操。力之至与不至，非愚之敢必，乌可以不勉也？于是题诸书室
以示不忘。"余曰："信如子之言，殆所谓心领神会而不凝滞者钦！宜其养
之益充，而守之益固也。"彼触境伤怀，若白居易厌湓江之低湿，杜少陵
抱长镵而悲歌，虽皆君子不幸所遇，然亦未免过于愤激；至于流连任情，
若七贤之放旷，沉酣纵欲，若党家之粗鄙，又何足道哉！虽然，君子之
道，明体达用。子于竹雪，体之所存者。既取以浴德而励操矣，其用之所
形亦不可不究也。……①

作者在二十年后再次见到朋友，襟抱如故，"喜其养之有素也"。黄淮认为君子
当不凝滞于物，因而物为"我"所有，而不为物所役，但对于众人而言，他们
为物所役，其德为所汩没。黄淮所阐发的以竹、雪浴德励操的比德观念，是明
朝馆阁作家普遍的文学观念。此序中，作者进一步对白居易和杜甫的愤激人生
态度表示不满，更鄙视竹林七贤放旷纵欲的举止，这表明明代初年的士大夫已
经受到了儒家理学思想的严格钳制，反映在文学中的仅为一斑。《槐窗记》也
是发挥比德说性质的散文：

---

①　（明）黄淮：《黄文简公介庵集》，卷四，第2—3页。

  ……余曰："君子尝以松柏为况，岂徒然哉？将以自勖也。子以槐
名窗，盖必有见矣。夫槐之为木也，感虚星之精，非凡植可并。其柯叶
繁而不乱，童童若车盖；其阴云屯，可以蔽炎暑；其花散金，可以染正
色；其实味苦而平，可以愈积热，却烦懑。之数者，果何所取乎？取其
柯叶繁而不乱也，则必正肃其威仪；取其阴之蔽炎暑也，则必屏绝其邪
妄；取其花之可以染正色也，则悟夫黄中通理之旨，而畅四支、发事业
者，于焉而可致……"

  ……

  余曰："若然，则子于槐也，可谓不物其物而契于物者也。不物其物
而契于物，则其所得也大矣，屑屑云乎哉！古之君子，若王猷之竹，和靖
之梅，渊明之菊，濂溪之莲，各专其一而亦各有所契，至今以为美谈。盖
以人而不以物也，子其勉旃，毋从谀之。"①

上面两段虽然运用排比句法增添了文章的气势，但它们的内容却分别对槐树的
叶、荫、花附会阐发，渲染浓厚的道德色彩。最后，黄淮希望主人王汉初"不
物其物而契于物"，从他所举的前代人"契物"的例子来看，其实就是比德说
的翻版，要求王汉初以槐树的品质比类道德修养。与《槐窗记》说理相类而更
加直露的则有《丛桂堂记》：

  余曰："子少安，请毕其说。桂之花，色黄，得五色之正；其香远而
益清，为人所爱慕；其叶穷冬不凋，可与松柏争茂。为君子者尝于是而取
则焉：取其花色之正也，悟夫黄中通理之旨，慎包厥美，俾畅于四支，发
于事业；取其香之清远而久也，兢兢业业，全其令名，俾遐具瞻，以垂休
于后世；取其叶之不凋也，于以励其节而持其操，俾坚而不挠，安而有
恒，可以当大任，临大事而无所欹……"②

上引文字，句式大致整齐，构成排句，分别对桂树的花、叶、香进行类比引

---

① （明）黄淮：《黄文简公介庵集》，卷四，第8页。
② 同上书，卷四，第10页。

申，可见明人很善于对物的各种特征发展出系统的道德伦理说教，这是"比德"观念泛滥的结果。

麦仲贵认为："明儒之学，承宋儒遗绪，由程朱转而直宗孟学，而开一新局面……至明中叶，阳明兴起，其强曰遥承陆氏，而实直宗孟学，上希孔、颜。"① 明人在哲学上宗孟学的同时，也学习了孟子的文风。黄淮的散文，部分篇章模仿孟子的行文气势。如《竹泉记》曰：

> 世之观人者，每视其所慕向。慕之高下，由乎所习之崇卑。以资富自骄者，多习于侈靡，是故五陵年少，竞为斗鸡、走狗、击球、踢鞠以自夸诞，否则青楼绮馆，酣歌艳舞，以娱耳目；肥甘隽美，纂组丽密，以适其口体，虽有竹泉不暇顾也……②

这段文字浓彩描绘五陵少年的侈靡生活，多方张扬他们的各种欲求，笔法类似孟子揣测齐宣王之"大欲"：

> （孟子）曰："为肥甘不足于口与？轻暖不足于体与？抑为采色不足视于目与？声音不足听于耳与？便嬖不足使令于前与？王之诸臣皆足以供之，而王岂为是哉？"③

两者比较，只是黄淮的散文偏于拘束，不如孟子之文富于个人论辩的色彩。又如《寿萱堂记》更是模仿孟子的造句结构：

> 余闻伯广（叶钜）资业充盛，其奉亲也，足以致肥甘轻暖，以适其口体；凉亭燠室，重裀叠褥，足以供燕喜；安寝处而又能先意承颜，不违其志；饬躬守义，不贻其忧。④

---

① 麦仲贵：《明清儒学家著述生卒年表》，台湾学生书局 1977 年版，第 1 页，自叙。
② （明）黄淮：《黄文简公介庵集》，卷四，第 15 页。
③ （战国）孟子著，（清）焦循撰：《孟子正义》，中华书局 1987 年版，第 89 页。
④ （明）黄淮：《黄文简公介庵集》，卷四，第 48 页。

甚至直接引用孟子的原话。《泰然窝记》曰：

> 故孔子称颜渊心不违仁，而先儒释之曰："只是无纤毫私欲。"孟轲氏亦曰："养心莫善于寡欲。"……①

如此熟悉《孟子》的黄淮，在文风上受到孟子的影响是必然的。下引段善于运用排比句式，是为一例：

> ……宜无时无事不致其思焉，故于将祭而齐也。思其居处，思其志意，思其笑语，思其所乐，思其所嗜……（《龙山亲舍图记》)②

在这篇《龙山亲舍图记》中，作者称许章惠"善于致孝"，"无时无事"思念双亲的情形，以相同的语句结构进行铺陈。

在黄淮的诗文创作中，写景的或是记叙人物精神面貌的个别段落，显得优美而适意，适宜寻章摘段进行欣赏和品味。明人受到强劲的儒家思想约束，在文学创作上缺乏全篇美感，在黄淮作品中出现的这个特征一直延续到成化年间，其后的翰林作家才稍稍摆脱这一格套。《云庵记》中有一段写黄淮养病乡里时所见到的美景：

> 淮也养疴田里，屏处先陇之侧。环庵四面皆山。目之所接，身与之俱，无非云也。旦夕初启塞帷，四望若镕银流汞，浮荡于翠微之间。及乎旭日既升，霞光映蔚，烂若锦绮相辉，而华采呈露也。又或时雨初霁，群阴解剥，而清淑之气布濩山谷。蒸蒸乎，其犹馈馏也；皓皓乎，其犹积雪之向曙也。少焉，上薄于天，弥漫充斥，又类张兜锦以覆冒者，使人胸次开豁，无复凝滞。俄而，泠风起自天末，力与之博，而白衣苍狗，倏忽变灭，又可以验世事迁改无恒，使人惕然而警悟也。是皆云之伟观，而淮之

---

① （明）黄淮：《黄文简公介庵集》，卷四，第16页。
② 同上书，卷四，第22页。

庵居颇得其胜。①

如果没有前后段落演迤平衍的叙述、道德论证与过度的理学阐释，上引这一段的写景状物，其笔触相当优美。文中多用比喻，取喻于寻常物象，又运用对偶句式，凡此种种手法着重渲染云的色泽：初若镕银流汞而浮荡；旭日既升以后，"霞光映尉，烂若锦绮相辉"；而在时雨初霁时，其颜色皓皓，"犹积雪之向曙"；最后写云与泠风相搏，"白衣苍狗，倏忽变灭"，既写其颜色变换，又写其形状倏忽变灭。《东溪佳趣记》的片段也很有特色：

> 时秋霖初霁，溪流涨溢，若卷素练，走蜿蜒，奔放荡漓，触石而成声；下至平旷，演漾纤徐，渊沦而成文。岸芷汀兰，葱茜馥郁。凫鹥鸥鹭，翔集后先。渔舟钓艇，往来出没于烟云暗暧之间，鸣桹桌歌，交响互答，此皆余之所见闻者。若夫春阳发舒，花明川媚，赤日流空，风来水面，雪霰交集，而琼林素浪，光彩荡射，朝暮晦明，盈缩变化，各有常态，概可想见……②

这一片段把欧阳修《醉翁亭记》和范仲淹《岳阳楼记》的精华部分糅合在一起，但并不因此而降低这一段落文字的独得之处。开头写溪流涨溢时白练般的形状、汹涌奔放的声势、触石时的声响、演漾时的平泛，都体现出作者细致的观察力。虽罗列《岳阳楼记》中的诸多物象，但其意在于唤起读者类似的联想，体验共同的美感。在写冬春之交的景象时，特别选择花明川媚、活力发舒的春天，同时渲染雪景，景观显得美好而别致。《友松处士传》写高起乐于与松为同类：

> 每日下堂阶，不数武，仰见群松参错离立，若宾主之敬让，赤日行空，流金烁石。是松也，清阴弥布，无间洁污，而覆庇如一，有若惠之和，积雪被野，枯摧朽拉；是松也，柯叶无所浇，而挺然不屈，有若夷之

---

① （明）黄淮：《黄文简公介庵集》，卷四，第24页。
② 同上书，卷四，第42页。

清；至若触于风而有声，如铮金戛玉，有若骚人墨客啸歌相答，而宫徵谐协也。于是忻然与之狎，不自知其松之为松也。①

"是松也"以下数句，足以表现高起对松的同类友善之情。这个段落状物显得纤徐春容，笔致闲散。

黄淮的诗论，主张温柔敦厚，与翰林院作家学唐宗杜的大气候相辅相成。《读杜愚得后序》曰：

> 诗以温柔敦厚为教。其发于言也，本乎性情而被之弦歌……汉魏以降，屡变屡下，至唐稍惩末弊而振起之，既而律、绝之体复兴焉。当时擅名无虑千余家，李、杜为首称，而杜尤为盛……其铺叙时政，发人之所难言，使当时风俗世故，瞭然如指诸掌；忠君爱国之意，常拳拳于声嗟气叹之中，而所以得夫性情之正者，盖有合乎《三百篇》之遗意也……少傅庐陵杨先生往岁在湖湘得会稽单复阳元注释，名曰《读杜愚得》，大意取法朱子《诗传》……②

这篇序反映了明代翰林作家推崇唐代律诗的创作现象。杨士奇得到杜甫诗的元代注本，在友人间传播杜诗。杜甫的诗歌得到推崇的主要原因是其诗"忠君爱国之意，常拳拳于声嗟气叹之中"，而这正是所谓"得夫性情之正者"，与杨士奇推崇欧阳修散文的用意是一致的。黄淮的另外一篇序文也是讨论杜诗的：

> 律诗始于唐，而盛于杜少陵。盖其志之所发也，振迅激昂，不狃于流俗；开阖变化，不滞于一隅，如孙吴用兵，因敌制胜，奇正迭出，行列整然而不乱；其即景咏物，写情叙事，言人之所不能言……或谓："诗自风雅颂变而为骚些，骚些变而为古选、歌行，又变而后及于唐律。文靖（指虞集）注诗，舍本而逐末……"

---

① （明）黄淮：《黄文简公介庵集》，卷九，第28页。
② 同上书，卷十一，第3页。

诗至于律，其变已极，初唐、盛唐犹存古意，驯至中唐、晚唐，日趋于靡丽，甚至排比声音、摩切对偶以相夸尚，诗道几乎熄矣。文靖深为此虑，故因变例之中，特取少令之浑厚雅纯者，表章之以为世范，是亦狂澜砥柱之意也。学者由此而求之，则思过半矣。（《杜诗虞注后序》）①

根据序中所言，江阴朱善继、朱善庆兄弟因杨士奇的嘱托，刊刻了单复注释本杜诗，又得到虞集注本，杨士奇因为之序。作为当时文坛的盟主，杨士奇很推崇杜诗，确立了杜甫诗歌在明代永乐以后诗坛的崇高地位。这篇序的用意是驳斥所谓虞集注杜律为舍本逐末的观点，否认创作古体诗歌为复古的唯一途径，从而把杜甫的律诗提高到诗学范本的地位，由此也可以透射出明代诗歌复古的基本思想：诗愈变愈下，复古应当以写古诗、追寻古意为准的；而反之，我们则看到明代翰林院大部分馆阁作家固守律诗创作的阵营（固然有人反对律诗创作，如天顺、成化年间的岳正），这种创作模式的理论阐述见于上引黄淮之二序。黄淮应是明代馆阁诸臣中较早提倡近体诗创作的作家。

黄淮又主张诗歌创作关乎世教，主冲和雅淡的风格。其《遁世遗音序》曰：

诗关乎世教，其来尚矣。孔子删定三百篇以及太师所采，上至宗庙朝廷之雅颂，下至里巷之歌谣，所以扶植纲常，淑正人心，禆益理道，其致一也。去古既远，风俗日漓，诗之为教，愈趋愈下，甚至以之为谈笑谐谑、流连光景之具。间有杰然而出，力以追复古道为事，虽音节时有不同，其于世教无所戾者。……（黄子贞）一发于诗，词取达意，不规规于藻缋，音节冲和雅淡，不为哇淫；所载之事，率皆日用之常，伦理之正，凿凿然，如菽粟之充饥，如布帛之致暖。讽之者，皆道以感发兴起，岂非关于世教而有得于古昔诗人之遗意者乎？②

---

① （明）黄淮：《黄文简公介庵集》，卷十一，第8页。
② 同上书，卷十一，第13页。

黄淮认为作为世教、追复古道之具的诗歌，应当求达意即可，音节冲和雅淡，所载之事限于日常之用、伦理之正，反对诗歌追求藻馈，音节哇淫，成为谈笑谐谑、流连光景之具。这种看法影响了绝大部分当时的翰林作家，可谓为明代翰林院馆阁文学创作立法，从而深刻地影响了明代翰林作家的写作题材和风格。

黄淮也写作禁体诗，是高启之后较早写作禁体诗的翰林作家。如《和姚少师禁体雪诗》：

> 玄冥握权试行雪，约束群阴势方烈。初凭急霰作先驱，旋见飘萧眼惊瞥。随风变态任轻狂，六出棱棱谁剪裁。冻合应怜鱼负冰，沾洒非关鹤鸣垤。长空炫晃毫无际，混沌胚腪元气结。高山大壑失险夷，一望茫然正愁绝。农家预喜辫麦登，蚕妇翻嫌桑拓折。林埋归鸟失故丛，窍通狡兔藏深穴。忽怜穿隙似多情，仍看看委医尘埃。剡曲乘舟兴未厌，灞岸骑驴寒更洌。何事坡翁独好奇，欲穷白磨生瞎热。亦有豪粗似党家，浅斟频劝调歌舌。销金帐暖兰麝薰，却笑充庭铺木屑。方今圣德契天心，时雨时旸寒暑节。醴泉流液旨且多，膏露凝酥甘可咽。况兹腊前瑞已臻，洗瀹便足蠲烦孽。凌晨请贺集臣僚，田野传呼总欢悦。明公远继欧阳子，禁体裁诗示同列。白战何曾持寸兵，惊人硬语蟠屈铁。不辞寒劣和阳春，愧我真成吹剑呋。①

释道衍（姚广孝）年轻时曾经和高启结社，作有禁体诗。靖难以后，姚广孝成为永乐皇帝宠信的心腹大臣，他既然以"禁体裁诗示同列"，势必引起翰林作家的跟风唱和，黄淮的另一首诗《胡祭酒（俨）用少师（姚广孝）喜雪诗韵赋雪晴诗余因和之》，也说明了这一情况。在翰林作家中，高启、姚广孝、黄淮、胡俨等人是较早作这一体裁诗歌的作家，对成化、弘治年间翰林院作家的创作产生了一定的影响。

胡俨（1361—1443），字若思，号颐庵，江西南昌府南昌人。成祖人

---

① （明）黄淮：《黄文简公介庵集》，卷一，第15页。

京师（今南京），以解缙荐授翰林检讨，又命入文渊阁，预机务。在内阁凡二年，持论切直，为同列所不容，荐拜国子监祭酒，夺其机务。后以祭酒兼侍讲，掌翰林院事。居太学二十余年。仁宗即位，加太子宾客，致仕。家居又二十年卒。著《颐庵集》三十卷，传世有文渊阁四库全书本《颐庵文选》二卷。

胡俨的文章得法于乡先生熊钊，熊钊是元代学士虞集的弟子，师授相承，渊源极正，所以胡俨是一个接受过馆阁文学熏陶的翰林作家，但是他的诗歌却与三杨台阁体略有不同。

> 其诗颇近宋江西一派，词旨高迈，寄托深远，与三杨之和平安雅者气象稍殊。（四库全书本《颐庵文选》卷首《提要》）[①]

这则提要指出胡俨的诗歌学两宋，与宋代江西派接近。《四库全书总目·〈颐庵文选〉提要》少了一个"宋"字，含义因而大不同，胡俨的诗歌创作以接近宋之江西派为是，而非近明初西江派的风格。为了使明初的江西诗派与宋代的江西诗派区别开来，故后世称之为西江派，或称江右诗派。其名非一，其指实同。所以，纪昀原来所作提要对胡俨文学创作风格的概括更加准确，应以此为底本。

胡俨的古文创作得法于北宋欧阳修、曾巩、苏轼等人，讲究矩矱，辞气雍容蔼然，幽深混涵，本诸义理。叙事端直而明切，无牵连蹇滞的弊端，其文典实雅赡，有疏宕之气。

胡俨的诗歌创作，多旅人、思妇、屏营吟望之辞，抒写怨愤之情，钱谦益认为"怨而不怒，有风人之遗"[②]。因为当时的翰林作家少有人从事这类题材的创作，所以也就是在这些诗歌的创作上，显示出胡俨与台阁体主要作家的异趣。如《采莲曲》、《四时词》、《远将归》、《竹枝词》、《杨柳枝词》等，都是江南惯有的题材，或写女子采莲，或写思妇盼归，这种题材在明代永乐朝的翰林

---

① （明）胡俨：《颐庵文选》，文渊阁四库全书，第1237册，第545页，卷首。
② （清）钱谦益：《列朝诗集小传》，第165页，乙集，"胡宾客俨"条。

院作家创作中寥寥无几①。而在一些词作和诗作中，流露出胡俨离开翰林之后的心情。其小令词《调笑词》：

> 明月明月，今古几回圆缺？天风吹上云端，琼楼玉宇露寒。露寒寒露，捣药谁怜顾兔。
>
> 精卫精卫，沧海填来几岁？飞来飞去翩翩，但见洪涛碧烟。碧烟烟碧，愁杀孤飞短翼。②

这是一组词四首中的两首。前一首中的"琼楼玉宇露寒"及"谁怜顾兔"等句，隐约有苦衷。后一首写精卫在洪涛之间飞翔，以愁苦和短翼孤飞的形象，写了一种不断追寻而无助的处境，也是胡俨处国子监二十余年而不得大用的写照。胡俨在寄给往日同僚的诗中更流露出落寞的心情。《答杨少傅四首布政孟公朝京还同阃宪诸公相过出杨少傅勉仁所寄诗赋此谢答》曰：

> 幽居寡俦侣，终日无与言。忽聆鸣驺振，飞盖集丘园。入门叙绸缪，故人乃见存。遗我尺素书，焕若得玙璠。洒然濯清风，盎然被春温。黄钟大吕奏，使我宿瘵蠲。谬玷君子班，怅然思昔年。曝背坐衰朽，中心徒殷勤。山川隔良晤，时蒙箴箬分。古人重金兰，古道今人敦。矫首寄遐思，悠悠空白云。（其一）
>
> 囊中孤桐琴，负疴久不弹。玉轸映金徽，徒绾朱丝弦。成连去不返，烟雾迷海山。山水久寂寞，谅彼知音难。阳春固寡和，别鹤亦辛酸。迢迢牵牛星，相望一水间。（其三）③

这组诗写于胡俨致仕之后，处境无比落寞。"幽居寡俦侣，终日无与言"、"囊中孤桐琴，负疴久不弹"、"山水久寂寞，谅彼知音难。阳春固寡和，别鹤亦辛

---

① 杨溥也作竹枝歌，都是题写豪放的内容，不作婉约语，如其《竹枝歌》："项羽争雄称霸王，乌江一水关存亡。亭长舣舟不肯度，此心廉耻终难忘。"（杨溥：《杨文定公诗集》，明抄本，卷三，第12页）

② （明）胡俨：《颐庵文选》，文渊阁四库全书，第1237册，卷上，第569页。

③ 同上书，卷下，第624页。

酸"等句写其志趣高洁，在乡中却无可与谈说的好友，因而倍感知音稀少，所以当杨荣自京师寄诗问候之时，作者有濯清风、被春温的感受。作者回忆起当年与诸人同入内阁的往事，而现在落寞的处境使他感到老益愤激，"谬玷君子班"是反激语，说明其内心一直不平。诗中有难言之隐，通过典故来传达。下首《结交行》的感情亦如此。

> 种树种松柏，莫种桃李花。结交贵谨始，末路空叹嗟。桃李易容悴，强颜逞芬葩。松柏不改色，挺然凌岁华。大道自坦夷，人心多路歧。缅彼方寸间，对面不能窥。相逢徒草草，何由展怀抱。却怜睍睆鸣嘤嘤，幽谷无人春已老。①

作者回忆在朝往事时，眼前产生了深刻的悔恨感情。"结交贵谨始，末路空叹嗟"，当是他被排挤出阁、致仕后百感交集心境的写照。他深刻感受到"大道自坦夷，人心多路歧。缅彼方寸间，对面不能窥"的严酷现实。其实胡俨为同僚所排，乃是他们原本就有污点的操行发展之必然结果。《明史·周是修传》曰：

> 初（燕王朱棣攻破京师南京时），（周是修）与（杨）士奇、（解）缙、（胡）靖及金幼孜、黄淮、胡俨约同死。临难，惟是修竟行其志云。②

同僚兼同乡周是修（名德，以字行）与杨士奇、解缙、胡广、胡俨等人约定死难国事，周是修践行诺言死身殉难，但是这些同僚却投机改迎燕王，并在燕王即位以后被简入内阁，排挤胡俨的也正是这些同僚。朝楚暮秦、改弦易辙是政客们惯用的手法，一哂置之可也，但是胡俨对于受排挤之事一直萦怀在心，在诗歌中反复写当年身处清华之地的荣耀，反衬出其利欲熏心的人格。如下诗：

---

① （明）胡俨：《颐庵文选》，卷上，第568页。
② （清）张廷玉等：《明史》，卷一百四十三，第4050页。

昔者承恩共拜官，两班分日直金銮。晚来归舍星同戴，晓起趋朝漏未残。墨点龙笺濡彩笔，烛传庭燎捧金盘。如今忆着当时事，独望桥山泪不干。（《忆昔四首寄士奇勉仁二少傅幼孜少保》其一）①

此诗最后两句点出忆昔的情境，以掩饰内心的失落。另外，胡俨在《次韵答杨少傅勉仁二首》、《次答杨少傅士奇见寄二首》等诗中皆哀叹老病，不知杨荣、杨士奇等人，尤其是本省同僚杨士奇看到以后作何感想。

① （明）胡俨：《颐庵文选》，卷下，第 651 页。

第六章 台阁体

台阁体是 20 世纪 90 年代明代文学研究中颇受学界关注的热点问题,已有多部专著和多篇学术论文对它进行研究,最著名者如廖可斌的《复古派与明代文学思潮》(台北文津出版社 1994 年版)、简恩定的《中国文学复古风气探究》(台北文史哲出版社 1992 年印行)、熊礼汇的《明清散文流派论》(武汉大学出版社 2003 年版)、罗宝珊的《明代之初期文学》(《明史研究论丛》,台北大立出版社 1982 年版,第 33—65 页)、饶龙隼的《明初诗文的走向》(《江西师范大学学报》2001 年第 2 期)、黄卓越的《明永乐至嘉靖初诗文观研究》(北京师范大学出版社 2001 年版)、夏咸淳的《明代散文流变初探》(《上海社会科学院学术季刊》1988 年第 3 期)、孙学堂的《从台阁体到复古派》(《陕西师范大学学报》2002 年第 4 期)等,目前对台阁体的研究已经达到一定的深度。

拙著不可避免地要涉足台阁体的研究,着重研究台阁体之辨名、台阁体作家形成的"八体"诗体和八景诗题材创作及台阁体出现的历史动因等问题,力求从纵观明代翰林院馆阁文学发展演变史的角度研讨台阁体的地位。

第一节 明代的台阁体和题材个案

一 从馆阁诗文到台阁体

永乐间的翰林侍读学士王达(字达善)承前人遗绪,对馆阁文学与山林文学的关系继续进行探讨。其《笔畴》曰：

> 欧公言有山林之文，有馆阁之文。山林之文枯槁，道不行，著书立言
> 者之所尚也；馆阁之文温润，得位于时者之所尚也。然文章者，发于性情
> 者也，不可以矫□（按，此字字形缺坏）而成也。居馆阁而言山林，可也；
> 居山林而言馆阁，不可也，何也？居山林而言馆阁，则慕富贵之心重矣。处
> 贫贱而慕富贵，是何志耶？道济于一时，得孚于上下，而其心不忘乎山林，
> 自非不以富贵动心、澹然无欲者不能也，惟司马公、富郑公辈可以当之。①

从北宋欧阳修论馆阁文学与山林文学异同之后，历代均有论列，不断丰富和发
展欧阳修的理论，但大体上都是本着欧阳修的说法，只有南宋胡次焱（卒于
1275 年后）认为这两种文风不可截然对立：

> 前辈谓文有两种：有山林之文，有台阁之文。鸣玉者，台阁之文也，
> 其声温润而和平；扣缶者，山林之文也，其声浏漂而激烈，居使然也。士
> 穷则扣缶，达则鸣玉。夫何笑之有？……（汪君）回峰所作，大抵困悴而
> 刻苦，政山林之文，自谓扣缶则宜，然则今日扣缶于山林，安知异日不鸣
> 玉于台阁？（《笑玉诗序》）②

胡次焱认为文人在穷达两种处境中，因处境激发而创作出不同风貌的诗文，处
境的转变亦催化了作家，使其可能创作出别样风格的诗文。这种就作家穷达不
同境遇而论文学面貌的观点，持论比较通达。宋元之交的吴龙翰《上刘后村
书》曰：

> 某谨斋沐，裁书百拜，献于龙图大学士、尚书相公阁下：某尝谓台阁
> 之文温润，山林之文枯槁。文，声也，各鸣其所以而已。温润之文，琴瑟
> 鼗鼓，笙簧钟磬，可以奉神明、缩宗庙；文之枯槁，则如燕市夜鸿、华亭

---

① （明）王达：《翰林学士耐庵王先生天游杂稿》，明正统胡滨刻本，卷九，第 1 页。
② （南宋）胡次焱：《梅岩文集》，文渊阁四库全书，第 1188 册，卷三，第 552 页。

晓鹤，仅足堪听，而其下者，则如露草寒蛩，不过自鸣其困穷耳；鸣其困穷，岂士之得已哉？然必得一代制作之主，为之赏音，则蛙鸣为鼓吹也。昔孟郊之遇韩公，杨蟠之遇欧阳公，盖以是欤？……某山林寒塞困穷而有其鸣也，请击缶于《韶》、《濩》之旁而陈之……①

刘克庄（1187—1269）是南宋时期的馆阁作家，吴龙翰是他的学生。在此信中，吴氏要向老师学习为文之道，转变自己的文风，与胡次焱的观点接近。

宋濂师吴莱、黄溍、柳贯等元朝翰苑作家，最受馆阁文风的影响。洪武三年（1370），宋濂作《汪右丞诗集序》（请参见本书第二章第四节引）。宋濂一本欧阳修的馆阁、山林两种文风之说，贬低山林文学的价值，而大为馆阁文学鼓噪，这应当看做他为建设本朝翰林院馆阁文学而吹响的号角：题材上，城观宫阙之壮、典章文物之懿、甲兵卒乘之雄、华夷会同之盛等，都是明朝的翰林作家可以大笔特笔的题材；风格上，馆阁体淳庞而雍容，铿钧而镗鞳，既厚又硕；功用上，用馆阁诗文竭弥纶之道，赞化育之任，美教化而移风俗，甚至连山林之人诵馆阁诗文都将沾溉其泽，化枯槁而为丰腴，宋濂对翰林院馆阁文学的赞美之情溢于言表。宋濂对年轻的文人也寄予创作馆阁文学的期望：

　　予闻昔人论文，有山林、台阁之异。山林之文，其气瑟缩而枯槁；台阁之文，其体绚丽而丰腴。此无他，所处之地不同，而所托之兴有异也。有立（蒋子杰）以粹然之学，位居柱史，日趋殿陛，濡毫螭坳，回视山林，不翅有仙凡之隔。故其见于辞者，云锦张而春葩明，钟簴奏而音律谐，体制正而局度严，诚可以传诸当今而垂于久远者也。如予不敏，年日以加，文日以退，视吾有立之进如水涌山出者，宁不愧哉！然而有立善古文，宏富充赡，得作者之体，不唯能诗而已。迩者执法刑曹，处烦剧之务，整暇而有余，不唯能文辞而已，其政事亦灼然有可称者。异日振厥家声，使金紫公不专美于前，予盖深有望于有立者也。辄序以识之。史官金华宋某序。（《蒋录事诗集后》）②

---

① （宋）吴龙翰：《古梅遗稿》，文渊阁四库全书，第 1188 册，卷六，第 865 页。
② （明）宋濂：《宋濂全集》，《翰苑续集》，卷四，第 842 页。

蒋子杰是一个从刑曹被选入史馆的年轻人，宋濂对他寄予深切的期望，评价其目前的文学创作面貌，鼓励他的创作向台阁体裁靠近，以求传于后世，垂于久远。

这种观念在明代的影响深远。明成化间，王偁为李本作《北觐诗序》，亦持此种观点，并扩展为王公贵人与山林羁旅者之文对立的论调：

> 予惟人之赋性有敏钝，故其立言有难易；处世有顺逆，故其成音有和戾，一自然止理也。王公贵人，神闲意舒，出言成章，和平舂达，自非穷愁蹙缩山林羁旅者可比。①

对于明朝的馆阁文学，天顺、成化阁臣李贤已有"台阁"之目②，正式冠之以台阁体之名的是王世贞，这个概念为钱谦益及清代四库馆臣等沿用。王世贞在《艺苑卮言》里谈论文学时说：

> 杨（士奇）尚法，源出欧阳氏，以简澹和易为主，而乏充拓之功，至今贵之，曰"台阁体"。③

二 台阁之名辨析

在明代永乐至正统年间（1403—1449）出现以三杨（杨士奇、杨荣、杨溥）为首的台阁体，得益于当时的政治环境和太宗（明成祖）、仁宗、宣宗祖孙三位皇帝对文艺的爱好和提倡。靖难之后，"太宗皇帝入正大统，海宇宁谧，朝廷穆清，机务之暇，游心词翰"④。在文学之外，太宗皇帝还酷爱书法，尤其喜欢沈度的字。

---

① （明）王偁：《思轩文集》，明弘治刻本，卷五，第6页。
② 李贤在《杨文定公（溥）文集序》中以"严重老成，有台阁之气象焉"（李贤：《古穰集》，文渊阁四库全书，第1244册，卷八，第566页）评论杨溥的创作。
③ （明）王世贞：《艺苑卮言》，文渊阁四库全书，第1281册，卷一百四十八，第394页。
④ （明）黄淮：《黄文简公介庵集》，卷九，第6页。

解缙善真、行书，胡广善行、草书，滕用亨善八分书，王汝玉、梁潜善真书，（沈）度于其间，独称上意，补检讨，转修撰，进侍讲学士，卒。①

这可以看做永乐时期翰林院的佳话，从一个侧面反映了其时翰林院内文学、艺术等领域活动的活跃。从永乐到宣德之时，翰林院馆阁文学得到最充分的发展。

明初诸皇帝以仁宗和宣宗最为爱好文艺。仁宗在东宫时，身边有一大批文人，仁宗和这些侍从臣僚在诗文上俱有创作。仁宗即位八月即薨，即位的宣宗，与他父亲相比，喜好文艺，有过之而无不及：

　　帝天纵神敏，逊志经史，长篇短歌，援笔立就。每试进士，辄自撰程文曰："我不当会元及第耶！"万机之暇，游戏翰墨，点染写生，遂与宣和争胜；而运际雍熙，治隆文景，君臣同游，赓歌继作，则尤千古帝王之所希遘也。于乎盛哉！②

宣宗提倡文艺创作，对杨士奇、杨荣说："朕在宫中无事时，偶有真趣，则赋一诗自适；不然，则取书籍玩味，亦得胸次开阔……"③ 宣宗自作《织妇词》、《喜雨诗》、《悯农诗》、《喜雪歌》等诗，并屡赐大臣诗篇，如《绿竹引赐都督孙忠》、《太液池送黄淮辞政》等，与一众大臣互相唱和，如作《潇湘八景画》，题咏潇湘八景。咏唱潇湘八景，是明翰林院作家文学创作的一个常用诗题。宣宗在位十年间，多次遴选庶吉士，重用文学之士，促进了宣德年间（1426—1435）翰林院作家队伍的壮大和创作的繁荣。

　　复李时勉行在侍读。时勉在洪熙初，以言事改交阯道掌道御史。仁宗皇帝上宾数日后，用事者下时勉锦衣卫狱。至是，上闻其文学，遂释之而

---

① （明）廖道南：《殿阁词林记》，文渊阁四库全书，第452册，卷六，第242页。
② （清）钱谦益：《列朝诗集小传》，乾集上，第3页，"宣宗章皇帝朱瞻基"条。
③ 黄彰健等校：《明宣宗实录》，卷一百一，第2258页。

复其官。（卷二十二，第 585 页）

（命）选前科进士，取其文学之优者，得徐理、赖世隆、吴节、李绍、姜洪、虞瑛、潘洪、王玉、陈金、刘宝、郑建、方熙、何瑄十三人，（蹇）义等以闻，命改为庶吉士，同萨琦等于翰林进学。（卷一百零七，第 2390 页）

改翰林侍讲陈敬宗为国子司业。上曰："侍讲，清华之职；司业，师表之任。秩虽未崇，其任则重，亦可谓儒者之荣矣。"（卷二十九，第 760 页）①

李时勉、陈敬宗是翰林中两位作家，后来成为明代执掌成均（国子监）最著名的两位祭酒，宣宗皇帝对他们给予非常礼遇。在宣宗统治期间，皇帝以文学为标准选拔庶吉士，培养翰林作家，而明代馆阁文学的特定产物台阁体，就是在这个时候进入形成和发展的高峰。台阁体代表作家杨士奇的创作已经得到认可：

> 上临视文渊阁，少傅杨士奇，太子少傅杨荣，太子少保金幼孜，学士杨溥、王直、王英，侍读李时勉、钱习礼，侍讲陈循等侍……已而，亲制诗赐士奇，诗曰："……罢朝闻暇一临视，移冠左右环文儒……诸儒志续汉仲舒，岂直文采凌相如……"②

这是《明宣宗实录》记载的发生于宣德四年（1429）的一段翰林佳话。杨士奇被宣宗赞以"文采凌相如"，说明此时杨士奇已经奠定了他的文坛盟主地位，距解缙退出内阁（1407）有二十二年，距解氏去世（1415）也已十四年之久，杨士奇等馆阁作家写作台阁体诗文应当已经达到其巅峰状态。

当台阁体兴盛之时，它所拥有的作家相当多，包括任职于翰林院、国子监、六部、通（通政司）都（都察院）大（大理寺）等政府机构的作家，不只限于翰林院的作家，但馆阁外的台阁体作家地位崇显，非一般低级官员可拟。清人钱谦益对明代永乐时公卿们的著作情况进行了考察：

---

① 黄彰健等校：《明宣宗实录》，卷次、页码均随文注。
② 同上书，卷五十九，第 1400—1401 页。

国初大臣别集行于世者，不过数人。永乐以后，公卿大夫，家各有集。馆阁自三杨而外，则有胡庐陵、金新淦、黄永嘉。尚书则东王、西王。祭酒则南陈、北李。勋旧则东莱、湘阴。词林卿贰，则有若周石溪、吴古崖、陈廷器、钱遗庵之属，未可悉数。①

上面这些作家即杨士奇（西杨）、杨荣（东杨）、杨溥（南杨）、胡广（庐陵）、金幼孜（新淦）、黄淮（永嘉）、王直（东王）、王英（西王）、陈敬宗（南陈）、李时勉（北李）、黄福（东莱）、夏原吉（湘阴）、周叙（石溪）、吴溥（古崖）、陈璲（廷器）、钱溥（遗庵），共十六人，这些作家都是台阁体重要作家。他们当中，除了黄福、夏原吉外，其他作家都曾经任职翰林院，而各台省部院（指六部、通政司、大理寺、都察院等）和国子监等中央机构是他们官职迁转之阶，所以要把永乐时所有的作家都纳入一个概念，"台阁体"是最恰当的。

明代洪武年间，宋濂、王祎等作家已经使用"台臣"、"台省"这些词汇。它们的含义，有助于人们确定台阁体的内涵：

时闽之连江有陈生子晟者，以《周易》中第三名文解，上礼部，既而台臣以其词章古雅，选入为楚王府伴读。朝夕陈说经义，甚为王所宾礼。（宋濂《送陈生子晟还连江序》）②

余自近岁以来，为求文者肩摩袂接而至，一切谢绝已久。闻（刘）宗文言，欣然挥毫为之。藩府宰辅之贤，词林冑监之英，台阁清流之选，以余延誉之故，亦竞赋诗畀之。（宋濂《赠传神陈德颜序》）③

一生台阁缀清班，磊落文章重泰山。特总宪纲膺帝眷，兼持戎律靖时艰。威声汉将灵旗出，宦业韩公昼锦还。应是功名身退后，更推家学继修删。（王祎《饯吴伯尚之江西》）④

---

① （清）钱谦益：《列朝诗集小传》，第 163 页。
② （明）宋濂：《宋濂全集》，《翰苑续集》，卷五，第 864 页。
③ 同上书，《翰苑别集》，卷七，第 1074 页。
④ （明）王祎：《王忠文集》，文渊阁四库全书，第 1226 册，卷二，第 50 页。

《送陈生子晟还连江序》中的"台臣"一词和《赠传神陈德颜序》中的"台阁"
一词都有翰林院之意，但其内涵又不止于此。王祎《饯吴伯尚之江西》诗中的
"一生台阁历清班"句，概括了吴当（字伯尚，吴澄之孙）在元朝廷中的经历。
吴当曾历任修撰、国子司业、翰林待制、礼部员外郎、翰林直学士，都在清班
中迁转。诗中"台阁"一词的含义，应包含翰林院和朝廷的台省部院各机构。

下面举明代的中书舍人为例。明代的中书科和翰林院的关系密切，但它不
专属于翰林院。洪武七年（1374），设直省舍人，隶中书省，九年（1376）改
称中书舍人，与给事中，皆隶承敕监；建文中，革中书舍人，改侍书，隶翰林
院；成祖复旧制，设中书科于午门外；宣德间，内阁置诰敕、制敕两房，皆设
中书舍人，掌书写诰敕、制诏、银册、铁券等事①，成为内阁下面的一个公文
制作机构，是内阁与六部之间公文中转机构。很明显，中书舍人不属于翰林院，
但他们又与内阁大臣的关系密切，因此清人认为明世中书舍人也属于翰苑词林。

明代台阁体盛行的时候，中书舍人也经常参与馆阁文学创作，如王绂等
人。王绂（1362—1416），字孟端，常州府无锡人。洪武中征至京师，永乐初
以善书供事文渊阁，除中书舍人，著有《王舍人诗集》五卷。曾棨所作序称：
"假之以年，则其惕厉奋发于和平之音，以鸣当世之盛。"（曾棨《王舍人诗集
原序》）② 王进所作序称："长篇短章，春容尔雅，无斧凿痕而理趣兼至。"③ 王
绂的创作完全符合台阁体的面貌。

从王绂的具体创作来看，他与翰林院作家酬唱、交往密切，屡有诗歌往
返，如《题静庵卷为黄学士乃尊作》、《闲居与沈修撰小酌写枯木竹石遂题》、
《雨中过欧阳编修馆题竹木画上》、《腊日梁修撰用之以还家初散紫宸朝七字为
韵命赋七首》、《中秋玉堂宴集分韵得霄字》、《赠朱编修》、《月夜舟中酒后写呈
胡祭酒兼同行诸公》、《题黄庶子瑞菊轩卷》、《万木图歌为杨庶子》、《为黄侍读
赋瑞菊》、《用韵元日早朝和邹先生缉仲熙》、《和苏检讨先生除夕前一日斋宿翰
林伯厚》、《和曾侍讲禁中闻莺韵》、《和邹侍讲雨后夜坐喜凉有作（三和）》、

---

① 李东阳《明故太常寺卿致仕进阶荣禄大夫林公墓志铭》："内阁置中书舍人，领制诰、诏敕、册
宝、奏疏、封草、书篆之事，地清职秘，其贵者乃至三品。"（《李东阳集》，卷三，第431页）

② （明）王绂：《王舍人诗集》，文渊阁四库全书，第1237册，第83页，序。

③ 同上书，第84页。

《和曾侍讲题新建秘阁韵》、《和祭酒胡先生题种菊韵》、《送周编修复任还南京》、《游天王寺用修撰王时彦韵英谥文安》、《逢武当道士李幽岩用王修撰韵》、《胡祭酒索写洪厓图依韵奉答辞之》、《和曾侍讲对雪韵》、《对雪再用韵》、《挽胡母吴宜人》、《送金先生（幼孜父）归金华》、《翰林夜燕分韵得隅字》、《梁不移先生以诗示其子修撰用次其韵》、《挽杨谕德尊翁》、《代作送大学士黄静庵先生拜封归永嘉》、《挽廖检讨先生敬先吉水人》、《送大学士黄静庵先生拜封归永嘉》、《挽筠碉解先生》、《哭林侍讲志字尚默号见一居士侯官人永乐辛卯解元壬辰会元榜眼春坊谕德兼侍读五十卒杨文贞公士奇表其墓》、《和曾侍讲古意棨字子棨永乐甲申状元》、《闰九月王修撰直宅对菊分韵得喜字送其兄行敏》、《奉和少师端午日赐宴诗韵时同纂修群书于文渊阁下》、《元夜玉堂斋宿分韵得星字》等。从以上诗题中可以看到王绂的唱和对象，他和当时翰林院中的所有名家俱有来往。其《瑞应狮子诗》、《麒麟诗》、《扈从出京》、《二月九日瞻望大驾渡江作》、《元夕赐宴观灯应制》、《元日早朝》、《别南京》、《北京八咏》等诗也是台阁体的作品。王绂的馆阁体作品既多，内容、题材与翰林作家的创作接近，风格与三杨台阁体相差无几，说明了翰林院中以三杨为首的作家创作对朝廷诸台省部院作家的文学创作产生笼罩性的影响。正因为任职于台省部院各机构的作家参与到以三杨为首的馆阁文学创作中来，所以用台阁体这一术语来概括作家群体和他们的风格，再恰当不过。

　　明代永乐到正统年间（1403—1449）的翰林院作家的创作力量，随着解缙等人的冤死而削弱，也随着明朝廷三年一次举行科举考试和连续选庶吉士作养人才而得以不断增强，其组成人员在作家不断死亡和增补中渐渐增加。在这期间，翰林作家中最为稳定的成员是三杨、二王、南陈北李等。永乐和正统年间台阁体作家举行的两次诗文创作集会可以反映出台阁体作家人员的变化：永乐十二年（1414），以"燕山八景图"为题进行诗歌创作，有左春坊邹缉，翰林学士胡广，国子监祭酒胡俨，右庶子杨荣，右谕德金幼孜，侍讲曾棨、林环，修撰梁潜、王洪、王英、王直，中书舍人王绂、许翰等共十三人参加；到了正统十二年（1437），在杨荣家举行名为"杏园雅集"的创作集会，有杨荣、少傅杨士奇、少詹事王直、礼部尚书杨溥、少詹事王英、侍读学士钱习礼、左庶子周述、侍读学士李时勉、侍讲学士陈循及锦衣卫谢庭楯，共十人。其间二十余年，到正统十二年，曾经参加"燕山八景图"诗歌唱和的作家中，邹缉、胡广、金幼孜、曾棨、林环、梁潜、王洪等已死，胡俨致仕家居；新增加的成员中，钱习礼、李时勉、陈循，或以改官翰林，或科举及第任官翰林，得以参与是会，其中陈循成为后期台阁体的代表。

综上所论，台阁体是明朝以翰林院作家为主的、包括台省部院身份的作家在内的文学创作。它在明朝成祖永乐年间（1403—1424）逐渐兴盛，到英宗正统（1436—1449）、天顺（1457—1464）年间逐渐衰落①，以三杨为首，以杨士奇的创作风格为代表，前后影响达六七十年。成化初、中叶，是台阁体衰落到李东阳崛起、主盟文坛的过渡期。

台阁体的题材主要为描写都城之雄伟、宫阙之壮丽、府库之充实、九夷八蛮之会同以及反映朝廷典章制度、政教所布、一代制作；歌颂圣君贤臣之嘉谟雄烈及太平盛观、丰亨豫大之容；记叙民情民俗之美及原野、鸟兽、草木之光华润泽等内容，又常常流露对皇帝圣神及朝廷在仁、德、礼乐等方面教化的美化意识，宣上恩德以施惠政，黼黻至治。作家以文学遭遇其时，锐意文艺，畅其志气，把他们欢欣之咏歌形之于词章，发出宏美盛大之音，铺张宏休，扬厉伟绩。台阁作家的风格比较接近，以和平温厚、春容典雅、温润正大、安闲纡徐、冲淡平实为共同特征。

三　八体——馆阁诗歌创作共同题材之个案

翰林作家经常举行诗酒集会，进行诗文创作，或因皇帝应制而作，或以前人诗句一句或数句分韵写作，或一和再和，逞才使力，或以节令为题进行集体创作等，形式多样。下面以他们创作的八景诗为例，我们看到明代翰林院作家尤以台阁作家对这个诗题的爱好。

---

① 正统时，刘球（1392—1443）在《送侍读尹先生南归诗序》中说："今时学者多逐末，其文与气浸弱。"（刘球：《两溪文集》，文渊阁四库全书，第1243册，卷十，第545页）廖道南谓："国朝以文取士，大概以词达为本。天顺间，晚宋文字盛行于时，如《论范》、《论学绳尺》之类，士子翕然宗之，文遂一变。侍讲学士丘（邱）濬每考试，凡怪词险语，皆痛斥之众，不恤也。及为祭酒，尤谆谆为学者言之，文体乃复浑厚。"（廖道南：《殿阁词林记》，文渊阁四库全书，第452册，卷十四，第317—318页）说明台阁体的衰变，始于正统，而极弊于天顺时。

台阁作家黄淮作《题柏山八咏后》：

> 古称登高能赋，不过其耳目所接，形诸咏歌，未闻分别品题而限之以数，彼若《七发》、《七乘》之流，盖因其属辞各有所寓，又非即景之可比。近代以来，始有潇湘八景之目，继之者又有《金台八咏》，是后仿效沿袭，皆以八为准……①

这是最早的明人有关八咏（或八景）这种体裁的论述。汉代枚乘作《七发》，它的结构形式引发后世多位作家模仿，出现众多结构类似作品，如傅毅《七激》、张衡《七辨》、曹植《七厉》、崔骃《七依》、王粲《七释》、桓麟《七说》、左思《七讽》等，萧统《文选》为之特立"七体"一目。它们在篇章上皆以七段成篇，是为共同特征。若循"七体"之体例，所有"以八为准"的咏吟山川景物的诗歌，也可以称为"八体"。按照黄淮所云，潇湘八景之诗作是文学创作中最早的八体作品。早期八咏之作，亦有词作。《四库全书总目·〈烟波渔隐词〉提要》曰：

> 其书盖作于淳祐元年（1241），取太公、范蠡、陶潜诸人，各系以词一首，又有《潇湘八景》，春夏四时景，亦系以词。②

南宋祝穆《方舆胜览》卷二十三记载了明代"潇湘八景"这一诗题的对象：

> 潇湘八景《湘山野录》："本朝宋迪度支工画，有平沙雁落、远浦帆归、山市晴岚、江天暮雪、洞庭秋月、潇湘夜雨、烟寺晚钟、渔村落照，谓之八景云。"③

---

① （明）黄淮：《黄文简公介庵集》，卷五，第 30 页。

② （清）永瑢等：《〈烟波渔隐词〉提要》，《四库全书总目》，卷二百，第 1831 页。

③ （南宋）祝穆：《方舆胜览》，文渊阁四库全书，第 471 册，卷二十三，第 749 页。按，《湘山野录》是北宋释文莹于神宗熙宁年间（1068—1077）撰写的笔记体野史。潇湘八景又见北宋沈括（1031—1095）《梦溪笔谈》卷十七记载。按，北宋米芾作《潇湘八景》诗跋，而生活于后梁贞明五年（919）至北宋乾德五年（967）的李成已有八景图。

这些诗歌都是以四个字作为诗题，形成八体诗歌的命题特征，上引此段也说明这种诗题的命名格式在宋代已确立。明人的创作中，亦有衍为十首或十二首的，它们也是八体的变体。成化年间的王偁在《跋太平八景》中说得很清楚：

> 古人即景命题，如潇湘、关中、桃源、万州，皆厘而为八。西湖、龙阳、姑熟、梅川与皇朝之北京，又益而为十，皆取夫山川之胜、风物之美于一方之大、四境之美。未闻有一区之宅、数亩之宫而可以拟其多如此也。①

清人于敏中等编《钦定日下旧闻考》曰：

> 自金明昌（1190—1195）中始有燕山八景之目，元明以来著咏颇多……补：自（北宋）宋员外迪以潇湘风景写平远山水一幅，一时观者留题，目为"潇湘八景"。南渡诗人，若陈允平衡仲、张盘叔安、周密公谨、奚灭倬然，皆有《西湖十景》词，而《北平旧志》载金明昌遗事，有"燕京八景"，元人或作为古风，或演为小曲。所谓八景者：居庸叠翠、玉泉垂虹、太液秋风、琼岛春阴、蓟门飞雨、西山积雪、卢沟晓月、金台夕照是已。至永乐间，馆阁诸公相集倡和，更蓟门飞雨为蓟门烟树，和者相属，因而十室之邑、三里之城、五亩之园以及琳宫梵宇，靡不有八景诗矣。②

北宋米芾（1051—1107）《潇湘八景》诗，可能就是黄淮所说的"近代"以来较早在诗歌中吟咏八景的作品。这种体裁到了明人手里，才开始大规模地进行创作，而诗体由翰林作家吟咏燕山八景而泛滥。永乐十二年（1414），翰林侍讲兼左春坊左中允邹缉倡议吟咏北京八景，用以"敷赞洪休"，歌颂大一统文明之运，并稍改燕山八景之题，凡诗一百二十首。而此后正如清人《钦定日下

---

① （明）王偁：《思轩文集》，明弘治刻本，卷十一，第16页。
② （清）于敏中等撰：《钦定日下旧闻考》，文渊阁四库全书，第497册，卷八，第126页，形胜四。

旧闻考》所云，这种题材的创作大为盛行，"十室之邑、三里之城、五亩之园以及琳宫梵宇，靡不有八景诗矣"。

曾棨于八体诗特多创作，如律诗《胡氏山居八景》（芙蓉叠翠、墨潭澄碧、□□□□、濠岭寒泉、石井春耕、枫林夜读、钟山晴云、砂山雾雪）、《北京八景》（居庸叠翠、玉泉垂虹、太液晴波、琼岛春云、蓟门烟树、西山雪霁、卢沟晓月、金台夕照）、《江西八景》（西山积翠、南浦飞云、徐亭烟树、滕阁秋风、铁拄仙踪、洪崖丹井、章江晓渡、龙沙夕照）、《泰和山八景》（天柱凌云、玉虚环翠、□龙披雾、九渡鸣泉、南若峭壁、紫霄层峦、雷动春发、琼台霁晓）；也有衍为十首的，如《磻湘十景》（磻湘烟树、江墅寒泉、龙潭明钓、□堤春望、中陵明翠、双龙筼阴、墨沼晴波、□□□□），而且衍为十首之后，诗题也有改为三个字的，如《南昌古迹十咏》（澹台墓、灌婴城、梅真观、葛仙坛、投书渚、写韵轩、绳金塔、浴仙池、陈陶室、苏公圃）等。或咏十首，或改诗题字数，都是"八体"衍生出的变体。

王直的序作中，有多篇为八景诗或十景诗作序，如《菊窗十景诗序》、《三台八景诗序》、《富溪八景诗序》、《禄冈八景诗序》、《郊居八咏总序》、《石潭八景诗序》等。这些诗不都是翰林作家创作的，反映了从翰林到郎署的作家，乃至隐逸之士，都受到八体诗的影响。王直的《会景亭记》提到时人命名景点亦以八为限。《富溪八景诗序》记叙他在翰林，取北京八景赋为诗作，又为豫章十景赋诗，说明王直本人也在不断地创作八体诗歌。

明代后期台阁体的代表作家陈循也大量创作八体，如《东梅八景为临江郭鼎真郎中赋》、《富溪八景为吉水王氏刑部主事佐之父》等诗，作有《龙江八景记》、《东郊八景记》等文。更重要的是，在陈循手中，八体创作产生了一些前所未有的新奇形式，如《小桥流水》、《芳草残碑》是他应刘定之父请题石潭八景而写的两首诗；而《瑯琊朝暾》、《杓岩晓月》、《雪峰笔架》、《灵山锦屏》、《东源澄波》这些单首诗作，却以八体常见的四字格式命题；《四景》的诗题分别为《香炉晓烟》、《雪楼空翠》、《道溪波光》、《古松秀色》，虽只有四景，却也用四字格式命题，属于八体创作的异变现象。

薛瑄（1389—1464）创作有《神州八景》，写北京八景；此外，薛瑄还换用北京的一些景色而名之为北京八景。薛瑄在南京时写了《南京十咏》（钟山叠翠、玄武波澄、淮清柳色、卞壶神祠、石城霁景、凤台春晓、江东古渡、长江秋色；朝阳晓望、鸡寺晚钟、太平堤望），用的也是八体的格式，这是八体体制的扩展，另外薛瑄还有《十二景为衍圣公孔彦缙赋二十四绝》诗，以绝句的体制进行创作，也是八体的新变。

林文（1390—1476）《淡轩稿》卷二中《风林晓日》、《马峤晴云》、《印墩胜概》、《钟岭仙踪》、《高桥柳色》、《古祠槐阴》、《竹林晚翠》、《菊圃秋香》等诗合成八首；同卷还有《金台夕照》、《潞渚晴云》、《建溪深隐》、《九华清隐》等四字命题的诗歌，都可以看做同类；卷三《衡宇宝壶》、《草堂吟翠》、《风岭巢云》、《梅窗映雪》、《兰江别意》、《采石怀古》、《匡庐翠黛》、《江汉朝宗》、《洞庭春色》、《彭泽秋容》、《赤壁夜月》、《黄鹤遗风》共十二首。

吴节（1397—1481）创作的八景诗，或为一首或为九首，形式不一。《火焰夏云八景之一》、《神源龙归八景之一》皆只为一首，而《水亭胜景为泰和杨孟固题》有《东皋春雨》、《花坞夕阳》、《梅林琴韵》、《石桥流水》、《竹径清风》、《日照新荷》、《东郊芳草》、《鹤鸣凉月》、《鱼泳晴波》九题。

成化（1465—1487）、弘治（1488—1505）年间，八景诗的创作仍然很多，依旧用八体的命名方式来名诗。邱濬（1420—1495）作有《姑苏陈氏佳城十景十首缊熙学士先茔》（灵岩晴旭、震泽秋蟾、光福烟霏、穹窿云气、阙题、海云茶屏、古庙乔松、寄心修竹、沃壤西成、伏龙残照）、《五指参天少时曾作琼台八景郡侯程公已刻之梓今不复存惟记其首一章谩录于此》等。邱濬为他人所作的八景诗作序，如《岐山八景诗序》指出该组诗共写有屏山耸翠、带水湾环、榕树屯阴、椰林挺秀、月池夜色、花岛春香、山市晓晴、洋田朝雨八景，另有序文《南陵刘氏八景诗序》等。

倪岳（1444—1501）的八体诗歌创作则有《京师十景图诗》、《学士四荣为邱先生仲深赋》（史馆进书、经筵进讲、奉天侍宴、谨身读卷）等。在他创作的八体诗歌中，《学士四荣为丘先生仲深赋》四题的内容并非写景，而是记载学士邱濬的馆阁荣耀，却是模仿八景诗的命题方式撰作诗题，这样的诗歌理所当然地被称为"八体"，这是从原本只限于描摹景物的八景诗到创作一切题材的"八体"的跨越式发展。

第二节　台阁体作家的创作及其文学理论

一　永乐时的两位台阁体作家——尹昌隆、胡广

永乐初的馆阁作家尹昌隆，是杨士奇的同声。虽然他为吕震所诬死，去世较早，但无害于他作为台阁体作家的成就。

尹昌隆（1369—1417），字彦璟（按，黄佐《翰林记》一作彦谦），明人罗洪先谓昌隆名璟，字昌隆，以字行，江西吉安府泰和人。洪武丁丑（1397）科第二人进士及第。授翰林编修，改监察御史，进为左春坊左中允，后为吕震诬与谷王谋逆，遭弃市。存明万历刻本《尹讷庵先生遗稿》十卷，所作多散文，诗二卷，古体、近体各一卷。

罗洪先《前左春坊左中允尹公讷庵画像赞有序》论其文"昌肆雄郁"①，尹昌隆是仁宗的老师，其文风与仁宗皇帝（时为太子）爱好欧阳修文章的倾向必相趋近，又与杨士奇同里，可以看做杨士奇的同声。《舫斋记》是一篇能体现他创作风格的散文：

> 余从兄彦珩，名所居藏修之室曰舫斋。不远千里，走书金陵，告其弟昌隆曰："斋之广盈丈，身视广则三倍之。凡入吾室者，如入舟中，向明而背幽，违寒而当燠，翼之以厦屋，环之以青山，翳之以佳花美木。每风晨月夕，睹白云之漫迷而吞吐吾窗户也，则如扁舟浮游于烟波浩渺间耳。松竹之有声也，则如云涛雪浪，汹涌于几席之下，皆汝尝厌见而饫闻也。记之者，宜莫汝若，汝无辞焉。"余惟世之乐岂其居者峻其栋宇，美其轮奂，非不壮且丽也，乃皆不敢求余记。今彦珩是斋，不节不棁，不雕不

① （明）尹昌隆：《尹讷庵先生遗稿》，明万历刻本，罗序。

琢，仅除风雨而独予记者，岂非徒骇穷儿呆女？固不足置齿牙间，而此则有足记也。然则舫乃舟之异名也。天下之至险者，莫如舟。《诗》托泾舟以咏文王得人之盛，《书》假舟楫以□（按，此字字形缺坏）傅说作相之功。凡江、河、淮、济之间，舍是则跬步莫能有所适矣。然舟行乘危，非安居者之所乐也。余少颇有禄仕，奔走南北，常扬帆彭蠡，鼓枻大江，越钱塘之秋清，泛闽川之鲸波；又尝逾淮渡河，泝吕梁之悬水，涉泾渭之异流，舟车往来，不下万里。既溺而复奋，屡危而后安，诚若欧阳公所谓号叫神明以脱须臾之命者，数矣。而亦何美于舟哉？故今言之而中犹为之战慄也。今吾兄隐居乐义，优游岁年，身不蹈名利之场，足不践江湖之险，亦何乐于彼而以舫名其斋欤？无乃未历其险，静而欲东欤？将不泥进退而寓其周流无滞之意欤？抑不溺所处而示居安虑危之戒欤？不然，则必怀济川之具，而欲有所试也。数者必有一焉。用书之以复彦珩，遂以为记。①

此文内容丰富，既状写了从兄尹彦珩藏修之室舫斋的周边景物，这是尹昌隆所熟悉的人事和景物，又多诗文典故寄托深远，回忆作者年轻时为禄仕奔波江湖的历险往事，最后乃以雄赡的笔力揣测从兄舫斋命名之意，文章简短而转折多重，感情从抒写兄长之居"乐"转到感慨自己人生的"悲辛"，似已凝涩之极，却又突然转为畅想从兄的隐逸生活，很充分地体现了"昌肆雄郁"的行文特征。《梅岗王氏竹所记》行文舒缓，有欧阳修散文的特色：

梅岗，南厝之上渡。石桥并浅堤，回纡而后入者，王君伯亮之所居也。地不盈亩，屋数椽，而竹千竿，过其外者，徒闻鸡犬之鸣吠、童稚之语笑、机杼之声哑哑然，而居人、烟火在其中者不见也。桑枢蓬石，俯而后入，仰而后视之，则长梢直节上拂乎云汉，而烟霞雨雾纷披挺拔，置迷蔽亏之状，顷刻而变万殊，而或清风徐来，却邻父之浓谈，止童子之余咏，拂衣燕坐而听之，则四壁之外，如丝簧金石之互发，而涧声鹤唳，与夫樵之歌、牧之谣，若呼而应、响而答者。君盖乐之而自号之曰"竹所"。

---

① （明）尹昌隆：《尹讷庵先生遗稿》，卷二，第1页。

君简易抗直，不妄交于世。其人非负深雅况者，亦不至其门。予尝过君，君葛巾藜杖练袍，无缊而悠然自得，因与予观竹。入其室，予笑而问之曰："君室中何所有也？"君笑而答曰："山珍海错之奇，熊蹯豹胎之美，吾无有焉，至于钩登巨鳞，瓢贮芥薑，酒盆溢而午熟，鸡啄黍而秋肥，则吾有也。"因取酒酌之醉，而后论其先世豪奢盛美之事，而今未尝见矣。盖竹之东，旧为寅宾楼，楼之下为濯缨亭，亭之外为驷马之门。其百数十步，即梅岗，岗之下为万丈楼，宋丞相文信国公为其五世祖约斋先生为书"履潜恒益"四德在焉。盖其盛时，连甍叠槛，花木之富，宾客遨游之乐，殆无虚日；及其废也，一旦丘墟，蔓草禾黍生之，过者莫不慨然叹息。呜呼！盛衰之来，亦谁能拒之，而人情不能无欣戚也。君及见其家盛事，今老矣，乃泰然安于穷约如此，岂非贫富不易其志哉？夫竹不以寒暑改其节，君子不以穷达易其志，则宜乎君之爱夫竹之至也。至其居之安，乐之深，浮游污浊之表，而外累不足以介乎其中，则君之独得，又有在于竹之外也。君不以言于人，人亦少知之者。因书以为《竹所记》。①

这篇记更为典型地展示了尹昌隆的创作功力。它和上引的《舫斋记》，都没有道德说教的成分，是比较纯的文学，也说明尹昌隆把文学与非文学区别开来的意识。通篇语言优美，整齐的排句与参差不齐的短句相结合，又多用语气词制造舒缓的语言美感。造境入神，善于作纡缓的景物和人物描写，着笔之处各各不同，写出环境给人的细微感受和人物的神采。用视觉的直接感受、听觉的间接映衬，表现竹所的幽静优美的景色；从仰视、俯首的不同动作，让人物仿佛栩栩如生，依稀宋人写景的笔法，可产生丰富的相似情境联想。感情温暖而沁人，不容易体会出来的感慨却潜行其中。作者通过他的笔触，勾画出时代变迁、人事衰败的巨变，让读者为"居之安"、"乐之深"于其中的主人公泫然泪下，这样的感伤情感淡淡地散发在字里行间，似为乐境而实衬映出哀情。

胡广（1370—1418），初名广，建文帝改为靖，永乐中复名广，字光大，号晃庵，谥文穆，江西吉安府吉水人。建文二年庚辰（1400）一甲第一人，永

---

① （明）尹昌隆：《尹讷庵先生遗稿》，卷三，第1、2页。

乐五年（1407）兼翰林学士，官至文渊阁大学士。在馆阁十七年，基本上生活
于永乐时期，所以其诗文典型地反映了永乐时期的国家气象。胡广的近体诗深
得杨士奇赞赏，是一位与三杨台阁体风格接近的翰林作家。存有清乾隆刻本
《胡文穆公文集》二十卷。

清代上官谟作《重修胡文穆先生文集序》，精要地点出了胡广的生平和
文风：

> 文穆先生遭遇明时，躬逢圣主……先生预禁苑，读秘书，置身清华论
> 思之地，十有七年；而又以扈从北征，深入沙漠，一切山川所经，风雨所
> 遇，尽涵濡于得心应手之趣，与夫鸟语卉者，爰探其奇状，恣情记忆，时
> 流露于歌思翰墨之余，而其体格风蕴，类多司马子长、欧阳文忠之遗意
> 焉。盖天所以笃厚其材，每于功名福泽之中，隐寓有忧戚玉成之道，此古
> 今来克胜大任者，就今富贵素履，未有不动心忍性以增益其材能者也……
> 又得窥其学问充积，光辉发越……①

杨士奇撰《文渊阁大学士兼左春坊大学士赠荣禄大夫少师礼部尚书谥文穆胡公
广神道碑》曰：

> 其斋居名晃庵，因以为号……外则日受从祖子贞先生之教……其学博
> 究经史百氏，下逮医卜老释之说，亦皆旁通，而性命道德之旨，晚益有造
> 诣。为文援笔立就，顷刻千百言，沛然云行流水之势，赋诗取适其性情，
> 近体得盛唐之趣。②

胡广学有渊源，长期在内阁，能读到文渊阁中收藏的秘书，增益他的学问，又曾
经扈从永乐皇帝北征沙漠，一路的山川经历给了后世的馆阁诸臣所没有的阅历。
《胡文穆公文集》卷二十为扈从诗卷，中分成四卷，写了从征途中的各种况味，

---

① （明）胡广：《胡文穆公文集》，清乾隆十五年（1750）刻本，第1、2页，上官序。
② （明）杨士奇：《文渊阁大学士兼左春坊大学士赠荣禄大夫少师礼部尚书谥文穆胡公广神道碑》，
《献征录》，卷十二，原第19、20页。

所以他的诗歌创作中边塞诗与馆阁闲适之诗并存，构成其诗歌的主要内容。风格上，胡广的诗文创作表现出由崇尚班、马、韩、柳等人的风格转向为似司马迁、欧阳修等人的风格，这是翰林馆阁文学宗尚对象转变带来的必然结果。

　　胡广写了大量的应制诗文，反映明王朝的强盛国势，如《胡文穆公文集》卷九《赐进士题名记》、《圣孝瑞应诗》、《平安南碑》、《平胡之碑》、《麒麟赋》、卷五《重陪驾至太液池十首》，卷六《春日禁中》，卷七《应制赋缅人入贡》等。下举《甲午元夕观灯四首》为例：

　　　　圣人端欲致中和，四海雍熙乐事多。玉烛丽天明日月，春风送暖入山河。亲逢旬后垂衣治，重听尧民《击壤》歌。佳节年年陪宴乐，草芳何幸沐恩波！

　　　　华星皓月影相辉，万炬金莲炫紫薇。龙伯钓鳌瀛海至，骊珠衔凤碧霄飞。翠华玉节拥仙仗，玄武钩陈卫禁闱。每近御筵观戏乐，天香披拂满朝衣。

　　　　鳌峰高耸出天都，岛屿林峦翠锦铺。紫雾红云连绛阙，琼楼玉宇见蓬壶。光含碧落移星斗，影落沧溟晃海珠。万国太平人岂乐，两京胜事古来无。

　　　　九衢不禁夜迢迢，欢乐人人近碧霄。大统万年归凤历，升平一曲度萧韶。已渐浅薄承优宠，未有文章辅圣朝。欲效康衢呈此句，愿同四海颂唐尧。①

胡广是继解缙之后较早担任翰林学士的官员，其元夕观灯诗具有反映永乐盛世的典型性。永乐时期，明朝的国势最盛。永乐皇帝励精图治，大臣尽心辅佐，明朝进入强盛的巅峰时期，经济持续发展。天子亲守国门，南征北战，北击蒙古，平定安南，周边的国家与明朝建立起藩属的关系。元夕放灯在永乐朝和宣德朝皆以圣旨的形式著为定例。"永乐七年（1409）正月十一日，钦奉太宗文皇帝圣旨：'太祖开基创业，平定天下，四十余年，礼乐政令都已备具。朕即

---

① （明）胡广：《胡文穆公文集》，卷八，第10、11页。

位以来，务遵成法，如今风调雨顺，军民乐业。今年上元节，正月十一日至二十日，这几日官人每都与节假，著他闲暇休息，不奏事，有要紧的事，明白写了封进来。民间放灯，从他饮酒作乐快活，兵马司都不禁，夜巡著不要搅扰生事，永为定例。……'又宣德二年（1427）正月十二日，钦奉宣宗皇帝敕谕文武群臣：'朕恭膺天命，嗣承大位，仰惟祖宗创建守成之艰，夙昔兢惕，一遵成宪以抚天下。赖上天垂佑，海宇清宁，雨旸时若，年谷遂成，嘉与臣等共享太平之乐。今岁维新，上元届节，特赐百官假十日，凡有机务重事，封进来闻。在京军民如故事张灯饮酒为乐，五城兵马弛夜禁，但戒饬官员军民人等不许因而生事，违者罪之。永为定例，钦此。'以上二例，皆载在令甲。"① 明成祖和宣宗以圣旨的形式把元夕节日固定下来，成为定制，上引的两则制词反映了明初国家繁荣昌盛、人民安居乐业的盛世雍熙景象。胡广的四首诗中所反映的垂拱而治、万民欢歌、万国太平、九衢不禁等社会现象，虽然有阿谀奉承的成分，诗中所写的内容大体上是可靠的，这时的翰林院文学侍从之臣观灯应制诗之命绝不会像成化年间激起章懋等人的反对。诗中歌颂皇帝的圣明统治，感激皇帝对侍从之臣的宠渥，美化朝廷政治教化，渲染皇家宫禁之美的内容为后来翰林院馆阁文学的官样文章必写的对象。胡广的这类诗歌创作在修饰语词上也有一定的示范性，他经常在诗中描绘琐闼、朱甍、绣衣、紫宸、香、珮环、玉墀、香云、星彩、仙乐等物象，风格雍容典雅，作者的个性和形象似乎泯灭殆尽。

具体说来，胡广的古诗向汉魏和唐代学习，如下面这首《赠别》诗在首句和其他句子上都可以看到汉魏古诗的痕迹：

> 驱车出东门，迢迢欲何之？驾言向关陇，指日西北驰。朝登黄河壖，暮投洛与伊。历览有古迹，冯高多旷辞。由来贤达人，壮志在四陲。焉能事局促，徒负蓬桑为。……②

---

① （明）沈德符：《万历野获编》，《明代笔记小说大观》本，补遗，第2845—2846页，"元夕放灯"条。
② （明）胡广：《胡文穆公文集》，卷一，第1页。

诗中的"驱车出东门"、"迢迢"、"驾言"等语言以及驰西北、志在四陲的形象和朝暮对举的表现手法,都借鉴于汉魏及北朝乐府诗。而《题悠然楼》诗则隐约有着陶渊明的情趣:

> 高楼对南山,悠然惬陶情。登临或觞咏,颇觉幽思清。白云当户起,凉飙拂檐尘。忧哉聊寄傲,孰知趋利明。睥彼羲皇人,吾心欲何营?①

作者依然承袭陶渊明借以表达逸趣的意象,诸如南山眺望、觞咏幽思、白云对户、凉风时吹等,最后一句更含有对陶而愧的心理。学习陶诗乃至陶诗中的人生意趣,是胡广古体诗歌的重要内容:

> 安逸非所尚,习隐恒自娱。谢兹尘网羁,爱此泉石居。开轩无杂言,读我案头书。书闲或散步,涉园看佳蔬。归来酌春酒,新月已盈裾。呼童秉华烛,简编修可疏。(《题仙石书隐》)
>
> 幽居近城府,而无城府迹。……乌啼芳树深,犬吠村巷僻。……陶然忘外求,所顾非所适。(《幽居为刘氏赋》)②
>
> 太素始由质,至味不调和。所贵在淳朴,雕斫胡足多。末俗委其本,靡靡随流波。竞为玉楮叶,锋杀繁茎柯。焉知造化功,万物岂镂劂。蕲然智力私,视不一毫加。惟君雅尚古,厌藻斥彼华……(《朴阁》)
>
> 去者已不返,来者行尚心。……孰能识彼真。造化委至和……胡劳役心神。彭泽归去来,谁谓千载人。(《感兴二首》其一)③

《感兴二首》其一明确地感叹陶氏已逝千载,他的风神宛在,说明胡广努力地追求陶渊明的人格与诗歌成就。根据有关史料可知,胡广其实是一个名利萦心的馆阁侍从之臣。在《题仙石书隐》诗中,胡广表明安逸并不是他所崇尚的生活,只是把习隐作为一种自娱的途径,排解尘网中的羁束,但此诗与

---

① (明)胡广:《胡文穆公文集》,卷一,第1页。
② 同上书,卷一,第6、7页。
③ 同上书,卷二,第2页。

《幽居为刘氏赋》却都用了陶渊明诗文中的典故，令人熟悉如昨而意趣不同。《朴阉》诗以诗的形式论诗文风格，独造语较多，但是表达上仍肖似陶渊明。胡广在《溪山清趣图序》中继续发挥山水意趣，认为鉴赏山水是贤士大夫普遍的行为：

> 樵在山，渔在水，终日处山水之间而不知山水之清癯，故恒不以为乐。居山水之间而深得夫山水之趣而乐之者，惟贤士大夫乎！尝观古之士大夫栖迟于山水之间，其迹与樵固无甚异，然而放情适兴以乐其乐，陶写性灵，畅为吟咏，探幽钩微……①

既然把陶潜式的人生与其志趣当成贤士大夫的榜样，那么胡广追慕山水幽情，追求更高层次的人生，可避免身在馆阁而作山林之思的嘲笑，作者反而嘲笑那些身处山水之间而不领会其中乐趣的樵夫、渔人。胡广还写了《山居八景》这样反映躬耕田亩、颐养性灵、澹然襟抱的诗歌。明代翰林作家创作的学陶诗经常与庄子的思想、语言、相关典故混合在一起，胡广的作品就体现出这个共同特点。如：

> 昔闻藐姑射山多神仙，云裾霞袂何蹁跹……人间一住三千年……（《题晓睡图》）②
> 漆园希旷逸，诗诵达生篇。（《南山耕读诗与刘仲镡三首》其一）③

前一首诗歌用的是《庄子》中的典故，或许还让人看不明白学陶与汲取庄学精神的互通之处。《南山耕读诗与刘仲镡三首》其二这首诗正好可以拿来和上引第二首相互印证：

> 我爱南山好，幽偏称隐心。黄池留日鉴，开径出云村。稻长千畦绿，

---

① （明）胡广：《胡文穆公文集》，卷十二，第4、5页。
② 同上书，卷四，第2页。
③ 同上书，卷五，第3页。

松圆四座阴。时时耕与读，兴复在瑶琴。①

这首诗造境深具陶诗的风味，深得其趣。

胡广的古诗和律诗创作向李白、杜甫、白居易等唐代诗人学习，多所宗师，在《姚少师寄诗兼惠阳羡茶和韵答之》其二有所表露：

　　　　最忆高情物外人，清谈常对玉堂春。书来晋字神飘逸，吟得唐诗句逼真。浅薄每蒙青眼顾，相知莫嗟白头新。睽离但祝身长健，有待归时论法尘。②

胡广与姚广孝白首相知，关系不同一般。诗中云"吟得唐诗句逼真"，当是他们在诗歌上共同的追求。又如同是写清趣的《题画菜》诗，却用了唐人的语汇：

　　　　久谙山野趣，对此兴无涯。清健良足惜，古园归梦赊。犹忆酌清酒，夜雨宿田家。③

像谙熟山野趣、夜雨宿田家这类诗句，一向多见于唐代的山水、田园诗歌中。在古诗创作上，胡广向李白顶礼膜拜，如《对酒和李白》、《题子昂画太白庐山观瀑图》、《到长风沙》等诗歌都有缅怀李白的诗句，对他洒脱的人生态度、卓越的创作力表示景仰。古风尤学李白诗的气势。如《池口阻风》：

　　　　白浪如山卷雪花，黑云拶地飞阴雨。此时鱼龙争没浮，江翻石裂无安流。冯夷击鼓怒鼋吼……④

---

① （明）胡广：《胡文穆公文集》，卷五，第 3 页。
② 同上书，卷八，第 4 页。
③ 同上书，卷一，第 3 页。
④ 同上书，卷三，第 1 页。

上引数句善于作壮语，以豪壮的比喻和动词，把胡广在池口遇风时眼见的江间各种景象表现出来。歌行体《采石述怀》诗有着更明显的模仿李白古风的痕迹：

> 我生厌局促，江海忘奔驰。扁舟薄暮过采石，仙人招我登蛾眉。蛾眉亭前波浩渺，百灵悬崖俯飞鸟。三山潮到浪欲平，明月时来漾珠小。锦袍公子李谪仙，骑鲸一去经千年。作诗往有三百篇，上追风雅同流传。却向此中看月色，翻身跳入龙宫眼。纤尘不染骨已蜕，空余荒冢埋云烟。便呼斗酒酬江水，再起共乘坎下船。将携两妓歌扣舷，玉箫吹断催繁弦。世上黄金不如土，取醉何须论十千。悠然怀古思莫报，留得青山似相识。傍人诃我酒家仙，亦有从前好诗癖。夜阑慷慨曲未终，起舞拂袖来天风。潮鸡促报东方曙，放手但觉金尊空。君不见摩挲铜狄徒搔首，今古英雄归一朽。虚名□（按，此字字形缺坏）生宇宙间，惟有文章可长久。①

此诗以记叙的手法，写船过采石时，仿佛仙人欲招诗人上到峨眉，因此起兴抒发追念李白及其诗歌创作的感情。诗章构思奇诡，诗境壮丽，作者的灵魂已经脱离身体所在而与仙人神交，诗如神来。语言豪纵，想要和谢安一样携妓作乐的想法都冒出来了，在拘谨的翰林院馆阁文学中显得别具一格。此诗虽然模仿李白的风格，但其独特之处也让读者惊讶。

胡广文集中卷五、六、七、八四卷都是近体诗，又多馆阁词臣唱和之作，可见当时近体诗创作的旺盛。胡广的七言律诗创作很见功力。如《望庐山》诗曰：

> 庐阜高寒插剑铓，晚晴遥望入苍苍。千层华盖从天下，九叠屏风带雪张。影落平胡青黛山，秀分南纪白云长。他年五老能招隐，便结松巢跨石梁。②

---

① （明）胡广：《胡文穆公文集》，卷三，第2页。
② 同上书，卷六，第2页。

庐山是诸多诗人游览过、描写过的名胜，胡广该如何出奇制胜呢？作者在取景上善于剪裁。以晚晴时苍苍的景色入诗，更为特出的是颔联和颈联中所摄取的景物为他人所无："九叠屏风带雪张"、"影落平胡青黛山"，这些景色反映出他对庐山的感受力和独特的创作力。《清明》诗句"胡蝶飞来幽径草，黄鹂啼入禁城烟"①，对句工整，状景独特而感情幽独：在清明时节，春景已至，蝴蝶于幽径草中轻飞，黄鹂的鸣叫声难以穿透凝重的烟幕，这种写法很符合人们在清明之时追思亡故的心情。另如《望小孤山》、《登小孤山》诗，写梅花都避开可能产生的熟烂、定向之联想，不去写熟悉的景物，而是描绘了绝壁、云彩、舟船等景物，写孤峰断岸、去水如吞的崭新体验。

永乐初，胡广与解缙等人并有重名。陈敬宗《尚书王文安公传》曰：

> 宣宗皇帝即位，召（王英）入便殿，谓曰："洪武中学士有宋濂、吴沉、朱善、刘三吾，永乐初则解缙、胡广，俱有重名。"②

这是一个与解缙齐名的翰林作家，才力雄赡，《胡文穆公文集》卷八录有《次杨之宜见寄柬黄学士杨谕德十一首》、排律《元夕观灯和金谕德十二首》、《寄黄学士杨谕德十首》，都极力排纂，一和再和，互相斗诗，有逞才使能的痕迹。胡广从事诗歌创作的才华在禁体诗的创作中可见一斑，《胡文穆公文集》卷三古风《对雪分韵得色字效禁体一首》、卷五《和少师对雪禁体》诗是和姚广孝对雪之作的两首禁体诗。禁体诗是一种很能体现诗人创作才能的诗体，宋代的馆阁作家掀起创作这种诗体的热潮。明代的翰林作家时时有作，胡广是比较早创作禁体诗的馆阁作家之一。

胡广的散文学习宋代的欧阳修、范仲淹、苏轼等大家。其《题赵文敏公作书昼锦堂记》引朱熹语称许欧阳修的文章：

> 朱子云文章至欧阳公而后丰腴，又云至欧阳公而后畅。③

---

① （明）胡广：《胡文穆公文集》，卷六，第4页。
② （明）王英：《王文安公诗文集》，第243页。
③ （明）胡广：《胡文穆公文集》，卷十八，第7页。

仁宗皇帝喜欢欧阳修的文章，常常示大臣以其中的忠君思想，杨士奇等人也是从这个意义上推崇欧阳修的文章，扩大欧阳修散文的影响力，而胡广则征引朱熹的观点为明代翰林院作家学习宋文提供有力的理论支持。散文《皆山轩记》叙述太仆寺丞吴鉴以欧阳修《醉翁亭记》"环滁皆山"句命名宴修之所：

> 引酿泉为渠，纡流于外，举目而望，则丰山、琅琊诸峰环列远近，发奇吐秀，隐见于烟云杳霭间，而朝暮之景变化无穷，乃取欧阳公之言，名之曰皆山轩。①

上引这些句子皆本于《醉翁亭记》，不只是主人的轩名取自"环滁皆山也"这一名句。而《明秀楼记》、《碧潭轩记》两篇在写法上兼取范仲淹与欧阳修文章的长处而用之。下以《碧潭轩记》为例：

> 庐陵郡城下一舍，两山临江，倾倚如屋，章水潴其下，漫衍而为潭，深不可测，鱼鳖生之而蛟龙蛰焉。凫鹥鸂鸯鸥鹭之所游，渔舟客艇风帆网罟之所集，有混涵浸润之德焉。
>
> 若夫天清气澄，水波不兴，澹然一碧，渊沄渟泓，四山倒翠，一鉴虚明，湛天影于上下，浴东日之初升；至于微风徐来，蹴文鳞鳞，棹歌互答，响彻远汀，忽白云而飞来，逐孤岛而退征。又若暮烟初散，雪涛不惊，映九霄之皓月，濯银汉之繁星，则是潭之景朝暮变化不穷，盖言之不足以尽其胜也。
>
> 黄亨强氏居潭之上，开轩而临之，优游以乐，盖谓是潭之景，人皆可以有之，无得而竞焉，惟取其有而乐其乐者，独能得其趣也。乃来京师征余言为记。予惟水之为物，天下之无心也，随所遇而赋形焉，是故遇激而为湍，遇深而为渊，汩之而浊，澄之而清，动而行，静而止，故孔子以智者乐水，而又指以喻道体焉，盖深有取于水也。谦亨苟能无泥于所有，而于斯有所得焉，然后可以语碧潭之旨矣，遂书以为记。②

---

① （明）胡广：《胡文穆公文集》，卷十，第3页。
② 同上书，卷十，第4、5页。

上引第二段最为明显地体现了胡广学习范仲淹《岳阳楼记》的写法，在句法与语言上均有意进行模仿。第三段承接范仲淹、欧阳修论"乐"的余绪，以水随物赋形的本性和孔子临水悟道、以水喻儒道的两种体悟寄语黄亨强。此文的独创性也是明显的：语言相当精致，在极短的篇幅内，用语优美而操觚自如；时而用骈文的形式，制造整齐的句式，时而急速地排比、伸展，骈散兼行，如"遇激而为湍，遇深而为渊，汩之而浊，澄之而清，动而行，静而止"这一句就极度地舒展文气；作者有时也施展他在文字学上的修养，"凫鹥鸳鸯莺鸥鹭"这句如同汉赋堆砌名物的句型，又多用代词兼语气词"焉"字，烙上作家个人的用语特征。

胡广的古文，在叙事中文从字顺，有平易的风格。《颜乐斋记》中刻画一位名医形象的语言能体现这种文体特征：

> 今冬，予女兄之夫黄志荣得寒疾，卧于龙江舟中，告予求医于市，得医二往治，用药而疾加甚，归告予曰："脉结，殆难治。"予亟求则颜往视之。一见，曰："药，斯为渗也。"遂与药，服之即愈。明日，则颜归见予，曰："病愈矣。"予谢之曰："何其神耶！"则颜曰："非我之能也，病自可愈耳。"又明日，复感，又来告，又求则颜往，至则风泊舟度江北，则颜逐风寒，缘江上下数十里，觅舟二日，不得，怅然而归。明日，飘风急雨，继之以雪，泥淖不可行，则颜又往不辞。至则大风涛，拍舟几去。则颜亟登舟，用药数剂而愈。于此可见其为医济人之心，虽极劳苦而不辞。①

作者为名医胡则颜命名其书斋，间夹此段记叙，以表彰其为医济人之心。作者以医者胡则颜为其姐夫黄某治病的经历增强记叙的真实性。先是把则颜与另一位行医者的医术进行对比：庸医诊治的结果险些闹出人命来，而则颜施一剂药就使之病愈，且不居功；又渲染则颜在天气恶劣、环境危险的时刻不辞劳苦。语言非常平顺、简短，仅用单一的顺叙手法，人物的形象却很鲜明。

---

① （明）胡广：《胡文穆公文集》，卷十，第9页。

胡广散文的某些篇章过于追求平淡，因而产生不了强烈的美感，如《游阳山记》。它以时间顺序安排文字，像流水一般，面面俱到，虽为叙实景，但缺乏剪裁的匠心，所记之景又不出前人写景的窠臼，依稀可见柳宗元、王安石、欧阳修等宋代作家佳作佳句的影子，缺乏独创性。

二 三杨的创作

明代永乐（1403—1424）、洪熙（1424—1425）、宣德（1426—1435）、正统（1436—1449）四朝，内阁最为稳定的成员为杨士奇、杨荣、杨溥，三人协作和谐，明世称贤相，必首三杨。杨士奇、杨荣、杨溥共主文柄，主导四十余年文坛风气，另外还有大批台、省、部、院的大臣参加到翰林院作家队伍中来，形成所谓"台阁体"。

杨荣（1371—1440），初名子荣，字勉仁，福建建宁府建安（今建瓯市）人。建文二年（1400）进士，除翰林院编修。成祖即位，简入内阁，继胡广掌翰林院。在内阁三十七年，朝廷高文典册多出其手。著有《默庵》、《云山小稿》、《静轩》、《退思》等集，存世有文渊阁四库全书本《文敏集》二十五卷。

杨荣的文学成就与其身处馆阁的身份相符。四库馆臣撰《〈文敏集〉提要》曰：

> 荣当明全盛之日，历事四朝，恩礼始终无间，儒生遭遇可谓至荣，故发为文章，具有富贵福泽之气，应制诸作，沨沨雅音；其他诗文亦皆雍容平易，肖其为人，虽无深湛幽渺之思，纵横驰骤之才，足以震耀一世，而逶迤有度，醇实无疵，台阁之文所由与山林枯槁者异也。与杨士奇同主一代之文柄，亦有由矣。[①]

杨荣的文章与其一生的荣达相表里，具有富贵福泽之气。诗文雍容平易，沨沨雅音，不善纵横驰骤，运深湛幽眇之思，呈现醇实逶迤的特征，这是明朝台阁

---

① （清）永瑢等：《〈文敏集〉提要》，《四库全书总目》，卷一百七十，第1484页。

体的典型创作，它与时代的政治环境紧密相关。王直序谓：

> 国朝既定海宇，万邦协和，地平天成，阴阳顺序，纯厚清淑之气钟美
> 而为人。于是，英伟豪杰之士相继而出，既以其学赞经纶，兴事功，而致
> 雍熙之治矣，复发为文章，敷阐洪猷，藻饰治具，以鸣太平之盛。……其
> 学博，其理明，其才赡，其气充，是以其言汪洋弘肆，变化开阖，而自合
> 乎矩度之正，盖沨沨乎！①

永乐之时，明朝的国力达到巅峰，朝廷平定海宇，万邦协和，致雍熙之治，可
跻传说中的上古虞唐之世。在这种政治和社会背景下，出现了台阁作家“阐洪
猷，藻饰治具，以鸣太平之盛”的创作浪潮。

杨荣在各种文类上俱有创作。钱习礼序说：

> 至为文章，见于诏、诰、命、令，训饬臣工，誓戒军旅，抚谕四夷，
> 播告万姓，莫不严正详雅，曲当人心；出其绪余，作为碑、铭、志、记、
> 序、述、赞、颂，以应中外人士之求，又皆富赡温纯，动中矩度；诗亦备
> 极诸体，清远俊丽，趣味不凡。②

杨荣既在各种文体上俱有创作，又因长期在翰林担任要职，对台阁体的形成有着深
刻的影响。其赋作气魄宏大，足与明王朝的盛世气象相称。如《皇都大一统赋》：

> 其为形势也，西接太行，东临碣石，巨野亘其南，居庸控其北，势拔
> 地以峥嵘，气摩空而崔巍，复有玉泉漫流，宛若垂虹，金河澄波，雪练涵
> 空，膏渟黛蓄，浩渺冲融，包络经纬，混混无穷，贯天河而为一，与瀛海
> 其相通。尔其派连析津，源分潞水，既环抱以萦回，亦弥茫而清泚，来职
> 贡于四方，通樯帆于万里。至若王畿之内，辇毂之间，沃野弥望，原陆宽
> 闲，烟火相接，鸡犬相闻，宵无警柝，外户不关。以牧则蕃，以种则获，

---

① （明）杨荣：《文敏集》，文渊阁四库全书，第1240册，第2—3页，王直序。
② 同上书，第4页，钱习礼序。

以佃、以渔、以耕、以凿，随其所营，皆得其乐。而其为都也，四方道理之适均，万国朝觐之所同，梯航玉帛为都邑之会，阴阳风雨当天地之中……

若乃美石比玉，从古所称，莹者如圭，洁者如琼，温者若璐，润者若瑛，以磨以砻，乃坚乃贞，铿林振鼙，驰飙惊霆，千夫所攻，万里启行，山灵助其光华，坤后发其精英，岂砆砆之敢混，实宝玉之争呈……

若乃朝市既成，井邑斯列，闾阎辐凑，阛阓有截，豁九达之通衢，罗万室之如栉，富商巨贾，肩摩袂接。北通朔漠，南极闽越，西跨流沙，东涉溟渤，来百货之纵横，杂轮蹄之填咽，珠玑烂其辉灿，罗绮煜其腾沓。

至若青楼并峙，绮榭相连；妖姬窈窕，艳女婵娟；秾妆竞倚，粉黛争妍；引歌喉之宛转，回舞袖之蹁跹，极酣嬉于暇日，穷胜赏于芳年。

至若太液之池，万岁之山，澄波潋滟，层岫巇岏，开阖蔽亏，萦带回环；竦飞楼于暗暧，敞贝阙于岩端；门临碧薛之磴，桥跨玉虹之湾；晴光出乎轩槛，飞翠洒乎阑干；瞻广寒之月殿，抚桂树之团团；尔其瑶草茏葱，琪树羃䍦，长松之蟠，古柏之直，修篁烟挺，老桧云积，瑰伟之姿，奇异之植，蓊然其阴，嫣然其色，宛蓬瀛之在兹，恍尘凡之遂隔。

至若上林衍沃，灵囿逶迤，潴以碧海，湛以深池，百草绿缛，群卉芳菲，宽闲薄乎禁御，平广属乎坤维；乐鳞介之游泳，纵毛羽之离襫，乃有驺虞效祥，麒麟表瑞，白质黑章，麏身牛尾；神鹿贡于遐方，白象出于南裔；倏玄兔之继呈，忽天马之沓至；复有马哈福禄，厥兽殊形，驼鸡之异，白乌之祯，奇姿诡态，率舞纵横，隶首莫纪，伯益难名。

至若地祇协顺，天心昭格，嘉祥迭臻，灵贶蕃锡，神木不运而自行，祥氛焕发于巨石；忽灵蛇之前导，现大青于沙碛；瑞光煜乎半空，卿云煜兮五色；醴泉涌兮琼浆，甘露滑兮玉液；灵芝产于碧山，景星见于南极；秃千兔以难穷，殚百喙而莫悉……[1]

同时金幼孜也作有《皇都大一统赋》，不仅在篇幅上短于杨荣此篇，而且在气势与文学成就等方面都逊色不少。杨荣此赋与序将近3000字，在明代赋体创

---

[1] （明）杨荣：《文敏集》，文渊阁四库全书，卷八，第108、110—111页。

作中是难得的长篇佳作。视野极为开阔，布局成竹于胸，既丰富沓至，又整洁有序，层次分明，间有舒缓之处。极尽形容之能事，对明朝的新都北京进行渲染，表现帝京的壮丽、繁荣、贡物丰富、交通便捷以及明王朝君临万国的强盛国势。在行文上，句式既统一整齐，又变化不居，语势连贯，骈散交替而无碍，大部分词汇典雅而不晦涩，豪纵之气贯穿其中。最值得注意的是，作者为避免诸多罗列易形成单一枯燥的效果，在句式运用上变化多方，时出以不同的句式，或两两变化，如"青楼并峙，绮树相连；妖姬窈窕，艳女婵娟"；或多句间句式相同，形成浩瀚的语流，如"莹者如圭，洁者如琼，温者若璐，润者若瑛"、"引歌喉之宛转，回舞袖之蹁跹，极酣嬉于暇日，穷胜赏于芳年"；或以同一介词统领多句，如"以牧则蕃，以种则获，以佃、以渔、以耕、以凿，随其所营，皆得其乐"，极为酣畅。由于变化多种句式，使用浅显而又典雅的文字，文章显得活泼流畅，是一篇较好的台阁体赋作。此赋体现了作者浑厚的创作力、广博的学识、叙事上的条理性及成熟的语言运用能力，还表现了作者对宋代范仲淹、欧阳修文章的熟谙，该文的某些字句，如"鳞介之游泳"和发语词"至若"等，略现模仿的痕迹。

　　杨荣的诗文以平易为特征，没有绮错流溢的光彩，这正是宋人所主张的文章中之富贵福泽气象。宋代欧阳修的《归田录》记载了晏殊举例说明诗歌如何表现富贵的主张。关于富贵气象在诗歌中的表现这个问题，最全面的看法记载在宋人张镃的《仕学规范》中：

　　　　晏元献公喜评诗，尝曰："'老觉腰金重，慵便枕玉凉'，未是富贵语，不如'笙歌归院落，灯火下楼台'，此善言富贵者也。"人皆以为知言。公虽起自田里，而文章富贵出乎天然。尝览李庆《富贵曲》云："轴装曲谱金书字，木记花名玉篆牌。"公曰："此乃乞儿相，未尝谙富贵。"故公每吟咏富贵，不言金、玉、锦、绣，而惟说其气象，若曰"楼台侧畔杨花过，帘幕中间燕子飞"；又云"梨花院落溶溶月，柳絮池塘澹澹风"。故公以此句语人，曰："穷儿家有此景致也无？"①

---

① （宋）张镃：《仕学规范》，文渊阁四库全书，第875册，卷三十八，第190页。

杨荣的《元夕赐观灯四首》其二有句"十二楼台春浩浩,九重宫阙月溶溶"①,直是晏殊诗句的模仿,可见他在诗歌中表现富贵之气的手法源自宋人晏殊等人的诗学理论。下面这篇《赐游东苑诗序》序文语言平易,描写的皇宫建筑一反常态,却也是从如何表现富贵气象的理论出发的。

> ……夹路嘉植,荣茂芬敷。前至一殿,栋宇宏壮,金碧相辉。其后瑶台玉砌,奇石森耸,环植花卉,清香素艳,秾郁可爱;又有方池引泉其中,玉龙吐水,其高盈丈,喷激下注,入于石渠,直透殿内两旁石沟。沟之首圆转,各有二窍并列。其一水贯其中,委曲萦回,复流至第二窍,乃入于池,直通殿外石池。池之中,奇石屹立,不假雕琢,宛若升龙之状,上有四窍,以通泉脉,而常闭之;启其窍,则水皆涌出,直上盈丈,与殿后石龙吐水相应。池之南,又有台高数尺,森列异石,植以花卉,纷披掩映。殿陛之前,复有二石,左如龙翔,右如凤舞,天然奇巧,宛若生成。初上御殿中,召臣等与语政务良久,乃曰:"此旁复有草舍一区,乃朕致斋之所,非敢比古人茅茨不剪之意,然庶几不忘乎俭矣!卿等可遍观。"于是中官引臣等,先至一小殿,梁栋椽桷,皆以山木为之,而覆之以草,四面阑楯亦然,不加斫削,小大浑然,林木参差,蔚然可爱。稍西,有路纡回,荆扉蔽护。既入,则有石甃之河。南有小桥,覆以草亭,左右复有二草亭,各枕桥而度东西去,遥望宛若台星。其下皆水游鱼,沉浮各适其所。中为小殿,其后有廊以通后堂,东西有斋有轩,以为弹琴读书之所,悉以草覆之,四围编竹为篱篱,下皆蔬茹葩瓜之类。观毕,上临河,命举网取鱼,连得数尾,令中官具酒馔,以此鱼作汤,赐食。既而召臣等至前,赐以金币、绦环、玉钩等物,遂赐宴于东庑。珍羞异味,不可胜计。(《赐游东苑诗》序)②

作者在此序中娓娓而谈,在构思上似乎毫不经意,但是全段明显地以宣宗在殿上与大臣讨论政事为限而中分,形成前后两个半段,各有一个中心,作为游东

---

① (明)杨荣:《文敏集》,卷一,第13页。
② 同上书,卷一,第17—18页。

苑的着眼点。前半段以方池为中心,描写宫中设计奇巧的建筑、壮丽的宫殿和美丽的花卉;后半段以草舍、草亭之"草"为侧重点,为宫中如此天然的景致而倾心,情致异常萧散闲适。这篇序深得柳宗元写景之法,也是受宋人论富贵气象观点影响而精心结撰之作。

杨荣在诗中表现居庙堂之高而思江湖之远的情趣,善于营造清幽闲散的境界。写隐居的题材尤多。《听松轩》诗曰:

> 雅志尚林壑,轩居绝尘嚣。乔松当前楹,柯条入云霄。清风飒然至,流响何潇潇。初如振波涛,倏若锵钧韶。泠泠拂几席,飘飘度山椒。凭阑试静听,迥觉形神超。缅惟岁寒姿,节操长后凋。勖哉慎所持,永矣怀高标。①

此诗境界非常清幽,可以飘洒出尘,似乎万事不缨于心,像杨荣这么一个擅长政事的人,忘怀政事而隐居是不可能的,所以他的诗歌如《云林书屋为曾蒙训题》、《题菊送钟郎中归省》、《题菊赠郡守》、《题蒋院判秋林书屋》、《溪隐为章氏题》、《赏菊》等都不是向往隐逸之作,而只是写出山居生活的闲适,写他在公退之余,在自己或友人的园林、别业中,可以享受到的情趣。即使在诗歌中沿用陶潜的语句,也无陶诗的隐逸思想和作为。《题蒋院判秋林书屋》曰:

> 美人构书屋,卜地远且幽。中有桂树林,萧萧黄叶秋。凉声满窗户,暑气觉已收。端居弭尘虑,展卷穷冥搜。俗客不能到,经生意绸缪。讲习资丽泽,德进业日修。怀哉古圣贤,存心异常流。不为一身计,每系天下忧。得时显吾道,尚仰伊与周。②

作者题蒋氏的书屋时,面对俗客不到的如此美景,却反对隐士之出世,嘲笑隐者为"常流",提倡学者应在明时出仕,学古圣贤伊尹与周公治国之道,流不世之功于金石。这首诗最坦诚地表白了杨荣的内心世界。

---

① (明)杨荣:《文敏集》,卷二,第36页。
② 同上书,卷三,第53页。

　　杨荣的诗文中富贵福泽气与清时雅趣并存，他把平易闲雅的作风贯穿到其他题材的写作中，形成其一贯的风格。如《瑞应驺虞诗》、《甘露诗》等诗，用字很通俗并且流畅，与同时诸人写此题目者明显不同。

　　杨溥（1372—1446），字弘济，湖广荆州府石首人。建文进士，授编修。永乐间侍东宫，被系狱十年。仁宗即位，擢翰林学士。宣宗即位，召入内阁，在阁二十一年，与杨士奇等共典机务，谥文定。有明抄本《杨文定公诗集》。

　　杨溥的诗文典雅平稳，雍容纡徐。今人罗继祖跋称其"集中诸作，春容雅赡，汎汎盛世之音，与东里、文敏两集，如骖之靳"①。彭时《杨文定公诗集序》曰：

　　　　诗自《三百篇》而下，其体屡变，其音节高下，世异而人不同，然其和平雅正，无雕刻险怪之弊者，大抵皆盛世之音也。观汉、魏、六朝以及隋、唐、宋、元诸家篇什，概可见矣。惟我皇明混一区宇，右文兴治，朝轶前代，至宣德、正统间，治教修明。民物康阜，可谓熙洽之时矣。其后，二杨公没，公岿然独存，年益久而望益重。士大夫有得其诗文者，莫不藏弆以为荣。公亦乐于应人之求，肆笔成章，皆和平雅正之言，其视务工巧以悦人者远矣，何也？盖其资禀之异，涵养之深，所处者高位，所际者盛时，心和而志乐，气充而才赡，宜其发于言者，温厚疏畅而不雕刻，平易正大而不险怪。雍雍乎，足以鸣国家之盛，岂偶然哉？②

　　成化五年（1469），彭时作此序，时距杨溥去世二十三年，文坛上文体衰变之象已经表露无遗。彭时以杨溥的诗文风格来对照景泰直到成化五年（1450—1469）间的各种文学现象，肯定颇有感慨。序中提出两两相对照的文风：温厚流畅与雕刻、平易正大与险怪、和平雅正与务工巧以悦人，都是有感而发。

　　杨溥的古体诗数量比较多。《杨文定公诗集》卷一为四言古诗，卷二为五言古诗，卷三为七言古诗，数量实多，如宣德元年（1426），扈从途中写了十首；随宣宗皇帝东征汉王朱高炽，写了《东征十首》，以诗记事；还以诗记载

_____

　　① （明）杨溥：《杨文定公诗集》，明抄本，罗继祖跋。
　　② 同上书，序。

祥瑞或外国使节向明王朝进贡的珍禽异兽，或为状物，或以古体诗赠别。其诗歌语言浅显，不假修饰。如《山水》其二：

> 山上有流泉，山下有良田。流泉无涸泽，良田多丰年。缅怀莘野老，浩歌秋风前。①

杨溥之诗也有模仿汉魏古诗语言的迹象，如《杨文定公诗集》卷二《草堂宴集》、《题雪竹》等诗作。《宣德丙午（元年，1426）扈驾巡边途中感兴十首》其一：

> 膏车度重关，重关路漫漫。两厢既充仞，四牡何盘桓。翘首望前轨，迢迢不可攀。任重难为力，临岐发长叹。②

语言纡徐，感同四牡盘桓，与其肩上所负重任而发出的长叹契合，表露作者的大臣之心。《送李茂弘员外致仕还乡》诗也用汉代古诗中常见的句法：

> 皎皎冰霜操，棱棱松柏姿。宦游三十载，双鬓已成丝。明鉴不穷物，良器择所施。秋风吹征雁，油然起遐思。翘首望乡邑，白云渺天涯。琴书仅成束，孤舟潞水湄。为君调玉轸，载歌阳春辞。闻者三叹息，勿谓知音稀。③

以"皎皎冰霜操"发唱，这样的句子在《古诗十九首》中最为典型。以明鉴和良器所构造的两句，具有汉魏古诗延缓感情抒发进程的特征，让感情在迟回与延缓中酝酿生发，这是一种避免感情奔泻无余的手法。既调玉轸又载歌，仿佛汉魏时代鼓琴宴客的情景，而遐思故乡与感叹知音稀少的诗句，在汉、魏古诗中很容易找到类似的句子。《杨文定公诗集》中类似汉代古诗发唱的诗歌，还

---

① （明）杨溥：《杨文定公诗集》，卷二，第5页。
② 同上书，卷二，第1页。
③ 同上书，卷二，第10页。

有卷二《会表弟望廷玉》诗以"人生在宦途"、《挽处士四首》其二以"人生贵为善"开头。杨溥甚至化用陶渊明诗句入诗，如《送高编修致仕还乡》诗"游鱼思旧渊，飞鸟怀故枝"句、《王学士乃兄稼轩挽诗》中"田园日成趣，托兴追羲皇"句即是。运用叠韵，成为杨溥古诗创作中一个很显眼的特征。如首句以叠韵开头的，有《题雪竹》诗"冉冉岁云暮"句、《挽尹处士》诗"庐山云汉汉，潞河水悠悠"句等；在句中叠韵的，如《为黄少保题水墨小景》诗"澹澹烟中树，疏疏石傍竹"句、《挽鲍处士四首》其二"悠悠蒿里咏，烨烨太史铭"句等，而《早朝喜雪分题得衣字》诗既以"尧天春皞皞，帝德日巍巍"开头，又有"盈盈丹凤阙，皎皎万年枝"的叠韵句。从模仿汉、魏以及晋代诗歌的句式和表达感情的方式来看，杨溥的古体诗有汉魏之风。

杨溥把陶渊明的诗意放在七言诗歌中，这是一个特殊的创造，如《杨文定公诗集》卷五《两峰白云为杭州郑主事赋》诗"白云无心时往还"句。又如《题城南茅屋》诗：

> 侯门甲第连通衢，簪缨满座鸣笙竽。谁家茅屋城都外，但听儿孙日读书。屋边种树春阴绿，余雨篱下多栽菊。有时独坐对南山，把酒临风歌《考槃》。[1]

《诗经·卫风》之《淇奥·序》曰："考槃，刺（卫）庄公也。不能继先公之业，使贤者退而穷处。"[2] 后世用来比喻隐居。陶渊明《饮酒》诗其五有"采菊东篱下，悠然见南山"句，陶诗中还有赏菊、饮酒的诗句，而杨溥的这首诗明显把饮酒、栽菊与赏菊糅合在后四句中。

《杨文定公诗集》卷四到卷七为近体诗，多为应制、赠人、挽寄类诗歌，台阁体的诗作尤多。或为馆阁诸同僚而作，极力抒写身居翰林的荣耀，如卷五《送潘（畿曾）检讨告除本郡教授南还》诗"皋比坐拥玉堂仙"句、《庆陈学士兄六十寿》诗"琼署儒仙睇望频"句等；或为皇朝强盛而作，这是台阁体的重

---

① （明）杨溥：《杨文定公诗集》，卷三，第13页。

② （汉）毛亨传，郑玄笺，（唐）陆德明音义，孔颖达疏：《毛诗注疏》，文渊阁四库全书，第69册，卷五，第251页。

头之作，如随驾耕籍田、扈驾谒陵、郊祀庆成等重大活动，皆以诗系事，体现
其如谢安"讦谟定命，远猷晨告"[①] 的大臣之心。再如《退食谩赋呈少师庐陵
杨公列位先生》诗：

> 君臣休戚实相同，感格天人一望中。圣主忧民深引咎，诸公体国在输
> 忠。唐虞尚纪明良咏，周典还言燮理功。愧我庸愚叨显擢，每因退食思
> 忡忡。[②]

此诗是他们内阁大学士同寅协恭为朝廷输忠的写照。在台阁体诗歌创作中，台
阁大臣经常表现出才能驽钝、学识浅薄、庸愚输忠的谦逊心理。他们既然如此
谦卑，那么一般的翰林词臣也就随风而靡，抒写这种心理非常普遍地反映在这
一时期馆阁作家的诗歌中，这应当是明王朝的强盛在作家创作心态上的投射：
馆阁作家以润色本朝文治武功的鸿业为职责，在诗、文、词等各种体裁的文学
创作中，意气风发、从容挥洒，表现他们对强盛国家所产生的仰视、形容、歌
颂的心理。杨溥在正统五年（1440）写的《正统五年元旦贺喜雪》诗，则是一
首忽视明王朝积弊的颂歌：

> 皇明大统属元良，瑞应时臻泰运昌。宇宙清华开献岁，乾坤和气协清
> 阳。丰年有兆人情乐，边境无尘海宇康。文武衣冠齐拜舞，紫霞高捧万
> 年觞。[③]

该诗是杨溥晚年之作。此时，三杨皆已苍老，辅佐幼主英宗，朝政渐为宦官王
振侵夺，朝廷积弊渐多，暗流涌动，三杨已不能控制局势的转变。正统五年
（1440，即杨溥作此诗年），杨荣去世。正统九年（1444），杨士奇卒。正统十
一年（1446），杨溥去世。三杨相继去世后，朝政日趋衰败，最终发展至不可
收拾的地步。发生于正统十四年（1449）的土木堡之变是明朝由盛转衰的标

---

① （南朝宋）刘义庆撰，余嘉锡笺疏：《世说新语笺疏》，中华书局1983年版，文学第四，第235页。
② （明）杨溥：《杨文定公诗集》，卷五，第41页。
③ 同上书，卷五，第44页。

志，那是一个水到渠成的质变临界点。我们在杨溥的这首贺雪诗中，看不到反映朝政渐败的迹象，却看到杨溥大肆渲染瑞应时臻、国运泰昌的假象。此时，在北部边境，蒙古瓦剌部太师脱欢刺杀阿鲁台，并吞各部，蒙古势骎强盛。正统八年（1443），脱欢死，其子也先嗣位，益为强横，屡起边衅，最终谋寇大同，遂致土木堡之变①。诗中竟然称"边境无尘"，是不察敌方强盛、不为设事变先机的自欺之词，在此时而犹为粉饰之词，无怪乎后人肤廓之评价。

杨士奇（1365—1444），名寓，以字行，江西吉安府泰和人。建文初被荐入朝，迎降燕王，随即入文渊阁预机务，历事永乐、洪熙、宣德、正统四朝，入直四十余年，卒赠太师，谥文贞。有《东里文集》、《东里续集》、《东里诗集》、《东里别集》等共九十三卷。

对于杨士奇的创作，当代学者熊礼汇著《明清散文流派论》、魏崇新撰《杨士奇之创作及对台阁文风之影响》、《论台阁体》、《台阁体作家的创作风格及其成因》等专著和论文进行了论述。熊礼汇对杨士奇的散文研究最为详尽，他在《明清散文流派论》第二章第三节把杨士奇的散文分成"记体散文"、"赠序和诗文序"、"墓志铭和墓碑文"、"题跋、传记和祭文、哀词"四类进行研究，深入而仔细，拙著无须置喙其间，作无谓的重复。

杨士奇对翰林院文风的转变起到很大的作用。仁宗皇帝在东宫时，深契之，皆雅好欧阳修文。姜洪是宣德癸丑（1433）进士，选庶吉士，深受三杨影响。倪谦序姜洪《松冈先生文集叙》说："日从阁老文贞、文敏、文定三杨先生及泰和、临川二王先生游，聆其议论，观其制作，浩然有得，故其为文春容详赡，和平典雅，一以韩、欧为法。"② 这说明韩欧（概指唐宋八家文）的散文传统在明代翰林院的文学创作中已经确立。而在永乐之时，太宗皇帝勉励庶吉士，"为文必驱班、马、韩、欧之间"③，学习的是两汉和唐宋作家的散文，并侧重于两汉之文，这种主张是明初宋濂等人理论的延续。但是到了宣德年间，杨士奇倡导并学习欧阳修散文（包括宋代三苏、王安石、曾巩等人的古文），成为主导翰林院作家创作的圭臬。王直是深受杨士奇风格影响的翰林作

---

① （清）谷应泰：《明史纪事本末》，中华书局1977年版，第二册，第471页。

② （明）倪谦：《倪文僖集》，文渊阁四库全书，第1245册，卷二十二，第452页。

③ （明）周应宾：《旧京词林志》，卷一，《纪事上》（转引自黄云眉《明史考证》，第516页）。

家，他延续了杨士奇在题材、主题、创作手法上的规制，并比杨士奇所作规模更加充拓，篇幅也更长。

杨士奇在馆阁文学创作题材上对翰林作家制作产生了巨大影响，主要表现在他大量地创作《恩荣堂记》、《茨溪刘氏祠堂记》、《正心堂记》、《宁国府庙学重作记》、《旌义堂记》、《赐老堂记》、《吾隐堂记》、《思贻堂记》、《承恩堂记》、《日省斋记》、《克一斋记》、《进修斋记》、《益庵记》、《慈训堂记》、《正己斋记》、《孝友堂记》、《玩易斋记》、《谢氏耕读轩记》、《诚意堂记》、《三乐斋记》、《肃雍堂记》、《静庵记》、《缉熙斋记》、《厚敬堂记》、《承训堂记》、《敬同堂记》、《素行轩记》、《敬义堂记》等堂记和学记之类的作品，取义于经典，本诸经而载乎言，是体道的最好载体。这种题材为后来的翰林作家所大量地模仿，把儒家哲学思想庸俗化，无甚新意，千篇一律，形成明代翰林院馆阁文学中宣讲儒家道德和理学思想、创作数量最庞大的一类作品，而面目其实可憎。

熊礼汇认为"大抵士奇善于以论为记，故文中细道台名来历、细写楼堂斋室景象者少"，"以论为记，本是欧、苏楼台亭阁记的一般写法。但欧阳修作记，是将议论贯串于叙事文字之中，且多以慨叹语气言之"①。这种手法可以称为以"议论为文"，即薛瑄曾指出的"议论体"。薛瑄在《论选序》中追溯了这种文体的源头：

> 昔真文忠公编《文章正宗》，厘为四体，其一议论也。议论见于经史者，如唐虞三代君臣之言、孔曾思孟问答之语，以至后世英贤之谈辩、名臣之章疏、儒先之著述，或陈经世之要，或发天理之微，或指切当世之务，或剖析理欲之几。虽所言各殊，而皆所谓议论之文也。……我朝设科取士，罢诗赋，中场易之以论，盖即所谓议论体也。文制既新，士习亦变，由是秉笔缔思者，咸以古人自期，而文章之中程度者，蔚有可观。②

杨士奇曾为真德秀《文章正宗》作跋语，翰林院亦以这个选本教习庶吉士，而科举制度变诗赋为策论的转向更增加了"议论体"在翰林院作家创作中的分

---

① 熊礼汇：《明清散文流派论》，武汉大学出版社 2003 年版，第 122、123 页。
② （明）薛瑄：《敬轩文集》，文渊阁四库全书，第 1243 册，卷十三，第 238 页。

量。杨士奇是一个当时名望甚高的儒家学者，从著名的学者陈谟学经，故杨士奇在散文创作中以议论为常，有一定的原因，而这种手法为后世翰林作家所继承，却转成流弊。

杨士奇善于散文创作，以至于在赋体创作中都运用了散文的笔法，表现为杨士奇多在正文之前作长篇的序，序的分量和正文仿佛，如《东里集》正集卷二十四《甘露赋》，续集卷四十五《神龟赋》、《瑞应白乌赋》等篇，显示出杨士奇对赋体的创作力不从心，尤其在《东里集》正集卷二十四的《白象赋应制》、《甘露赋》、《河清赋》等赋创作中，纯以散文笔法作赋，可以说是新变，亦可视为作家在赋体创作上的不足。

在诗歌创作上，杨士奇众体皆作。五言绝句较有风致，善于结句，粗成篇章；五言古体，有汉魏遗音；七言律诗、古诗，都显得浅显通俗，非精心结撰之什，乏锤炼之功，篇章之间面目仿佛，似有以文为诗的痕迹。

黄福（1363—1440），字如锡，山东莱州府昌邑人。系明初台阁体作家群中的台省大臣，长年镇守交趾。其文章成就，杨荣《黄忠宣公文集序》曰：

> 国家肇兴之秋，文明之云启而光岳之气完，必有问世之才挺生其间。其道足以奠主而济民，其文足以经邦而名世，伟烈芳声，耀于今而传于后，然何可多得哉！夫姚、宋不见于文章，刘、柳无称于事业也……大篇短章，传诵于人者，铿乎金石奏而《咸》、《韶》和，辉乎珠玉璨而云锦张也。①

杨溥《题少保东莱黄公文稿》曰：

> 予观其议论切于事理，诗歌本之性情，凡所以及乎人者，皆不失忠厚之意，至于览胜江湖，吟咏风月，随所遭而发之，皆能脱略世故。②

冯时雍《重刻黄忠宣公集序》曰：

---

① （明）黄福：《黄忠宣公文集》，明嘉靖冯时雍刻本，第1页，杨荣序。
② 同上书，第1页，杨溥序。

及今观之，其气平正浑雄，舂容大肆，辞不深凿而意亦独至，且其伸纸立就，不点窜一言一句，而因物赋形，环奇变化，皆发诸性情，本诸道义，自中规矩，盖无意为文而不能不文，真天下之至文也。世有穷思苦心，务极工巧者，或不出于真情，止诸至理而矫假是非，佯悲强笑，犹雕脂镂冰，虽工亦何用哉！①

陈琏所撰黄福传称：

其学根于经术，不为无用之文，而典雅有法。所为诗歌，有古作者意。(《传二道》其一)②

邵贤于弘治十四年（1501）作《诗文集后序》：

而其为文为诗，皆平正畅达，脱略世故，其体制不庾乎前人之程度，而奇古高妙，要必有得于天者……其触物动情，对时赋事，皆不庾乎人伦大经，虽词气坦然而卒能脱去凡近，澡雪尘翳，凌轹波涛，穿穴险怪，慷慨激烈……文章，天地中和之气，太过为荒唐，不及为灭裂。③

刘聪《重刻黄忠宣诗文集后》：

其诗则温厚和平而不为雕琢，其文则俊伟雄郎而不为险怪，触物动情，对时赋事，随意落笔，词气坦然。其间自有奇妙高古……④

以上诸人所论，都说明黄福的创作具备台阁体作家的共同风格和作品面貌特征，他是台阁体的重要成员，这是拙著分析黄福文学创作的用意所在。

---

① （明）黄福：《黄忠宣公文集》，冯时雍序，冯序第1页。
② 同上书，别集卷二，第4页。
③ 同上书，别集卷五，第10页，邵贤后序。
④ 同上书，别集卷五，第11页，刘聪序。

黄福的文论主张"为文者为道",体现在其《兹训堂序并诗》中:

> 凡为文者为道也。道不能自行,必因人以行之。人不能常存,必假文以存之。非徒为无益之辞、奇巧之说以脍炙人口,以炫耀人目也。昔禹、皋之《谟》,周、召之《诰》,伊、傅之《训》、《书》,尼、轲之《语》、《孟》,立言垂训,莫非以为道也,下而庄、列、荀、杨、李、杜、韩、柳、濂、洛、欧、苏,或著述,或论说,虽言有精粗,后之学者宝之,至于今日而不视为故纸者,亦由有道在焉。但好事者不知文为道之所系,遂以为讥谑之具……①

黄福论诗主典雅,宗尚《诗经》的传统。其《户部甘主事先人诗序》曰:

> 自虞庭《明良》一歌之后,商、周以往,有三百篇之多,六义之体,莫不皆自《明良》一歌而来,下及两汉、晋、隋、唐、宋、元,骚人文士之缩者,有五七言,有古律体,有歌行,有长短句,虽辞有工拙,意有浅深而其作之意,亦莫不自三百篇而来也。……余观其所作,典雅而不鄙俚,平淡而不穿凿,深得近古作诗者之意。……②

黄福在当时诗体渐趋严整之时还写作艳词。如《秋官赴京二绝》:

> 江水连天碧,山云带雨牧。行人舟似箭,闺妇泪如流。
> 江水连天碧,山云带雨飞。佳人终日慕,游子几时归。③

又如《京邸谩兴三绝》其一:

---

① (明)黄福:《黄忠宣公文集》,卷二,第1页。
② 同上书,卷二,第23、24页。
③ 同上书,卷九,第1页。

朔风凛凛雪纷纷，金殿朝回静掩门。妓席酒樽无我分，一炉榾柮十分温。①

黄福在这些诗歌中所表现的立身之道远不如杨士奇等人的严谨，他和李昌祺创作艳情诗歌的现象，说明当时除了三杨等人不写作或少作艳情诗歌外，艳情诗歌创作潜流暗涌，这种诗体在李时勉之后的馆阁创作中屡作不鲜，也是必然的发展趋势。

在黄福镇守交趾的时候，解缙、王偁被朝廷贬谪到此，黄福因与他们交游，并有往返诗作。如《黄忠宣公文集》卷九《翰林王检讨有从军乐二诗见示遂步其韵作守土忧二首》、卷十一《和王检讨赋元戎平蛮歌十首》、卷十三《寄王检讨三十韵》等，诗篇宏富，也能说明黄福与翰林作家的密切交往，其文学创作向馆阁文学靠拢也是自然的现象。

黄福的诗歌气韵并不沉重，即使在七律中，仍不见其非常凝重的风格，而是比较清淡。如《莎针府学师命题也》：

东风淡淡日辉辉，莎草如针出尚稀。体弱有缘沾雨露，首尖无意假炉锤。能钻官道轻轻上，难刺征夫薄薄衣。多少佳人织指嫩，不教妆入碧纱帏。②

又如《晚翠亭》：

公署虽无壑与丘，结亭署后一般幽。梅花舟上霜开早，松竹亭前几度秋。彩笔吟来情意阔，青藜踏喜绿荫稠。夜来聊倚东风憩，不觉从容又梦周。③

此诗写于暑日公退之后，于晚翠亭享受夜来之风，意趣闲适。黄福的诗也不作

① （明）黄福：《黄忠宣公文集》，卷十一，第 5 页。
② 同上书，卷十二，第 1 页。
③ 同上书，卷十三，第 16 页。

隐居语，与当时台阁作家的志向一致。如《秋香亭》：

> 潇潇白发起幽怀，结个亭成觅菊栽。北阙近连时雨降，西风远送晚香来。本因退食思民事，那为延宾劝酒杯。饱嚼金英懒归去，爱他清意胜蓬莱。①

又如《和人游灵岩寺韵》：

> 雁落群峰接九霄，梵宫磊落路迢谣。水帘玉箸苍头吐，山寺青松白鹤巢。游子有官心耿耿，禅僧无事忘嚣嚣。他年有诏归田里，也托尊荣变寂寥。②

永乐时期，在朝的官员都眷恋官位，对陶情没有多少向往，这是时代使然。

---

① （明）黄福：《黄忠宣公文集》，卷十三，第16页。
② 同上书，卷十三，第18页。

第七章　正统到景泰年间的翰林院与文学

——处于颓势中的翰林院馆阁文学

明宣宗皇帝于宣德十年（1435）去世，遗命杨士奇、杨荣、杨溥共同辅佐幼帝英宗。此时，杨士奇 71 岁，杨荣 65 岁，杨溥 64 岁，都进入了人生的暮年期和创作的停滞衰退期。内阁的权力渐为太监王振所侵，朝政因之日益败坏，明朝的国势逐渐地走上下坡路，以正统十四年（1449）的土木堡之变为明朝中衰的标志。以三杨为首的"台阁体"文学创作的弊端已经表现无遗，翰林作家的创作因为题材狭窄、风格肤廓单一逐渐陷入困境。这时，一些馆阁作家的创作开始表现出突破台阁体的樊篱，他们或者在各文类创作中主张新奇，或者在诗歌创作上开始走向宗宋，或者写作明初翰苑文学中的艳情诗体，多少均进行了一些有意义的探索，为成化、弘治年间翰林院馆阁文学的转变发挥了导夫先路的作用。

第一节　台阁体后期重要作家——王直、陈循

在三杨之后，馆阁作家中创作力最为宏富的要数王直、陈循这两位江西泰和籍作家。王直所作更似杨士奇，典型地体现了台阁体的风格，又因为他的创作规模比杨士奇扩大，所以文风更加平衍，台阁体的流弊也就更多地呈现出来。台阁体后期的代表作家当推陈循，他的创作涉及各种文体，集句诗的创作

在陈循手中更是写得相当纯熟，其文学创作主要体现在诗歌具有馆阁体的风格，而散文成就尤为卓著。

王直（1379—1462），字行俭，江西吉安府泰和人。永乐二年（1404）进士，选庶吉士，授修撰，迁少詹事兼侍读学士，代郭琎为吏部尚书。在翰林与王英齐名，时称二王，以居第在东，人称东王先生。有《抑庵诗集》行世，诗多至二千三百余首。存文渊阁四库全书本《抑庵文集》十三卷、后集三十七卷。

清人引其门人萧镃之语，在萧镃所论的基础上，确定王直在明代文学史中的地位：

> 其诗文典雅纯正，有宋、元之遗风……萧镃称其文"汗漫演迤，若大河长川，沿洄曲折，输写万状，盖由蓄之深，故流之也远"。其扬诩未免稍过，然明自中叶以后，北地（李梦阳）、信阳（何景明）之说兴，古文日趋于伪。直当宣德、正统之间，去明初不远，淳朴之习未漓，所作貌似平易，而温厚和平，实非后来所及，虽不能追古作者，亦可谓尚有典型者。①

王直是明朝第一次以庶吉士进学文渊阁的方法培养出来的馆阁作家，其文学授受有自，与宋、元的翰林院馆阁文学风格接近，诗文典雅纯正，汗漫演迤，输写万状。在文学创作上，虽稍晚于杨士奇而实肩随之。

王直的散文很通俗，连赋体作品也使用常用的文字，做到文从字顺，延续宋代散文的文风，尤其是曾巩的风格。在行文中，王直大段地发表议论也可见到宋人擅长议论的面目与精神。

王直的散文作品篇幅很长，叙述或议论，侃侃而发，善于连类说辞，有欧阳修文章的特点，形成委备纡徐、往复百折的长处，同时具有台阁体肤廓冗长的通病，而有些作品如《赠王郎中序》则极笔形容出吕梁洪的险恶，随事赋物，与物相称，气势磅礴，但这种气象在王直的作品中比较少见。

---

① （明）王直：《抑庵文集》，文渊阁四库全书，第1241册，第1—2页，卷首。按，《抑庵文集》卷首提要和《四库全书总目·〈抑庵文集〉提要》相较，以文渊阁四库全书本略优，故从之。

　　王直在记、传等类散文的创作上有着较高的成就。在创作的技巧和感情的抒发等方面，有着独特的造诣。下面试举例分析王直散文的长处与短处。《胜景楼记》是一篇精心创作的楼记，充分体现了王直的创作风格：

　　江发岷山，会蜀诸水，出三峡，至于荆。其势盛大，又合湘、沅、汉、沔，旁引豫章诸川，以汇于舒，益深广不测，弥漫浸灌，而群山蔓延，献奇竞秀，回合拱抱，皆可指数，盖奇胜之会也，然舟人行旅之涉于此者，往往动心悸魄。于夫！江山之胜，有不暇顾，而城郭居民则皆逐什一之利，虽有高视远览之士，则又病夫市井之嚣尘、闾阎之蔽障，有不能尽其胜，虽人谋之未至，抑江山之秀，固自有其遇也？

　　予友黄有常，居城外石滩上，作新楼二间，岿然出于群屋之表，后背城市，前临大江，无喧嚣之渎于耳、蔽障之妨于目，窗户玲珑，洞达轩豁。启而望之，凡江流上下百里之间，风浪之作止，舟楫之去来，蛟鼍之出没，鱼鸟之翔泳，江芦浦树之纷纭，渚云岛雾之开阖，四方之人相易而往还者，皆在几席之下，而江南数郡之山，自匡庐以及于九华，累累相联属，秀出者如芙蓉，横列者如屏幛，熊黑伏而虎豹蹲，鸾凤翔而蛟龙走，千态万状，一举目而尽得之。呜呼！何其乐也！予居泰和，泰和登览之最胜者曰快阁，其名闻于天下久矣。家居时，数游焉，俯瞰澄江，远视秀岭，胸中为之浩浩然乐也。

　　去年冬，买舟上京师，冒风雪，犯波涛，恐惧惴栗，逾月始至舒，登有常之新楼，而复得胜览焉，其喜盖可知矣，为之流连数日而后去。及至京师，有职事之常，夙兴夜寐，以自效玉堂。天上之贵，虽非区区江湖之远之可比，然营职之暇，追思游览之胜，亦未尝不慨慕其中。

　　夫常得山水之观者，不知乐之为乐也，惟涉险阻、限拘萦者，然后知之。今有常以垂老之年，而当太平无事之日，得优游于此楼，以观景物之奇胜，岂可不知所自乐哉？予于有常有世契，故为名之曰胜景楼，而求中书舍人陈登为书三大字，使揭于楣间，又为之记。如此，他日以老病，赐归田里，再登斯楼，尚当为有常赋之也。（《胜景

楼记》）①

在此文中，作者有意安排了两处相衬文字，以凸显黄有常的胜景楼美景。作者先是记叙长江因群山而形成的自然胜概，城郭居民却忙于逐利而无暇往顾，高视远览之士病于喧嚣而不能尽其胜，但黄有常建成胜景楼后却能解除饱览江山之胜的种种主客观方面限制条件。作者概述了长江的胜景和不能与江山之胜相遇的遗憾，显示了他汗漫演迤的创作风格。上引文第二段，作者以切身体会，讲述当初在家乡数游快阁的"乐"趣，把黄有常的胜景楼媲美于快阁，又以去年舟行上京师途中恐惧惴栗的经历，反衬了饱涉险阻的他登览胜景楼时轻松快意的心情。这两处烘托，已经体现出作者对胜景楼的喜爱之情。作者正面描写登胜景楼所见景色，运用长句和短句结合的句式：在长江江流上下百里之间，"风浪之作止，舟楫之去来，蛟鼍之出没，鱼鸟之翔泳，江芦浦树之纷纭，渚云岛雾之开阖，四方之人相易而往还者，皆在几席之下"这个长句中，字数从五字到七字，最后以十字形成这个长句，又以"皆在几席之下"的短句绾结，既极度舒展又有力挽回，体现了作者锻炼文字的能力。他还使用骈偶的句式，把它们夹杂在散行文字中，如"熊罴伏而虎豹蹲，鸾凤翔而蛟龙走"，在文中形成少有的陌生感，制造新奇的效果。

王直的状景能力在当时翰林作家中比较突出，长篇如《游武山记》等，短篇如《环秀堂记》、《画苑记》等尤能体现他输写万状的能力。《游武山记》是王直游记创作中篇幅最长的一篇，描写了多处美丽的景色。

> 诘旦，予蓐食，从（彭）百炼、（彭）士扬，跨马出门，冒大雾以往。（彭）士淳、（彭）士英皆步趋，二童子载酒以从。出西郭旧城，逶迤行田野间。雾气既敛，衣发如沐。回视东方，日巳（按，当作已字）出数丈，诸山在前，杂卉满目，红如丹渥，碧如凝黛，日光照映，烂然绮错，引领望之，盖身后而心先往矣。……
>
> 乃荫长松，藉茂草，取酒而酌之。酒三行，望见同游诸君，骑者、步

---

① （明）王直：《抑庵文集》，卷一，第8—9页。

者、载酒肴者，凡三十余人，如蚁附，如鱼贯，出没隐见林木间。予三人
因不复骑，从石坳，循山半，度荒崦，至武山之麓……

　　寺后崖上，巨石竦立，几百尺。有片石偃覆其颠，道人曰："此飞来
石也。以足撼之，有声如鼓。"（梁）叔蒙、（彭）士英循崖而升，撼之，
良然。复攀缘而上，折而南，登虎鼻峰，巨石崭崭相倚，盖自下望之，如
圭植，如笋立，屹然在天半；及临其上，亦不见其甚峻绝也。……

　　予与众升武婆冈，遇峻处，辄相推挽。至其顶，皆黄茅弱筿，无大
树，四望清明，极目力之所至，凡数百里，村落、竹树、烟云、景物之
态，皆在舄履之下。县南境诸大山，隐然如一块。赣江西来，绕县前东
下，而县东诸小山，相掩蔽，不复见其去。县城内外，官署、民居、浮
屠、老子之宫，栉比鳞次，皆可指数，因相与叹曰："真所谓壮哉县也！
不为兹游，亦何能尽兹胜乎？"冈之北，有石横出崖上八九尺，阔不逾寻
仞。其下嵌空，峭拔数百丈，不可注视，使人心眩掉……

　　观踞武婆冈下，若负扆然，惟南向空阔，其三面皆深松密林。夜分酒
罢，忽有风飒然，殿堂铃铎皆振响，群鸟亦惊号。林中客悚息而坐，疑有
异，久之乃定。遂解衣卧殿上，戒僮仆五鼓当发后峰，私谓萧氏兄弟曰：
"山中无此客久矣。今幸有之，道士独不能具一食乎？必留之。"……①

　　这是一篇长达二千五百言的游记文。行程既远，在路上观赏和憩息所费的时间
也超过一天。作者按照时间顺序，移步换景，写了大量的名胜，记叙了他的心
情和游览的兴致，充分表现出如大河般沿洄曲折的撰作能力。上引数段，作者
用精细的笔致记叙了途中所见的景物。第一段，写他们一行出城以后，在雾气
中穿行，衣湿如沐，待到雾敛日出，景色更优美，色彩益鲜艳，作者萌发出
"身在山后而心先往"的游览兴致。第二段，写他们且行且饮之时，回望同游
者，视角独特，以蚁附鱼贯的比喻写出山势陡峭，行人如蚁，用喻恰当，得体
物之精细。第三段，写耸立的石块，可撼有声，再至虎鼻峰，以仰视写其峻
拔，以平视写山峰不甚峻绝，传达出他们到达巅峰时恍然若悟的内心感受。第

---

　　① （明）王直：《抑庵文集》，卷二，第31、31—32、32—33、33、34页。

四段，写于武婆冈俯视方圆景物，历历在目，而冈上一石，尤为奇绝，这些景色都使作者叹为观止。第五段，在深松密林中的道观栖息，营造惊悚的氛围，而作者却为此游感到快意。明代末年的文学家张岱《湖心亭看雪》中湖心看雪之客说"湖中焉得更有此人"①与"山中无此客久矣"句仿佛相似，而王直先得其意。

王直的篇章既富，且擅长结撰，成篇佳作颇多，但不注意剪裁，随手写作，面貌雍容，产生肤廓冗长的弊端，如记游武山介绍其方位曰：

> 武山为泰和之望。其高可六七里，其趾环三十余里，扶舆清淑之气，磅礴郁积，乃蜿蜒东走，为金华诸山，始降为平地，宽厚衍迤，几二十里，而县治在焉。凡县之所以产奇才珍物者，皆兹山之秀也。自县城西北望之，如龙跃，如虎蹲；方者如屏，曲者如宸；其隆然而起者，如高人正士端冕而立于朝，尊严重厚之势，魁杰雄峙之状，环县诸山无有也。其中胜景十有四，前代诸贤皆游览，而歌咏之矣。(《游武山记》)②

若欧阳修游武山，必不作如此无关紧要的介绍。王直的散文也有直接进行景物描写的，如《凝翠楼记》、《长溪别墅记》等文，故相较而言，《游武山记》的首段显得多余。王直学习欧阳修之文，而更为演迤平缓，体现出台阁大臣制作的重厚之体。其《耕田乐》为泰和县大观彭氏作记，以春耕秋获、祭祀祖考为序，颂先民之遗风，侈太平之盛观，几乎没有什么特别出人意料之外的审美收获和深度的审美发掘，仅仅以常见语写常识，敷衍平淡，流于形式。

王直善于作重重推进，抒发的感情因此显得深挚，如《望亲楼记》等文；在介绍人物时，能形成将镜头逐渐拉近的表现效果，如《爱竹堂记》等篇；而在极度形容时，又会形成气势磅礴的动人效果，如《虚庵记》等篇。下面举三文中的部分文字，分别说明之。

> 夫君子之于其亲，生则敬养，侍其起居、颜色、衣服、饮食，而不忍

---

① （明）张岱：《西湖梦寻》，浙江文艺出版社 1984 年版，第 170 页。
② （明）王直：《抑庵文集》，卷二，第 31 页。

少违焉。及其死，而敬享也。思其居处、笑语、志意、乐嗜，俨然如或见焉，如此而可矣。（欧阳）允乾犹未足于心，而又望其墓。墓也者，体魄之所藏者也，情于是为甚矣。盖于其始死而复也，固望其反诸幽，虽未反也，然形犹可见也；及其殡也，形不可见，而柩犹可见也；既葬，则无复可见者矣，而犹不忍决忘之，尚慨焉，以待其反也，然则终不反矣，所可见者墓而已矣。孝子之心，于是为至隐，故予于望亲之楼，知允乾之心为甚悲者如此。（《望亲楼记》）

"吾（杨应春）世家乐温。乐温之最胜者曰大城，大城之河东，有山屹然临于河者，白崖山也。山之下，土地旷然以饶，乃吾先人之居在焉。惟先人实有令德而未享荣名，故退居于此。其于物无所好而独好竹，故所居必种之。今竹日长茂，而先人不可见，此吾所以爱之而不忍伤也。"又曰："竹之多，仅十余亩而居其中……"（《爱竹堂记》）

彭蠡，江西之水会也。春雨时至，百川皆溢，蔑洲渚，冒原隰，其势浩然不可得而御，狂澜骇浪，冲屋发木，漂沙决石，汹涌泙湃，越千百里以至乎其中，泊然受之而无余，非以其虚故耶？至于海，则又有大此者矣。盖淮与济至焉，江发岷山亦至焉，河之出于昆仑者又至焉，其他殊流以达于海者尚多，然海固未尝盈也，岂非其虚者大，故所受者广耶？（《虚庵记》）[①]

《望亲楼记》写的是孝子之心，以生敬养、死敬享分开而言，着重对孝子望墓之举的含义进行层分缕析。亲人去世以后，孝子尚可于其形体希冀亲人反诸幽冥世界，形既不得见则于其柩望之，柩不得见，而犹不忍决忘，故于墓所望之，以求得如见亲人。通过层层分析，王直把欧阳允乾的孝心和他失去亲人的痛苦表现出来。这种层次分明、逐渐递进的方法运用在《爱竹堂记》中，则表现为作者把人物的家居背景逐渐地缩小，从乐温拉近到乐温胜地大城的白崖山脚下，再到杨应春先人所居之处将近十亩的竹林，表现了杨氏先人精心择地而居的用心，为文中所写杨氏德行增色不少，也表现出作者的匠

---

① （明）王直：《抑庵文集》，卷三，第48、48—49、49—50页。

心。而《虚庵记》先说彭蠡会江西诸水，泊然受之而无余，是因为彭蠡涵虚之故，而比彭蠡更阔大的海，它容纳江、河、淮、济等河流而未尝盈溢，有力地论说了"虚"怀容纳物事的重要性，用来说明道德修养的道理，显得明白通俗。

王直在序、传记类文体的创作上，也有名篇，如《湘江雨意图诗序》为他人作序，而想起自己在泰和家乡的住所，写法别致；《送李通判复任序》回忆了自己在京城的欢乐以及宦海沉浮朋友散失离群的况味，感叹颇深；《赠张友让谢病归诗序》文中有记叙，有对话，写情很深挚。下面这篇《贫坚子传》刻画人物形象具有强烈的文学色彩。

> 去年予从京师还故乡，贫坚子数访予，不获见。今年七月，索租来泰和，布袍草帽，徒步将入山，忽遇之于途，遽前执予手曰："子岂忘我邪？"视之，乃予贫坚子也。相慰劳久之，问其年与其家事，对曰："吾年则长矣，而贫犹在也。前四五年，有子足任事，今已死矣，予贫其有已乎？"邀予坐其故人家，相与道旧故。忽记予所为文，朗诵而起，曰："此非子所作邪？"忆予年十五六时，浪游郡城中，方以跅弛自奇。贫坚子请止其家，箪食豆羹，相对不厌也。一日大雪，贫坚子沽酒饮予，歌呼大笑以为欢。时其弟方结姻，醉求予作书，予援笔立就，贫坚子惊喜绝倒，以为奇，至今能道之，然予亦不自知也。方是时，心壮气锐，视诸事皆若不足为，惟酷好游览，浮屠、老子之宫及青原、螺子诸山，无不到。遇清泉、白石、长林、茂树，辄终日忘归。贫坚子在焉，亦有自得之色，盖忘其贫，而与予乐也。于今二十余年，贫坚子将老矣，而予齿益壮，视前所为，盖已悔之，贫坚子犹念之不忘，则其意气之盛，可知矣，此岂以贫而累其心哉？①

刘士宏（号贫坚子）是作者年轻时的一个朋友，爱好文学，虽老年景况日下，而不改其贫愈坚的节操。作者回忆了少年时的往事，与贫坚子为友，以奇自

---

① （明）王直：《抑庵文集》，卷十一，第253页。

纵，他们携手壮游山水名胜，意气勃发。作者又为贫坚子爱惜其少年不经意之作而感动，感受到白首知己的温暖。在追悔少作的壮年作者与意气益盛的衰朽老者形象之间形成鲜明的对比，使贫坚子的形象异常突出而分明。

王直在文学创作中，体现出比德的文学观。他在《筠阴堂诗序》中把前代的比德事例一一举出：

> 予谓天下之物，非可一二计也，而人之好之，必以类。张湛之于松，陶渊明之于菊，林逋之于梅，周子之于莲花，盖以德之似也。若公（郭子齐）之好竹，非其清操直节不为流俗之所移，与竹之清虚劲直，凌风雨，傲雪霜而不变者同欤？昔人谓君子比德于竹，然则公其君子哉！①

成熟的比德说是在北宋周敦颐时发展起来的，虽然此前历代都出现过爱好某种植物的著名人物，但还没有形成北宋时物性与人的道德之间如此稳定的比德关系。《竹鹤轩记》亦对历史上的比德人物尽加搜求：

> 凡人之嗜好，必以类。知者乐水，仁者乐山，以其体之似也。……且好恶人情之所有也，顾所发何如耳。晋王右军之清而好鹅，陶渊明之达而好菊，唐李白之雄放而好白鹇，宋周子之贤而好莲花……若刘伶之于酒，祖约之于财，阮孚之于蜡屐，乐之终身不厌，则其情之蔽，识之偏，视（何）彦泽所好，其清浊相远矣！②

王直认为比德的原因在于"人之嗜好，必以类"，历代有多位人物对各种物事有着特别的嗜好，但这些物事并非全部都能成为比德的喻体，必须经过取清弃浊的扬弃，以取合于儒家修身养性的观念，才能建立"比德"的事物本体与道德喻体双方的关联性。王直持儒家本经的文学观，对比德的事物善于作多方面的发挥。在《菊庄记》中，王直认为屈原之赋菊也是比德的笔法：

---

① （明）王直：《抑庵文集》，卷四，第89页。
② 同上书，后集卷四，第386—387页。

盖于是而比德焉。夫善之在人而日彰，犹菊之芳香袭人而远闻也，故屈原之赋，以"饮木兰之坠露"、"餐秋菊之落英"自比焉。原岂慕仙道者哉？盖以忠信乐善而不见知于人，故言其自修者如此。①

王直说得很明白，屈原《离骚》中所塑造的慕仙道着装的自我形象，那是以菊比自身忠信乐善美德的艺术手法。《竹庄记》是一篇多方展开比德手法的文章：

竹之为物，有清虚刚直之德焉，至其丛生、根联、枝附，密比而不违，则又有亲爱辅益之义，是以君子尚之。昔唐元宗与兄弟诸王游苑中，见丛竹之生，萃于内，无逸出于外者，顾语之曰："凡兄弟当如是也。"……岂非善取诸物也哉！

安城刘求琏居其邑之上源，而与兄求矩、弟求乐、求思、求锡最相好。居有丛竹，郁然而并秀，森然而骈滋，虽霜雪之严，风雨之暴，不能改其德。求琏兄弟常燕休于此，其心相孚，其意相合，其言语相契，均有无，同休戚，未尝毫发爽焉，他之为兄弟者莫及也，因号其居曰竹庄……②

在明翰林作家的创作中，比较常见的比德手法是以植物的某一特征象征某种品德，而在此文中，竹子却有清虚刚直之德与亲爱辅益之义两重寓意，显得比较特殊。此文在比德之时，作者或运用结构相同的句式，或构成骈偶句型，具有一定的文采。

王直的诗歌冲融雅饬，但不同于陶渊明的诗风。明永乐至正统四朝，国家强盛，翰林作家们以文学遭遇其时，锐意文学，上报思君恩，下以荣耀乡邦：

是时，法度修明，四夷宾贡，天子一意儒术，以熙鸿业，所谓文明极盛之时也。而吾邑之士，又皆以文学奋身，遭遇其时，忝列华要，亦可谓

---

① （明）王直：《抑庵文集》，后集卷三，第366页。
② 同上书，后集卷三，第357—358页。

盛矣。及岁时之闲暇，举酒相属，而惓惓以德业相勉，将以上报国家，而非独为乡邑之荣也。(《岁除日分韵诗序》)①

予年始五十，而衰病相寻，若六七十者，思自休于山巅水涯寂寞之滨，而国恩未报，欲去不可。(《赠张友让谢病归诗序》)②

王直的思想是思君报国，汲汲为皇帝献纳论思，即使衰病相寻，仍不自休，所以他在《环秀堂记》中发问："岂以富贵之娱、山水之乐为可以兼得也哉？"虽两相矛盾，但二难选择的答案是："不可以兼得矣。"③所以在王直的诗歌中，陶潜的隐逸思想被否定掉，部分诗歌或有与陶诗近者，却不是主导风格。

正统年间，王直本当以次入阁，但是杨士奇抑之④，使出莅部事，任吏部尚书，而馆阁晚辈马愉、曹鼐(二人分别晚王直23年、29年成进士)于正统五年(1440)入阁。九年，泰和人陈循入阁，成为三杨相业的继承者和台阁体后期的代表性作家。

陈循(1385—1462)，字德遵，号芳洲，江西吉安府泰和人。永乐乙未科(1415)进士第一人及第，正统七年(1442)为翰林学士。正统九年入阁，在内阁十二年，制诰诏令多出其手。英宗复辟，天顺元年(1457)谪戍边，后放还，旋卒。《千顷堂书目》著录有《芳洲集》十卷、续集六卷、诗集四卷、《东行百咏》八卷。今存明万历其四世孙陈以跃刻本《芳洲文集》十卷、《芳洲诗集》四卷、《芳洲文集续编》六卷。

陈循文思敏捷，挥笔立就，他人不足，己常有余，创作繁富，所刊刻的诗文仅为其平生所作什一。就作品数量来看，陈循是翰林院馆阁文学作家中的巨擘。早为明宣宗所知，熟悉先朝典故，故内阁事体、文辞、制作之类，多出其

---

① (明)王直：《抑庵文集》，卷四，第69页。

② 同上书，后集卷十六，第712页。

③ 同上书，后集卷一，第321页。

④ 朱彝尊："东王不得爱立，西杨之力也。观其撰东杨文集序云：'直之去翰林，惟公深惜之，而反为忌者所病。夫士之进退出处有命焉。非人力所能胜。奚以病为哉！'又《题东里墨卷》云：'杨氏与王氏世有连，予窃禄翰林，从先生者三十七年，教益多矣。予之事先生，负恃亲爱，于凡所当言者，尽言不讳则有之，非理而谇语则奚敢。后予去翰林，或谓出先生意。盖言语以为阶，岂旁观侧听者固能知其情邪？而予实不自知也。'绎其辞虽隐，而情事跃如矣。特其人长者，故为东里作传，止扬其善已。"(朱彝尊：《静志居诗话》，卷六，第160页)

手。宣德末年，宣宗要他与杨溥一道入文渊阁共事，已属意陈循为内阁大学士，未果命。杨士奇生前为避免王振擅权计，举陈循以自代，遂入阁，成为三杨相业的继承者。

杨士奇与陈循之间有着深厚的师生感情①，"公（陈循）之学有委有源，一泻千里，涛涌澜翻"②，一方面即来自杨士奇的熏陶。陈循以"古文擅天下"③，兼撰有千余首集句之《东行百咏集句》。馆阁前辈胡广曾作《集句诗序》，论集句之作难于己作（请参见本书第九章第一节前引）。作集句诗既如此之难，而陈循却作有千余首，由此可见其学问与诗才，理当为三杨之后翰林院馆阁文学的后劲。

柯挺《芳洲文集序》称陈循为大儒，论其人"邃蓄醇中"，对陈循的文学创作给予以下评价：

> 若陈说上前，则三代礼乐六经精微之旨；若代言，则典谟训诰之体；若杼（当作抒字）性灵，则风雅之遗；若所酬答，按事属辞，扬微阐幽，则玄酒之味、太音之声。④

柯挺的序主要论述陈循三个方面的不朽事业：就其相业而论，认为他"宏抱石画"；就其儒业而言，认为其学问"邃蓄醇中"；论其文学，则有风雅之遗，如玄酒之味主淡，如太音之声为世间珍视，承传的是正宗的馆阁风格。陈以跃《刻先公遗集小引乞言》则从翰林院馆阁文学自身的传承性来概括陈循的文学成就：

> 大都布帛菽粟，国初浑噩之气自存，摅情止理，不事文彩，以表见于

---

① 姚舜牧作《陈芳洲先生传》说："（陈循）十七游邑庠，同里杨文贞公士奇一见，以远大期之。"（陈循：《芳洲文集续编》，明万历四十六年（1618）陈以跃刻本，第 1 页，传）；又可参见陈循《答东里先生惠书》五首［陈循：《芳洲诗集》，明万历二十一年（1593）陈以跃刻本，卷三，第 35 页］。

② （明）萧镃《前光禄大夫少保户部尚书华盖殿大学士兼文渊阁大学士陈公墓志铭》，《尚约文钞》，清光绪三十一年（1905）萧氏趣园刻本，卷十，第 14 页。

③ （明）陈循：《芳洲文集》，明万历二十一年（1593）陈以跃刻本，第 11 页，附录。

④ 同上书，第 4 页，柯序。

后世，而其行己立朝，亦如其文，质直自任，绝不市恩沽誉，为身后之计。①

上引文说明了其先祖陈循的创作延续着明初馆阁文学"浑噩之气"的特征，这和陈循的前半生生活于永乐、宣德盛世之时，犹得躬闻翰苑典型，目睹馆阁风流的背景密切相关。郭子章《陈芳洲先生文集序》主要论述陈循进入翰林以后的创作情况：

> 文章妙天下，咳唾熙笑，人争传写。官侍从三十年，拜相五年，元相八年，国家大诏令、大典册，多出公手，黼黻宪章，鼓吹休明……②

"黼黻宪章，鼓吹休明"，这是三杨居馆阁时文艺制作的主要功用，而陈循在这个方面的创作表现得尤其突出。

陈循的殿试文《廷试策》，语言平易流畅，条理分明，气势充沛，是一篇较好的文章。作者开门见山提出"帝王之治，非道德无以立其本，非事功无以致其效"的己方观点，再论证"道德者，事功之所繇成也"，分清二者的因果关系，然后以道德的重要性统领明教化、严课试、兴学校、慎选举、谨法律五个分论点，并加以详细论证，最后又收拢到道德这个致治之本上面。整篇的结构，框架内部圆融流转，不显艰苦之态。以下列举该文数段为证：

> 臣闻为治有本，本立则末随。稽之于古，若尧之克明俊德，舜之慎徽五典，禹之克勤克俭，汤之克宽克仁，文王之徽柔懿恭，武王之丕单称德，二帝三王道德之盛如此，故其见于事功，如契敷五教，而黎民有于变之风；三考黜陟，而庶绩有咸熙之效；后夔典乐，教胄子而学校以兴；皋陶、伊尹之见举，而不仁以远；士师明刑，而四方致风动；苏公式敬而王国增长久之盛。若是者，何莫而非道德之推乎！
> ……

---

① （明）陈循：《芳洲文集》，引言，第4页。
② 同上书，郭序，第2页。

考课之法，自三代以下，莫精于汉、唐、宋也。汉则刺史以六条察，二千石岁终举其殿最：其一，强宗豪右，田宅逾制，以强凌弱，以众暴寡；其二，不奉诏书，遵承典制，倍公向私，侵渔百姓，敛聚为奸；其三，不恤疑狱，风厉杀人，怒则任刑，喜则滥赏，烦扰刻暴，为百姓所疾；其四，选署不平，苟阿所爱，蔽贤宠顽；其五，子弟怙势，请托所监；其六，违公下比，阿附豪强，通行货赂，割损正令。凡若此者，刺史皆得而察之……

……

十科则自元祐元年，司马温公议时政，分荐举为十科，而山林颇牧、岩穴伊傅、卑僚下贱可以网罗而无遗矣。使行义纯固，如萧嵩之荐韩休，则可以为师表；节操方正，如李峤之荐李邕，则可备献纳；智勇兼人，如谢安之荐谢玄，则可以备将帅；公正聪明，皆如匡衡之荐孔光，则可以备监司；经术精通，皆如萧望之荐薛广德，则可以备讲读；学问该博，皆如张说之荐张九龄，则可以备顾问；文章典丽，皆如魏元忠之荐吴兢，则可以备著述；善听狱讼，皆如丙吉之荐于定国，则尽公得实；善治财赋，皆如李祐之荐李巽，则公私俱便；练习法令，皆如袁盎之荐张释之，则能断请狱……①

上引第一段先以本末对立的关系来说明道德之于事功的重要性，再收束所列举的事功归结为"何莫而非道德之推"的观点，然后伸展为下文教化、课试、学校、选举、法律等方面的分论点，好比七彩光束穿过墙壁上的洞眼时聚为一点而后又散射开来。行文有骈有散，整齐而不单一，即使在骈句中亦如此，如从"契敷五教"句起，前后数句间的句式结构有两次变化。文字典雅而平易，用典虽多而语气连贯。在第二段中，陈循论汉、唐、宋三朝的考课制度，这里所选的是论汉代铨选考察制度部分，而述唐代"四善二十七"之法亦类此，梳理制度时条分缕析，表现出作者博闻强识的能力和学识，文章因而显得汪洋恣达却简明扼要，充分舒展而不枝不蔓，显现了作者舒展自如的写作能力。第三段

① （明）陈循：《芳洲文集》，卷一，第1、2、3、5、6页。

则显示陈循对明朝当时的选人制度非常熟悉，暗含迎合内阁大学士杨士奇的目的。明朝洪武初曾开科取士，后来中断多年，复用荐举的方法选拔人才。洪武十八年（1385）恢复科举取士的制度，但荐举与科举二途并用①，杨士奇就是在建文时被荐入朝廷的，成祖帝简为大学士，始终眷顾不衰。成祖修纂多部大型类书，需要大量的人才，也从荐举到朝廷的士人中选用人才。陈循在这篇《廷试策》中揣摩得杨士奇和皇帝的心理，既切合明初国情，对策有理有据，又暗中奉承了杨士奇和朝廷，这应当是他成为状元的原因之一吧。

陈循的文风大体沿着欧阳修、杨士奇的语言平易、条达舒畅、容与闲易的风格，在各体文中均可见到这一特点。如《送陈先生知惠州府诗序》曰：

> 皇上数念民生休戚系于守令贤否，间命左右二三大臣、六卿正贰及都御史各举所知，除两制不动外，无问侍从、国学与其司属，凡百执事，惟贤而已。于是少傅兵部尚书兼华盖殿大学士泰和杨公、少傅工部尚书兼谨身殿大学士建安杨公、太子少保礼部尚书兼武英殿大学士临江金公、詹事府少詹事兼翰林院侍读学士永丰曾公暨工部侍郎吉水合词，首以余陈先生为对。时与先生同被举者二十五人，而为先生举者独众，此其贤可知矣。命下得为惠州知府，学士大夫及缙绅之重先生者，皆赋一诗赠行。以循先生典教县学时弟子员也，俾序其首简。知师莫若弟子，此循所为，不敢辞也。
>
> 于乎！先生是行，循有窃喜者三：圣朝用人必先于儒，一喜也。生民获蒙儒者之惠，二喜也。始循恒慕先生天性孝友，才堪牧民，尝以有所荐矣，既而少傅泰和杨公、侍郎罗公亦荐先生可用，有司拘于职专训诲之例，屡屡寝其事，上赖天子圣明，勇于通变，先生始得展其素负于今。儒者自此不壅滞矣，三喜也。然则循之所窃喜者岂独为先生一人之私耶！
>
> 先生名颜，士希其字，家建宁之浦城。自洪武中以明经领乡荐，为庐陵县儒学教谕，侍郎罗公为弟子员时也。既丁艰，服阕，遂改泰和，秩

---

① 明朝荐举人才的制度延续了相当长的一段时间。正统十四年（1449）土木堡之变后，陈循为景泰皇帝视草《代总国政诏》中还提到："各处举到儒士及三考满吏典，俱照永乐年间儒士送翰林院、吏典送吏部，堂上官一体严加考试例……"（陈循：《芳洲文集》，卷二，第4页）

满，泰和诸生思其矩范，相与乞还于朝，命升教授，掌其学事。数月召还，改北京国子学正。九载增秩，视八品，掌学正事，盖今复九载矣。不然，超擢亦所不免，而循独于是为先生喜者，非以儒者自此不壅滞耶？

先生为人，端而雅，和而厚，通而密，惠而恕。所以淑诸生者，既皆效矣；所以惠斯民者，其非自兹始耶？敢述先生履历德善，以告惠州之民，且以为其得守之贺。宣德五年冬十二月丁卯书。①

这篇文章分四段，每一段的意思都很清楚明白，写得从容，但有剪裁，不为无边芜蔓之词。虽交代事情原委极为简短，但不乏姿态，如"端而雅，和而厚，通而密，惠而恕。所以淑诸生者，既皆效矣，所以惠斯民者，其非自兹始耶"等句都显示了作者控制语言的高超能力。宣德至景泰初，朝廷实行在京三品以上大臣保举方面大员制度，福建浦城的陈颜得到朝中众多大臣的荐举，被任命为惠州知府，陈循彰显了他的贤能。联系下文，可知作者为陈颜而"喜"的心情。这种"喜"和暗寓的遭际之感伤贯穿在下面三段中，但这种感慨却转折为歌颂天子的圣明之用意，文脉如此曲折而贯通。

陈循的记类散文中，大量篇章涉及了儒家伦理道德、人格修养等方面的内容，如《永感堂记》、《恩荣堂记》、《梦竹堂记》、《孝友堂记》、《怀训堂记》、《贞节堂记》等，但部分篇章却基本上不涉及儒家的说教，较接近于纯文学，美感跃如。如《游醉翁亭记》通篇没有议论文字，纯为记叙事件和景物：

明旦介行，有语太仆寺丞杨闻达以余志者，杨欣然喜，即率从事，载酒肴，鞍马拉余数人以往。自丰山下驰六七里而止，弃马登山。未毕数步而获少平，杨曰："此醉翁亭遗址也。"广仅容亭，瓦砾犹存。四面而观，皆高山环，欲无路。亭所负山之石壁刻"醉翁亭"三篆字，其大如斗，笔意颇佳。傍去丈许，又刻"二贤堂"三隶字，大视篆半之，皆无书人氏名。草木蒙翳，芟治而后可观。意亭既废，后人刻之以识其处，非当时书也。其所谓二贤者，未考图记，意其一醉翁，其一必继翁者，莫知谓谁，或曰："元之张文定、曾文昭、张天觉，皆尝为滁守者，岂其一在此耶？"盖其去时久矣。丰乐、醒心在州东南一二百步之近，滁人老长尚尤罕有知其处者，况于此耶？岂余不及留，固有知之者而询之未周耶？亦知与否系乎其人之好尚，何如也！凡记之所有而存者，山泉、禽鸟、四时朝暮之景、滁人之游与凡人力所不能移者耳，亦可感也矣。

于是芟茅席地，撷野簌，酌酿泉，相与放情于其上，以庶几如醉翁之游而乐者焉。既而又从数骑西南驰六七里，入琅琊山。山愈深，草木泉石愈幽。路傍有石数十，端方而巨，乱置草间，盖遗物也。石壁时见字刻，所云大抵"渐入佳境"之类。极而数峰高绝，下有松竹数万，杂树交荫，仰不见日，所谓林壑尤美者也。中有一蹊介然，以险不可以骑，系马松下而上。上有屋数百柱，高卑曲折，一因崖麓之势。屋壁缭垣之石，往往杂以残碑断刻，片仅数字，不可属读。其地盖山之僧智仙所居曰琅琊寺者也。有僧寿八十余，布袍素履，不出户者二十余年，既无意于世矣，而其应客甚恭，若有求于人者。问其名，不应。相值，既坐，奇花异草，交映前后，幽篁野鸟，举目皆是，喧呼摩戛之声不绝于耳。杨于是举酒更酌，而乐宾益勤焉。

酒酣既去，而数人者，有中书舍人钱塘王君真、太常博士丰城丁君铉、行人永丰袁君贺。……①

作者陈循读了同郡前辈欧阳修的《醉翁亭记》后，向往醉翁亭多年，因公事无暇，欲往而屡遭沮阻，终日怅然，这部分内容节略不录。上引文中有模仿《醉翁亭记》的句子，而且作者把此游中所见的景物、人物及其心情与意趣处处与《醉翁亭记》印证，是一新写法。行文很有独创性，首先表现在作者欲考证二贤而不得时，发出了近似王安石《游褒禅山记》中所发的感慨；其次，写了醉翁亭周边如今草木蒙翳的荒凉景象，虽然风景依旧而人事已非，沧桑感浓重；作者又描写了一些景致，如巨石、绝峰、松竹、杂树、险蹊、寺院、鸟喧，这些景色都是欧阳修的《醉翁亭记》所没有的。作者在描写这些景色时，用笔比

---

① （明）陈循：《芳洲文集》，卷六，第6—8页。

较清淡，没有纤秾的色彩。《龙江八景记》也是一篇类似写法的散文：

> 龙江之上，望可穷数十里，而虎口接其傍，神冈耸其南，佛塔踵其后，翼以芳草之村，附以乔林之墓，而映带以乌沼之泉、官渡之壤。其间涛澜汹涌，则鱼龙悲啸，可愕而可惊；秋风萧杀，则林木振响，可骇而可悲；照之以明月，而穷崖绝壑之幽，皆可指数；覆之以晴岚，而咫尺浮屠之塔，隐而不见。至若芳草足以供牛羊之践，而亦可以席而憩；乔林足以施禽鸟之弋，而亦可以荫而憩，与夫桑麻泰稷之纷敷，芙蕖茭荷之的历，又皆错落乎远近也。（张）志远日与二三朋辈升于高以望江山之明秀，即乎夷以荫松柏之丰茂，或徜徉于风晨月夕之际，而邀乎园池田壤之间，穷地之胜，力极而息。于是酌酒赋诗以相欢劳，往往倦不知归……①

此文是陈循受庐陵城北张志远所托，为庐陵龙江八景而写，主要表现山林之乐的情趣。状景纷多而安排妥帖，条理亦复清晰，宛若万里江山图卷，表现出作者状物的能力以及渲染谋篇的匠心。骈偶的句式接连而出，或长或短，姿态横生，虽不免存在学习范仲淹《岳阳楼记》状景的痕迹，但更多的是独创语。

在诗歌创作上，陈循的诗歌呈现出鲜明的馆阁体特征，即使晚年被谪戍边，其诗歌风格仍然没有改变。"居谪五年，毫无怨望，惟集古咏，寓事见志，凡千余首，至今诵之，忠勤溢于言表。"② 存世有《芳洲诗集》四卷，古体诗数量少，近体诗居多。卷一为应制诗，是典型的馆阁体诗歌，主要写永乐、宣德年间明朝征战南北、耀兵海外的功绩以及祥瑞骈臻、异方进贡等方面的题材，以诗歌夸耀明王朝的声威，描摹国家的繁荣昌盛，体现诗人忠君爱国之心。如《黄鹦鹉歌》：

> 圣明天子垂裳居，神文圣武超唐虞。南平交阯北灭虏，坐令四海皆欢娱。仁恩洋溢古莫比，鸟兽微物俱涵濡。天闲宝马生龙种，上林琼主栖凤雏。滇南有鸟何卓特，毓秀钟灵含土德。烨烨黄金粲羽衣，采采颓霞炳灵

---

① （明）陈循：《芳洲文集》，卷六，第 20 页。
② 同上书，附录，第 26 页。

臆。容止悠闲迥不群,岂独鲜华好颜色?朝饮琼浆蓬岛西,暮栖瑶树昆仑侧。嗟尔族类虽羽流,异心殊智谁与俦。辨慧已能作人语,明哲尤解为身谋。田野有泉兼有粟,缯徼终知非尔福。翻然刷羽入雕笼,便见迁乔出幽谷。金门高敞凌九霄,四方万国俱来朝。边臣贡献双龙阙,日陪丹凤闻箫韶。圣皇奉天御率土,泰和盛治弥寰宇。小臣作诗歌太平,万岁千秋祝明主。①

这首应制诗歌应当作于永乐年间,作者极力写他对朝廷的歌颂形容之情,壮情油然而生,不为矫揉造作之词。文字金碧辉煌,态度却又闲雅,面目为馆阁体所独有。陈循与翰林诸臣的唱和诗,也有着浓厚的馆阁体诗味,如《芳洲诗集》卷三《送曾学士子启随侍往南京》、《送周谕德崇述随侍往南京》等篇。这些诗歌多用香、云霄、衣锦、徽垣、闻莺、朱衣、香尘等馆阁作品常用的字眼、词汇。现录卷二《九月望日朝回与五人者偶至东里先生朝房因留赏菊以秋菊有佳色为韵各赋五首》诗其二、四:

> 佳会有真趣,所乐不独菊。况兹熙明时,亦幸叨宠禄。既免心上忧,可辞杯中醁?感激怀愈开,劝酬席屡促。岂但惜流光,斯文契益笃。何以致爱恭?期寿永相祝。
> 人出长安门,官居此为佳。虽云临广陌,杳深无纷华。有菊当前庭,正尔开奇葩。攒金与叠玉,粲粲如云霞。偶来一相即,襟抱适何多。对之不肯饮,空令负此花。②

诗题为赏菊而作,表现的却是陈循身处熙明之时,优游玉堂的生活。语言典雅,情致淡雅,反映明代翰林院词臣官居清华之地的荣耀及其诗酒、赏花、论文的生活雅趣。

陈循的五言古诗学习汉魏诸家,更多的地方学习陶渊明,用六朝典故。如《芳洲诗集》卷二《田园杂兴四首为松阳人作》、《东梅八景为临江郭鼎真郎中

---

① (明)陈循:《芳洲诗集》,卷一,第21—22页。
② 同上书,卷二,第11、12页。

赋》、《题竹为玄圭弟》等诗。卷三七言古诗《题郑宗显所藏墨菊》等作学陶，但绝不是要学习陶渊明归隐的生活方式，因为陈循的思想在其组诗《王尚书水竹居》其六的诗句中说得很明白：

> 仕宦京华四十年，长因退直梦田园。太平盛世身如此，未可投簪问辋川。[①]

这首诗表露的是永乐、宣德、正统年间（1403—1449）学习陶渊明诗歌，撰作田园山水诗歌的翰林院作家整体的共同心态。明朝国势正当鼎盛的时候，学习陶渊明的诗歌，反映陶渊明式的人生情趣，仅是翰林作家们的一个创作母题，而陶渊明的隐逸人生断不是他们内心真正向往的境界。现录陈循学陶诗二首如下：

> 旧宅文溪滨，别业武山麓。寄我尘外踪，爱此村中俗。良田十余亩，近绕南山屋。既耕还自耘，取适非取足。蛙鸣激余响，苗长泛新绿。良晨启窗户，好景称心目。诗成情更怡，宾至酒应熟。一咏还一觞，为乐信所独。吾闻惜稂莠，终然妨嘉谷。原君力芟治，庶以增储蓄。（《稼轩为王行敏》）

> 远山秀如画，流水清可掬。超然属闲旷，允矣绝尘俗。若人得所适，卜居事幽独。碧沼覆艳荷，疏篱带修竹。闲治数亩园，盛种千株菊。粲粲荣朝英，苾苾杨（当作扬字）秋馥。聊怡物外情，且醉尊中醁。为乐亦何多，况乃富荣禄。惟应制颓龄，远驾循善谷。（《菊逸》）[②]

上二诗尤以《稼轩为王行敏》肖似陶诗。此诗取象田园，既耕且耘，傍有蛙鸣，可览观新苗，心情与之俱适；开窗见景，时可慰我怀；宾至与酌，共为诗酒之乐，这些景象和意趣非常接近陶诗。明代的翰林作家经常追寻从屈原到陶渊明爱好菊花的线索，咏菊也是他们的一大诗题，虽意趣肖近，而与陶渊明的处境

---

① （明）陈循：《芳洲诗集》，卷四，第18页。
② 同上书，卷二，第10页。

有天壤之别。明代馆阁作家身处清华之地，以菊自娱，以闲情自适，与陶诗的境界不可同日而语。

陈循的近体诗歌肖似唐人面貌，情趣清雅闲适。如《题庐陵人溪山清胜卷》：

> 闻说乡村景物幽，溪山如画对檐钩。春风谷口花开日，夜雨波心叶落秋。石壁傍檐看过鹿，柴门临水狎浮鸥。扁舟何日南归去？酌酒看云共胜游。①

起句以"闻说"二字，使人想起李清照的词。景物异常清幽，对句工整，接近于韦应物的诗。而《东郭草亭宴集鸿胪卿杨思敬宅》是渲染馆阁生活之情趣和逸兴的诗歌：

> 胜日名园聚德星，无边嘉景在郊坰。风轻云淡河滨墅，柳鹑莺娇花畔亭。石鼎焚香清不断，银筝劝酒醉能听。高情又拟明年约，乘兴还来款行行。②

这首诗典型地表现了翰林学士雍容闲雅之致。明朝廷钳制官员的挟妓行为，严禁官员出入秦楼楚馆③，所以此诗中出现的"银筝劝酒醉能听"的句子对于严肃而平淡的明代官员生活及其文学创作而言大添妩媚之致，大大逸出陈循身为翰林作家、内阁大学士应有之官员体统和创作体制。此外，这首诗明显地用宋词语句入诗，仿佛以词运诗，也是该诗的一个特色。

---

① （明）陈循：《芳洲诗集》，卷三，第 30 页。
② 同上书，卷三，第 31 页。
③ （明）沈德符《万历野获编》之"元夕放灯"条："文皇朝正用官妓，至宣德二年（1427）尚未有顾佐之疏，是时朝臣退食俱得拥蛾黛为娱，则灯楼之盛，尤为奇艳，士生斯时，抑何多幸。近偶与黄贞甫谈及官妓，余谓若修唐宋及国初故事，则公辈真神仙不如矣……""禁歌妓"条："太祖所建十楼……皆歌妓之薮也。……至宣德中以百僚日醉狭邪，不修职业，为左都御史顾佐奏禁，廷臣有犯者至褫职，迄今不改。"（沈德符：《万历野获编》，上海古籍出版社 2005 年版，补遗，第 2846、2848 页）

第二节　南陈北李与抗直的刘球

　　陈敬宗和李时勉，是明代从翰林院词臣迁转国子监祭酒的作家。两人对掌南北二监，功名相埒。终明之世，称贤祭酒者，必曰南陈北李。他们的创作富有特色，陈敬宗善于作赋，主张和平温厚的馆阁文学，反对穷苦之音。李时勉的文学创作既染台阁体的流弊，也有自己的创新，其艳情诗歌在当时翰苑创作中是一个奇观，与作者的儒者身份不符，而李时勉又是一个精于诗道的作家，提出兴象说的诗歌理论。刘球和陈、李二人都是秉性抗直的翰林作家，不依附太监王振，一时并有直声。刘球于正统八年（1443）被害去世，他的文学创作是台阁体的羽翼，但刘球在诗文创作中有意出新出奇，反映了正统年间翰林文风的转变迹象。

　　陈敬宗（1377—1459），字光世，浙江宁波府慈溪人。永乐二年（1404）进士，选庶吉士，与修《五经四书大全》，再修《明太祖实录》，授翰林侍讲，为宣宗皇帝特选转任南京国子监司业，迁南监祭酒。为人不汲汲于富贵，不依附宦官王振，官终祭酒，是当时著名的学者，谥文定。存清钞本《澹然先生文集》六卷。

　　陈敬宗所处的时代值明朝盛世，其诗文的主要内容也是反映明朝显赫的声势和身在雍熙之朝的心情，是台阁体诗文的羽翼。陈子龙所撰《后序》，结合时代，论陈敬宗其人其文：

　　　　当文皇帝之时，海寓雍熙，威武四旸，天子既岁伐胡有功，而内建都邑，作宫室，选天下文学敦敏之士，读书文渊阁。尚方给笔札，出膳羞，讲论文艺，褒次大典，而是时积和塞明，卿云甘露之瑞、麒麟龙马之祥至……上辄命诸侍臣以赋颂，而文最高得上意，为海内传诵者莫过于陈文定公……陈子曰："我于是知先朝任人之专，待士之厚也。夫缀文述古，非旦夕可期，必使人专于职，积精覃思，垂岁月之久，而后可成一代之典。歌颂功德，亦宏阔可观。……"公之文具在，其应制诸作，则赡藻温厚，颂不忘规，有曲终奏雅之风；文则敦厚春容，文质并茂，出言有章，即未知与相如、孟坚何如，而以视沈宋、燕许，斯无愧矣。①

在陈敬宗的应制诸作中，尤以赋作成就最高，如《北京赋》、《龙马赋》、《麒麟赋》、《驺虞赋》等。下面举《北京赋》部分为例：

> 惟圣皇之建北京也，绍高皇帝之鸿业。启龙潜之旧邦，廓天地以宏规。顺阴阳以向方，准四裔以布维。揭八表而提纲，粲星分于箕宿。映黄道之开张，壮天险于居庸。亘重阙于太行，会百川于辽海。环河岳于封疆，拱北辰分帝居。陲巩固于金汤，均万国分会同，而适居天地之中央也，于是颂纶音，建皇极，布深恩，施广泽，捐内帑之金钱，出天府之玉帛……
>
> 归壮丽于崇朝，睹崔嵬于瞬息。前朝后市之规，既肃肃而严严；左庙右社之制，复亭亭而翼翼，布列有序，不爽寸尺，妙合化工，莫究窥测。其正殿则奉天、华盖、谨身之尊严，翊以文楼武楼、左阙右阙之增呿。开千门分万户，带岩廊以回萦。台百尺以巀嶭，重三阶以跻登。屹中天以层构，抗浮云而上征。激日影以纳光，耀丹墀于紫清。观其琼阶瑶砌、赤墀彤庭、青琐金铺、绮窗殊楔、镂槛文榱、玉砌绣楹。峙丹凤于阿阁，栖金爵于艅禾麦。悬彩虹于修梁，跃苍龙于飞甍。含灵耀以欲翔，望北辰而高兴。饰华棂以璧珰，缀雕檐分列星形。霞映菜楣之葩蕚，薰香郁椒壁之芳馨。……
>
> 其前则九门洞开，辇路如弦，轩轩嚣嚣，坦坦平平……又其左则为天禄之阁、金马玉堂之署，济济逄掖，峨峨章甫，讲说六经之言，谈论群书之语，斟酌礼乐之文，涵咏仁义之府，莫不笙镛乎治道，黼黻乎皇度。
>
> 至若灵囿之所蓄，亦杂沓而纷纶。麒麟之振振，驺虞之霡霡，白象之莹洁如雪，金猊之威猛如神，显灵姿于龙马，逞奇文于福鹿，绚彩霞于丹

---

① （明）陈敬宗：《澹然先生文集》，四库全书存目丛书影清钞本，集部，第29册，卷一，第258、259页。

凤，胚元兔于苍玉。鹦鹉之色维黄，素乌之质耀霜。纷珍异之炳焕，咸献瑞而呈祥。他若内藏宝货之充，金玉珠贝之富，象犀虎豹之雄，骅骝骐骥之庶。国家富有万国，兹固琐琐不足数也。

其外则都城列兮万雉，开十二兮通衢，蔚邦畿兮千里，比百万兮民居。栖栋连甍，溢郭填郭，蔼蔼郁郁，密而不疏……①

这篇赋文字流畅，内容丰富，序与正文 2500 余字，规模庞大。首段对北京的地理分野进行提纲挈领的叙述，说明建都北京的重要性，并颂扬永乐皇帝的功德。第二、三段把新都的规划图卷细细展开，先写皇城的殿阁楼台，渲染皇城的壮丽，极尽铺陈之能事，再写朝廷各部所在，天禄之阁、金马玉堂之署为翰林院所在地，并说明词臣的职责。第四段写皇家园囿中的珍禽异兽、内藏宝货之富庶，渲染国家富有、君临万国的声势。赋的最后部分希望本朝敦唐虞之道德，厚汤武之仁义，兴三代之礼乐，黜汉唐之功利，恢鸿业于千古，开太平于万世，咏诗六章以结束全文。这是明初进行铺张宏休、扬厉伟绩赋作的典型，它很能反映永乐时期国家的强盛和词臣的心态以及他们的创作激情。

在《北京赋》中，陈敬宗的赋作乃至其散文创作的一些基本特征都有所体现：（1）善用叠字；（2）善于状景；（3）在应制之作中，铺张宏休、扬厉伟绩，表现馆阁文学的共性。下面结合《北京赋》和其他篇章着重论述前两点成就。陈敬宗偏好叠音，在赋、颂文中大量使用。《北京赋》有"肃肃"、"严严"、"亭亭"、"翼翼"、"轩轩豁豁"、"坦坦平平"、"济济"、"峨峨"、"振振"、"霏霏"、"蔼蔼"、"郁郁"等，都是叠音词，形成悦耳的语感，有时连接而用，更是有助于形成雍容的语境；陈敬宗使用大量的叠音形容词，来修饰各种情状和物态，更显示了他丰富的语言表达手段。另如《龙马赋》用"隆隆"龙角、"隐隐"龙珠、"粲粲"被体生辉写骏马②；《麒麟赋》以"纷纷籍籍"形容盈川溢野、千形万状的祥瑞之物，以"灵灵"形容麒麟的尊贵，以"巍巍"形容

---

① （明）陈敬宗：《澹然先生文集》，卷一，第 272、273 页。
② 同上书，卷一，第 274 页。

陶唐氏称帝天下的德行①；《清乐轩记》以"浅浅"饰识见，以"昭昭"、"昏昏"分别修饰智者和愚者，以"灼灼"、"亭亭"分别形容花开之盛状和竹子之劲节，以"粲粲"、"皓皓"分别形容花朵散发的光彩和雪花颜色的洁白②；《万竹轩赋》的叠音字使用得特别多，如以"霏霏"、"冥冥"、"郁郁"、"亭亭"、"泠泠"分别形容云烟、密叶、修竹、天籁之音③；而《甘露颂》中"湛湛浓浓浥浥瀼瀼，泫叶垂柯"句，则把叠音字连串起来以形容甘露降临时繁盛的样子④。在记、序类文中，则如《水筠轩记》以"蔼蔼"、"翛翛"、"溶溶"形容苍翠色的烟雾、清越的风吹竹叶声、悠扬的月下竹影，又连用"唵唵喁喁洋洋圉圉"来形容池中鱼出水时和游动时的各种情状⑤；《听琴序》以"洋洋"、"雝雝"、"戞戞"分别形容琴声，传递出淳古淡泊的心声及凤和雉叫的动听声音，都极善于抓住物的特征，进行恰当的修饰。

陈敬宗的赋类作品，不仅有《北京赋》、《麒麟赋》、《甘露颂》、《瑞象赋》等为朝廷制作的馆阁作品，他的小赋也写得富有特色，如《清乐轩赋》、《万竹轩赋》等。这些小赋与他撰写的部分记类散文如《游幕府山记》、《水筠轩记》、《梅月轩记》、《黛碧亭记》、《松云轩记》、《鹤巢记》、《友梅轩记》、《菊庵记》、《种柏记》、《种兰记》、《江南小隐记》等，都表现出作家善于结撰景物、情怀清淡、情致疏散的特点。与同期的翰林作家比较，陈敬宗在赋与记的创作上具有明显的特色：他大量地写景抒情，往往篇幅也较长，与明代翰林中的大多数作家涩于写景、长于阐发儒家观念的创作方法有着很大的区别，陈敬宗的创作因此也更具有文学价值。下面举其小赋中之《万竹轩赋》为例：

　　夫何兹轩之崇明兮，美轮奂之翚阂。列修竹之参差兮，蔚苍翠而敷荣。蔼云气之空濛兮，烟霏霏其冥冥。叶翁其郁郁兮，挺琅玕之亭亭。性刚介而卓绝兮，奋凌霄而上征。色静深而娟秀兮，美质媲乎玖琼。虽万干而一本兮，纷异态而殊形。既夭矫而蜿蜒兮，亦婀娜而娉婷。若游龙翩其

①　（明）陈敬宗：《澹然先生文集》，卷一，第 275 页。
②　同上书，卷一，第 279 页。
③　同上。
④　同上书，卷一，第 281 页。
⑤　同上书，卷二，第 287—288 页。

乘虚御气兮，势将降而复腾。凤凰盘千仞，览德而欲下兮，复锵然而和鸣；又若霓裳羽衣以万舞兮，曲将阕而复停。缤雾䨥与云鬟兮，骋婵娟而效能。清风忽其微动兮，韵百簧而为声。仰太虚之寥廓兮，阒天籁之泠泠。倏响远而音杳兮，气肃穆而清凝。月瞳胧以含辉兮，散繁影于广楹。皎素壁而摇金兮，华席粲而流瑛。澹予襟之闲旷兮，湛玉宇而俱澄。渺孤思于千载兮，驰遐想于八纮。泛渭而弹楸兮，凌巉谷而抗旌。侈晋林之荡志兮，慨幽绝之湘灵。岂往昔之徒征兮，固姱修之兴并。托兹物以为象兮，缔岁星之佳盟。彼众芳之可怀兮，羌总总其难名。陶菊慕其晚秀兮，屈兰佩其幽馨。兹固嘉其不凡兮，吾犹恐其霜霰而骤零。孰与兹竹之孔嘉兮，贯四时而逾贞。宜君子之比德兮，日追琢而有成。廓中虚以肆容兮，众善萃而益宏拟峻节之劲拔兮，凛贞操其不可撄。抗高标之出尘兮，振庸俗之营营。……①

这篇小赋围绕竹的形态、声音、月影、竹林七贤的典故、比德说等方面写作。写竹子的形态时，写出竹的修长、蔚荣、郁郁、挺拔等美质，拟游龙以写其动态，拟凤凰以写其高洁。在寂静的环境下写自然天籁与万物影子，引发作者内心为所疏瀹之后的闲旷、澄澈感受。语言极其优美，塑造的环境极为清幽、美好，使人散发退思，顺势写出了作家人格中适情怡性的一面。善于写景的如《水筠轩记》，在精细地刻画景物方面，比《万竹轩赋》有过之之胜概：

轩之广袤不过二丈，不雕斫，不丹垩，虚敞亢爽，朴而不华。轩之中，薰炉、图史、法书、名画而已，无长物也。轩之前，列植慈竹数丛，盖藏烟宿雾，蔼蔼乎其苍翠也；韵飙音飔，翛翛乎其清越也；月华满辉，凉影在地，溶溶乎其悠扬也。况其笋不歧出，母子依附，有伦理之悟焉。轩之又东，则渊乎一池，宽广数亩。池之中，不植菱芰、芙蕖而有鱼数千尾，鲂、鲫、鳏、鲤之类，皆肥大蕃息。当夫凉雨初霁，清飙不兴，天光

---

① （明）陈敬宗：《澹然先生文集》，卷一，第279—280页。

下垂，澄波如镜，而鲜鳞出游于其上，唅唅、喁喁、洋洋、圉圉，或跃或泳，乍沉乍浮而鱼水相欢焉……①

在上引的这一段中，作者按照方位，描写万竹轩轩内、轩前、水池等处景物。写丛竹时，用了三组结构相同的句子写竹子苍翠之色、清越之音、悠扬之影，这使得本段写竹有别于他文。而最为特出的是，作者写池中鱼"唅唅、喁喁、洋洋、圉圉"的动态，让人深可体味鱼在水中游泳、在水面上探头时的翕动，读者甚至可以感受到鱼水之间相欢的愉悦。作者把"唅唅、喁喁、洋洋、圉圉，或跃或泳，乍沉乍浮"这句又写到卷六《题九岛鱼池卷》一文中去，可见他对这句形容语非常自得。这些作品均表现出作家令人艳羡的状景能力。

陈敬宗的散文主要向宋代的欧阳修、苏轼等大家学习，或模仿其笔法，或沿用其思维方法，或糅合他们的长处而为一。在这个基础上，陈敬宗取得了较高的文学创作成就。如《江南小隐记》曰：

> 环慈溪县治皆山。去县治，直南不一里，有小江，江有石桥曰骢马，唐房琯为御史时所筑。沿江岸而东转百步，有宅一区，隐约于茂林竹树之间，隐君子吾兄光本居之……②

上引段的首句系模仿欧阳修《醉翁亭记》的首句"环滁皆山也"而来，这是最明显不过的痕迹。《同乐园记》则是模仿欧阳修对太守之"乐"的感悟：

> 予观张子西铭之言曰："天地之气，吾其体；天地之帅，吾其性。民，吾同胞；物，吾同与也。"盖言天地万物本同一体，奚可歧而观之？及观司马温公适意园圃之中而以"独乐"名圃，予窃惑焉。予近得园林数亩于寿藏之傍，环植松、竹、桧之木与桃、李、橘、柚不一之果，且以四时瓜蔬药品杂植其中。或时幅巾藜杖，游目纵观，听林鸟之和鸣，俯溪鱼之游泳，鱼鸟之性乐矣，而吾心亦必与之同其乐；观松竹桃李瓜蔬药品自花

① （明）陈敬宗：《澹然先生文集》，卷二，第287—288页。
② 同上书，卷三，第343页。

而自实，自荣而自茂，物性乐矣，而吾心亦必与之俱乐。此无他，吾与万物虽各具一太极，然太极一理也。自吾一心之理，推而极之于万物之一心，其理则同，但吾心能知物性之乐，而物性不能知吾心之同其乐……①

作者"吾心亦必与之俱乐"的观点虽然是从理学家张载"万物本同一体"的理论中推导出来的，但是"吾心能知物性之乐，而物性不能知吾心之同其乐"这一句却与欧阳修"禽鸟知山林之乐，而不知人之乐"及"人知从太守游而乐，而不知太守之乐其乐"②语相当一致。《游幕府山记》则合苏轼、欧阳修的好句于一处：

> ……相与释弓而坐，坐而复饮，情酣气豪，议论宏博，觞行方勤，益以巨觥，分朋劝酬，各适其饮，既分且合，乐复具止。于时，林木敛华，金飙荐凉，禽鸟和鸣，而宫商之音出于天籁，实畅于怀。已而，联镳而归，不知夕阳之在山也。③

欧阳修的《醉翁亭记》与苏轼的《前赤壁赋》都有饮酒乐甚的情节。前者有"已而夕阳在山"④的句子，后者有主客二人"相与枕藉乎舟中，不知东方之既白"⑤的句子，从具体的情境上看，陈敬宗的"不知夕阳之在山也"这一句与欧阳修之句比较接近，句式却模仿苏轼。

作为永乐、宣德年间（1403—1435）的翰林作家，陈敬宗在文学理论上也有很多见解。陈敬宗提倡温厚和平、汪洋浩汗、志趣冲和、闲淡的风格，这是台阁体作品的主导风格：

> 优柔冲澹，敦厚和平。（《思庵稿序》）
> （俞栎庵）其言意畅达，志趣冲和，音节高远。（《归田清兴倡和诗序》）

---

① （明）陈敬宗：《澹然先生文集》，卷三，第328页。
② （宋）欧阳修：《醉翁亭记》，《欧阳修全集》，上册，第276页。
③ （明）陈敬宗：《澹然先生文集》，卷二，第286页。
④ （宋）欧阳修：《醉翁亭记》，上册，第276页。
⑤ （宋）苏轼：《赤壁赋》，《苏轼全集》，第二册，《文集》，卷一，第649页。

汪洋浩汗，温厚典则，诚一代之杰作也。(《大理少卿李公文集序》)①

永乐、宣德时期，且不说翰林院馆阁诸臣的创作笼罩在以三杨为代表的台阁体之下，这时的作家不论阶层和出身，只要在风格上趋同于台阁体，就可以算是台阁体作家，所以陈敬宗在论他人的创作时，也用台阁体的标准来评价他们。尤其值得注意的是陈敬宗虽然在仕途上蹭蹬，但他却反对在创作中表现贫困穷苦和自身遭遇的不幸，更是从极度推崇台阁体创作的角度著论。陈敬宗评价李白的诗歌说："虽多雄伟豪放，然亦出于淹滞之余，似少和平，盘桓蹭蹬。"②李白虽然有雄伟豪放的风格，但陈敬宗觉得其诗文创作还存在遗憾之处，因为李白的创作中反复抒写着因人生蹭蹬而发自内心的"少和平"之音。陈敬宗在《题登高倡和诗卷后》中称赞这一唱和诗卷的风格：

> 无沉郁感慨之情，而有温厚和平之意，诚治世之音也。③

该唱和诗系宣德五年庚戌（1430）一次登高联唱之作，时值永宣盛世之际。他反对抒发"沉郁感慨"的感情，提倡诗歌具有"温厚和平之意"。在以下两则诗序中，陈敬宗阐述反对诗写穷苦之音的诗歌理论：

> 其（俞栎庵）言意畅达，志趣冲和，音节高远，而非刻削穷苦以为工者比也。昔韩昌黎谓"欢娱之辞难工，而穷苦之言易好"，欧阳子亦谓"愈穷而愈工"，彼有见于孟郊、贾岛、梅圣俞诸君子而发，正予所谓以穷苦刻削为工者也。《诗》三百十一篇，其可登歌郊庙者，温厚和平之什，刻削之工无取焉……（《归田清兴倡和诗序》)④
>
> 山东参议海宁县孙公集其平昔所作五、七言古、今、近体，凡若干首篇。春容典则，铿钧炳耀，而万物之理备焉，三光之昭明，鬼神之幽怪，

---

① （明）陈敬宗：《澹然先生文集》，卷四，第348、349、372页。
② （明）陈敬宗：《读李白诗》，《澹然先生文集》，卷六，第418页。
③ （明）陈敬宗：《澹然先生文集》，卷六，第421页。
④ 同上书，卷四，第349页。

高之于山岳，深之于河海，微之于草木鸟兽，变之雷霆风雨，以至朝廷之礼乐、民俗之歌谣，皆能丕显乎理，曲畅微妙，诚佳作也，猗欤盛哉！惟昔韩子有"言欢娱之辞难工，而穷苦之言易好"，欧阳子亦曰"非诗之能穷人，殆穷者而后工也"……韩、欧二子之言，亦岂无所验乎？（《山东参议孙公诗集序》）①

这两则诗序把"志趣冲和，音节高远"、"春容典则，铿钧炳耀"的风格与韩愈"不平则鸣"的理论和欧阳修"诗穷而后工"的理论对立起来，明确反对"穷而后工"的诗歌，表现出明朝翰林院馆阁文学的局限性，是诗歌创作理论的一次倒退。

李时勉（1374—1450），名懋，以字行，江西吉安府安福人。永乐二年（1404）进士，选庶吉士，历侍读、侍读学士、翰林学士。正统六年（1441），为北京国子监祭酒。学术刚正，不附王振，劲直之节始终如一，为人望所归。存有文渊阁四库全书本《古廉文集》十一卷、附录一卷。

清人对《古廉文集》所作的提要只论述其文学创作成就的一部分：

> 至其为文，则平易通达，不露圭角，多蔼然仁义之言。岂非以躬行实践，所养者醇，故与讲学之家骄心盛气，以大言劫伏者异欤？②

这是就李时勉国子监祭酒的身份对他的文学创作所作的评价，认定平易通达为李时勉文集的风格特征，但是李时勉的创作实非如清人所评，只能说它是李时勉部分作品的风格。李时勉的创作中还有华美、赡丽的特征：

> 尔之貌，不魁梧而秀丽；尔之心，不机警而婉委；尔之学问，不广博而深宏；尔之文章，不丰赡而华美。（李时勉《自赞》）

翰林学士、国子祭酒古廉李先生之殁三十余年，其孙颙宰惠之长乐。数年，始克汇集先生文稿若干卷，托广州郡守、乡先生伍公校正寿梓，以

---

① （明）陈敬宗：《澹然先生文集》，卷五，第381—382页。
② （清）永瑢等：《〈古廉集〉提要》，《四库全书总目》，卷一百七十，第1485页。

传属予一言以序诸末简。予观先生之文，浑厚醇正，博洽赡丽，淡然菽粟之味，锵然韶钧之鸣，真可以追踪古人，卓冠当世……先生之文，本之以道德，参之以才气，而又浸淫乎六经，搜猎乎百家，其言辞之发，见诸行事之实。（萧尚彝《古廉文集后序》）①

清人不论及李时勉的诗歌中还有柔靡的风格，应是特意为尊者讳。华美、赡丽的风格在以下数首李时勉的诗歌中可以略窥一二：

> 章台大道边，栗里旧门前。苦被行人折，何如伴醉眠！（《杨柳枝》）
> 交颈鸳鸯思，鸣琴誓此心。如何未终曲，已有别离音？（《白头吟》）
> 托根游宴地，寒树亦花开。独在凄凉处，春风泪满腮。（《桃李树》）
> 落日层楼上，当歌忽自悲。空令翻《白雪》，此曲少人知。
> 海上望仙山，锵然响佩环。如何一水近，不遣离人间。（《古意二首》）
> 沧江无日夜，脉脉向东注。曲岸多洑流，好为操舟渡。（《流水曲》）
> 芰荷开处蔼芳馨，鸂鶒双双应晓晴。绝胜金滩溪水上，时来还见绣衣行。
>
> 鸳鸯飞下水东西，十里芙蕖望欲迷。只少红妆隔花语，此间不是若耶溪。
>
> 飞来白鹭傍红莲，宛在华峰玉井边。亦有花开逾十丈，可应得见藕如船。
>
> 颒霞翠雾护莲房，风度晴漪漾日光。好是昆明池上见，粉红坠露散清香。（《题莲四首》）②

这六题十首诗写得风情摇曳，内容或写妓女，或写思妇，或写风景绝佳的江南与采莲少女。在明代初中叶道学盛行、压抑人欲的社会背景下，这类诗题和内容均很少见，而明初李时勉却写了这些歌辞，与其儒家学者的身份极不相称。这个现象已经为明人杨慎指出：

---

① （明）李时勉：《古廉文集》，文渊阁四库全书，第1242册，卷十二，第889、904—905页。
② 同上书，卷十一，第882、885页。

元武伯英《咏烛剪》诗："啼残瘦玉兰心吐，蹴落春红燕尾香。"为一时所赏。国朝古廉李公时勉《咏剪刀》诗："吴绫剪处鱼吞浪，蜀锦裁时燕掠霞。深院响传春昼静，小楼工罢夕阳斜。"公之直节清声，而诗妩媚如此，信乎赋梅花者不独宋广平（璟）也！（《烛剪诗》)①

元代武伯英咏烛剪诗为人所赏，明人李日华有改作，更加缛丽②。明末清初的钱谦益承杨慎诗语意，指出李时勉文集删削闲情艳体之作的原因：

> 此诗不载《古廉集》中，大率前辈别集，经人撰定，恐破坏道学体面，每削去闲情艳体之作，而存其酬应冗长者，殊可叹也！③

李时勉固然创作了艳情诗歌，但也不必为之讳。对于作家文风与其人品的关系，北宋的吴处厚即持非常通达的观点："文章纯古不害其为邪，文章艳丽亦不害其为正……皮日休曰：'余尝慕宋璟之为相，疑其铁肠与石心，不解吐婉媚辞。及睹其文，而有《梅花赋》，清便富艳，得南朝徐庾体。'然余观近世所谓正人端士者，亦皆有艳丽之词，如前世宋璟之比，今并录之……（下列张咏、韩琦、司马光、梅尧臣、范仲淹等人之作）《卢仝集》、《有所思》及《楼上女儿曲》、《自君之出矣》、《秋梦行》等篇，皆艳曲也。"④ 在李时勉之后，翰林中有更多的作家创作此种题材的诗歌作品。正统十年乙丑（1445）进士吴县人刘昌（字钦谟）等人亦大量创作艳情诗。《静志居诗话》载："钦谟《无题》五首，不脱元人旧染，而世顾称之。昔晋人之讥刘舆也，谓舆犹腻近则污人。若钦谟及瞿宗吉（佑）、杨君谦（循吉）、张君玉（琦）之艳诗，其不污人也，仅矣。"⑤ 杨士奇、杨荣、杨溥三人主持文坛，他们的创作表现出学习陶渊明诗歌，却排斥其隐逸志向，不提倡写作艳情诗歌的倾向，艳情题材的诗歌在明初受到人为的抑制。杨士奇与李昌祺交往颇密，集中有多封往返书信，但

---

① （明）杨慎：《升庵诗话》，中华书局1983年版，卷十三，第911页。
② （清）姚之骃：《元明事类钞》，文渊阁四库全书，第884册，卷三十，第498—499页。
③ （清）钱谦益：《列朝诗集小传》，乙集，第171页。
④ （宋）吴处厚：《青箱杂记》，上海古籍出版社2001年版，卷八，第1674—1675页。
⑤ （清）朱彝尊：《静志居诗话》，卷七，第182页。标点略异。

在创作上却与李昌祺大相径庭，后者创作了大量的艳情诗。杨士奇的诗集中，仅有十首左右涉及女性，并且内容都是本诸《诗经》传统的写法，反映了他作为翰林重臣庄重谨慎的创作态度，也与明廷强化儒家政教思想的措施有关。宣德四年（1429），皇帝谕行在礼部尚书胡濙曰："祖宗时，文武官之家，不得挟妓饮宴。近闻大小官私家饮酒，辄命妓歌唱，沉酣终日，怠废政事，甚者留宿，败礼坏俗，尔礼部揭榜禁约，再犯者必罪。"① 明廷严格禁止士大夫挟妓的行为是从这个时候开始的，而在永乐、宣德年间，一般士大夫还过着"命妓歌唱，沉酣终日"的生活，这被朝廷视为"败礼坏俗"的行为，也当是彼时翰林作家创作中出现艳情诗歌创作的原因。而与明廷禁妓谕令步调一致的是，杨士奇等台阁大臣的创作均表现出他们对艳情题材的排斥，但禁妓谕令未必能完全禁止得了士大夫的放浪行为，刘昌等人即是典型的例子。正德、嘉靖以后，士风日渐浇漓，文学亦逐渐描写闺闱床第之事，以为得性情之真，得满眼云霞之胜，实为可叹之巨变。

李时勉在赋体的创作上，作品较多。其《北京赋》与杨荣的《皇都大一统赋》、陈敬宗的《北京赋》，命题一致，也善于铺陈北京新都在地理方位上的重要性以及景观、物产、皇帝的盛德等内容，但是在雄壮上逊色于杨荣之作，显得更加平缓、典雅。此赋学习了汉大赋在运词上的特征，如赋中的"浑河汤汤"、"西湖泱泱"、"滦涞灌注"、"雪波泛涌，灏溔汪洋"、"大湖瀛海，渺弥而相属"等偏旁、部首相同的词语。作者多处使用此类词语，显示出他精心锻造词汇的用心，而用在句中时，殊不觉其有意为之，几乎泯灭了锤炼的痕迹。《冰雪轩赋》首句非常奇特，而全篇运用对话体：

　　　　客有乘玉虬、驾云车，凭祥风以遐举，将纵观乎名区，遵天路以游邀，倏予至乎帝都，访瀛洲之仙侣，造冰雪之轩居。观其四壁皎洁，中庭廓舒，顾纷浊其何有？开缟素之新图，云凭凭其在户，风冉冉兮飘裾，凌天山于咫尺，俯冰谷于座隅，洞不寒而长冱，林未春而先敷，色炯晃以承日，气惏栗而袭予，乃澹然而忘反，相与偃仰而怡愉。

---

① 黄彰健等校：《明宣宗实录》，卷五十七，第1366页。

轩中主人乃顾谓客曰:"子知吾之处乎是轩,抑亦知吾名轩之意已乎?"客曰:"吾闻之水伏阴而为冰,雨遇寒而为雪,实因时而天成,非有假于人力。当夫严气既升,北风凛栗,温泉凝而不流,沸井涸而不溢;渺洪河兮万里,冰峨峨兮千尺;雪氛氛而交下,恍溰溰其委积。既增高而浮庳,忽秽掩而瑕匿,虽金玉不足以拟其坚,而白羽焉能以侔其色?际春阳之和煦,乃泮然而流液,揆物情其若此,睹名轩其犹惑。"主人仰而吁,俯而太息,曰:"名固各有所寓,而意各有所适,苟惟求诸形似,穷探讨其焉极?"①

这种主客问答体,仿汉代大赋的体制,又似宋代文赋的写法,与欧阳修、苏轼等作家的赋体作品面目仿佛。在写景上,作者极富赡丽之笔,状写冰雪轩清洁出尘,虽风飘春暖而冰雪未释,阳光之下,万物敷色,描绘出一个惬意的所在;又借客人之口,把冰雪从形成到泮然融化的整个过程渲染得很奇丽,充分体现了作者的写作能力。

李时勉的部分赋作,像讲章式敷讲儒家人伦道德,以骈偶句式蕴积博洽学问,铺陈排比,体现其浑厚醇正的学术,是所谓"蔼然仁义之言"的作品,如《得月楼记》寄期望于李制节,《松溪别业记》阐述君子志道的道理,另如《化导说》、《师友说》、《怀德说》、《成性说》等,作品面目差近。下面所引的是一篇阕题赋体文,宣扬儒家思想,颇具文采:

……若夫胁肩谄笑,比附沉湎,随波逐流,乐而忘返,孰与挺然如端人庄士,正颜厉色,可畏而不可犯也?功利相趋,祸患相避,忧乐殊情,贵贱异志,孰与不争荣于春风,不相捐于憔悴,而寒暑一致也?貌顺心违,珍行败德,忌能毁善,志满意得,孰与虚而有容,质直无饰,而表里洞彻也?况乎语其才用,则可以为栋梁之具;备鼎鼐之味,叶律吕之音,而非寻常之可拟?故傅说出乎版筑,任和羹之重寄;武公敏于自修,歌《淇澳》以自励;夫子见其后雕,爰兴怀于叹美;顾予何人,乃欲托交于

---

① (明)李时勉:《古廉文集》,卷一,第666页。

三物而为四？偃仰思之，犹或颜腼而心愧，奈何以凡草木视之，而讥其友之为非是乎？今之论者，徒习于世俗之所尚，狃于耳目之所昵，无有重金兰之契，崇丽泽之益；乐谈乎仁义，琢磨于道德者，乃屑屑于往还，煦煦于朝夕，及其一旦背而驰也，然后勒门以为戒，广论以示绝，虽有警于将来，谅何救于覆辙？回顾吾之斋居，反不知草木之可悦也。①

依据李时勉作品的编纂体例，上文属于赋体作品。作者展开宏辩的论述，运用三个长句，结构相类，皆以反问的口气，列举出三组两两相对的情形，弘扬"吾之斋居"所体现的人格精神。《送周太守赴任台州序》运用排句说理，气势畅达：

> 夫牧民之职，在通民情，达风俗，而后可以行政。苟不通其情，不谙其俗，则其所施为，必有拂其情、违其俗者；拂其情，违其俗，则虽驱之以刑，迫之以势，有不得其从焉。然则不驱以刑，不迫以势，而能使之帖然而服从者，是必有其道也。今夫远乡瘠土之民，贫而俭，其俗质朴；近郊沃壤之民，富而奢，其俗骄侈。俭而质，则易与为善；富而骄，则易于为恶。知其易于为善也，必导其向善之意，使之欢欣踊跃，而不能自巳（按，当作已字）焉；知其易于为恶也，必禁其非僻之心，使之摧抑消沮，而不得自肆焉。②

这是李时勉送给台州通判周旭鉴的序，讲论治民之道。作者进行正反两面说理，把所牧百姓分成两类，分别采取不同对策行政，分析透彻，辞气雄辩，应当具有现实治民理政的效果。

李时勉的部分创作避免了雷同的弊端，形式多样，因此有创新之处，如《新修宏善禅寺记》、《天威神机火雷大将庙记》等。《敕赐广教寺记》写得像游记体，行程曲折，写景颇费工夫。在此文中，李时勉写寺院和庙观不同于王直作品平易、迂直、千篇一律的面貌，布局精巧，眼光独到，表现了作者精心锻

---

① （明）李时勉：《古廉文集》，卷一，第 667 页。
② 同上书，卷六，第 758 页。

造的工夫：

> 都城之西南百里许曰房山之西若干里，有山曰三峰。岩峦清秀，其外诸峰拱揖若连环然。林木阴翳，磴道萦纡其中，平宽而草树荆棘丛杂郁塞，常有云气旋绕其上，人迹罕至，知者盖鲜。
>
> 宣德八年，尚衣太监李公宁，与同志之士王毫等，历览山川，至此而心旷神怡。目之所睹，耳之所闻，自觉有异者焉。徘徊久之，公以为尽去芜秽，将必有可观，众皆曰然。翼日，命僮仆具畚锸，持斧斤以入，薙榛莽，輂污涂，伐灌木，遂得古刹遗址。循其旧而理之，高者、洼者、欹者、狭者，夷之、益之、正之、拓之，划然开朗，地若辟而广，山若增而高，草木若泽而悦。居民耆老，闻而来观，咸曰："我辈生长兹土，亦不知其有此胜境，得非山川之灵，隐奇蓄秀，有所待也耶？"①

坐落在三峰山中的广教寺，因太监李宁等人在寻幽探胜时发掘到遗址而再建。上面这段引文，即为发掘古刹遗址的前后过程，深得柳宗元山水游记写法的精髓，所用的短句尤多，作者又把数形容词与动词，加上"者"、"之"字，分别对承，使语气得以舒缓，文章为之增色。

李时勉在文章的布局构思上，时或学柳宗元，时或学孟子，均表现得很别致。《城南茅屋记》这篇记的首段有三个排比句论志向，然后分别论说，似乎继承了孟子的文风：

> 人之志所尚不同也。志于金玉绮縠者，视菽粟布帛为不足贵；志于高甍杰栋者，视荜门蓬户为不足重；志于富贵荣华者，视索居闲处为不足齿。是盖穷奢极欲者之所为，而不知金玉绮縠，有时而聚散，不若菽粟布帛，可以常用而不竭；高甍杰栋，有时而陵替，不若荜门蓬户，可以久处而不厌；荣华富贵，有时而憔悴，不若索居闲处，可以安肆而无虞，故嗜闲静乐幽独者常在此，而不慕乎彼也……致金玉绮縠之集、高甍杰栋之

---

① （明）李时勉：《古廉文集》，卷二，第680—681页。

居、荣华富贵之乐，予固莫得而并焉，然其中聚散陵替而至憔悴者，盖亦多矣。若夫澹然一室之中，无聚也，而有散乎？无盛也，而有替乎？无荣也，而有憔悴乎？此吾志之所自适，而不敢以告人也。①

作者先铺叙三种与自己志尚不同的人，形成鲜明的对比；接着从正面论述这三种人之所尚分别有聚散、陵替、憔悴之时，远不及作者志尚之常用不竭、久处不厌、安肆无虞，凸显出坚持本心的可宝贵之处；再发出三个反问，高扬自己的志尚对于尚金玉绮縠之集、高甍杰栋之居、荣华富贵之乐的人们来说具有绝对的优越性。《临清亭记》有数种奇特之处，写泉，写俯视所见，写平视之美景及游观之美，都是出新之处：

> 文江陈国器，其所居在邑之北。距其居之前若干步，有池方广凡数十百尺，泉出其间，冬春常盈而不缩，泓澄镜澈，可濯可鉴；其流不穷，可以灌注畎亩，而达于海，比之朝盈夕涸而不可以潴汇以利物者，盖亦异矣。国器于是而作亭于其上，而阑槛其四周，高敞洞豁。凡鱼、鳖、虾、蟹之游泳，菱、荷、芙蕖之芬敷，沙禽水鸟之飞鸣上下，与夫波光日色，晴烟晓雾之晦明舒敛，皆在乎几席之下；而平林茂树，遥山翠黛，夸奇献秀于池之外者，一举目而兼得之。②

上引文字通达平易，所描写的景物，可以唤起人们很多熟悉的联想，在宋人写作技巧的基础上有所发展。《怡情记》写程伯玉所藏的画卷，语言沿袭欧阳修《醉翁亭记》的写法而变通之：

> 云烟岚翠之晦明变化，卉木花实之炫烂茂密，山禽、野兽、麋鹿之群之飞鸣上下，奔逐而出没，岩崖、洞壑、泉石之吞吐激射，殷若雷电，而风松、雨竹、霜饕、雪虐之林之夸奇献秀者，举集于前，悦于目而快

① （明）李时勉：《古廉文集》，卷三，第 690—691 页。
② 同上书，卷三，第 688 页。

于耳。①

这样的学习，绝不是简单的模仿。作者把句子加长，所写景物增多，气势为之恢弘。

李时勉的创作中也有着台阁体的弊端，文章往往平淡无奇，不能萌发新意，语尽而意亦尽，缺乏言外之意。写景固是他诗文创作的强项，但同时也流于格套化，景物多为寻常，以平常语出之，仅有一些句式技巧上的变化，如《云林清趣图记》把图画中的八景逐一写出，无感情之蕴积，敷衍为一篇应酬之文。李时勉多篇诗序写其优游翰林时的生活，为聚会、诗酒、颂扬圣明等常见内容，语意俱平淡。

李时勉是一个对诗学发表甚多观点的作家，虽诗作不如王直、杨士奇等人之富，但在理论上却收获颇多。李时勉提出性情、学问、仁义、笃敬等基础因素和明体制、审音律、辨清浊、去固陋等琢磨环节，以兴象为诗论的极致境界。李时勉在论李昌祺的诗时提出了一系列观点：

> 夫诗本情性，学问以实之，仁义以达之，笃敬以足之。学问，其力也；仁义，其气也；笃敬，其诚也。学问不足，则其力不固；仁义不至，则其气不充；笃敬或间，则其神不清。三者不备，不可以言诗。三者备矣，又必先明体制、审音律；体制明矣，音律审矣，又必辨清浊，去固陋；清浊辨矣，固陋去矣，又必得夫兴象，则其发也，沛然矣。（《李方伯诗集序》）②

李时勉认为诗本性情，但是须学问、仁义、笃敬三者具备，才算初步具备言诗的条件；然后必须明体制、审音律，又必须辨清浊、去固陋，最后诗歌中必得兴象，这样的诗歌作品才能达到"沛然"的境界。他认为学问好比是支撑诗歌的力量，强调了严羽诗论中的多读书多穷理的观点，反对所谓"诗非关学"的偏见。《戴古愚诗集序》再次阐发类似的观点：

---

① （明）李时勉：《古廉文集》，卷三，第 692 页。
② 同上书，卷四，第 733 页。

　　盖诗有体格，有制作，有音律，有兴象；必辨其体格，详其制作，审其音律。体格明，制作精，音律谐，而后可以言诗，至于兴象，则在乎其人学问之至、用力之久，自当得之。……诗本乎人情，关乎世运，未易言也。雄浑、清丽、雅澹、俊逸、放旷、绮靡、刻苦、怪险之作，随其人才性之所得，高下厚薄，有以为之也。若夫其温淳、敦厚、乖戾、蹙迫、安乐、怨怒、长短、缓急之音，则因其时世之所遭、盛衰治忽之不同，有以致然也。①

序中除了表达与《李方伯诗集序》相同的观点，还进一步论述了诗歌创作中台阁与山林之诗的区别：雄浑、清丽、雅澹、俊逸的风格为馆阁之作所有，而放旷、绮靡、刻苦、怪险是山林之作的风格。

　　与李时勉同乡交好，经常酬唱，气节相类的有刘球。李时勉的《七夕燕会诗序》、《九日赏菊诗序》等诗文记载了他们诗酒酬唱的文学活动。

　　刘球（1392—1443），字求乐，更字廷振，江西吉安府安福人。永乐十九年（1421）进士，授礼部主事，以杨士奇荐，入侍经筵，进翰林侍讲，忤王振，下诏狱死。有文渊阁四库全书本《两溪文集》二十四卷。

　　前人联系刘球的人格对其文学创作的风格进行评价。如四库馆臣评他：

　　　今观其文，乃多和平温雅，殊不类其为人。其殆义理之勇，非气质用事者欤？然味其词旨，大都光明磊落，无依阿淟涊之态，所谓君子之文也。②

《提要》指出刘球的风格和平温雅，属于台阁体阵营。张瑄《后序》认为刘球的创作"丰缛而不失之泛，简约而不失之略，寄至味于平澹，寓纤秾于高古"③，也是从他的浩然之气发为文学的角度所进行的评论。最全面的评价是彭时的序，彭时把刘球放在王振专权的背景下，联系其人评价其文，又把他的

①　（明）李时勉：《古廉文集》，卷四，第734页。
②　（清）永瑢等：《〈两溪文集〉提要》，《四库全书总目》，卷一百七十，第1486页。
③　（明）刘球：《两溪文集》，文渊阁四库全书，第1243册，卷二十四，第717页。

创作放在当时文风发生改变的背景中进行评价：

> 彼无其实而强言者，窃窃然以靡丽为能，以艰涩怪僻为古，务悦人之耳目，而无一言几乎道，是不惟无补于世，且有害焉……公平生其志于道德者乎！而于修辞，亦苦心极力，期与古之工文者并，盖无所不用其诚者也。观其应世之文，有典有则，粹然一出乎正，皆足以扶世道而重名教，谓非有德之言，可乎？其视古人岂多让哉……惟公之文步趋圣贤之途，根本道德之实，严整雅洁，无一浮靡怪诞语。若此者，自足以取重于世。（《两溪文集原序》）①

彭时把刘球的创作放在当时靡丽、艰涩、怪僻的文风下，进行对照，赞许其创作本于道德，严整雅洁，具有典则，其实正统年间台阁文体正面临巨大挑战，作家纷纷出新制奇，改弦更张，刘球的创作中追求新奇的倾向亦十分明显，所以彭时序之所论不能算是一种很恰当的评价。

刘球与李时勉一样，在创作技巧上多有新创。如《游玉泉记》：

> 玉泉之游，非佚游也，词林诸寮欲为编修萧君孟勤尽一日之观，以壮其荣归之行也。适上巳之辰，编修与俭、安简、主静，邀孟勤，会予与修撰中规、检讨廷器偕行，以编修元玉未至，候久之，意其必有所妨，遂发骑。从西城出，行六七里，犹皆以缺元玉为念。俄于广源闸，见二骑立水北，乃元玉得武臣导，从别径至，为之大喜。
>
> 沿流行十数里，抵西湖。湖中蒲荇郁郁皆春，禽鸟虾鱼飞潜自得，湖上草木方萌拆，而奇峰秀嶂蔚然，翠黛交辉，水畴亦有耕者。且行且观，尽湖东涯，至昭应庙下马，憩松柏下，出茶饼啖之。北行，渡青龙桥。有老人年八十余，家桥西，迎入，奉蜜汤，因即其地置酒，各尽数酌，西折而达大功德寺。……②

---

① （明）刘球：《两溪文集》，卷首，第404—405页，彭时序。
② 同上书，卷四，第449页。

这篇文章在开头一段即营造了一个令人欣喜的相遇，作者及同游诸人都以为徐珵（字元玉，后改名有贞）不会偕行，一众同僚正在挂念中，没想到徐珵已马立水北，顿出意外，颇具图画笔法之神；接着写西湖，采用环视的视角，写出一派春天的景色；在青龙桥又有老人接入，写得直如在神仙世界。这样的写法在明代翰林院馆阁文学平衍温和而无创意的创作中，相当罕见，匠心显而易见。《续晚圃记》则反用为圃、茹果、实木欲早之意，命圃以晚，借此阐发刘球对人生的思考：

> 客有见主人名圃于龙溪，而仍其先人之旧，曰晚圃，因问曰："世之为圃者，蔬欲其早，茹果欲其早，实木欲其早材，凡所生植之物，莫不欲其早荣而早遂，何子之圃，再世一以晚名？"主人曰："……方其少时，达者掀轰其声，富者动荡于利，莫不振竦一时，骇人闻于遐迩；其性迟钝，不欲速者，方沉晦却避，无能闻于世，犹众物荣华于春而菊独无可爱也；继而年与力俱衰，向之掀轰、动荡于声利者，皆影灭响息，独性迟钝、不欲速者，遗形骸于穹壤，留暮景于桑榆，得倍食于土之利，岂不犹众物零悴于秋而菊犹占其芳欤？今吾之圃既多菊，而吾与吾先人在世，又皆久于时之人，故再名是圃以晚焉。"①

这是一种反常态的写法。以晚命圃，虽为反常，但辅之以明代人常用的类比手法阐发哲理，却获得更加深刻的含义。以下二篇都善于在篇首造势，起笔独特，能引人入胜，又善于在开头写景，这应当成为刘球散文创作的一个特点：

> 界吉、袁皆巨山。从高而下，走出乎村壤，势去且止，盘旋若抱，而蒙以奥草，翳以丛木，蔚然其色，无增亏于燠寒明晦之候者，苍山也。（《苍山隐处记》）
> 得宽闲爽垲之所，而饰以栋宇、门垣、庭径之制，使尼山拱其后，清

----

① （明）刘球：《两溪文集》，卷四，第461页。

溪经其前，其他冈阜、源泉杂然列其左右，树林蔬圃，良田深池，错置其傍，此邓君汝述之营其庄为甚美也。（《西庄记》）①

这两篇记的起笔都有突兀的特点，文笔简洁明了，以"界"、"走出"、"得"领起全句，动词前置，主语反而在最后，形成陌生化的感受。

刘球善于排比文句，制造铺排的文势。如《水云轩记》以水云动、静两种不同的状态，形成对照：

> 方其静时，渟而为渊，敛而在山，鉴涵而练澈，峰奇而秀出，肖乎隐者之无为，宜隐者乐之；及其动而蔽塞六合，流通江河，鼓风雷，下雨泽，潜鱼龙而走舟楫，沃槁壤而苏枯蘖，又若仕者之能泽乎物。②

而《贞寿堂记》以五"有"、五"可以"句式，《致爱堂记》以多个整齐的"岂不思"句式形成排比：

> 其堂在郡城之南。堂之中，有酒可以为寿；有珍羞旨味，可以为养；有怡声、婉容、爱情、敬色，可以致其欢；有逸老怡神之具，可以节其倦；有药物，可以去其疾。（《贞寿堂记》）
>
> 今（章）惟诚得候其母之起居矣，岂不思其民皆欲其亲之安乎？得承其母之欢愉矣，岂不思其民皆欲其亲之乐乎？得侍其母之饮膳矣，岂不思其民皆欲其亲之有养乎？得供其母之服用矣，岂不思其民皆欲其亲之不寒乎？得亲其母之药物矣，岂不思其民皆欲去其亲之疾病乎？（《致爱堂记》）③

《贞寿堂记》运用多重排比，以舒缓的语气，形成雍容的语体色彩。在《致爱堂记》中，排比句式的运用，有助于形成充沛的力量，雄辩的气势，增强"老

---

① （明）刘球：《两溪文集》，卷四，第450、452页。
② 同上书，卷四，第460页。
③ 同上书，卷五，第465—466页。

吾老以及人之老"的"致爱之理"的说服力。在排比中，又表现出对文辞美的讲求，如《礼部司务马君考满序》、《骆氏溪园嘉遁倡和诗序》、《复朴斋铭》等篇皆是，反映出作者对修辞的锻铸，极见语言运用的功力：

> 经纶其政，不二年，而滞者宣，纷者理，缺者完，废者举，过者以损，不及者以增，焕然礼文备而治具张。（卷八《礼部司务马君考满序》）
>
> 作亭其中日往游焉、憩焉、封焉、植焉、锄焉、灌焉……（卷十二《骆氏溪园嘉遁倡和诗序》）
>
> 将隳栋宇之制，去镂节缋楣之饰，而为橧巢营窟乎？将屏文绣绮縠之华，而为卉褐乎？将舍五味六和、珍羞膏粱之美，而为捽腥燔黍之食乎？将弃罍爵俎豆、钟鼓管磬，而为杯饮块击乎？将易楷法为科斗之画，洗章句之烦，若书契之初乎？（卷十八《复朴斋铭》）①

刘球在评论他人的文学创作时，常以"新奇"、"奇"、"出奇"等语概括风格或展开论述，多少表明刘球赞同彼时新奇的文风，所以他的文学创作中出现以奇制胜的现象，其根深植于他的文艺思想：

> 余见（宋）琏貌恭而气和……发于文词，多新奇而辩博。（《工科给事中宋琏墓志铭》）②
>
> （戴审）惟新是务，故其诗善变俚言浅语为清新之句。（《戴先生行状》）③
>
> 盖其（曾鹤龄）文章卓欲古追，敛而就实，放而出奇，咸与道适。（《祭曾学士（鹤龄）文》）④
>
> （艾凤翔）一写千百言，皆纵横踊跃，迭出新奇。（《送艾主事侍亲序》）⑤

另一方面的原因，源于刘球学习韩愈文章之故。唐代韩愈在提倡文从字顺的同

---

① （明）刘球：《两溪文集》，第510、580、639页。
② 同上书，卷二十三，第689页。
③ 同上书，卷二十二，第683页。
④ 同上书，卷二十一，第669页。
⑤ 同上书，卷十一，第558页。

时，善于自铸新词，这是韩愈散文的另一种风格，刘球的写法当本之于韩。永乐初，翰林院选庶吉士，"作为班、马、韩、柳、欧、苏文字"①，要求庶吉士向两汉、唐、宋文章学习，成为馆阁作家共同的文学创作路径取向。刘球的创作也有向韩愈学习的痕迹，其文如《马谕送王善广赴春闱》：

> 有售马于幽冀之都者，乐其多，不自限其数，但遇项而鬣、足而蹄、梁而可鞍者，辄就其驵而商之，输其值以致之，故虽有骐骥之材，超轶绝尘之足，且混于庸马之群，与驽骀比数。德焉不外称，能焉不外见，步焉无能骋，孰知其为良马哉？有改其道而售焉者，限其数，不侈其多，壮者顾之，疲者去之，骏者收之，驽者斥之，于是所谓骐骏者皆出乎群，而入其笼络之内。脱乎伏以就于驾驭之场，德可称，而能可见，步可骋，人皆道其马之良焉。士之于时也，亦然。……②

刘球以马喻士，通篇以售马为论说的主题，一旦道理讲明，文章即戛然而止，任读者自行领会。文中"项而鬣"、"足而蹄"、"梁而可鞍"等处，以名词为动词，模仿韩愈的做法。"德焉不外称"、"能焉不外见"等句，模仿韩愈《马说》的痕迹更著。

明代台阁体盛行的时候，部分翰林作家的文风开始出现转变的迹象，如曾鹤龄。在《祭曾学士文》中，刘球认为曾鹤龄（1383—1441）有善于出奇的行文风格。在《故翰林侍讲学士奉训大夫曾公行状》中，叙述曾鹤龄欲洗浮腐之弊的创举。在《翰林柴广敬传》中，刘球称柴广敬不蹈袭陈腐等，足以说明正统年间（1436—1449）翰林院的馆阁文学创作出现了萌芽状态的新变因素，开转变台阁流弊之先机，而此时整个文坛文风也发生相应转向，如刘球撰《遁游杨先生行状》，其传主杨胤不剽掇前人陈说；《戴先生行状》的传主戴审提出唯新是务的观点。到了景泰年间（1450—1456），出现"景泰十子"的诗歌创作，学晚唐，拟西昆，主奇崛，造奇丽，与三杨的"台阁体"有着更大的不同，也

---

① （明）陈敬宗：《尚书王文安公传》，见《明文衡》，文渊阁四库全书，第 1374 册，卷六十一，第 401 页。
② （明）刘球：《两溪文集》，卷十七，第 634 页。

是诗风转变的必然产物。

第三节 台阁体后期其他作家

本节虽然未能把当时翰林院中所有作家的创作情况全部反映出来，但我们希望通过对主要作家的研究，反映出台阁体的影响及其产生的弊端。周叙是一位经历了台阁体兴盛及衰落全过程的作家，他主张学习苏轼、柳宗元等前代作家。萧镃是一位家学渊源极深的翰林院作家，天顺元年（1457）遭削籍，天顺末年去世，属于台阁体的后期作家，他在宗师苏轼和古体诗的创作上具有特色。马愉是明朝开科以来首位来自北方的状元，为三杨擢选入阁，他的创作更多地体现本经的思想，在散文创作上成就泛泛，具有台阁体的流弊。周旋师彭汝器①，进入翰林较晚，正统元年（1436）方举进士，他的创作翻出新意，不复陈腐，表现出矫正台阁体弊端的努力。叶盛是杨士奇的门生，与杨士奇感情深厚，但他受到李贤的打击，本节通过对叶盛和杨士奇其他门人所受的抑制，初步展示天顺年间的翰林党争现象。叶盛既是台阁体的羽翼，他的诗歌创作又体现宗宋的倾向，成为翰林院作家和吴中作家提倡宋诗的过渡性人物。

周叙（1392—1452），字功叙，号石溪，江西吉安府吉水人。永乐十六年戊戌（1418）进士，选庶吉士。作《黄鹦鹉赋》称旨，授编修，历侍读，官至南京翰林院侍讲学士，掌院事。现存明万历二十年（1592）周承超刻本《石溪周先生文集》八卷。

周叙的文学创作与成就，《四库全书总目·〈石溪文集〉提要》谓：

今观所作，虽有春容宏敞之气，而不免失之肤廓，盖台阁一派至是渐

---

① （明）萧镃：《翰林侍讲学士周公墓志铭》，清光绪三十一年（1905）萧氏趣园刻本，卷十一，第22页。

成矣。①

清人把周叙的创作视为受台阁体影响的一个典型例子。周叙在翰林院超过三十年，主要活动于永乐、宣德、正统三朝。在这段时间内，台阁体经历蔚然兴起、形成、定型和衰落的整个过程。萧镃等人所作序对周叙的评价更为全面：

> 尤以古文、诗歌擅名。当时馆阁诸前辈皆爱重之……其诗歌清肆典则，若金石之奏，轻重疾徐，各中音律，而书、疏、序、记、碑、铭之制，演迤闳博，若江河之放，纡徐百折，瞬息千里。盖永乐以前，诸前辈以古文名家者，不啻十数，而自宣德以来，所以继起而和应者，先生其杰然者也。（萧镃《石溪先生文集序》）
>
> 公为文根据经传，不事雕刻为工，以示今（按，指万历年间）之作者，宜不足以当其心，不知公之文其寓夫风俗、世道之大者，即欲不传之久远，不可得也。（曾同亨《重刻周学士石溪先生文集序》）②
>
> 公于书无所不读，识见既高，材亦优赡，率意制作，笔不停挥，而典重敷腴，出人意表，诗尤清肆涵蓄，驰骋盛唐。（佚名撰墓志铭）③

总括以上三篇文字的内容，周叙的创作才能丰赡，他的诗歌直追盛唐，体现出清肆典则的风格；其散文创作演迤闳博、纡徐百折，又能根据经传，不以雕刻为工，在当时文坛有很高的名望，无愧为台阁体的羽翼。

周叙的一生主要生活在明朝强盛的时期，晚年的土木堡之变在他的文学中没有什么反映。当此之时，作家具有清肆典则的诗歌风格，但并不向往隐逸的思想，周叙说"君子志用世，事君而治民"（《忠爱堂》）④，这是杨士奇等台阁重臣思想的延续，与三杨等人对待隐逸的态度相同。其《澹然》、《乐澹轩为彭

---

① （清）永瑢等：《〈石溪文集〉提要》，《四库全书总目》，卷一百七十五，第1554页。
② （明）周叙：《石溪周先生文集》，明万历二十年（1592）周承超刻本，萧镃序，第1页；曾同亨序，第3页。
③ 同上书，卷八，第7页。
④ 同上书，卷一，第10页。

布政赋》、《南园为民献赋》、《一愚斋》等诗内容偏于清淡，但充满用世的思想。如《乐澹轩为彭布政赋》：

> 君子有高趣，心怀古人期。处兹崇高地，不为侈靡□。□思在澹泊，乐之甘如饴。外物寂无累，中扃殊坦夷。□□期弗变，昕夕以自持。况当具瞻位，群众所表仪。举措□殊异，流风日以滋。大哉轩中揭，足为官守师。顾广武侯训，贤关庶可几。① （诗中五字字形缺坏）

这首诗本诸葛亮"澹泊以明志，宁静以致远"之语写成诗篇，诗中并不表达隐逸的人生取向，而是主张身处高位又必须保有淡泊志趣的思想。以下两首诗分别描写栖迹云林和田居耕读的生活，但仅为抒写清淡风雅的闲雅情趣而已：

> 丝华世所竞，澹泊人鲜安。卓哉君子心，凤昔知音难。之子广平裔，华阅著金滩。家守诗书训，学非名利干。游情太古初，栖迹云林间。疏食恒不厌，素琴时一弹。漠无外物萦，幽居足盘桓。道存心弥笃，兴适心自闲。俯仰稀愧怍，陶然有余欢。我怀斯人徒，因之发长叹。愿子慎始终，勉旃力希颜。（《澹然》）
>
> 世家鹿峰下，爱此南园居。流泉翳深窅，高树阴扶疏。秋风玩芳菊，暮雨锄嘉蔬。客至新然酿，昼闲恒读书。教子勤礼义，奉亲适欢娱。兢兢秩天叙，浩然乐有余。我生愧羁宦，不得安吾庐。想君南园兴，俯仰空踟蹰。会应谢簪绂，来往时相于。（《南园为民献赋》）②

上引两首诗歌主唐音，本儒家思想，在取象与感情上，它们与明代翰林作家模仿陶潜的诗歌不同。《澹然》诗中以儒家甘贫乐道的颜回形象作为对他人的期许，体现出典重而不放逸的面目。《南园为民献赋》诗虽有"菊"、"蔬"、"然酿"、"南园"、"吾庐"等酷似陶诗借以表现意趣的物象，却用以写情趣赠予友

---

① （明）周叙：《石溪周先生文集》，明万历二十年（1592）周承超刻本，卷一，第3页。
② 同上书，卷一，第9、10页。

人，近于唐代的田园山水诗派，更重要的是，这种情趣在诗歌中被视为羁宦羁旅中的一个理想①。作者绝不是要辞官隐逸，周叙之心仍为仕宦所系，终其一生。周旋写了很多反映在朝世务萦心但羡慕陶渊明隐居生活的诗篇，如《陶轩》、《九月十三日家居赏菊分韵得罢今二字》等，只是二人情趣、境界之高下，不可相提并论。周叙还写了《觉非赋》，取题于陶潜的《归去来兮辞》，其内容却是深愧自己未尽备位馆阁的词臣职责，反用题目"觉非"之意，表明自己将继续不徇时好，不竞进附势，甘愿久居清华闲散之地，加学修德，所以此文貌似《归去来兮辞》而精神实非。

周叙的才力雄赡，"率意制作，笔不停挥"，在诗歌创作中有所表现。他创作了很多宴饮酬唱分韵诗，如《暮春朔奉陪诸公游朝天宫分韵得日字》、《游玉泉山分韵得空鸟二字》、《送陈编修还南京分得路字》等诗，都是即席所作；再如《送功著弟南归》、《寓愁六首》、《元夕观灯诗》、排律《挽大师杨文敏公五首》、《哭涣侄十首》、《挽曾光荐五首》、《挽胡祭酒四首》、《春日扈御驾祗谒列圣山陵十首》、《金陵十咏》、《窗菊十咏分赋翠柏凌墙》等篇，有的诗章篇幅宏伟，有的诗章以组诗的形式展示作家的创作才能，这些诗歌创作表现了其"春容宏敞"的气势，但同时也陷入一定的写作模式，如《九月十三日家居赏菊分韵得流字》与《觉非赋》、《南园为民献赋》等篇思想几近雷同，用语重复，虽操觚而不简汰，因而显得肤廓平庸，率易放任。

周叙的诗歌在清肆上实有取于苏轼、柳宗元二人。其清取于柳之淡泊，而肆则尚苏轼的迈往之气。下文将介绍他推崇苏轼、柳宗元的理论，可以印证之。

周叙的散文创作追随杨士奇等人，宗尚以欧阳修为首的唐、宋名家之制作。周叙对唐、宋大家的见解可以说是杨士奇等人文论的余绪，观点几乎相同而作继续发挥。周叙和明仁宗、杨士奇等人均注重汲取唐、宋大家文学创作中体现的儒家之道统，并以此为标准评价时下作家的创作：

---

① 如《石溪周先生文集》卷六《江湖胜览诗序》首段："縻爵禄者，乏优游之趣；安泉石者，膠肥遯之情。君子于此，每病其志之弗适焉。若夫进非爵禄可縻，退非泉石所能锢，从容散逸，浩乎其自得，超乎其无累，而寄兴于清风明月之间、云帆烟浪之表者，其惟江湖之士欤？"（第133页）讲的就是他想调和进爵禄与安泉石两种生活状态的矛盾，达到二者兼而有之，而实际上是周叙身居翰林、心存丘山的理想。

自有书契，求圣贤载道之文，寓诸六经，皆经纬天地，纪理纲常，邈不可尚。邹孟氏以后，正学纷靡，至道榛塞，奋起而振之者，昌黎韩氏而已，庐陵欧阳氏而已。史称挽百川之颓波，息千古之邪说，寔二人之力，此其文之所由传也。……公（欧阳修）平生以风节自持。初仕馆阁，即贻书责高若讷不谏；继知谏院，遂以直范文正公见逐；其在滁，亦以直道不容被黜，而公惟以忠国恤民为心，未尝少屈……呜呼，后之士大夫以文名遭遇，付托隆重，固有逾于公者矣，而诚心直节视公殆若薰莸玉石，不可同日语……（《滁州重修醉翁亭记》）[①]

韩愈、欧阳修被周叙视为正学至道的继承者，因为这个原因，韩、欧二公的文学创作得以流传至今。周叙还特别从忠国恤民、立身风节的高度去褒扬欧阳修，这也是明仁宗、杨士奇等人提倡欧阳修文学的原因。

周叙亦以忠君的标准来评价苏轼的文章：

得天下之盛名者，必其有高世之才、越人之德业也。三代以前，贤哲尚矣；汉唐以来，文起八代之衰，道济天下之溺，有若昌黎韩氏；著仁义礼乐之实，以合于大道，有若庐陵欧阳氏；继二君子而兴者，又有若眉山苏氏。苏氏之最显者，文忠公子瞻也。公当宋运之隆，钟眉山之秀，天挺人豪，作为文章浑涵，雄视百代，出入侍从，必以爱君为本，忠规谠论，挺挺大节，群臣无能出其右者。考其自童子时，见石介《庆历圣德诗》，即有颉颃韩、富、杜、范之贤。及其立朝也，议贡举之法，贵循旧而责实；因召对而有愿镇以安静之图，因买灯而有请追还前命之谏；上书论治理，则以结人心、厚风俗、存纪纲为之要，上虽悚人主之听而下适致当国之忌。其出而再用也，进读经筵，至治乱、兴衰、邪正、得失之际，未尝不反复开导以悟君心，即以论事切直不容，屡补外郡，而尤以通下情，除壅蔽，惓惓进言于朝，至迹其治郡，所历政绩，炳然不可备书乎！若公才之盖世，德业越人之盛，何如哉！史称公平生

<hr/>

① （明）周叙：《石溪周先生文集》，卷七，第3页。

能以特立之志为之主，而以迈往之气辅之，是以意之所向，言足以达其有猷。(《苏文忠公祠堂记》)①

在周叙之前，明朝翰林院中已经有人认识到苏轼的忠悃之心，因此提倡他的文学，但是没有像周叙如此详细地进行论述。此文评价苏轼"必以爱君为本，忠规谠论，挺挺大节，群臣无能出其右者"，在程朱理学占统治地位、一般人都扬二程而抑苏轼的明代，真不知当把二程置于何地步，但这种评价却更凸显出周叙对苏轼的态度。周叙还在《西园雅集图》诗中论苏轼："豪华一去成飞尘，独有苏黄文翰在，至今光价垂千卷"②，可见他确实尊苏。周叙写《苏文忠公祠堂记》时在正统元年（1436），三杨已进入他们的创作晚期，所以提倡苏轼的文学，具有探索翰林院馆阁文学创作新转向的深意。在成化以后，学习苏轼的翰林作家越来越多，甚至替北宋元祐年间旧党内部与蜀党抗衡的洛党二程（程颐、程颢）兄弟鸣不平的程敏政也学苏。以后视前，周叙尊苏的理论是明代翰林院学苏的先声。

周叙把柳宗元也视为大儒，与韩愈相提并论，提高了柳宗元的地位，使得柳宗元更容易为翰林作家接受：

> 姑以吾儒言之。韩退之、柳子厚，唐之大儒也，不久为学官、博士，出令阳山，远刺柳州，则无以充其佐右六经、玉佩琼琚之作；欧阳永叔，宋之大儒也，不坎坷凌夷乾德，亦无以大，其粹如金玉之文。（周）期博英年美质，学优才富，训迪之暇，取圣贤书，尽读之，谨修其德，不以夷险有间，肆力古文词，不造其极不止，他日所至，讵可量乎！(《送通道教谕周君赴任序》)③

周叙在这篇送教谕周期博的序中，期望对方能希踪继美于韩愈、柳宗元、欧阳修三人之后，在学问和古文的创作上都能因宦途磨炼而有长进。周叙在此文中

---

① （明）周叙：《石溪周先生文集》，卷七，第4、5页。
② 同上书，卷二，第8页。
③ 同上书，卷六，第104页。

授柳宗元以大儒的地位，从而提升了柳宗元在古文家中的地位。

　　唐代柳宗元在《报袁君陈秀才避师名书》中说："左氏、《国语》、庄周、屈原之辞，稍采取之"①，周叙的创作即体现出柳宗元的创作思想。《觉非赋》取名于陶潜《归去来兮辞》的"实迷途其未远，觉今是而昨非"，但其内容与陶潜《归去来兮辞》相去甚远，周的用意是"觉昨是而今非"，翻用陶潜原作字句的含义，而在行文中多用屈原的骚体：

　　　岂不可竞进以附势兮，恐庶夫先哲之矩度；亦岂不能建功以立事兮，局吾职之不容以外骛。蹇予怀以深省兮，念前非而克悟。慨修名之不立兮，长太息以增忧。视吾学之未加兮，察吾德之不修。……幸吾年之未衰兮，乐吾□（此字字形缺坏）之安健。佩诗礼之遗则兮，笃义方之良训。奉甘旨以承欢兮，安耕凿而随分。望圣门而钻仰兮，策驽骞以思奋。倘余心之自得兮，虽遁世而奚闷。羌独好修姱以鼋勉兮，惧为时俗之浸淫……（《觉非赋》)②

把此文与屈原的《离骚》对照，周叙用以表达思想的语言外壳与之非常接近，包括运用的句式、语气词、词汇等方面，模仿《离骚》的痕迹明显。这是周叙大量地使用屈原骚体语汇的典型例子。记类文中的《听鹤轩记》也是一篇排比铺张、风格宏肆的文章，则是学习战国孟子和荀子文风的结果：

　　　人所可乐者，莫逾于声色之于耳目也。耳之于声，可听者多矣，皆足悦意以娱情，而其最可乐者，亦鲜矣。予尝嗜飞泉声，琮琤激射，泠然飘洒，清人肌骨而达，日夜不休，久听之则聒且厌矣。又尝嗜琴声，铿锵函逸，泊然雅淡，发人意志，而不遇善弹者，使之鸣，听之且令人思睡矣，况不得一寓于耳哉！二物者，天下之声之至清而可乐者也，而尤有所病若此。若夫听之而不厌，时一听之而无穷者，其惟鹤鸣乎！当天高日辉之晨，风清月白之夕，戛然长鸣，高彻云汉。其声嘹亮清越，可以净嚣氛，

---

①　（唐）柳宗元：《柳宗元集》，中华书局1979年版，第3册，卷三十四，第880页。
②　（明）周叙：《石溪周先生文集》，卷四，第3、4页。

涤尘虑，令人飘飘然有凌云驭风之想。其视泉声、琴韵之乐，殆有间矣。
（《听鹤轩记》）①

道统上承孟、荀思想的明代翰林作家，熟悉儒家经典，在写作时必然受到儒家
圣贤语体和风格的影响。上引《听鹤轩记》一段表现了周叙学习了孟、荀两人
的铺张扬厉、擅举事类进行论证的行文风格。递进的论证法似孟子，而"予
尝"、"又尝"的句式则肖《荀子·劝学篇》，可见周叙并非一味简单地模仿，
而是多所创造，其文气贯穿而发舒。

周叙的散文创作学习了欧阳修、苏轼、柳宗元等作家在创作方法和运用语
言等方面的成就，更多地向欧阳修和苏轼学习，写出演迤闳博、气势充沛、风
格雅健的文章，在赋类文中多有体现，如《万木图赋》、《赤石潭赋》、《筠雪
赋》等。下面以《万木图赋为建安杨少师作》局部为例：

> 森兮若鸾凤之振羽，粲兮若虬龙之蜕鳞，高迫乎崇峦之顶，卑接乎深
> 谷之垠。荫清泉之森瀏，曀白石之嶙峋。扶疏蔽芾，错杂丝纶，丛生轕
> 遬，不可殚陈。尔其天风时来，万窍生声，琴筑共奏，笙竽皆鸣，激惊涛
> 之砰磷，发灵籁之琮琤，六月为之不暑，九月因之凝水。至若金气始肃，
> 百卉凋零，红叶离褷，点染秋清。翠盖童童而掩碧，锦铺的的以舒屏。晃
> 朝霞之殊□（此字字形缺坏），绚夕照之余晴……②

内阁大学士杨荣在其故乡福建建宁府建安县拥有祖上因施善行而获得的一片
林地，图写为画卷，当时很多翰林作家曾就这轴画卷创作过诗文。周叙为此
而写的赋极为铺张，善于描绘。上引段之前，周叙描写了生长形态各异的万
木，连用六个"或"领起句子，描摹万木的不同姿势，气势畅达。所引的这
一段骈散结合，主要写林木茂盛与高耸以及它的光泽、树荫和风吹树林的声
音等内容，以"尔其"、"至若"等语助词转换状物的角度，这是宋人范仲
淹、欧阳修等写景进行起承转合时常用的助词和方法。周叙还在文中多处使

---

① （明）周叙：《石溪周先生文集》，卷七，第27、28页。
② 同上书，卷四，第5页。

用生僻字，与流畅的行文混合，表现了他率意制作而锻炼精工的创作状态和卓越的才情。

周叙创作的记类文章中好文章比较多。在这类散文中，作者较少写入有关政治、道德等与文学本身特质不相干的儒家思想，善于抒写和形容，作文如苏轼般行止，又如欧阳修那样善于迂回曲折，故成就较高。《游嵩阳记》是一篇长记，娓娓道来，似不经意，又讲求精确，旁及名物制度的沿革变化，体现平易的创作风格。《游翠微山记》记他与翰林院诸同僚游历翠微山的经过。明翰林院作家已有多人在游此山后作文为记，而周叙此文尤为特出：

> 道出平则门，问所在，行道者历历指示，如在目睫。时夏景初临，群芳竞秀，层峦叠巘，苍翠如画。浮屠亭亭特峙，空濛杳蔼间，而曙色澄霁，鲜风清尘。缓辔徐行，众情和畅。
>
> 洪君（宗器）以寓远趋朝早未及饭，出城数里，仆者私以糕。稍前至两隔店，予止众，设饼馔，且小酌数行，因戏曰："古人有嗜义若饥渴，君嗜游乃亦尔忘耶？"及山麓，尹君从者已治具居人黄氏家。门巷深静，花草颇芬郁可爱，窗间有棋，予与习君对弈。未终局，尹君促饮而起。
>
> 行仅五里，绿山径盘回以上。僧清冰偕其徒数十人迎迓甚肃。迨至寺门，群僧哗曰："小青至矣！"予辈初未之觉也。僧住持左觉义南浦时在庆寿寺，闻客到，驰还。少憩山门，饮茶毕，相与次第历升，纵观诸殿廊像饰，丹垩金壁，光彩炫映，盖宣宗皇帝特诏创新也。最后近山顶，稍平夷，有巨石仅寻丈，石面有棋枰，相传为金章宗避暑燕弈旧物。又循东廊，陟高阁，众皆凭阑以望。东南空阔，云天一碧，北京景物尽入指顾，恍若凌霄汉清虚之表者。又出西廊，下至方丈，则大小二青皆盘旋佛座。竹溪因之曰："小青仅半岁不见，翰林到山门时才至也。"予曰："适众僧哗者此也？"曰："然。"相与叹异者久之。……
>
> 日渐西，遂下山，与南浦众僧别，仍至黄氏就，倾倒尹君与予所挈樽。归至中途，陈君复设饮。回望翠微诸山，倏隐隐云气起……（《游翠

微山记》)①

作者写了他们纵情游览的愉快心情。刚出京城，即以景色仿佛在牧童遥指之间来显示他自己愉悦的心理，移步换景，间写适人的景色，使人想起万历年间散文家袁宏道在《满井游记》中所写的景物与心情，二者依稀相似。该文以同行友人洪宗器未吃早饭故，写人一段谑语，增加了出游的乐趣。写青龙（蛇）之笔，踪迹出没，难以窥测其所向，卒读后文，方知前段行文布置之巧妙。下山之时，犹回望以写翠微山色有无的美景。这些段落集中地表现作者以平易之笔叙事的能力。周叙善于写景状物、写人心绪，善于剪裁，好像移步换景，随所记撰，但用墨极其经济，简繁恰当。这样的散文在明代的翰林创作中少之又少。

萧镃（？—1464），字孟勤，江西吉安府泰和人。宣德二年（1427）进士，宣德八年（1433）改庶吉士，历编修、侍读，继李时勉为国子监祭酒，官大学士、太子少师、户部尚书兼翰林院学士，天顺元年（1457）削籍。今存清光绪三十一年（1905）萧氏趣园刻本《尚约文钞》十二卷、附录一卷。

萧镃是萧翀（字鹏举）之子。萧翀与洪武时吏部尚书、西江诗派的领袖刘崧交往甚密，为其诗弟子，故萧镃学有渊源。萧镃又从梁不移之子、梁潜（字用之，号泊庵）之弟梁混（字本之，号坦庵）学经，并受诗法。江西泰和一地自刘崧倡以唐诗，杨士奇因以立台阁体，继之以王直，殿之以陈循，代有作家。萧镃入翰林后师事杨、王二人，与陈循为羽翼。由他而经邱濬再到蒋冕，这一师生授受相承的关系直到嘉靖年间。

关于萧镃的文学成就，《四库全书总目·〈尚约居士集〉提要》进行了评介：

> 史称其学问该博，文章尔雅。其门人邱濬序称其文正大光明，不为浮诞奇崛，盖洪、宣间，台阁之体大率如是也。②

---

① （明）周叙：《石溪周先生文集》，卷七，第 24、25 页。
② （清）永瑢等：《〈尚约居士集〉提要》《四库全书总目》，卷一百七十五，第 1556 页。

萧镃现存诗仅一卷，不能全部印证其诗歌成就，但萧镃给他人作序时，常概括他们具有唐人之风的文学成就，而这些人又有过馆阁任职经历，可以视作他的同道：

> （周忱）尤工长篇大章，沛然莫御，而春容闲肆，有唐人之风。（《资善大夫工部尚书谥文襄周公墓志铭》）
>
> （钱习礼）于诗尤擅长，短章长篇清道典重，蔼然唐人之风。（《嘉议大夫礼部右侍郎前翰林学士谥文肃钱公墓志铭》）①
>
> （周叙）诗尤清肆涵蓄，驰骋盛唐。（《翰林侍讲学士周公墓志铭》）②

周忱、钱习礼、周叙这三个馆阁作家都是他的前辈，文学创作都浸染上唐人之风，这是永乐、宣德、正统时期翰林院作家共同的诗歌宗尚和作品风格的缩影。

萧镃的诗歌创作明显地宗唐。如《南皋漫兴》一诗：

> 朝衣脱却换荷裳，自是郊居引兴长。松径晚烟萝薜暗，药栏春雨杜蘅香。传经有客随藜杖，载酒何人问草堂？更拟垂纶理轻棹，武陵溪水即沧浪。③

这首七言律诗写作者公退之余郊居的情景。中间二联对仗工整，分别写景物与人事，写景宛有柳宗元、韦应物诗歌的清致，抒情仿佛感慨万端。作者清兴悠长，最后以李清照的词作《武陵春》的句意结束。

萧镃的古诗创作学习汉魏诗歌，下面举其组诗《送太常少卿王益夫之南京四首》为例：

> 朝辞承明庐，驾言适旧京。旧京佳丽地，宫阙凌泰清。该才际盛时，

---

① （明）萧镃：《尚约文钞》，卷十，第 25、29 页。
② 同上书，卷十一，第 24 页。
③ 同上书，卷十二，第 7 页。

济济容台卿。恤祀良所重，独荷皇命荣。

开岁俟旬日，春阳载和柔。相送都城门，冠盖拥道周。岂无樽中酒，可以叙绸缪。所念在知己，别离非所忧。

长河未流澌，驱马涉远道。蓟北犹余寒，淮南已春草。方舟越大江，沧波漫浩浩。良时不我留，严程到须早。

词垣二十载，托交翰墨余。高情慕右军，浩思拟子虚。圣朝重棫朴，大材宁见疏。合并谅有日，毋为伤离居。[1]

这四首诗基本上都用了汉魏古诗的语言，如"朝辞承明庐"、"驾言"、"春阳载和柔"、"岂无樽中酒"、"所念在知己"、"毋为伤离居"等句。在构句和谋篇上，也很近于汉魏古诗，如第三首句"蓟北犹余寒，淮南已春草"南北对照的写法与曹操的乐府《蒿里行》句"淮南弟称号，刻玺于北方"[2] 何其肖似；第二首最后四句，句中叙说深情、安慰友人的表达安排，都与前人手法接近。萧镃的诗歌语言也有汉、魏古诗笼罩不了的地方，如"词垣二十载，托交翰墨余"等句，只是大体上追踪汉、魏古诗的韵致。

萧镃的现存作品中，散文的数量最多。门人邱濬在所作《原序》中，联系其时其人进行评价：

> 先生生于洪武，长于永乐，仕于宣德、正统之间，而大用于景泰。是时，气化隆洽，人心淳朴，犹未至浇漓，一时士大夫制作立言，类以质直忠厚、明白正大为尚而不为睢盱侧媚之态、浮诞奇崛之辞……先生之诗文皆有为而作，达意而止，质实之中有自然文彩，醇然其无滓，绎如其无纇，淡乎其有余味，得孔子《先进》之意。[3]

《尚约文钞》第一卷所收录的疏、赋、箴、说类文章，数量少而且篇幅短小，风格淡乎寡味，不能与其他馆阁大家的成就相比，而萧镃的记类散文成就较

---

① （明）萧镃：《尚约文钞》，卷十二，第2页。
② （东汉）曹操：《曹操集》，中华书局1959年版，第4页。
③ （明）萧镃：《尚约文钞》，邱序。

高，向欧阳修古文学习的痕迹非常明显，可能受到杨士奇的熏陶。如《封溪杨氏迎薰堂记》：

> 楼阁亭榭，鳞次栉比，弥望而不可穷。其间翼然而高，窅然而深，亢爽而虚明，面阳而负阴，特处乎封溪之胜者，则杨君敏逊所谓迎薰室也。……四时之气不同，其风（按，指薰风）亦为之异，然过于鼓舞，则簸扬飘忽，当舒之际，而万物被其挠；伤于严凝，则凛冽惨慄，当收敛之余，而万物为之病；徘徊桂椒之间而不惊，徜徉户庭之内而不怒，能使人胸襟和平，烦燠消释，所谓阜财而解愠者，其为薰风乎？①

句子"翼然而高，窅然而深，亢爽而虚明，面阳而负阴，特处乎封溪之胜者"和"四时之气不同，其风亦为之异，然……"的构句法，分明与《醉翁亭记》中"野芳发而幽香，佳木秀而繁阴，风霜高洁，水清而石出者"句以及"四时之景不同，而乐亦无穷也，至于……"②句异常相似，甚至连"至于"这一作递进抒写的关联词语也被模仿成"然"字，以作进一步的对仗和排比说理。此文不同于《醉翁亭记》之处在于它的说理，即所谓的"有为而作"，"得乎孔子《先进》之意"。以下二记皆有类似的模仿痕迹：

> 凡旦暮之间，林壑之晦明，烟云之敛舒，虽四时之变化不穷，然无往而非可爱者……（《心远楼记》）
>
> 其峰峦之峻拔，严崖之迥互，突然虎豹斗溪谷而蹲踞莫前也，矫然鸾凤翔云霄而盘旋欲下也；浮屠老子之宫，隐显乎长林绝壑之间，樵夫牧竖之蹊，出没乎丛篁灌莽之际。盖山之秀气，四时不同，朝暮异态，而不出户庭跬步，一举目，尽得之，是他人所不能致者。（《揽秀楼记》）③

两篇文章模仿欧阳修散文的痕迹是明显的，然亦有独创之处，其中《揽秀楼

---

① （明）萧镃：《尚约文钞》，卷二，第8、9页。
② （宋）欧阳修：《醉翁亭记》，《欧阳修全集》，上册，第276页。
③ （明）萧镃：《尚约文钞》，卷二，第16、17页。

记》在状景时能抓住景物的特征，描摹景物，化静态为动态；在语言运用上，行骈偶之文，散布登临揽秀楼所见到的周边景色。

萧镃的文章还向苏轼学习。苏轼散文中所体现的善于议论的恣肆文风、善于排解思想矛盾的方法以及旷达的人生态度，乃至语言都为明代的翰林作家所习知。萧镃文中写得较好的《清意楼记》、《心远楼记》等文章都带有苏文痕迹。《清意楼记》这篇文章在学习苏轼文制造情境，进而发为论辩方面深得其传：

> 据亢爽之地，处高明之位，冯轩而望，则武山方正如屏，特立其前，而岩厓谾谺，峰峦回互，苍翠之色，日临几席之上，而楼之胜于是具焉。或天清雨霁，则白云时生，轮囷徘徊，渺然其浮游太空而无心去留也；或夜月出，则轻风徐来，披拂窗户，泠然其灏气袭人而万象皆秋也。或曰："此其所以为清意者邪？"（萧）季敏曰："不然。天下之物，待于外而足者，非其至也，即其中而自得焉者，乃其至也。今夫水非不至清已，及其时雨暴至，沟浍皆盈，潢污行潦，纵横四集，虽江湖之大，不能保其不涸者，外物为之累也。今我则不然，席先世之余泽，当太平之盛世，不求乎荣，故爵禄不入吾心也。不绁乎事故，是非不干吾意也，是以方寸之间澄澈无滓，其坐若忘，湛然冰壶之与！居也，游息以时，洒然尘土之脱略也，招白云于岩阿，把轻风于天际，不知宇宙之间复有乐加于此者乎？"噫！季敏之言清意，可谓远出于人矣。至是其子铭来京师省予，间求记。即为次第其言，又从而为之歌曰："朝傲睨兮烟霞，夕栖息兮六邱。尊有酒兮架有书，尧舜在上兮吾又何求。耻奔走兮溷浊，旷然灵府兮纤尘不留。明月兮清风，窗户飒兮素秋。吁嗟楼兮清意，渺高蹈兮伊谁与俦！"①

这是一篇能体现其"淡乎有味"、"自然"风格的记类文章，亦寄托着作家个人的情怀。萧镃以所写景物逐渐地营造出"清"的情境，然后发为主客对话，上

---

① （明）萧镃：《尚约文钞》，卷二，第11—12页。

升为不"待于外物而足"的人格境界的讨论,颂扬其弟(萧季敏)不累于外物、耻于奔走的襟抱。文章的结尾部分,作者又另写一段辞赋体的歌辞,使记、赋两种文体杂糅在一起,但歌辞却起到深化全篇思想的作用。篇末写法来自苏轼的《赤壁赋》而稍加变化。

且不论在其他文体上唐宋八家的创作对明代翰林院的馆阁文学产生了多少影响,仅就纯文学领域的影响来看,唐宋诸大家的某些名篇确实一而再、再而三地为明代的翰林作家所模仿,衍生出大批面貌相似的馆阁之作,这是明代翰林院作家创作中的一个特殊现象。

马愉(1395—1447),字性和,号澹轩,山东青州府临朐人。宣德二年丁未(1427)科第一人,授修撰,历官侍读、侍江学士、礼部右侍郎。正统五年(1440)入阁,十二年(1447)卒,谥襄敏。现存明嘉靖四十一年(1562)迟凤翔刻本《马学士文集》八卷。

马愉的文学成就在刘珝、杜宁、迟凤翔三人所作序中有所归纳:

> 君子所以有誉于今后者,亦曰言之是托。夫言之精者为文,文岂易言哉!弗遇其时,弗文也;弗充其气,弗文也;弗正其学,弗文也。……况文以气为主,所养者正,则英华之发见者亦正。苟失所养,不易则艰,不隐则怪,不晦则诞,不俚则夸,其弊至于不可言者……无所谓艰易、怪隐、晦诞、夸俚之习……皆有程度,典雅新邃,一归于正。(刘珝《马学士澹轩文集序》)

> 为文章敏赡有法,不务雕斫,而浑厚驯雅,自不可及。(杜宁《赠翰林学士资善大夫礼部尚书马公行状》)[1]

上引二段,所论各有侧重点。刘珝论马愉,从时代和马愉所养的气与学问来讲论他的文学成就,其创作符合馆阁文学的程度,典雅新邃,一归于正,而没有"艰易、怪隐、晦诞、夸俚"的诸种弊端。名之为"艰易、怪隐、晦诞、夸俚"的弊端是馆阁文学的对立面,也正是正统年间文坛上新变之后产生的创作风

---

[1] (明)马愉:《马学士文集》,明嘉靖四十一年(1562)迟凤翔刻本,序。

格，拙著在本章第二节分析刘球的创作时已经注意到这个问题。马愉文集卷二中有多篇送诸尚书和馆阁同僚的诗作，作家的生活范围既局限于翰林，他的诗文很自然地浸染了台阁体的体制与格调。马愉有《文渊阁和杨少师韵》、《奉和少傅东里先生送杨见宽观省后还闽中十绝韵》等诗歌，足见其诗文也是台阁体的羽翼。杜宁指出马愉的创作"敏赡有法，不务雕斫而浑厚驯雅"，这是对刘珝所论的补充。迟凤翔的序文指出马愉敝黼政教的文学思想：

> 夫有一代之兴，运祚方隆，则乾坤精粹之气会合冲和，钟之于人，则真纯未散，以是发而为文，匪雕匪琢，天趣浑成，而至理盈溢，犹酒之玄，犹音之稀，其天下之至味、至声，质而不俚，淡而不厌者欤？今观前辈马公之作，其殆有契于是者乎！是故捧读经筵诸章，见其有启心沃心之道焉。应制诸篇，见其有昭功颂美之忠焉。时与上大夫赓和，辞雅而婉，义正而明……与下大夫吟哦，进之理道而勉之未贞，又非侃侃之流风乎？或泻游宴之怀，而节之以礼义之中正，乐而不淫也。或宣悲悼之情，而原之以命数之几微，哀而不伤也。赠士大夫之谢政者，既已嘉其恬退，而复谕以君恩之不可忘，岂往而不反者之心乎？贺士大夫之晋秩者，既已宣其芳美，而复勉官常之不可玷，岂溺而不止者之为乎？（迟凤翔《续刻马学士澹轩文集序》）①

这篇序指出马愉的创作深契于明代馆阁文学"天趣浑成"、"至理盈溢"的主流风格以及淡而不厌、质而不俚的特征。迟凤翔详细地分析了马愉的儒家诗教文论在诗文创作中方方面面的体现：上以启沃圣衷，昭功颂美，下或以进理道，是侃侃流风之遗；或以中正礼义节制游宴欢会，是"乐而不淫"诗教的体现；或以理学之命数宣悲悼之情，是"哀而不伤"诗教的体现，文学在马愉的手中成为宣扬儒家政教、道德的工具。正统十年乙丑（1445）会试后，马愉作《会试录后序》，明确提出"文必以理为主"的观点：

---

① （明）马愉：《马学士文集》，迟序。

　　　然文必以理为主，然后见其学之正、言之纯，庶乎其道德之文，非徒
　　为驰骋骈俪、缘节藻绘而已。①

　　总而言之，马愉其人其作反映了明代永乐以后逐渐强化的儒家学说对文学的浸
染、渗透的现实。经天顺、成化、弘治数朝，秉承"本经"思想从事文学创作
的翰林院作家越来越多，逐渐形成一个庞大的阵营，详见第九章第一节和第十
章第一节。

　　马愉的散文成就不高，一般均为泛泛之论，缺乏文学审美的特性。明人所
激赏的"犹酒之玄"、"犹音之稀"的以淡与质为特征的马愉散文创作着实乏善
可陈，文集中屈指可数的写景散文充斥着模拟前人的痕迹。下举其《春江别意
图诗序》为例：

　　　盖当送别时，淑景明和，天光媚丽，惠风淡荡，徐来江水之上，怒涛
　　不兴，微波绉绿，纤徐弥漫，一望千里，沙鸥野鹜，立浴狎游，锦鲤循
　　鳢，或潜或跃，熙熙然，乐彼春意而自适也。汀蒲岸柳，翠碧交横；溪草
　　山花，幽秀递发，草木争妍竞秀，与时而敷荣焉；然江间景物固无穷尽，
　　与时列者亦如之，但见篙师奏工，帆张维解，席者杯盘狼藉……②

　　这是马愉文集中写景状物成分较多的一篇序类散文。作者既没有亲临送别之
所，无法体验彼时场景，又因长期供职翰林，读书秘中，熟悉历代典籍，可以
掉弄前人辞藻，轻易组织成篇，而流弊亦随之。在运用四字句上，上引文固然
有一定特色，但是所状之景完全是闭门造车之属，况且段中的物象和境界完全
是组织宋人的篇中景、赋中句，并没有在前人已有的基础上再提高一个层次，
所以可以断言它不是作家呕心沥血的结晶，只是一种重复性的模拟行为，无益
于文学创作活动。作家务必以自己独创性的作品来奠定自己的历史地位，要使
得读者在他的作品中感受到作家在人类精神世界中冒险与探索所达到的崭新高
度和深度，而这种戛戛独造的精神，自明正统（1436—1449）以来，在翰林院

_____

　　① 　（明）马愉：《马学士文集》，卷五，第2页。
　　② 　同上书，卷七，第48页。

作家的创作中渐渐缺失，马愉的创作正是很好的例证。

周旋（1397—1454），字中规①，浙江温州府永嘉人。正统元年丙辰科（1436）进士第一人。官至左春坊左庶子兼翰林侍讲。今存明崇祯元年（1628）刻本《畏庵周先生文集》十卷。

周旋的文学成就在当时就有萧镃和刘定之分别进行过总结：

> 为文章耻陈腐，务出己意，为奇语，每有作，辄呼酒引满三数行，索笔一挥千百言立就，汗漫演迤，理致油然。（萧镃《左春坊左庶子兼翰林侍讲周君墓表》）②

> 所制率台阁典册，公尤悉心锐意以求是正，久之益有益。（刘定之《周公行状》）③

周旋居翰林时，值三杨末年，其文学创作既为台阁体所熏染，显得"汗漫演迤，理致油然"，而亦觉察台阁末流的弊端，故"为文章耻陈腐，务出己意，为奇语"。清代四库馆臣对周旋的评价却与萧镃对周旋的评价相左：

> 乐清章纶为之序，称其典雅闲淡，然在当时犹驰驱于流辈之中，未能自辟蹊径。（《〈畏庵集〉提要》）④

清人仅以章纶的序为据，即断定周旋"犹驰驱于流辈之中"、"未能自辟蹊径"是不妥的。周旋的散文创作遥接唐宋八家的古文，直接继承明初馆阁大家宋濂和解缙的文风，和三杨的散文创作有所不同：

---

① 潘荣胜等《明清进士录》于周旋生卒年一作 1396—1454，表字一作申规。（中华书局 2006 年版，第 67 页）按，潘荣胜主编该书，舛误百出，不值参考。兹据萧镃《左春坊左庶子兼翰林侍讲周君墓表》"景泰甲戌（1454）正月二日，夙兴，方盥栉造朝，忽得疾，寻卒"（《尚约文钞》，卷九，第 1 页）及"卒时年五十有八"（同卷，第 2 页）语推断周旋生年在洪武三十年丁丑（1397）。表字中规。（同卷，第 1 页）

② （明）萧镃：《尚约文钞》，卷九，第 2 页。

③ （明）周旋：《畏庵周先生文集》，明崇祯元年（1628）刻本，卷十，附录，第 117 页。

④ （清）永瑢等：《四库全书总目》，卷一百七十五，第 1556 页。

尝有《治国安民启》、《救时急务疏》，慷慨发抒，大类董仲舒、刘子政之风，其他歌什撰著，大略追镳于欧、苏，骈节于解、宋，而驰骋性灵，以上下其间，遥遥去滥而还约，锄华而敦实，卒泽于道德，炳如也。（姚希孟《畏庵先生文集序》）①

姚希孟的评价接近于萧镃所论，他们两人的意见比较统一，结合具体的作品来看，清人的论述确实不妥。

周旋的创作具有以下三个方面的特征：（1）典雅闲淡，这是周旋适情遣兴一类作品的风格，同时兼具不假雕琢、不事浮夸的特征。（2）为文章耻陈腐，务出己意，为奇语。（3）追镳于欧、苏，骈节于解、宋，因此具有汗漫演迤、理致油然的面貌。周旋的文类创作语言通俗流畅，不以艰险为文，即使在赋的创作中亦如此，如《聚魁堂赋》、《麒麟赋》和《骢马行春赋》等赋作以及集中卷十的疏稿制作都体现出统一的风格。

在诸赋作中，长篇《梅花赋》典型地表现出周旋学习馆阁前辈解缙的奔放风格：

　　亘古亘今之世运，一阖一辟之乾坤，朕兆罔极，块圠无垠，四时迭转。

　　厥始惟春为四德之元首，体造化之至仁。少昊司令，勾萌驭辰，于是群卉甲拆，发舒寅津，敷荣苗秀，斗美呈新，稚绿葱笼而可怡，冶红秾丽以丰均。虽万千之品汇，咸承恩于化钧。舞裀步障，夸金谷之景；雕鞍绣毂，竞洛阳之尘。一国如狂而玩赏，九衢罗绮以缤纷，是玩物而纵逸，皆逐妄而迷真。

　　倏忽顾景，祝融耀辉，南薰爽恺，万类华滋，时则有海榴、萱草、兰、蕙、荷、葵，粲锦云之郁丽，含金萼之葳蕤。濂溪美香远益清之可爱，太液夸岂如解语之尤奇。

　　驹阴隙过，兔走乌飞，青皇税驾，流火西驰，光景瞬息蓦收，届期商

———————————
① （明）周旋：《畏庵周先生文集》，姚序，第1、2页。

金用事，玉露凝珠，声动欧阳之赋，情关宋玉之悲。群芳摇落，众木离披，时则有木莲锦锭，甘菊金舒，艳锦官之百雉，擅郁林之一枝。

虽暂荣风霜之际，讵能耐久而待时。若乃权归颛顼，令属玄英，天地闭塞，冰雪严凝，舞六花之玉屑，坚三尺之凌冰，万物改观，山骨峻增，鱼潜不跃，鸟噤无声，蓝关之马不进，灞桥之诗未成，金帐浅斟兮酒怀放浪，玉堂瀹茗兮诗骨伶俜。回视向日之妖艳，罔不失态而丧情。

时有广文先生，博通物理，目睹荣枯，感叹不已，浩然太息曰："草木无情，有若是乎？越乃信步林垌，从容杖履，陟胜穷幽，究其所以。访徂徕之大夫，扣淇澳之君子，莫不偃蹇轮囷、憔悴委靡。于是摩挲诗眼，聚精会神，徘徊野桥之曲，睥睨清溪之滨。忽觉万玉炫目，幽馨袭人，幽姿挺乎冰雪，劲气超乎松筠，秉岁寒之节操，鄙埃壒之嚣尘。一枝破腊，万卉让春，晴昊繁华，推少陵之豪迈；暗香疏影，仰和靖之清新。滕六为侣，霜娥作邻。翠禽偷眼而欲下，粉蝶断魂而莫亲。出则为金马玉堂以大用，处则竹篱茅舍以栖身。倩良工而摹写，惟光华而逼真，此则特见其隐之晦，而未睹其用之伸焉。至若笳鸣玉塞，笛弄江城，奏咿呜之三调，即飘坠而满庭，舞蝶翅而无力，嗅鱼鳞兮不腥。风韵暂辍，佳实告成。犀浦雨肥兮，曹军因之而止渴；傅岩叶梦兮，商鼎藉之以调羹，说由之而大用，操从此而聿兴。夫如是，得非妖媚于一时者不可以并，而凌寒独秀于严凝之景者？宜使予品评者乎。"

先生感叹既已，旋迹草堂，假寐而息渺焉。若有一人玉骨冰肌，鸣琼瑶之珮，披五铢之衣，香气旖旎，趋走坐隅，揖而言曰："仆乃罗浮隐逸、庾岭清癯，守高标而自适，励素志而不移，惟贞惟白，不磷不缁。自水曹之既往，幸和靖之见知，寂寂千古，赏音甚稀……"①

作者通过四个小段落，按照季节，分别写了群卉在春、夏、秋、冬盛开，主要以许多与季节、景物相关的典故来运思。用典故连贯全赋的创作方法显得相当别致，仿佛诗中之西昆体，但此赋不使用偏僻的字眼，与陈敬宗所作的《北京

---

① （明）周旋：《畏庵周先生文集》，卷二，第17、18、19页。

赋》比较，这种特征更加明显。作者畅写四个季节的风景，笔墨纵横淋漓，尤其写冬天到来之时，万物改观，妖冶失色，把整个世界渲染得寂寂无声，充满伤冬的情绪，而在此时，梅花独以幽香挺姿呈秀。周旋先着意渲染自然界万物、四季应时花卉和严酷的寒冬，最后才写梅花。这样别出的构思，宛如作者自道"忽觉万玉炫目"的景致似的，达到出奇炫目的效果。文中写冰雪严凝时，"万物改观，山骨崚嶒，鱼潜不跃，鸟噤无声，蓝关之马不进，灞桥之诗未成，金帐浅斟兮酒怀放浪，玉堂瀹茗兮诗骨伶俜"，笔力深峻，表情黯然，把冬天萧杀的气氛渲染得无以复加。"翠禽偷眼而欲下，粉蝶断魂而莫亲"两句，体现出作者细心详尽的观察和入微的体物能力。此作不主穷苦之音，显得文思斐然，意思层层翻新。语汇雄赡，如"莫不偃塞轮困、憔悴委靡"句，写满目萧条之状；"筇鸣玉塞，笛弄江城，奏呷呜之三调，即飘坠而满庭，舞蝶翅而无力，嗅鱼鳞兮不腥。风韵暂辍，佳实告成，犀浦雨肥兮，曹军因之而止渴"数句具有文采，颇有想出天外的韵致。这篇赋既很好地体现了周旋的风格，也能说明解缙、宋濂的文风对他的影响。周旋的序、记类文章创作也体现出"务出己意"、"出奇语"的特征。《畏庵周先生文集》卷七《竹所书舍记》多排比句，文气连闶而下：

> 尝指竹而喻之曰："尔观于是乎？陵霜雪而不凋，可以励操；干云霄而直上，可以尚志；栖必有凤，吾择交焉；制可为律，吾和音焉，不亦有资于是乎？"既又指泉而喻之曰："尔玩于是乎？清而不污，思涤其虑；流而不息，思进其学；其潴为泽，吾畜德焉；其萦为澜，吾组文焉，不亦有资于是乎……"①

周旋亦是以明代馆阁作家"比德说"的笔法阐发道理，但就在比德之时，语气充沛，语言工整，对仗整齐而有变化，于所比之德也有所开掘。

周旋在散文中所表现的恣肆之气，也散发在诗歌创作中，如五言《贺何冢宰除日初度一百韵》律诗，是集中少见的长篇，而《畏庵周先生文集》卷四的

---

① （明）周旋：《畏庵周先生文集》，卷七，第70页。

七言律诗《江心寺》、《墨池》、《求碧窗叶先生兰亭书法有序》等都写得气魄阔大。举例如下：

> 碧窗夫子写兰亭，千载羲之契合冥。赤手妙探龙虎窟，墨池倒蘸斗牛星。韩公自诧军方张，杜老深知笔有灵。胜欲相从学心画，烦君与我讲声形。（《求碧窗叶先生兰亭书法有序》）
>
> 碧涧蜿蜒若蜃祥，银蟾翻影落晴湍。九天风露凉如水，拟跨长鲸上广寒。（《龙溪夜月》）①

上引两首诗用语都以阔大为主，多方形容，比喻雄奇。周旋的诗歌大致如此，善于翻新造语。

叶盛（1420—1474），字与中，南直隶昆山人。正统十年（1445）商辂榜进士，历官给事中、巡抚、都御史、吏部侍郎，谥文庄。其人有古大臣风，称一时名臣。

叶盛师从陈循，其《题陈德遵先生所寄诗后》自叙：

> 德遵先生，予乡举座主也。予忝侍从先生，适专理内阁……天顺壬午（1462），先生蒙恩归老，忽以二诗见贻，知奖诚过已，方谋请益而先生之讣至。②

叶盛与陈循之间是至老而情深的师生，其师陈循是杨士奇台阁体的衣钵传人。叶盛为岳正所作的墓志铭和为杨士奇所作的《东里续集序》，都体现出叶盛作为杨士奇门下士的师门感情。从杨士奇到陈循，再延伸到叶盛，这是一条很清晰的文统渊源和师承脉络。

明英宗不喜欢南方的士人，在其正统（1436—1449）、天顺（1457—1464）两个统治时期，朝廷中掀起排斥南方士人的浪潮，叶盛便是遭到李贤排斥而难以施展其才能的南方人之一。李贤是明朝的名相，叶盛为李贤所恶，殊不可

---

① （明）周旋：《畏庵周先生文集》，卷四，第35、39—40页。
② （明）叶盛：《菉竹堂稿》，清钞本，卷七，第14页。

解，或许探讨杨士奇与李贤的关系会得到某种解释。吏部尚书郭琎拔擢李贤，李贤因此在其《古穰集》中对郭琎倍加赞赏：

> 吏部尚书郭琎出身早，不遑问学，然天资甚美，受气完厚，临事从容，喜怒不形于色，精于吏事，简切不泛。（卷二十八）
>
> 宣庙时，二杨用事，恩天下之士不由巳（按，当作己字）进退，敕方面风宪、郡守令、在京三品以上官举保，且薄吏部尚书郭琎不学无术，但以老成至此。寻敕今后御史、知县，许在京五品以上官举保，由是天下要职，吏部不得除。（卷三十）①

内阁权位最重的大学士杨士奇鄙视郭琎之不学无术，与郭琎遇事不和，且夺吏部职权，二人有怨。这种怨恨为他们的门人所延续，尤其明显地表现为李贤对杨士奇及其门人甚至南方士人的厌恶和打击。

首先，李贤直接对杨士奇本人进行攻击，涉及其人格、政事等多方面污点。下引李贤《古穰集》五则，攻击杨士奇丑陋的人格：

> 文庙过江时，胡广、金幼孜、黄淮、胡俨、解缙、杨士奇、周是修辈俱在朝，惟是修具衣冠，诣应天府学，拜宣圣遗像毕，自为赞，系于衣带，自缢于东庑下，可谓从容就死者矣。诸公初亦有约同死，已而俱负约，真有愧于死者。后缙为志，士奇为传，且谓其子曰："当时吾亦同死，谁与尔父作传？"识者笑之。诸公不死建文之难，与唐之王珪、魏征无异，后虽有功，何足赎哉？缙才独高，使遇唐太宗，其所论谏，岂下于魏征？若留于仁、宣时，事业必有可观者，士奇辈远不及也。
>
> 士奇晚年，泥爱其子，莫知其恶，最为败德事。若藩臬郡邑，或出巡者，见其暴横，以实来告，士奇反疑之，必与子书曰："某人说汝如此，果然即改之。"子稷得书，反毁其人曰："某人在此如此行事，男以乡里

---

① （明）李贤：《古穰集》，文渊阁四库全书，第1244册，卷二十八，第772页；卷三十，第792页。

故，挠其所行，以此诬之。"士奇自后不信言子之恶者，有阿附誉子之善者，即以为实，然而喜之，由是子之恶不复闻矣。……乡人预为祭文，数其恶况，天下传诵。

文贞于本朝为巨擘，侧于宋之公卿，终有愧焉。试以一二较之，王文正以张师德两造其门，恶其奔竞，终身不用；文贞必以造门者举之，甚至人举所知，自以为不知而沮之，宜恬退自守者，不出其门也。文彦博以唐介攻己被谪，再三申救，后卒举用；文贞以攻己者为轻薄生事，必欲黜之，禁锢终身也。与二公所行，何相远哉？

宣庙时，二杨用事，思天下之士不由已（按，当作己字）进退，敕方面风宪、郡守令、在京三品以上官举保，且薄吏部尚书郭琎不学无术，但以老成至此，寻敕今后御史、知县，许在京五品以上官举保。由是天下要职，吏部不得除，已而奔竞之风大作，以赃露者甚众，寻有以弊言者，遂罢御史、知县举保之例。郡守以上，仍旧出于二杨之门，皆由其操去取之权也。西杨虽偏而无私，尤持公论，当时天下方面，颇亦得人。正统六七年以后，张太后崩，二杨相继而亡，进退天下人才之权，遂移于中官，王振邪正倒植矣。

宣德初，学士杨士奇辈，以方面大职亦任吏部自举，未尽得人，乃令在京三品以上官，各举所知，当时以为美事，行之既久，公道者少。时人有拜官公朝、受恩私室之讥，景泰初遂罢此例，仍从吏部自擢。时予在铨选，乃将六部郎署年深者，第其才之高下，为一帖，御史为一帖，给事中为一帖，南京者附之；方面有缺，持此帖于尚书王直前，斟酌用之，将尽复增之。方其推用之时，人皆不知命下，令人传报，彼方惊喜……及吏部自擢，较短量长，多惬舆论，然各举所知，本是良法，若皆存荐贤为国之心，岂有不善？但各出于私情，反不若吏部自擢，虽不能尽知其人，却出于公道故也。①

---

① （明）李贤：《古穰集》，卷三十，第795页。

这五则集中对杨士奇的政事、人格等方面进行全面的攻击。第一则攻击建文帝时在朝的江西文人遭遇国难未能杀身成仁的负约之举，表现出对宣德、正统时在朝任职、盘根错节的江西士人的厌恶心理。李贤对杨士奇的政事与文学成就，一概抹杀，有若《左传》中秦穆公诅咒蹇叔"中寿，尔墓之木拱矣"的用意。第二则讲的是杨士奇"败德"诸事中最彰的一件：溺爱儿子杨稷，反映杨士奇性格中好附己、恶攻己的阴暗面。后三则都是讲杨士奇在用人上的失误以及他的私心，连带扩展到对宣德、正统时期三杨相业的批评。正是因为如此，所以李贤在天顺、成化初任首辅时，与素不喜南士的吏部尚书王翱把持天下官员进退之权，尽改三杨所为，自称公道，实际上以打击南方士人为己任。成化末期出现的南、北阁臣之争，实由李贤启之。

其次，李贤对杨士奇的门下士陈循、岳正等进行攻击和抑制。《古穰集》中多有暴露内阁大学士陈循的丑行的记载。以下一则记载了李贤当政时对陈循所举荐的翰林官员进行整顿的事件：

> 翰林院实儒绅所居，非杂流可与。景泰间，陈循辈各举所私，非进士出身者，十将四五，率皆委靡、昏钝、浮薄之流，无由而退。因上欲将《通志》重修颁行，惟择进士出身者，此辈自知不可居此，托阍院达其意，愿补外职，贤乃言于上，命吏部除之，因其才而高下其秩，无不自遂，翰林于是为之一清。[①]

李贤对翰林院的整顿带来了明代翰林院制度的重要改变，天顺以后，非进士出身者，不得入翰林，这成为明代翰林院的既定制度，终明之世始终遵行。明初，大量的士人经过荐举被安排以教职或进入翰林（请参见本书第一章第一、二节的论述），杨士奇即由教职被荐，在永乐初进入翰林院，故在永乐到景泰年间，荐举是科目之外、非进士出身的士人进入翰林院或改官翰林的另一条途径。陈循之所为乃延续前朝做法，并非特设一途以结党，李贤的指责对人不对事，隐隐指向陈循的老师杨士奇。岳正是杨士奇的学生，岳正为他人所作的两

---

① （明）李贤：《古穰集》，卷三十，第 796 页。

篇序文都连带评价了恩师杨士奇：

> 东里先生之高风，足以凌驾一世，天下所共闻者也。曩在政阁，所与游好者，其在朝，则尽名公卿；布韦之徒，苟非巨人硕士不直，不得朝夕亟见，以亲道德之光，虽欲望后尘而雅拜之，亦未易也。正时童卯，受学门下，先生以故人子，嘉与惠之，每嘉客至，未尝不得见也。(《赠龙叔旦先生序》)①
>
> 仁庙即阼，东里先生以旧学亟登台辅。宣德中，位望隆重，可谓礼绝百寮矣。晞颜先生官史馆，为编修，舍东里赐第，忘嫌忘怀，不但忘势而已。正时学于门下，蒙昧寡识，意两先生者必同产，久之乃知其为知友耳。(《书二老遗芳卷后》)②

岳正与李贤二人对杨士奇的感情有着天壤之别。也可能是因为岳正与杨士奇之间的师生关系，天顺初岳正在内阁大学士任上被摒落，此事亦当与李贤有关。英宗皇帝以岳正是北方人和正统初所亲取士的双重因素，择为内阁大学士，入阁未满一月，被谪钦州同知，戍肃州，号称在三杨之后最得君的李贤无所援救。史载李贤对岳正深具抑制意图，不乏落井下石之快意：

> (石)亨、(曹)吉祥既诛，帝谓李贤曰："岳正固尝言之。"贤曰："正有老母，得放归田里，幸甚。"乃释为民。
>
> 宪宗立，御史吕洪等请复正与杨瑄官，诏正以原官直经筵，纂修《英宗实录》……正还朝，自谓当大用，而贤欲用为南京祭酒，正不悦。忌者伪为正劾贤疏草，贤嗤之。
>
> 成化四年四月，廷推兵部侍郎清理贴黄，以正与给事中张宁名并上。诏以为私，出正为兴化知府。(《明史·岳正传》)③

---

① (明)岳正：《类博稿》，文渊阁四库全书，第1246册，卷五，第395页。
② 同上书，卷八，第430页。
③ (清)张廷玉等：《明史》，卷一百七十六，第4682页。

岳正在阁仅二十八日即遭谪戍。尽管他曾经预言石亨、曹吉祥之奸宄，使英宗起怜才之心，复欲重用之，而李贤却进片语以离间皇帝，岳正仅得释还为民。成化初，岳正复官后，李贤欲抑其为南国子监祭酒，使去京师，远离内阁中枢，岳正不悦；最后，李贤不辨弹己奏疏之真伪，衔恨于岳正，借故出为兴化（今福建莆田）知府，打击岳正的手段极为残酷。岳正与陈循二人俱为杨士奇的门生，都遭到了李贤的压制。叶盛为陈循的门生，他遭到李贤的排挤，连清代人也为之不平，《明史·李贤传》的最后一句为"其抑叶盛、挤岳正、不救罗伦，尤为世所惜云"①，这是李贤一生的瑕疵，但他这么做的心理却是深植于师门恩怨乃至南北士人权力分配的原因。

叶盛的文学观念与乃师接近，为文宗欧阳修，功业尚同郡宋代先贤韩琦、范仲淹。《明语林》卷四曰：

> 叶文庄盛崇尚名节，动跂古人，为文师欧阳（欧阳修），而功业自期韩（韩琦）、范（范仲淹）。②

李东阳撰《叶文庄公集序》曰：

> 公之文博取深诣，而得诸欧阳文忠公者为多。……观其纡徐委备，详而不厌，要知为欧学也。……后之为欧文者，未得其纡徐，而先陷于缓弱；未得其委备，而已失之愧缕，以为恒患，文之难亦如此。③

李东阳论叶盛的文学成就，嘉许其学欧阳修而有成，但未堕学欧阳修之弊。清代吴汝纶（1840—1903）论桐城派："桐城诸老，气清体洁，海内所宗，独雄奇瑰伟之境尚少。盖韩公得扬马之长，字字造出奇崛。欧阳公变为平易，而奇崛乃在平易之中。后儒但能平易，不能奇崛，则才气薄弱，不能复振，此一失也。曾文正公出而矫之，以汉赋之气运之，而文体一变，故卓然

---

① （清）张廷玉等：《明史》，卷一百七十六，第4677页。
② （清）吴肃公：《明语林》，卷四，第53页。
③ （明）李东阳：《李东阳集》，岳麓书社1984年版，卷一，第110页。

为一代之大家。"① 学欧阳修散文之"但能平易，不能奇崛"，从一种散文审美
特征的选择到成为一种创作流弊，李东阳业已认识到。于明代，宗欧文乃是以
杨士奇为首的台阁衮衮诸臣的选择，而叶盛学欧文却有成就，能形成其纡徐委
备的风格，不堕人下劣文魔。

叶盛的诗歌大量步韵前人之作，如其《菉竹堂稿》卷二《王昭君唐人
韵》、《王昭君李昌祺韵》等，又有集唐、宋、元及本朝句诗九十三首。叶盛
创作中最有特色的是学习宋诗，如卷一《灵川怀邹忠公次宋人韵》、《灵川回
军次宋人韵》，卷三《送张元祯庶吉士归娶次宋前辈韵》，卷四《西康谣学杨
廷秀体》等，集句诗中有《天顺八年春清明节即景感怀集宋吴诗句十首越台
一首用杨东山先生木犀语者广州桂树春花盛开亦纪异之一云》等，叶盛甚至
学宋人的诗法，如卷四集句诗《菉竹堂有清明集句故事盖唐宋元名人及国朝
之作略备矣乙酉三月三日关北清明以昆山杂咏为主继以昆山前辈之作若时代
则有不拘者焉》十首，集有杨长孺、文天祥、陈与义、朱熹、胡铨、苏轼、
方逢辰、王安石、苏舜钦、欧阳修、司马光、谢枋得、周敦颐、真德秀、陈
搏、张耒、蒋之奇、陶弼、郭祥正、黄庭坚、程颢、李纲、曹约、苏洵等人
的诗。其二：

> 昆玉峰前娄水阳袁子英，先人坟墓与祠堂殷孝扬。
>
> 于今身在三千里卢为，一见清明一断肠。

---

① （清）吴汝纶撰，施培毅、徐寿凯校点：《与姚仲实》，《吴汝纶全集》，黄山书社 2001 年版，
第三册，第 51—52 页。吴汝纶在其《孔叙仲文集序》中说："（姚）郎中君既没，弟子最晚出者为上
元梅伯言，当道光之季最名能古文，居京师，京师士大夫日造门问为文法。而是时湘乡曾文正公尤
以闳文系众望，其持论亦推本姚氏。故梅曾二家宾客相通流。……方梅曾在京师时，文章之士之趋
归之，相与讲论姚氏之术，可谓盛哉！往年汝纶侍文正公时，公数为余称述姚氏之说，且曰：'今天
下动称姚氏，顾真知姚氏法者不多，背而驰者皆是也。'"（同上书，第一册，第 55—56 页）又在
《皇清诰授光禄大夫赠太傅武英殿大学士两江总督一等毅勇侯曾文正公神道碑代》中论曾国藩："公
为学研究义理，精通训诂，为文效法韩欧而辅之以汉赋之气体。"（同上书，第一册，第 289 页）
曾国藩还以四象论古文，以气执、识度、情韵、机神四属论诗歌。（《记古文四象后》，同上书，第一
册，第 301—302 页。案，标点匀有异）曾国藩拈出"汉赋之气"改造姚鼐文法，当是"真知"姚鼐
古文家法流弊而矫之的创见。所谓"气"、"气执"、"气体"，曾国藩多有阐发，构成其湖湘文派的理
论系统。吴汝纶是曾国藩的门人，长期在其幕僚，亲炙其教，于乃师文学、事功、学术成就知之甚
深，故其所论列，确实可信。

注曰："《昆玉》一首用唐人'一见清明一改容'之句，用半山例，僭易二字，足成此诗。盖昆之前辈别集，收辑未完，而记忆亦有限也。"① 作者清楚地表明他学习王安石集句的方法。这种"僭易"前人诗句的做法，为李东阳等翰林作家所继承。李东阳的两批次集句诗都有这种现象，未尽为集前人诗句之作，是明代馆阁作家集句诗创作的特别现象。在另十首集句诗《成化丙戌三月十一日清明节盖寓宣府再见清明矣怀亲悼昔莫能为情偶阅宋人小词因摘用清明寒食句杂用诸家语成诗十章云》中，叶盛还把宋、元词人的句子集句成诗，这更是明人用宋词入诗手法的发展和创造。

---

① （明）叶盛：《菉竹堂稿》，清钞本，卷四，第35—37页。

下编

作家作品论·明代翰林院馆阁文学的
渐变与复振

《四库全书总目》在对南直隶长洲人韩雍（1422—1478）的《襄毅文集》提要时，认为"自正统以后、正德以前，金华（宋濂）、青田（刘基）流风渐远，而茶陵（李东阳）、震泽（王鏊）犹未奋兴，数十年间，惟相沿台阁之体，渐就庸肤"①。在李东阳等振兴翰林院馆阁文学之前，诚如清人所言，"相沿台阁之体"，但也开始出现馆阁文学新变的因素，最后李东阳乘时而起，重新树立翰林院馆阁文学的声威，风靡天下，领袖茶陵派。茶陵派成员覆盖翰林与郎署的大部分作家，影响波及全国，李东阳（1447—1516）端为成化（1465—1487）、弘治（1488—1505）、正德（1506—1521）三朝文坛盟主。

---

① （清）永瑢等：《四库全书总目》，卷一百七十，第 1487 页。

第八章　天顺到成化年间的翰林院文学创作

本章所论述的馆阁作家跨天顺（明英宗复辟后的年号，1457—1464）、成化（宪宗的年号，1465—1487）两朝。共分四节。

第一节论天顺年间的内阁大学士作家。虽然北方二士薛瑄和李贤拒绝杨士奇等人的援引，他们的创作却仍然沿袭台阁体的道路。理学家薛瑄的文学创作在学者兼作家身份的翰林作家群中显得独特，薛瑄重视文学自身的特性，不以理破文。阁臣李贤的创作反而带有很浓厚的理学色彩，其他阁臣如徐有贞的创作矫起平淡文风，与时人不同，刘定之时称文思敏捷，岳正出入宋元等，不一而足。天顺、成化初，徐有贞、岳正等人创作了颇多的乐府诗。成化年间，翰林作家创作乐府题材的诗歌数量越来越多，李东阳创作百余首拟乐府诗，是翰林院作家创作此类题材的一个高峰。他们对于艳情诗题材的创作，使这一题材成为翰林作家诗歌创作的一个重要领域，倪谦、邱濬、程敏政等馆阁名家，都有所创作。艳情诗题在三杨时期遭受短暂的压制，却在成化年间复兴，最后招致李东阳在理论上的反对。

第二节论天顺、成化之间代际交替的翰林作家。众多馆阁作家中以吴节和柯潜的成就较高，这两位作家的创作体现出成化年间翰林院文学创作的一些共同特点。吴节既承三杨台阁体端绪，又和宋诗，用宋典，创作禁体物诗，表现出新变的因素。柯潜的诗歌冲淡清婉，文章平妥整洁，与成化年间李东阳茶陵派的风格特征接近，其诗文创作表现出翰林院馆阁文学总体风格逐渐朝着清婉、整洁的风格特征转变的趋势。

第三节论成化年间倪谦和邱濬这两位创作力异常雄赡的翰林大家。他们的创作中文学色彩增加，三杨台阁体作品中强烈的道德说教成分有所削弱，这也是成化到弘治年间翰林院馆阁文学发展的趋势。

第四节对天顺、成化年间的翰林院其他作家进行论述。

第一节　天顺年间的内阁大学士作家

薛瑄（1389—1464）[①]，字德温，号敬轩，山西平阳府河津（清属蒲州府，今属万荣县）人。永乐十九年辛丑（1421）科进士，除御史，三杨欲见之而谢不往，被出为外任。正统中，王振因同乡故，使三杨召为大理左少卿，竟不往谢振，为王振所衔，下狱几死。英宗复辟，拜礼部右侍郎兼翰林院学士，入阁预机务。在阁仅五月，致仕以归，谥文清。薛瑄被推为明代的第一醇儒，但是他的文学创作却极有特色，富有文学意味。存有《敬轩文集》二十四卷、《河汾诗集》八卷。

清代纪昀等人作《敬轩文集》的《提要》，对照稍后于薛瑄的陈庄体论述其风格：

> 考自北宋以来，号为大儒者，朱子之外，率不留意于文章，如邵子《击壤集》之类，道学家谓之正宗诗家，究谓之别派；相沿至庄昶之流，遂以"太极图儿大，先生帽子高"、"送我两包陈福建，还他一匹好南京"等句，命为风雅嫡派，虽羽翼之者大言劫制，究不足以厌服人心。明代醇儒，瑄为第一，而其文章雅正，具有典型，绝不以语录方言，纵情破格。其诗如《玩一斋》之类，亦间涉理路，而大致冲澹高秀，吐言天拔，往往有陶、韦之风。盖有德有言，瑄足当之，然后知徒以明理载道为词，常谈

[①] 按，郭英德主编《中国文学通论·明代卷》（辽宁人民出版社2005年版）第27页一作薛瑄（1389或1392—1464），误。薛瑄《乞致仕第三奏》："礼部左侍郎兼翰林院学士臣薛瑄谨题为老病乞恩事，切照。臣见年六十九岁，气体既已衰惫，疾病连年发作。天顺元年三月，内旧患淋疾，并右臂风气疼痛举发，请医调治，日久稍瘥；五月初七日，前病又发，调治至本月二十四稍瘥；六月初三日，前病又发，调治至今未瘥。"（薛瑄：《敬轩文集》，文渊阁四库全书，第1243册，卷二十四）薛瑄于天顺元年正月入阁，六月致仕。天顺元年（1457）薛瑄六十九岁，则其生年当在洪武二十二年（1389）。

俚语无不可以入文者，犹客气矣。①

纪昀所论主要针对薛瑄的诗歌而发，引申为对理学家"击壤体"诗歌的批评。虽然薛瑄在翰林院的时间极短，但他壮年身处三杨台阁体鼎盛的时期，文学创作为所笼罩，后以大理少卿在朝廷任职，亦可视为台阁体作家的一员；更为重要的是，在他之后，明朝翰林院作家创作中"以明理载道为词"的倾向越来越严重，以至于在成化之后形成集体性的创作风尚，薛瑄的儒学家身份和他的部分"间涉理路"的诗歌创作对后来者无疑有着示范的作用，而薛瑄的门人阎禹锡在当时即以明道、归道来评论乃师的创作②，未免与高叟说诗一样失之拘泥。纪昀主要就文学本身的价值高下对薛瑄的作品进行评价，对阎禹锡的看法进行反驳，这是很有见地的，但阎氏也并非信口雌黄者，且待下文分析。

薛瑄的《敬轩文集》中存有部分诗作，而《河汾诗集》为其诗集，专门收录其诗。合其文集和诗集而观之，可见薛瑄诗歌创作的大概。薛瑄作有拟古四十一首，占古选五十九首之大部，其中有二十余首是谈论理学的，如以下数首：

　　天地形之大，阴阳气之尊。伊谁知此物，来自无极门。清浊既莫离，动静互为根。大化去不息，至理亦长存。彼哉虚寂子，已矣无复论。

　　吾思古圣心，迥出八纮表。天理为之大，人世为止小。尧虞禹相授，杯水拱揖了。终古骇其事，未足称达道。

　　湖边多杨柳，山上多松柏。松柏存正性，不改青青色。杨柳易为春，随风发枝节。二月丝垂金，三月絮飞雪。纷纷冶游子，赏玩不知歇。松柏寂无言，枝干独挺特。空以木自奇，不为时所悦。请看霜霰余，荣悴居然别。

　　吾思一气大，浑浑无边方。天机自流转，随时互低仰。寒暑既代序，

---

① （明）薛瑄：《敬轩文集》，文渊阁四库全书，第1243册，第33页，卷首提要。
② 参见阎禹锡《河汾诗集序》（明薛瑄《河汾诗集》，明成化五年（1469）谢庭桂刻本，阎序）。

日月亦运行。庶物勃然出，满虚各有常。万化定厥基，终古为维纲。大哉庖羲圣，有画粲以章。易道谅斯在，请看阴与阳。

　　洪荒日已远，文籍日以繁。华伪灭真实，汗漫迷本源。左氏已浮夸，战国皆诈言。班马扬其波，蔚宗助其涧。继者如猬毛，美恶爱憎间。谅非董狐笔，尽信诚为难。谁哉法宣圣，大典垂不刊。①

上引五首诗歌并非连续创作的组诗，但都接近于北宋邵雍的击壤体。第一、二、四首写的是理学家对天理、阴阳、气等先天存在范畴的体认，虽写为诗歌语而学究味和头巾气很浓厚。第三首则是以杨柳与松柏进行对比，以物性比人性，也是道学家的惯常思维方式。与薛瑄同时的陈敬宗在任南京国子监祭酒时，居然把大成殿庑下种植的柳树易之以柏树，其原因是在陈敬宗的观念里，柏树"禀刚劲履凝之正气，抱坚确不挠之贞心；岁寒折胶而愈秀，暑铄金而弥青，有若君子虽遇世难固守其节而不变者焉"②。薛、陈二理学家的想法无疑是一样的。薛瑄这类的诗歌真如门人阎禹锡所评：

　　近而一尘之微，远而天地之大，触景动中，皆沛然形诸比兴而卒归于道，初无雕刻意……拟古诸篇尤为冲澹，而于辩异端、辟邪说尤严。③

上选第五首即体现薛瑄"辩异端、辟邪说"的精神。正统、景泰年间，薛瑄官位日高，诗思有所减退，写作的击壤体诗歌更多，如《河汾诗集》卷六《读邵康节先生击壤集二十首》、卷八《观太极图二首》等。现举其《蜀中辛未立春遣怀》来看看他的心迹：

　　世态炎凉阅不多，老怀今日奈春何。一年持节金台客，万里通朝锦水

---

① （明）薛瑄：《河汾诗集》，明成化五年（1469）谢庭桂刻本，卷一，第6、7、8、12、14页。

② （明）陈敬宗：《种柏记》，《澹庵先生文集》，四库全书存目丛书影清钞本，集部，第29册，第336页。

③ （明）阎禹锡：《河汾诗集序》，《河汾诗集》，序，第2页。

波。北塞已闻休士马，南荒行复罢干戈。时请若许归田里，愿和《康衢》、《击壤》歌。①

　　这是薛瑄景泰二年辛未（1451）于蜀地创作的诗歌。此诗作于国家正值万方多难之时，诗人经历几死之狱，而诗之境界却显得很开阔，但是渐至老境的作者，却希望归田退居，因此诗中体现的意趣转为冲和。所谓和唱《康衢》、《击壤》歌，虽是祝愿国家安定、人民乐业的意思，但同时也是作者晚年究心理学，诗歌创作发生转向的表白。

　　薛瑄多数的诗歌写得富有诗的味道，风格多样。《河汾诗集》卷二收集歌行体六十二首，风格浑茫，语句刚健，内容较少涉入理路，如《西蜀歌》、《历亭送王三秀才省兄归京师》、《永和双山歌》、《奉赠刘金宪》等篇，卷四七言律诗《晓登沅州北山顶俯视白云弥布川谷诸山出没其中若瀛海雪涛荡潏岛屿之状殊可纵观书此以志》亦是。《西蜀歌》是一首欲直追李白《蜀道难》，可与之媲美的歌行体诗歌，或许任官的蜀地以江山胜概助之。薛瑄的这首诗歌择景独具角度，作者诗情勃发：

　　　　天险不可升，地险犹可登。西蜀之山盘亘华夷几万里，层峦叠嶂、危峰峭壁何峻嶒。西岭峨峨太古雪，巫山苍苍晓云白。北有剑阁，中天削出石门高；南有峨眉，凌空寅缘鸟道窄。群山合沓，险远不可穷。危梯侧迳，无不相连通。楩楠松柏古木不知数，攒峦驾壑，阴森蓊郁起烟雾。野花涧草乱离离，具名纷葩蒙茸齐霑天雨露。熊黑虎豹猿犹相与为群曹，幽禽怪鸟雄飞雌从各以时鸣号。蜀山草木鸟兽之环奇也如此，登高一望，但见千里百里，峰峦涌翠如海涛。中有长江横，界井络域，发源岷麓，东往沧溟无底谷。深山幽壑溪涧千万支，穿林络石，竟与岷江共联属……笑睨重险轻狂澜，不为三峡猿鸣堕清泪，不为五夜鹃啼惨旅颜……②

----

① （明）薛瑄：《河汾诗集》，卷五，第9页。
② 同上书，卷二，第1、2页。

诗中有"擢官便作大理丞"句，故这首诗当作于景泰年间薛瑄为程信（程敏政之父）所荐举被任命为大理寺丞后。这时薛瑄年已六十有余，但在此诗中不见老人惫怠之气。诗很明显地受到了李白描写蜀地奇险的启发，却不同于明代翰林作家对相近题材进行简单模仿的创作方法。作者自铸伟词，与《蜀道难》的措辞全然不同。薛瑄以极度的夸张制造壮阔的景象，以牵连的语词构成长句，形成必须一气完读、倾泻直下的语感；若不卒读，则仿佛有如鲠在喉的滞涩感，入声、去声仄韵和平声韵交替，也加强了感情的曲折度和表达的拗劲，虽抑而愈振。这首诗歌不是偶尔有之的创作，众多此类诗歌形成了他诗风中雄浑的一面，如薛瑄送秀才的诗也善作壮语：

> 海石传闻此亭古，亭中送客豪英聚。清风入座华筵开，流觞满眼金杯举。是时霜落天宇高，岱宗南望干云霄。况复齐川走沧海，三山仿佛连六鳌。山奇海壮环名邑，落落高怀感今昔。琬琰难酬北海词，风雨宁和少陵笔。想当促膝兹亭中，飘飘逸气凌长空。至今草木生光彩，名将山水传无穷。（《历亭送王三秀才省兄归京师》）①

此诗的内容倒无多少深远的意味，但首句写得独特，所用之词豪壮，诗中的情调昂扬，激人逸兴湍发，使得离别时主客情绪激昂，不同于送别诗抒发感伤、低沉情怀之惯常写法。

薛瑄的大部分诗歌写得"冲澹高秀，吐言天拔，往往有陶韦之风"。不能一一枚举，权引以下数首：

> 细叶枝枝翠，娇英朵朵红。美看榴有实，不信色为空。迎夏葵争发，倾阳意略同。因之思汉武，花满近郊浓。（《榴》）
> 宛转桥通水，依稀屋近城。池塘经雨涨，睥睨映天青。槛柳回春色，园禽变晓声。官居能有此，聊可豁高情。（《金陵官舍》）
> 水面夕阳尽，维舟傍驿楼。平芜双雁远，深柳一蝉幽。鲜鲫柴门市，

香醪柳岸篛。晚凉拂一醉，高卧俯清流。(《水驿晚泊》)①

《榴》诗写红榴艳冶，但又与葵同心，倾向太阳，因此虽艳而不碍。诗人语含双关，拿色空这么一个佛教常用语来打趣，也是出人意表的。《金陵官舍》一诗则把谢灵运《登池上楼》诗的名句"池塘生春草，园柳变鸣禽"加以化用和改造，写成"池塘经雨涨，睥睨映天青"和"园禽变晓声"等句，也有独特创新之处。《水驿晚泊》诗择景非常精致，作者选择在黄昏夕阳快尽的时刻，官船停靠在驿楼边上，以己之视角，写平芜双雁，衬自身孤零；闻声而知有蝉，根据悠远的声音而推测它在柳树深处；视线转向柳岸柴门，买鱼酤酒，乘晚凉可以图醉，欣赏无边风月流水，响应系舟驿楼的开篇，结构圆合完整，艺术成就很高。上引后两首诗皆善于表现作者的高情逸志，是纪昀所概括之诗风的最好体现者。

薛瑄的诗中有许多警句，如"雨来云泼墨，风过水生花"(《晚泊通州》)②的后句写水上风吹过刹那的景象，避免了把波纹比喻成鱼鳞等寻常意象的熟烂感；"交契深如此，离情遽如何"(《酬常广文饯别二首》其一)③，直道离情，毫不饰掩，感人至深；"不知何处笛，并起一声中"(《红白二梅花落戏为一律》)④，写笛声，语尽意长，很有唐诗的韵味。

薛瑄在诗中经常提到陶潜，初看之下，他是一位学陶诗人。如《九日杂诗五首》中四首和《读陶诗》等都提到了菊花的意象与陶潜的淡泊志趣，但是上举数首诗却更接近于韦应物等唐诗人的风格，真正与陶诗之淳朴高古风格接近者不多，况且薛瑄本身究心理学，其诗的冲澹中具有理学意味。下面看薛瑄写鸥鸟意象的诗句：

雪树连林白，沙鸥泛水明。(《登盂城驿楼》)⑤
轻鸥连影落，旅雁一行鸣。(《登州抵福山道中二首》其二)

① (明)薛瑄：《河汾诗集》，卷三，第4、8、13页。
② 同上书，卷三，第14页。
③ 同上书，卷三，第21页。
④ 同上书，卷四，第19页。
⑤ 同上书，卷三，第8页。

沙头旧鸥鸟，谁肯为寻盟。(《自乔口溯流往长沙》)①

唯应野老来争席，坐玩沙鸥来伴眠。(《送李永年大参致仕十首》其六)②

是非得失何须问，已是忘机伴白鸥。(《绝句四首》其四)③

鸥鸟的典故经常被宋明以来的理学家和作家用来展示自己明道之后"活泼泼"的自由境界④，从这个意义上，可以说薛瑄是一个真道学家，一个假隐士。他的诗风也以间涉理路和接近唐代王维、韦应物为特征，而距陶渊明的诗风为远。

薛瑄的诗歌转益多师，善于向前人学习和借鉴。在诸多南朝诗人中，薛瑄喜欢谢灵运的"池塘生春草，园柳变鸣禽"句，多处化用它；学习陶潜的诗歌及其为人，多次在诗句中表露。薛瑄向多个唐诗人学习，除了王维、韦应物外，还学习杜甫、韩愈等人，化用他们的诗歌。薛瑄有鉴于杜甫的诗句，常把杜甫诗中一句撷作诗题，如《河汾诗集》卷六《宣德三年冬至……少陵所谓楚

---

① (明)薛瑄：《河汾诗集》，卷四，第4、10页。

② 同上书，卷六，第1页。

③ (明)薛瑄：《河汾诗集》，卷八，第3页。

④ 按，钱锺书的《谈艺录》注意到宋代以来理学家观察万物悟道及从事文学创作的"玩物为道"的方式。《谈艺录》初版于1948年，20世纪80年代作者又对此书进行补订。《谈艺录·六九〈随园论诗中理语〉【附说十九】〈山水通于理趣〉》：【补订】《鹤林玉露》卷九言"古人观物，每于活处看"，因引"鸢飞鱼跃"、"逝者如斯"、"山梁雌雉"、"观水有术"、"源泉混混"及程明道语为例。皆儒家言也。(下段为1948年版原文)赵季仁云："朱子每经行处，闻有佳山水，虽迂途数十里，必往游焉。"诸如此类，见之语录诗文者，不胜枚举。迄乎有明，阳明心学既行，白沙、定山莫不以玩物为道。阳明自作诗，如《外集》卷二《次乐子仁韵送别》："悟到鸢飞鱼跃处，工夫原不在陈编"；又"正须闭口林间坐，莫道青山不解言"；《碧霞池夜坐》："潜鱼水底传心诀，栖鸟枝头说道真。"《文心雕龙·明诗》曰："庄老告退，山水方滋。"(钱锺书：《谈艺录》，生活·读书·新知三联书店2007年版，第734—735页)山、水、月等物象皆成为宋代以后理学家、文学家说理和进行文学创作所依傍的对象。明代薛瑄之后，心学的先驱者陈献章在哲学和诗歌创作中也经常关注到山水和鸢鱼等自然界的物象。明人黄瑜《双槐岁钞》卷十"鸢鱼辩"："程子曰：'"鸢飞鱼跃"一段，子思吃紧为人处，与"必有事焉而勿正心"之意同。会得时，活泼泼地。'又曰：'自再见茂叔后，吟风弄月以归，有"吾与点也"之意。'陈公甫(献章)合言之曰：'舞雩三三两两，正在勿忘勿助之间。曾点些儿活计，被孟子一口打并出来，便都是鸢飞鱼跃。'又《与陈醵湛雨》诗云：'君若问鸢鱼，鸢鱼体本虚。我拈言外意，六籍也无书。'陈益庵梦祥骐作辩曰：'道具体用，体则天命之性，用则率性之道也，性道皆实理所为。故曰："诚者，物之始终。"体何尝虚邪？《六经》所以载道，一字一义，皆圣贤实理之所寓，实心之所发。以之发言，则言必有物。以之措行，则行必有恒。故曰："君子学以致其道。"书何尝无邪？以实为虚幻也，以有为无妄也。其曰言外意即佛老幻妄之意，非圣贤之蕴也。'所谓公甫意从程子来，想是会得时，不必深辨耳。"(《明代笔记小说大观》本，第279页)

天不断四时雨者……》；他熟悉杜甫的诗句，卷五《巷谈》诗句说"少陵诗里见巷侯"；在薛瑄持节蜀中时，有《诸葛武侯像》、《诸葛武侯庙十首》其七诗，分别直用杜甫《蜀相》诗的"锦官城外柏森森"句，化用"常使英雄泪满襟"句为"长使英雄慨古今"；卷八《春夏秋冬为张给事赋》其一末句"到处娇莺恰恰啼"亦系化用杜诗。薛瑄亦向韩愈的诗歌创作学习，如《河汾诗集》卷八《戏赋五绝东院中焦李罗刘四侍御》其一标明"末用韩句"，同卷诗《过寿阳用韩文公韵》步的是韩愈诗韵，这种现象说明薛瑄曾经研习韩愈的诗歌，学习韩愈的诗歌风格。韩诗以奇险、横鸷、崭绝著称，薛瑄学习韩愈的诗歌和他学习宋人诗歌之间可能具有共通性。薛瑄也学习宋代诗人欧阳修、苏轼等人的诗歌，如《河汾诗集》卷八《为李通政赋春夏秋冬四景》其二首句"红尘飞不到青山"，句式划分成二三二的音步，这与欧阳修的《戏答元珍》诗首句"春风疑不到天涯"何其逼近；卷四《洞庭雨中作》诗中句"跳波乱明珠"是从苏轼的《六月二十七日望湖楼醉书》其一句"白雨跳珠乱入船"中化出的。以上举这些例子仅在于说明薛瑄学习前人的诗歌取径广阔，其诗歌创作既宗唐亦学宋，这也是明代翰林院作家诗歌创作转向的一个痕迹，薛瑄对待宋诗的态度与后来的明代诗人（如前、后七子等）一味排斥宋诗的做法不同。

薛瑄的小品文，学唐韩愈、柳宗元之作，随物赋形，既简短又畅达。试以下面两篇为例：

> 濒河居者为予言："近年有大蛇穴禹门下岩石中，常束尾崖树颠，垂首于河，伺食鱼鳖之类。已而，复上入穴，如是者累年。一日，复下食于河，遂不即起，但尾束树端，牢不可脱，每其身一上下，则树为起伏，如弓张弛状。久之，树枝披折，蛇堕水中。数日，蛇浮死水之漩隈，竟不知蛇得水物，贪其腥膻不舍而堕耶？抑蛇为水之怪物所得，欲起不能而堕也？"余闻之，喟曰："是蛇负其险毒，稔其贪婪，以食于河，所恃以安者，尾束于树耳。使树不折，则其生死犹未可知；惟树折身坠，遂死于河，此殆天理，非偶然也。且使蛇得水物，贪其腥膻，不舍而死，固可为怙强，贪不知止之戒；使蛇为水之怪物所得而死，亦可为害物必报之戒。"蛇恶物，所不足道者，但其事有近乎理，故书以告来者。（《河崖之蛇》）

　　余家苦鼠暴，乞诸人，得一猫，形魁然，大爪，牙钴且利，余私计鼠暴当不复虑矣。以其未驯也，縶维以伺，候其驯焉。群鼠闻其声，相与窥其形，类有能者，恐其噬己也，屏不敢出穴者月余日。既而，以其驯也，遂解其维縶。适睹出壳鸡雏，鸣啾啾焉，遽起而捕之。比家人逐得，已下咽矣。家人欲执而击之，余曰："勿庸。物之有能者，必有病。噬雏，是其病也，独无捕鼠之能乎？"遂释之矣。已则伈伈泯泯，饥哺饱嬉，一无所为。群鼠复潜视，以为彼将匿形致己也，犹屏伏不敢出。既而鼠窥之益熟，觉其无他异，遂历穴相告，曰："彼无为也。"遂偕其类，复出为暴如故。余方怪然，复有鸡雏过堂下者，又亟往捕之而走，追则啖者过半矣。余之家人执之，至前数之曰："天之生材不齐，有能者必有病，舍其病犹可用其能也。今汝无捕鼠之能，有噬鸡之病，真天下之弃材也哉！"遂笞而放之。（《猫说》）[1]

　　《河崖之蛇》篇写大蛇凭其险毒而贪河中腥膻之鱼鳖，或为水中强于大蛇的怪物所噬，有害物必遭报应的寓意；或因树枝披折而堕水死，可以用来告诫世间怙强而贪之人。《猫说》篇的情节，有一定的曲折性，作者把群鼠拟人化，描写生动，似柳宗元的《黔之驴》篇。

　　薛瑄的记类散文向柳宗元等唐、宋作家学习，风格雄肆，但有模仿的痕迹。作者善于写物状景，如《退思亭记》、《拱北轩记》等。最著名的游记为《游龙门记》：

　　出河津县西郭门西北三十里，抵龙门下。东西皆层峦，危峰横出，天汉大河，自西北山峡中来，至是山断河出，两壁俨立相望，神禹疏凿之劳于此为大。由东南麓穴岩，构木浮虚，驾水为栈道，盘曲而上，濒河有宽平地，可二三亩，多石少土，中有禹庙宫曰明德，制极宏丽。进谒庭下，悚肃思德者久之。庭多青松奇木，根负土石，突走连结，枝叶疏密交荫，皮干苍劲偃蹇，形状毅然，若壮夫离立相持不相下。宫门西南，一石峰危出半流。步石磴，登绝顶，顶有临思阁，以风高不可木，赘赞为之。倚阁门，俯视大河，奔湍三面触激石峰，疑若摇振。北顾巨峡，丹崖翠壁，生云走雾，开阖晦明，倏忽万变。西则连山，宛宛而去。东视大山，巍然与天浮。南望洪涛漫流，石洲沙渚，高原缺岸，烟村雾树，风帆浪舸，渺茫出没，太华、潼关、雍豫诸山，仿佛见之，盖天下之奇观也。下磴道，石峰东穿，石崖横立，施木凭空为楼。楼心穴板上置井床，辘轳悬绠汲河。凭栏槛，凉风飘潇，若列御寇驭气在空中立也。复自水楼北道出宫后百余步，至石谷，下视窈然，东距山西临河谷，南北涯相去寻尺，上横老槎为桥。踦步以渡，谷北二百举武，小祠扁曰后土。北山陡起，下与河际，遂穷。祠东有石龛，窿然若大屋，悬石参差，若人形，若鸟翼，若兽吻，若肝肺，若疣赘，若悬鼎，若编磬，若璞未凿，若矿未炉，其状莫穷。悬泉滴石上，锵然有声。龛下石纵横罗列，偃者、侧者、立者，若床、若几、若屏，可席、可凭、可倚。气阴阴，虽甚暑，不知烦燠，但凄神寒肌，不可久处。①

这篇游记是一篇状景文，基本不入道学内容。作者观览龙门各处景色，采取的观察点各各不同，形成了此文的创作特色：先是以仰视的角度，写龙门险峻的地理位置；然后循栈道而上，路上也有壮景；登上绝顶，俯视四方，看到山河极其雄壮，这是作者着力渲染的景致；最后描写石龛，龛里悬石与龛下纵横之石，形态各异，比喻众多，运用排比之短句，表现作者细腻的观察力。文中一些字眼流露出薛瑄对前人名篇的模仿痕迹，如"生云走雾，开阖晦明，倏忽万变"、"凄神寒肌，不可久处"等句，皆有所本，但以独创居多。

薛瑄诗文集中善于进行排比的，还有《思亲堂记》、《沂滨书舍记》等篇章，在论说中极尽辩驳的雄肆笔力：

余想孙君之居斯堂也，睹春日之暄妍，则思其亲之坐春风而爱永日也；值夏景之炎炽，则思其亲之凉竹簟而纳薰风也；秋高木落，则思其亲

---

① （明）薛瑄：《敬轩文集》，卷十八，第313页。

逍遥自得而乐新凉之来；岁华既暮，则思其亲之拥炉曝日而却凝寒之逼。朝而思其亲之兴，夕而思其亲之息。四时朝暮之景虽不同，而孙君之思无不触景而兴怀也……（《思亲堂记》）

曲阜令孔君公堂作室于其滨，盛积古今书于中。每政暇，必出游，游必于是。至则水在庭户，清泠之声以洁其耳，澄虚之色以洁其目，淡荡之致以洁其心。取卷左右，俯而读，仰而思天地四时阴阳变化之理、古今万物真常不息之道，以至上及邃古礼乐、刑政、人物、世道、因革、得失、贤否、升降之由，靡不博之于书，约之于心，去其非，取其是，以为修己治人之资，是则沂滨之舍，岂徒为观游宴佚作哉？（《沂滨书舍记》）①

孙思齐游宦山西永和县，名其室曰思亲堂，薛瑄因堂名揣摩主人在春夏秋冬四时、朝朝暮暮思念高堂的情状，提供了四时不同的四幅图画，以展现主人的孝道。孔公堂于沂水之滨建书舍，薛瑄先写孔公堂在沂水上乐水之情，以三个排比句式，极善于议论，写书舍周遭环境对人产生多重"洁"之作用，然后再写主人在书舍中观书、修己及治人之所得，皆合于儒家之道，表现薛瑄对孔氏的期望。

薛瑄的古文创作，序部分的成就乏善可陈，符合薛瑄理学家的身份。仅有《汉伏波将军马公庙碑》是一篇非常雄肆的作品。其他各种碑文，虽极长而一仍平板臃滞的写法，一以平铺直叙的叙述手法，笔法单调，亦缺乏文采。

李贤（1408—1466），字原德，河南南阳府邓县人。宣德八年（1433）进士，授验封司主事，历吏部郎中等。英宗复辟，命兼翰林学士，入阁预机务，在三杨之后，最为得君。著有《鉴古录》、《读〈书〉记》、《天顺日录》、《读〈易〉记》、《古穰集》等集。

李贤是明代讲究理学的学者，其政治主张与文学见解常本于儒家之道。彭时为作《故少保吏部尚书兼华盖殿大学士赠特进光禄大夫左柱国太师谥文达李公神道碑铭》，着重突出李贤在原本儒家经典上的功业和文学创作风格：

---

① （明）薛瑄：《敬轩文集》，卷十八、十九，第 320、333 页。

为学一以圣贤为法，尤尚程朱性理之言，口诵手录，虽老不懈。才思敏赡，为诗文援笔立就，沛然自有理致。①

李贤在《答国子监丞阎禹锡》中，与阎禹锡探讨圣贤之道、师道及朱熹的文章②；在《杨文定公（溥）文集序》中说"文章则辞惟达意，而主于理，言必有补于世，而不为无用之言，论必有合于道，而不为无定之论，严重老成，有台阁之气象焉"③；在《通议大夫礼部左侍郎兼翰林院学士薛公（瑄）神道碑铭》中评薛瑄以"不为穿凿奇僻之说，为文必根于理，辞旨条畅"④。李贤在理学上主静，如《主静铭》论"学问之道，静为第一。心静则虚，不静则窒；惟其静焉，湛然以宁，如水之止，如衡之平"；《虚心涵泳》论读书"虚心静虑，涵泳从容，欲速不达，进锐无功"⑤；《杂录》中讲植物有知觉、山川俱有理及静中体验的道学修炼工夫。⑥ 李贤与理学家薛瑄关系密切，为学问友，有诗歌唱和，如《赠薛大理先生西蜀之行》、《和寄薛大理诗韵》、《赓薛学士诗韵》等篇什。因此，李贤的诗歌风格差近击壤体者有之。如《观物》诗：

闲来观物到园东，天理流行在在同。方沼雨晴看跃鲤，层霄云净见飞鸿。春畦苗长随宜绿，晓树花开任意红。并育宣明情固适，还将此道细研穷。⑦

这是一首道学诗，李贤把道学家们经常形容的鸢飞鱼跃、活泼泼的道学境界写在诗中。其《古穰集》卷二十三为和陶诗，如《赠长沙公族祖四章》、《酬丁柴桑》等诗，却不似陶诗，因为里面说理的成分太多了，导致诗歌索然无味。在李贤之前，翰林作家、学者李时勉写有艳冶的歌诗，同样的诗题到了李贤的手

---

① （明）彭时：《彭文宪公集》，清康熙五年（1466）彭志桢刻本，卷四，第 5 页。
② （明）李贤：《古穰集》，文渊阁四库全书，第 1244 册，卷三，第 514—515 页。
③ 同上书，卷八，第 566 页。
④ 同上书，卷十三，第 616 页。
⑤ 同上书，卷二十，第 691—692 页。
⑥ 同上书，卷二十九，第 780—781 页。
⑦ 同上书，卷二十二，第 711 页。

中，却具别样面貌。李贤以理学作为澄清和过滤诗歌情感的手段，使艳情诗题内容纯净，感情归于温柔敦厚：

> 美人隔秋水，欲渡无舟航。清波泛明月，对此空断肠。耿耿见牛女，河汉在中央。谁云七夕会，无乃谬且狂。托物感情兴，水上双鸳鸯。动止不盈尺，物性固其常。在人良不异，云胡各一方？寒灯照孤寝，泪下沾衣裳。（《美人隔秋水》）

> 独不见，佳人面。二八美如花，娇态人争羡。又不见，佳人老。鬓边白发垂，委弃如秋草。世间万事同此辈，兴衰得丧真相类。古来达人每洞观，无辱无荣亦无悔。（《独不见》）①

《美人隔秋水》诗虽然写美女孤寝的悲伤，但作者却斥责牛郎与织女七夕之会的传说"谬且狂"，表现出理学名臣对待男女欢会与感情的固有偏执，体现了李贤欲以《诗经》托物起兴的手法作为自己抒写感情的楷范，并通过文学创作匡复世道的创作理念。《独不见》诗以"古来达人每洞观，无辱无荣亦无悔"句打破众生相对女色的迷恋。

清代四库馆臣在评论李贤的创作时，侧重其文学方面的成就，基本上不涉及其理学成就，故其评价尚乏周全：

> 文章非所注意，谈艺者亦复罕称，然其时去明初未远，流风余韵，尚有典型，故诗文亦皆质实娴雅，无矫揉造作之习。②

宣德八年（1433），李贤举进士，时在三杨柄政后期，曾经受到杨士奇的赏识，并一直在中央各部中任职；景泰之时，又结主知，故其文风受到台阁体的影响。李贤的创作主要表现在散文与诗歌的创作上，以下分别论之。

在李贤的所有创作中，记类文章比较富于文学意味，且形成把寻常事物与理学相结合的写法，如《月波草亭记》、《需轩记》、《临深轩记》、《集义斋记》

---

① （明）李贤：《古穰集》，卷二十一，第699、704页。
② （清）永瑢等：《〈古穰集〉提要》，《四库全书总目》，卷一百七十，第1486—1487页。

等篇。以下面两篇为例：

> 景泰辛未秋，予构小室于客厅西，扁曰浣斋。客有过者，顾之曰："子以浣名斋，恶乎浣？将浣其衣乎，抑浣其身乎？"予应之曰："非也，欲浣其心耳。"客惑焉，曰："身有垢浣之以水，心何浣乎？"予曰："子徒知浣身之垢以水，而不知浣心之垢以学。天之生人，异于物者，以其灵且贵也；所以灵且贵者，以其心之明也，奈何世之人蔽此心于物欲，弃灵贵，就昏贱。圣贤忧之，乃示以学问之道，使之除物欲而明此心。盖物欲者，心之垢也；学问之功，浣心之水也。嗟夫！今之学者，惟急于浣身，而不急于浣心。见身之垢，不俟终日，必洁其肤而后已；于心之垢，而反忽焉，何哉？盖垢在外而浣之以水者，其功易；垢在内而浣之以学者，其功难。行其易而忽其难，世之常情也，惟古之君子能从事于难而不忽……"（《浣斋记》）

> 邓之儒学，在古城巽隅，规制宏敞。殿后曰明伦堂，堂前道中一井，其水湛然以清。有司作亭其上，御史项君题之曰心源，州守崔君富谓予郡人也，请记之。噫！旨哉心源之名亭也！夫源者，井内之泉也，而必冠之以心者，何哉？湛然以清者，水之本体也，苟终日荡之，未有不浊者也。虚灵不昧者，心之本体也，苟私欲蔽之，未有不昏者也。水之荡而浊者，有时静焉，则本体之清，于是乎出矣。心之蔽而昏者，有时静焉，则本体之明，于是乎在矣。甚矣！水之清浊，有似于人心之昏明也。清而明者，莫不皆由乎静；浊而昏者，莫不皆由乎动，然水之浊者，静则清矣，初无用力于其间，而心之明者，虽由乎静，必有主敬之功焉。（《心源亭记》）①

虽然这两篇记讲的都是理学上修身养性的道理，但也都借助寻常事件起兴，再以通俗的语言出之，运用了并列对比的修辞手法，反复进行阐说。语气相对比较温和，表现了蔼然之言的语体特征。而《送考功李先生致仕序》则有孟子的

---

① （明）李贤：《古穰集》，卷四，第519—520、521—522页。

风格，明显模仿了《孟子》：

> 饮食之甘，举世之所好也，而先生珍味不嗜于口；衣服之美，举世之所尚也，而先生縠绮不著于身；干名附势，众人之所蹈也，而先生远之；高位厚禄，众人之所慕也，而先生薄之；其所好尚慕蹈，独异乎世之人者，何也？盖先生之所好者淡薄，所尚者俭素，所蹈者恬退，所慕者天爵，惟古之人是同，宜乎与世之人固有如圆凿方枘之难合。①

此文作于正统八年（1443）。李贤列举了四种众人所好之物和考功员外郎李某对它们的态度，表现了李先生好淡薄、尚俭素、蹈恬退、慕天爵的高尚志趣，也体现出作者早年既已形成的演迤的行文风格。

李贤的理学思想反映在文论上，表现为坚持"有德者必有言"德言合一的理论，并把理学家的制作与纯粹词章之文区别开来：

> 文章虽为末技，不专心致志，则不得其妙。观陆士衡《文赋》一篇，虽曰形容才士作文之趣，实写其平生肆力文章之功，非望空想像，亿度而为之也，其用心之劳，可知矣。虽然，圣贤之文则异于是，何也？有是理，则有是文；无是文，则是理有缺。苟有所作，不为无用之空言，况摅发胸中所蕴，一气流通，如风行水上，自成文耳。所谓"有德者必有言"，非末技也；末技云者，词章之文。（《跋赵子昂书陆士衡文赋》）②

"有德者必有言"是孔子首倡的理论，李贤贬低词章之文，为理学家的文学创作辩护。

李贤所作不尽是道德与词章的结合体，他时常在记类文章中略微写景。如《涧河石桥记》形容夏秋时节涧水的声势：

> 其源无常，惟冬及春，潋潋瀴瀴，波落势缩；入夏及秋，则潦涝皆

---

① （明）李贤：《古穰集》，卷七，第550页。
② 同上书，卷九，第578页。

集，惊涌浤汩，其波溷漾，其势汹涌，濊濊沨沨，其声四闻，非无桥也，而往来之人不免僵裂覆泥之患。①

作者用"潎潎湟湟"形容水流长远的样子，用"浤汩"形容水波相击的声音，以"溷漾"形容涧水深广，以"濊濊沨沨"拟水声，很有汉赋的运字特征，是一篇比较特殊的记叙文。《过淮说》是李贤众多的说类文体中显得特别的篇章。作者生动地描写了渡淮时遭遇的险恶景象：

> 予昔为进士，奉使过淮，欲渡至安东，会风阻，至晚而息。洎晓，或曰："浪平可渡矣。"或曰："中流尚未平也。"巳（当作已字）而，言平者众，予遂登舟。将百步许，波有微痕，舟人喜曰："浪果平矣！"又百步许，浪势渐大，舟人疑之。将近中流，浪大如屋，舟如瓢焉，随其势而上下之，执橹者悉罄折焉，浪花喷入舟中，舟势闪侧，予不能坐立，呼其退止，舟人曰："势不可退，有进而已。"予甚怖。②

这是李贤早年之作。文章虽短，写所遭遇的险情却十分惊怖，令读者与作者心魄俱散，该文很好地表现了李贤的状物能力。文中（未引段）虽然引程子中流遇风事以自释，但作者还是深自切责"不审于初"，显示出他早年即倾心于理学的思想。李贤创作中篇幅最长的写景文则是《赐游西苑记》：

> 初入苑门，即临太液池。蒲苇盈水际，如剑戟丛立；芰荷翠洁，清目可爱。循池东岸北行，榆柳森排，草色铺岸如茵，花香袭人。行百步许，至椒园，松桧苍翠，果树分罗。中有圆殿，金碧掩映，四面豁厂，曰崇智。南有小池，金鱼作阵，游戏其中。西有小亭，临水芳木匝之，曰玩芳。又北行至圆城，自两披洞门而升。上有古松三株，枝干槎牙，形状偃蹇，如龙奋爪拏空，突兀天表。前有花树数品，香气极清。中有圆殿，巍然高耸，曰承光。北望山峰，嶙峋崒嵂，俯瞰池波，荡漾澄澈，而山水之

---

① ·（明）李贤：《古穰集》，卷四，第 521 页。
② 同上书，卷九，第 573 页。

间，千姿万态，莫不呈奇献秀于几窗之前。西有长桥，跨池下，过石桥而北，山曰万岁，怪石参差，为门三。自东西而入，有殿倚山左右，立石为峰，以次对峙，四围皆石，赑屃蜿腭，藓封蔓络，佳木异草上偃旁缀，樛葛荟翳。两披迤石为磴，崎岖折转而上，岩洞非一。山畔并列三殿，中曰仁智，左曰介福，右曰延和。至其顶，有殿当中，栋宇宏伟，檐楹翚飞，高插于层霄之上。殿内清虚，寒气逼人，虽盛夏亭午，暑气不到，殊觉神观萧爽，与人境隔异，曰广寒。左右四亭，在各峰之顶，曰方壶、瀛洲、玉虹、金露，其中可跂而息。前崖有壁，夹道而入，壁间四孔以纵观览，而宫阙峥嵘，风景佳丽，宛如图画。下过东桥，转峰而北，有殿临池，曰凝和。二亭临水，曰拥翠、飞香。……①

所引仅为全文一半，纯为记叙。这篇游记与杨荣《赐游东苑诗序》都是记载皇帝赐游内苑的事，但是杨荣所作成就比李贤此作高。李贤的这篇作品似乎没有人物，也没有人物的活动和人物的心情，纯粹是单纯地记载所见，表现手法单一，感情隐蔽得与所见西苑之景毫不相干，作者成为一个冷漠的旁观者。

　　李贤的诗歌比起其散文创作，更具艺术性，成就明显较高。七言古体，学唐而气韵深沉。歌行体之《听琴》善于形容他在听琴时产生的各种感受，篇幅虽短于白居易的《琵琶行》，但激烈动荡之声色描绘却过之：

　　　　银河耿耿月华凉，有客坐对琴一张。金徽玉轸联辉光，拂髯举指弹清商。漆园春梦蝶飞扬，花底嗈嗈双凤凰。碧霄嘹唳孤鹤翔，四壁唧唧鸣寒蛩。呜咽流泉出涧忙，万壑爽籁发笙簧。古戍悲角晓带霜，洞庭秋涨波茫茫。巴峡惊湍激石礓，突然铁骑鸣刀枪。长堤柳絮随颠狂，珠林石鼎沸兰汤。雪花六出纷呈祥，平沙雁落满江乡。喧啾百鸟忽轩昂，下流奔急见飞航。高峰瀑布千尺强，雷电交作雨霂霶。挺然松竹共苍苍，壮哉不屈百炼钢。引雏江燕语危樯，梧桐飘叶堕银床。幽谷丛兰自芬芳，八鸾云汉声锵锵……②

---

① （明）李贤：《古穰集》，卷五，第529—530页。
② 同上书，卷二十一，第703页。

篇中所记颇起波澜，有尺幅千里之感受。起初，客所操琴声音柔美，渐渐引导听众进入梦幻般的境界；然后，琴声逐渐起孤愁之情，声调渐转悲壮；接着写从琴声中透出急迸复杂的感情，能使柳絮为之颠狂，仿佛兰汤鼎沸般壮观。这时作者所形容的急管促弦之声状，过于白居易，表现出李贤高超的艺术鉴赏水准和状写听觉通感的能力。

李贤在律诗的创作上也很成熟，风格偏于清淡，但不失之软弱，尤善于结句。

李贤在翰林院及内阁近十年时间，他对明代的翰林院制度作了改变，最重要的改变是奏请英宗皇帝淘汰翰林院中委靡、昏钝、浮薄之流。据其《杂录》记载：

> 翰林院实儒绅所居，非杂流可与。景泰间，陈循辈各举所私，非进士出身者十将四五，率皆委靡、昏钝、浮薄之流，无由而退。因上欲将《通志》重修颁行，惟择进士出身者，此辈自知不可居此，托阁院达其意，愿补外职。贤乃言于上，命吏部除之，因其才而高下其秩，无不自遂，翰林于是为之一清。①

这是天顺二年（1458）发生的事。实际的情形是李贤迎合英宗排斥南士的心意，公然排除以荐举方式进入翰林院的人员。自此以后，"自是专选进士充翰林院，遂为定制"②，非进士不入翰林，非翰林不入内阁，几乎成为定制。明朝自永乐以后，随着科举的发达，"科举日重，荐举日益轻"③，荐举他官进入翰林院逐渐罕见。宣德七年（1432），杨士奇荐黎恬不果之后，"自是荐举进者益罕矣"④，但李贤之所为，对此后入翰林者清一色进士出身的制度，起到决定性的作用，也对此后的翰林馆阁文学风格单一化、纯粹化产生了很大的影响。

---

① （明）李贤：《古穰集》，卷三十，第796页。
② （清）龙文彬：《明会要》，上册，卷三十六，职官八，第621页。
③ （清）张廷玉等：《明史》，卷七十一，选举志三，第1713页。
④ （明）黄佐：《翰林记》，文渊阁四库全书，第596册，卷三，荐举，第880页。

　　李贤还对天顺以后翰林作家的地域分布变化起到一定的作用。英宗皇帝对南方人比较厌恶，可能归因于他幼年乐于王振（山西人）所提供的玩乐①，对三杨等大臣（南方人）的辅佐和教诲产生了逆反心理，因此激发了他对南方士子的厌恶感情②。李贤迎合英宗皇帝对南人的厌恶，在选庶吉士的时候，或完全排斥，或有意少选南方人，这样有力地改变了江西文人在翰林作家中的比重，也改变了以地域和籍贯的关系组织诗文聚会的文学活动，而转变为以同年会的方式进行文学创作，引起天顺以后翰林作家创作中唱和对象和作家群体的重大变动。

　　刘定之（1409—1469），字主静，号呆斋，江西吉安府永新人。正统元年丙辰（1436）科一甲第三人，授编修。成化初，任太常少卿兼侍读学士，迁翰林院学士，直内阁，在阁三年卒，谥文安。存明万历二十二年（1594）杨一桂补刻本《呆斋前稿》十六卷、《存稿》十卷、《续稿》五卷、《刘文安公呆斋先生策略》十卷、年谱一卷。《呆斋前稿》与《刘文安公呆斋先生策略》基本重合。

　　三杨之后，明朝的翰林院出现了数位才学渊博的作家，如陈循、刘定之等，人才兴盛，仿佛北宋中期的馆阁，这是明朝翰林院作新、培养人才而收获的硕果。《明史·刘定之传》称：

　　　　（刘定之）以文学名一时。尝有中旨命制元宵诗，内使却立以俟。据案伸纸，立成七言绝句百首。又尝一日草九制，笔不停书。有质宋人名字

---

　　①　牟复礼等人对这个问题有所研究，他们认为"他（王振）还年轻，在 1435 年秋季，他被任命在司礼监工作时，很可能才三十四五岁，比摄政团（指三杨和太皇太后及其他两个宦官）的其他成员要年轻得多。他还是幼帝的启蒙老师，对幼帝具有很强的个人支配力量"。"……后来，当年逾古稀的端庄的杨士奇负责新帝学习经典的工作并在讲课时肯定向新帝讲解国家的重大事情时，这个机智的宦官作为新帝的启蒙老师，继续施加影响对他进行控制，领这个儿童去观看更有兴趣的北京守军的训练场地。"（［美］牟复礼、［英］崔瑞德：《剑桥中国明代史》，张书生译，中国社会科学出版社 1992 年版，第 338、340 页）通过迎合少年英宗兴趣的途径，王振改变了皇帝的爱好，而皇帝对杨士奇等大学士的逆反也与日俱增。

　　②　牟复礼等人认为："在明朝中叶，中国一直被一些不中用的年轻人所统治，他们短暂的一生往往被他们的后妃、母亲、祖母及侍候他们的宦官所控制。宦官中最臭名昭著的大致与所侍候的皇帝同年。对比之下，在朝廷和中央政府任职的士大夫却大都是老人。那些从他们开始教导统治者一直到他几年后在皇位上死去时仍能够与他保持正常接触的地位显赫的人，几乎都是皇帝的父亲和祖父一代的人。疏远和不信任越来越成为明代中期皇帝与官员的关系的特点。"（《剑桥中国明代史》，第 376 页）

者，就列其世次，若系谱然。①

又《明语林·文学》第 19 条曰：

> 刘侍讲定之，为文常对客挥毫，稿不易幅。成化初，入秘阁，析疑稽古，一挥九扎，停注演迤，顿挫奔放，变化不穷。一日，中使传旨，命制元宵诗，凭几成七言绝句百首以进。②

刘定之是一位学识渊博的儒家学者，"有质宋人名字者，就列其世次，若系谱然"，这是他知识渊博的一个例证。成化三年（1467）冬，刘定之承旨为明年上元节作百首元宵诗，虽文思敏捷称旨，但却遭受士人讥讽，因为同时翰林院中，章懋、黄仲昭、庄昶三人以天下多艰故不撰元宵词，并谏鳌山烟火，触怒宪宗皇帝而被斥，而刘定之依循旧例，粉饰太平，写了百首，两相比较，士大夫的人格高下立显。章懋等人以谏烟火词被贬谪，定之又未加申救，更因念念不忘章懋得罪自己为怀③，遂落士讥。

刘定之稍后于陈循，亦是以文学著称的翰林作家。由于才力雄赡，写作敏捷，所作良莠不分，榛楛并存，但刘定之本人并不以为病。其门生李东阳作《呆斋先生文集序》记载刘定之教养天顺八年（1464）庶吉士的方法：

> 东阳少窃科第，入翰林为庶吉士，奉诏受业，获聆绪论，谓："为文必博先而约后，譬之山焉，必出云雨，产宝玉，生材木禽兽，而朽株粪壤亦杂乎其间，斯足以为岳为镇；譬之水焉，必吞吐日月，藏畜鱼龙，变现蛟蜃，而污泥浊潦来而不辞，受之而无所不容，斯足以为河为江为海。古之所谓大家者皆然也。若句锻字炼，探之而有穷，取之而复余者，不过为孤峰绝涧而止，恶足以成其大哉？"至其伸纸运思，挥毫对客，正书旁审，

---

① （清）张廷玉等：《明史》，卷一百七十六，第 4696 页。

② （清）吴肃公：《明语林》，卷三，第 45 页。

③ 参见（清）陈田《明诗纪事》（续修四库全书，第 1710 册）丙签，卷五，第 9 页（影印第 671 页）"章懋"条下引（明）刘永澄《邸中杂记》语。

晷不移日，稿不易幅，而典册金石，施诸朝廷，播于四方者，往往而是。徐而求之，则见其渟峙演迤，顿挫奔放，奇正并用，变化而不常者，皆相与骇愕叹美，以为不可及……若汉刘向、宋刘敞，皆博极群籍，以文章名，而未见于用，先生纯确朴厚之心，夐出流俗，优游翰林，晚始大用，用亦不久，虽其功业未竟，而其文伟然，大鸣于时，固一代之盛哉。①

刘定之主张由博返约，瑕瑜并存者方有成为大家的可能，不必斤斤斧斧于瑕瑜之分限，而句锻字炼者堂庑自不能阔大，仅能从事创作而已，这是他教养庶吉士时传授的创作之道，是南宋严羽所谓"入门须正，立志须高"② 的方法论，也是刘定之未第时所作举子文《策略》③ 中文章风格的发展。刘定之延续着三杨时的啴缓平衍的文风，以渊博的知识演迤为文，体现着"渟峙演迤，顿挫奔放，奇正并用，变化而不常"的风格，与后来李东阳的创作比较，刘定之在"渟峙演迤"、"顿挫奔放"的风格及"奇正并用，变化而不常"的手法上给了李东阳振兴翰林院馆阁文学以重要的启示，这中间的转折也透露出明代翰林作家逐渐改变以欧阳修为古文创作典范的信息。所谓的"顿挫奔放，奇正并用，变化而不常者"的文章面貌是多么接近于苏轼的文论④。此后宗苏的翰林作家越来越多，斐然有成就，与刘定之的提倡及教养庶吉士时传授的文学观念有很大关系。

刘定之的创作偏重散文各体，于诗歌虽曰擅场，而成就不彰。《四库全书总目·〈呆斋集〉提要》称：

> 李东阳《怀麓堂诗话》曰："刘文安公不甚喜为诗，纵其学力，往往有出语奇崛、用事精当者，如《英庙挽歌》、《石钟山歌》等篇，皆可传

---

① （明）李东阳：《呆斋先生文集序》，见《明文海》，文渊阁四库全书，第 1455 册，卷二百三十五，第 595 页。

② （南宋）严羽著，郭绍虞校释：《沧浪诗话校释》，人民文学出版社 1961 年版，第 1 页。

③ 关于《策略》为刘定之未第时所作的结论，参见《〈文安策略〉提要》（《四库全书总目》，卷一百三十七）引周荣《年谱》。

④ 刘定之对唐宋的古文大家只推崇韩、柳、欧、苏数家，参见其《策略·子类》之"问唐之文章……"条问对。（《呆斋前稿》卷四）

诵，读者择而观之可也。"其言可谓婉而章矣。①

李东阳《怀麓堂诗话》记载了与刘定之几乎同时的岳正事迹，也称岳正不喜为律诗，而实际情形并非如此，说明李东阳在其诗话中评论作家，有时似为谑语，而非定论，其结论需要辨章，重加审定，不可引为佐证。刘定之自称不喜欢为诗，是一种"非不能也，是不为也"的托词。

刘定之的创作如《存稿》卷十的《御沟鱼》、《金台赋》等篇，体现的是作为翰林词臣的馆阁体裁创作和"渟峙演迤"的风格。在长年讲读经筵的生活中，刘定之撰写了大量的讲章，延续《策略》中所表现的博极群书的博雅和儒家学者的本经道德观。其创作中还有一类极能体现他个人面目、极具个性的篇章，包括诗、文、家信和其他文体的创作。下面以《策略》文之一为例来分析最能体现刘定之风格的作品：

　　问：唐之文章，莫过韩、柳；宋之文章，莫过欧、苏。就四子言之，其优劣可得而言欤？四子之外尚有可称者欤？

　　对：文章之在世，系气运之盛衰；文章之在人，系道德之深浅。唐之气运，莫盛于元和以还，韩、柳二子，生而丁其盛，故其文章为唐三百年之名家，而二子之道德，则不能不异也。宋之气运，莫盛于嘉祐以来，欧、苏二子，生而丁其盛，故其文章为宋三百年之宗师，而二子之道德，则不能不皆同矣。虽然此非末学所敢道也，请举先儒之折衷以复明问。夫唐时之文，如制册之美者，则常衮、杨炎、陆贽、权德舆；诗词之工，则杜甫、李白、元稹、白居易；侍从酬奉，则有李峤、王维；风流谲怪，则有李贺、杜牧；大羹玄酒，雅有典型，则有若韩休；轻缣素练，实济时用，则有若张九龄。……然而莫有过于韩、柳，观夫诗菹易奇，周情孔思，诡然而蛟龙翔，郁然而虎凤跃。《平淮西碑》气象宏富，得相如体；《曹成王碑》语句简古，得子云体，韩子之文为何如？而柳子之锦心绣口，才不为不富；玉佩琼琚，辞不为不丽；参之庄、老以肆其端，参之《穀

────────────

① （清）永瑢等：《〈呆斋集〉提要》，《四库全书总目》，卷一百七十五，第1557页。

梁》以厉其气；其为文，视韩盖相颉颃也，然而叔文佞邪之辈，岂可附？禹锡浮梁之徒，岂可交？自取凶山之困，甘贻愚溪之辱。……其与夫道济天下之溺，而文起八代之衰；忠犯人主之怒，而勇夺三军之帅者，优劣不言可知矣。宋时之文，如王黄州之恪，孙泰山之义，石徂徕之厉，尹河南之简，涑水先生之端，临川丞相之整，秦淮南、黄豫章之或焕或理，晁济北、张谯国之或舒或婉。有雄壮俊伟，若决江河而下；辉光明白，若引星辰而上者焉；有骤骛奔放，若猛兽之抉雄；雄浑环伟，若三军之气者焉，诚有所谓正声谐《韶》、《濩》，劲气沮金石者矣，然而莫有过于欧、苏。观夫祖昌黎之谨严，则师鲁之简古，变钩棘之句而为浑厚，革轧苗之体而为平易。《五代史》足以追班、马之笔，《两制集》足以踵训、诰之格，欧公之文为何如？而苏公之驱海涛于砚滴，挽文星于笔筵，如千里之车，御以王良；万斛之泉随地而出，其为文视欧盖相伯仲也。……①

这是一篇制作得很讲究的文章，但作者的才气和文气流溢于篇中圆转无碍。对策中分唐、宋两个朝代，对唐宋两朝文学家的创作进行描述，两部分所安排的分量和结构基本相似，但前后描述的语言有所变化：描述唐代的文学家，以工整的对仗句法和句式，两两相对；描述宋代作家则以连贯而下的长句，只有依靠语气的自然停顿才能把作者描述的作家一一分开。气势超迈，好像喷薄而出，连古文家讲究的语气词都来不及用上。描写所用的词汇丰富，善于准确地评论作家，是一篇很有文采的对策文。在此文中表现的个人风格，终刘定之一生都未改变，而当其文学创作为本经的观念束缚时，作家的个性消退，文章则变得平衍肤庸，但凭着渊博的知识，刘定之以博行文的创作和文学主张却是一如既往的。

徐有贞（1407—1472），初名珵，字元玉，南直隶苏州府吴县人。宣德八年（1433）进士，选庶吉士，授编修。为人短小精悍，多智数，喜功名。景泰中，进左副都御史。景帝不豫，迎英宗复位，进翰林学士，入阁预机务，封武功伯。在阁六月，为石亨等构陷，几死。后释归田里，家居十余年而卒，为吴

---

① （明）刘定之：《呆斋前稿》，明万历二十二年（1594）杨一桂补刻本，卷四，第2页。

中风流领袖。

《四库全书总目·〈武功集〉提要》联系徐有贞其人论其文：

> 其干略本长，见闻亦博，故其文奇气坌涌，而学问复足以济其辩，集中如《文武论》、《制纵论》及《题武侯像出师表》诸篇，多杂纵横之说，学术之不醇，于是可见，才气之不可及，亦于是可见；拟诸古人，盖夏竦《文庄集》之流。遗编具存，固不必尽以人废也；至其诗，则多在史馆酬应之作，非所擅长。[①]

这篇提要只针对徐有贞文类创作进行评价。徐有贞门人吴宽在《天全先生徐公行状》中评价说："为文古雅雄奇，有唐宋大家风致，晚岁文笔益老。"[②] 说明徐有贞的散文创作仍符合翰林院馆阁文学的传统，只因奇气坌涌，纵横辩博，故与时人之作面目大异。《〈武功集〉提要》对于徐氏的部分诗歌，概括得并不妥当。

徐有贞的部分诗歌流露出他的壮志，饱含着急于躁进却不受重用时内心悲伤、郁闷、感时、伤老等复杂感情：

> 七月大火流，西风凉摵摵。熠耀飞荒除，络纬鸣虚壁。白露下湑湑，明星何历历。起视知夜深，斗柄当头直。披衣坐不寐，俯仰兴叹息。骎骎岁云逝，冉冉老将迫。人生天地间，还如逆旅客。一过不留名，徒生亦何益！（《范古》其四）

> 扬扬丹桂华，煜煜紫兰蕤。持此天下芳，忍同秋草萎。顾当飘零际，孤根何所依？涷雨不时集，繁霜日萃之。惟余一寸心，可与春风期。固无桃李容，尚有冰玉姿。愿以绲瑶佩，永为君子仪。（《范古》其五）

> 季秋时序促，白日易昏黄。寒风飒然至，群物尽摧藏。凤驾陵大河，逝将览周疆。造舟不时就，欲济津无梁。病涉非一人，而我心独伤。薄游逾岁月，敝衣恶风霜。久为功名误，悔恨曷能忘？愿托归飞翼，因之还故

---

① （清）永瑢等：《〈武功集〉提要》，《四库全书总目》，卷一百七十，第1487页。
② （明）吴宽：《家藏集》，文渊阁四库全书，第1255册，卷五十八，第541页。

乡。(《范古》其六)

南山有乔松，郁郁青云端。其根蟠蛟龙，其枝宿鸿鸾。独抱栋梁材，卓立霜雪间。不求匠石顾，岂容樵斧残。大厦倘云构，非此固弗完，愿言取贞则，永以保岁寒。(《范古》其九)

大鹏抟扶摇，九万何漫漫！鹪鹩寄榛丛，一枝亦已安。谁云藩篱下，不及青云端？于心苟自得，远近同游盘。蓬科亦非狭，天池亦非宽。旷哉达士怀，小大无二观。(《寓兴》其五)

野人爱萧散，结庐面林丘。日高卧初起，鸟声满林头。曳屣出庐去，仰见孤云游。怡然得所怀，此已良自由。顾悲凭生客，营营何外求？(《闲居写怀》其一)

夜分思世事，展转寐不成。晨兴操觚翰，写我胸中情。写之未及半，有鸟窗间鸣。此物苦相聒，令我意纵横。书成复置之，无为人所惊。(《闲居写怀》其四)①

上引《范古》组诗四首：其四流露徐有贞"一过不留名，徒生亦何益"的人生观，但又感到"老将迫"、功名无成的无奈，押入声仄韵以出之；其五自比其才能于丹桂与紫兰等香草，却要同秋草一起枯萎，因而期待着春风的来临，是时可鉴其冰玉姿容，以此喻指皇帝的知遇；其六更明白地直说他缺乏为皇帝宠信的途径，以"欲济津无梁"为喻；其九自比为南山的乔松，感叹"大厦倘云构，非此固弗完"，自期甚高。《闲居写怀》其四写作者常为壮志无法实现而"夜分思世事，展转寐不成"，常把情怀笔之于翰墨。《寓兴》其五和《闲居写怀》其一两首故作放达，实为无奈之举。

徐有贞还创作了大量的艳体作品，如《自君之出矣》、《五杂组三首》、《静夜思》、《长门怨》、《金闺梦二首》、《裁衣辞》、《捣衣词》、《长信秋词》、《拟唐宫行乐词七首》、《车遥遥》、《君马黄》、《白头吟》、《白苧辞》、《寄衣词》等诗。《白苧辞》有着明显的吴中风习：

---

① (明)徐有贞：《武功集》，文渊阁四库全书，第1245册，卷一，第20—22页。

　　　　姿窈窕兮步容与，吴宫之妃越溪女。凉台水榭无纤暑，香风暗引丝簧语。白芷衣裳欲轻举，垂手舞缓歌声起。此时谁问夜如何，疏星渐没天无河，回看明月堕江波。①

诗中所写的人物是春秋时代的吴王夫差与西施，这是吴地的风流韵事。这首歌辞的押韵很特殊，"女"、"语"、"举"、"起"等韵脚字在吴语中的读音韵腹相同，可以通押，典型地反映了徐学谟所说的"吴人作吴语"的创作方法②。徐有贞的创作如《壬寅（1422）冬余初至吴中诸故老与游石湖上方抵夜还舟宿枫桥饮间陈叟季行为之歌音甚清壮诸老使余为诗和之因以老字为韵云》、《予思北还诸乡老邀游湖上诸山因留题》两首是他早年邑中结社所作。晚年退居吴中，又和韩雍、沈周等人唱和，结成诗社。徐有贞对吴中文学的复兴，起到关键的引领作用。自徐有贞之后，翰林院中来自吴中的作家也逐渐多起来，以吴宽和王鏊两人对明代馆阁文学的影响最大。

　　徐有贞的大部分诗作深得唐音，"雄伟奇丽"③，气格遒上，与其志向相称。如《壮士吟》放出"海北天南无敌手，归来意气为谁豪"的豪语，这样的声音，在明代正统到天顺的诗坛上几乎像凤毛麟角般珍稀；《斋居春晓》说"谁谓人身小。曳履试行歌，金声彻云表"；《画池上鹭》说"不应长在池塘畔，飞上青天更可观"等诗句都是他自身的写照。《校猎篇》融化魏、唐人诗句而豪迈类之：

　　　　清秋马肥鹰眼疾，正是将军游猎日。雕弓羽箭虎皮冠，驰射场中称第一。平原苍苍衰草黄，野风飒飒吹枯桑。著鞭散蹄气飘扬，滚鞍脱鞯势低昂。俯身攘臂抟虓虎，翻身射落双飞鸽。傍人自知不能及，拍手大笑呼郎

---

① （明）徐有贞：《武功集》，卷一，第27—28页。

② 明代徐学谟说："余，吴人也，故知吴人之诗，自国初高阳诸公以婉丽倡之，稍祖唐调，二百年来，作者辈出，即其人才力殊禀，然皆以吴人作吴语，务极其所偏至，各自能名家。"（徐学谟：《二卢先生诗集序》，见《明文海》，文渊阁四库全书，第1456册，卷二百六十九，第126页）同年舍友赵永源老师，籍贯昆山，通吴语，为我解答了此诗中的用韵字与吴方言的关系，诗中"与"、"女"、"语"、"起"诸字可以通押，体现出"吴人作吴语"的创作特征。

③ （明）王鏊：《姑苏志》，文渊阁四库全书，第493册，卷五十二，第986页。

强。割鲜饮醉归来晚，疏柳营门悬两狼。①

此诗明显地化用曹植《白马篇》和王维《观猎》等诗的诗意，但主要还是以自制为多。语词丰赡，善于描写，即使祖曹植诗中游侠儿"仰手接飞猱，俯身散马蹄"②的射箭动作，语势亦有所不同。诗中还巧妙地以"拍手大笑"来写众人观猎的心理，这种手法也是富有表现力的。最后一句诗以悬狼营门的场景结束，具有悠长的意味。

徐有贞的诗歌在当时的翰林院馆阁文学创作中显得独特，如《秋山琴兴》写景清幽，情怀萧散；《题所翁出海龙图》气势磅礴，语言豪俊；《题万玉图》想象奇特，不落俗套；如《得月楼歌为都彦容题》等长篇既多，诗情复杰出。更为重要的是其人关心民生疾苦，如《题所翁出海龙图》有海龙降雨济世的愿望。明朝翰林院的馆阁作家一向在诗文创作中渲染列圣治下的太平盛观，如人物繁华、都邑巨丽、民情民俗之美等，基本忽视民生疾苦和社会弊端，而徐有贞是一个比较关心民生的翰林作家，他在景泰年间曾经以治河著功，并能体恤民情。徐有贞虽然急于进取，但要比当时的一般官僚富于同情心。其少年所作《南游篇》以亲身的经历写漕运给江南人民带来的苦难：

日予奉严命，凤驾将远游。远游向何方？江南帝王州。世本三吴豪，徙家曾此留。占登大姓籍，住近斗门头。我实于此生，爱此犹故丘。忆昨北来日，我岁方九周。焉知好恶情，但随父母舟。于今已成童，仿佛记所由。常思一游览，展我心与眸……版闸相牵联，千里道阻修。淮济控腰膂，吕梁扼襟喉。古云行路难，此途实其尤。苦哉东南漕，挽运日未休。侧见大船来，船上起飞楼。中载花与竹，奇鸟金笼钩。牙樯扬彩旗，雕舷树戈矛。中使坐其间，颐指从所投。驿吏前候拜，供顿罗道周。一不满所欲，鞭扑恣刻掊。见此殊伤怀，乐游变为愁……③

---

① （明）徐有贞：《武功集》，卷一，第27页。
② （魏）曹植撰，赵幼文校注：《曹植集校注》，卷三，人民文学出版社1984年版，第411页。
③ （明）徐有贞：《武功集》，卷一，第29页。

徐珵（时未改名）写作此诗年方二十。根据同卷《纪游》一诗所言"一旦出门去，三千有七百"句推算，所回忆"北来日"值明宣宗宣德初年。作者将回到南京，为此神思飞扬，但在路上看到日复一日、从未休止的东南漕运辛苦之状，更看到宦官为皇帝采办的物品和宦官飞扬跋扈的神气模样，诗语为之变得沉重。在《纪游》篇中，作者回到吴县，见到的是：

> 哀哀区里间，民生寖雕瘵。官府急诛求，鞭捶日狼藉。鸡犬俱萧条，烟火并沉寂。向来繁华状，一见那可得！①

这样的诗歌让读者可以了解"永宣盛世"黑暗的一面，反衬出当时翰林作家尸位素餐、麻木不仁的生活与精神状态。

徐有贞的散文类创作擅长议论，侃侃而谈。《君师论》是一篇讨论帝王君师之道的长篇议论文，讨论其君师之责：

> 民之有口腹之嗜也，则养之以牲谷，而不使其饥；民之有形体之便也，则被之以布帛，而不使其寒；民之有土处之宜也，则营之室庐城郭之固，而不使其忧；民之有筋力之施也，则分之井牧工业之均，而不使其劳。谨其司牧，厚其抚字，驱其盗贼，除其暴庚，一以去其害而存其利也。因其有仁义礼智之性也，则笃之以五典之叙；因其有吉凶宾祭之事也，则隆之以五礼之秩；因其有俊乂慈良之美也，则昭之以九德之要；因其有才技声文之习也，则进之以六艺之长，游之学校，章之宅里，观之燕射，劝之风歌，一以格其恶而导其善也。……
>
> 故尊之而为君，仰之而为师。尊之为君，尊之至也。仰之为师，仰之至也。尊之至，则其治之亦必至矣。仰之至，则其教之亦必至矣。乃或不能治之，而反害之；不能教之，而反败之，则是弃天之所命，而负人之所尊仰也，斯其为失也，亦甚矣。噫！后之王者，奈之何负其责而不知求其道耶？②

---

① （明）徐有贞：《武功集》，卷一，第34页。
② 同上书，卷一，第2—3页。

作者先论为君师者务必要"去害存利",解决民众在饥、寒、忧、劳四个方面
的问题;在这个基础上,因民之性,以五典教育使之笃厚;因民祭祀之事,以
五礼教育使之隆;因民自身之美,以九德之要教育使之昭;以六艺为民众学习
的内容,实现格恶导善的目标。他对帝王的职责提出多方面的要求,内容虽多
而可行。作者从正反面对帝王君师之尊称展开论述,详尽帝王的职责,进一步
在下文讨论圣人之道。这是一篇文风雄赡而逻辑严密的政论文,也反映出徐有
贞的政治才干。

其他如《文武论前》、《宽猛辩》、《言行说》等篇都是以并举的两个方面来
展开全面而不偏颇的议论,大致以气魄和雄辩取胜,具有苏轼汪洋委备、行云
流水的文风。徐有贞学习苏轼的文风,不仅体现在文章的内部气势上,也表现
为对苏轼作品体裁、思想、语言等方面的熔铸。如《雪舫斋记》:

> 予尝南游,渡扬子之江。中江而遇雪,叙舟金鳌、浮玉两山之间。薄
> 暮,雪雨益大而风浪不惊,在身之人皆偃息篷底,予于是启篷而望焉。岸
> 江之山,矗矗列如银屏,江流如练,东西横亘,尽天地际,一白万里,不
> 见涯涘,顾视吾舟,如投玉梭匹练间,而水光云影为之相组织也。及夜
> 分,雪霁月出,中天流辉,上下皎然清映,又若坐予冰玉壶中,因命仆暖
> 酒独酌,以箸扣舷,诵惠连《雪赋》,歌太白问月之诗,悠然其乐,浩乎
> 自得。方是时,盖不知天地之为大,而吾身之为小也。自入仕以来,不复
> 见此境几年矣。[①]

徐有贞回忆的是二十岁左右的时候南游之往事。他独观景物,内心一片澄静,
悠然自乐,与万物表里俱澄澈,于是兴发而诵《雪赋》及李白之诗,这种内在
的感情脉络与苏轼最为近似。

徐有贞的文章时造奇篇,富于文学色彩。如《梦游赋》全从空处着笔,篇
幅极长,约一千一百余言,营造一个神仙境界,取则于屈原的《离骚》,仿佛
相似。《海子桥观海赋》写海子之水,糅合汉大赋和宋人散文的写法:在语言

---

① (明)徐有贞:《武功集》,卷四,第136页。

上多方形容，采用主客问答的形式，是汉大赋的典型体制；作者间以分段写景，其中多发语词与转折语，则是宋人散文常用的体制：

> 既乃登海子之桥，瞪目而观之。徒见夫汪洋濆滉，澔澔洐洐，澹淡摩荡，广无畔岸，渊沦渟泓，沖瀜潋滟，沆瀣涵溢，其深莫测。尔其浑浑而转，滔滔而流，外绕龙城，中贯御沟，柽柳植其阳，芙蓉被其幽，灵禽翔云以下上，神鱼戏波而群游，浴日华之五色，炯金气于高秋，凡有形而必鉴，固无物而不浮，乃相与开怀而骋目，恍然若泛蓬莱而登瀛洲也。及乎天风微动，水波溢涌，剨然变观，精神俱慢，倏云回而鸟乱，似鼓鸣而骑拥，迅澓翻雪溅沫，飞雨微澜，龙鳞惊湍，鹭翥层涛，沓沲而偕。至若帷盖之褰举，至其奔溜磈错，涴潢结络，乍进乍却，乍仆乍作，冲石闸，蹈崖壁，喷薄激射，衍溢漂疾，拔擢千仞，扬汩重出，温汾涤汔，荡飚驾轶，奇态万变，不可殚悉。其流声也，混混庵庵，如雷霆之震；又如鏖战之兵，踊跃登阵。其作势也，溭溭灅灅，如山岳之峀；又如万军之垒，蹴踏填委，澎濞喧豗，忽起忽颓，俄旋洼而赴壑，复逾岸而驾隈……①

文中运用偏僻字以写景物，这是汉大赋的惯常做法，因此也表现了徐有贞的文学才能。他写海子平静时的柔美风光，心情舒展而快适，如宋范仲淹《岳阳楼记》文中一段；而后写天风微动，水波溢涌，千变万态，瞬息变化，极力写海子奇丽的壮观，与西汉枚乘《七发》观涛一段内容接近。

徐有贞的文学创作有着比较强烈的文学色彩，注重感情的披露和审美的因素，较少儒家道德说教。既创作艳情的诗歌，也有傥论；既有清幽的风格，也多雄壮的作品，给人留下深刻的印象。在正统、天顺之间，显得迥出时流，特出拔异。

徐有贞的古体诗歌创作相当多，在体裁上对李东阳与明代前七子的创作形成一定的承接关系。明代弘治年间前七子创作古体虽以李东阳为中间枢机，但此中转变可以说徐有贞亦有力于其间。徐有贞的古体及乐府诗创作，有如《缓

① （明）徐有贞：《武功集》，卷二，第45—46页。

歌行》、《远游篇》、《古游侠行》、《羽林孤儿行》、《老卒词》、《出自蓟北门行》、《少年行》、《征妇词》、《出塞行》、《春日行》、《鞠歌行》、《行路难》、《望海篇》、《明月篇》、《羽林子》、《少年乐》、《结客少年场行》、《北征行》、《幽州城边少年子》、《游子行》、《壮士吟》、《南游篇》、《明月篇》等篇，或为古体，或为乐府诗题。徐有贞是翰林重臣、茶陵派领袖李东阳大量地创作古乐府之前创作古体及乐府诗歌比较多的馆阁作家，这是一个值得注意的馆阁文学创作新现象。在徐有贞（1407—1472）去世之前，李东阳（1447—1516）已于天顺七年（1463）举进士，进入翰林院。在徐有贞去世不数年，李东阳即主盟文坛，两人在创作上可以构成前后衔接的关系，反映了翰林院馆阁文学创作继承与渐变的轨迹。

岳正（1418—1472），字季方，号蒙泉，漷县（今北京市通州区）人。正统十三年（1448）进士第三人及第，授编修。天顺初以修撰入阁，为曹吉祥、石亨等中伤，在阁一月，降调钦州同知，戍肃州；又厄于李贤之妒忌，成化初虽复官修撰，旋出为福建兴化府知府。有《类博稿》十卷。

《四库全书总目·〈类博稿〉提要》，综合李东阳等人的意见，对岳正的著述进行评价：

> （李东阳）传称正"晚好《皇极书》"，故所作《杂言》二篇，皆阐邵子之学，而诗亦纯为邵子《击壤集》体。东阳《怀麓堂诗话》称："蒙翁才甚高，俯视一世，独不屑为诗，云'既要平仄，又要对偶，安得许多工夫'云云。"盖得其实，而传乃称以雅健脱俗，未免阿其所好；至称其文高简峻拔，追古作者，则不失为公评。正统、成化以后，台阁之体，渐成喭缓之音，惟正文风格峭劲，如其为人。[①]

这个提要存在逻辑上的硬伤，评价语有失妥当：因为李东阳说岳正晚好《皇极书》，就认定岳正的诗歌"纯为《击壤集》体"，其实不然，岳正有乐府诗歌、艳体诗等体诗歌创作，非必击壤体；仅根据李东阳《怀麓堂诗话》所载岳正说

---

① （清）永瑢等：《〈类博稿〉提要》，《四库全书总目》，卷一百七十，第1488页。

过不喜欢作律诗的话，就认定岳正真的不善于制律诗，也不是客观的评价。《静志居诗话》曰："（岳正）颇以吟咏为苦，而《天春》之作，亦复成章。"[1] 也是一种褒贬不一的评价。按，岳正《类博稿》卷二的律诗，有一百二十余首，分量多于不大讲究平仄、对偶技巧的古体诗，可见即使岳正亲口说过不耐烦格律上约束的话，这话也不能坐实为"独不屑为诗"的结论。岳正的诗歌创作中，《题钓雪图》是最能体现他雅健诗风的创作，而其他诗如清淡者、深沉者皆有，不一而足，不能以击壤体一概论之。

岳正的诗歌中表现理学思想的创作，颇有一些篇什。如以下三首：

> 积潦未经日，谁教水虫游。薄暮积潦涸，水虫随已休。乃知造物者，不独于蜉蝣。蟠桃三千年，灵椿五百秋。风霜既历历，岁月亦悠悠。自是由乘除，举世惊短修。遂令得失徒，浪喜还浪愁。达人观大观，委心任去留。（《秋潦有感》）
>
> 花容妖媚竹幽独，道人爱花不爱竹。斫竹障花倒插地，逆施已分无生意。谁料天公为斡旋，花容不久竹反妍。道人一见称为瑞，昔者贱之今日贵。世间此事纷如麻，岂独区区竹与花？为君短歌不成调，落日掀髯空自嗟。（《瑞竹诗》）[2]
>
> 异乡多病未归身，无奈偏惊节序频。莫笑痴顽不归去，只因真宰解撩人。（《丁亥九日二首》其二）[3]

《秋潦有感》诗中的"达人观大观，委心任去留"、《丁亥九日二首》其二中的"只因真宰解撩人"、《瑞竹诗》中的"世间此事纷如麻，岂独区区竹与花"等句都是表现理学家思考人生与万物的诗句，以"只因真宰解撩人"句最为直白。岳正这类诗的思想又混杂着佛学、庄老的思想甚至于游仙的思想。《游崆峒山六首》其二是用释、老典故的例子：

---

[1] （清）朱彝尊：《静志居诗话》，卷七，第182页，"岳正"条。
[2] （明）岳正：《类博稿》，文渊阁四库全书，第1246册，卷一，第359、360页。
[3] 同上书，卷二，第371页。

扣薜攀萝捷似猱，上方能到敢辞劳。象王世界三千大，鹏背扶摇九万高。露气依稀成沆瀣，泉声宛转奏琅璈。凭高不尽登临兴，怅望东南学舜号。①

"象王世界三千大，鹏背扶摇九万高"两句用佛学和庄子典故。南朝谢灵运的《与诸道人辨宗论》是一篇阐发佛学思想的文章，有句谓："三世长于百年，三千广于赤县，四部多于户口，七宝妙于石沙，此亦方有小大，故化有远近，得不谓之然乎？"②岳正借"三千"世界，表达的是对物象小大、远近的认识，与用《庄子》的《逍遥游》篇中鹏鸟扶摇而上九万里的典故，其用意是一样的。而《重游王母宫》以游仙的故事入诗：

绿鬓朱颜一样妆，侍儿谁是段安香？仙家谩诧长春在，祠宇重来比旧荒。武帝岂知桃核异，穆王空办马蹄茫。烟霞不改回山色，依旧苍茫下夕阳。③

此诗用了东汉班固《汉武帝内传》的典故。武帝好道术，求长生，传说往见王母，授以方术。岳正在诗中却讽刺"仙家谩诧"，以山色依旧的结语表现他的哲学思考和讽刺之意。

岳正与徐有贞作为同一时代的馆阁作家，虽地分南北，而作为馆阁文学有其共质。岳正与徐有贞在诗歌创作上多有相同之处：

（1）岳正也作有艳情的诗歌。如以下五首：

郎从月下看吴钩，妾向郎前问所由。闻道敌人今未灭，将欲西去觅封侯。（《竹枝词》）④

路入仙源世已迷，洞门霞绕碧天低。刘郎不解春将老，只为思归日

---

① （明）岳正：《类博稿》，卷二，第366页。
② （唐）释道宣：《广弘明集》，文渊阁四库全书，第1048册，卷十八，第513页。
③ （明）岳正：《类博稿》，卷二，第366页。
④ 同上书，卷一，第358页。

夜啼。

　　侍宴归来簇绛云，夜深冷露透猩裙。阿环唤醒纱厨梦，闲拂菱花照宿醺。

　　霜染平江翠欲飞，波心夜半度灵妃。可怜一掬苍梧泪，拭遍当年旧制衣。

　　姑射仙人跨翠鸾，风前环佩响珊珊。玉箫吹彻江南意，孤梦回时月正寒。(《花鸟图四绝》)①

这些诗歌都有女性活动的形象，部分诗歌写情相似，但都处理得比较隐晦，浓烈的感情以清淡之辞出之。

　　(2) 岳正也作有体谅民生疾苦的诗篇。如《吴时极菜园》诗：

　　春风吹春春雨肥，畦南畦北腻如脂。日食都无万钱费，先生自有畦中芝。朝为羹，暮为糜，软蒸烂煮皆所宜。撑肠挂腹卧不得，夜半起舞还生悲。可怜四海多疮痍，民财已竭民力疲。烹龙炰凤日不足，肉食诸公知不知？君不见，咬得此根事可为，岂无大道能济时？先生莫守千瓮齑，要令四海无寒饥。②

此诗中描写四海多疮痍的社会景象，与达官贵人"烹龙炰凤日不足"的奢侈生活对照，指出社会存在的贫富差距，与徐有贞的诗歌题材相同，表现的感情也接近。

　　(3) 岳正写有古乐府多首，如《古乐府二首》、《竹枝词》等，此类诗篇与徐有贞所写的乐府诗篇，反映了翰林作家创作中古乐府题材的复兴。他们的诗歌创作在诸多题材上存在的一致性，可以帮助确立一个重要的观点：徐有贞和岳正一道对李东阳大量写作乐府产生了影响。

　　与岳正年岁相仿的叶盛（1420—1474），提倡宋诗，而岳正则有出入宋、元的创作。在《无题四首追和元马伯庸韵》组诗中，作者追和元代马祖常的

---

①　（明）岳正：《类博稿》，卷二，第370页。
②　同上书，卷一，第361页。

《无题》诗。元代袁桷步和马祖常之作原题名《马伯庸拟李商隐无题次韵四首》，据此诗题可知马祖常的《无题》诗是拟李商隐的《无题》诗作，那么岳正的和作就有北宋西昆体的意味。岳正除了创作击壤体诗外，他的一些小诗也有宋诗情韵。如《双燕》诗：

> 小堂新厂未为华，双燕频来语似夸。尔欲营巢无不可，去年今日在谁家？①

此诗体制短小，诗情活泼，问"去年今日在谁家"，仿佛杨万里的诚斋体。岳正的女婿李东阳正式提出出入宋、元的诗歌理论，改变了三杨以来诗歌复古取径于唐诗的方向。

彭时（1416—1475），字纯道，江西吉安府安福人。正统十三年戊辰（1448）科第一人，授修撰。十四年（1449），郕王监国，命与商辂入阁，寻进侍读；数月，命专供翰林院，不与阁事。英宗复辟，复命入阁，兼翰林院学士，谥文宪。存清康熙五年彭志桢刻本《彭文宪公集》四卷、《附录》一卷、《殿试策》一卷。

彭时的文学成就主要由其族弟彭华和同僚商辂二人进行概括：

> 尤深探理性之学……为文章缜密纯雅。（彭华《故少保吏部尚书兼文渊阁大学士赠特进光禄大夫左柱国太师谥文宪彭公行状》）
> 为文有奇气，下笔滔滔，皆惊人语。（商辂《故少保吏部尚书兼文渊阁大学士赠特进光禄大夫左柱国太师谥文宪彭公神道碑铭》）②

彭华写的行状主要是论彭时作为翰林中的儒家学者身份及其文章中"纯雅"的馆阁体特征。商辂则着重形容彭时有"奇气"，能作"惊人语"的创作才能。

彭时的部分诗歌确有奇气，风格雅健。如《题竹为李崇仁》诗：

---

① （明）岳正：《类博稿》，卷二，第373页。
② （明）彭时：《彭文宪公集》，清康熙五年（1666）彭志桢刻本，第9页，行实。

李君家住月角山，山头种竹千万竿。铿锵球琳白昼响，飒沓风雨秋夜寒。望中苍翠森然起，葆旌旌节偏容与。高标直入霄汉间，繁阴半落帘屏里。李君自有冰雪姿，爱此潇洒同襟期。别去几时到京国，闲来千里劳梦思。大常夏公知其故，挥毫点染垂缣素。珊瑚石畔三两枝，宛然移得家山趣。淋漓墨色湿紫冥，对之颇觉心魂清。秋风老干欲结实，耳边如听孤凤鸣。东颇爱竹胜食肉，君今岂有东坡癖？何不截取长竿钓巨鱼，使屡浙河以东苍梧北？①

题画诗是明代翰林院作家经常创作的题材。这是一首用歌行体写就的题竹诗，彭时写竹选择白昼时能沁人身心，而秋夜风雨时增加主观寒意的声响，选择"繁阴半落帘屏"的幽雅画境。写夏昶所画的竹，让人恍惚听到凤鸣的声音，体味栩栩如生的动感。诗中"森然起"、"高标直入霄汉"、"秋风老干欲结实"、"长竿钓巨鱼"等处语言俊爽，形成雅健的风格。此诗确实以奇制胜，除了精心选择摹写对象的特点外，彭时还引用《庄子》一书的典故，突发截竹钓巨鱼的奇想，把题竹的题材写得与众不同。

彭时的诗作只宜寻章摘句，其诗歌中常有好句，而全篇的立意却甚为了了：

小轩玲珑山之阳，轩中月色凝清光。王君对月调绿绮，尘心顿释名利忘。羲农世远遗音古，广寒宫中素娥语。冰崖夜裂响流泉，银汉秋高飒风雨。嗟君清思思谁得，何不为我一奏《南薰》诗？南葽阜财解民愠，坐令四海还雍熙。请君易操君莫疑！（《琴月轩》）

郡门令尹工墨竹，梦想潇湘与淇澳。兴来肯为叶君写，墨色淋漓翠盈掬。叶君爱竹平生心，种之绕屋今成林。凉宵乍疑羽葆降，白昼颇觉烟云深。春来箨龙迸地裂，头角峥嵘自奇绝。风吹露涤脱锦绷，千尺凌云挺高节。叶君爱此如珊瑚，行吟坐啸神与俱。归来高兴不可已，还向堂中看画图。（《题竹为叶琦乃父》）②

---

① （明）彭时：《彭文宪公集》，卷二，第5页。
② 同上书，卷二，第5、6页。

《琴月轩》诗中，作者以王君所住的小轩起笔，很自然地写出月色和月光下鼓琴的主人，所以有下面"冰崖夜裂响流泉，银汉秋高飒风雨"这两句绝妙之词，诗句既写月光清冷给人的感受，也通过听琴之人的听觉令读者仿佛听到"冰崖夜裂"、"响流泉"的声音，并以秋高时节风雨飒飒的听觉感受写出王君鼓琴的高超技艺。彭时毕竟是翰林阁臣，他所系念于心的是海内雍熙的盛世，所以此诗的后半部分就显现出翰林作家的雍容气象。彭时的创作与三杨时代的翰林作家的创作比较起来，雍容不足而含奇崛之思，这也是一种变化。《题竹为叶琦乃父》这首诗中也有一些句子善于形容竹子，如"凉宵乍疑羽葆降，白昼颇觉烟云深"句，作者形容夜色中高耸峭拔的竹子似羽葆，这一层意思很少人写过。写白天竹子的繁阴，是以"烟云深"的感觉映衬出来的。但此诗在语句与立意上又与前引之《题竹为李崇仁》诗有重合之处。语句、题材等方面的重复与雷同，是长期过着单一清华馆阁生活的作家难以避免的创作流弊。此外，明代的馆阁作家又多写墓志，多题画诗文创作，凡此种种，馆阁作家在素材、视野、观念等方面的局限性限制了他们的文学创作成就。

彭时的散文有着浓重的儒家理学思想，语言平易，理致条畅。如《四友堂记》：

> 浮山刘隐翁贵良，予从母夫也。为人博通书史，喜吟咏，志尚高洁，有古人风致。尝构堂于所居之左，名以"四友"。偃息乎中，意嚣嚣自得也。

> 岁辛未，予往拜之，因目堂名而问曰："昔孟献子有友五人，则皆无献子之家者也；杜审言四友，则文章之士也；王元之三友，则一代之伟人也。今翁之友，其怀奇负异，激昂青云之上者邪？其翱翔艺圃，穷物象而发天地之情者邪？其岩居水饮，乐道而忘势者邪？愿闻其名而见之。"翁笑而不言。少焉，曰："吾之友异乎是，不食不衣，非穷非达，而德有足尚者。其一貌苍而气古，质端直而性坚贞，愈高而愈敛，风饕雪虐，经变故而色不改，秦所封为大夫者，其本支也；其一节高而色劲，外直而中虚，群居不倚，独立不惧，晋王子猷呼为此君者，其族属也；其一冰肌玉骨气韵清洁，当万汇惨然无色之时，挺然独秀，芳馨袭人，宋唐子西称为

丈人行者，其同类也。吾以一老者，朝夕其间，相与盘桓而不去。彼贫
不吾厌，迁不吾诮，疏简亢直不吾责，独心之贞白，是许焉，此吾所以
友之而不疑也。"既而导予从堂之后以入，上于山麓，茂林之中，席地
以坐。其傍有松数十株、竹数百挺、梅数本。翁指谓予笑曰："此非吾
之友耶？时方盛夏，游目四顾，苍翠阴森可爱，如高人端士，衣冠剑
佩，环向而立也。清风撼焉，音响间作，如入杏坛，聆圣贤之问答，语
道德而谈性命也。当是时，使人烦襟顿释，名利两忘，超超然有出尘之
想，信已奇矣。"……①

此文作于景泰二年辛未（1451）。文中通过隐士刘贵良的话，表现了翰林院作
家乃至整个明代社会强烈的儒家性理思想。作者想见隐士所谓"四友"的这段
话，体现出翰林作家演迤、平衍的风格。该文先分别阐发松、竹、梅三友所蕴
涵的德性，然后以刘隐士在盛夏时席地茂林之中与它们容与相接的形象来绾
结、凝聚全文的用意，全文结构条理清晰，又不散漫。《桐源四景记》是一篇
在结构上类似于《四友堂记》的作品，而其写景能力突出：

……直其居之北为仙人峰，下盘薄而上尖秀，其高数千仞，屹立霄
汉，特出众山之表。盛夏常有云气冒之，轮囷郁郁，竟日不消。其南为团
墩，山形状正圆，而顶稍平，草树蒙茸，绮绾绣错。每秋清夕霁，素月流
辉，自远视之，若翠屏然。团墩之外，多平畴。稍南，洼然而为池，广可
数十亩，名曰横塘。春雨既集，众流所趋，泓渟寥廓，颠倒万象。微风过
之，水纹余曲折成文，渺然有江湖千里之势。塘之南，稍西，则黄舟岭
峙焉。岭之高，半于仙人峰，然其上多古松。当隆冬盛寒，草木黄落，
郁然苍翠，隐风云而傲冰雪，可爱也。……盖睹横塘之春水，则思所以
弘其量；挹仙峰之夏云，则思所以霈其泽；步团墩直之秋月，则思所以
洁其怀；抚丹岭之寒松，则思所以坚其操。外感而中应，其为助也，不
既多乎！②

---

① （明）彭时：《彭文宪公集》，卷三，第 17、18 页。
② 同上书，卷三，第 19、20 页。

文中按照春夏秋冬四个季节，把四景连接起来，写作模式与《四友堂记》接近，而作者写江山景物对人物精神世界的影响时，则结撰成整齐的排句，也是其创作匠心的体现。

商辂（1414—1486），字弘载，号素庵，浙江严州府淳安人。正统十年乙丑（1445）科进士第一，是明代唯一集解元、会元与殿元"三元"于一身的士大夫。授修撰，正统十二年（1447）进学于文渊阁，官至太子少保、吏部尚书兼谨身殿大学士。前后两度入阁，共十八年，与彭时齐名，谥文毅。存有明万历三十年（1602）刘体元刻本《商文毅公集》十卷。

商辂以政事著称，后世保存流传的文章不多，刘体元所刻《商文毅公集》十卷仅为商辂撰著的十分之一：

> 生平著述仅《素庵文集》数十卷而已，后经兵燹，亡者十九。……其诗文多为馆阁时之作，不出当时啴缓之体，而最有价值者，则为奏疏二卷。（徐汤殷序）①

徐汤殷的序说明其文集散佚的情形，故其刻本不能完全反映商辂文学创作的全部面貌，《四库全书总目·〈商文毅公集〉提要》基本上采用了徐汤殷的评论。但即便如此，商辂著述中的精华二卷奏疏为所保留。商辂处于三杨台阁体既衰而李东阳等人尚未崛起之时，创作上未能有所开辟，沿袭旧有的文风，是馆阁体的末造。

前人出于羡慕商辂的政治勋业，对其部分文章大加赞赏，如《商文毅公集》卷一《进续资治通鉴纲目表》、卷二《请革西厂疏》等奏疏，这些文章体现了大臣"乐只君子，邦家之光"的忠悃。万历年间，金学曾（1573—1620）撰《商文毅公文集序》，评论商辂的文风：

> 公于他诗文，冲淡于中而不甚为藻，泊然于思而不甚为刿，典雅有则，若清庙之瑟，朱弦疏越，一唱而三叹，有余音，足以鸣国家之

---

① （明）商辂：《商文毅公集》，明万历三十年（1602）刘体元刻本，徐序。

盛矣。①

金学曾以清庙之瑟或玄酒等极为崇高之语评价商辂的作品，反映了其创作中典型的馆阁气象和"鸣国家之盛"的现实政治功用。商辂文章中重要的特征是"冲淡于中而不甚为藻，泊然于思而不甚为刿"，这是一种反对内容空洞、堆砌辞藻的文学主张产生的必然结果。商辂在景泰五年（1454）作的《会试录序》中阐明了这种思想：

> 隋、唐以后，始专尚文辞，虽曰文辞者德行之精华，然靡丽之习既滋，而敦朴之风寝矣。我国家酌古准今，罢诗赋之制，以经义论策试士，必欲造理精纯，立言简切，而弗戾于经于道者，始克中选科目，取士崇雅黜浮，于斯备矣。②

商辂自己所实践的正是"崇雅黜浮"，努力造就"敦朴之风"，所以他的文章"不甚为藻"，亦"不甚为刿"，存在矫枉过正之弊。

商辂的创作反映了当时处于变化中的翰林院馆阁文学创作的一个方向，既体沿三杨台阁之规模，又看到台阁体的弊端，思欲变革之而未能。

第二节 "天顺人才，一时极盛"③——天顺、成化之间的其他翰林作家

天顺改元之年（1457），李贤等人因文渊阁前的三株芍药开花，与众学士赏花赋诗，后续有赓和者。前后共有翰林院作家李贤、彭时、吕原、林文、李

---

① （明）商辂：《商文毅公集》，第3页，金序。
② 同上书，卷五，第1、2页。
③ （明）李贤：《资政大夫户部尚书谥恭定年公神道碑铭》，《古穰集》，文渊阁四库全书，第1244册，卷十二，第611页。

绍、刘定之、倪谦、钱溥、黄谏、陈文、刘铉、万安、李泰、孙贤、牛纶、陈鉴、刘吉、童缘、黎淳、李本、王偰、戚澜、徐溥、邱濬、尹直、彭华、陈秉中、徐琼、杨守陈、吴汇、傅宗、张业等四十人有作，基本上覆盖了当时翰林院的主要作家。李贤《资政大夫户部尚书谥恭定年公神道碑铭》有句"天顺人才，一时极盛"，用以形容天顺以后、李东阳崛起之前的翰林院作家及其创作，也是很恰当的。

林文（1390—1476），字恒简，号澹轩，福建兴化府莆田人。宣德五年庚戌（1430）科第三人，官至太常寺少卿兼翰林院侍读学士，谥襄敏。存世有明嘉靖四十五年（1566）林炳章刻本民国重修本（张琴钞补）《澹轩稿》十二卷，补遗一卷。

林文的《黄雪蓬李易斋二先生诗集序》反映了他的诗学宗旨，从中可以看出林文学习前代作家的对象：

> （诗）变而为骚，为选，为律。或尚高古，或尚雅淡，或尚清新。其体制即殊，其辞调亦异，然尚高古者，或逼于险怪；尚简淡者，或涉于浅露；嗜清新者，或过于谬巧。言愈工而意愈薄，声愈号而调愈下。……其可追古作者，惟汉之苏，晋之陶，唐之杜……二先生之作，骚宗于屈，选宗于陶，律宗于唐……其辞浑厚典雅……①

在古诗创作上，林文宗师的对象是苏武、陶渊明；在律诗的创作上，林文宗师的对象是杜甫。林文所设定的理想风格是高古、雅淡、清新。后人为林文作序，所概括的风格也接近于此。郭日休《澹翁文集叙》称其诗文雅、宏、肆、淡、蓄、精②。廖梯称其众体皆备，理到气昌③。凌迪知谓其诗文"体格温淳，自成一家"④。宋端仪、彭韶所作两序知人论世，评论林文的学者身份对其诗文风格的影响。宋序称他是当时的醇儒，"诗文平正典雅，理趣类其

---

① （明）林文：《澹轩稿》，明嘉靖四十五年（1566）林炳章刻本民国重修本（张琴钞补），卷六，第4页。

② 同上书，郭序页。

③ 同上书，廖序页。

④ 同上书，卷十二，第19页。

为人"①。彭韶称其"所著作平实典重,类其为人"②。

林文在五言古诗上无所成就,七言古诗颇为雄赡而情趣清淡。如《山水图为王编修赋》、《丛竹阁》、《梅花阁》等七言古诗,都写得宏肆而气昌。其五言古诗不循汉、魏以来古诗写作的语言,较为接近唐人所作的古诗,在当时翰林院作家的创作中显得比较特别,但大部分为说理之辞。说理迂腐,发抒其研习道德理性之所得。如以下两题:

> 东风敛余寒,生意遍林壑。草色没芳洲,莺声出幽谷。游人恣追寻,田父事东作。何当赋归来?共此山中乐。一水绕濂溪,孤亭俯淇澳。红腻艳新莲,绿阴蔼丛竹。栖凤独高翔,静坐双鸥浴……(《题山水四景》)
>
> 阳和着化钧,生意蔼动植。嫩竹长烟梢,天桃醉春色。谷鸟迁乔鸣,池鸳时并翼。感兹田地仁,物性各自适。(《春景》)③

这两首诗虽为古诗,也用对句,如"红腻艳新莲,绿阴蔼丛竹"、"嫩竹长烟梢,天桃醉春色"、"谷鸟迁乔鸣,池鸳时并翼"等句,突破了古体诗歌写作的形式,显得很新颖。这些句子掺入了律诗的做法,这是稍后于他的杨守陈所反对的。杨守陈撰《稽古韵略序》曰:

> 予少作诗皆近体,所用惟唐韵耳。间作古体,则尤袭近体之辞而变其音律,所用亦唐韵而已。长乃欲以古辞古韵而作古体,诗赋则古辞多有全篇,皆可览记而古韵绝无。④

所谓以近体、唐韵与古体古韵作古辞是两种写作古体诗歌的路子,杨守陈认为其间绝不可混淆。在内容上,林文创作的这两首诗歌都是宋代击壤体的余绪。

---

① (明)宋端仪:《明中顺大夫太常寺少卿兼翰林院侍读学士赠礼部左侍郎林公行状》,见《淡轩稿》,卷十二,第3页。

② (明)彭韶:《明太常寺少卿兼翰林院侍读学士赠礼部左侍郎林公神道碑》,见《淡轩稿》,卷十二,第9页。

③ (明)林文:《淡轩稿》,卷一,第4、5页。

④ (明)杨守陈:《杨文懿公文集》,四明丛书约园刊本,卷一,第9页。

《题山水四景》诗中"共此山中乐"之"乐"为何者？即于"一水绕濂溪，孤亭俯淇澳"的环境中体道、悟道、证道的生活方式，而"红腻艳新莲，绿阴蔼丛竹"两句，写莲、竹二物，有比德的寓意①。《春景》诗"阳和着化钧，生意蔼动植"句也是本着理学家对宇宙和世界的认识而写成的诗句：造化一气而分著万物，万物感受到造化的神奇而生长。

　　林文进士及第之后，体弱多病，一度从朝廷退居故乡，所以他的性情偏于清淡，反映于诗歌当中，题写对象为山水、梅、菊、松、竹、牧牛、捕鱼、雪景、菊圃、槐树、晴云、柳色、林泉、岩石等自然万物与生活场景，接近于陶渊明的意趣，欣赏着林逋的"梅妻鹤子"般的生活，羡慕鸥鸟无机心的形象。林文之诗以清雅的面貌体现的清淡性情又与他究心理学紧密结合在一起，此特征在上引的古诗中已有所体现。下面结合这个特征分析林文的近体诗：

　　　　海底阳鸟出，林端万象明。涧花分远色，巢鸟弄新声。出谷闻樵唱，穿云见客行。高人推枕起，蕙帐梦初成。（《风林晓日》）
　　　　梅梢初吐月，有客启山房。移榻延疏影，开帘纳暗香。书声闲里静，诗兴醉中狂。吟遍逌仙句，清光夜未央。（《梅月书屋》）②

这两首五言律诗所表现的情趣都很清雅而且情致悠远，虽有清趣而不显得清冷孤寂。《风林晓日》诗末句方点出人物，则前面数句所写的声、色、光、影，均为梦后初醒时的闻见，色彩鲜明，鸟声清脆，歌声悠长，可以见出诗人此时惬意适性的心情。《梅月书屋》诗则在第二句即点出人物，在山房中读书吟诗，延影为友，纳香而兴，表现出自悦而不孤寂的情怀。林文的近体诗作中经常引鸥鸟的形象，与陶渊明诗文所塑造出的菊、云等意象结合在一起：

　　　　机息有鸥知，慢为来蕙卷。（《山水四景为贰守刘公赋》）
　　　　云本无心聚散多……（《潞渚晴云》）

---

　　① 按，（明）林文《淡轩稿》卷一，第7页《丛竹图》诗之"更爱此君堪比德，虚而有容君子心"句，更明确地说明他遵循"比德"的观念来写景。
　　② （明）林文：《淡轩稿》，卷二，第1、3页。

心远方知地自偏，留将沙渚借鸥眠。(《林泉居》)

野马不来枯菊径，沙鸥独占水云乡。(《乐静轩》)①

这些诗句把《列子》中鸥鸟的无机心形象与陶渊明的《归去来兮辞》、《饮酒》等诗文中的象征诗人笃意真古，表现性情和真趣的云、菊等意象结合起来。

在近体诗的创作上，林文锤炼语言的功力很高，多有对仗精工的句子，如"山色有无云聚散，钟声远近寺东西"(《游石定岩》)、"蟾影瘦添疏影瘦，桂香清夺暗香清"(《月梅》)、"影动午风双凤舞，声鸣夜雨二龙舞"(《双竹为曹御史赋》)② 等句子，既化用唐宋诗人名句而作变化，也有独造合景的句子。

林文的散文类创作更多地体现其人与其文的对应关系，理道与文学的结合成为林文散文创作的一个重要特征，表现出"平实典重"的风格。在文章中，林文宣讲儒家的政治、教化、道德修养等方面的内容。《红泉讲道序》是一篇充斥着理学之道的序文：

> 道原于天而具于圣人之经。《易》以通幽明以纪政事，《诗》以道情性，《春秋》以示法戒，《礼》以正行，《乐》以和心，凡道德性命之蕴，古今名物之懿，皇极之所以建，彝伦之所以叙，心术之所以正，皆于是乎赖。自吾夫子之删述，颜、曾、思、孟之授受，六经之道，焕然大明，如日中天。③

明显地，林文所接受的是程朱理学，也接受了文学创作依赖于六经的观念，于是他的散文多数篇章便与理学结缘，所以有"理到"的特征。《雪香亭记》和《丛竹小斋记》都是运用理道附着物象的"比德"写作方法而在状物和表达上能吸引读者的散文。下举《雪香亭记》为例：

> 瞿庵先生梅志中甫，吴中隐君子也。性爱梅。居第东有溪曰瓢溪，其

---

① (明)林文：《淡轩稿》，卷二，第 5、7、9、15 页。

② 同上书，卷二，第 11、14、15 页。

③ 同上书，卷五，第 1 页。

地宜梅。朣庵因植梅数十株，中构一亭，大常卿程先生尝为书雪香二大字以名其亭。

  ……予惟梅之开也，寒葩的皪宜阳，疏影横斜宜月，暗香远袭宜风，冥濛泠淡宜烟宜雨。其变态之可爱者，非一独取于雪，何也？予知朣庵之意，必曰："穷冬冱寒，生意闭蛰，或同云弥空，六花垂垂而下，木以之而叶枯，草以之而根瘁，独吾之梅破腊而开。雪积既厚，梅之气魄益峥嵘，而雪不能虐。雪压既久，梅之精神益秀，而雪不能欺。盖梅得雪，反助其清，雪亦因梅而得香焉，亭名雪香者以此。夫以梅独开于岁寒霜雪之中，譬犹遗世独立之士，富贵不能淫也，贫贱不能移也，威武不能屈也。"予闻朣庵之为人，其貌清而癯也，其气和而平也，其节介而直也，其志安淡泊也，其居尚幽雅也，挺然有出尘之姿，其媲德于梅，抑何负焉？①

这是一篇在语言运用上颇讲究修辞之美的记类散文。列举梅花的可爱"变态"，用的是前四后二的整齐句式；写穷冬之际，大雪积压之下，万物凋零，草木腓黄，用长句，一气连贯而下，表现"气昌"的语势；多用"也"字语气助词，"其节介而直也"后四句两两句式相同，前后稍有变化而整齐。但是作者仍不忘附会"媲德"的方法，在宋代周敦颐《爱莲说》以后，"比（媲）德"这种方法为理学家宣扬理学所常用，成为一方便法门，也成为明代馆阁作家文学创作的一种模式。

吴节（1397—1481），字与俭，号竹坡，江西吉安府安福人。与刘球、李绍等同学。宣德五年庚戌（1430）科第二人及第，由编修、侍讲，历官至南京国子监祭酒、太常卿兼翰林学士，是一个儒家学者型的翰林作家。存世有清雍正三年（1725）吴琦刻本《吴竹坡先生文集》五卷、附载一卷、诗集二十八卷。

吴节是一个在诗歌和散文等领域皆有所创作的馆阁作家。彭华撰《竹坡公行状》称：

  先生，天下才。于书无所不读，为文章援笔立就，多至数千言，滔滔

---

 ① （明）林文：《淡轩稿》，卷八，第11页。

不竭，无刻苦艰窘态。虽老而不衰于诗，五、七言古今体，随题命意，开
阖起伏，不拘拘摹拟，而自合矩度。犹善启迪后学，初在翰林时，从游者
甚众，口传心授，日程而月课之，因其资质之高下，诱掖奖劝以勖其进，
故凡出门下，皆伟然有名望，殆未可以数计，一时称师道之盛者，未能或
之先也。①

吴节是五朝硕望，在宣德、正统年间犹及承三杨的文绪，又多年任职国子监，
在翰林院及国子监前后历四十年，教养兼备，其创作又入成化中后期，力以儒
学之本振台阁体之弊。吴节任南京国子监祭酒时，颁布《大学条约》，其中有
专门一目曰"正文体"，要求辞尚体要：

> 一、正文体。《书》曰："辞尚体要。"孔子曰："辞达而已矣。"所以
> 文章贵乎尔雅。尔者，言其元而易知。雅者，言其驯而不杂也。六经、四
> 子之文尚矣，千古立言之祖也。一变而为《老》、《庄》之玄虚，再变而为
> 《左》、《国》之离奇，三变而为两汉之谲荡，四变而为六朝之骈丽，五变
> 而为朱儒之训诂。虽其中豪杰之士，或间代而一出，或数代而一二人为之
> 起其衰，救其靡，文章非不可睹，然揆之六经、《论》、《孟》之旨，迥然
> 迳之于庭矣。有能以左、马、韩、欧之笔力，而写周、程、张、朱之名
> 理，真千古一人也。欲正文体者，与其严帜于场屋之程墨，孰若端之于学
> 宫之课艺、标榜程墨者？所以清其流而琢磨课艺者，乃所以澄其源。诸士
> 欲作拔本塞源之工，岂可以淫文破典，自干功令乎？②
> ……

运左、马、韩、欧之笔力与写周、程、张、朱之名理的结合是对"低昂声律、
寻摘体调"之溺于文者的提防，这是明代最高统治者和翰林作家常见的论调。
吴节的作品具体地体现了这种倾向，其文集中存有大量的为儒学、明伦堂、祠
堂、尊经阁作记的文章，宣扬儒家的"名理"。萧肇《吴竹坡先生诗集序》曰：

---

① （明）吴节：《吴竹坡先生文集》，清雍正三年（1725）吴琦刻本，附载，第18页。
② 同上书，卷二，第7、8页。

其制行端，故立言也正。其操守坚，故持论也确。其涵养久，故负气也充以周。其组织密，故摛辞也丰以缛。①

简言之，萧𫭼的序指出吴节诗文既体现作家制行端、操守坚、涵养久的人格与道德功夫，发而为文章，自然具备立言正、持论确、负气充周的特征，又不乏古文家丰缛的词采。

吴节的诗文宗陶潜、杜甫、欧阳修等人。王俭《吴竹坡先生文集序》曰：

五、七言古效陶令，五、七言近体杜拾遗，文则退之、永叔间。其声律体调非毛举而刻画之也，其神尝在焉②

这是一个总体的评价。吴节的创作强调诗歌"声律体调"，这是从三杨到成化年间翰林院馆阁文学出现的新气象，后为李东阳与茶陵派及前、后七子派的作家所发挥，李东阳之后的明世诗人讨论诗歌的声律、体制、格调诸方面问题的著作蔚然大观。

吴节的散文学习欧阳修，具有欧文的特征。叙事典实，风格平易演迤。即使在宣扬理学观点的文章中也如此。《临江府学尊经阁记》曰：

六经之理，与天地元气相悠久也。天地之道，运而为寒暑，昭而为日星，峙而为山岳，流而为江河，然非元气行乎其中，则寒暑有时而愆伏，日星有时而薄蚀，山岳或不能以常峙，江河或不能以常流，是则元气者，天地之所赖以位育者也。六经之理亦犹是尔。③

明代的翰林作家一旦探讨理学问题，其笔锋就很流畅，吴节亦是。这篇记的文字连贯而下，谈天地之道运行而万物得以位育的道理，正反对立，语意相仄，表现了他既纡徐而文气又昌盛的风格。此类文中如《长沙尊经阁记》、《与李古

---

① （明）吴节：《吴竹坡先生诗集》，清雍正三年（1725）吴琦刻本，萧序。
② （明）吴节：《吴竹坡先生文集》，第2页，王序。
③ 同上书，卷三，第1页。

廉书》等篇的首段善于用排句，现以《长沙尊经阁记》为例：

> 山莫高于五岳，而群山之逦迤绵亘者，皆有所统；水莫深于四渎，而众水之汪洋流衍者，咸有所属；典籍莫纯于六经，而诸子百家连篇而累牍者，俱有所摄。岳渎以宣泄气化为功，六经以扶持人伦为重，六经之在天下，何啻五岳四渎之振古不朽，实亦布帛菽粟之不可一日无者。①

以五岳之高而统群山，以四渎之深而属众水，这些山川是自然界中极其高大者。恰似《诗经》"六义"中"兴"先言他物以引出吟咏对象的手法，畅论五岳四渎之目的在于引起所要论证的对象六经的地位及其重要性，说明六经是最纯的典籍，足以统摄诸子百家。《玉笥山殿宇记》是一篇典型地体现吴节平衍文风的记类散文：

> 海内名山，称洞天三十六、福地七十二，唯玉笥居西江上游，当轸翼之次，于洞天为大秀、法乐，福地为郁木，兼二美而并称，盖又名山之最盛者也。
>
> 按地图，其山与王屋、武夷通，近起新淦之乐南，逶迤隆伏，环走二百余里，中虚外拱，若有所受，往来者类行笥中。其山多玉石，故号玉笥山，而大秀则玉笥之中峰也，一名天柱。美蓉峰顶旧有天王洞，洞天仙官主吴楚分野。其阳有青真观，即古上清传录处也。登者每闻仙乐之音，若有若无；上出云际，天籁冷风触之成韵，此洞天大秀、法乐之所以得名也。郁木坑一名丹阳谷，谷中多灵木异草，四时馥郁可爱，此又福地之所以得名也。谷傍有乘光观，萧子云常炼丹其处，大史黄庭坚十韵在焉。其南有峰号大白，与魏夫人坛相植。折西有覆箱峰，峰下为玉梁观，谓观成之日，天降玉梁，后化为蜿蜒以去。稍北为承天宫，有元揭文安碑记。直北有石坛，秦人孔丘明九人升仙于此，故又名送仙峰，与大秀初起之峰脉络相续。峰后相传有隐井，人行作崆峒声。环洞天、福地之峰，排闼而森

立者，不可数计，得名者仅二十四。其洞亦二十四折而达于山外，与淦水合，东流入于汇泽。①

这是《玉笥山殿宇记》的前两段。上引段之后段，还叙述了从汉武受仙录迄今的道教活动和信徒人等以及玉笥山上历代宫殿屡建屡废、入明朝以来的复建情况，最后系以七言诗歌。此文内容很宏富，诗文兼有，显示出吴节雄赡的创作力。作者似乎不动声色，娓娓而说，条理井然，毫不见其窘迫之态。作者多举数字与方位，准确而明晰，表现出考证的精确性。上引第二段，先从外围看玉笥山，然后以浓重的笔墨写洞天中的大秀峰，逐渐地把视线拉近，从俯瞰迤逦起伏的玉笥山脉转到身在大秀峰脚下仰视诸峰，视角发生变换。接下来，按照方位，移步换景，叙山上景观得名之由，兼以写景，景物数笔带过，绝不敷衍，简洁而有情致，清代姚鼐的《登泰山记》与此文写法很接近。段末以顶针的手法转而写洞水之曲折，巧妙地流出山外。从这一段文字的承转技巧看，它应当是吴节精心结撰的一篇文章，自然而无雕琢痕迹。再以《游石钟山记》为例：

> 成化壬辰（1472）秋，予得请南还。舟至湖口，风骤水急，泊观音岩下。明辰，风愈甚，不能行，与次儿高升殿以望，石间隐隐有字，问之地近者，曰："此太祖高皇帝留题处也。"诵其诗甚习，曰："一握曾提十万兵，观音岩下暂栖身。老僧不识英雄汉，只管低头问姓名。翼日，用火攻大破陈友谅，友谅溺水死。"予喜闻其言，赏之以酒而去。日午，返舟，宿湖口县。明日，县尉来谒，更述景物之盛，且曰邑后有祠可游，乃令耆老导引，跂而望之，云烟飘缈，若有若无，使予有遗尘御风之想。
>
> 时湖口藩参王君家居，闻予至，来候曰："子尝慕石钟山之盛，去此数武，予假舆马焉，共游可乎？"乃沿江而往，至崇寿观，诸僧迎入，遍观卧阁、几筵、廊庑，俱架木石上，如行栈道，如履崆峒，如与猿鸟争路。僧忽指水中石曰："此郦元所谓'水石相搏'、苏公所谓'噌吰镗鞳'

---

① （明）吴节：《吴竹坡先生文集》，卷三，第 29、30 页。

者也。风起水涌，则声闻，否则无之。"乃命小僧薙草莱，拔缘而升，至翠微处，有石岩，可容数十人。岩下有石，方丈余，平阁诸石上。僧以斧击之铿然，小扣如磬，大扣如钟，此又李渤所谓"南音含胡，北音清越，枹止响腾，余音徐歇"者矣。昔周益公、欧阳文忠公诸贤皆题咏于此，壁立诸石，莫不有先代遗墨，然字为风雨所食，多不能读，虽欲下马，摹永兴之字而不可得矣。

下山登新亭，翼然临水际。解所携榼，同王君宴亭上，尽觞而宿。望夕阳之在山，听宿鸟之寻林，寺灯与渔灯相对而起，月亦出于东山之上矣。舟泊寺下，夜半风起，起而听之，如九奏之起于洞庭，神瑟之鼓于湘妃，冯夷怒叫，海若争呼，蛟龙鼍鱼，群声疾走，岂但若周景王之无射、魏献子之歌钟乎？宜其以石钟名也，然乐不止于镛钟，复有偏钟，轻重、徐疾、长短，莫不有节奏之法。其水骤至，与石相急，石钟之水声如镛钟；其水徐来，与石相缓，石钟之水声如偏钟；若水声时缓，水声时急，若偏钟之并奏也。且登山而望，群石纵横、仰俯、竖拖，山色磅礴，扶舆兀突，莫不有钟之似焉，岂但其声之近于钟乎？王君曰："郦元言之不详，东坡言犹未尽，子可谓丰山之霜能使丰钟皆鸣矣。于以知凡人之见信于耳者，终不若亲历之为实也，盍记之？"乃命高儿执笔以记。①

明代翰林院作家对唐宋八大家的名篇多有模仿之作，这种情形一方面流露出馆阁作家以前人为学习、宗师对象的心态；另一方面也反映了他们对同题文采取不同的处置方式，使同题文有不同的开掘角度，反映了他们欲与前人角力的心态。如石钟山这样的名胜，在明人的创作中有倪谦、柯潜、杨守陈等人或以诗，或以铭等文体摹写之，这些作家及其作品都比吴节及其《游石钟山记》、《湖口石钟山诗五首》等诗文晚。《游石钟山记》更胜《玉笋山殿宇记》，因其写景更加传神，记叙之中常有状景之笔，而《玉笋山殿宇记》纯为冷静的记叙，没有人物活动在其中，而此文多人物，详细地记载人物的神情、动作、语言，作者览景而怡悦的内心情感具有感染力；语言上，既学习了苏轼的原文，

① （明）吴节：《吴竹坡先生文集》，卷四，第6—8页。

又参照苏轼的其他散文，撷多篇名作的词语熔为一炉。

吴节的诗存有二十八卷，古体十二卷，其余为联句和近体诗，大体上古体、近体参半。吴节勤于作诗，诗中的宴集诗不仅数量多，而且日期明确，宛若记事之日记。

吴节的五言古体诗歌创作既学汉魏古诗，也以唐代近体的句法写古体诗。如《乐澹轩》是一首学习汉魏时代语言的五言古诗：

> ……悠然澹冲趣，至乐其何如。人生百年内，服食良已多。营营若求枝，倏尔成虞罗。惟君守恬寂，养性成冲和。读书衡门下，花枝浓池坡。我欲从之游，湖山郁嵯峨。何当拂轻袖，来听沧浪歌。[①]

诗中有部分语句学习汉魏诗歌的名作，但大部语句抒写恬淡的生活情趣。王俭认为他的古诗学习陶渊明，可能就是从这个意义上以及集中卷六《和陶征君诗四首》等部分诗而加以认定的。吴节的古诗中有相当数量的游仙诗，与晋代郭璞的创作接近，而且部分游仙诗还被他拿来谈理学体悟之道，变成击壤派的诗歌。如《水仙花》诗：

> 晓见凌波仙，欲济湘江渡。冰肌自天然，雪脸带真素。弄月整新妆，随风拥高步。长令黄粉香，不受红莲妒。盈盈艳轻尘，点点沁膏露。江梅与山樊，道合心相慕。勖尔效贞妃，天违紫阳赋。[②]

此诗的前六句以花拟人，写出绰约仙子的姿容和神态；接下来的四句，转入对花本身特性的描写；最后四句，以道心相期，体现出击壤体诗歌的特征。吴节的一些古体诗歌，向唐代的古诗学习，用近体诗中常用的对仗手法写作。《吴竹坡先生诗集》卷二五言古诗《中和节宴王彦秋官宅得家字》句"中和起唐咏"[③]，在宴饮中所赋之诗不论是古体还是近体诗，都是"唐咏"，拿来形容吴

---

① （明）吴节：《吴竹坡先生诗集》，卷二，第8、9页。
② 同上书，卷三，第8、9页。
③ 同上书，卷二，第10页。

节自己的创作方法更是恰当。吴节以对仗手法写古体诗，诗中营造唐诗的意象，如下二诗：

> 疏星乍明天，海色催晨曦。双双棹歌发，离此新河湄。岂不恋旧京，仪卫当追趁。金陵定鼎地，长河带藩篱。龙虎互盘郁，凤凰翔羽仪。周公卜瀍涧，休彩焉逾斯。帆樯杂商贾，井落连旌麾。春光散林鸟，好音今几时。滔滔江汉潮，渺渺秦淮思。顺流棹孤舫，万里随东之。（《晓发新河》）
>
> 长风吹天末，澹澹寒波生。颓阳入深蔼，疏雨终夜鸣。晨兴掩蓬坐，听此含余情。但恐滞行旅，无由计王程。（《蓬窗听雨和谢牧》）①

《晓发新河》这首五言古诗有十句用了对仗，分量为全诗一半。《蓬窗听雨和谢牧》诗一半的句子使用对仗，虽然不是很工整，但可以据此认定作者大量用对句的手法来写古体诗歌。两诗的面目接近于唐代的田园山水诗，而气象时或阔大雄放，时或轻淡悠远。

诚然，不能因为吴节写过和陶诗就认为他的诗风近陶。吴节的风格比较清旷，侧重于写静物和淡远的景致，有些景物虽形象较阔大而不雄壮，感情温婉、清淡而不奔放、强烈，表现他冲淡、不汲汲奔走名利场的胸襟。这种风格在《吴竹坡先生诗集》卷九、卷十数题中表现得很集中，如卷九《纸帐歌为易雅望作》、《清池草树为刘知州题》、《湖山歌为诚思翁父子作》、《晓亭送别赠姚子礼之湘中》、《雨村烟树歌为员外曾肇赋》，卷十《教授尹逊喜竹为作爱竹歌一首》、《松月图》等诗。

吴节写作宋诗是其创作中一个值得注意的现象。和宋人韵是吴节的一种创作方式，如《吴竹坡先生诗集》卷十一有《东坡卧看秋山图重和山谷韵》歌行体诗；此外，吴节一和再和黄庭坚的《次韵子瞻题郭熙画秋山》原诗。吴节与黄庭坚的关系可谓非浅，另一诗《刘同寅得熊掌至龙潭驿邀予不能食弃之江中因窃共叹焉》句"一笑大江横，凭谁问寥廓"②系化用黄庭坚的诗句，他们皆遇被恼之事而发为同声，从这个角度来看，吴节对于黄庭坚的诗句化用得很精

---

① （明）吴节：《吴竹坡先生诗集》，卷二，第2、3页。
② 同上书，卷五，第4页。

到。黄庭坚的原诗《王充道送水仙花五十枝欣然会心为之作咏》曰：

> 凌波仙子生尘袜，水上轻盈步微月。是谁招此断肠魂，种作寒花寄愁绝。含香体素欲倾城，山矾是弟梅是兄。坐对真成被花恼，出门一笑大江横。

王俭云吴节五、七言近体学杜，黄庭坚为宋代江西诗派的三宗之首，亦祖杜甫，任渊注"出门一笑大江横"句引杜甫诗："山谷时寓荆渚沙市，故有'大江横'之句。老杜诗：'鸡虫得失无了时，注目寒江倚秋阁。'山谷句意类此。"① 笔者认为黄庭坚学杜，吴节亦学杜，二人有共同的宗尚对象，因此固然可以认为吴节和黄庭坚之作、化用黄庭坚的诗句是他学杜诗的表现，然而若认为吴节化用宋人黄庭坚的诗句，似乎也未尝不可，况且吴节还创作禁体物诗。禁体物诗是晚唐时兴起的一种新诗体，在宋代得到苏轼、黄庭坚等人的提倡而流行，明初高启等作家写作这样的诗体，但这种文体明显地不符合明太祖的口味，故不为当时翰林作家所喜，到永乐时姚广孝以太子少师的身份创作此体，翰林作家才稍稍有所创作。吴节的禁体物诗有多首，如《吴竹坡先生诗集》卷十九《和张都宪楷禁体咏雪诗八首禁素白梅梨盐絮羔酒玉粉琼瑶梁园灞桥等字》、卷二十二《红牡丹禁红字》、《白牡丹禁白字》等诗。总兹两方面的创作表现，吴节应相当欣赏宋诗，并从中汲取诗材，广作禁体诗，以求在诗坛白战中更胜一筹。像吴节这么一位勤于创作的作家，创作上又有着左、马、韩、欧般的笔力，学习并创作宋诗当在情理之中。

柯潜（1423—1473），字孟时，号竹岩，福建兴化府莆田人。景泰二年（1451）举进士第一，历官修撰、洗马、尚宝少卿、翰林院学士。著有《竹岩集》。

从景泰到成化年间，明代的馆阁文风已经敝坏，转变得如杨守陈《彭文宪公文集序》所云，具有"怪癖、率略、险躁、愤艰之态"②，正言之，即正统、

---

① （宋）黄庭坚著，任渊、史容、史季温注：《山谷诗集注》，上册，上海古籍出版社 2003 年版，第 378 页。

② （明）杨守陈：《杨文懿公文集》，民国张寿镛四明丛书约园刊本，卷二十七，第 15 页。

景泰、天顺年间文坛上出现了与台阁体不同的另外一股创作风气。柯潜处于三杨台阁体既衰之后、李东阳等未崛起之时，创作上并没有走向"为委靡，为哀怨，甚而流于肆以哇"的文风而依然以"敦厚和平、悠扬广大之音"①为主。柯潜的文学成就是明朝翰林院馆阁文学前后两个创作高潮之间的衔接与过渡，在明代馆阁文学发展史上具有重要的意义和地位。董士弘《竹岩先生文集后序》曰：

> 昔者刘文安公（定之）评论东里（杨士奇）、芳洲（陈循）之文：东里如清庙九室，宝瓒珠垒，陈列就次，玄酒黄流逴裸而可以为古；芳洲若泰山乔岳，一翠千里，长岗作郡，短垒作邑而可以为杰。然而公文其古欤？杰欤？愚不敢僭评。则既反覆展玩而觉之古也，而非迂也；杰也，而非奇也。盖砥躬炳业，体物贲藻，吐之裕如，略无模拟之劳、纤弱之态……故京师有"柯家文章"之称……夫翰苑为司马、公孙、晁、董、班、杨渊薮。②

董士弘认为柯潜的文学创作兼有杨士奇和陈循的长处：既有东里之古，又具芳洲之杰，避免了模拟之习，风格不失纤弱。在翰林作家前后传承的关系上，董士弘也把柯潜看做杨、陈二人之后馆阁代表作家（明人认为刘定之的文学在杨、陈之后堪称巨制，而刘定之的成就实较柯潜为低，刘定之见本章第一节），因而京师有"柯家文章"之贵。今人说他的诗歌"冲淡清婉，不落蹊径，文亦峻整有法度"③。同邑康大和《竹岩柯先生文集序》曰：

> 其为诗冲澹清婉，不落畦径，庶几登陶、谢、王孟之堂；其为文，平妥整洁，不事浮葩艳藻、佶屈聱牙之习，而风神气格炯出凡近，中间如《陈情疏》、《复郡侯书》与夫记盆鱼、序愚乐等作，尤见其主持伦常，翊

---

① （明）柯潜：《竹岩集》，清雍正十一年（1733）柯潮刻本，卷六，第1、2页。
② 同上书，董序，第1、2页。
③ 吴文治：《明诗话全编》，第2册，江苏古籍出版社1997年版，第1326页。

扶世道，挽正风俗，视婥阿脂韦以哗世取宠者自较然。①

若把柯潜的创作放在明代翰林院馆阁文学创作之流中，他实在可以算得上翰林文风转变的一个中间枢纽。柯潜以"冲澹清婉，不落畦径"的诗歌和"平妥整洁，不事浮葩艳藻、佶屈聱牙之习，而风神气格炯出凡近"的散文创作实绩，来矫起当时疲敝的文风，既上承台阁体，又下开李东阳清雅风格的馆阁创作。柯潜诗文俱有创作，而以散文体裁尤多。门生吴希贤《中顺大夫詹事府少詹事兼翰林院学士竹岩柯公行状》曰：

> 公平生负直气，操行介特，发而为文，峻整有法，类其为人。尤长吟咏，至举笔立就，清新微婉，绰有风致……性尤喜游，供职之暇，偕知己，穷览胜概，雅歌投壶，分韵赋诗，襟度豁如也。既综院事，修饰公宇，即词林后圃结清风亭，凿池莳莲，决渠引泉。公退宴坐其中，翛然若真登瀛洲者。至于遇事感发，言论侃侃，扬榷古今，毅然自负。②

柯潜性格的两面，投射为文学，直如吴希贤所说的，分为二途：文肖其操行，诗肖其燕处。

柯潜的《竹岩集》中，古诗约三卷，以七古为多；近体诗虽只一卷强，但数量比古体多。柯潜的诗歌与台阁前辈杨溥等人的风格不同，如其送同邑友人、翰林院编修黄仲昭的五言古诗《送编修黄仲昭赴湘潭知县》曰：

> 朝上金銮坡，暮陈忠悃词。感兹恩宠蕃，报德安可迟。圣明拟姚姒，直道诅肯遗。重念湖湘民，连岁遭困饥。遂令禁中士，去去苏瘝疲。天寒岁华晚，膏车向南驰。凄风起遥汉，积雪明层陂。去就奚足论，所贵心不移。勖哉保终节，庶以慰我思。③

---

① （明）柯潜：《竹岩集》，康序，第1、2页。
② 同上书，附录，第5、6页。
③ 同上书，卷一，第1页。

　　成化三年（1467）冬，宪宗皇帝"以明年上元张灯，命词臣撰诗词进奉"，黄仲昭、章懋、庄昶三人认为皇帝应当"养志，未可徒陈耳目之娱以为养也"，并以川东、辽左、江西、湖广等地"赤地千里"进谏，宪宗大怒，杖击三人，三人皆贬官远地①。柯潜写了两首律诗送章懋、庄昶及此古诗送同乡黄仲昭。对章懋等人的这次进谏，翰林院官员的态度分成两种：一以刘定之为代表，继续写应制诗文，为人所嗤诟②；而正直的士人则声援他们，最后连大学士李贤也因士论汹涌而劝皇帝召还章懋等人。若在明代洪武、永乐、宣德年间，翰林词臣敢对皇帝进呈这样的奏疏，那是不可思议的，这表明了明朝盛世治隆的历史到了成化年间已经辉煌不再。明王朝经过土木堡之变（1449），国家外强中干的底子暴露出来。时代变迁的史实反映到翰林作家的创作中，必然体现为减少对明王朝一味歌颂的成分，增加了对明王朝国势的清醒认识。柯潜这首诗歌以古体写送别，在语言上模拟五言古诗，很有古体的韵味，风格劲直。他赞同黄仲昭等人对民瘼的关切，认为这才是对皇帝尽忠的为臣之道。柯潜另有《乞贷翰林院编修章懋等疏》文对他们进行申救，对照倪岳《同寅章德懋黄仲昭庄孔旸以言事去职为之太息书此自示不寄三人》③的态度，柯潜身为翰林院官，能够写诗送别，上疏援手，所为相当可贵。在这一点上，柯潜的人格就比翰林馆阁诸臣更加高尚。

　　柯潜的诗歌，如上面貌的诗作很少，大多是"冲淡清婉"之类的。其《烟寺晚钟》诗曰：

　　　　禅宫锁廖阒，一鸟幽不鸣。烟凝暮山紫，万壑皆钟声。随风渡江渚，数里犹铿钧。野客破残梦，悠悠孤余生。题诗付归鹤，寄与山中僧。④

向来诗人们写物善于以动衬静，形成了一个创作格套，而此诗却沿用王安石的诗《钟山即事绝句二首》其一"茅檐相对坐终日，一鸟不鸣山更幽"⑤的句

---

① （清）夏燮：《明通鉴》，第 1193 页。
② 同上书，第 1211 页。
③ （明）倪岳：《青溪漫稿》，文渊阁四库全书，第 1251 册，卷四，第 37 页。
④ （明）柯潜：《竹岩集》，卷一，第 2 页。
⑤ （宋）王安石：《王安石全集》，上海古籍出版社 1999 年版，第 501 页。

意，展示不沿袭老旧套数的表现手法，显示了作者似乎对宋诗也很稔熟。此诗写景既幽静，眼界又雄大，始终不落入孤寂的境界中去，韵味悠长，是其冲淡一类中面目特殊的作品。柯潜的这类诗歌，风格比较接近王、孟田园诗，如《题陈主事崇谦山水图三首》、《游梁溪》等诗。现录《题陈主事崇谦山水图三首》其二：

> 秋光何处好？都在野人家。和露朝餐枸，分泉夜煮茶。风清天发籁，溪浅月筇沙。此景无人共，闲吟步落花。①

最后一句才点出以"我"的眼光、由"我"的心境感受到的野人家之清趣，虽很寂静，但作者却乐耽于此。柯潜甚至通过鸥鸟忘机自适的意向抒写情怀。《挽括苍周德儒处士》诗曰：

> 休休林下客，心事付沙鸥。有子死应足，无官生不忧。影寒萝迳月，香冷菊花秋。凄绝怀人处，斜阳独倚楼。②

此诗营造的氛围色调偏寒冷凄清，充满孤独感，但以沙鸥自慰，对句工整，极见锤炼之功。柯潜风格清淡的一些小诗写得很具匠心，如五言绝句《暑雨鸣荷》、《月林清影》等诗，就连历代诗人常写的梅花，在他写来也别具一格。如《梅》诗：

> 清绝无人处，幽香飞林浦。一轮溪上月，长照岁寒心。③

诗人们通常写梅花的清香、疏影、遒枝等意象，于题材和取象上很难有所突破，而此诗指向梅花的"岁寒心"，与皎洁月光组成迥句，造意新颖。柯潜的七言古诗则接近李白的风格，非常豪迈，类似柯潜"负直气"、"操行介特"的

---

① （明）柯潜：《竹岩集》，卷一，第5页。
② 同上书，卷一，第8页。
③ 同上。

形象，但仍然以"冲澹清婉"为归的。如《松隐岩》诗：

> 大山巍巍插天起，小山参差如聚米。长风吹我上高峰，一眺乾坤三万
> 里。禅房草木深复深，危檐滴露生春阴。白云满地石台古，老鹤一声山月
> 沉。松窗坐久转清悄，诗思撩人不知晓。我欲此地卜幽栖，须待他年济
> 时了。①

首四句肖似李白，用语豪俊，写形状各异的群山，欲借长风上得高空，似将发
抒浪漫之情；中间转而描写清澹之景，情绪偏于清冷；最后四句的基调承接中
间四句，最后一句稍稍振起壮志，全诗夹杂着豪迈与清婉的感情，是柯潜官止
学士不得入阁的仕途以及由此产生的复杂感情之写照。而《对雪作》这首七言
诗造舒朗、俊逸之语，运清绝之情：

> 去年腊月江南村，梅花如雪飞纷纷。今年饱看京城雪，色比梅花更清
> 绝。繁弦急管是谁家，流苏帐暖倾流霞。何如金马门中客，瓦鼎敲冰闲煮
> 茶。玉楼棱层银海动，自笑书生能忍冻。漏声催就碧窗眠，一夜寒光照
> 清梦。②

这首诗表现了柯潜在馆阁的清华生活与适意之情。在寓目雪景时，诗人耳听谁
家之乐奏，心生流苏帐暖之感，而自己却在敲冰煮茶，忍冻赏雪，生活实为清
苦，这番情趣虽清洁而景致着实清冷。《城西宴集分韵得菊字》写于宴集之时，
内容与所分诗题"菊"相称：

> 委巷寡尘鞅，端居念幽独。幸此儒林英，回车访茅屋。真意各忘形，
> 为我留信宿。鸡黍亦相欢，何须厌粱肉？晚秋天宇澄，露下气已肃。携手
> 步空庭，悠然见佳菊。岂谓淡无姿？幽贞谐所欲。展席面芳丛，开尊荐醽醁

---

① （明）柯潜：《竹岩集》，卷二，第2页。
② 同上书，卷二，第3页。

酥。醉来发长吟，聊以写心曲。渊明千载人，相期继趑趄。①

在热闹宴集之时写幽雅之诗，与每两句诗的上句末字必用平声，而押入声韵所形成的短促感相适，俱为反常写法，足见柯潜秉性沉静豁如，性情闲雅。此诗和《竹岩集》卷一《谢给事孔公恂惠菊二首》、《秋日漫兴》、《竹岩有引》其三、《挽太仆少卿金辅伯》、卷二《菊屏秋色同前》、卷三《来薰楼为林尚训作》、卷四《挽吴时耕》等诗歌用典都来自陶渊明诗文，表现出萧散的情怀，这是非常典型的身在馆阁而作山林之思的诗歌形态。

柯潜之所以会形成这样的诗歌风格，在他的一篇序中可以找到恰当的答案："（滕士衡）诗语清绝，盖江湖之景触于目，契于心者之所为也。"② 虽然说的是隐士滕士衡，也可以作为他自己诗歌风格的脚注。柯潜的居处在京师"城西最荒寂之处"，而志虑"淡泊"、"简远"③。柯潜写景侧重于表现清净的环境，以清冷的环境表现他的心境，如《竹岩集》卷二《隔竹敲棋为邓封君作》中"缘阴门巷何迢迢，日午檐头苍雪飘"，此诗诗题使人想起宋诗《约客》"有约不来过夜半，闲敲棋子落灯花"④ 句，原诗取境于一片蛙声充耳之际苦苦等候朋友到来的画面，柯潜的诗境有类于此，诗人的形象孤单，画面冷落逼仄，意兴萧索。《竹岩集》卷二《题四景》其一句"石屋沉沉春睡足，花阴静转栏杆曲"、其二句"知是茅檐夜来雨，松风满耳吹冷冷"等，卷四《和周次玉除夕》句"玉堂冷署闲烹雪"等，都是在阴、迢、沉、冷的色调下刻画景色，表现其内心的寂静。由此可见，柯潜"襟度豁如"而实有难言之衷，"真登瀛洲"而其实未必然。

另一方面，柯潜的诗才诗情，如狂风暴雨，挥洒于前，肆笔尽力，给人以刚劲之感。《竹岩集》卷二《题夏太常竹为御史郑孔佐》曰：

> 清卿写竹真奇绝，墨花飞雨寒淋漓。砅崖转石势万丈，半空倒挂琼瑶

---

① （明）柯潜：《竹岩集》，卷一，第2页。
② （明）柯潜：《江湖清趣轩记》，《竹岩集》，卷十二，第12页。
③ （明）柯潜：《城西燕集诗序》，《竹岩集》，卷六，第1页。
④ （南宋）赵师秀：《清苑斋诗集》，文渊阁四库全书，第1171册，第203页。

枝。初疑巇谷春深见，暗翠濛濛吹满面。又疑三湘雪后看，劲节萧森耐岁寒。昔年与可深造化，绝笔无人识高价。东坡为记墨君堂，从此声名满天下。文才愧我非东坡，强把霜毫赋短歌。歌成不尽图中趣，其奈清卿好手何！①

明代的夏昶（字仲昭）以善写竹著声名于馆阁间。柯潜此诗首四句以出人意表的意象拟想夏昶写竹时的神采，又用奇绝的想象写所画之竹，把画面之竹写得栩栩如生，似乎暗绿的竹子正吹拂在脸颊边上。柯潜把李白《梦游天姥吟留别》诗"砯崖转石万壑雷"这么一个气势宏大的句子移来形容竹的修长，是一种很特殊的改造。再看柯潜的另一首题竹诗《题夏太常竹为国子学正萧士高》：

> 萧君昔在山中居，门前种竹临清渠。凉声满屋不惊梦，空翠涵窗宜读书。年来起作京华客，坐想琅玕移不得。故须好事为写真，挂在高轩之素壁。短枝娟娟不可攀，玉声遥在悬崖间。长枝袅袅三百丈，影落沧波寒荡漾。客中对此亦足清烦襟，何用淇园千亩阴。只恐一夕风雷动，化作苍龙无处寻。②

作者不是就画题写，而是暂时撇开不提画卷。从题诗赠答的主人写起，起句清淡，似乎回到他的一贯风格上去，数句写竹，却很有气势，意想非凡。由主人客居京华引出夏仲昭所画之竹，导入的方法独特。此篇主要以竹写情，有所寄托。其他如《竹岩集》卷二《画兰为郑孔瑞题》、《江楼晚眺图》、《伯牙抚琴图》等诗都能表现出柯潜的才情。

通过分析上引诸诗，可以看出柯潜善于化用李白的诗句。柯潜向李白学习歌行和七言古诗的句法，李白的豪情也感染了他，如《竹岩集》卷三《江湖取友歌》、《题夏慎学诗后》等诗，这形成了柯潜创作风格中的一个部分。柯潜还从苏轼的作品中汲取养分，《竹岩集》卷二《石钟山》是对苏轼同题作的革新，《题夏太常竹为御史郑孔佐》的本事则在苏轼怀念文与可的文中，卷二《谢人

---

① （明）柯潜：《竹岩集》，卷二，第8页。
② 同上书，卷二，第11页。

馈荔》诗则在一首诗中两次用东坡诗文故实,篇幅也比东坡原诗有所加长。

更扩而言之,柯潜对唐、宋诗歌皆有所用。直接用唐诗的,如《竹岩集》卷二《牧牛图》句"歌声彻云云漠漠"、卷三《归田乐》"绕屋苍山云漠漠"、卷三《哭同渊弟》末句"欲哭无声天地老"化用李贺的诗、卷四《睡起》中"水因冰泮流初滑"化用白居易《琵琶行》、卷二《题四景》其三句"落红满地无人扫,碧梧枝头凤栖老"化用杜诗等;用宋诗的,除化用苏轼诗文外,另以赵师秀诗句为题,用陆游客居京师诗句等也是显例。

柯潜的诗歌还用六朝典故入诗,如《竹岩集》卷二《题吏部员外郎钟景清古松图》"古云不可居无竹"句,出自《世说新语》所载东晋王子猷事,而《哭同渊弟》之"空忆池塘长春草"化用谢灵运《登池上楼》诗等。

柯潜的散文多为应酬之作,仅有一些文章稍有价值。在序类文章中,著名的有《壶山翠峰精舍图序》一文。此文所记的壶山是柯潜故乡兴化府莆田县的一处佳境,作者对它异常熟悉,于居京城之时作遥想之笔,落笔之际深有感情:

> ……于此不之居,将焉居乎?伯永余先生笃学清修,隐而不仕。尝拓其地,别构数椽。其制维度,其饰维素,匪斫匪雕,爰蔽风雨,虽未免为世之务华靡者笑,而实为识者之所取。……有宅一区,植花竹以自娱。有田数亩,力稼穑以代食。或投竿而渔于溪,或执耜而采于山,无非各适其趣而已。暇则开南轩,面壶山,澹之为烟霞,清之为水月。无穷之佳致,举集目前。于焉,气以爽而神以清,体以舒而情以畅,怡怡焉,愉愉焉,有不知户庭之外而吹野马之茫如也。[①]

此序的语言很注重修饰,运行数组类于对仗的句子,极为工巧,表现的意趣与柯潜本人的好尚一致。这是作者借他人酒杯浇自己胸中块垒的一类散文。又如《移竹记》自适情怀,但于文末发为"操用贤之柄者"当如何识才、举才的类比说理:

---

① (明)柯潜:《竹岩集》,续补遗,第2、3页。

　　置小居植花卉数十品，光翠可人，然犹以无竹为未快。乃就丁仙官与明处移数茎，植于轩后，开北窗以临之；又就童内翰大章处移数茎植于轩前，前后相□（此字字形缺坏。按，文渊阁四库全书本作峙字），皆当花卉之中。竹之清标雅韵，类大贤君子，他植物宜环拱承顺，无或抗也。移之日，适烟雨霏微，柯叶鲜润。翼日，辄扬蕤布绿，欣然意若以为托根得所，而予因之涤去凡累，益增旷怀，盖人物两相得也。昔人谓移竹必用辰日，又以五月十三日为醉竹日，移之多蕃殖。以予观之，高山出云而雨泽降，此移竹时也。①

此文叙述语言仿佛叨唠往事，语言平顺，语流顺滑，中间写出人与物相得之情。若仅到上面所引之段落为止，则有似于苏轼之承天寺夜游之短篇，可以自喜，纯为萧散意志之写照。上引段后柯潜却对"操用贤之柄者"如何识才、举才发挥了一通类比说理，人、竹之间尚可相得，而己身投闲置散，作者亦自怜贤才遭遇非时，且以"自观省"待时以进宽慰一二，感慨尤甚。《绿畴轩记》因对所颂对象缺乏了解，其所称许的道德力量显得单薄：

　　春坊大学士嘉禾吕公逢原退自禁直过潜，言曰："吾姻友朱孟宽构轩于所居之前，以时休息，名之曰绿畴。吾向时屡游其中，爱其胜，或饮淋漓，或歌激烈，或靓观微步，徙倚旁皇，得于耳目而乐之于心，穷日夜而忘返也。今别数载而蒙宽死矣。"重其人而思之，非文不彰，用属余记之。因问其人，曰："性冲静，不妄言笑，治家肃如公庭；与人交，倾写肺腑。凡事谨然诺，未尝食言。常长万石，民有逋负，多假之。虽倒廪不惜，故身虽韦布而惠泽及于人。"问其轩之所有，曰："经书子史，古今名画，与凡乐宾之具，充切于中。敞其前为庭，植以奇花美木，有山水佳致。"问其轩之所以名，曰："轩有周垣，疏其南为牖，以临平畴漫野。方禾苗秀硕，舒青缀绿之时，而轩之构适成，斯所以名也。"轩之境，其指如此。若夫烟扉开敛，日光出没，四时朝暮，雨赐晴晦，变化之不齐，虽有知

---

① （明）柯潜：《竹岩集》，卷十二，第16、17页。

者，亦莫能穷其状而名之。潜惟山川不必皆庐阜、洞庭也，以人而胜。愚溪、云谷僻于偏州下邑，而天下闻其胜，非以人耶？人不必皆贵仕也，以德而重。严光、周党之徒，隐于岩壑，老死蒿莱，而天下闻其名，非以德耶？绿畴，特一轩耳，谈嘉禾之胜者归之，岂嘉禾之胜尽于一轩？以居轩者孟宽而重孟宽者公也。昔柳子谓地虽胜，得人而居之，山若增而高，水若辟而广，其信然哉！潜未尝识孟宽而于公之德则厌服矣。知公之所重者，必非凡流，故为记于轩壁。(《绿畴轩记》)[1]

文中所记载的景致，清新适人，与柯潜诗歌的整体气象有共通的地方。其间写景或有欧阳修写醉翁亭的笔法，大概是隐括《醉翁亭记》的景色和语句。虽然也意在表现朱孟宽的德行，但内容语焉不详。

柯潜学习韩、柳写作小品文。如《鼠记》：

有故人来自洛中，惠胡桃一篓，藏之。置于卧栖之侧，为群鼠所窃，未之觉。逾数日，命僮取供客，僮走以殆尽告，谋张护掩之，是诡遇之术，奚宜为？将发其穴，尽取而声罪以诛之。窥其穴，四出缭而曲，窈而深，通牗基之下，西延于邻，莫知止极，用尔不果，堇之而已，绝之而已，毋俾其复来也。及暮而入卧，故穴又通，啮篓声作，掷砾击之，鼠乃走散。明夜复然，执烛视之，鼠群然，据穴而集，诟叱之，却而复前，唧唧然，声愈急，若有怒容，若有欲诉而非人类不能言。余复叱之，皆遁去，又明夜复然，乃退而思之，反覆而揣之……[2]

这篇记是作者"思之"、"揣之"思考之后的所得，语言非常流畅，也极有韵致。所记之事似乎很细琐，但多用短语，使其叙述节奏加快，简洁而尽言。在运短句之时，又用上如"堇之而已，绝之而已"这种排沓的句子，显得很具匠心。柯潜从鼠的群生态联想到世间若鼠者的一般百姓，又引申到对"司郡邑者"、"任藩臬者"以及朝廷之上的"进贤退不肖者"中品行似鼠者的感慨。此

---

① （明）柯潜：《竹岩集》，卷十二，第 12—14 页。
② 同上书，卷十二，第 15 页。

文也表现了柯潜的人格，所以前人说他的文章"平妥整洁"、"风神气格迥出凡近"，是很恰当的。

第三节　馆阁大家——倪谦与邱濬

在三杨之后，刘定之虽然称翰林制作巨手，而其文学创作成就实乏善可陈。倪谦为人虽然有躁进之讥，而其文学创作实出时人之上。古今评价有所不同，是因为评价标准不同，拙著从纯文学角度审视前人之作，而前人评价作家的标准往往夹杂着非文学的政治、道德、伦理等方面的因素。邱濬是年长李东阳近三十岁的馆阁大家，卒于弘治八年（1495），其文学活动主要在成化年间，创作承前启后，反映出转变中的明朝翰林院馆阁文学崭新的面目和特征。

倪谦（1415—1479）[①]，字克让，号静存，原籍浙江钱塘，徙南直隶上元县。正统四年（1439）第三人及第，授编修，进侍讲。景泰中，进侍讲学士、春坊大学士、翰林学士。成化初，进礼部尚书。为人急于躁进，颇致讥议。有《玉堂稿》一百卷、《上谷稿》八卷、《归田稿》四十二卷、《南宫稿》二十卷等，著述丰富。今存文渊阁四库全书本《倪文僖集》三十二卷。

《四库全书总目·〈倪文僖集〉提要》对倪谦评价甚高：

> 三杨台阁之体，至宏（弘）、正之间而极弊，冗阘肤廓，几于万喙一音。谦当有明盛时，去前辈典型未远，故其文步骤谨严，朴而不俚，简而不陋，体近三杨，而无其末流之失。虽不及李东阳之笼罩一时，然有质有

---

① 吴文治主编的《明诗话全编》第1374页对倪谦进行简短介绍，失考其生年。倪谦诗有《乙酉元日立春试笔时五十一》（《倪文僖集》，文渊阁四库全书，第1245册，卷九，第308页）一题，题中"乙酉"年当成化元年（1465），则倪谦生在永乐十三年（1415）。另，刘珝《古直先生文集》卷十二《致政南京礼部尚书赠太子少保谥文僖倪先生墓志铭》所载倪谦生日在永乐乙未（即永乐十三年）十二月一日，查陈垣《二十史朔闰表》（古籍出版社1956年版，第163页）及方诗铭、方小芬《中国史历日和中西历日对照表》（上海辞书出版社1987年版，第592页），倪谦生年在公元1415年12月31日，未入1416年。

文，亦彬彬然，自成一家矣，固未可以声价之重轻，为文章之优劣也。①

倪谦生活的年代，前期衔接徐有贞等人，后期与李东阳等人相接，为李东阳的前辈，这是一个既沾染了台阁体风气又有着独特风格的馆阁作家。李东阳所作序指出了倪谦在翰林馆阁文学传承上的作用：

> 文一也，而所施异地，故体裁亦随之。馆阁之文，铺典章，裨道化，其体盖典则正大，明而不晦，达而不滞，而惟适于用。山林之文，尚志节，远声利，其体则清耸奇峻，涤陈薙冗，以成一家之论。二者固皆天下所不可无，而要其极，有不能合者……我国朝定鼎开基，奄有六合。光岳之气，全得于天。自高皇帝时，宋景濂诸公，首任制作而犹未得位；文皇帝更化，杨文贞诸公亟起而振之，天下之休养涵育；以暨英庙之初，富庶之效，可谓极盛矣，而刘文安诸公出焉；逮于宪庙，其用犹未已也，时则有若文僖公，相与先后扬厉，其名大著……盖公之雄才绝识，学充其身，而形之乎言，典正明达，卓然馆阁之体，非岩栖穴处者所能到也。（《倪文僖集原序》）②

李序指出三杨以前驱开辟了明代翰林院馆阁文学的传统，极盛于正统初；天顺、成化年间，刘定之（谥文安）以文思敏捷著称天下，倪谦与之先后扬厉③，使翰林院馆阁文学的传统益为发扬，而倪谦的创作在一定程度上革除了台阁体的弊端，在当时独成一家。

倪谦的赋及其他文体的创作较少道德说化，相当富有文采。这是明朝翰林院馆阁文学创作中一股注重文采的创作潮流，他们的创作渐渐摆脱了儒家本经观念的限制。在景泰、天顺以来，既有理学说教日趋严重，翰林院部分作家加强创作中本经观念的倾向，如李贤等作家，又有一部分作家的创作逐渐脱离本经的观念，减少了儒家思想在文学中的附丽，更多地把作家的个性展示出来，

---

① （清）永瑢等：《〈倪文僖集〉提要》，《四库全书总目》，卷一百七十，第1487页。
② （明）倪谦：《倪文僖集》，文渊阁四库全书，第1245册，卷首，第236—237页。
③ 按，《明语林》卷三："倪公谦落笔千言，每应制赋诗，中使立候以进。"（第45页）

也更多地把文学的审美特性展现出来，如徐有贞等作家。倪谦也是这样的作家，其创作既繁富又具文采，这也是倪谦的创作自成一队的原因。下面先举其赋为例：

> 动植乐育于生成，漏暖信于梅枝兮，见天心之来；复窥韶光于柳眼兮，验百卉之回绿；划残渐之已泮兮，增太液之清波；倏积雪之尽融兮，郁琼岛之嵯峨；雁嗷嗷以思归兮，羌呼群于水曲；鸟嘤嘤以将鸣兮，欲迁乔于幽谷；蛰虫闻其启户兮，纷蠕动而翩飞；潜鳞跃以上冰兮，竞鼓鬣而扬鳍；探上林之桃杏兮，含无穷之芳意；况御苑之蜂蝶兮，亦联翩其游戏；感万物之畅达兮，乘淑气以陶镕；想春光之九十兮，塞宇宙之冲融。（《早春赋》）①

上引段写尽春意，笔法细致，描摹入微，动人春心。作者观察了春天里梅枝、柳眼的细微变化，京师八景中的太液清波因残冰融释而更增色，琼岛因积雪融化而更显嵯峨；此外，如雁、鸟、蛰虫、鱼、桃杏等动植物，都因春气发动而陶镕万端。作者善于体物，文笔细腻，景物优美，传达出春天的景象。又如《观泉赋》，此篇极有情致：

> 当春日之载阳兮，柳袅袅以垂丝。畅冲襟以抒写兮，陟层台而自怡。云冉冉其出岫兮，风飘飘而吹衣。眷翠岩之石镈兮，悬瀑飒其双驰。恍银河之倒泻兮，讶玉龙之竞飞。神爽忽焉飞越兮，人世沓然以如遗。慨古今之禅代兮，少日壮而老以衰。惟兹流之喷薄兮，亘四时而不移。嗟人生其如寄兮，徒扰扰将何为？伤余怀以兴感兮，足踟蹰其忘归。（《观泉赋》）②

此赋写春景又不同于上篇。倪谦写自己的心情变化：当春日载阳之时，心情愉悦，登上层台观览冉云出岫、悬瀑双驰的景象，却也因此而感慨人世沓然，去

---

① （明）倪谦：《倪文僖集》，卷一，第 238 页。
② 同上书，卷一，第 243 页。

日苦多。在瀑布的四时不移与人生如寄的对比中，抒发作者的伤感情绪。《琼花图赋》的想象力最为丰富：

> 元造运兮无停，群汇勃兮生成；曾物物以雕刻，乃自色而自形；何琼芳之毓秀，擅稯华于广陵；繫幽魂兮久逝，恍唤起兮如醒。尔其煤麕扬芬，毛锥脱颖，意匠方玄，天机乍警，剪瑶岛之纤云，印碧纱之清影，柔柯澹兮相依，密叶蔚兮交映，纷总总其繁英，讶晚妆之闲靓，盖能驻春色以常存，斡化工而自骋者也。当其结根后土，破萼蕃厘，冰须缀粟。素脸凝脂，粲玉容兮照眼，蔼天香兮逼肌。鲜飚动摇，步宓妃于洛浦；零露瀼瀼，醉阿母于瑶池。疑玄圃之仙卉，儵六丁之夜移。羌地灵兮所钟，岂人力兮能为？顿使群英失艳，千葩夺奇，谅寰寓之独步，意东皇之见私，遂令江都之名胜，境因物而犹垂也。乃若迁客追欢，骚人继访，雅韵争裁，高吟竞爽。唐昌观里，浪夸仙女之游；无双亭畔，素惬醉翁之赏，想神物兮禁诃，寿千龄兮无恙，奈边骑之方来，揭本根而长往，待息休于遗蘖，终褫魂于槁壤。览物理之兴衰，慨予情于俯仰。……①

按赋中作者所云，扬州原有琼花，仅一本，后为金主完颜亮揭之而去，遂绝②。这篇赋是倪谦按图而写文，多为想象之词，非实物描摹。作者形容琼花的影、枝、叶、花，使群卉失色，扬州因之而大著名声，骚人墨客竞相摹写追欢，一朝因国家多难而罹祸绝踪，盛世与战乱两相对照，感慨深沉。

以上三例，都说明了倪谦诗文创作中纯文学成分大大增加，增添了更多文学价值。倪谦也能在一些未超越本经观念的篇章中表现出创造性。如《竹坞精舍赋》、《梅月辞》都是以赋体写竹和梅，虽未能摆脱以竹比德、以暗香疏影写梅的窠臼，但改变了前代作家对二物分别以散文、诗歌的体裁。于《竹坞精舍赋》中，把竹之色、声、味与粉黛、管弦、肥鲜等物质享受进行对比；于《梅

---

① （明）倪谦：《倪文僖集》，卷一，第240页。

② 按，扬州山中所谓琼花实多而贱。（宋）王辟之《渑水燕谈录》卷八："扬州后土庙有花一株，洁白可爱，岁久木大而花繁，世俗目为琼花。不知实为何木也。世以为天下无之，惟此一株。孙冕镇淮扬，使访之山中，甚多，但岁苦樵斧野烧，故木不得大，而花不能盛，不为人贵。"（《宋元笔记小说大观》，上海古籍出版社2001年版，第1289—1290页）

月辞》中，多铸新词，也体现了作家的匠心独运。其他如《寿谖堂辞》，这篇表现孝敬思想的文章也比他人的应酬文章作得好。《倪文僖集》卷二《陈氏终节堂》诗叙述妇女陈氏与丈夫结婚六年，丈夫去世守节，也不是干巴巴地进行议论和说教。

倪谦的诗作二千余首，卷帙繁富。七言古诗颇为清健，笔力奇崛，如《倪文僖集》卷二《赋得天上麒麟歌寿卢大海》中的"麒麟本是天上物，头角峥嵘光五色。紫皇案前颇驯扰，雷祖跨下尤奇特。碧蹄蹀躞凌紫霞，毛骨凛凛无纤瑕。忽然掣断黄金锁，来降江南卢氏家"数句、《败荷鹡鸰扇面为卢大海题》之"并立莲塘如有情，烟寒水冷秋无际"句、《捕鱼图为夏得中题》之"烟渚兼葭扑晴雪，蓼花暗染猩猩血"等句时新人眼。倪谦的笔力又能与所抒写之事相应，如《倪文僖集》卷四《三顾图》、卷五《万壑苍烟卷为邹允达赋》等篇。下面以《万里江山图为浦友谦赋》为例：

乾坤浑沌，二气相荡摩。盘古未出，浩劫渺渺知如何？一从高下奠清浊，山岳峙立流江河。至今山作漾沙势，水载厚地无停波。百川万折竞趋海，连峰迤逦堆青螺。嗟我闲情本好游，一官束缚如茧窠。天生好景在人世，未得放棹穷经过。老彭倏倏江海客，胸蟠造化谁能识？醉握毛锥写作图，万里分明归咫尺。风雨溟蒙元气俱，林霭阴森鬼神泣。令我披图思爽然，恍若掀篷倚秋壁。高者何为如削玉，峨眉熊耳通巴蜀？低者何为如伏象，滟滪瞿塘雪涛涨？远如群龙飞上天，近如万马奔饮泉。深壑幽沉积苍翠，浅渚洄洑涵清涟。巫峰十二净可摘，瑶簪散掷夔门边。汉皋春晚客遗佩，湘浦晓凉人刺船。山长水远望不极，满目但见浮岚烟。锡山浦君最潇洒，不爱黄金偏爱画。得此何殊席上珍，白璧明珠喜盈把。君不见，平生李谪仙，千载马子长，足迹所到皆文章，芳名不逐草木腐，直与山水争辉光。宁知此兴亦不浅，抚卷为君歌慨慷，还君之画停我笔，呼童捉酒浇诗肠。①

---

① （明）倪谦：《倪文僖集》，卷三，第261页。

明代多位画家作有《江山万里图》，翰林作家们也屡有题画诗创作。倪谦这首诗以豪迈取胜，作家的创作个性非常鲜明，一反台阁体平衍的风格，直追李白。诗歌辞气豪纵，气象阔大；奇语迭出，遒劲有力；善于逶迤，盘旋往复；多次以问句结尾，姿态多端；运用多个比喻，对景物进行渲染。又如《题李琼司训先生庐山图二十二韵》中写景的诗句，笔力豪健：

> 我闻匡庐镇南服，云是《禹贡》敷浅原。昆仑支脉远分析，衡岳五岭遥相连。大江西来浪翻屋，万古昵立洪涛前。层峦迭嶂数千仞，五老香炉凝翠烟。金轮紫霄荡白日，鹤鸣双剑摩苍天。冰帘一片泻空阔，元气喷薄银河悬。昭明旧隐在何处？中有古寺名开先。漱玉之亭最奇胜，飞瀑正注神龙渊。栖贤谷西白鹿洞，李渤读书今几年？濯缨枕流双蟠蛛，突兀共跨清波眠。陶潜醉石亘长硐，远公东林开白莲。平生慨想不一到，梦绕落星湖水边。五羊颜君南海客，胸中丘壑谁能先？兴来泼墨写此景，妙夺造化天无权。青山蜿蜒欲飞去，满壑浮云纷擘绵。澄江浩浩渺无际，但见万里乘风船。渔村樵径遍林麓，有路宛达诸峰巅，披图可望不可即……①

这首诗歌的写景句子，独出心裁。如写长江西来"浪翻屋"的气势，而庐山却以"昵立"的姿态与之对峙，一张一弛。正面写庐山时，也写出新的景象，如"金轮紫霄荡白日，鹤鸣双剑摩苍天"，这是前人没有写过的景色。其他如"濯缨枕流双蟠蛛，突兀共跨清波眠"、"梦绕落星湖水边"、"青山蜿蜒欲飞去，满壑浮云纷擘绵"等，都体现出作者善于体物的写作能力。《题赤壁图为钱景和赋》有意与苏轼的《前赤壁赋》颉颃，把原赋内容改写成诗歌：

> 老仙载酒赤壁下，烟波万顷一苇航。是时东山月始出，浩歌棹雪迎流光。清风徐来水波静，毛骨飒爽生微凉。凭虚浩浩不知止，空明坐击凌苍茫。水天一色粲星斗，恍若有路通银潢。座中何人吹紫玉，呜呜怨泣孤舟孀。倚歌相和嚣襟抱，抒景慷慨悲兴亡。山川千古留霸迹，东望夏口西武

----

① （明）倪谦：《倪文僖集》，卷三，第262页。

昌。昔当曹瞒顺流下，舳舻千里旌旗扬。临江洒酒气何壮，傲睨已灭孙吴
疆。东风一炬悉灰烬，庙算岂料输周郎。只今英雄果何在？惟剩山色摩青
苍。寓形宇内海一粟，日月苦短江流长。游挟飞仙不可得，有酒且共浇诗
肠。江风山月不须买，匏尊相属乐未央。洗盏更酌醒复醉，枕藉颓卧夫
何妨！①

这是一篇诗体的《前赤壁赋》，对原作的内容略加剪裁，也是一篇豪放之作。
倪谦的诗文创作中，类似的创作颇多以苏轼、李白、陶潜等为对象进行正用或
反用，如《湖口石钟山为库部王郎中恕赋》，欲以诗直追苏轼之文；《玄都看花
诗意图》诗劝慰刘禹锡不必以得失挂怀。

　　倪谦也写了一部分恬适情趣的诗歌，以陶潜的生活和庄子的思想为主要内
容。如《集陶挽王守正主事》全以陶潜的诗歌成句组织成一首诗歌，《题芜湖
陶氏所藏渊明归去来辞图》写的是陶潜归隐的生活。下面这篇《耕乐翁》是首
学陶之作：

　　　　春风动阡陌，万汇俱欣欣。负郭数顷田，及时耕且耘。朝带西畴雨，
　　暮拂东皋云。芃芃长禾黍，不辞沾体勤。妇子事晨馌，羹藜芼香芹。日入
　　荷锄归，远下牛羊群。山村四五家，鸡犬声相闻。秋成共收获，遗秉何纷
　　纭。但见仓庾盈，孰知尘世氛。瓦盆注新绿，畅饮总成醺。醉来歌击壤，
　　此乐宁可云。慨慕鹿门老，永怀盘谷君。斗酒欲相劳，银鱼未能焚。②

这首诗歌可以看到《诗经》中《七月》等篇的影子，也有陶潜隐居躬耕田亩和
唐代田园山水诗的痕迹。倪谦的诗歌夹杂着庄子的思想，《倪文僖集》卷六
《栖云》说"最是蘧蘧迷晓梦，只疑庄蝶绕身飞"、卷八《西池草堂为周仪宾英
璧赋西池》有"聊复似庄周"句、卷八《卧云重题居处谧卷》的"迎风疑化蒙
庄蝶"等，用的典故俱出自《庄子》。作者终究不是归隐者，这是一种以馆阁
的身份写田园气息的创作。倪谦的此类诗歌经常出现鸥鸟的意象，如《倪文僖

---

① （明）倪谦：《倪文僖集》，卷四，第270页。
② 同上书，卷二，第246—247页。

集》卷五《题张中书子俊画孤舟读书图为吴宗起赋》的"镇日忘机沙上鸥"句、卷八《西池草堂为周仪宾英璧赋西池》的"玩世闲情狎海鸥"句、卷九《一碧轩为盛锟题》的"沙鸥来往共幽栖"句等，都借鸥鸟表达忘机恬退的境界，在卷三《山行画》诗中甚至发展为与泉石结盟的山林之趣。

倪谦的诗歌中颇多好句，如《倪文僖集》卷四《山水画》诗中"碧山在水江无波，小舟一叶如飞梭，山光压舟载不起"的句子非常警醒，造语平常而出人意表；卷六《竹轩为宋以临赋》的"碧窗烟细茶翻乳，曲径笞深笋迸尖"等句对句工整，意象非常清新。倪谦的小诗写得很好，富有情致。如以下两首：

秋山秀而高，秋水湛以碧。山空水脉缩，冉冉霜叶赤。孤村卖酒家，长桥远行客。古寺数声钟，斜阳在东壁。(《题小景二首》其一)①

苍苍云外山，磊磊涧中石。古道无人过，长桥浸寒碧。(《山水小景》)②

这两首短诗写景清绝，境界幽静清冷，得唐诗山水之体。

倪谦也创作闺情诗，有《次韵董廷器闺情》十六首、《于景瞻以闺情和予梦中之作少寓热中之意因效颦以复十首》等诗。在《次韵董廷器闺情》的序中，倪谦以《诗经》的"国风"部分男女夫妇之诗几占半数为自己写闺情诗辩护，尽管如此，闺情和艳体题材诗歌在明朝翰林院馆阁文学创作中所占分量较小是一个明显的特征。倪谦与刘溥、韩雍、于冕（字景瞻，于谦之子）等人关系紧密，刘溥、韩雍又是来自吴地的诗人，与徐有贞互相唱和。这些诗人都创作艳体和闺情诗，在翰林院中掀起一股新的创作潮流。

倪谦的诗歌使用的典故，有来自魏晋的，如《倪文僖集》卷七《竹雪轩为陆元泰赋》末句"吟兴颇同袁令尹，径来不问主人看"；有来自宋诗的，如卷六《竹轩为宋以临赋》的"碧窗烟细茶翻乳"，用陆游《临安春雨初霁》诗；有以宋词入诗的，如卷九《乐清轩诗为沙士清题》其二"梦断梅花帐底云"句有宋晏殊词"歌尽桃花扇底风"的痕迹。这些用典上的路径为稍后的李东阳等人的创作开辟了道路。

---

① （明）倪谦：《倪文僖集》，卷三，第255页。
② 同上书，卷十，第314页。

倪谦的创作也存在诸多不足之处。他的诗歌多少也落入前人已使用过的事典，无开拓之功。如写竹，则有《竹坡为丁文暹赋》的"若非湘浦应淇澳"、"只疑误入篑筜谷"句；《芦滩水禽图》的"虞机良少菰米多"句、《题张中书子俊画孤舟读书图为吴宗起赋》的"西塞山前春雨多"句、《送蔡明远南还二首》其一句"棋落灯花夜敲"等都沿袭了前人的诗意，《题王孟端碧梧竹》的末句"凤凰栖老碧梧柯"则直用杜诗，这是翰林作家自身素材单薄产生的后果。在明朝遭遇土木堡之变的前两年，倪谦作《扈从谒陵十咏》极度张扬明朝的虚假繁荣，则是典型的谀词。

倪谦的散文铺张扬厉，极力抒写，有苏轼之风，才力雄赡。如《海天秋月记》：

> 予惟天包地外，地处天中，天地四方，莫非海水所通，其大无穷，其深叵测。月则阴精，与天同运而不及，有体而无光，其盈亏也，以受日之光多少，远日则光满，近日则光尽。海惟深且大，故月之出没，望之皆在于海。夜当，夕阳既收，列星有耀，水天相薄，遐迩莫辨，狂涛汹涌，万变惶惑，吁可骇畏也已。逮冰轮挟潮东升，纤翳不干，影落渊底，上下合璧，激荡动摇，金舆翠旗，隐现鲸波之上。常夜之月，莫不皆然。惟九秋之夕，天高气清，万境澄澈，兔魄光明，于斯特甚，幽隐毕烛，洞察毫末，珠胎蚌母，含英孕华，鱼龙黿鼍，蜃楼蛟室，但见踊跃后先，光怪明灭，此海天之月所以宜于秋也。[①]

作者据图而写大海与明月之景，先写海的辽阔无垠，气势壮阔；再写海中狂涛汹涌、摄人魂魄的壮景；然后写海月交映的壮观景色，凸显灵动、阔大、奇怪的景象，形成斑驳陆离的感受。描摹景物非常细致，但又不失雄浑。《处梦轩记》探讨人生的迷惑，先是归之于庄子的思想，颇有苏轼推理的痕迹，终归于儒家性命的学说：

---

① （明）倪谦：《倪文僖集》，卷三十二，第591页。

（顾维周曰）："……予昔生于贵阳，比长寓于桂林，寻移家金陵，今又居于金台也。其间忧喜相仍，聚散靡定，窅然而失，倏往倏来而不可把玩。以今思之，曷异庄生之蝶、淳于之蚁而郑人之鹿哉？抑岂特予为然？彼微之为草木，舒翘吐英，非不秾郁可爱；及其凋谢渐尽，则向之可爱者，非梦乎？巨之为江河，奔涛激浪，非不澒洞可愕，及其风恬水落，则向之可愕者，非梦乎？高之为山，烟云之兴，方弥满岩谷，而忽泯于无迹也，则向之兴者，非梦乎？大之为天，雷电之作，震耀宇宙，而忽寂于无声也，则向之作者，非梦乎？故以今日视往日，则往日为一梦也；以今时视往古，则往古亦梦也。今之视往，固知往之为梦；后之视今，恶知今之不为梦乎？故凡物之有形者，皆有变也；皆有变，则皆为梦矣，虽天地且然，而况于予乎？予用是视处斯世，若一大梦焉。吾子以为何如？"予曰："噫！卓矣哉！雪坡之见也。人生百年瞬息，其忻戚、得丧、倚伏、去留纷出于吾前也，皆非吾之所有也，狃于造物，莫知其然而然也。彼昧者，不知出此，汩汩然，营营然，务求惬其所欲，劳其形以殒其生，孰能以梦处之若雪坡者乎？若雪坡，可谓达观之士矣。虽然，非吾所有者，不可不以梦处之；吾所有者，不可以梦处之也。苟吾所有者，而亦处之以梦，不几于老庄之虚无、释氏之寂灭乎？吾所有者何？性也。是性也，具于吾心，蕴之则为德，行之则为道，建之则为事业……"①

作者借顾维周（号雪坡）之口，极力排比，阐述人生如梦、庄生化蝶的哲理，列举了草木、江河、崇山及天地之间的盛衰、荣败两端景象，作为人生如梦的论据；又以今日之于往日、今日之于往古、将来之于今日的相对关系，论说处世若梦的观点，充满悲观无奈的情绪。语词极为雄赡，滔滔不绝，具有文采，体现出涌泉般喷薄而出的写作能力。作者的对答语，先模仿苏轼《赤壁赋》中"苟非吾之所有，虽一毫而莫取"的方式，赞同以梦处之的观点；而后他却转出"吾所有者，不可以梦处之"的新观点，推陈出新，

① （明）倪谦：《倪文僖集》，卷十三，第345页。

把论辩的观点引导向儒家的思想，这是作者成功地对苏轼的思想及其文法进行翻新的例子。《味澹对》与《处梦轩记》的论辩内容极为相似，貌似庄学引申，其实归于儒家的中和理论，虽篇幅最长而文学意味略逊；《皆春轩记》也是一篇类似的散文。

倪谦的散文风格不止于豪俊一种，兼有清逸之气。如《湖山清趣记》局部的写景：

> 尝作别墅于城西，擅林壑之胜。其北若青芙蓉万朵，献秀几席之上，则有钵池之山焉。其南若铅光一镜，浸淫栏槛之外，则有西湖之水焉。（周）大用每当治事之隙，则载酒约朋，往游其中，或哦诗、鼓琴、投壶、博奕以适其适，前顾后盼，但见草木之葱茜，禽鸟之和鸣，樵歌渔唱之往来，野马红尘之不及，恍然如度弱水，居蓬瀛，不知身在人间世也，其为趣也不既清乎！①

此文的写法受宋代散文的影响，既有欧阳修文善于铺陈写景的影子，也有范仲淹散文的字句痕迹，而运文气时极其畅达，一气贯通，不觉滞碍，则得自苏轼之法，所写的则是士大夫的闲适优游的日常生活，故为清逸之格。

倪谦的作品宏富，风格清健，才力雄赡，在当时可谓馆阁文学一大作者。

邱濬（1420—1495），字仲深，号琼台，琼山人。景泰五年（1454）进士，改庶吉士，授编修，进侍讲、侍讲学士，升翰林院学士，迁国子监祭酒。弘治四年（1491），入阁预机务，在阁四年而卒。有《重编琼台稿》二十四卷，菁华具在。

成化、弘治年间，邱濬是一个笃守程朱理学的学者，力抗庄昶、陈献章等人变异程朱理学传统的潮流。在文学上，矫然与李东阳并峙，独成一家。于时，邱濬在士林声望很高。《明语林》曰："世称丘（邱）文庄不可及者三：自少及老，手不释卷，好学一也；诗文满天下，不为中官搦管，介慎二也；历官四十载，仅得张淮一园，邸第始终不易，廉静三也。"②

---

① （明）倪谦：《倪文僖集》，卷十三，第347页。
② （清）吴肃公：《明语林》，卷六，第98页。

邱濬在成化初任国子监祭酒，对改变当时的文风起到很大的作用。"时经生文尚险怪，濬主南畿乡试，分考会试皆痛抑之。及是，课国学生尤谆切告诫，返文体于正。"① 为文明体达用，酌故准今，襄然一代文宗。《四库全书总目·〈重编琼台会稿〉提要》说："其文章尔雅，终胜于游谈无根者流，在有明一代，亦不得不置诸作者之列焉。"②

在诗歌创作上，邱濬众体皆作，在翰林院馆阁诗歌发展史上具有一定的意义。邱濬写夫妇感情的诗歌相当多，《重编琼台（会）稿》卷一《悼亡十首》是他悼念妻子之作，回忆当初夫妻恩爱、妻子侍养老母、在作者局蹐不遂之时劝慰他、临终之时不得相见的情景，抒发了他悲伤、凄凉、哀切的悼亡感情；卷三以绝句的体裁写悼亡之词，有《悼亡三首》，其一以物在人非的对照抒发妻子逝去带来的永久悲伤，其二以梦中相会极欢洽而梦醒转成悲的真切描写，表现他对妻子的思念；卷一《拟古四首》以江南女子的身份想念行役北方的丈夫，以秋风秋景，设身处地怜惜丈夫，以高堂宴集的热闹场面与内心的凄苦和丈夫独在北疆的形象形成对比，感情复杂，既凄婉又夹杂对丈夫取得功名后变心的担忧，表现出作者善于摹写人物心理活动的创作才能；卷二《捣衣曲己巳冬寓北京作》与《拟古四首》的主题接近，写江南女子想念远在阴山北的丈夫的感情；卷二《采莲曲二首》其一则充满江南情歌的声口，情调柔靡；卷三绝句中亦有此类内容的作品，如《征妇》、《闻莺》、《自君之出矣》等诗皆以女子的身份写柔情；卷四创作有《春闺怨二首少作》、《闺怨二首》、《拟唐宫词二首》、《题明妃图》、《咏虞姬》、《昭君词翻白乐天诗案二首》等诗，都是以女子的感情为对象。其中《捣衣曲己巳冬寓北京作》、《春闺怨二首少作》等诗是他年轻时所作，尤以《捣衣曲》作于己巳年，时正统十四年（1449），系其成进士前作品，这种创作现象说明了闺情艳体诗是邱濬一生创作热衷的题材，跨越释褐前后两个阶段，也反映了正统以来翰林作家对此类题材的态度。明朝建立之初，太祖曾经因为诗人高启擅长宫体，真切地体会宫女的感情，借故杀之，所以明代翰林院作家少作此题材作品，李时勉的艳体创作就被人为地删除，但到了正统年间，皇权对文艺的干涉比太祖时有所松懈，翰林院又有众多作家创作此类

---

① （清）张廷玉等：《明史》，卷一百八十一，第4808页。
② （清）永瑢等：《〈重编琼台会稿〉提要》，《四库全书总目》，卷一百七十，第1489页。

题材，乐府恢复了元末明初时写艳情的倾向，从徐有贞、岳正，到倪谦、邱濬，形成一股潮流。

邱濬进入翰林以后，熟悉国家典故，以经济自负。其《愿丰轩记》自述年轻的时候即有意用世，于"天下户口、边塞、兵马、盐铁之事，无不究诸心"，可是入院二十余年，凡四转官，不离乎言语文字之职，如今已"精神衰薾，心志疲倦"①，可算是一个仕途并不快意的官员。邱濬的理想和现实的遭遇在他的内心形成了豪迈与困顿交织的感情，并表现在诗歌创作中。如《杂诗成化己亥四首》：

　　羲驭行太空，海宇仰其光。咫尺苍海隅，群鸟集扶桑。乘时竞奋飞，引脰鸣朝阳。众鸟欣有托，后先低回翔。冥鸿吊孤影，四顾惭且伤。（其一）

　　南国有珍木，中含要妙音。匠氏一顾之，斫削为素琴。绲以朱丝弦，寄以大古心。时时横膝上，山水托意深。别鹤为翔舞，游鱼跃幽沈。云胡世俗耳，不如鱼与禽。雅郑竟莫分，吾心安所任。（其三）

　　冀北产良马，未必皆骝骟。乘之惟其良，何必以地拘？我闻开国初，罗鬼生龙驹。贡之入天闲，用以驾鼓车。疾徐皆中节，步骤何雍如。纷纷内地产，不能并驰驱。安知今所良，在昔非其驽。按索久成俗，谁为焚其图。世无九方皋，叹息还揶揄。（其四）②

这三首诗作于成化十五年己亥（1479），作者年已六十，三诗俱有寄托。第一首以众鸟有托与自身孤影独吊形成对比，隐喻仕途达穷的不同遭遇。第二首以南国珍木自拟，以雅郑不分比喻无人识才，期待用世之意明显。第三首为英宗时执行重北人轻南士的政策（包含英宗正统末年和复辟后天顺年间两个阶段）感慨，提出选才当以良不以地的观点。正当英宗之时，南士受到极大的打击，邱濬的仕途可能也因此受到影响，所以在他诗文中

---

① （明）邱濬：《重编琼台稿》，文渊阁四库全书，第1248册，卷十九，第383页。
② 同上书，卷一，第10页。

多有反映①。弘治元年（1488），作《即事戊申》诗：

> 岂有随时态？常怀隔世忧。许身徒稷契，知己却孙刘。海上孤飞燕，沙头决去鸥。敛将经世志，终老向菟裘。②

邱濬作此诗时年六十九，心态更为苍老。另有《甲辰（1484）初度》、《乙巳（1485）初度》、《送董尚矩庶子颁诏朝鲜戊申年弘治元年（1488）》、《闲中偶书》、《戊申（1488）岁次韵二首》、《己酉（1489）秋思》等诗，老人恚懑之气益多，较少激情和灵感，更多以道学的思想解脱。当他入阁以后，诗风趋向传统雍容的馆阁风格，如《壬子（1492）岁庆成宴偶成》、《内阁晚归口号》、《壬子二月偶成》、《壬子四月有感》、《送傅曰川学士还乡祭扫》、《癸丑（1493）内阁晚回口号》、《甲寅（1494）进秩偶书》、《甲寅初度》等诗。

邱濬对苏轼的崇拜之情，屡现于诗。其人既羡慕苏轼，则诗风自然受其熏陶。《读东坡诗》曰：

> 东坡居士真天人，文章豪迈如有神。光焰岂但长万丈，笔端真可斡千钧。万斛源泉随地滚，玉盘明珠无定准。虢国夫人控玉骢，淡扫蛾眉却脂粉。风霆翕欻一时来，须史雨霁烟云开。虹收电戢星斗烂，一天明月光昭回。此翁落落不可得，谪仙少陵乃其匹。小儿淮海秦少游，大儿豫章黄鲁直。前生合是永禅师，后学宜称韩退之。玉堂金莲不足贵，罗浮琼海真瑰奇。谁云赋诗不中和，余子碌碌真么么。眉山至今草木枯，五百年来生一

---

① 参见邱濬《送王继甫南归序》："良马千里姿，逸态何权奇！有足不得骋，居然自鸣嘶。伯乐世岂无，道旁空叹咨。此事古已然，不但今人悲。世重冀北产，按图定黄骊。谩劳耳批筒，空有肉鬃垂。"（邱濬：《重编琼台稿》，卷十四，第 284 页，亦为英宗贱南贵北政策而发。《乞储养贤才》："若又拘于地方、年岁，则是见成之才，或弃而不用，而所教者又未必皆成。"（《重编琼台稿》，卷七，第131—132 页）此奏章针对英宗歧视南方进士而发，反对以地域界限为标准选庶吉士。正统七年壬戌（1442），邱濬未第，作有《雁集琼庠记》："予（邱濬）谓之曰：'……昔者，地气自南而北，果有南人以文字乱天下？今也，地气自北而南，安知无南人以文字治天下耶？昔既有验，今亦有验矣。'二友戏谓予曰：'安知非子耶？'予笑而逊谢焉。"（《重编琼台稿》，卷十九，第 382 页）此文早于英宗正统十三年戊辰（1448）科取进士、选庶吉士南北士歧视政策的正式实行，可概见世人对南北士的偏见。邱濬早年的担忧不为无端而发，他的大半生仕宦确实为南北士歧视性政策所左右。

② （明）邱濬：《重编琼台稿》，卷三，第 55 页。

个。海南遗迹有双泉，我家依约双泉边。双泉湮没不可见，山城落日生云烟。①

这首诗对苏轼的诗歌进行评价，兼论苏轼非凡的创作力。诗中写到唯有李白、杜甫方可与之三足鼎立，极尊苏轼在诗歌史上的地位；呼秦观、黄庭坚为"小儿"、"大儿"，推崇乃师的诗歌成就；更明显的是直接说"谁云赋诗不中和"，对历来贬低宋诗的人是当头一棒喝语，对提高宋诗的地位有所裨益；最后作者乃以羡慕苏轼，家近苏轼在海南的双泉遗迹为荣结束全诗，仰慕之情备至。邱濬的诗歌创作受到苏轼的影响，最明显的是形成了豪放的风格。在具体的写作运思及用典上，所受到的影响处处可见。如《梅窗琴乐》诗曰：

> 高人好琴得天趣，开窗静对梅花树。江空岁晚夜深时，丁丁似共南枝语。淡香疏影太古音，个中乐趣清且深。等闲三弄梅花曲，花不在梅花在琴。②

最后一句"花不在梅花在琴"与苏轼的《琴诗》："若言声在指头上，何不于君指上听？"③用意相反，但这种构思得之于苏轼的原诗确定无疑。邱濬又对苏轼的文学理论颇为熟悉，如《送蒋生归省诗序》："文章有大家，制作称妙手。欲知为文法，如造内法酒。"④"如造内法酒手"是苏轼评孟浩然之语。⑤

　　明代的翰林作家似乎并不敢明目张胆地引用宋人诗歌，但多引宋词语句、典故入诗，形成用宋词入明诗的创作景观和独特特征。明初刘基《绝句九首》

---

①　（明）邱濬：《重编琼台稿》，卷二，第21页。

②　同上书，第35页。

③　按，（清）查慎行《苏诗补注》卷二十一："此诗施氏原本（按，指施元之：《施注苏诗》）不载，新刻编续补下卷题止'琴诗'两字。今据外集采录全题。又本集《与彦正判官尺牍》云古琴'遂蒙辍惠'、'快作数曲，拂历铿然'、'试以一偈问之'云云，即此四句也。"《与彦正判官尺牍》，《苏轼全集》第三卷题作《与彦正判官一首 黄州》："古琴当与响泉韵磬，并为当世之宝，而铿金瑟瑟，遂蒙辍惠，拜赐之间，赧汗不已。又不敢远逆来意，谨当传示子孙，永以为好也。然某素不解弹，适纪老枉道见过，令其侍者快作数曲，拂历铿然，正若人之语也。试以一偈问之：'若言琴上有琴声，放在匣中何不鸣？若言声在指头上，何不于君指上听？'录以奉呈，以发千里一笑也。"（《苏轼全集》，第1870—1871页）

④　（明）邱濬：《重编琼台稿》，卷十五，第298页。

⑤　（宋）陈师道：《后山诗话》，见何文焕辑《历代诗话》，中华书局1981年版，第308页。

其二句"花自飘零草自荣",这当是对宋朝词人李清照词的化用,虽然唐代诗人赵嘏《赠天卿寺神亮上人》已经有"五看春尽此江濆,花自飘零日自曛"①之句,但李清照《一剪梅》词的句子"花自飘零水自流"与全词的情感异常和谐地融合在一起,感人至深,所以对后世的影响也更大。刘基《无题绝句》首句"花自飘零水自流"②更直接截取李清照的词句入诗。柯潜《裕陵挽词和刘主静先生韵》之"旧时凤辇巡游处,花自飘零草自愁"③句也是对李清照词的化用。永乐馆阁诗人王璲(字汝玉)《瑶琴怨》诗句"归梦未知身是客"④,用李煜入北宋后写的《浪淘沙》(帘外雨潺潺)词"梦里不知身是客"句⑤。比邱濬稍前的翰林作家倪谦也有用宋词入诗的现象。邱濬以下两首诗歌均用宋词语:

> 天气温和景物熙,天时人事两相宜。惜花每怕花开早,爱日偏欣日出迟。生意翠随庭上草,芳情红入树头枝。此身随在东风里,不逐东风上下驰。(《春日即事少作》)
> 一春长是昼昏昏,景色三分减二分。别院飞莺冲宿雾,遥空归雁叫重云。踏花庭畔难寻影,随柳江边不觉曛。天意似晴还似雨,拟将早晚问东君。(《春吟》)⑥

《春日即事少作》中的"惜花每怕花开早"语模仿辛弃疾的《摸鱼儿》(更能消几番风雨)词中"惜春长怕花开早"⑦句的句式。《春吟》中的"景色三分减二分"语本苏轼《水龙吟》(似花还似非花)词中"春色三分,二分尘土,一分流水"⑧句意,但不是简单的用典,而是善于作变化。

邱濬的诗歌创作中有一个非常突出的现象,即他善于翻新出奇,这应当胍

---

① (清)彭定求等:《全唐诗》,第17册,中华书局1960年版,卷五百四十九,第6349页。
② (明)刘基:《刘基集》,卷二十四,第522页。
③ (明)柯潜:《竹岩集》,卷四,第4页。
④ (明)王璲:《青城山人集》,文渊阁四库全书,第1237册,卷三,第720页。
⑤ (宋)黄昇:《花庵词选》,文渊阁四库全书,第1489册,卷一,第320页。
⑥ (明)邱濬:《重编琼台稿》,卷五,第79—80页。
⑦ (宋)辛弃疾著,徐汉明编校:《稼轩集》,长江文艺出版社1990年版,第23页。
⑧ (宋)苏轼:《苏轼全集》,第1册,《词集》,卷二,第609页。

依宋黄庭坚"点铁成金"理论的结果。上面举的《梅窗琴乐》，已经反用苏轼原诗的诗意，此类创作还有很多，如《题明妃图》、《鹦鹉》、《题红梅三首》前二首、《咏虞姬》、《昭君词翻白乐天诗案二首》、《因俟朝政立久因思牛之功最大而牛之苦甚反庄子犠牛之说而咏此》等诗。下举二例：

　　　　莫向西风怨画师，从来旸谷日光遗。当时不遇毛延寿，老死深宫谁得

　　知。（《题明妃图》）

　　　　垓下当年战胜还，虞姬饮憾戚姬欢。后来人彘遭奇祸，欲乞悲歌一曲

　　难。（《咏虞姬》）①

《题明妃图》诗与王安石的《明妃曲》命意接近，但又以"不遇毛延寿"立新意。《咏虞姬》诗认为项羽的宠姬虞美人在垓下之围中自尽，死得其所，她要比刘邦宠爱的戚夫人落得人彘的下场幸运得多。这两首诗别出心裁，结论让人惊服，表现出作者议论好矫激的性格特征。

　　在宋代道学家击壤诗体上，邱濬也有所创作，这样的诗歌不犯学宋诗的忌讳，如《秋怀二首偶读唐文粹张曲江秋怀诗中有宦成名不立志在岁已驰之句有感于心因次其韵》其一的"泛观草木性，消息理可知"② 句、《偶成》的"燕语莺啼春在在，鸢飞鱼跃景洋洋"③ 句等，谈理学家体验大道的感受；《重编琼台稿》卷六作有仿邵雍的长篇作品《首尾吟邵尧夫作首尾吟一百三十六首性理书摘取其中六首予在学校时每闻乡先达冯本清教谕者去其首尾而次第其中联句以为排律时寓斋舍闭目讽诵予卧听之心窃感焉尝欲效其体作之未果也岁壬寅（1482）孟冬享太庙斋居不成寐偶忆往事因缀缉成百韵而贯以首尾云时予年六十二距闻诗时四十余年矣》百韵，谈的都是儒家道统和儒家之道。即便在谈儒家伦理道德的诗歌中，邱濬也善于出奇制胜，如卷三《竹轩》以竹喻节操，诗之前七句用二典，又以雪、梅二物衬托，最后才揭示竹的象征意义；卷四《花径二首》其一也是在末句才点出忠、孝二字，并以为花名，这种形象化的手法，与时人不同。

---

① （明）邱濬：《重编琼台稿》，卷四，第 65、74 页。

② 同上书，卷一，第 11 页。

③ 同上书，卷五，第 79 页。

邱濬在学宋诗之时，更多地学唐代诗作，对李白、杜甫、李商隐的诗歌都有和作，如《拟杜诗壮游篇三十六韵》学杜甫，《南京给事中童志昂和李商隐无题诗韵南京诸公多和之意盖有寓间出命予属和予村学究也不能外题以为诗姑咏史以复之四首》和李商隐的诗；有集唐诗诗《集唐句送魏孔渊御史谪判潼川》等；邱濬诗歌豪纵风格的另外一个源头是受到李白的影响，其诗有《和李太白凤凰台韵》、《和李太白韵寄题金陵》等，风格接近；邱濬对李白的诗歌及其吟咏过的景物很熟悉，写有《多景楼》、《过采石吊李谪仙》等，在卷五《题山水》中有"我欲因之寄越吟"句，句式模仿李白《赤壁歌送别》"我欲因之壮心魄"① 或《梦游天姥吟留别》的"我欲因之梦吴越"② 句子。在《丁卯(1447)舟中望鞋山因忆解学士吊李白诗戏作》诗中，"惊醒采石李，触起耒阳杜，更游赤壁邀老苏，倡和凤凰台上惊人句"③，把李白、杜甫与苏轼并提，表现了他的诗学宗尚。在苏轼和李白的诗歌里，接受他们的熏陶，汲取养分，形成邱濬的豪放风格，其诗《题友人陈汝谐璞墩其家旧有桐墩》写朋友家的桐树，极尽纵横。《送张茂兰黄自立二同年回南京》与李白的意气相仿：

前年棹鞅翰墨场，英雄三百齐翱翔。青云满眼多契合，就中最厚张与黄。二君英英气如虎，明目掀眉论今古。酒酣拂剑落霜花，兴发挥毫洒秋雨。今年同自江东来，我一见之心眼开。长鲸吸海海欲竭，巨灵擘山山为摧。摧山竭海悬河口，风云变化龙蛇走。盘古以来二百二十余万年，一一成败兴亡如指手。相看一笑气味投，典衣沽酒镇日留。怜翁侍吏共惊讶，平日见我曾有此客不？此客何昂藏，此主大痴绝。牙关龂龂夏金声，口角断断飞琼屑。帝城春暖百花香，软红尘土飞悠扬。明朝马背向东去，燕云一碧天苍茫。燕云不断吴云起，两京相望四千里。桃叶渡头生碧波，清梦随君渡江水。④

① （唐）李白：《李太白文集》，上海书店 1988 年版，卷八，第 218 页。
② 同上书，卷十五，第 342 页。
③ （明）邱濬：《重编琼台稿》，卷二，第 22 页。
④ 同上书，卷二，第 30—31 页。

作者以青眼相待张茂兰、黄自立，形容他们三人契合之状，以酾酒击剑、兴发挥毫的形象表现他们的豪情；今年再次相会，豪情不改，且胜往昔，饮酒击剑，谈论古今，邱濬以海竭、山摧为喻，极其放纵恣肆，主客气味相投，与李白《将进酒》气势差近。

　　邱濬甚至把唐人、宋人的诗句与词句集在一首诗中。如《悼亡》其二：

　　　　芙蓉肌骨绿云鬟，伤别伤春更万端。去日渐多来日少，别时容易见时难。春蚕到死丝方尽，沧海扬尘泪始干。无可奈何花落去，五更风雨五更寒。①

诗中多有成句和典故："别时容易见时难"和"无可奈何花落去"是比较明显的唐宋诗、词句；"无可奈何花落去"句，既入词也入诗，是词句亦是诗句；此外，"去日渐多来日少"句，语出宋章甫《诸公过易足为红梅一醉醉后率成数语》句"去日渐多来日窄"②；明初孙蕡《朝云》有与《悼亡》诗一致的成句"去日渐多来日少，别时容易见时难"③；"沧海扬尘"出葛洪《神仙传》，宋、元时作家多用之，如宋朱槔《玉澜集》之《次韵梅花》诗、宋张元幹《芦川归来集》卷七《陇头泉》诗、元金之际元好问《遗山集》卷十《答定斋李兄》诗、元贡奎《云林集》卷三《赠子虚居士》诗，元谢应芳《龟巢集》卷三《送居南山还嘉禾》诗、卷四《和灵岩虎邱感事》诗等都用到这一句；而"五更风雨"和"五更寒"常见于宋人诗句，为明翰林作家大量化用。邱濬还有其他步和唐、宋、元诗人的诗歌，如《谒文丞相庙用老杜蜀相韵》、《和杨铁崖风月仙人诗韵二首》、《重编琼台稿》卷五《偶读鲁论笃信好学章因诵宋苏州七十诗爱其二语用予意以足之》等。由此可见，邱濬的诗歌出入唐、宋、元三代，且不仅仅专主一个作家，这种现象的意义在于邱濬的创作是李东阳形成出入宋、元诗歌理论的基础，而李东阳的理论建树代表了当时诗歌转向的一个共识。

　　邱濬还创作了一批乐府诗，如《公莫舞》、《将进酒》、《短歌行》、《花游篇

① （明）邱濬：《重编琼台稿》，卷六，第116页。
② （宋）章甫：《自鸣集》，文渊阁四库全书，第1165册，卷三，第403页。
③ （明）孙蕡：《西庵集》，文渊阁四库全书，第1231册，卷八，第563页。

和杨廉夫韵》、《绿珠行》、《湘江曲》、《桃源行》、《登高丘而望远海》、《淮之水送淮安林马判》、《四友图为安成刘进士秩之父作》、《送彭郎中彦充》等拟古乐府。

邱濬的序文大多是送人之官的一类，成就不高。文中充满勉励之意，与其理学学者的身份相符。如《送乡友林茂才赣州府学训导序》，此篇颇有感情，并且仿效司马迁之于魏国公子信陵君的写法来称呼其友人。下引段，作者以秋水为喻，解说众人对其友林茂才的质疑，具有气势：

> 方其百川暴涨，众流交汇，两涘渚涯之间，不辨牛马，漫山平谷，一望无际，触木而折，冲岸而崩，流石而浮，巨峡不能扼，高埠不能防；一有排迫，则怒号哮吼，声震远迩。及夫霜降水落之后，奔放者注之海，泛滥者归故道，疏而成川，潴而成湖，渟而为渊，平铺漫流，随山曲折，因风成文，可沂可浴，可游可舟，可以浇灌，可以浣濯，可以鉴面目，可以供饮食，其他润泽之功、沾溉之利，无所不有。夫今之水，即昔之水也，何前后相悬绝如此哉？时则然也。然此乃大川、大陆所有之形势，彼夫沼沚、污池乌有是哉？若是者，可以喻吾茂才矣。夫人至于敛华就实之时，是惟不用，用之而无不可……①

《送刘端本知兴化府序》中也用了这样的排比句式，形成了雄辩、一往无前的气势。上引段，邱濬引用《庄子·秋水》成句以启秋水的水势，然后顺笔而下，以多个动词写秋水，善于形容水流的动态，使人感到语速极快，形象地写出秋水冲决一切的力量，令人惊骇；而写水落之笔则变得平缓，具有柔美的语体特征，句虽缓而极度伸展，具文采。

邱濬的记类文章和传记文，往往写得很长，但失之于平衍，如《学士庄记》纯为记叙其故乡的旧居，约一千七百言。又多是记叙人物为政之履历，如《金侍郎传》、《余肃敏公传》、《夏忠靖公传》等，《毛宗吉传》善于用史传笔法，叙述人物一生的事迹，是此类文章中成就较高的一篇。

---

① （明）邱濬：《重编琼台稿》，卷十四，第274页。

第四节 成化年间翰林院其他馆阁作家与作品

刘珝（1426—1490），字叔温，号古直，山东青州府寿光人。正统戊辰（1448）科进士，选庶吉士，授编修，历修撰、侍读学士、学士，在阁十年，为北党，与万安等南党抗争，为万安排挤，品格稍优于刘吉、万安，谥文和。存有明嘉靖三年（1524）其子刘钺所刻《古直先生文集》十六卷、附录一卷。

刘珝立朝四十余年，朝廷大制作多出其手，是一位典型的馆阁作家，但是他的文风已经有所转变，于李东阳等人的文学主张和创作而言，他也是一个处在台阁末流到东阳之间的过渡性作家。其所撰《马先生文集序》亦含有重要的文学主张：

> 自造书契以来，世有升降，而文与之俱。宋不唐，唐不汉，汉不春秋、战国，春秋、战国不三代、唐虞，如若者不可复少，势不得然也，况文以气为主，所养者正，则英华之发见者亦正；苟失所养，不易则艰，不隐则怪，不晦则诞，不俚则夸，其弊至于不可言者。①

明代翰林作家在古文创作中，所宗的即是汉、唐、宋的著名作家，这是他们一直没有变动过的信念。明代馆阁作家相信在汉、唐、宋的古文作家中有其一脉相承的文统和道统，但是刘珝却提出因时代不同而汉、唐、宋的文学创作各具面目的观点，这对李东阳和后来前七子的文论有所启发。李东阳对刘珝的创作也赞誉有加，其《古直先生文集序》曰：

> 人有形，斯有气；有气，斯有声。文者，声之成章者也。气昌而文则，其文雄伟明鬯，惟所欲言而无所底滞；一馁于中，则萎薾绵弱，不能

---

① （明）刘珝：《古直先生文集》，明嘉靖三年（1524）刘钺刻本，卷十一，第19页。

自振强，而文之不失之蹇涩，必陷于怪僻，刿鉥刻斫砣砣，若不给其役，心愈劳而气之伤益甚矣。且人之声，少而弱，长而壮，老而衰。其少而不弱、老而不衰者盖鲜，惟文亦然，一视其气而已矣。孔子之论辞尚达，其所谓达，固未易言，历代之文亦未暇悉论。朱子深慨夫文之弊，谓今之为文徒得减字法与换字法耳，夫为文而法止于是，又恶知有所谓气者哉！……典册、制诰、章疏之作，大阐厥蕴；又以其暇为铭、志、传、状、序、记、箴、赞、歌吟、赋咏诸作；勇退之后，自放山水间，挥洒吟讽，未尝少倦。当其意得兴发，援笔伸纸，顷刻数千百言，镌石、绣梓、碑板、卷轴，遍于中外，家传而人诵。辞旨畅达，文字识职，有不暇减而自健，不屑换而自新，盖其气完然而无所伤，其文粹然以成，生以著其名，没以定其谥，诚一代之伟作也。①

这篇序大力称许刘珝的创作成就，似乎把刘珝引为同气之俦。与此前明人作序主"辞达而已"的立意相反，李东阳的序在孔子"辞达"的概念上，提出他的文学主张：文章主辞达。他说"孔子之论辞尚达，其所谓达，固未易言"，难道历代之文就真正达到了"辞达"的要求吗？李东阳一反所谓的"减字法"和"换字法"，并以"气"论文，一以贯之，阐释刘珝丰硕创作成果的成因。以下两序立论缺乏李东阳序的宏伟，主要是从作品本身入手进行评论：

世之作者，论文以立意高古、叙事平实、造语圆融者为成家；外是，则迂僻，则虚谬，则险怪，不足尚也。……故其为文，立意也、叙事也、造语也，不异乎作者之论。兴之所到，笔不能阁，而无毫发点缀、呻吟之病。学者惟仰其雄浑博悉，可谓卓然成家者矣。盖与汉董仲舒、唐韩退之、宋司马君实之文，思理有深契焉。（王承裕《古直先生文集序》）

夫文，言之法也，行之成也，道之征也，德之符也。是故缋绘绮丽，则言不法；雕镂环伟，则行不成；轩轾品式，则道不征；钩致隐颐，则德不符：四者，文之弊也。……《古直先生文集》凡十有六卷，其诗、歌、

---

① （明）刘珝：《古直先生文集》，李序。

赋、颂，所以宣物之情也；赞、志、序、记，所以尽人之蕴也；章、奏、表、启，所以摅臣之忠也；典册、制诰，所以敷君之德也，故言非优婉，则物之情不宣；非严核，则人之缊不尽；非恳悃剀切，则臣之忠不摅；非浑含恻怛，则君之德不敷，古直刘公其用世之文矣哉！（李春芳《古直先生文集序》）①

王承裕序主要指出刘玨的创作有雄浑博悉的风格，作家在发抒他的笔力的时候，在立意上高古，在叙事上平实，在造语上圆融，不失之于迂僻、虚谬、险怪，与汉、唐、宋三代的散文名家一致。李春芳序是从文学创作与用世的关系这个方面论述的，从这篇序可以看到刘玨文学创作中更多的是呈现馆阁题材、馆阁作风和儒家经学思想的因素，这是明代翰林作家创作的共同特征。

据李东阳序，刘玨的文集曾经散佚，但是东阳很熟悉刘玨的风格，并未因其文集散佚而抱憾，说明现存十六卷作品还是能够反映刘玨的文学成就。刘玨诗歌中所具有的"气"的特征是非常明显的，确实体现了李东阳所概括的特征。如《古直先生文集》卷一《丁玉川画》，卷二《山水图》、《枯木梅石》，卷五《阴山破虏诗二十首》等诗。下面以《丁玉川画》为例：

　　吾闻青溪仙人家住东海中，蓬莱方丈琼为宫。宫阙楼台千万重，碧窗朱户春融融。苍虬玄鹿不知数，琼枝玉树含香风。仙人炯炯明双瞳，衣青荷兮冠芙蓉。有时跨鹤上帝所，有时跨鹤下鸿濛。俯视沧溟一杯水，仿佛六合难为容。偶来联袂长松下，细推今古穷始终。盈虚消长有定数，六十四卦须参同。聱牙诘曲人不解，呼童滴露研硃红。仙人手持白玉管，一句一读咸疏通。顿令大道明如指，坐开尘世之迷矇。彼美玉川子，素慕青溪翁。远浓近淡不停手，神机所到天然工。丹崖瀑布县（按，通悬字）晴雪，苍头采药来桥东。龙翔凤鹜多胜概，秀拔不数香炉峰。乃知《山海》所纪皆浪说，奇奇怪怪徒遗踪。彭学士，人中龙，星辰日月蟠心胸。一昨

_____

① （明）刘玨：《古直先生文集》，王序、李序。

辍讲下黄幕，高堂开宴何情浓。索我长篇兼大字，醉来斗酒心豪雄。学士！学士！而我世味今已厌，不如乘轩直指游崆峒！①

这首题画诗虽是写常见题材，但它所体现的作家鲜明的个性和喷薄而出的气势却很罕见。作者直接写入观画之所得，加以适当的想象，用语奇幻；其次才形容画家的能事，也使作家本已沉潜到神仙境界中的幻觉为之清醒，因此说"乃知《山海》所纪皆浪说，奇奇怪怪徒遗踪"；然后才道出他沉醉、感慨的原因是彭学士招饮；最后以看透世味、欲游崆峒的意愿结束全诗，仍然与所写的神仙图卷承接。诗中句子长短不一，以七言为主，表情达意的需要决定了某些句子的长短度，如首句以十一个字造为长句，似有不吐不快之感；又如"学士"、"学士"则直接疾呼，感情强烈。这是明代翰林院馆阁文学中感情较为强烈的一首诗歌，与温柔敦厚的诗教大不和谐。

刘玤的散文也是富于气势的，呈现平实中的豪纵。如《都门别意图诗序》：

有一言而可以尽天下之道乎？曰始终而已。有一言而可以尽人之道乎？亦曰始终而已。不始其始，鲜终其终；不终其终，徒始其始。终终始始，斯谓之全。春生矣，夏长矣，天之道始也；秋敛矣，冬藏矣，亦天之道终也。使天而不始，则不春不夏，万物曷由而生长？使天而不终，则不秋不冬，万物曷由而收藏？必春而夏，夏而秋，秋而冬，四时代序以成岁功，所以天道始终而已矣。……②

作者作这篇送别序却从论"始终"谈起，其目的是为了说明人的一生与天之道有相似之处，进而高扬所送别的刑部曾侍郎辞去三品官位不恋栈的品德。仅就论述"始终"而言，语言铺排。分开而论始与终，两两对仗，语句整齐，多用语气词，语速迤逦，娓娓而道，与作者充当经筵讲官的面貌肖似。《赠何威州序》的部分也富于气势，善于排比：

---

① （明）刘玤：《古直先生文集》，卷一，第4页。
② 同上书，卷十，第8页。

　　我以诚感，彼以诚应。诚可以达天地，可以格鬼神，可以穿金石，岂有蕞尔苗民，生人之生，性人之性而不可动邪？乃因其理可见者，作《原民》以畀之，曰："皇矣上帝，降衷于民。生有异域，行则同伦。心焉而爱民之仁也，事焉而宜民之义也，行焉而让民之礼也，迪焉而哲民之知也。阳春煦煦，民之利也；颂声绎绎，民之乐也；遇敌必果，民之刚也；遇尊必下，民之柔也；如水之无滓者，民之清也；如水之入垢者，民之浊也；如玉无瑕者，民之纯也；如玉之有疵者，民之驳也。天下之理，无一而不具于民；天下之民，无一而不叶于治。……"①

作者论诚的作用，使用一长句，最后以问句结束，气势长贯，连闷而下。作《原民》多所对仗整齐的句子，有的四句一变化，有的两句一变化，有的是对照或对比，作者对这些对仗的方式掌握和运用得很娴熟，形成不竭的气势。而《赠万梅坡诗序》则典型地体现了刘玙的散文风格：

　　峨眉之间，有隐君子焉。生平特爱梅，手植数百株于山之坡。当夫冰雪凌厉之后、阳和乍舒之时，千葩万萼，夺玉欺琼，疏影在地，暗香袭人。隐君乃宴坐其间，左炉薰，右图史，上窥姬、孔，下刺诸子，撷其芳腴，咀其英华，以及天文、地理、医、卜、老、释、历数等书，靡不涉猎。用是，里后进媚学之徒，皆往而质疑问奇；州大夫及使客东西过者，皆礼于其所，因而访政取决；异人高士，皆闻风而来，相与谈长生久视之诀。茗一杯，琴一曲，《黄庭》数章而已，此外如管弦之音弗好也，采色之华弗好也，轮奂之居弗好也，珠玉之珍弗好也，簪组之贵弗好也，尽天下之物不足动吾之中。识者曰："隐君其太古之清者欤？何其拔俗出尘之若是！"②

作者描写万安之兄万循礼（号梅坡）的隐居生活及其性情。上引段落写万循礼生活于数百株梅花之间，窥周孔，刺诸子，撷芳腴，咀英华，涉猎诸书，这些

---

① （明）刘玙：《古直先生文集》，卷十一，第24页。
② 同上书，卷十一，第22页。

排比和铺张的句子似韩愈《进学解》，而不好世人所尚的管弦之音、采色之华、轮奂之居、珠玉之珍、簪组之贵，以形容万梅坡主人万循礼志趣之高洁，气势酷似孟子问齐宣王时。刘翊对前代名篇进行了模仿，留有痕迹，所以他虽然持有文学随世变而有代降不同的论调，实际上还是继承着孟子、韩愈以来的文统。

王傥（1424—1495），字廷贵，南直隶常州府武进人。景泰辛未（1451）科柯潜榜第二人，历官编修、侍讲、南京翰林学士、南京吏部右侍郎，终南京吏部尚书，赠太子太保，谥文肃。黄虞谡《千顷堂书目》录《思轩集》十二卷，现存明弘治刻本《思轩文集》二十三卷。王傥主要的创作在于散文类作品，其中大量的墓碑、墓表、墓碣、墓志铭占九卷篇幅，可见其应酬性质的创作很多，并因此故，其文学美感与价值不甚高。

王傥文集载有前序二篇、后序一篇，对他的文学成就进行论述：

> 文载乎道，道显于文。天地之道以悬象，流峙之文而显圣明。天地之道，以经传之文而显，皆至文也。下逮周、程、张、朱，以注释而显道。董、贾、韩、柳、欧、苏以制作而显道，然制作于道，未能醇乎醇也。呜呼！文不显于道，乌可谓文哉？今南京吏部尚书王公能其官，不为物引，仰观俯察，博学于文，思圣贤所以明天地之道、诸儒所以发圣贤之言，精以择之。其于仁义礼知之性、君臣父子兄弟夫妇朋友之伦、天下万物之理，靡不涣然于胸中，故随见乎辞，不离乎道；铺张治道，万言之实以对清问，有以取进士之及第……试士，录其乡书、经义、策论之文辞可程焉；国学阐教之条、吏部立例之疏，有以兴文教而酌官制之宜；碑、铭、传、赞之应，序、记、题、跋之遗，有以著功德而黼治平之妙，与凡歌颂扬休，焕乎为四朝德教之华、天下文明之征。辅世道，如日中天之显，不有赖于斯文？苟非沉酣经传、注释之理趣，考究累朝制作之事功而自得之，有是哉？来者观其言而探其心，断断胡信公有实学而有实用也，可以夸多斗靡之虚文例视哉？[①]（徐琼《思轩文集序》）

---

① （明）王傥：《思轩文集》，明弘治刻本，徐琼序，第1—4页。

　　先生道德之高，文学之粹，教法之严，皆冠绝古今，一时英才，赖陶养以成就者甚众，间复发为文章，形诸诗歌，义精而密，辞确而畅……盖前任馆阁时有焉，今居台省者有焉。其间多大制作、大议论，上以鸣国家之盛，下以阐文明之化，沨沨乎贯道之器也，洋洋乎治世之音也，是宜先生粹而集之，以垂范于将来也。然集必以思名者，盖道具于心，心职于思。思之不精，道不明也。道之不明，文不醇也。孔孟以上之文，世固无容议矣，唐、宋以下，代有作者，然论者率谓韩、柳、欧、苏为词章之文，至论道义之文，必归之周、程、张、朱，非以其所思之纯于道欤？……故惟其涵养也深，故其发越也宏；其练达也久，故其贮积也富。道宗周、程、张、朱，词兼韩、柳、欧、苏，而成一代之制作，即周子所谓笃其实……①（曾彦《思轩集后序》）

徐琼的序表现徐氏对古文家的创作感到不满，而王傲的文学创作弥补了古文家于道不醇的缺陷。在南方的翰林作家群中，此前还真没有一位如王傲这样秉持所谓"实学"的作家。徐序认为王傲是一个儒家学者型的翰林作家，其创作超越了汉、唐、宋古文大家的成绩，接近于大儒周、程、张、朱之著述，在创作中体现儒家行、伦、理等方面的涵养之功，在政事上有着"铺张治道"的作用，徐琼列举王氏的数体散文和诗歌作品以例证之。依此序，王傲的文学观接近鄞县杨守陈、杨守阯兄弟②。作为王傲门生的曾彦直接指出乃师的文集兼而有辞章之文和道义之文的特征，并把他宏富的创作归因于"涵养深"、"练达久"，这接近于宋代道学家文从道中流出的观点。

　　李本《思轩集序》的结论与徐序接近而有所展开：

　　文以道为本，气为辅。道明则辞达，气充则辞壮。二者不备，欲经世而得传远，得乎六经之外，称大方家，皆推司马迁氏。司马迁于道未明也，其于名物制度与夫天文律历之类，皆首尾循环，不可究诘，其学可谓

---

　　①　（明）王傲：《思轩文集》，曾彦后序，第1、3页。
　　②　杨守陈与王傲既为同年，又交好；守陈之弟守阯师王傲，而王傲之子王沂又为守陈所取士，以故王、陈二家往来密切，文学观点亦相近。

博矣，至观其文，则浩浩乎如长江大河，一泻千里，不亦壮乎！降至唐、宋，若韩、柳、欧、苏诸子，虽各自名家，然皆不出于司马氏藩阅之外也。国朝文运大兴，词臣辈出，圣祖肇业，若金华宋太史以文鸣；宣德、正统中，泰和杨文贞诸公复继以文鸣；近者东壁生辉，词垣出色，若毗陵王先生，其踵宋、杨诸公而崛起者乎？……中间形诸制作以润色太平者，已沨沨乎不可及，而又发泄其绪余，为序、记、铭、表、诗、辞，以应人之求，皆有典则矩度：井乎如棋分而局布也，锵乎如玉奏而金宣也，纷乎如鸟翔而云弛也，巍巍乎如重峰叠嶂，间见层出而不可穷也。呜呼！若先生之文，其知道养气者乎！其开阖变化，脱越于司马氏之家法者乎！①

这篇序是曾任国子监祭酒的李本写的。王、李二人都曾经从翰林院转迁到国子监，经历相同，因此趣味也易趋同。从这篇序的内容来看，李本站在"文以道为本"的儒家经学角度来评价好友的文学成就，大体上与徐琼观点一致，但李本主要评价王傪在明代翰林院馆阁文学传承中的地位，认为王氏的创作成就可继宋濂、杨士奇等前辈，不仅典则有度，而且因本道、养气，所以创作上脱越于司马迁家法之外，直追六经，是翰林院馆阁文学第三代作家中的代表性人物。李本的评价切中肯綮，尤其对于王傪散文"典则矩度"这个方面的成就评价恰当。

王傪的散文叙事有条理，不作枝蔓之词。如《太平府重修丰济仓记》曰：

邑有仓，本之成周县都皆有委积。我国家法古为治，于凡通都大邑，皆营廪庾，以储公赋，上而国用之所资，下而民生赈乏之所仰给，皆取具于此。其立法创制，视古尤良且备焉，然而废兴成败，常系于典守者能与否，苟非其人，则陊坏颓落，而赋入亦因之而耗矣。

太平府旧有丰济仓，储宁国诸郡赋，岁常满百万石。仓始建于国初，自是屡葺旋败，而莫有为宏远之计者。景泰中，今郡守李君巽为御史，按部，将督为郡者修之，适代去，未果。成化改元，君由嘉兴府推官来知府

---

① （明）王傪：《思轩文集》，李序，第1—4页。

事，曰："是可以成吾志矣。"乃白于巡抚右副都御史刘公玭，出公府美金三百六十两有奇以畀。君市材而陶、瓦、苇、竹凡百，所须皆君自经画，不以扰民。以是年五月眆作，建东西序，各若干楹，总六廒，以甲、乙、丙、丁、戊、己为次。其廒旧在南者曰庚、辛、壬者，又若干楹，皆加缮治，计七月而成，而易败以完，饰故以新，巨廪崇墉，翚飞云矗，谓非君能谨詹藏之务，审废置之宜，畴克以致兹哉！

其成之明年三月，君以书来南京请记。予闻之：吴会有均输之号，洛阳有常满之名。太仓红腐，海陵流衍，凡在治古，率皆先务，故君于下车之日，未遑他及，首勤斯举，而且工不告劳，民不知费，不终岁而讫成完美，谓非知要不可也。故不辞为记以复于君，以诏于来者，以永我国家亿万年京坻之谣云。①

明代的翰林作家多作有修儒学记、修城楼记、修仓廪记类宣扬官员政绩的文章，但不外乎宣扬政事、道德等内容，并且上升到本儒家经典高度的写法。此文亦不例外，但它与王直的这类文章对比，规模简短，不作过分铺张的叙述。首段追叙国家成法，为下段太平府知府李巽修丰济仓的重要政绩作了铺垫。第二段写李巽前后两度有志为国家修葺太平府丰济仓，中间隔十余年，终于在他知太平府时济事。用语虽短而李巽的志向、精神和他的施政才干都得以表现。从第二、三段看，作者并非不长于铺排语言，只是在适当的地方为表现人物而作，尤其最后揭示作这篇记的目的的三个"以"句式："以复于君"、"以诏于来者"、"以永我国家亿万年京坻之谣"，句子愈往后愈伸长，文章戛然而止。此文多处体现了作者创作时的匠心。

王偁写景、叙事、议论相当有情致，虽然所发议论不离儒家道德、事功的范畴。如《小瀛洲记》曰：

南京翰林院之后圃，有方池焉。岁久埋塞。予暇日命仆夫操畚锸以浚治之。深甫及寻，有泉涓涓出土脉中。时雨继至，众流所汇，益以深广，

---

① （明）王偁：《思轩文集》，卷一，第4、5页。

乃谋结亭其上，以为公余偃息之所，必价廉而工省者可办，于是购之江淮富商，得巨舰之篷，凡两楹三室。室广七尺，深八尺有奇，高如其深之数。自杰构视之，若甚庳且隘者，然虚明洞彻，自与予意会，遂欣然命工梁坚木以承之，而栏楯其南以便徙倚，其西为桥，通往来，北窗阴以修竹。穿竹林东行，以绕出于池之左，皆垂柳护堤，奇花行径。春和景淑，卉木敷畅，天日开霁，池水澄澈，紫金诸山皆倒影如濯，苍翠滟滟，浮几席间而纤尘不飞，人迹罕到，翛然一物外真境也。

既落成，予友朱懋易自昆令来，延之入座，问所宜名，懋易曰："是宜名'小瀛洲'。"予闻而异之，瀛洲在渤海东，与方丈、蓬莱拔起于霄汉之间，日月之所蔽亏，神仙之所窟宅，而予欲以一泓之水、数尺之篷而强名之，不几于诞而无实乎？然唐人谓入翰林为登瀛洲，以翰林之深严宥密与瀛洲等，而房、杜诸贤遂擅称于来世。……①

作者于成化元年（1465）任南京翰林院学士。在此文中，作者身处翰林，厚以自期，希冀成就伊尹、周公不世之功业，等而次之要凌玉清、溯紫霞，不汲汲驰骛于声利之场，这倒是符合南京翰林院职司清闲的实情。此文写作者经营南京翰林院的美景，深得画家布景之趣，且又与天日开霁、紫金诸山和谐构图。作者的心情在浚治方池时流露出来，他看到池水虚明洞彻，感到水光与之意会。置身方池之外，观池、篷、卉木、苍翠诸物，真可让读者认同作者处身其中时"翛然一物外真境"的由衷赞美。

王傃的有些文章写得很轻松，乐趣盎然。如《送王东皋分题诗序》：

吾常四邑，独荆溪山水最胜，而东皋尤胜。溪自五湖西来，川回而野迴。其北皆平畴沃壤，南望蔚然，多崇岗茂林。东皋之居，盖面山抱溪，可樵，可渔，可耕食凿饮，以至于抉怪搜奇，可游目而骋情者，宜无有不足者也。故当其适意于泉石之间，忘情于樽酒之中，举杯独酌，陶然就醉，或击节而歌，或拊缶而呼，自顾天壤间，无乐足以当之，岂复知有所

① （明）王傃：《思轩文集》，卷一，第5、6页。

　　谓轩冕之荣、都邑之盛乎？①

　　这是王偁送隐者王超的序。序中写了他所熟悉的故乡之景和好友忘情于山水之间的情状，文字长短随意，排比时作，笔致轻松活泼，没有明朝翰林馆阁文学常见的对人物道德、事功等方面的外在评价附着。

　　王偁也作有以物比德的文章，这反映了浓厚的儒家思想依然笼罩着翰林院作家的创作，如《思轩文集》卷二《梅轩记》、卷一《竹庵记》等。现举《竹庵记》为例：

　　　　竹庵，江阴薛世规甫别号也。士规为人恬淡寡欲，于物一无所好而性独好竹……

　　　　虽然天下之植物多矣，而君子独取于竹，谓其可以比德也。君子之德，莫大于有容而其中虚，莫强于有立而其外直，莫难于有守而其节坚，莫贵于有用而其材长。其挺然独秀者，中立而不倚也，丛生而不乱者，群居而不同也。枝干之磊砢者，名行之砥砺也；筠色之清润者，文理之密察也均。是竹也，自众人视之，徒知其为竹；至君子观之，则知其具众德焉，此士规之有取于竹而不与寻常玩好同也。②

　　作者明确提出"比德"的观念，借以阐发薛世规种竹数百棵的用意和"竹庵"这个别号的含义。王偁根据物与人一一对应的相似点展开"比德"论述。他把竹的中虚、外直、坚节等方面的特征用来比拟君子之德；又从竹子的挺拔独秀、中立不倚、丛生不乱、群居不同等特征比拟儒家所推崇的各种品质；还从竹子枝干磊砢的形状、清润的色泽联想到个人道德修养的问题。一言以蔽之，作者以为竹子"具众德焉"。运用这样的写法，明代的翰林作家把文章中的议论这种表达方式发挥到了极致。虽然，议论与记叙、抒情、说明等并属作家创作之时运用的表达方式，但明代的翰林作家明显地偏好议论这种表达方式，甚至可以说形成了"以议论为文"的文体特征。

　　———————————

① （明）王偁：《思轩文集》，卷五，第 1 页。
② 同上书，卷一，第 22 页。

在王偁为他人文集所作的序文中，可以看到当时的文风已经有所转变、文体趋于败坏的现象：

> 文章在国初，犹号尔雅。自顷以来，学者始竞为浮浪之语，甚者险怪僻涩以为奇，而文体日坏。至是试于郡、于太学、于台宪，上之人皆相戒痛抑之，而主司之试而抑之者，尤加密焉。盖惟典则者是录，而浮浪与险怪僻涩者不与，可谓精矣。夫拔之于三千人之中，而登之百有余人之列，抉剔其浮夸怪诞之弊，而择之浑厚深淳之体，使非简斥之严、采择之精，而欲求得人如是科者，顾不难哉？（《送主司董君诗序》）①

此序系作者于成化元年（1465）为题送翰林院侍讲董越主考应天府诗而作。正统到成化年间，正是三杨已逝、东阳未起，翰林院馆阁文学的弊端日益明显地表露的时期。这时的翰林馆阁文学已经失去统辖文坛的笼罩能力，转变者有之，如序中所言"学者始竞为浮浪之语，甚者险怪僻涩以为奇，而文体日坏"。为了改变这种趋势，最好的办法就是通过科举考试扭转文风。在这一次应天府的乡试中，只选拔文风典则、浑厚深淳的士子，抉剔文风险怪僻涩、浮夸的士子。以下二序也提到士子转变文风的类似情况：

> 其所习虽举子业，每好为古文奇语，虽颛门毛氏《诗》，而亦旁及于子史诸书……（金）和之亦言："简之文或有可观采，殊恐其伤于奇尔。"士廉闻之，遂痛自惩艾，搜剔其奇，以归于正，警策其惰以趋于勤，曾无几何而大有所造矣……（《赠解元金士廉（简）序》）②
>
> 人之美之，谓文渊胸中负奇气……其文庶几司马子长之奔放而杰特者也。（《赠钱长史（文渊）序》）③
>
> 故在髫齿时，操觚为文章，已有奇语。年十七，试有司，不利，言于父，来之南京。时其舅御史严公提督畿内学政，学昭因之与文士游。从居

---

① （明）王偁：《思轩文集》，卷九，第15页。
② 同上书，卷三，第11页。
③ 同上书，卷三，第15页。

四年，得其为文益奇……（《送程学昭归闽取科第序》）①

以上三则，也反映了在天顺、成化年间文风的转变。第一则最为典型地说明王傲对奇正两种文风的看法。金简是成化元年（1465）应天府的解元。在金简学习举业和古文的时候，其叔父金和之说他的古文或有可观，但"恐其伤于奇"，将影响到其功名，因为乡试的考官主要是翰林院和国子监的官员充任，所以金简痛自惩艾，改奇为正，顺应馆阁文风。王傲为罗篪作《知庵集序》，赞赏罗篪的议论纯正，是一个正面论述馆阁文风的例子：

> 文章与时高下。海宇混一，三光五岳之气完而文始振。三代尚矣，继之者，曰汉、唐、宋。汉有董、贾，唐有韩、柳，宋有欧、苏、王、曾诸名家。虽生有先后，学有纯驳，然皆能以博大深淳之气，发而为汪洋闳肆之文，以追起一时，力追古先，故曰："吾文宋矣，不唐若乎？唐矣，不两汉若乎？汉矣，不三代若乎？舍是而他求焉，有不风靡于时，以杂于战国，流荡于晋、魏、齐、梁，分裂于五季者，鲜矣！"我皇明统一天下，崇文教于干戈甫戢之日，故气运既隆而大音复全。自洪武、永乐，至于今，其间以文章擅声者，自台阁侍从而下，累累有之，若今都御史罗公其一也……公之文，雄杰老成，议论纯正。其诗浑厚沉着，不事雕琢而从容于法度之内……②

此文既追溯汉、唐、宋以来的文章大家，阐明了文统之所在。所谓文统就是翰林院馆阁文学的传统。又归纳和概括罗篪的文学成就，分明有引为同调的意思。王傲为好友李本作《北覲诗序》，更明白地亮出其关于馆阁文学的理论主张：

> 王公贵人，神闲意舒，出言成章，和平恺达，自非穷愁蹙缩山林羁旅者可比。然而奇搜苦思，锻炼刻琢，终日不能成一语，以视夫倚马横槊，

---

① （明）王傲：《思轩文集》，卷三，第16页。
② 同上书，卷四，第15页。

投壶击钵，下笔数千言者，亦有间矣……（李本）以坦夷旷达之襟怀，发而为冲澹典雅之制作，以播之搢绅，传之方内，宜其甚多而无难也。……昔苏颍滨序李太常少卿简夫之诗，谓其旷然闲放，脱略绳墨，有遗我忘物之思，又谓其师乐天而晚年尤工，立之之诗亦犹是也。①

此序首先论王公贵人之文学与山林羁旅者之文学的高下之别，这个论调祖述欧阳修对馆阁文学与山林文学的论述，适用于评价李本的诗歌，这就让读者看到王偁反对奇搜苦思、锻炼刻琢的诗风；其次，作者援引宋代苏辙的话，移用到对李本的诗歌评论上，又一次以白居易的诗风间接地说明王偁反对搜奇抉怪的诗风。而在明朝，据王偁《林霏集序》，居山林者亦不作"抑塞感叹"的诗歌：

夫诗自汉魏以来，代有作者，然莫盛于唐，继唐而称盛者，曰宋，曰元，而尤盛于我朝。盖三光五岳之气既完而大音斯振，故当是时，非独庙堂之上，公卿大夫之乐盛者，作为歌诗，和平温厚，渢渢乎治世之音；虽闾里之间，布衣韦带之士，亦各以其所得，啸歌讴吟于山巅水涯者，亦皆丰融宣畅，而无抑塞感叹亡聊之声，是固气运使然……②

明朝的翰林作家是最为典型地反映国家治世之音的作家群体之一。成化之前，明朝翰林院文学既有一代文坛盟主的提倡与奖掖，国家更是通过教养庶吉士的方式，使馆阁文学代有传人。翰苑又聚集了大批的人才，以其创作和学士风度披靡各阶层。影响所及，"闾里之间，布衣韦带之士，亦各以其所得，啸歌讴吟于山巅水涯者，亦皆丰融宣畅，而无抑塞感叹亡聊之声"，明朝的部分山林文学确实没有欧阳修所说的枯槁之象、瑟缩之音。

王偁的文学理论也为明朝前七子文学活动的出现准备了条件。王偁"诗止于唐"的观点为前七子宣称宋无诗而宗唐诗的先声：

前辈云：书止于晋，诗止于唐。盖病后之人不能逮古……（《跋李太

---

① （明）王偁：《思轩文集》，卷五，第6、7页。
② 同上书，卷七，第16页。

常所藏钱学士诗卷》)①

　　王傲文集的另一种十二卷本《王文肃公集》，是委托李梦阳编选的，刻于
正德年间。都穆（1459—1526）作跋谓：

　　　　以公之文浩瀚，人未易遍览，托李户部献吉校定，以成斯集。②

这件事说明王傲与李梦阳在文学创作上的某种契合。正德年间，李梦阳已经崛
起文坛，逐渐改变文坛风气。王傲的《贺大理卿夏公（季爵）序》在理论上为
郎署文士投身创作张声：

　　　　文学止于润身，政事可以及物。昔人人尝有是论也。而士之仕也，恒
　　病于不能兼焉。岂惟才质之偏、职守之拘，勤心励志者之未易得，抑亦夺
　　于异，见狃于近习，或不能无轻重，损益于其间也。故以道德文章为务
　　者，至鄙谈吏事，而有志功业者，则又以行义、文史为迂，自非具通才，
　　怀远识，知仕学相须而能尽其事，以及其余，吾未见其能兼也。……然士
　　与之为文字游者，又从而知其学术焉，故时出绪余以见于纪述，形于赋
　　咏，汪洋横肆，非仅窥笔墨畦迳者比。傲辱交最久，尝窃与之议论，谓文
　　章必如欧阳文忠之天才有余，学术醇正雍容，俯仰不大声色，而义理自
　　胜，斯可谓之润身。……③

三杨台阁体兴盛之时，明代的郎署官员积极地参与到创作中来。宣德、正统以
后，郎署与翰林院的职责渐渐分明，一以政事为职司，一以文学润身，并且出
现了创作为翰林之专职的论调④。到了成化、弘治时，郎署文学之士的创作又

---

① （明）王傲：《思轩文集》，卷十一，第 11 页。
② （明）王傲：《王文肃公集》，明正德刻本，卷十二，都穆跋。
③ （明）王傲：《思轩文集》，卷三，第 13、14 页。
④ 参见黄卓越《明永乐至嘉靖初诗文观研究》（北京师范大学出版社 2001 年版）的相关章节及
王世贞的论调（见杨守阯集中之庄学曾《刻杨太宰碧川先生集叙》"王元美先生谓文章之权旧在台
阁"语）。

兴盛起来，最终使文学创作的坛坫从翰林下移到郎官出身的文人群体。

彭华（1432—1496），字彦实，号素庵，彭时族弟。景泰甲戌（1454）科进士，选庶吉士，历编修、侍读、侍讲学士、翰林院学士、礼部尚书，在内阁两年，因病归，与李孜省、万安交接，颇招时讥。存世有清康熙五年（1666）彭思桢所刻《彭文思公文集》六卷、附录一卷，并非完帙，仅为原集十分之三左右。

彭华的古文创作法度谨严，严正峻洁，俨然有欧阳修的风格，李东阳和清代四库馆臣都称他"力追古作者"，大概就是指这个意思。杨一清《彭文思公文集前序》曰：

> 先生，欧阳之乡人也，生皇明熙洽之世，丁文之盛，其于书无所不读，其文气和而事核，得之欧阳者为多，不必其似而自无不似，得其纡徐而不失之缓弱，得其委备而不失之饥缕。盖自东里杨公之后，若是者不数数见也。其他名能学欧者，淡而易厌，晦而无光，愈似而愈失，其真欧岂易言哉？①

杨一清的序认为彭华远尚欧阳修，近学杨士奇，是三杨之后能够规避台阁体末流学欧"淡"、"晦"弊病的馆阁作家。

彭华长李东阳十五岁，他们的创作仍有共同点。在成化、弘治年间，他们的创作在古体诗、集句诗等方面及以词入诗、使用典故的技巧上均呈现出这一时代作家的共同特点。

---

① （明）彭华：《彭文思公文集》，清康熙五年（1666）彭思桢刻本，附录，第13页。

第九章 成化、弘治年间的翰林院与文学

明代的翰林院馆阁文学发展到成化（1465—1487）、弘治（1488—1505）年间，开始出现许多新的特征。本章主要探讨此阶段翰林院作家群体对宋代诗文热衷醉心的文学现象，这是明代文坛的一个特异现象。土木堡之变并没有使明朝一蹶不振，景泰至弘治年间，代宗、复辟后的英宗、宪宗和孝宗均不失为明君，明君贤臣励精图治，明朝的国力有所恢复，犹不失为太平盛世。士大夫的生存状况没有发生巨大的改变，社会风习依旧淳朴，反映到文学上表现为作家众多，创作力旺盛。由于国家长期实行养士政策，自天顺年间人才极盛之后，明朝的馆阁作家"咸以自骋骥骇于千里，仰齐足而并驰"[①]，翰苑文学呈现出一派繁荣，可媲美于北宋人才最盛时之馆阁。成化、弘治年间翰林院作家在改写翻新宋人诗文、学习宋诗创作的多种体裁等方面努力追摹宋人，尤其在集句诗的创作上体现了明代馆阁作家对宋代馆阁作家的艳羡之情，体现出两代馆阁作家从事文艺创作的某些一致性。后七子之谢榛转引栗太行的观点："宋诗偏于浊而不潇洒；元诗偏于清而不沉郁；国朝宣德以前是元，弘治以前是宋，正德、嘉靖间寝寝有古义。"[②] 这股成化之前和弘治之后所没有的宗宋热潮，也可以为前七子在诗文创作领域复古作一脚注。

一　改写翻新宋人作品

成化、弘治年间，翰林院作家改写宋人名篇的做法，似乎成为一种风气，

---

① （魏）曹丕：《典论·论文》，见（南朝梁）萧统《文选》，四部丛刊影宋六臣注本，卷五十二。
② （明）谢榛：《四溟诗话》，见丁福保辑《历代诗话续编》，下册，卷四，第121页。

馆阁作家乐此不疲。翰林作家杨守陈在《彭文宪公文集原序》中说："古今文至众矣，创意立辞者，固人人异，后或扩而章之，或翻而直之，或蹈之，或攘之，亦莫能同……"① 他归纳出四种方法，既是对当代翰林作家创作的针砭，也是其创作实情的写照。程敏政题杨守陈《桂坊稿》曰："近世之文，出于天资者，或歉于本原；由学力者，或伤于摹拟。"② 意思正复相同，即使大家如邱濬等亦未能免俗。

明代翰林院作家有多人以石钟山为题进行创作，或诗或文，体裁不一。柯潜（1423—1473）的《石钟山在九江湖口县》年代较早：

> 巍乎高哉！石钟之山，不知几千丈，但见峰峦如削壁兮，突兀巉岩倚天上。阴晴变化忽殊异，出没风云有奇状。大孤小孤不可与等齐兮，五老香炉屹相向。龙盘虎踞谁其使然兮，谓是天作东南一藩障。长江浩浩从西来，疏派银潢势豪壮。山根石罅博风涛，仿佛歌钟出深浪。大音閤鞈兮，舞幽壑之潜蛟；小音嘈呕兮，彻遥汀之渔唱。冯夷海若纷杂沓兮，惊听广乐奏钧天，不似人间寻常鼓盆盎。古来骚翁韵士多品题，坡老文章独官样。悬崖石刻广腾星斗间，鬼物挐诃至今尚无恙。名踪异迹，天下所无兮。比之方丈、蓬壶岂多让，况有濂溪无极翁。栗里陶元亮，故居遗址皆在其左右兮，流风余韵可嘉尚。嗟我不得往游观兮，凝睇遐天常怏怏。缙云大夫亦是山中人，玉雪襟怀出尘鞅，别家十载客京华。鱼鸟烟霞谁主张，君当归去觅旧踪，别作丹楼翠阁临青嶂，可以招鳌背之仙，坐诗坛之将。我将买棹乘风径造其间兮，日日从君发长吟，酌春酿。醉时同上最高峰，一揽乾坤，气卷苍溟涨。③

这篇赋作大体上是从苏轼的《石钟山记》中来，但是行文又夹杂了唐诗、苏轼的《前赤壁赋》、陆游诗的语句，末句肖似词作句式，这是一个创造。长句、短句交叉运用，形成时而舒缓感叹、时而迈往高举腾挪变化的感情起伏。柯潜

---

① （明）彭时：《彭文宪公文集》，清康熙五年（1666）彭志桢刻本，行实。
② （明）杨守陈：《杨文懿公文集》，四明丛书约园刊本，第8页，程序。
③ （明）柯潜：《竹岩集》，清雍正十一年（1733）柯潮刻本，卷二，第1、2页。

诗《石钟山》是对苏轼同题作的革新。吴节的《游石钟山记》、《湖口石钟山诗五首》，作于成化八年（1472），可能是明代翰林院馆阁文学中较早的石钟山题材的诗文创作。倪谦《湖口石钟山为库部王郎中恕赋》语本苏轼之文，欲以诗直追苏轼之文。刘定之《石钟山歌》、邱濬《石钟山赋有序》、李东阳《思石钟山辞》等都改变原来的体裁，重新进行创作。程敏政作《石钟传》，以苏轼《石钟山记》的部分内容来形容人物，是一种很特殊的写法。杨守陈的同题文为《石钟山铭并序》，在序中列举郦道元、李渤、苏轼、周必大等四人对石钟山的命名之因加以概述，作者仍然无法确定谁的说法可为定谳之论。这篇铭文是为王尚忠而作：

> 楚有巨浸漫五百里，曰鄱阳湖，盖古彭蠡。阳鸟攸居，《禹贡》肇纪其委之穷。或扼其冲，有山特起，嵘嵘穹隆，《水经》载之，其名石钟。往在元季，有枭横厉。江汉之间，云扰麻沸。崇岗震惊，汔可小愒。天命圣武，舟师徂征；矛戟百万，飚弛霆钧；烈火西耀，煌煌赤城。房蚰而逋，拒之湖口；乃跻两钟，以望九有。鸾旗前登，羽卫拥后。猿麋群迓，鱼媵鸟将。云霞增耀，木石焜煌。天览电瞩，已空荆湘。玉辂方降，捷音沸腾。矢激菌殰，厥众角崩。或者草木，奋为甲兵。四方群敌，兹房为剧。一鼓歼之，余何庸力。席卷万邦，拯其焚溺。永康兆民，垂亿万世。峻德穹勋，惟天其至。谓天盖高，曷足与俪。山有巨石，旧铭禹功。苔蚀藓剥，有光流虹。相古勋业，亦铭鼎钟。于皇圣明，式配神禹。宜偕厥铭。以耀终古。厉我臣民，无忘烈祖。[①]

此铭是为明太祖攻伐陈友谅歌功颂德的作品，也算改变写作角度，不堪与苏轼争锋，文学价值亦不值得陈说。

苏轼的作品还有《前赤壁赋》被改写，倪谦《题赤壁图为钱景和赋》有意与苏轼的《前赤壁赋》颉颃，把赋中的内容改写成为诗歌，诗、赋内容几乎一致。其子倪岳作《赤壁图歌》意本苏轼，但多有创造：

---

① （明）杨守陈：《杨文懿公文集》，卷十六，第9、10页。

武昌东来古赤壁，摩空断岸涵清秋。下有长江一万顷，朝宗到海无回流。曹瞒昔此振戎旅，虎视吴会期全收。舳舻千里付烟烬，未必黄盖多奇谋。从来胜负非人力，自是东风惟便周。坡仙豪放久无匹，明时左谪来黄州。远寻赤壁极清赏，夜棹一叶之扁舟。匏尊独与二客共，迎波击楫还夷犹。共指遗踪吊千古，山川郁郁如含羞。沉沙折戟自销灭，霸业荒凉土一丘。异代兴亡已飘忽，寓形宇内真蜉蝣。浮生过眼倏万变，人苦不乐将何求？洞箫吹残江月小，扣舷歌罢声啾啾。霜叶飞红暮烟紫，潜蛟起舞孀姬愁。欲挟飞仙不可得，但觉两腋风飕飕。临皋归来从雪堂，斗酒鲈鱼追旧游。酒酣就睡客已去，老鹤一声魂梦幽。回首那堪复陈迹，惟有二赋人间留。玉堂退食见图画，飘然使我怀前修。招黄鹤兮乘翠蚪，凭虚浩浩凌斗牛。吁嗟风景赋中识，欲继兹赏知谁俦？闲来翘首骋长望，乾坤苍莽东南浮。呜呼坡仙去矣不可作，江流无尽长悠悠。①

这首诗歌对《前赤壁赋》中的内容不单作了次序调整，而且改变了内容和感情倾向，感情沉重坐实，无复原作的飘逸之姿，更趋同于吹洞箫者的悲伤情绪；诗中多引前人诗句，拉杂成篇。

二 热衷于禁体物等体裁诗歌的创作，馆阁创作呈现出入唐、宋、元的新趋势

处在封建社会文化高涨时期的宋人知识渊博，著述繁富，宋诗的数量远远超过唐诗。宋代的大家基本上有过任职馆阁的经历，他们的诗文创作成为明代翰林作家膜拜的对象，于情理言之，乃必然之举。宋人开创和发展了禁体物诗、限韵诗、集句诗歌等题材的诗歌创作，明代的翰林院作家时有模仿之举。在成化年间，大批的诗人从事这些体裁诗歌创作，这一创作浪潮成为明代诗歌创作的奇峰。

---

① （明）倪岳：《青溪漫稿》，文渊阁四库全书，第1251册，卷二，第19页。

禁体物诗，又名"白战体"，是唐代兴起的一种新诗体。它遵守特定的禁例进行诗歌创作，其禁例大略为不得运用通常诗歌中常见的体物名状字眼，如咏雪不用玉、月、梨、梅、练、絮、白、舞等意象和词语，意在难中出奇。清代何焯《义门读书记·元丰类稿》曰："按，薛太拙有《闲居新雪八韵》，禁体之祖也"①，指的是晚唐薛能《寒日闲居新雪》：

> 大雪满初晨，开门万象新。龙钟鸡未起，萧索我何贫。耀若花前境，清如物外声。细飞斑户牖，乾洒乱松筠。正色凝高岭，随流助要津。鼎消微示滓，车辗半和尘。茶兴留诗客，瓜情想戍人。终篇无本字，谁别胜阳春。②

北宋欧阳修《六一诗话》记载了宋初许洞与九僧在诗会上约为禁体的故事：

> 国朝浮图，以诗名于世者九人，故时有集号《九僧诗》，今不复传矣。余少时闻人多称之。其一曰惠崇，余八人者，忘其名字也。余亦略记其诗，有云："马放降来地，雕盘战后云。"又云："春生桂岭外，人在海门西。"其佳句多类此。其集已亡，今人多不知有所谓九僧者矣，是可叹也！当时有进士许洞者，善为辞章，俊逸之士也。因会诸诗僧分题，出一纸，约曰："不得犯此一字。"其字乃山、水、风、云、竹、石、花、草、雪、霜、星、月（一作日字）、禽、鸟之类，于是诸僧皆阁笔。③

---

① （清）何焯：《义门读书记》，文渊阁四库全书，第860册，卷四十，第557页。何焯认为薛能《闲居新雪八韵》为"禁体之祖"的论断姑存于此，其看法只是清人对禁体物诗体研究的一种结论，但薛能此诗可以作为宋前禁体物诗创作的一个例证。清代浦起龙认为"欧、苏禁体诸诗皆出于"杜甫的《火》诗（《读杜心解》卷一）；程学恂《韩诗臆说》评韩愈《咏雪赠张籍》云："此与诸雪诗，皆以开欧、苏白战之派者"，又评《喜雪献裴尚书》诗云："白战之令虽出于欧，盛于苏，不知公已先发之。咏雪诸诗可按此。"在前人零星评论的基础上，程千帆、张宏生二位先生撰成《"火"与"雪"：从体物到禁体物——论"白战体"及杜、韩对它的先导作用》，倡为宏论，明确提出："（白战体）是由唐代杜甫、韩愈等为先导，而由宋代欧阳修创体、继由苏轼光大之的一种诗体。"（《中国社会科学》1987年第4期，第211页）

② （宋）李昉：《文苑英华》，第二册，中华书局1966年版，第729页。

③ （宋）欧阳修：《六一诗话》，上册，见何文焕辑《历代诗话》，第266页。

欧阳修自己也创作禁体诗，并被后世视为翰林风流①，其于皇祐二年（1050）所作《雪》诗题下自注："时在颍州作。玉、月、梨、梅、练、絮、白、舞、鹅、鹤、银等事，皆请勿用。"② 苏轼作有《江上值雪效欧阳体限不以盐玉鹤鹭絮蝶飞舞之类为比仍不使皓白洁素等字次子由》③、《聚星堂雪并引》等禁体物诗。元祐六年（1091）冬，苏轼创作《聚星堂雪》禁体物诗，并撰《引》云："欧阳文忠公作守时，雪中约客赋诗，禁体物语，于艰难中特出奇丽。"内有"当时号令君听取，白战不许持寸铁"④ 句，其目的大概在于难中出奇，钩奇竞胜，对诗人的创作能力是一种严峻的考验。

在北宋，禁体物诗得到苏轼、黄庭坚等人的提倡而流行，明初高启等作家亦写作这样的诗体。高启作有《咏雪禁体次徐文学韵》，诗友杨基有《金陵对雪用苏长公聚星堂韵》等，永乐时释道衍（姚广孝）以太子少师的身份亦创作此体。释道衍的禁体之作，为永乐初多位翰林作家所步和，翰林作家才稍稍有所创作。它在明朝的滥觞之源可能即是高启和释道衍。在永乐时期成长起来的翰林作家中，胡广是比较早创作禁体诗的一个馆阁作家，其诗如古风《对雪分韵得色字效禁体一首》、《和少师对雪禁体》，这两首是和姚广孝对雪之作。他如黄淮有《和姚少师禁体雪诗》，曾棨作有《和姚少师广孝近体雪诗韵禁不用缟皓白物及正月黎悔铼絮比拟》。禁体物诗在永乐初确实曾因风会所致，有多人创作。永乐之后，一些馆阁作家进行禁体物诗的创作，如吴节（1397—1481）的禁体物诗有《和张都宪楷禁体咏雪诗八首禁素白梅梨盐絮羔酒玉粉琼瑶梁园灞桥等字》、《红牡丹禁红字》、《白牡丹禁白字》等。

成化、弘治年间，明代诗坛兴盛唱和宋诗的风气，大量的翰林作家制作禁体物诗。成化十二年（1476）冬，侍读倪岳、侍讲程敏政、修撰陆钶、编修陆简等斋宿翰林，用欧阳修故事，相与阄韵联句，进行禁体物诗创作。一时这种创作之风大盛，影响很广，稍后于他们的刘忠（1452—1523）亦有古体《和东坡江上值雪和子由韵禁体》、《（马）良佐和东坡雪中禁体犯盐银数字戏呈》

---

① 明代倪谦说"永叔（欧阳修）守颍州，约客赋诗（按，指咏雪），至禁体物语，以见其巧，子瞻继之。"（倪谦：《倪文僖集》，文渊阁四库全书，第1245册，卷二十一，第438页）

② （宋）欧阳修：《欧阳修全集》，上册，第370页。

③ （宋）苏轼：《苏轼全集》，第一册，《诗集》，卷一，第4页。

④ 同上书，《诗集》，卷三十四，第417页。

等诗。

限韵诗的起源较早，宋代馆阁作家经常创作此种体制的诗歌。明郎瑛《七修类稿》曰：

> 卢多逊当直，宋祖明赋新月诗，限用些子儿。诗曰："太液池边玩月时，好风吹动万年枝。谁家玉匣开新镜，露出清光些子儿。"此见《后山诗话》，《锦绣万花谷》独载其诗后二句云："谁家镜匣参差盖，露出楞边些子儿。"尤觉善状。王禹偁当直，亦赋此，限敲、梢、交韵。诗曰："禁鼓楼头第一敲，乍看新月出林梢。谁家宝镜初磨出，玉匣参差盖不交。"古人以为模多逊之句也，殊不知二诗皆祖老杜"尘匣元开镜"之句耳。《桐江诗话》，禹偁又作曹希蕴。余（按，指郎瑛）忘年友处州王义中，少时同余夜坐，因新月语此二诗。明日，王呈一诗云："风外空传药杵敲，云边微见桂枝梢。定疑今夜蟾蜍小，含出明珠口未交。"余讶之，以其他日必成大名……①

卢多逊与王禹偁俱为宋初词臣，他们都创作限韵诗，这是宋诗中一种非常独特的体裁。到了明代中叶，郎瑛（1487—1566）的朋友王义中也能创作限韵诗，说明宋代诗风在成化以来的风行。馆阁风流一旦成熟便历久而不衰，限韵诗的创作历宋、元、明三代而不绝。明代成化年间，馆阁作家倪岳创作了大量限韵诗，如《游西山圆静寺晶庵限韵一首》、《游玉泉洞限韵一首》、《登功德寺新阁限韵一首》、《玉泉限韵一首》、《西湖限韵一首》、《戚畹雪亭孙挥使祖茔八景其一曰鹤唳长松求题限韵一首》、《五月十一日王世赏侍讲西园晚酌即席限韵一首》、《祀归限韵二首》等，这些诗歌与禁体物诗一样是当时翰林作家比试诗才的必然结果。程敏政的禁体物诗存作较少，而限韵诗创作较多，如《成化甲辰（1484）长至日走与倪翰长舜咨吴同寅原博及李子阳白秉德二太史有陪祀西陵之行前此谒陵赓倡最盛至是诸君子复将继之予谢不能然往返之间天日佳胜无风雪载途之苦亦自不能嘿然有倡斯和得十有八篇借韵者十五联句者一限韵者二舜

---

①　（明）郎瑛：《七修类稿》，文化艺术出版社 1998 年版，卷三十九，诗文类，第 483 页。

咨请书一通用备故事联句一篇则秉德书之是行也费司成廷言实与之偕然分祀东陵道中相失其所得者当附入云》含限韵诗二首、《司言仪宾戒酒限韵索诗》、《与王宣溪世赏同至虎丘醉中限韵一首》、《饮黄司训家限韵》、《上巳日修禊南山溪上限韵》、《三月九日南山小酌限韵》、《南山夜酌分题限韵得爇清香》、《席上限韵》、《廉伯学士家赏盆梅限韵》、《饮王世赏侍讲园亭限韵一首》、《饮司言仪宾园亭限韵》、《限韵一首》等，创作非常丰富。邱濬是一个创作限韵诗的大家。《明语林》谓："丘（邱）文庄文章流布远迩，即席限韵，动辄千言。士林称其瑰奇跌宕，如壮涛激浪，飞雪迸雷。"①

禁体物诗和限韵诗的创作使诗歌本身的演变逐渐走向奇与丽，可能重复晚唐、南宋的没落路子，这可能也是前七子提出复古口号的一个原因。

与此同时，明代馆阁诗文创作中还出现大量的集句诗。集句诗是一种因才见力的诗体，在宋代王安石手中兴盛起来。明初，翰林典籍孙蕡工于集句：

> 洪武中，西庵孙典籍仲衍蕡，号岭南才子，工于集句，叙所作《朝云诗一百韵》，语多不录，盖传奇体以资谈谑耳。②

孙蕡是明初五派之岭南派的代表，曾入翰林院任典籍，创作的集句诗数量惊人。明初并有一批作家创作此种体裁的诗歌，其他馆阁作家创作集句诗的情况已见随文之论述。任何一首、一批或一组集句诗，分析所集的历代作家作品，就可以显示作家本人对前代作家的态度。永乐初，胡广（1370—1418）论述过集句诗：

> 集句起于近代，然非该博广览用意精到者，弗能佳也。夫散取古人诗句，萃成篇章，牵联掇拾，必意贯辞达如发于己心，出于己口，使人读之，不厌不倦，不觉为古人之言，斯为佳矣。若王文公之送刘贡甫、吴显道及《明妃曲》、《虞美人》、《胡笳十八拍》诸歌词之类，虽弛张游戏，然脱洒流丽，不涉形迹，尤为绝唱；又若丞相信国文公集杜句二百首，寓其

---

① （清）吴肃公：《明语林》，卷六，第98页。
② （明）黄槐：《双槐岁钞》，《明代笔记小说大观》本，第111页，"朝云集句"条。

孤忠愤切之情，宣其羁困埋郁之气，要非苟为之者。夫作诗为难，集句为尤难，情切于中而形于言者，诗也。随所感而发，随所至而止，意穷则辞尽，抑扬开阖，宛转布置，易于为工，作固不难。于集尔，若夫裒古人之句以为诗，得其上，或遗其下；得于此，或忘于彼；苟不遗忘，求其意之联属，无相龃龉，油然如出诸己者，夐夐乎其鲜矣。是以一篇之诗，必穷其智力，竭其心思，搜索研磨，协情比类，既谐且和，始克成就，是故集又难于作也。(《集句诗序》)①

依胡广的观点，作家创作集句诗必须"穷其智力，竭其心思，搜索研磨，协情比类"，所以"集又难于作"。元朝陈绎曾认为集句诗起源于晋代傅咸的《杂诗》："晋傅咸作《七经》诗，其《毛诗》一篇略曰：'聿修厥德，令终有淑。勉尔遁思，我言维服。盗言孔甘，其何能淑。谗人罔极，有靦面目。'此乃集句诗之始。或谓集句起于王安石，非也。"② 此段话亦为陶宗仪《说郛》卷七十九收录。傅咸《七经诗》之《毛诗》八句，都是集自《诗经》，故为集句诗之祖。又有北齐刘昼集赋："晋傅咸集七经语为诗，北齐刘昼缉缀一赋，名为'六合'。魏收曰：'赋名六合，其愚已甚；及观其赋，又愚于名。'后之集句肇于此……唐人集句谓之'四体'，宋王介甫、石曼卿喜为之，大率逞其博记云尔。不更一字，以取其便；务搜一句，以补其阙。一篇之作，十倍之工。"③ 可知在北朝居然有刘昼氏集为赋体，更是出奇之举，但这种创作方式却受到时人魏收的嘲笑。到了唐、宋以后，作家才对集句体产生正面的看法，较宏丽者有唐代刘商模仿题东汉蔡琰所作的《胡笳十八拍》长篇集句诗，煞为惊人，不过明人谢榛对此既羡慕又敌视，既言取便，又谓其徒具十倍之工。今人郭绍虞的看法是"集句虽始于傅咸，而集句之风则至宋始盛。"④ 集句诗是宋朝以来馆阁作家的通常创作体裁，明代的翰林作家亦时时有作。到成化、弘治之时，这种创作方法也成为明代馆阁作家比试诗才的手段，也正是拙著赖以观察明代

① (明)胡广：《胡文穆公文集》，清乾隆十五年（1750）刻本，卷十二，第54、55页。
② (元)陈绎曾：《诗谱》，见丁福保辑《历代诗话续编》，中册，第626页。
③ (明)谢榛：《四溟诗话》，见丁福保辑《历代诗话续编》，下册，第1143—1144页。
④ (南宋)严羽著，郭绍虞校释：《沧浪诗话校释》，人民文学出版社1961年版，第190页。

翰林院作家对唐诗和宋诗态度的依据。

成化、弘治之时，学问最渊博的程敏政创作了很多集句诗。程敏政对唐、宋、元三代诗歌的态度隐藏其中，如《乙酉岁（1465）瀛东别业杂兴集古》集唐王维、白居易、杜甫、秦系、杜牧、杜荀鹤、司空曙、高骈、郑谷和宋元寇准、陈抟、欧阳修、张咏、司马光、程颢、王安石、朱淑真、杨万里、朱熹、王钦臣、赵孟頫等二十一人诗句，《集古八绝》使用李白、张籍、杜甫（计八句）、李从一、王维（计三句）、薛能、白居易（计二句）、韦应物、崔珏、刘禹锡（计四句）、张泌、许浑等唐代诗人和戴敏、欧阳修、王安石、张耒等宋代诗人及元代程钜夫的诗作，这两组集句诗基本上以唐、宋诗人的创作为主；《题李太史世贤梅花图集古》有宋人寇准、王安石、黄庭坚、秦观、苏轼、贺铸等人的诗句；《九日怨十章亡弟克宽始生日在岁之重九自号稌菊每自江南赴北京秋试弗利辄过是日乃告归滕县道中马上忽忽念此殆不能为怀因集古诗十绝题曰九日怨用以泄予之哀思焉》集唐诗人王维、白居易、杜甫、王昌龄、崔珏、李从一、崔曙、柳宗元、赵嘏、李商隐、孟郊、崔鲁、郑谷、曹唐、朱放十五人的诗句，集宋诗人王安石、陈师道、苏轼、王禹偁、黄裳、潘大临六人的诗句，其中使用杜甫诗十三句、王安石诗二句、陈师道诗二句、苏轼诗二句，唐人的诗句所占比重多于宋诗人；《桃源图诗建宁邑令汪文焕既卒其子良佐奉葬县之桃源且绘为图以致哀慕之意予感其事为集古诗一章并以勉其孙之为诸生者》集有唐、宋、元人诗句。以上集句诗所引诗人诗句的分布情况说明了程敏政对唐诗、尤其对杜甫诗歌的熟知，也说明了程敏政对宋诗也是相当熟悉的，并且对宋诗大家有所认定，而对元人的创作关注甚少。

邱濬是成化、弘治年间的一位大家。本书第八章第三节已经分析了邱濬的诗歌创作，其出入唐、宋、元的创作方法业已成熟。"踪希宋体，音冈盛唐乐府，或创新，制叠韵，竞侈联篇"[①]，是成、弘之时诗歌创作的概括。

李东阳出入宋元的诗歌理论建树反映了当时诗歌转向的一个共识，亦是从理论上对提倡宋元诗歌作了一次总结。详见本章第三节的分析。

---

① （清）陈田：《明诗纪事》，影清光绪贵阳陈氏听诗斋刻本，丙签，序（影印第635页）。

三 从三杨之时同乡会的文学活动方式转变为同年会的形式

明代永乐至正统年间，通过科举考试，江西籍的文人大量进入翰林，以吉安府泰和、安福两县的文人又最多。杨士奇《东里集》中为同郡翰林人士所作墓志、传记相当多。当时翰林院作家的创作集会，几乎成为江西文人的聚会。刘球记录了安福一县的作家举行同乡会的情形，其《宴会诗序》记载"自壬子（1432）除夕始至甲寅（1434）冬，凡二十二会，作诗者三十三人，诗总三百一十八首"；《端午宴会诗序》记载"自庚戌之岁（1430）入京，至明年冬，始有乡会，当时预者十余人，又明年，增至十四人，又明年至二十人"①。当时在京师的安福馆阁作家有刘球、李时勉、李绍、吴节等人，他们在江西文人集团内部组成自己的文学活动圈子。

正统（1436—1449）末年和天顺（1457—1464）年间，英宗皇帝和李贤对南方文人的防范和排挤，对江西士人产生的打击最重。人才的作养需要一定的时间，朝廷对南士的歧视性政策的严重后果到成化以后逐渐显现出来。成化以后，江西籍的翰林作家数量上远不能与杨士奇当政时相比。虽然籍贯南方诸直省的作家在翰林院馆阁文学创作中仍然居主体性位置，但在地域分布上趋于分散，各直省均有杰出的作家，促使翰林作家举行创作集会的方式发生改变，渐渐地转变为以同年会的形式进行大规模创作。倪谦《同年唱和诗引》记载的是正统己未（1439）科进士在翰林者章敞（浙江绍兴府上虞人）、钱溥（南直隶松江府华亭人）、倪谦（原籍杭州府钱塘人，徙南直隶应天府江宁）三人，他们在成化中经常偕会作诗，更唱迭和以为欢会的情形。到了其子倪岳的时候，翰林中更多地采用同年会的方式聚会，倪岳诗《腊月二日诸同年会饮予家因作图以纪终会云》，文《翰林同年会图记》记载了罗璟、傅瀚、彭教、张泰、陆钘、谢铎、刘淳、李东阳、陈音、吴希贤、焦芳、倪岳十二位来自今江西、江苏、上海、浙江、北京（李东阳原籍湖南，其祖先以戍籍居京师）、福建、河南等地的作家；其诗《孟冬时享斋宿院中

---

① （明）刘球：《两溪文集》，文渊阁四库全书，第1243册，卷十二，第597页。

和韵答克勤宾之二同年》① 是倪岳和程敏政、李东阳两位同年唱和之作;《梁
园赏花诗引》记叙了成化戊子（1468）以翰林作家为主的多位作家赏花吟诗之
举。今人周寅宾所编《李东阳集》有《翰林同年会赋》、《京闱同年会诗序》
（此二题见《李东阳集》，第二卷）、《两京同年倡和诗序》、《甲申（1464）十同
年图诗序》（此二题见第三卷）等诗题。吴宽的《同年三友会诗序》记载的是
成化壬辰（1472）科的三位同年唱和的事，《弘治壬戌进士同年会录序》记载
的是弘治壬戌（1502）科进士同年会的情景。王鏊所记最多，他的《乡试同年
会序》甚至讲到当时乡试高中者也举行同年会。凡此种种创作情况说明同年会
作为一种文学活动和社交活动的方式泛滥开来。李东阳的茶陵派内部容纳了以
翰林作家为主的全国各省、各阶层的文人，这是一个与三杨台阁体组织方式明
显不同的文学流派。当三杨之时，在他们的创作影响下，作家受到其影响力的
自然熏陶，而当李东阳之时，文坛盟主李东阳有他的理论主张和创作实践，影
响、组织了各阶层的作家而成为一个文学流派。

四　乐府及艳体的创作

成化、弘治两朝，乐府诗歌的创作蔚然兴盛，但是诸多馆阁作家对乐府体
诗歌的具体取向并不相同。邱濬创作了一批乐府诗，如《公莫舞》、《将进酒》、
《短歌行》、《花游篇和杨廉夫韵》、《绿珠行》、《湘江曲》、《桃源行》、《登高丘
而望远海》、《淮之水送淮安林马判》、《四友图为安成刘进士秩之父作》、《送彭
郎中彦充》等拟古乐府。程敏政的古乐府创作很多，《篁墩文集》卷六十一
《大明中兴铙歌鼓吹曲》共八章、《黄石操》、《门有车马客行》、《君马黄》、《墙
上难为趋行》、《将进酒》、《驱车上东门行》、《铜雀妓》、《古镜行》、《侯门怨》
等皆为乐府诗歌;艳情诗也有数首，如《铜雀妓》、《巫山高》、《明妃曲》三篇
俱为长篇。吴宽的乐府诗歌不染艳语，与李东阳的诗歌主张趋同。李东阳所作
《拟古乐府》百首的理想是返回汉魏间乐府的精神，不用汉魏乐府的旧题与含

---

① 李东阳、倪岳应天顺七年癸未科（1463）会试，因此年贡院会试天下举人失火，朝廷故于次年
甲申（1464）再次开科取士，以补兹选，二人取中甲申同榜进士。程敏政为成化二年丙戌科（1466）
进士，并非同年。倪岳称"同年"，当指他们都被选为同科翰林院庶吉士而言。

义，追求"质而不俚"、"腴而不艳"的风格，发挥乐府的社会功用，所以间取史册故事和忠臣义士、幽人贞妇为题，这个主张是对明代翰林作家创作中沿用唐代的乐府题目进行创作的反拨，也是对自李时勉以来诸多翰林作家创作艳体乐府诗现象的反拨。从创作实践来看，李东阳与吴宽的乐府创作基本没有艳体的诗歌作品。

明代作家创作乐府体诗歌的历史悠久。元末明初以来，浙江一地的诗歌创作在明代延续了杨维桢乐府的风格，以绮丽著称。正统十年（1445）进士、吴中诗人刘钦谟创作《无题》诗，一时声名大著，引起邱吉等大批诗人唱和，诗坛盛行晚唐诗歌风气。翰林院作家的诗歌创作，除了部分近体诗具有艳情的风格，基本上使用一种固定的体裁，即以乐府的形式写艳情的内容，以男性作者拟想女性的生活、思想、心理等方面的内容。《静志居诗话》卷二"刘基"条曰"乐府辞，自唐以前，诗人多拟之，至宋而扫除殆尽。元季杨廉夫、李季和辈，交相唱答，然多构新题为古体，惟刘诚意锐意摹古，所作特多，遂开明三百年风气"①。这种说法符合后来前后七子"曰古诗必汉魏，必三谢"②，"三代而下，汉魏最近古"③ 的复古主张，而前、后七子的主张实际上乃是继承、发展明初诸多作家的理论而来，非为独创。明初文坛之乐府体创作也是学唐的："承旨（按，指张以宁）《重峰送别诗》一篇，仿太白，可称合作。李方伯桢题《双燕图寄人》诗云：'君家饮溪被，我家郡北西。君家梁间燕，我家梁间栖。'周尚书忱送人诗云：'我家白沙渚，君家桐家头。我家门前水，亦向桐江流。'当皆从此出，可知是作脍炙当时。"④ 张以宁的原诗《翠屏集》中无有，清代郑方坤《全闽诗话》补出《静志居诗话》姚祖恩编、黄君坦点校本"张以宁"条所缺文："承旨《重峰送别诗》云：'君家重峰下，我家大溪头。君家门前水，我家门前流。'"⑤ 从张以宁学习李白乐府辞的创作，可以发现明人在复古的途径上，是通过唐人所模拟的汉魏著名乐府诗题而模拟汉魏乐府创作的，诸如《君马黄》、《将进酒》、《驱车上东门行》、《铜雀妓》、《古镜行》、《自君之出矣》、

---

① （清）朱彝尊：《静志居诗话》，第30页。

② （清）钱谦益：《列朝诗集小传》，丙集，第311页，"李副使梦阳"条。

③ （明）李梦阳：《与徐氏论文书》，《李空同全集》，明万历浙江思堂刻本，卷六十一。

④ （清）朱彝尊：《静志居诗话》，第34—35页。

⑤ （清）郑方坤：《全闽诗话》，文渊阁四库全书，第1486册，卷六，第230页。

《静夜思》、《长门怨》、《裁衣辞》、《捣衣词》、《长信秋词》、《车遥遥》、《白头吟》、《白苎辞》、《寄衣词》、《白头吟》、《杨柳枝》、《杨白花》等诗题，或为汉魏乐府旧题，或为唐人乐府新题，或为古诗题，多方描写妇女的生活情态。

明代翰林院乐府诗歌的创作内容虽然涉及艳情，但是他们却是沿袭刘基"锐意摹古"的精神，在体裁上使用汉魏乐府诗题和唐人乐府诗题，而不是沿着元末杨维桢"构新题为古体"的创作途径。本着汉魏和唐代诗人乐府诗歌的创作精神，翰林院作家的作品虽然有艳情倾向，却不是新变，不是遵循杨维桢的创作路径而产生的必然结果。且不论明初宋濂、刘基诸人，即茶陵诗派和前、后七子派，均以复古为己任，所不同的是取径上存在一定的差别。纵观整个明代文坛，弥漫着浓厚的复古气息。作家们唯古是瞻，对汉魏和唐代乐府诗歌创作顶礼膜拜，所以明代翰林院作家及其乐府诗歌创作藉此避免了时人对其作品内容的苛责。唯有论明之世，方能理解明代翰林院乐府诗歌的创作。

第一节　理学思想浓厚的翰林院作家群

成化年间，传统的程朱理学受到质疑，新的学术流派逐渐成形。陈献章、庄昶、罗伦等人融会佛学思想，提倡以静坐修养，形成"白沙学派"，开始出现心学的萌芽。在文学创作上，陈献章与李东阳等翰林作家俱有来往，形成所谓的"陈庄体"，一时影响极大。陈献章的门生梁储、湛若水在成化到嘉靖年间活跃于翰林院，尤以湛若水笃信师言，辑有《白沙先生诗教》。成、弘之间，以陈献章为主的诗歌新流派对翰林院馆阁文学的创作影响甚远。

同时，在翰林院内部，出现了以杨守陈为首的家族性翰林院馆阁文学创作。浙江鄞县（今宁波）一带杨守陈家族，自其祖父杨范以来，形成家族性的程朱理学思想，坚持北宋道学家的文学与理学关系的有关理论。杨守陈与其弟杨守阯、从弟杨守随等在翰林院及台省任职，前后达六十年之久。杨氏兄弟与翰林院内文学观念相近的一些作家，形成成、弘年间一股道学家文学创作流。

一　杨守陈等翰林院作家的创作

15世纪50年代到16世纪20年代，浙江鄞县（今宁波市）杨家形成一个具相当规模的家族性官僚集团，著名的有号称"五杨"者——杨守陈（1430—1487），弟杨守阯（1436—1512），从弟杨守随（1435—1519）、杨守隅（1447—1525），子杨茂元（1450—1516）、杨茂仁等人。杨氏家族父子兄弟在朝者七人，诸人以立朝直谅著节著声名，昆弟子姓一时之盛，江浙文献之家，鲜有俪焉。在文学上，著述较丰的有杨守陈和杨守阯等人，影响甚巨。杨氏文学世家的形成以杨守陈的出仕及其著述为标志，杨守阯在乃兄指授下成长，既接受家族道德文章的观念，成为鄞县杨氏创作的后劲，其创作及理论亦有新变。

杨守陈（1430—1489）①，字维新，号晋庵，人称镜川先生。浙江乡试解元，景泰二年（1451）进士，选庶吉士，授编修，历侍讲、洗马、侍讲学士，官至吏部右侍郎。有《晋庵稿》、《东观稿》、《桂坊稿》、《金坡稿》、《铨部稿》等集，现存民国三十七年（1938）张寿镛四明丛书约园刊本《杨文懿公文集》。

杨守陈是浙江鄞县杨氏文人兴起的标志，在翰林任官三十余年。《明语林》谓"杨文懿在馆职，十六年不迁"②。其文学是杨氏传统家学与翰林馆阁文学的结合体。民国二十七年（1938），张寿镛所作《序》称"其学笃守程朱，盖得南山之余绪"③，但又有疑古变通的思想。杨守阯《杨文懿公文集序》曰：

> （杨守陈在临终时交代）吾文宜精选，凡有关于道德、伦理者，稍工则取之，若止为一人议论者，非极工不取，其溢美过情者，虽工亦去之……惟公之德学著于文章者，如山之广大而草木蕃滋，华质兼茂，宝藏

---

① 其同年王俨认为杨守陈卒于弘治己酉年（1489），享年六十五岁（见王俨《吏部右侍郎兼詹事府丞赠礼部尚书谥文懿杨公神道碑》，《思轩文集》，卷十三，第9页），则杨守陈的生年在洪熙元年（1425）。

② （清）吴肃公：《明语林》，卷四，第53页。

③ （民国）张寿镛：《序》，《杨文懿公文集》，四明丛书约园刊本，前序，第1页。

兴焉；如水之不测而蛟腾龙翔，变化殊态，货财殖焉……①

从上文可以看到，"德学著于文章"成为杨守陈文学创作的明显特征。杨守陈自述诗文为学者末技的思想。其自撰《晋庵稿序》曰：

> 始余方孩，尝作吟诗声……九龄而学诗歌，十三而学举子业，十五而学古文。而后数岁，虽先大父恒谓诗文为学者之末务，不以专命。……十九而游京师数载，归食于家，亦数载，皆肆力于义理之学，而其隙又习所谓举业者，然于古文诗歌亦间作焉……（为庶吉士后）将尽读中秘书，博采而精择之，然后发为文章，以追古作者。②

自从杨守陈的祖父杨范耳提面命以"诗文为学者之末务"的观念，这个观念和家传的浙东理学慈湖学派的思想结合在一起，对杨守陈的文学创作产生很大的影响。时人程敏政《金坡稿序》曰：

> 昔者朱子谓欧阳公知政教出于一而不知道德文章之不可二……盖先生世家四明，自其大父栖芸先生得慈湖心学［按，南宋杨简（1141—1226）创慈湖学派。杨简，慈溪（今属宁波江北区）人，为陆九渊高足，学者称慈湖先生，居慈湖（今德润湖）］之传，至先生益大发之。……以是知先生之文诚有志于道德而不苟为空言者……其体裁不一一主于理，不求合于时好……盖其所志以道为腴而饱乎其德，故其所蕴者深而粹，所发者正而昌，视世之规规于求工以为技者，固霄壤之异哉！……而先生年益高，德益劭，位益尊，其文之所发必蔚乎炳然于大制作、大政令之间，所谓道德文章之不二者。③

这段话把杨守陈的家学勾勒出来，很好地解释了杨守陈的文学与道德紧密结合

---

① （明）杨守陈：《杨文懿公文集》，杨守阯序，第1、2页。
② （明）杨守陈：《晋庵稿序》，《杨文懿公文集》，序，第3页。
③ （明）程敏政：《金坡稿序》，《杨文懿公文集》，序，第8、9页。

的特征。明人何乔新作《桂坊集序》对杨守陈的文学成就论述得较为具体：

> 杨先生所著诗、赋、铭、赞、序、记、碑、志、论、说、杂著之文……文者道之英华也。得于道者深，则其发于文也闳以赡；得于道者粹，则其发于文也贞以醇。譬之木焉，道其根本而文其华叶也。文不本于道，是犹无根之华，朝荣夕悴，乃所谓小技也。君子之文岂其然哉？三代盛时，大道明而王化洽，郁郁之文，非独士君子为然，衢童里妇肆口而成，亦典丽靖深，有后世能言之士不及者，盖有所本也。自秦以降，虽作者不乏，然本于道者盖鲜矣。惟董仲舒、韩愈、欧阳修能因文以求道，故其所著炳炳焉，与六经并传而不废。及濂、洛诸大儒出，相与讲明道学，而后其言粹然一出于正。……（在翰林历官三十余年）于所谓道者，得之心而体诸身矣。故其发于文也，本周、邵、程、张之渊源，循韩、欧之架𫍰，其法度森严，如龙虎鸟蛇布列于行阵之间；其意度闲雅，如朱纮赤舄周旋于殿陛之上；其闳深雄放，又如彭蠡之晴涛、龙门之骇浪……①

何乔新称许杨守陈的文学"华实相副"。王偰概括得更简洁："词虽闳博，而卒泽于理。诗尤浑雄流丽，而不戾于雅正。"② 从何乔新序所论和存文目录的诗文数量来看，杨守陈的成就主要在散文创作上。时人李东阳《拟杨文懿公谥议》曰："及播而为纪述制作之文，奇耸健拔，脱凡化腐，叙事写物，迭出层见，伟然成一家之言。"③

杨守陈的散文善于作铺陈排比，在他的文集中著例甚夥。《游招宝山记》记叙了杨守陈于景泰甲戌（1454）游定海的招宝山所见的景色：

> 得平岗茂林，众少憩。据胡床，坐清荫中，啜茗饮，空翠拂人襟袖，禽鸟嘤鸣，风飙飒爽，若吹簧缅瑟，引金石而考之，乍鸣乍止，令人乐而

---

① （明）何乔新：《桂坊集序》，《杨文懿公文集》，序，第6、7页。
② （明）王偰：《吏部右侍郎兼詹事府丞赠礼部尚书谥文懿杨公神道碑》，《思轩文集》，卷十三，第9页。
③ （明）李东阳：《李东阳集》，岳麓书社1984年版，卷二，第266页。

忘疲。坐稍久，余欲起观海，诸公难之。独刘侯偕余西南行数百步，极峻险，从者或援或推，乃跻于巅。立斥堠上，四向空阔，心目开明。顾城邑庐舍，历历可数，江山林野，层见叠出，而大海茫无津涯，与天为一。忽飓风起，惊涛拍天，作万雷声，为之目眩心悸，立几仆。少选，风止日开，乃见远近诸岛，或大或小，或高或卑，或稀或稠，或连或断，有若虎蹲者，若猊立者，若蛇行者，若龙凤飞舞者，若葆盖者，若屏障者，若篸笋者，郁若翠者，粲若绣者，赤若□（此字字形缺坏）者，燔若樵者，殊状异态，不可殚述。蜃气龙光，隐见明灭；沙禽水兽，浪舶风帆，出没于云涛杳霭间，可喜可愕……①

该文和《杨文懿公文集》卷三《蕙江八胜记》部分"时春雨晴，草树郁茂，其密若栉，其鲜若濡，其色若翠，拥朝岚而凝夕霭，迩者悦焉，遐者企焉……"② 写法颇类范仲淹《岳阳楼记》中的一段写景文字，而《笔说》的下列文字：

> 今之笔，其柱有用狸毛者，用鼠须者，用羊毛者，惟兔颖最善。其管有用琉璃者，用水晶者，用象齿犀角者，用金玉者，惟用筠簜最善。其号有曰凤尾者，曰枣心者，惟兰蕊最善。兰蕊者，选秋兔之颖为其柱，择寒筠之干为其管，而其柱之本则被以采色之丝，络以黄金之缕……③

与《杨文懿公文集》卷四《花香竹影轩记》部分文字相类：

> 鄞处士朱公诏世居鄮湖之滨，有一轩在堂之东南隅。其外地广数十弓，杂植名花异卉数十百本，间以修竹数万竿。煌乎平泉金谷之丽，渺乎祺园渭水之清也。处士居其中，不与人物利害相撄，不与世俗毁誉相争，泊如也。一日，薄暮有客造焉，坐少选，明月方出，清飙荐来。处士觞酒

---

① （明）杨守陈：《杨文懿公文集》，卷二，第8页。
② 同上书，卷三，第3页。
③ 同上书，卷三，第4页。

而饮客，客顾而言曰："吾始至也，闻异馥清芬，晻薆唏茀，意以几积龙麝而炉爇沈煎也。徐而视之，皆无有，盖花之香耳。少焉，见黄金满庭，琐碎煜烨，将起而拾之，旋觉其非也，其竹之影哉。"处士曰："吾生于斯，长于斯，发已种种矣。居与花竹同怡，饮与花竹同醉，而寝与花竹同梦，未始知花之有香、竹之有影也。今子骤至而云，然奚从而得之？"客曰："花之香，凡有鼻者无不闻；竹之影，凡有目者无不见也。奚独余得之耶？今叟也鼻不齆而谓不闻乎香，目不瞙而谓不见乎影者，盖见闻既饫而香影已入于膏肓之间，至与香而俱化，与影而相忘矣，是谓不闻之闻，不见之见也。然亦知夫不香之香、不影之影乎？一气散而为万物。花得其丽而竹得其清，故能为香为影，以授人之闻见也。人得其尤丽且清者，而圣人君子又得其尤之尤者，故其道德勋业之懿，人无不见而非影也，人无不闻而非香也。闻之见之者，广在四海之外，远在万世之下，而非香影之于一方一时也。闻之见之，能化而忘之者，古今几何人哉？抑尝游于天下而观夫富贵之家，其权宠酷烈，宝货晶莹，瞥然方经吾之见闻而已电灭露晞，欲再见仿佛而不可得矣，曾不若香影之年年也。人欲久有之且不能，况得而忘之耶？而叟也上不为道德之行而下不为贵富之事，隐居独善，逍遥徜徉于香影之中而忘其为香影也，不若并花竹而忘之。花竹与吾同生，而天地与吾同体，吾焉知孰为花？孰为竹？而孰为我？我之为天地乎？而吾与叟皆可以忘言。"于是，处士仰而笑，俯而饮，与客偕醉，同枕籍于轩中云。[①]

这两篇散文中铺排和对仗的句子很多。《花香竹影轩记》借以阐说人生哲理，推演哲理，深化论述，有苏轼《前赤壁赋》的痕迹。大抵杨守陈善于作排比句式。如卷九《漱玉轩记》：

> 尝徐驱阔步于山椒、川湄、林莽之墟，幽闲广莫之野。天风徐来，吹《万》、《咸》，作谷之铿欱、泉之淙琤、波涛之滂湃、木之蘙荟……[②]

---

① （明）杨守陈：《杨文懿公文集》，卷四，第14页。
② 同上书，卷九，第2页。

这篇文章中说"醉翁盖先获我心者",表明杨守陈对欧阳修的《秋声赋》很熟悉,了解自然界天籁诸音和而成乐的道理。在不写景的文章中,杨守陈也善于用排比句增强气势。如《桃源春雨图记》:

> 人之性静而其情则感物而动,岂物果能动乎人哉?情动而物形之,其何以征之?凡物善而妍者,宜人情所同喜;恶而媸者,宜人情所同恶。然而有不尔者。花美而艳也,或为之溅泪;蝎至毒也,有照壁见之而喜;鼓琴桓山者,不以墟墓而兴哀;与燕汉庭者,反因乐声而垂泣。志士之伤春悲秋,骄人之醉花赏雪,岂以时与景哉?信乎物之不能动情,情动而物形矣。①

上文中的说理,极有出新意之论,列举出多种正反例子进行论证,有苏轼为文之道。《杨文懿公文集》卷二十三《与胡宪副书》论世道曰:

> 今世道日弊,若众皆奢也而独俭,众皆圆也而独方,众皆放也而独约,众皆贪也而独廉,世必以矫激目之。苟避矫激之嫌,则必为流污之行而后可,阁下将奚择焉?②

杨守陈运用多组两相对立的概念,把对方的人格表现得很是峻洁。他如《杨文懿公文集》卷四《农鸣》、《说舟送陈存敬会试》、卷十八《重建文明楼记》中揣摩人的心理和语言之"四必曰"、卷二十一《送中书舍人李应祯诗序》概括赠李应祯诗歌的内容时用三个"非……则"句式等都足以为证。

《杨文懿公文集》卷五《心远轩记》为孙叔礼的心远轩而作,此文很有翻新出奇的写法:

> 予读靖节诗有曰:"结庐在人境,而无车马喧。问君何能尔?心远地自偏。"试尝思之靖节居柴桑之南村,去城市远甚,弥望皆荒迹废墟,农

---

① (明)杨守陈:《杨文懿公文集》,卷二十一,第13、14页。
② 同上书,卷二十三,第22页。

牧来去，曷尝有行者之车马？而茅檐荆扉之间，日惟田夫野父挈壶而至，班荆而谈，亦何尝有车马之客？暧于目者，不过桑麻之阴；嚣于耳者，不过鸡犬之声而已。其地之幽偏僻绝固若是，而非以心远致也，然其言岂无谓哉？世盖有居名都大邑而被褐怀瑜，门无辙迹者，亦有处深山密林而卖名招权，轮蹄日丛于其庐者。使靖节之心一不远，则将折腰于见星抚髀之徒，而南村之地焉得无车马之喧乎！此其所以忘言于还鸟之真意也。千载之下，世皆仰其旷节，挹其芳风，而晦庵书之为晋征士者有由哉！今叔礼居鄞北渡，固犹柴桑之南村，而亦无车马之喧也。地偏同，心远同，而心之所以远不同。乐天知命，超迈万物而绝百代者，靖节之心所以远也；保躬安分，不慕圭组之宠、鼎彝之铭勋者，叔礼之心所以远也。苟由其同者而企其不同者，则南山之佳气、北窗之清风，亦岂靖节得专之乎？古之至人，其心与天地同远，富贵炎之而不能热，贫贱冰之而不能寒，骇言奇难雷之而不能惊也，况车马之喧乎？又况地本偏而无车马乎！靖节庶之矣，叔礼其茂之。①

这大概是走苏轼的文章套路，而卷六《雪寓解》更是把苏轼的精神都学到了：

> 金陵金泽德润构亭于四望山，榜曰雪寓。宾客时从之游。
>
> 或疑之曰："异哉！兹亭之名也。其谓雪寓亭欤？抑谓亭寓雪欤？大漠之北，逴龙之隈，凝阴而沍寒，故增冰积雪，虽盛夏不消也。今南州冬暖，雪不常有，而亭之外则修竹千挺，烈风鼓之，飞雪不止，四序之内，第见夫翠霭苍云隐檐楹而迷户牖耳，亭岂寓于雪者耶？亭之内则隆冬若春，炉火恒炽，盛夏初秋，挥扇不辍也，雪焉能寓于是耶？"
>
> 有晓之者曰："子仰而视其上，俯而视其旁，墍之者非粉墨乎？被之者非楮素乎？垩与楮皆雪也而何？子拘拘曰羽之白不可同玉之白也，犬之性不可同人之性也，曾谓楮垩而可谓之雪乎？且所谓寓者，何也？"
>
> 晓之者曰："子不闻至言乎？视其异者，肝胆楚越；视其同者，万物

① （明）杨守陈：《杨文懿公文集》，卷五，第16—18页。

皆一。故卵有毛，鸡三足，火不热，犬可以为羊也，何者谓非雪乎？观其常者，物与我皆无尽；观其变者，天地不能以一瞬，故'日月雨过客，万物皆浮萍'也。夫孰非寓乎，而何子之昧昧？"

有笑二人者曰："疑之者固昧矣，晓之者亦未明也。夫堂亭轩斋之有榜，犹户槛盘几之有铭，非以状事物，惟以示镜戒耳。雪之集也，寒气逼人，至裂肤堕指，而旭日既出，即泯然消融而不见其迹。世之谗说殄行，甚于寒雪之逼人，而事物之变幻不恒者，皆若见晛之雪也，而况患难之尤难任，权宠宝货之尤不可以居者乎？知是而恒凛然寓于雪中，其庶乎免矣。君倘志于是乎？"

又有笑笑者曰："其果若是而已耶？则圣人不安土而乐天，志士不忘躯而徇义也。古之人寓于雪者众矣。程门之雪，游、杨寓焉；洛阳之雪，袁安寓焉；山阴之雪，王子猷寓焉。或秉钧而寓雪第，或分阃而寓雪厅，或潜师而寓雪栅之外，或仗节而寓雪窖之中，此其大彰著者也。德润之处也，盖欲闻道德，事高尚，而其出也，欲都将相，树勋节，故以此而自见耶！"

有言于座者曰："美矣而未尽，是寓雪而非雪寓也。天地一指，万物一马，彼亦一是非也，此亦一是非也。吾且有言于此，其与是类不类耶？二三子且妄听之。昔者君子于雪比德焉，斐英若刻镂文也。能大能小，倏来而忽往，神也；至皓而无纤缁，洁也；耎而不刚，顺也；各止其所，积之以序而不相逾，礼也；不避穹崖浚谷，贞也；变污秽，皆洁白而莫不均，公也；周乎四海八荒之外，溥也；辉光烛天地，智也；泽洽万物以为稔年，仁也；气肃以严，陵弥毒害，威也；收功德，迹而不久处，谦也；乘寒避暄，时也。其德比君子，备矣。吾不知雪其君子耶？君子其雪耶？君子穷则寓于蓬荜，达则寓于庙堂，无往而不安者也。君子之所寓非即雪之所寓耶？得润盖有志于为雪而暂寓于是者也。吾言果与是类不类耶？"

于是，众皆释然悟，跃然欢作而言曰："美矣！至矣！不可以有加矣！请书而揭诸雪寓以祛来者之惑云。"①

---

① （明）杨守陈：《杨文懿公文集》，卷六，第20—22页。

此文设有一"疑者"之言，有二"晓之者"之言，又有二"笑之者"之言，最后由"言于座者"以比德的解释，把全文引导到明代翰林院馆阁文学宗经的观念上去，结束全文。通过数人的疑惑和辩驳，层层递进地最终把"雪寓"的含义揭示出来。前两"晓之者"与"笑之者"的形象通过他们的语言刻画出来，使人有"五十步笑百步"的嘲讽意味，同时作者也正是通过这种方法排斥了诸人对"雪寓亭"寓意的曲解。本文的写法吸收了汉赋的对话体加以发展，辩驳迭出而语义不重复，其中也可看到苏轼文章和思想对他的影响，如第二位"晓之者"的话是苏轼《前赤壁赋》关于水、月变与不变、消逝与永恒关系探讨的翻版。

《百耐庵赋》为章廷玉的燕处之斋而写。其主体部分铺张扬厉，气势雄伟：

越有缙绅先生宦居于楚。门不容车，仅环堵，楹敧不支，壁坏不补，旁招日星，上漏风雨，蓬藋之，与邻泉石之为伍，榜曰百耐之庵。

日冥，栖而燕处。有华轩大夫、文袴公子闻其风声，议论飙起，偕谓先生曰："先生之处世也，泉茗日饮，黍稻时炊，不若老释之徒能耐渴饥；冬衣纩绵，夏服缔苎，不若貊粤之人能耐寒暑；步履舒徐，不耐劳惫；行峻洁请，不耐污秽。一耐之不能，而况于百乎？"

于是，先生之高第弟子相与争之，曰："昔者，先生年少气锐，谓勋业可指取有，谓名节可庶契致，大欲觊庙堂之尊，小犹希藩臬之位，颐指而左右奔趋，跬步而前后呵卫，志得数于时，名得焯于世也。然而数奇不耦，志屈不伸，名仅齿于乡举，秩不班于朝绅，随脿远仕荒陬寂滨，栖栖坛杏，采采频芹，屹若槁壤之木，块若枯池之鳞。于是，下隶、庸夫、樵人、牧稚行偕友朋，话相汝尔，先生耐之，寂若不聆不睇；伉伉勇夫，截截谝子，盛气横侵，巧言深诋，先生耐之，视若一蚊一蚁；同寅并坐之儒，鼓筲踵堂之士，或逝梁而谮苏，弯弧而射羿，先生耐焉，不怨不怃；列藩专城之官，移绣持斧之使，或怙宠而作威，亦窃权而张势，先生耐焉，不悔不畏……独不见夫十月之雷乎？形藏于地中，可掘而食；及其奋迅，则震撼乎八极。又不见乎百川之源乎？滥觞于土，可壅而止；及其决溢，则奔注于四海。龙耐而蛰，乃跃于渊；鹏耐而伏，乃翔于天。故事必有忍而后有济，人有不为而后可以有为。子焉知先生之能耐，又焉知耐道之盛至于斯？"于是二子惭伏而去。

先生闻之，顾弟子曰："谁使尔多言哉？"泊然而修，澹然而处，举一世之断断，无足以芥蒂其灵府也。①

此赋运用主客问答体，把主人高尚的情操具体写出，铺排罗列，行文在整齐中有所变化；再借以类比修辞，形成整齐的设问句，对主人大加褒扬。

杨守陈又吸取《庄子》的语句为己用。《杨文懿公文集》卷十九《送南京参赞机务兵部尚书兼大理寺卿程公序》曰：

北冥有鹏，背若泰山，翼若泰山之云。海运则水击三千里，抟扶摇九万里而徙于南冥。夫南冥者，天池也。鹏以背翼若是其巨，而抟击若是乎远且高，故能至也。②

上引段对《庄子·逍遥游》的句子加以糅合使用，借鹏为喻，用来形容程信（程敏政之父）。卷二十一《送刑部尚书陆公致政序》的结尾也用类似句子。又如卷七《祭张佥都文》：

……酣觞论文，继日以烛；推其肺肝，置我空腹；自视鸴鸠，飞抢枋榆；何图大鹏，与相嬉戏；我先公后，偕翔帝都……③

上段亦暗用《庄子·逍遥游》的句子。又上引卷九《漱玉轩记》的"徐驱阔步于山椒、川滢、林莽之墟，幽闲广莫之野"句子，也模仿《庄子》的句式。杨守陈熟悉《庄子》，又把它的笔法运用到文章的行文中去。如卷二十六《小湖山赋》：

① （明）杨守陈：《杨文懿公文集》，卷五，第7—9页。
② 同上书，卷十九，第7页。
③ 同上书，卷七，第18页。

　　余曰：至大惟天，与地同道。凡万物不能似天地，何者非小？故礨空四海、稊米中国者，北海之若；块视三山、杯视五湖者，大鹏之鸟，然则洞庭之于勺水，泰岱之于拳石，相去安能以秒？且物之小大，定分固异，然性有所偏，亦有所相制。彼春阳之比炉火，日月之比灯炬，蛟龙之比蝘蜓，犀象之比狸鼠，此其小大之相悬，固不可同年而语……①

此等行文并不说明杨守陈的创作将突破道学思想对他的影响。杨守陈的诗论，观点比较保守，表现了明代理学对文学的钳制作用。《杨文懿公文集》卷七《永贞堂诗序》曰：

　　昔之论诗者，上明三纲，下达五常，证存亡，辨得失而已。三百十一篇之诗，多发于男女之间，以达于父子君臣之际……②

又如卷十一《怡善翁挽诗序》曰：

　　情之发于性者，不可遏也。道性情者，莫过乎诗。古《诗》三百篇，大率皆美刺之辞耳。《相鼠》则于人之生者欲其死，刺之深也；《黄鸟》则于人之死者欲其生，美之至也。美之至，则善者有所劝而益奋；刺之深则恶者有所戒而不为，此诗所以道性情而其可以美教化、移风俗也。③

这两则诗论都表明杨守陈遵循传统儒家诗教的精神。明代理学对文学的指导地位，使文学创作与文艺理论均笼罩在理学的范畴中。强烈的比德文学观存在于杨守陈创作的大量序文中，如上引《雪寓解》。该文详细地阐释了"雪寓"，对亭主人的人生境况和志向作了比德的阐发。《送武昌同知冯君序》写冯彦辉将升任而未知所任何官时，以一夕梦境咨询于杨守陈，杨守陈因其梦中所见之美竹而断冯氏将有武昌之命，在序文中大谈德行与为政的关系：

---

①　（明）杨守陈：《杨文懿公文集》，卷二十六，第18页。
②　同上书，卷七，第20页。
③　同上书，卷十一，第15页。

竹，植物之杰也。君子不独以比德而亦可视为政焉。彦辉擢秀于乡闱，养直于国庠，有竹之德矣。往居多竹之地，其政得微有所视乎？视竹之清，则思货贿之勿黩，视竹之直，则思断听之勿偏；视竹之空中，则思虚心以应物；视竹之荫下，则思敷泽以庇民；视竹之凌傲风雪，则思秉刚贞以御强暴；视竹之在冬夏青青，则思善始令终而不变。其恒能是六者，则诞播声誉，若竹之鸣风飙；荐沾宠渥，若竹之承雨露；高陟朝著，若竹之昂云霄……①

从这篇赠序可以看到，杨守陈类比推理的论证能力很强，仅以竹进行比德，物与人之间的类比就有如此丰富的阐发。但也因为比德的文学观念，杨守陈的文章和诗论存在着大量的说教，这是道德范畴对文学审美领域的渗透，从而影响了他的创作成就。

杨守陈的诗歌阑入宋调，是李东阳出入宋元的先声。李东阳《镜川先生诗集序》曰："当意所得，杂体及七言古似宋，五七言律似唐，五言古似汉。"②《静志居诗话》曰："文毅难经优优，不屑拾淳熙诸儒遗唾，而诗格深稳，在唐、宋之间。"③杨守陈长李东阳十七年，其馆阁诗作对李东阳诗歌创作及理论主张当有所启发。

杨守阯（1436—1512），字维立，号碧川，守陈弟。亦浙江乡试解元，成化十四年（1478）进士，累官翰林侍读学士，与兄对掌南北翰林院。著《碧川小稿》、《玉署初稿》、《华省南北稿》、《东寮拙稿》、《北门漫稿》等，现存民国二十七年（1938）张寿镛四明丛书约园刊本《碧川文选》。

杨守阯的文学创作由于过分强调道德对文学的作用，所以他的文章无甚文学价值，但在当时代表着一个流派。一时间，杨氏兄弟的创作成为一股有着独特文学主张的潮流。杨守阯发扬了其兄守陈的文学观。《杨文懿公文集序》曰：

① （明）杨守陈：《杨文懿公文集》，卷十一，第16页。
② （明）李东阳：《李东阳集》，卷二，第115页。
③ （清）朱彝尊：《静志居诗话》，第187页。

公始知学，先祖示以圣贤入德之方，即能领悟，作致知、力行、持敬三铭以自励，于是学益博，文益著，道明而德尊。居家孝友，立朝忠正，其奏议之所建明，经训之所折衷，词章之所发越，皆道德之英华，伦理之攸系也。愚也何能，为役辄敢有所选择，公命乃勿敢违……公之德学著于文章者，如山之广大而草木蕃滋，华实兼茂……①

拙著在论杨守陈的文学成就时，已经引用了此序中杨守陈的临终遗言。杨守阯严守家法，从小受到其兄长的教诲，"学文于镜川"②，推崇其兄长的文风。守陈"学益博，文益著，道明而德尊"，"词章之所发越，皆道德之英华，伦理之攸系"，道德与词章结合紧密，"德学著于文章"，对其弟影响深远，杨守阯的文学思想更加保守。陈琳撰《碧川文选序》回忆杨守阯教习庶吉士往事及其文章风格：

　　每进诸生于馆下，语之曰："近世之学，多不于心，于其口耳；不于其道，于其词章。浮夸为工，奇僻为异，叛经去理，亦甚矣。有志之士，尚当于口耳词章之外求之，否则艺焉已耳。"……平易明白，典雅庄重，纵横反覆，无非至理，视浮夸奇僻之言，何啻玉之于石也……家庭授受，涵养陶成，一皆根诸心而律诸道……③

杨守阯在创作上反对当时新奇文风的倾向，在哲学上反对陈献章白沙学派及王守仁阳明学派"叛经去理"的新思潮，主张文章根心律道。这个看法为后人祖述，并继续发挥，如民国二十七年（1938）张寿镛所作《序》曰：

　　公所为文，虽酬赠之作，无一不根诸心而律诸道。世赞之曰："文师昌黎，学师伊川，诚无愧哉！"……④

---

① （明）杨守阯：《碧川文选》，民国二十七年（1938）张寿镛四明丛书约园刊本，卷四，第9、10页。

② （明）杨守阯：《碧川文集自序》，《碧川文选》，序，第12页。

③ （明）陈琳：《碧川文选序》，《碧川文选》，序，第10页。

④ （明）杨守阯：《碧川文选》，张寿镛序。

崇祯年间，郑以伟作《赠少保南京太宰杨碧川诗文选序》，对杨守阯的论述更加深入：

> ……序曰：文其生于奇偶乎！刚柔相文（当作交字），于是云汉为章，天之文著矣；岳渎效灵，地之文著矣；河龙洛龟，物之文著矣；仁义彝伦，人之文著矣，约而言之，文即道之有条理者，是诗即文之有音节者，是故程子直以文为圣贤不得已，比之耒耜陶冶之器，一不制而人生之道不足。使文为可已之物，即掞若春华、粲若秋英乎，而非体也；巧于棘猴、捷于蜚鸢乎，而非适也。……长沙（按，指李东阳）、洛阳（按，指刘健）让其醇正，与文懿角，亦僧弥之于法护也。用其言，可以致主德隆盛，生民康乐，百职修举，亦有国有天下者之耒耜、陶冶乎？无耒耜，则天下不足于食；无陶冶，则天下不足于器；无公之文，则天下亦将不足于治，而顾可已乎？其他杂文，虽不一种，种不一制，然皆布帛菽粟之不可已于口体，车马舟檝之不可已于游……即其游戏三昧，亦若钟彝盘敦，非三家市上所得有，而亦非无用。诗沉雄顿挫，而大致归于忠厚和平；感怀诗仿佛阮步兵、陈伯玉……而栖芸绍紫阳、象山之学，公从其后，践大人之武，又砥砺于文懿，则其渊源也远，譬有本之水，集彼众流……乃其立朝贞侃，居家孝弟，载在彝常，与兹集并不朽……①

这篇序指出杨守阯家族仕宦著称于朝廷。自从杨范（字九畴，号栖芸先生）宗陆九渊、朱熹的学说以来，杨氏家族笃守其说，在成化、弘治、正德年间（1465—1521）维护正统的程朱理学②，故杨守阯在政治上的作为，表现在奏疏语中，"炳炳烺烺"，连李东阳都为他的"醇正"所屈，可与其兄长杨守陈肩随。杨守阯的文学创作，也因为受到明代理学的浸染及杨守陈的教诲，所以虽可以像"布帛菽粟"一样实用，而着实无文采。而庄学曾作《刻杨太宰碧川先

---

① （明）杨守阯：《碧川文选》，序，第1—3页。

② 按，虽然杨守陈的祖父杨范得南宋杨简慈湖心学之传，形成家学，延及守陈兄弟，但明人郑以伟却认为守陈兄弟的哲学思想并不与程朱理学严重对立，守阯更是"学师伊川（邵雍）"，称"醇正"，而今人多把心学（特别是王阳明的心学）与程朱理学对立开来。盖古今于此理解不同。

生集叙》，对其文学成就大加赞赏，端非定评：

> 太宰集典丽温雅，有欧阳文忠风……刘勰称文为天地之生心，心生而言立，言立而文明，岂虚语哉！……逊心稽古，酣六籍而漱百家……如真西山得文之髓，根盛而华沃，固应为琳琅金薤之文若此。王元美先生谓文章之权在台阁，讵不信然。诗则感时赋事，信口横心，飒飒乎风雅之遗，未离其质。①

这序则指出杨守阯的文章本真德秀的《文章正宗》，其根为六经等儒家经典，发而为文，是所谓"琳琅金薤"的道德文章之词，符合"风雅之道"。

杨守阯的创作向韩愈学习，上引张寿镛的序已经有简短的称许语。其文《送潮阳太守骆蕴良序》对韩愈赞扬有加：

> 盖其文章事业铿钧炳煇，久而不磨……盖余尝因韩公为文之法而得夫为政之道矣。其答刘正夫之书，有曰："为文宜何师？必曰：宜师古圣贤人。古圣贤人辞皆不同，宜何师？必曰：师其意，不师其辞。"余是以知为政之道，亦惟师其意，不师其迹也。②

此序谈的虽是为政之道，但是杨守阯所谓的为政之道却是从韩愈的文法领悟出的，可以看出他对韩愈的文法下过研讨和学习的工夫。李康先《杨太宰碧川先生文集叙》曰：

> 昔欧阳文忠得昌黎文集于敝簏中，师法诵习，遂以文章名冠天下。乃吾乡先达碧川杨先生则著作高骞，周情孔思，直登昌黎之堂而入其室，以际永叔，定当联翩颉颃……先生易簧时，有言道师伊川，文师吏部……先儒有言：圣人之文言以传道，贤人之文言以明道。先生羽翼吾道，主盟斯文，家学渊源，皇猷黼黻。……先生谠言抗志为尤著，《人物考》、《名贤

---

① （明）庄学曾：《刻杨太宰碧川先生集叙》，《碧川文选》，第5、6页。
② （明）杨守阯：《碧川文选》，卷四，第5页。

录》并称其困学勉行，老而不倦，守正疾邪，至老不变。文学议论，隐然
有文懿风……先生早从栖芸先生闻濂洛之学，故不专事文艺，敦大本，厉
行简，精思力践，期于深造，盖其本厚而枝荣，又如此。①

这一篇序对杨守阯师韩愈进行详尽的论述，并把他的文学成就上比于欧阳修，
又指出杨守阯的家传学术渊源及其兄长对其文学创作所产生的影响。

杨氏家族文学创作的声誉很高，时人拟比宋代三苏。其后人亦有所创获，
李康先序谓：

> 其四世孙孝廉君名德周者重梓金华署中。孝廉君文必两汉，诗必三
> 唐，能世其家学……②

杨守阯的四世孙杨德周能世其家学，此当指在理学的传承上，不是对杨守阯文
学成就的继承，因为杨守阯的创作属于明朝翰林院作家一贯的馆阁体，而杨德
周的创作却是"文必两汉，诗必三唐"，属于前七子的阵营。弘治六年
(1493)，李梦阳释褐，而杨守阯已年近六秩，不大可能在此时改变风格，所以
杨守阯的文学创作必不是所谓的"文必两汉，诗必三唐"，此点不可不辨。

杨守阯的文章也有学习孟子散文的痕迹。《蒙庵诗序》对朋友陈文用的号
"蒙庵"进行阐发：

> 顾以蒙昧自号，虽曰谦谦之辞，岂其所哉？若以为皓皓者易污，峣
> 峣者难全，欲自晦其明，姑为是退托耶？若是则非所以为文用也。夫耳
> 欲其聪，聪而至于听斗蚁则为病；目欲其明，明而至于察渊鱼则不祥。
> 故聪、察之过，而昭昭然自为之的，使人欲援弓以射之，固不可也。若
> 以听斗蚁为病，遂欲敝其聪；以察渊鱼为不祥，遂欲晦其明，尤不可
> 也。古之君子，非不用其聪明也，不尽用也。明于大而不察，察其细；
> 明于远而不屑，屑于其迹；晦于外而明于内，晦于初而明于终，晦于暂而

---

① （明）李康先：《杨太宰碧川先生文集叙》，《碧川文选》，序，第7、8页。
② 同上书，序，第9页。

明于久。其晦也乃所以为明，在大《易》则为蒙亨之道，蒙即晦也；亨则明而通矣……①

这段文字很容易唤起读者对《孟子·梁惠王章句下》中的"齐桓晋文之事"章一段"有复于王者曰：'吾力足以举百钧，而不足以举一羽；明足以察秋毫之末，而不见舆薪，则王许之乎？'曰：'否。''今恩足以及禽兽，而功不至于百姓者，独何与？然则一羽之不举，为不用力焉；舆薪之不见，为不用明焉'"②数句的回忆。虽然二者论说的对象不同，但整个思维方式非常接近，因此说杨守阯写这篇序是向《孟子》学习的。

《碧川文选》卷一《辟雍赏葵诗序》是一篇典型地体现杨守阯创作风格的作品：

> 人之好尚，各以其类。非其类而好之，君子不与也。天下之物有类乎人者，若莲之中通外直，则花之君子也；菊之寒香晚节，则花之隐者也。周濂溪寔君子，故爱莲；陶靖节真隐逸，故爱菊，非好其类耶？竹之真心直节，亦君子之类也，王子猷爱竹，而识者乃曰："吾恐竹不爱子猷也。"盖子猷之行，君子所秽，竹岂其类而爱之耶？夫物也，乃有类乎？君子者、隐逸者而为人所好尚，人也；反不如物而不为物所爱，亦独何哉？吾友包君元用以《辟雍赏葵诗》俾余识其末。余观葵之倾心向日，类乎臣之尽忠事主，盖花之忠臣。杜少陵有言"葵藿倾太阳，物性固莫夺"，盖少陵一饭不忘君，故以葵自况，亦所谓好其类者。元用植葵于太学，与同志者觞酒以赏之，探韵以咏之，且以一葵自号，其好尚乎葵也亦至矣。元用性刚而行方，言论侃侃，有古人风操。异时进立于朝，行己事上，将必能以忠贞自励。吾不知元用之类乎葵邪，葵之类乎元用邪？元用与葵，其必交相爱也。夫君臣之义，天下古今所同也。观是什者，宁无有感而兴乎？是先生不忘君之谊，忠爱蔼然，故列诸简端原评。③

---

① （明）李康先：《杨太宰碧川先生文集叙》，《碧川文选》，卷三，第5、6页。
② （战国）孟轲著，（清）焦循撰：《孟子正义》，卷三，中华书局1987年版，第85页。
③ （明）杨守阯：《碧川文选》，卷一，第1、2页。

上引文末尾之评语，已经很清楚地点出把此文置于诸简之首的原因。虽然列举了莲、菊、竹三种植物作为正文论说"人之好尚，各以其类"观点的论据，但无一例外地都是从"比德"的观念敷衍发挥，并辨析王子猷爱竹而竹未必爱王的原因在"子猷之行，君子所秽"。论包元用的赏葵诗，杨守阯引杜诗着重阐发臣子对君王的忠爱之心，最后寄希望包元用立朝以忠贞自励。而另一篇序《晚香诗卷序》，杨守阯借图菊画卷和《晚香》诗卷表明自己和朋友在宦官刘瑾专政时的人生态度，也是一篇比德文学观笼罩下结撰的文章。序中简单概括了历史上屈原、陶潜、韩琦对菊进行描写的文学现象，杨守阯尤其称道韩琦的诗句：

> ……宋丞相韩魏公常言："保初节易，保晚节难。"故"秋容淡"、"晚节香"之句，又见于重阳之诗。菊之时义，远哉！吾友兵科给事中章君元益既解官家居，艺菊于圃，作亭其间。秋日凄凄，百卉俱腓，而寒英佳色芬芳于风饕霜虐之时。元益爱赏不已，乃命善绘者图之，求善鸣者咏之，萃而成卷……余过而见之，为名其卷曰《晚香》，且俾他日归以名其亭。
>
> 客或难余曰："韩魏公仕宦而至将相，富贵而归故乡。晚香之诗，盖其所自况者。今元益擢才给事黄门，而辄闲居如渊明，且放逐如灵均，和《归来》之词，续《离骚》之经，此其时也，乃以韩公之自况者况之，名果称情否耶？"余应之曰："吾第以菊名之耳，奚以况诸韩公为？且人亦未可以成败论也。子谓韩公将相富贵皆然矣，殊不知公为谏官，以论执政不艰而乞去；为枢副，以群小不便，毁言日间而辄去；为宰相，以人病其专致，劾其跋扈而又决去。况于定策危疑之际，自处以死且族者屡矣。使当时一有蹉跌，则今视晚香之诗，亦必有訾焉者。惟公险夷一节，又幸明主保全，故得以功名终耳。始元益之为谏官也，言论侃侃，亦常以古人名节自厉，善善恶恶，果于自信。惟善是举，虽废置者，不以为嫌。惟恶是攻，虽权贵者，不以为忌，用是卒为媚嫉者所中，蹉跌至此，虽在颠沛间而貌益丰，量益洪，才气益充，而诗文益工，殆非久困而终穷者……虽然，所谓晚香者，岂谓保其将相富贵耶？谓能保其大节也。大节一丧，虽将相富贵，亦遗臭耳。大节无愧，虽闲居放逐，亦流芳也，况不终穷而有

后功乎？屈之骚、陶之词与韩之诗具在，诵之者齿颊皆生香焉，岂非以其
出处虽殊而能各行其志，不失大节也欤？然则怨益进耶？止耶？以功名见
世耶？以文章传后耶？皆未易窥测，要须久而后定耳，乌可以一时成败论
之，遽谓吾名之不称情耶？……"①

作者取宋代韩琦《安阳集》卷十四《九日水阁》"虽惭老圃秋容淡，且看寒花
晚节香"② 两句诗，对"晚香"的含义进行解释。文章采用主客问答的形式，
客不知韩琦一生的遭遇，只艳羡其晚年"富贵而归故乡"的表象，认为作者用
韩琦诗语"晚香"为友人题写诗卷与事不合，作者就此展开"比德"论述，为
之析疑。杨守阯把章元益的事迹与韩琦的经历对照，揭示出"晚香"的含义是
"能保其大节"。文末附记选家的评语"先生完节于阉瑾擅权之日，此文固其左
券"，意即此文亦彰示了杨守阯的节操。

　　总兹二文，杨守阯运用比德的观念运文学之思的手法是非常熟练的，但他
的文集中大量的此类文章，不单在谋篇的构思上千篇一律，而且这样的写作模
式削弱了文学的特质，使文学附庸于道德与政治，对文学是一种侵害。《碧川
文选》卷四《送都察院左都御史戴公诗序》曰：

　　　　政必出于朝廷而事权不下移，刑必丽于有罪而威富不能夺，任官惟贤
　　才而倖门不容不塞，治兵有纪律而偾事之将不容不诛，工役有程度而作淫
　　巧者不可不斥，民脂民膏取之有限而横赐侈不可不节……③

这一段讲的是御史的职责，虽然运用排比的手法，组织得很工整，基本上是两
两对仗，但读起来味同嚼蜡。更有甚者，杨守阯赞同孔子的"辞达"文学观，
却作了片面的理解。《留余存稿序》曰：

　　　　是可谓留有余不尽之福以遗子孙者矣。至若巧者，君子所耻为，安得

① （明）杨守阯：《碧川文选》，卷二，第12、13页。
② （宋）韩琦：《安阳集》，文渊阁四库全书，第1089册，卷十四，第295页。
③ （明）杨守阯：《碧川文选》，卷四，第14页。

有余不尽而留之？陆机《文赋》有云"其会意也尚巧"，韩退之亦云"文字觑天巧"，惟于文字言巧耳。孔子尝曰："辞达而已矣"，虽文字亦不必巧者。①

看来杨守阯不尽师韩，而是有所择取，对韩愈诗文的搜奇抉怪作风有所剔除。这势必使他的文学成就更受局限，因而远不如杨守陈。

杨守阯的文学创作又不是完全只师韩愈，而是杂取宋人。如《凝清堂记》曰：

> 故岭南溪山之胜，韶称最焉。郡治负帽峰，面莲山，层峦叠嶂，效奇献秀者，环拱而内向。浈、武二水，自远而来，合而为曲江，以绕郡城，而清溪洪川，澄碧漾绿者，萦落于其外。盖其江山清胜，又郡境之最也。新堂高明爽垲，窗牖洞达，乔木嘉卉，森然环列，春华秋实，暑月繁阴，霜雪时降，玉树琼林。四时之景，无弗清者，至于朝曦夕阴，与山水之清晖爽气，常聚于庭宇之间，袭于枕席之上……②

这段写景文字，就本文来看，它的分量仅为三分之一，其他部分或为交代事由的套话，或上升为比德之附会。如此的笔致，在杨守阯的创作中不多，我们仍然可以看到他化用宋代欧阳修《醉翁亭记》的影子，如"层峦叠嶂，效奇献秀者，环拱而内向"、"春华秋实，暑月繁阴，霜雪时降，玉树琼林。四时之景，无弗清者"等句与《醉翁亭记》的文字依稀仿佛相类。杨守阯的诗论《伟溪小稿序》则直接用宋人论诗成句：

> ……今观其诗，众体皆具，六义攸存，言近而旨远，词约而思深，写难状之景如在目前，含不尽之意见于言外，时或逸思骏发，即事咏物，得其天机，而忘其骊黄牝牡……③

---

① （明）杨守阯：《碧川文选》，卷四，第31页。
② 同上书，卷五，第10、11页。
③ 同上书，卷四，第32、33页。

这是杨守阯为方谦诗集所作之序，评论语袭宋代欧阳修《六一诗话》所载的梅圣俞论诗的语句："圣俞尝语余曰：'诗家虽率意，而造语亦难。若意新语工，得前人所未道者，斯为善也。必能状难写之景，如在目前，含不尽之意，见于言外，然后为至矣。'"① 可见杨守阯对宋人的诗话很熟悉。当然，并不仅仅如此，杨守阯还称引苏轼等人的文章，如《碧川文选》卷四《送潮阳太守骆蕴良序》、卷六《刘宪使传》等文皆引用了苏轼对某事的评论，这说明他对苏轼的文集也相当熟悉。

我们可以得到一个结论，即杨守阯对宋人的文学和诗学主张有所学习、继承，与其兄长文学观有相承的地方，也与当时文坛普遍学宋的风气分不开。

杨守阯与李东阳、程敏政等大约同时，他在翰林的交游中有马良佐、刘忠、刘春等人，皆一时闻人。杨守阯与二刘皆主道德而论文章，形成一个很特殊的派别，而且他们又都学习了苏轼。

刘春（？—1521），字仁仲，号东川，一号樗庵，重庆府巴县人。成化二十三年（1487）第二人进士及第。稍后于李东阳，与东阳门下六士于时相当。刘春与杨一清交往密切，往返诗歌唱和比较多，与汪偕、汪俊兄弟深相知，又与同来自蜀地的馆阁作家杨廷和等交往密切，翰林中吴俨、马廷用等人是他经常唱和的朋友。

刘春的创作主要体现在各体散文的创作上，有文二十一卷。诗作不多，仅三卷，多近体诗。刘春的文学主张与杨守陈兄弟较为接近，往返有《和碧川杨少宰四韵》等诗，他们是当时一股较有影响力的翰林作家群。其门生黄佐《东川刘文简公集序》曰：

> 读其文则庄重醇笃，如冠伦之贤，端绅笏，立岩廊，人望而敬之；诵其诗，则肃雝温栗，如振瑶珮……石斋杨公（杨廷和）称其著作务师古人，晚益简劲，真知言哉！②

刘春与汪偕、汪俊兄弟雅"相知深"，撰有《送主考学士汪君（偕）还朝序》：

---

① （宋）欧阳修：《六一诗话》，见何文焕辑《历代诗话》，上册，第267页。
② （明）刘春：《东川刘文简公集》，明嘉靖三十三年（1605）刘起宗刻本，序，第4页。

盖士之骛于博，则其文恒浮以侈；究于理，则其文恒质以约。侈则似充于才，约则似索于气。校阅之际，必欲兼之而无所蔽，非权度有以定于中，曷能鉴别精审而不迷于去取哉？……（汪偕）一主于理，盖其得于穷探力索，以养于中，有素矣。……其义理纯正而不诡于圣，辞章畅达而不流于僻，而无钩棘屈曲之怪，人咸服焉，则凡在彀率中，虽未易占其将来，而趋响之正，亦可得其概矣。由是充其修于身，以达诸用，当自笃实而无诡异、矫饰之为，古之所谓贤能者宜不外是，否则僻邪险诐、趋利就事之类耳。然则执文衡之柄者，固系士习趋响之机，而人才之盛，岂不亦基之乎？①

刘春主张文士既要骛博，又要究理，兼之而有"义理纯正"、"辞章畅达"之长，去其"浮以侈"、"质以约"之不足，在才与气上兼擅。要做到这点，必须"穷探力索"，有"养于中"。这实际上是要求以义理先行的辞章写作方法论，这种观点又见于《东川刘文简公集》卷十四《见素先生文集序》。

在主张文章、政事二者合而为一这方面，刘春的观点几乎同于杨守陈等人。其《送太守朱君任袁州序》曰：

文章、政事果出于二乎？古之人养于中者，深厚叵测；发于外者，闳肆不可涯，故舟楫霖雨所以衍有商三百年之统者，伟矣！而实载诸《说命》之三篇。周公制礼作乐，际天蟠地，而其《无逸》、《立政》诸篇，所以化成天下之具者，盖已蕴于中，则文章、政事岂出于二哉？自后世教衰，礼义不明，乃或有支离决裂、歧而二之者。故谈文章者，率工记诵缀辑，而诋吏事为俗；论政事者率崇督办催科，而讽儒术为迂，至宋欧阳子亦曰："文章足以润身，政事足以及物。"若有所激而云者。虽然，亦岂以兼之者为非邪？儒者之论，有曰："穷经将以致用。"又曰："学者将以行之也。"其不尽然者，则以局于志，限于才，固有所不能耳，以其不能兼也。于是乎，功业之树立，遂流一偏，而人才之成就随之。……若其兼文

---

① （明）刘春：《送主考学士汪君（偕）还朝序》，《东川刘文简公集》，卷十三，第18、19页。

章、政事之誉者，则如韩昌黎、祖择之、张敬夫、汪圣锡、叶镇之辈，至今尤为烈焉……①

这里所讲的"文章"不纯指文学，也包含了儒家学术的成分（请参见本书第一章第三节）。刘春此序又提出了文章与政事结合的重要见解，他有意把文学、儒术、政事三者重新结合起来。对明代的翰林院馆阁文学发展而言，这个见解有着时代价值。黄瑜《双槐岁钞》卷第十《丘（邱）文庄公言行》曰：

> 刘学士健谓曰："丘（邱）仲深有一屋散钱，只欠索子。"公曰："刘希贤有一屋索子，只欠散钱。"健默然甚愧。②

与刘春同时代的河南洛阳人、内阁大学士刘健（1434—1527）是弘治、正德时最猛烈地反对文学创作的学者，他居然敢对馆阁前辈作家邱濬（1420—1495）冷嘲热讽，结果被反击得无比惭愧。谢榛《四溟诗话》亦载：

> 李西涯（按，指李东阳）阁老善诗。门下多词客。刘梅轩（按，指刘健）阁老忌之，闻人学诗，则叱之曰："就作到李、杜，只是酒徒。"李空同（按，指李梦阳）谓刘因噎废食，是也。③

景泰、天顺年间（1450—1464）明代最著名的儒家学者、作家，薛瑄对文学与儒家学术二者分别处之，对文学采取兼而有之的包容态度，而二十余年后的刘健却常常在各种场合表现出对文学的鄙视态度，以散钱和索子分别比喻文学与儒术，把二者截然对立，对丘（邱）濬、李东阳都采取敌视的态度。刘春所撰的《送吴汝和乞改官南京侍养序》反映了明中叶以后儒家道德伦理不断强化的趋势：

---

① （明）刘春：《东川刘文简公集》，卷一，第9、10页。
② （明）黄瑜：《双槐岁钞》，《明代笔记小说大观》本，第282页。
③ （明）谢榛：《四溟诗话》，见《明诗话全编》，第三册，江苏古籍出版社1997年版，总第3149页。

嗟夫！孝本于性，发于情。凡人非伊陟，宜无不知，所以事甚亲者夷。考春秋、战国以降，败伦灭性者，往往而是，独考叔以纯孝称于左氏，子骞以孝哉称于尼父。两汉而下，太史公、班孟坚、范蔚宗于忠义、游侠、文艺、隐逸之类皆列传，而无所谓孝友者。至欧阳公始为之。岂以为无所轻重而不传邪？或如春秋、战国者无可传也？抑尝即文忠所传读之，皆委巷之夫，不幸而遇非其时，又不幸而适遭其事，大率昌黎所谓毁伤支体以为孝者，然后知古之人处其常而不以一行称者，多矣……①

在这篇送人养亲的序文中，作者阐明了历代作家有所欠缺的孝友主题，他列举了司马迁、班固、范晔等人在史书撰写时于人物传记体例内不特立孝友传的缺陷，宋人欧阳修虽然有意为之，但仅仅写了一些委巷之夫“不幸而遇非其时，又不幸而适遭其事”的事迹，还是令他有所遗憾。虽然此文讨论的是史书撰写体例上的问题，但可以明显地看到明代儒家伦理观念不断强化，反映到文学上，要求文学为儒家道德伦理服务。

刘春的序文很多，常于道德、政事方面寄托对他人的期许，但是他能够把这些序文写得很简洁，条理井然，不仅仅繁文堆砌。如《送丁希说尹临潼序》：

是岁春正月，天下诸司述职于朝，圣天子既严敕所司简黜其不肖而进厥良矣。越三月，遂以需次选部之贤任，补亲民之缺，而吾友丁君希说得令陕之临潼，盖慎选也。希说滨行，诸大夫以赠言授简于余。维时莘麦既秀，膏雨未沛，民心之望实者不懈于昼夜。适连二日大雨如注，麦禾蔽亩，颖者秀，秀者实，内外欣然有喜色。余因希说之行，窃有所感矣。夫去岁被虏掠延、绥，侵侵及平、凉、临、巩一带，居民骚然，故关陇之民困于转轮，竭于供亿，殆所谓室如悬罄（当作磬字）者也。而临潼当东西之冲，星轺使节日至，而民尤困焉，则于斯时所望于上以苏息者，不犹百

---

① （明）刘春：《东川刘文简公集》，卷十，第3页。

谷使仰膏雨乎？有则秀，无则槁。其及于民者，不犹时雨乎？然则希说兹行其攸系不轻而重，而圣天子泊宰臣之所推择，固有所概于其间矣。夫古之人有下车而雨者，谓之随车雨；有决狱而雨者，谓之御史雨；有拜相而雨者，谓之德雨。其名位虽不同，而所以慰乎人心之望则一也。希说其尚慎，所以慰人之望哉！今之人心，固不异于古也。苟得其心，安知不有以昔人所称者为称乎？抑余闻之《洪范》谓肃时雨若？而《管子》亦曰："五政顺时，春雨乃来。"雨之系于政又如此，然则希说之往，苟能慎其政，以慰人心之望，则岂特人人颂而悦之？而天固将应之，虽欲辞显，不可得矣。①

这是一篇很短的送别序文。交代朋友丁希说得临潼令的缘起，文字简洁，没有大肆地歌功颂德；接着写诸大夫为之饯行及作者的期望。文中主要的部分，就着眼前的春景和麦苗切景展开，希望朋友到任之后能够苏民之困，成为"随车雨"或"御史雨"或"德雨"，称"肃时雨"，作者对朋友的期许之意非常殷切。所引用的故事与古语并未构成阅读障碍，反而显得简洁得体，也没有教条说理的毛病，感情真切，对丁希说真心寄予殷切的期许，非敷衍之文。《送学士吴君克温之任南京序》，这是作者送吴俨（克温）升秩迁南京侍读学士所作的序文，写法有所不同：

　　有作而言者曰："世之仕者，以近君为荣，而以远为不遇，故有'春明天涯'之咏，以人情也。君以学行纯谨，侍讲经幄，敷论疏畅，色温而气和，多开导之益。馆阁诸老先生而下咸器之，又被选旦夕侍皇太子讲读，及纂修史局，茂著功效，非但近君而已。兹迁秩而南，固非厌承明之庐者，得无亦不释然乎？"或曰："此克温之所乐而不可必得者也。盖古之仕者，不出其乡，故于亲无违离之忧；即有之，其定省之使，信宿可达。至其后也，四方易地，则养与仕始不可兼，而南音越吟，不胜其戚戚之怀矣。克温方以是置念，将图归觐焉。其于进取非所汲汲者，则今之南都距

①　（明）刘春：《东川刘文简公集》，卷二，第8、9页。

其乡不数舍，可以时月奉亲承欢于膝下。所得为多，计其心乐当无涯而何不释然也？"或曰："古之仕者，以登台阁、升禁从为显宦，而不以官之迟速为荣滞。学士，古馆阁禁从之臣也。今制叙迁，自史职不决两任不得；或有得者，则视时遭遇及资望焉耳。如克温之被简拔，可谓显与速两得之。况南京今留都也，其事甚简，而学士益无吏事，无职掌。以克温之负气英迈，雅不好群趋队逐于尘鞅间，则兹往适其性矣，而抑安有不释然者乎？"余趋而进曰："是则有然者，惟学士所以代王言，备顾问，而资献纳，为天子亲信之臣……今天下固无事，薄海内外固宁谧，然民物岂尽得所？朝廷之上岂尽无缺政？天下之贤人、君子岂尽效用？则克其奉亲之心，其于爱君也，当无日不在念；克其适己之心，其于忧国也，当无日而可违。于是而膺前席之召，树不世之勋，以慰吾侪之望，则又安能独以为乐而无少不释然也。"克温曰："子之言，其药石哉！"[①]

明代的翰林院官一般不转为外官，乐为京官，而吴克温此时由太子近侍升为南京翰林院侍读学士，必须到南京任职。其官虽高擢，却须远离京师到南京去，故有不遇之慨。客所言"春明天涯"之咏出自唐刘禹锡《和令狐相公别牡丹》："莫道两京非远别，春明门外即天涯"[②] 句，从这两句诗就可以品出诗人远离京城的黯然和"不释"，这是"有作而言者"所说的一番话反映的实情。饯行的朋友可能为了排遣这种压抑的气氛，因此以近乡养亲和南京故都翰苑清华适性来安慰吴克温。这确实是当时士大夫不易享受的优厚处境，对吴氏来说着实是一大慰藉。但是，作者却堂皇地以爱君忧国为重，勉励朋友树立不世之勋业。这篇序的写法非常注重布局，虽然可以看到苏轼式忧乐转换说理方法的痕迹——明代翰林院作家善于沿袭苏轼式馆阁官样文章的写法，但该文不仅停留于此，而是在说理上更深化一层，因此独具特征。作者当然看到吴氏在别筵上的不释神情，但他不是要通过一番说辞让吴氏的情绪由悲伤转化为欢乐——这是其他两位同僚的事，他要的是朋友振作。正因为这样，作者的谋篇布局显得富有曲折性，一反苏轼式的解脱忧愁之方法。

---

① （明）刘春：《东川刘文简公集》，卷二，第 20、21 页。
② （唐）刘禹锡：《和令狐相公别牡丹》，《刘禹锡集》，卷三十三，中华书局 1990 年版，第 465 页。

除大量的送人序文外，刘春还创作了大量其他体裁的作品，其中以记类文章写得比较好。《拖泥湾遇风记》写于正德六年辛未（1511）。是年夏天，作者服阙起复，从故乡取水路返京。船到宜都的时候，经历一段惊险：

> 时天清云敛，微风不动。已而过枝江，过松滋。未刻，风少作，寻寖甚。云布天，四垂如泼墨，雨霏霏下，水波倏起，舟下流似挽而上者。舟子乃请舣江岸少憩，许之，问其地，曰："拖泥湾也。"酉刻，风势转甚，雨下如注，望岸树如拜如舞，声怒且号，江间波浪澎湃汹涌，拍岸掀天。舟虽倍加缆系，随浪簸荡起伏，不暂停。余急令舟人登岸，访可暂避所，曰："黄指挥庄在焉。"遂挈妻孥往，得登岸，心且喜且惧。时荆守边庭实遣幕僚郭溥迎自枝江，舟稍后。至是以风作亦至，乃相随步泥淖。及庄，则茅屋三间，牛栏猪桐列置屋侧，宛如吾渝村落。门外树声撼击，助风势益甚。少间，一人以布□（此字字形缺坏）蒙首，冒雨来，及前始知为（周）廷臣，盖与郭共舟，故来迟也，乃相慰藉。及夜，漏下数刻，风转疾，雨转甚。廷臣曰："幸移寓此，脱在舟中，纵免他虞，然簸荡击撞，恶能一息安枕也？"少顷，庄人具酒肴，不能辞，乃免为数酌，廷臣笑曰："岂亦滹沱河麦饭类耶？"久之，觉倦，就寝。中夜，风雨始息。①

引文后转为阐发道学养心之论，严重削弱了作者真实心境表露所形成的文学效果，故不录。仅以所录的这段文字来看，所记叙的时间从未刻（相当于13∶00—15∶00）到中夜，写出风雨渐作至消歇的过程，伴随着人物心情的变化。尤其在傍晚酉刻（17∶00—19∶00）风势转甚时，作者把眼前、耳中所见所闻之风声、岸树、江涛、簸舟、人情等，写得情状具现，文字虽少而纤毫毕现。又插入人物对话与行动，使文章不专为江间恶风怒浪而写。作者一行人登岸到达黄指挥庄园之时，作者写入一段有关茅屋、牛栏猪桐的文字，写出眼前这村落与故乡仿佛的感受，表现了他惊定之后的欣喜之情。庄外风雨大作，室内融融行酒，对照之下，备觉安定与温暖。刘春的状物与表情的能力由

---

① （明）刘春：《东川刘文简公集》，卷十五，第21、22页。

此可见一斑。又如《修吕梁洪堤岸记》：

> 距徐州东南六十里，有洪曰吕梁。其水险恶，即昔人所谓鼋鼍鱼鳖之所不能游也。盖山自西南而东，石势蜿蜒布伏不绝，而水经其上，束为漕。河水涸，则广仅容舟。左右怪石齿列，飞流急湍，舟下迅速，不容瞬息。若挽舟而上，非巨缆弗胜，而牵以数十人，举步于乱石中，尤难为力，水溢则奔流横溃，洄洑澎湃，而石隐其下，冲激荡决上下，尤不可施人力，其险如此。①

这篇文章写吕梁洪的地势，隐约有柳宗元《至小丘西小石潭记》"潭西南而望，斗折蛇行，明灭可见。其岸势犬牙差互，不可知其源"②的写法。写挽舟之难著力，极其险状，而笔墨简省。刘春如此写景的作品毕竟少数，而大部分篇章为他人请托而作，又多为道德、政事之类内容，缺乏文学应有的审美情趣。

刘春对北宋三苏的掌故很熟悉。如《寿太子少保兵部尚书兼翰林学士澄江先生尹公诗序》中："观文忠之思颍，东坡之欲居阳羡"③，指的是元丰七年（1084）苏轼欲在宜兴（阳羡）买田产、置房屋，长久定居此地之事。《东川刘文简公集》卷十五《重修东坡书院记》则记载东坡文章妙绝天下，为欧阳修、宋神宗皇帝所激赏以及苏轼忠义之节著于天下的往事。《送吴养正南归序》记载苏洵刻苦进学的事迹：

> 古之人，有苏老泉者，初举进士，不中；再举茂才异等，不中。其贫窭困抑，甚矣！而不以为意，退而闭户读书。居六七年，大究六经、百家之说，以考质古今治乱成败、圣贤穷达出处之际，涵蓄充溢。久之，发为文章，遂以文妙天下，为校书郎，迄今数百年犹知有所谓老泉也。④

---

① （明）刘春：《东川刘文简公集》，卷十五，第40页。
② （唐）柳宗元：《柳宗元集》，第三册，第767页。
③ （明）刘春：《东川刘文简公集》，卷八，第17页。
④ 同上书，卷十一，第12页。

当时翰林院作家中逐渐流行宗尚苏轼文风的风气，刘春当对以苏轼为首的三苏文章多有景仰之情。

刘春的文论有类似于前七子的主张，在为亡友牟淳夫的文稿所作序中表现了得文法于秦、汉以上作家的观点：

> 天地精纯之气钟于人，为圣为贤，然其气不能以常也，则其值于人者亦不能以数……岂世所谓文人者，劳心以耗神，盛气以忤物，而自贼之者？……其义命大戒，则根著于心，牢不可破，故数于文焉发之，而其辞之雄深博辩，作止有法，则得于秦汉而上诸子者多。①

刘春论"气"还是秉承着翰林院作家的一贯观点，但是在论述牟淳夫的成就时，刻意指出他宗尚秦、汉以上诸子之笔法，这可能是前七子文论的先声。七律《送张学士（元祯）南京掌印》曰：

> 山斗名高圣主知，院章新绾出彤墀。祖宗根本元归此，西汉文章欲属谁。著禁从来居将相，清班不日接皋夔。……②

张元祯（1437—1506），天顺四年（1460）进士，于弘治四年（1491）任南京侍读学士并掌南京翰林院印，刘春以"西汉文章"属之。此时，前七子中最早释褐的李梦阳还未试礼部（按，李梦阳系弘治六年进士），但是翰林院中已经有文宗西汉的作家③了，这是研究明代文学的学者们以前没有注意过的一个文学现象，说明部分翰林院作家自觉地叛逆馆阁传统，寻找不同的创作路径，形成不同的风格，不必等待前七子崛起之后，方有狂飙突进的冲击。刘春观察到

---

① （明）刘春：《复斋遗稿序》，《东川刘文简公集》，卷十四，第 4 页。

② （明）刘春：《东川刘文简公集》，卷二十二，第 48 页。

③ 按，提倡秦、汉散文不是张元祯、前七子派的发明，更早者在明初宣德年间有之。宣德七年（1432），福建莆田举人林同率先正文体，"时文体竞趋诡异，剽窃《史》、《汉》以为古，（林）同反之于尔雅而南雄文风为之一变，内擢国子监助教"（同治刊本《福建通志》，台湾华文书局股份有限公司1968年版，卷一百五十三，原第 25 页，影印第 2703 页）。宣德七年（1432）的"剽窃《史》、《汉》以为古"之文学现象比后来弘治年间前七子的复古时代更前，极具有文学史的意义。《石溪周先生文集》序所论当时文风亦类之。

彼时文坛和翰林院文风的异帜，但他本人还是坚守馆阁文学的壁垒。赵贞吉《刊刘文简公文集后序》曰：

> 今观之集中，檃括尺度，不失耆宿。文皆典实，辞尚指要，辩而不肆诸，多持正长者之言。诗兴而讽，无绮靡幽渺之习。①

刘春在翰林馆阁三十余年，浸染既深，文风不离馆阁之体。

刘春的诗歌创作只有三卷，《东川刘文简公集》卷二十二至卷二十四，但可以看出馆阁文学的一致性特征。其古体诗的创作，诗语取法于陶渊明的诗歌。《东川刘文简公集》卷二十二《寿陈太史封君》诗：

> 结庐远尘市，绿竹菀猗猗。岂无桃李颜，爱此岁寒姿。疏风涤烦暑，翠色映清池，坐观古人书，谁能迷路岐。……②

这首诗的首句模仿陶诗，但仔细品味其中的风格和意境，却去陶诗远矣，只得到陶诗的语言外壳。《石淙精舍为太宰杨公赋》：

> 世路眩多岐，驰骛纷相逐。周行坦如砥，视险靡华毂。达人敦宿好，结宇傍山澳。清幽息垢纷，疏旷筜秀木。石涧听渊泉，混混沿九曲。河海归源委，支脉疏沟渎。荆榛荡以辟，芝兰酿而郁。端居恣心赏，前修共遐躅。仰瞻屹万仞，沛泽何渗漉。我欲望从之，望洋空仵目。溯流亟寻源，歌声爱空谷。③

此诗为杨一清的石淙精舍而作，它寄托了作者世路多歧的感慨，对士人竞相驰骛感到不满，要退而从达人（杨一清）结宇隐居。其感情郁郁不平，更似汉、魏诗歌。同样的感情和诗人形象也表现在《题乐耕手卷》、《得汉杂咏四首》等

---

① （明）赵贞吉：《刊刘文简公文集后序》，《东川刘文简公集》，后序，第3页。
② （明）刘春：《东川刘文简公集》，卷二十二，第1页。
③ 同上书，卷二十二，第3页。

诗中。

刘忠（1452—1523），字司直，号野亭，河南开封府陈留人。成化十四年（1478）进士，弘治十六年（1503）始以东宫恩进侍读学士。武宗即位，升翰林学士，正德五年（1510），以本官兼武英殿大学士，在内阁七月，即以十二疏求退。存有《少傅野亭刘公遗稿》八卷，其中文五卷，创作有大量的送别序、墓志、碑、铭，无甚成就，文学价值不高。

弘治、正德之间，刘忠坚守翰林院馆阁文学的藩篱。其《和李献吉惠寿诗二首》：

> 隋侯遗宝气，神化入诗圆。家法原长吉，灵襟印谪仙。四章明皦日，九转续余年。谁击鸿门斗，瑶华莹简编。
>
> 云白林光净，珠明水折圆。诗中雄得虎，李下气回仙。不爱鸾凤韵，应怜犬马年。华星与皓月，点缀野亭编。①

上引诗第一首，刘忠认为李梦阳（字献吉）的诗家法李贺、李白，“谁击鸿门斗”句似乎有杯葛李梦阳在文坛上独树一帜的意思。第二首中“不爱鸾凤韵”句也是这个意思，从而说明他坚守翰林院馆阁文学门户之意。

刘忠的文集中有一些反映个人生活情趣的文章写得很好。《野亭拙隐记》曰：

> 既阅岁，予疾少已，乃即旧墅修筑之，中原建一堂，扁曰野趣，今易为野堂。堂之后，建一小亭。亭之后，建一小阁。亭之左，凿一泉。亭之右，植一篱。堂之前，杂土木石，筑一小山。泉左数步，又别开一圃。瓜陇、芊区、杞畦、菊迳，诸凡野色，多见采录。至于众所共由之路，则高土为垣，栽木为户，覆瓦甃于上，总题曰野亭拙隐。……乃拾级升阁，顾睨山泉，类若欲揖之，进而探其意。于是闻泉之声泱泱然，篱圃卉木械械然，山亭堂阁亦皆环拱趋向，若欲以意告余者。……乃自歌曰：“我山巍

---

① （明）刘忠：《少傅野亭刘公遗稿》，嘉靖间刻本，卷七，第2页。

巍兮我泉决决，我堂翼翼兮我亭格格，圆篱塍坞兮被以野色。中有一人兮野而且拙，居朝则愚兮谋野则获，于时处处兮于焉嘉客，野云林月兮主宾醉酒，耽吟兮生业，浩歌一声兮激云野，酌数巡兮耳执。"方是时，不知天何谓之高，地何谓之厚，而野亭拙隐又何谓之窄？①

刘忠在内阁中无所作为，不能匡弼时政，使得首辅大学士李东阳力孤势单，但不失为一个较为正直的士人，其门生邹守益在《野亭少傅刘公遗稿》这篇序中特别指出他"静退"、"猛决"、"慈朴"、"澹寂"、"戆鲠"②的性格。上引《野亭拙隐记》是一篇幅相当长的散文，所引文字足见其怡情适性的人生态度。仿宋代欧阳修自号"六一居士"而写野亭别业中的六处布置，看似失之沾滞，而其用意在于让读者体味作者与欧阳修一样的闲情逸致。作者混同物我，以拟人的手法写景物娱我，以叠音手法放歌，形成语言的声韵美，再次展示景物之美与作者旷适的志趣。最后数句与欧阳修《秋声赋》及苏轼《前赤壁赋》结句相似。另如刘忠致仕闲居十三年之后作的《陶山记》，也表明耽于池亭鱼鸟、风月啸歌的乐趣。

刘忠的书信很有特色，如《回李都宪救荒启》通篇用骈体连缀：

窃惟奎璧在天，星斗籍文章之润；太华附地，民物蒙镇之功。实一气之所感，而世道亦所攸系……宪斧藩轺，风云杂遝，秋霖下注，白头悭数日之欢，晚照西来，绿醑称一时之乐……③

此篇以骈体结构组织成书信，最具特色。所写之景与朋友欢会的场景交叉，诸种颜色杂糅对映。《与何中丞书》则骈散兼行：

切惟古今之士，或因采名而售于情貌之深厚，或以循名而得其底里之素常，盖虚名燕石也。虽具眼者，未至于了了，实德荆璞也。虽遭刖者，

---

① （明）刘忠：《少傅野亭刘公遗稿》，嘉靖间刻本，卷三，第6、7、8页。
② （明）邹守益：《野亭少傅刘公遗稿》，《少傅野亭刘公遗稿》，遗稿前序，第3页。
③ （明）刘忠：《少傅野亭刘公遗稿》，卷五，第16页。

难掩其英英，故乡评为人物之龙门，而终南为仕进之羊质。窃惟草野滥迹木天，幸值明公簪笔枫陛。寅而入，尝接羽于鹓鸾；酉而出，或避尘于骢马。互切廉、蔺之慕，徒格陈、雷之交，然西台左席，窃实有得于晤言，东阁后从，或亦浪传于浮誉……①

此篇还是以骈文居多，间以散行，引用典故。刘忠以骈文写作的技巧颇为熟练，只是内容比较贫乏，其创作的主要旨趣在于表达他乐于丘壑之间的生活，甘潦倒于辟谷之归的意愿。这样的书信体在明代的翰林院馆阁文学中比较少见。

刘忠的诗歌存量不多，有一些步和苏轼之诗，反映了当时翰林院馆阁作家的共同爱好。如《和东坡石道士》诗曰：

> 泰山石丈公，不知几何寿。林泉谢轩裳，轮蹄厌践踩。有孙名本无，倡狂嗜诗酒。蚤从黄石翁，逃名脱尘枙。时看海上云，青山隐双肘。我欲同其游，问之不开口。闻世有杨公，高名敌琼玖。昨日下山头，到门袖双手。无言如有求，道粮借升斗。公知非常人，定交胜良友。置之几席间，扬眉更昂首。清坚同其衷，粗顽忘其丑。契道共忘言，不须更分剖。我亦重其人，题诗继苏叟。②

苏轼原作《杨康功有石状如醉道士为赋此诗》如下：

> 楚山固多猿，青者黠而寿。化为狂道士，山谷恣腾踩。误入华阳洞，窃饮茅君酒。君命囚岩间，岩石为械枙。松根络其足，藤蔓缚其肘。苍苔眯其目，丛棘哽其口。三年化为石，坚瘦敌琼玖。无复号云声，空余舞杯手。樵夫见之笑，抱卖易升斗。杨公海中仙，世俗那得友。海边逢姑射，一笑微俯首。胡不载之归，用此顽且丑。求诗纪其异，本末得细剖。吾言岂妄云，得之亡是叟。韩驹曰："东坡作文，如天花变现，初无根叶，不可揣测，

① （明）刘忠：《少傅野亭刘公遗稿》，卷五，第16页。
② 同上书，卷六，第1、2页。

如作《醉石道士诗》，共二十八句，却二十六句作假说，惟用两句收拾；及作鹤叹，则又替鹤分明。"①

刘忠和作在写法上与苏轼大相径庭。刘忠此诗写道与心契、与其个人情趣相合的感受，写法不及苏轼原作之腾挪多姿，韩驹已经把苏轼原作"如天花变现"的独创诗法圈点出来，这是苏轼令后人难以企及的创作个性。刘忠对苏轼的诗歌有着强烈的兴趣，有数首禁体之作，如古体《和东坡江上值雪和子由韵禁体》、《（马）良佐和东坡雪中禁体犯盐银数字戏呈》、绝句《和东坡山村五绝》等诗。明代禁体诗的创作，翰林院作家代有继作。《殿阁词林记·斋宿》曰：

> 凡郊祀，洪武二年定斋戒日期。文武百官先沐浴更衣，本衙门宿歇。次日，听誓戒毕，致斋三日。宗庙社稷亦致斋三日，惟不誓戒。或朝廷祈祷亦如之。成化丙申（十二年，1476）十二月十日，祷雪致斋于翰林院之东署。侍读倪岳、侍讲程敏政、修撰陆钶、编修陆简同宿。是夜，雪大作，遂用欧公禁体故事，相与阄韵联句，以志喜。钩奇竞胜，达旦弗能休。前辈风致，可想见也。②

明初即有禁体诗之作，但唯有到成化中叶以后，翰林院作家的诗歌宗尚有所改变以后，才大量地沿宋人风习，步和作宋人大家的禁体诗作，或更换为新的禁体诗题进行创作，在禁体诗的创作上，表现出钩奇竞胜的趋向来，与三杨台阁体演迤平衍的风格明显不同，反映了明代馆阁诗风开始从三杨时代的风格转向，宗师对象比三杨时有所扩展。

刘忠的诗歌中也有崇尚奇丽的作品。如《再和良佐二首》其二：

> 诗社劳劳若剧悬，一字难成几颣面。君诗奇丽可人看，金谷春花锦千片。灵衷神宇众自殊，月斧云斤斫应遍。亨衢造父驾车轻，赤手

---

① （清）乾隆：《御选唐宋诗醇》，文渊阁四库全书，第1448册，卷三十八，第744页。
② （明）廖道南：《殿阁词林记》，文渊阁四库全书，第452册，卷十九，第378页。

宜僚弄丸转。……①

作者和马良佐等人结诗社唱和，此诗反映社中诸友诗歌创作往返激烈的情形。在未引之第一首中，作者自道"我才天赋悭且涩"，因此说"诗社劳劳若剧悬"，把诗歌创作视为一件快意而痛苦的事情，此诗形容马良佐的诗歌如春花金谷，如千片之锦，奇丽可人。刘忠所追求的是"灵衷神宇"之中与众不同的诗歌，"月斧云斤斫应遍"，穷搜并锻炼诗句，反映了成化以来翰林院诗歌创作宗尚转化带来了创作趣味上的变化。

二　陈庄体

明代提倡儒家静养的功夫，自永乐进士泰和王直以来即有之，经历多位翰林院作家的提倡和发挥，理论上不断丰富、发展，最终在陈献章手中，形成一个以此为特征的学术流派。王直（1379—1462）《静学斋记》曰：

> 君子之学，岂以地之喧寂为进退哉？由乎心焉。耳心苟静矣，虽喧犹寂也；不然，则山林之深隐，亦若市朝之奔趋，盖身在而心往矣。如是而欲穷物理之微，践道德之实，以求无负于天，无愧于为人，奚可得耶？……孟子曰："养心莫善于寡欲"，盖寡欲则心鲜有不静，静斯能察天理之本然，尽人事之当然，君子之所务也，故予以为君子之学，不以地而由乎心。②

王直出仕以后，他一生的主要活动时间在永乐至天顺年间（1403—1462），所以从王直所处的时代来看，其思想相当前卫，具有一定的价值。王直已经提出了"静由乎心"的思想，是陈献章等人的先行者。李时勉（1374—1450）有《习静说》与王直的思想对应：

---

① （明）刘忠：《少傅野亭刘公遗稿》，卷六，第10页。
② （明）王直：《抑庵文集》，文渊阁四库全书，第1241册，后集，卷二，第338—339页。

人以心为主，心以静为本。天下之事至于理而止，天下之理至于善而止。知善之所在，则心有定向而不妄动，即《大学》所谓"定而后能静者"也……求圣人之道者，必先知夫道之所在，然后致知力行以探之，而不为异端邪说之所乱，则为学之士之所当知也……是则天地万物之妙，生人向仰之途，莫非以静而成，以挠而废。静之为道，其亦大矣哉！①

李时勉不仅有心以静为本的思想，而且他提出"必先知夫道之所在"，才能防止学者在探究儒家大道之时为异端邪说拂乱的可能性，这是陈献章在自己的诗文中反复辨别他的学术思想及方法论与佛教、道家思想区别的先声。李贤（1408—1466）在《心源亭记》中对心源亭的命名缘由进行了哲理阐发：

虚灵不昧者，心之本体也。苟私欲蔽之，未有不昏者也。水之荡而浊者，有时静焉，则本体之清，于是乎出矣；心之蔽而昏者，有时静焉，则本体之明于是乎在矣。甚矣水之清浊，有似于人心之昏明也。清而明者，莫不皆由乎静；浊而昏者，莫不皆由乎动，然水之浊者，静则清矣，初无用力于其间；而心之明者，虽由乎静，必有主敬之功焉。于莫知其乡之时，操存而不失；于寂然不动之中，涵养而不忽，然后此心之太极无不具也。②

李贤从本体论的高度谈心之静对人的本体之明的作用，并指出在此基础上行主敬之功，而后太极具存。他在《主静铭》中更提出"学问之道，静为第一，心静则虚，不静则窒"③的观点。薛瑄（1389—1464）《五友诗序》中以竹、梅、兰、莲、菊五种植物比德，认为学者须因取静的功夫，才能完成比德，将物性潜移默化于自身道德修养的过程：

孔子曰："知者乐水，仁者乐山。"山水亦岂有知，而能励于人乎哉？

---

① （明）李时勉：《古廉文集》，文渊阁四库全书，第1242册，卷七，第781页。
② （明）李贤：《古穰集》，文渊阁四库全书，第1244册，卷四，第522页。
③ 同上书，卷二十，第691页。

特取其动静之性,默有契于仁知耳。余与此五物者俨然相对,因彼识此,方将去喋喋多言之烦,希心领神会之妙……①

薛瑄以静默契、去喋喋多言的方法就是除去言语、只以静心体验大道的禅宗修习方法论。岳正(1418—1472)的诗《双燕》其二有句"道心只与静相宜"②,也是把儒家之道与心联系起来。李时勉卒于景泰元年(1450),而王直、李贤、薛瑄、岳正等人均生活到天顺、成化初去世,因此可以说心学的思想在明代极早地萌芽了,非成化中陈献章、正德间王守仁等人独造之所得。在时代上,陈献章又与这些学者身份的翰林作家衔接,其主静思想是对前人思想的进一步发展。

陈献章(1428—1500),字公甫,号石斋,广东新会白沙人。正统丁卯(1447)举人,屡试不第。成化二年(1466),复游太学,为祭酒邢让所重,以故名动京师,罗伦、章懋、贺钦、庄昶等与之定交,但受到邱濬和同门胡居仁等传统程朱理学学者的排斥。胡居仁尝言:"陈献章学近禅悟,庄昶诗止豪旷,此风既起,为害不细。"③ 后以荐授翰林院检讨,卒后追谥文恭,事迹具《明史·儒林传》。陈献章得吴与弼(1391—1469)静观涵养之功,以超悟为宗,每教人静坐,使此心洒然,遂开白沙学派。吴与弼已经吸收了南宋陆九渊的学说,而陈献章的学说更是吸收禅宗的成分,《明史》认为"学术之分",自陈献章、王守仁始④,陈献章因此为翰林院中笃行程朱理学的邱濬、章懋等人抨击。尽管如此,白沙学派终究成为明代中后期对士人思想有巨大影响力的学派。

陈献章的门人有陈吾德、何维柏、李承芳、李承箕、苏章、丁积、周瑛、张诩、湛若水、梁储等人,其再传弟子有黄省曾、韦商臣、陈良谟、顾应祥等。《明语林》曰:"嘉靖初,增城(湛若水)、余姚(王守仁),以谈道小别门径,几堕参、商。黄省曾两师事之。"⑤ 王世贞《贵州布政使司右参政陈公良谟墓表》曰:"公尝从学湛氏,与邹、吕诸君子游……公尝从吴兴社,其社之老大司空

---

① (明)薛瑄:《敬轩文集》,文渊阁四库全书,第1243册,卷十三,第249页。

② (明)岳正:《类博稿》,文渊阁四库全书,第1246册,卷二,第373页。

③ (清)张廷玉等:《明史》,卷二百八十二,第7232页。

④ 参见(清)张廷玉等《明史》,卷二百八十二,《儒林传》,第7222页。

⑤ (清)吴肃公:《明语林》,卷六,第109页。

蒋公、刘公，大司寇顾公辈虽少长于公，咸推逊公，以为弗如。"① 张时彻
《四川布政使司左参议韦公商臣墓志铭》曰："嘉靖癸未登进士第，时甘泉湛先
生在朝倡明斯道，为学者所宗。公往侍教席，毅然有希圣之志……"② 徐中行
《资善大夫南京刑部尚书赠太子少保箸溪顾公应祥行状》曰："（顾应祥）少尝
从阳明（王守仁）、增城（湛若水）二先生游，然公能自得师，务在实践，不
欲空谈性命。"③ 湛若水最著名的门人，据《明史》本传记载："湛氏门人最著
者，永丰吕怀、德安何迁、婺源洪垣、归安唐枢。怀之言变化气质，迁之言知
止，枢之言求真心，大约出入王、湛两家之间，而别为一义。"④ 一般来说，
把唐枢归入湛氏弟子，白沙学派延续到其弟子许孚远。

　　陈献章本人虽然没有在翰林院中任过实职，但他与庄昶（1436—1498）、
罗伦（1431—1487）等翰林院作家形成了"陈庄体"的诗歌流派，而且他的学
生礼部尚书湛若水、大学士梁储二人仕途顺利，何维柏亦曾选庶吉士，在翰林
中俱有创作，深受陈献章的影响，因此不可不把陈献章的诗歌创作纳入拙著的
研究范围。

　　陈献章的诗文创作，有文渊阁四库全书本《陈白沙集》九卷、《白沙先生
诗教》十卷、《诗教外传》五卷。《四库全书总目·〈白沙诗教解〉提要》称：

> 《白沙诗教》，凡一百六十六篇，皆阐发性理之作。《诗教外传》则皆
> 献章语录之类，足与诗相发明者。（湛）若水以类排纂，各为之标目。献
> 章于诗家为别调，不妨存备一格。若水务尊师说，必以为风雅正宗，至别
> 撰此书以行。言之似乎成理，而实则不然，王士祯《居易录》曰："如欲
> 讲学，何不竟作语录？"可谓要言不烦矣。⑤

湛若水注释陈献章的诗歌往往犯阐释过度的毛病，把陈献章的语录与其诗歌互
相发明，简直是高叟说诗，泥于坐实，充满理学气息，歪曲其师的诗歌成就。

---

① （明）焦竑：《献征录》，第 4 册，卷一百零三，第 4633 页。
② 同上书，卷九十八，第 4311 页。
③ 同上书，第 2 册，卷四十八，第 2043 页。
④ （清）张廷玉等：《明史》，卷二百八十三，《儒林传》，第 7267 页。
⑤ （清）永瑢等：《〈白沙诗教解〉提要》，《四库全书总目》，卷一百七十五，第 1557—1558 页。

钱谦益说"湛原明妄加笺释，取为《诗教》，所谓痴人前不可说梦也"①，正如《提要》所说"言之似乎成理，而实则不然"，但也可以看到湛若水本人浓厚的理学观念，故清人在撰写陈献章集提要时引王士祯语，遂对陈献章大加挞伐之词，这种做法不体察陈献章在《与胡金宪提学》（第三书）中提出的"或以为形容道体之言，则恐涉于太深"的解诗之道②。其门人之作略输文采，如李承芳之作，"诗多俚俗，如《咏冯道》云：'地狱剉烧春磨具，定将此贼谢天人。'《白头吟》云：'恨杀相如非正气，未曾焚却白头吟。'皆堕入下劣诗魔"③。而陈献章的创作与其门人的创作不能相提并论，他的诗歌有多种风格，反映的内容也很丰富。

陈寰《书白沙先生诗序》曰：

　　昔人论诗，谓《三百篇》后，莫若汉魏、盛唐。其大要有四：曰词，曰理，曰意，曰兴，兼故入神，至今诗家执为定说。嗟乎！其言可谓不伦也已。盖《三百篇》，孔子所删定，后世论诗，固不可不宗此；既于是宗，则当自孔子之言求之，庶几不忒。夫孔子未尝以词先理，亦未尝以理而夺诸词、意、兴也。盖理则道也，形而上者也；词、意、兴，则气也，形而下者也。有道，斯有器；有理，斯有气，是故理然后意，意然后事，事然后词，词然后声，声然后能动物，凡诗之道，宜若此。白沙陈先生隐居不仕，潜心理学归途，其诗罕类后世语，甘泉湛先生为之篇序意释，其说一归诸理。理既备悉，故词、意、兴无不佳……④

这段话虽然追随湛若水的注释，但实际上陈寰也提出了自己的见解，即"孔子未尝以词先理，亦未尝以理而夺诸词、意、兴也"的观点，陈献章的诗歌即具备理、词、意、兴等数方面内容。

陈献章诗歌核心的审美理想是"自然"，湛若水记载其师的一则言论曰：

---

① （清）钱谦益：《列朝诗集小传》，上册，第 265 页。
② （明）陈献章：《陈白沙集》，文渊阁四库全书，第 1246 册，卷二，第 56 页。
③ （清）永瑢等：《〈东峤集〉提要》，《四库全书总目》，卷一百七十六，第 1565 页。
④ （明）陈献章：《白沙先生诗教》，明刻本，陈序。

先生谓湛生曰："此学以自然为宗者也，譬之适千里者，起脚不差，将来必有至处。自然之乐，乃真乐也……"①

另外在《与张廷实主事先生门人》第九书、第二十九书，《遗言湛民泽》，《与顺德吴明府》第二书等书信中屡次提到这个学术与诗学的核心概念。在部分诗歌中，陈献章也提到"自然"的概念，如《寄张进士廷实》、《中秋》其二、《夜坐》其二等，这部分诗属于击壤体诗，是湛若水以诗注释白沙道学的绝佳好例：

祝融我当往，往处还自然。未往亦由我，安知不是仙？是身元有患，天道岂无缘？难逢俗人说，可为知者传。

天地无穷年，无穷吾亦在。独立无朋俦，谁为自然配？舂陵造物徒，斯人可神会。有如寿厓者，乃我之侪辈。永结无情游，相期八纮外。②

除此处引的两首诗，同卷还有多首诗谈道学及理趣。陈献章的学说固然以"自然"为宗，但确实可以看到他与释家之境有所不同。陈献章归纳说儒与释相同的地方在于"无累"③，而不同的地方在于以静坐养出端倪④，达到鸢飞鱼跃⑤的境界。《静志居诗话》曰："白沙虽宗《击壤》，源出柴桑（按，指陶渊明）。其言曰：'论诗当论性情，论性情先论风韵，无风韵则无诗矣。'"⑥"自然"这个概念被陈献章运用来形容诗歌应当达到的理想状态，读者需要对其诗歌中哲学与美学的内容进行仔细的区分：

马上问罗浮，罗浮本无路。虚空一拍手，身在飞云处。白日何冥冥，

---

① （明）陈献章：《白沙先生诗教》，卷十一，第2页。
② 同上书，卷八，第2、10页。
③ 同上书，卷十三，第1页。
④ 同上书，卷十一，第7页。
⑤ 参见（明）陈献章《白沙先生诗教》，卷一《有学诸篇第一》"天命流行，真机活泼；水到渠成，鸢飞鱼跃"等语。
⑥ （清）朱彝尊：《静志居诗话》，卷七，第182页，"陈献章"条。

乾坤忽风雨。蓑笠见安之，徘徊四山暮。

　　天风吹我笠，吹下黄龙顶。两手捉笠行，不知白日暝。赤松见我笑，却立千丈影。童子问赤松，云深各不领。

　　菊花正开时，严霜满中野。从来少人知，谁是陶潜者。碧玉岁将穷，端居酒堪把。南山对面时，不取亦不舍。[①]

这三首诗分明经营出一个个以"我"观物、随"我"心之自适而摄景物、动作入诗的自由境界，有时作者竟拟想赤松对他微笑，也是自由的表现，感情为之自然地生发，而湛若水都作了牵强附会的解释，真不亚于孟子所讥讽的高叟。

　　在当时，陈献章是一个深得诗歌写作真谛的作家，他的诗论语录甚多。陈献章以"自然"为理想，反对锤炼之迹，尽量泯灭豪放的诗风和个性：

　　先生谓廷实曰："诸作骤看似胜前，细看词调欠古，无优柔自得忘言之妙，看来诗真是难作，其间起伏往来，脉络缓急沉浮，当理会处，一一要到，非但直说出本意而已，此亦诗之至难，前此未易语也，文字亦然。古文字好者，都不见安排之迹，一似信口说出，自然妙也。其间体制非一，然本于自然，不安排者，便觉好，如柳子厚比韩退之不及，只为太安排也。"（《语道第三》）

　　先生谓廷实云："诸作兴浓甚，但发扬微过，更放平易沉着，乃佳耳。"

　　先生语廷实曰："更完养心气，臻极和平，勿为豪放所夺，造诣深后，自然如良金美玉，略无瑕颣可指矣。"

　　先生云："词气终欠自然，廷实乘快，时有牛角硬处，不类此性情所

―――――――――

① （明）陈献章：《白沙先生诗教》，卷八，第3、4、7页。

发，正在平日致养。到醇细处，则发得又别。"

  子谓廷实曰："吾辈作诗，非只喜跌宕而已，跌宕中又要稳实，乃佳耳。"（《语道第四》）①

陈献章以自然为中心，反对发扬微过，要求趋于平易，在跌宕中求稳实。但是他的诗歌中也有豪放的诗，如以下两首：

  中年见二子，楚楚西江英。问讯徐苏里，千年有余情。开尊对溟月，高歌亦心倾。胡为别我去，感此秋蛩鸣。赠处各有言，慨然尽平生。

  日月逝不处，奄忽几华颠。华颠亦奚为？所希在寡愆。韦编绝《周易》，锦囊韬虞弦。饥飧玉台霞，渴饮沧溟渊。所以慰我情，无非畹与田。提携众雏上，啼笑高堂前。此事如不乐，它尚何乐焉？东园集茅本，西岭烧松烟。疾书澄心背，散满田地间。聊以悦俄倾，焉知身后年。②

在这两首诗中，陈献章的感情绝不是他平素所主张的温厚和平③，而是"高歌"、"慨然"以及对年华消逝的感慨。可见即使他主张自然，也仍然在诗歌中表现"跌宕"，这种情形与陶渊明其人其诗仿佛差近。

  陈献章还喜欢宋人宋诗，取法宋代江西诗派的宗师杜甫（按，唐代杜甫系宋代江西诗派"一祖三宗"之"一祖"）、陈师道的创作，自道倾向于"豪放"的诗歌创作，作品呈阳刚之"雅健"风格的原因：

  先生云："予之爱子美、后山诸诗，盖喜其雅健也。若夫道理随人深浅，直须笔下发得精神，可一唱三叹，闻者便自鼓舞，可也。必以道理就

---

① （明）陈献章：《白沙先生诗教》，卷十二，第5、6、7、8、9页。
② 同上书，卷四，第1、2页。
③ 参见（明）陈献章《白沙先生诗教》，卷十二，第11页"子云诗本往温厚和平，深沉婉密，然后可望大雅之庭"等语。

自己性情上发出，不可作议论而离夫诗之本体也。"①

年轻的陈献章是极具个性的士人，为事所抑，动辄痛哭流涕，"自然"、"和平"非其性格本色，所谓的"跌宕"、"豪放"，于悲伤之时感慨，于相会之时放歌，乃其真实情感，实际上也符合他提倡的"自然"论诗宗旨。成化中后期，陈献章的诗歌取向受到理学思想的影响，也仍然喜欢杜甫、陈师道的雅健风格。陈献章刻意追求优柔自得的境界，所以他以陶潜的诗歌为对象进行模拟，以求近之：

> 先生云："予闲居和渊明古诗十余篇，一二篇中，颇自以为近之……"②
> 子云："光宇于诗，则谓唐以下多近体，古诗冲澹之流，吾其陶处士师乎！"③

陈献章也认识到近体诗对古诗高古风格的冲击和破坏，因而对古体诗有所偏好：

> 近体可骤看，久看则别；古选才看便不似，不知平日与秉常论者何如？以吾子之力，加以涵养之力，久当得之，未用催促也。④

欲返之古，一个途径是经过涵养，久之自"胸中流出"而达到冲澹的境界，另一个途径是通过锻炼而到达浑成的境界：

> 子《题杜少陵小影》云："孟子诗肩高笋山，杜陵谈笑古风还。"子美之诗由锻炼至于浑成。⑤

陈献章认为，这种由锻炼而具备浑成面目的诗歌仍然不如冲澹风格的诗歌：

---

① （明）陈献章：《白沙先生诗教》，卷十四，第 3 页。
② 同上书，卷十二，第 8 页。
③ 同上书，卷十三，第 8 页。
④ 同上书，卷十二，第 7 页。
⑤ 同上书，卷十五，第 2 页。

　　昔别秋未深，今来岁方晏。吾衰忘笔砚，月记诗半板。或疑子美圣，未若陶潜淡。习气移性情，正坐闻道晚。为我试读之，如君当具眼。

　　【湛若水注】赋也。此示李孔修以近作之诗。"圣"，言子美诗之神妙也；"淡"，言陶渊明诗有冲淡之意，自然天成，又非子美用工于锻炼者所能及也。①

　　综合言之，陈献章认为古诗胜近体诗，在诗歌诸种风格中，冲澹胜于浑成，浑成胜于豪放，体现了其终生秉"自然"论诗的理论宗旨。

　　陈献章的诗歌学宋，并不仅限于宋代道学家的创作，如《岁晚江上追次王半山韵》、《题罗一峰赠马龙道南卷》、《怀古次韵王半山》、《春怀次韵陆放翁》、《春兴追次后山韵》、《浴日亭次东坡韵》、《吴瑞卿送菊用东坡韵答之》、《谢何秋官惠米追次陈后山韵》等，和宋人韵颇多，均非道学家体；《次韵李世卿雨中》诗有"论诗稍稍到庭坚"② 句，在诗学理论上追踪黄庭坚。陈献章对宋人的诗作如此熟悉，足以说明他对宋诗很关注，和当时翰林院流行宋诗创作的潮流气脉相连，反映了当时文坛流行的创作风气。

　　庄昶是"陈庄体"的另一位重要作家，其文多阐《太极图》之义，其诗作《击壤集》之体，酷拟唐人，部分诗得杨慎激赏。张元祯、罗伦、彭韶、邹智等俱与陈献章、庄昶有往来，他们的创作也带有浓重的道学家味。

　　陈庄体的诗歌创作和杨守陈等人的文学创作都是文学本诸经典观念的必然结果，也是明代翰林作家实践北宋二程等人理学家文论的产物。当此之时，翰林院作家中主要阵营坚守儒家道学文论，而另外一些作家则摆脱了理学对文学的束缚，深入探讨文学自身的特性，实现翰林院馆阁文学的转向。

第二节　成化、弘治年间翰林院馆阁大家

　　成化、弘治年间，明朝翰林院内部，以李东阳为首，重振翰林院馆阁文学

---

① （明）陈献章：《白沙先生诗教》，卷七，第6页。
② （明）陈献章：《陈白沙集》，卷八，第269页。

的声威，带来了崭新的气象。这一时期，翰林制作蔚然，涌现多位著述成果丰富的作家，在学术和文学上皆有成就，文学作品的数量和成就都超过三杨之时，仿佛宋代人才最盛之时。倪岳与程敏政是两位几乎同时的馆阁作家，程敏政的创作尤有创新之处，体现出"以考证为文"的新风格。吴宽和王鏊是两位来自吴中的馆阁作家，是居住于京师的吴地作家中最著名的两位。两人对时文的看法截然相反，诗歌创作题材也有所不同。

一　倪岳与程敏政

倪岳（1444—1501），字舜咨，倪谦之子，上元（今南京）人。天顺八年（1464）进士，选为庶吉士，授编修，进侍读学士，直讲东宫、经筵，终礼部尚书，是孝宗时的名臣。存世有文渊阁四库全书本《青溪漫稿》二十四卷。

倪岳的奏议类文章，"所言简切明达，得告君之体，颇有北宋诸贤奏议遗风"，"他文亦浩瀚流转，不屑为追章琢句之习"①。其赋作典雅峻洁，早年所作《桢陵雪霁赋天顺辛巳（1461）》很能体现其风格特征，虽不如三杨之作雍容，但写景简洁，清新可喜，具有特色。《送严大纯秀才菊花诗卷引》之"柳色初黄，江波始绿，正春韶明媚之时，而遽有黄华之赠"②，数句之间，写景真切，而离情骤见。《大明故少保兼兵部尚书赠特进光禄大夫柱国太傅谥肃愍于公神道碑》写于谦当也先进犯北京之时变乱之际，处事果敢坚定，迥异诸大臣。该文善于烘托表现于谦的丰功伟绩，具有入木三分的表达效果：

> 会皇太后命郕王监国，以系人心。于时，台谏廷论土木之变，罪归王振。王始摄朝，仓卒未定处分。锦衣卫指挥马顺素附振，意颇不平，众起捽顺，击死。复索振所亲信二内侍，将击之。班行喧杂，无复朝仪。王疑惧，屡欲退，诸大臣亦多敛避。公坚立不动，时披王请留，且请降旨宣谕："群臣无擅动。振罪俟请命太后行诛。顺罪应死，勿论。"命将军亟击二内侍死，众乃定。退朝，漏过午刻，公袍袖为裂。吏部尚书王公直执公

---

① （清）永瑢等：《〈青溪漫稿〉提要》，《四库全书总目》，卷一百七十，第1490页。
② （明）倪岳：《青溪漫稿》，文渊阁四库全书，第1251册，卷十九，第260页。

手，曰："今日正赖公等，若某百辈，何能为？"公辞谢不敢当。

……

……所司籍公家，自朝廷所赐外，他无一物，盖公平日自律之严也。未几，陈汝言代公为兵部，以贿败。上命陈所籍物于大内庑下，召大臣入视，且曰："景泰间，谦任事久且专，没无余物，汝言未期，何得贿无算耶？"上色变久之，（石）亨等俯首不敢动。抚宁伯朱永出谓人曰："今日观上意，亨辈将无所逃矣。"一日，边报甚急，集廷臣议。恭顺侯吴瑾进曰："于谦在，边患不至此。"上为之默然。初公被害时，皇太后未及知；比闻，嗟悼累日。上闻之益悟其冤，深悔之。①

该神道碑赞颂正统十四年（1449）于谦在国家危难之际匡扶社稷的巨大贡献。明英宗被瓦剌俘虏之后，朝廷一片混乱。郕王监国，台议王振之罪，诸大臣群情愤激，捶击王振党羽、锦衣卫指挥马顺至死。未得圣谕而敢于当着郕王之面击毙锦衣卫指挥，违制犯上，需要莫大的勇气，足以说明群情激昂。一时间朝仪尽失，喧杂无序，群臣失去理智，近乎暴徒。摄政的郕王（后即位称景帝）大恐惧，欲退朝。一众台省大臣也敛避退畏，无所作为。在这种情况下，于谦掖住郕王，并请处分王振党羽，一举安定人心。退朝时，方以闲笔补写于谦的袍袖被惶恐的郕王撕裂，这个细节形象地写出于谦的坚定和众大臣的退缩。又以六部之长、吏部尚书王直逊谢的话体现于谦为国之心。徐有贞夺门政变成功后，建议处死于谦并籍没其财产。于谦被籍没财产时，家无余物，与继任兵部尚书者陈汝言之贪形成鲜明的反差。该文又以天顺边患反衬出于谦在任兵部尚书时震慑边疆的谋略。后两件事都写出英宗皇帝对于谦的怀念，即成化初赐祭诰语所谓"在先帝已知其枉"②的含义。

如《四库全书总目》所言，倪岳不以文名，他在诗歌创作上体现出更多馆阁作家共有的特征。倪岳的诗风以雄壮为主，如《题胡马图》作金戈铁马之声，而《题湖山雨意图五月廿日题时久无雨》下笔超凡，奇思迸涌：

---

① （明）倪岳：《青溪漫稿》，卷二十一，第278—279、282—283页。
② （清）张廷玉等：《明史》，卷一百七十，第4551页，于谦本传。

湖云欲雨湿不飞，千山万山烟雾迷。翻崖拥壑忽已暝，白日半没青天低。模糊乱压云梦泽，掩映乾坤渐昏黑。浦溆争投渔子舟，岚光净锁幽人宅。雷辎电走风更豪，仿佛卷去檐头茅。幽人惊起不敢睡，耳边但觉苍龙号。苍龙变化鼓余勇，瞥起直上惊汹涌。山木微茫猿狖啼，虹霓明灭蛟鼍恐。霹雳列缺乘云来，连峰峭壁皆崩摧。青冥浩荡不可测，沉沉一镜当中开。鱼虾带去半空落，水天顷刻皆回薄。势凌五岳自峥嵘，忽转孤岩已冥寞。影响奔腾雨意深，须臾过眼气萧森。……①

首句写湖云欲雨湿不飞，角度独特；接着写天低云暗，渔舟归来；然后写雷电交加、狂风怒吼、闪电霹雳的惊人天气；再写水面的动静，静而倏动，使鱼虾不能自主；而后骤雨倾泻，气象萧森。作家以一幅湖山图卷发挥他的想象，希望于干旱时节来一场瓢泼霖雨，以舒民情。笔力豪迈，善于形容，并作了多方面的衬托，手法多样，接近于杜诗的沉郁，诗风豪而不放。这类诗歌所体现出来的风格，在倪岳的作品中居主导地位。另外如《晓发张家湾以下归省之作》、《晚泊天津望海有作》、《过淮阴》、《送刘时雍赴闽藩参政》、《戊子（1468）新春日寄上谷诸旧游》、《雪中忆张亨父次宾之韵复用韵写怀》等诗，也都接近于这种风格。而如《送窗友赵景芳以乡进士出宰商河》、《题唐子华枯木为曰川学士》、《陈汝玉安江楼诗次沈时易司空韵》等，诗风则接近李白。《送窗友赵景芳以乡进士出宰商河》写赵景芳，杂糅李白在《将进酒》中的自身形象和所塑侠者的气质。

倪岳也有一些诗歌作品，面貌清奇。如以下两首：

秋霖初霁水满湖，西风飒飒吹黄芦。垂杨袅袅叶已枯，沿堤尚带烟模糊。沙洲薄暮多黍菽，毕罗之患应绝无。随阳有鸟群相呼，食兮宿兮真足娱。（《芦雁》）

八月秋高天宇清，东篱菊绽黄金英。感君惠我纷数茎，根连宿土何敷荣！为爱晚节风霜更，妍华不肯青春争。闲来移植临轩楹，晴窗对坐逸兴生。有时凭阑诗欲成，幽香馥馥供吟情。有时歌啸清樽倾，佳色粲粲阶前

---

① （明）倪岳：《青溪漫稿》，卷二，第21页。

呈。夕餐落英闻屈平，古来不独陶渊明。何当过我解我醒，与君同结岁寒盟。（《谢惠菊》）①

《芦雁》诗写景的成分居多，末句以食宿俱足，群鸟相呼，反映作者内心的感情涟漪，但此诗歌以秋景来抑制感情朝着热烈方向的发展，感情经澄净成为一种轻淡的喜悦。《谢惠菊》诗的内容仅写赏菊，反映士大夫的情趣，不写比德的道德价值，在明朝翰林院作家创作的咏物诗中，显得有些特立，实际上反映了成、弘之间文学的审美特性重新被重视的事实②。正当陈献章等人提倡"陈庄体"时，倪岳在写鸥鹭这种常为陈献章所用以明道心的意象时，仅把它们作为风物来欣赏，反映了他对诗歌文学特性的追求：

> 西湖清，湖波万顷涵空明。鸢鱼鸥鹭自出没，芙蓉杨柳交敷荣。丰乐楼前画船里，散满丰年弦管声……（《分题得西湖送张亚参公实还浙》）③

倪岳仅写鸢鱼鸥鹭自由自在的生活，一点都不跟道学挂钩，而陈献章的诗如《白洋潭鱼》、《赠周成》、《拨闷》、《寄李世卿》、《寄张进士廷实》、《与谢胖》、《示湛雨》等均以自然界的物象比喻理学家修道的快适状态，这两位作家的文学观由此可窥一斑。倪岳另有《送刘时雍赴闽藩参政》诗、《送吴次翁还朝序》序文等，一扫道学习气。

倪岳多作乐府和古体诗，如《中秋大雨无月作嫦娥怨时会陈师召宅》、《元宵会吴鼎仪宅分得将进酒》、《题竹石》、《晴檐斗鹊》、《冬至会彭敷五宅咏史分得余忠宣》、《苏武牧羊图为刘阁老佑之》、《效古意一首与王逊之秀才谢答诲言兼致别意》、《古意一首送曲阜三氏学录公璜赴任》等。倪岳的古体诗创作在形

---

① （明）倪岳：《青溪漫稿》，卷二，第18、19页。

② 同时代的程敏政亦有重视文学的观点。他为文学辩护，反对以道灭文。其《皇明文衡序》："文之来，尚矣！而后世诃华之习蠹之，故近有为道学之谈者，曰：'必去而文，然后可以入道。'夫文载道之器也，惟作者有精粗，故论道有纯驳，使于其精纯者取之，粗驳者去之，则文固不害于道矣，而必以焚楮绝笔为道，岂非恶稗而剪其禾、恶莠而并揠其苗者哉？"（程敏政：《篁墩文集》，文渊阁四库全书，第1252册，卷二十一，第362页）

③ （明）倪岳：《青溪漫稿》，卷二，第25页。

式上模仿古人，形成其诗显著的特征。《题兰四首寄浦城故人潘医学廷瑞》首句"猗兰在空谷"、《愚轩为高都宪》首句"客从江南来，遗我愚公书"、《效古意一首与王逊之秀才谢答诲言兼致别意》首句"故人北方来，赠我锦绣段"、《古意一首送曲阜三氏学录公璜赴任》首句"客从孔林来，遗我楷木杖"、《上巳会尚质宅时雨雪交集得日字》首句"四时有更谢，逝者一已疾"、《题鲜于困学士遗墨》首句"皇颉久不作，史籀亦已尘"、《答李宾之见寄》首句"结客少年场"等，都是模仿汉、魏古诗的形式。

倪岳与当时以李东阳为首的茶陵派其他诗人经常进行聚会、唱和，作品中存留大量的酬唱之作。在这些作品中，以限韵的形式进行创作的亦有部分作品，如《游西山圆静寺晶庵限韵一首》、《游玉泉洞限韵一首》、《登功德寺新阁限韵一首》、《玉泉限韵一首》、《西湖限韵一首》、《戚畹雪亭孙挥使祖茔八景其一曰鹤唳长松求题限韵一首》、《五月十一日王世赏侍讲西园晚酌即席限韵一首》、《祀归限韵二首》等，这些诗歌是当时翰林作家比试诗才的必然结果，与禁体物诗一样是诗歌创作的一种形式。

倪岳还创作了部分艳体诗歌和八体诗。艳体诗有《春闺怨》长诗、《道中柳枝词》四首等。八体的创作则有《京师十景图诗》、《和于京兆景瞻金山八诗》、《学士四荣为丘先生仲深赋》（按，即史馆进书、经筵进讲、奉天侍宴、谨身读卷四题）等，这是写景物的八体诗歌创作泛滥的结果，它不再只限于写景，而扩大到写政治层面的内容，是八体发展到一个新阶段的飞跃性产物。

程敏政（1444—1499），字克勤，兵部尚书程信长子，南直隶徽州府休宁人。成化二年（1466）第二人及第，授编修，历左谕德、少詹事兼侍讲学士、太常卿兼侍读学士，掌院事，终礼部右侍郎。史称"学问该博称（程）敏政，文章古雅称李东阳。"[①] 著述颇丰，有《明文衡》一百卷、《篁墩文集》九十三卷、外集十二卷、别集二卷、《行素稿》一卷、《拾遗》一卷、《杂著》十卷等。

李东阳和四库馆臣等人认为程敏政的文学成就以宏博伟丽为风格特征，体现了考证精当的行文特征，而对其诗歌评价阙如：

---

① （清）张廷玉等：《明史》，卷二百八十六，第7343页，程敏政本传。

赜探隐索，注释经传，旁引曲证，而才与力又足以达之，虽皆出于经史之余，而宏博伟丽，成一家言，质诸今日，殆绝无而仅有者也。（李东阳《篁墩文集原序》）①

敏政独以雄才博学，挺出一时，集中征引故实，恃其淹博，不加详检，舛误者固多；其考证精当者，亦时有可取，要为一时之硕学，未可尽以芜杂废也。（《〈篁墩集〉提要》）②

最为重要的是程敏政的文学创作中体现了考证精当的特色，这是一种崭新的风格特征。稍后于程敏政的杨慎（1488—1559）其著作也遭到清代四库馆臣的同样讥讽，后人经常重杨忽程，把明世学者重考据的美名独赋予杨慎，而程敏政在杨慎之前，即以博学扬名天下。

程敏政在诗文创作上俱有名篇，以下分别论之。他的文章在"宏博伟丽"中，兼行考据之风，如《诗考》、《宋太祖太宗授受辨》、《辨河间志程知节墓》等，可谓"以考证作文章"的方法。这种方法来自邱濬：

礼部尚书琼山丘（邱）公以学识、才气闻天下。天下之人，当公意者，指不多屈，然独心进予为可语，盖茫然不知何以得此于公也。公每谓"作文必主于经，为学必见于用，考古必证于今。"鄙意适然，遂为知已（按，当作己字），故公有制作，必示予，予得纵观焉。（《书琼台吟稿后》）③

《四库全书总目·〈篁墩集〉提要》谓程敏政所发的议论或不免偏颇，与邱濬的创作风格非常接近。《诗考》一文长达 1500 余言，包含了汉代四家传《诗经》史、孔子删诗说、《诗经》之旨、诗教、《诗》小序、宋代道学家对《诗经》的理解及朱熹订《诗经》经传等方面的内容，极其雄赡。《孔明论》简短一些，它赜探隐索，探索正史中不载诸葛亮谏刘备伐吴的春秋笔法：

---

① （明）程敏政：《篁墩文集》，文渊阁四库全书，第 1252 册，第 3 页，原序。按，《李东阳集》第三卷第 56 页一题《篁墩文集序》。

② （清）永瑢等：《〈篁墩集〉提要》，《四库全书总目》，卷一百七十一，第 1492 页。

③ （明）程敏政：《篁墩文集》，卷三十八，第 664 页。

　　或曰："昭烈伐吴，乃千古之失策，而孔明略无一字之谏。当时武臣若赵云者，乃有'国贼曹操，非孙权'之言，然则孔明之智，不足以及此乎？"曰："非也，伐吴之失策，孔明谏之不听，而昭烈悔之不及，人特未之知耳。何以知孔明之谏？孔明之初语昭烈曰：'孙权据有江东，已历三世，国险而民附，贤能为之用，此可与为援，而不可图也。'孔明之初意如此，后来之谏可知矣。何以知昭烈之悔？永安之诏曰：'君才十倍曹丕，必能安国家，终定大事。'且昭烈方败于孙权，其惭愤以图再举，不言可知，而托孤之际，乃舍权称丕，意必孔明之谏，有如云之言者，故昭烈至是乃悟其言，而深恨始谋之不臧也，曾是而谓孔明之智不足以及此乎？"

　　曰："昭烈之于孔明，尝有鱼水之喻矣。迹是观之，则孔明之言，昭烈固有不能尽用者哉！"曰："岂特不能尽用而已，盖所谓十不一试者也。孔明之言曰：'荆州用武之国，而其主不能守，此殆天所以资将军也。'使孔明处此，盖必有策，而昭烈追景升之顾，宁舍之以去，反为逆操之资。赤壁之胜，虽幸得其半，而终不能守，盖非孔明之初意矣。又曰：'益州天府之土，刘璋暗弱，将军既帝室之胄，若跨有荆、益，汉室可兴矣。'使孔明处此，亦必有策，而昭烈乃听法正之诡谋，袭取成都，虽得璋而理不直，又非孔明之初意矣。孔明所以兴汉之策，盖素定于草庐三顾坐谈之顷。其大者，则取荆、益，援孙权，而昭烈曾无一之见从，而后世乃归之天不祚汉，岂不过乎？"

　　曰："孔明尝自叹'法孝直在，必能制主上东行'，然则孔明之智，不逮正矣。"曰："非也。孔明尝劝取益州，昭烈不听，而听于正。伐吴之举，孔明亦必谏之，不听而思其人也。正言难入，诡谋易从，虽大贤君子犹所不免，而况昭烈乎？"[1]

经过程敏政的挖掘，《孔明论》把正史隐而不写的蜀汉昭烈皇帝刘备之恶揭露出来。虽然写的是三次问答，观点似乎分散，但实际上这是作者的文心所在。首先，作者以孔明在《隆中对》中表现出来的远见反衬刘备的短视；其次，议

---

① （明）程敏政：《篁墩文集》，卷十一，第191—192页。

论刘备"十不一试"孔明，特以法正之言入而孔明见疏，说明刘备并非贤君；最后，以孔明知正言不入，退而求其次，感慨法正已逝，不能借法正之诡谋行己之正言，从而把刘备一意孤行的性格彰显出来。文中多处引用诸葛亮的对策，然后加以深化，典型地体现了"以考证作文章"的方法。

程敏政文学创作上考证精当的特点，还体现在写景之文中，多罗列景物，力求精确，却形成堆砌的毛病。《月河梵苑记》详细地列举月河梵苑中亭台楼阁的方位：一粟轩、聚星亭、石桥、雨花台、草舍、假山四峰、石池、槐屋、古樗、老圃、小石浮图、聚景亭、竹坞、看清门、观澜处、考槃树、野芳门、曦光门、蜗居、晚翠楼、北窗等，所记载的重量、数量、距离等极其准确。另如《重建观音寺记》、《游九龙池记》、《游齐云岩记》等，景物太多，显得很琐碎。

程敏政的诸体文章泾渭分明，有专篇谈论经术和学问的，而在散文中则有整篇不及儒家之道及其经典的，所以具有文学美感，这类篇章很多。程敏政题杨守陈《桂坊稿》后曾说近世为文，有"出于天资"① 者，这说明当时文坛存在着以天资自纵的创作潮流，他自己便是其中一个。程敏政颇为重视纯文学：

> 文之来，尚矣！而后世词华之习蠹之，故近有为道学之谈者曰："必去而文，然后可以入道。"夫文载道之器也，惟作者有精粗，故论道有纯驳，使于其精纯者取之，粗驳者去之，则文固不害于道矣，而必以焚楮绝笔为道，岂非恶稗而并剪其禾，恶莠而并揠其苗者哉？（《皇明文衡序》）②

虽然程敏政仍依托"载道"的理论，但是作者明显地反对焚楮绝笔、弃绝文学之为，反对文章为道学取而代之的思想。程敏政的《竹窝静趣记》在写竹时，只就"静趣"发挥，竟全篇不及道德修养的常谈。《竹窗记》起笔独特，文学色彩浓厚，写他与窗下之竹相适自得的心情，丝毫不蹈前人窠臼。程敏政年轻时所作的《送挤文天顺戊寅岁（1458）作》是一篇奇思迭出的游戏之文。其杂著

---

① （明）杨守陈：《杨文懿公文集》，序，第8页。
② （明）程敏政：《篁墩文集》，卷二十一，第362页。

类文章创作的成就很高，它们常不受纲常、道德、伦理等经义思想的影响。

程敏政的散文创作，短小者如《游九龙池记》，面貌仿佛柳宗元的游记，善于写声音和形状，环境清奇。他对宋代散文学习尤多，如《游齐云岩记》中"环休宁县，山皆平远"句子，直接沿用欧阳修对滁州周边描写的句式；《寄寄亭记》解释"寄寄亭"的命名缘由，认为人生如寄，要随其所寄之任，有苏轼的思想；《瘦石野亭春集图记》写画卷中十四人及侍从者的神态，用了十九个"或"字，以十七个"有"字写林木、居止、器用，用了八个"可"（以）写瘦石亭的景色给人惬意的感受，行文有苏轼"行所当行"的挥洒自由度。《壶天秋月记》所表现的作家笔致也与之接近。明代的翰林院馆阁作家作品，难得见到文学意味浓烈的作品，于程敏政的散文创作中见之。《夜度两关记》记载成化十四年戊戌（1478）程敏政归家行路途中的险情：

> 予谒告南归，以成化戊戌冬十月十六日过大枪岭，抵大柳树驿。时日过午矣，不欲但巳（按，当作已字），问驿吏。吏绐言："虽晚，尚可及滁州也。"上马行三十里，稍稍闻从者言"前有清流关，颇险恶，多虎"，心识之。抵关，已昏黑，退无所止，即遣人驱山下邮卒挟铜钲、束燎以行。山口两峰夹峙，高数百寻，仰视不极。石栈岖嶔，悉下马，累肩而上，仍相约有警即前后呼噪为应。适有大星，光煜煜，自东西流，寒风暴起，束燎皆灭，四山草木萧飒有声。由是人人自危，相呼噪不已，铜钲哄发，山谷响动。行六七里，及山顶。忽见月出如烂银盘，照耀无际，始举手相庆，然山下犹心悸不能定者久之。予默计此关乃赵点检破南唐，擒其二将处，兹游虽险而奇，当为平生绝冠。
>
> ……
>
> 巳（按，当作已字）而日冉冉，过峰后，马入山嘴，峦岫回合，桑田秩秩，凡数村，俨若武陵仇池，方以为喜。既暮，入益深，山益多，草木塞道，杳不知其所穷，始大骇汗。过野庙，遇老叟，问："此何山？"曰："古昭关也。"去香林尚三十余里，宜急行。前山有火起者，乃烈原以驱虎也。时铜钲、束燎皆不及备，傍山涉涧。怪石如林，马为之辟易，众以为伏虎，却顾反走，颠仆枕籍，呼声甚微，虽强之大，噪不能也。良久，乃

起，循复岭以行。谛视崖堑，深不可测，涧水潺潺，与风疾徐。仰见星斗满天，自分恐不可免，且念伍员昔尝厄于此关，岂恶地固应尔耶？尽二鼓，抵香林，灯下恍然自失，如更生者。①

作者善于布局：南归途中，两次被惊吓，均因虎患，结果都是虚惊一场，但是写法各不相同。过清流关时，由于早有准备，所以即使在束燎为风吹灭的时候，一众人等鼓噪过关，虽心悸而无险，这是一次为风声和环境所受的虚惊，而作者有苏轼过海感叹奇绝的感受，虽险而心乐之。过古昭关时，遭受了一次没有任何心理准备的惊吓，才真正让他感到恍然自失，惊定之后，恍如隔世。作者写了一行人的狼狈模样，众人返身急跑，颠仆踩踏有之，因为惊吓呼声不能发出；环境幽清，却有恐不可免的恐惧心理，与过清流关望月的心情迥异。作者细腻地记载了人物的心理活动，没有一点矫揉造作的感情。

程敏政赠人之序和人物传记文，能传神，使人物面目逼真，栩栩如生。《送内兄林文秀之官淮阴序》曰：

> 余与文秀侍行，道荆江，溯巴峡，以达成都。凡途中山川古迹，先生必命题以试吾二人。吾二人者，亦思尽天下之大观，以昌其诗，故在峡中，每每攀萝葛，上峻峰，题名峭壁之上；或跳石弄水，于奔川激流处，相与为不经人道语。尝记作《巫山十二峰诗》，余语不能奇，因窃兄者以为己有，相与争笑不已。时虽未知诗之工拙，然自以为有足乐者。其后，余被召来京师，文秀亦束书归耕瀛城之南，不相见者数载。天顺末，余谒告归省晴洲先生（按，程敏政父号晴洲钓者，人称晴洲先生）于金沙岭之别墅，文秀乃复相余行。马上时时说旧事，数日不了。时深秋旷野，天长木落，颇快人意。既出瓦桥关，过雄县，余与文秀因驰马游鄚州古城。上有骑而剑者数人，群僧荷殳拥其后。文秀以为暴客，心甚恐，余时独挟三矢跃而出。适有奔犬起丛薄间，客与僧相谓曰："公子能追殪之乎？"余控弦，应声一发而毙。客与僧相顾愕眙，散去。文秀伟余，因口占一诗。后

---

① （明）程敏政：《篁墩文集》，卷十三，第 233—234 页。

余每思壮游，盖未始不往来于怀也……①

这篇送别序充满了回忆之语。回忆他们幼年时往成都途中及居蜀中时的生活，充满温馨的感情；又回忆他们游郯州古城的壮举，一面写往事，一面也对自己文而能武、不坠家声而感到快慰。

程敏政晚年诸作，比早年所作更加遒劲，更加凝练，亦饶有风味。如《松萝山游诗序》曰：

　　或马或舆，联翩出松萝门而东折，北过石羊干，崇冈复垒，麦香袭人，桐花盛开如雪，而红紫则不可得见矣。行七八里，松萝水一脉演迤南出。两山夹峙，盘回斗折。入益深，境益奇。每一折，即古松盘踞，怪石错立，飞泉、淙水、禽交，蔚有殊意，疑所谓兰亭、武夷者，正复如此而已。行又七八里，抵山麓，古佛庵在焉。与客小憩，解衣登山，引瞩四望，联峰属巘，杳莫知其所穷，第闻樵斧声丁丁，与涧谷相应，而耕者渔者隐显，出没于烟云虚落间，相顾恍然，疑与世隔。乃据松下，盘石而坐，呼童子掘笋作茶供。联句一章，还饮小阁，心弢神洽，如有所得，而忘其登陟之劳。②

这是作者为弘治五年（1492）所作纪行诗写的序。此时程敏政渐入暮年，在朝廷中历练多年，此序写景简练而出神，对美景之时产生若与世隔的感想，感情比较深沉。另外一文《游黄山卷引》亦作于晚年（1497）：

　　值冬霖不止，有舆至潜口而返者，有进至杨干寺一宿而返者，惟清流、时习、镜山三人，佐予甚勇，冒雨行两日，抵汤口。阴曀四合，微雪交下，予亦索然，以为不可登矣。至山麓，云气忽晴。循两崖而入，怪石参耸，飞横虹，亘三十六峰，出没天表。汤泉沸石屋之下，而岭外石潭，古木阴翳，有龙宅焉。其境幽夐，其状伟绝，四人者相顾愕然，疑不类人

---

① （明）程敏政：《篁墩文集》，卷二十一，第367页。
② 同上书，卷二十九，第519页。

世。乃小憩祥符寺，留四诗出山。①

上引文写作者一行人冒雪游黄山，虽览美景，却无少年时与内兄林文秀同游时那种外露喷薄的感情，一切显得平淡安详，仅对景色作客观的展现而已。

程敏政的诗歌创作多至数千篇，清人认为其作率易，但是他的诗歌创作对于研究当时的翰林院馆阁文学的共同趋向具有很大的价值，更何况其诗也有优秀之作。其诗除了学习唐诗外，最明显的是学习宋诗。以下两首诗含有哲理的成分，或云为击壤派诗：

> 墙东马缨蕊，朝开夜还合。墙西木槿花，朝放夜巳（按，当作已字）落。化机有常运，物性固难凿。胡乃万物灵，冥行苦不觉。得失觉何有，终身浪悲乐。
> 新秋原野净，闲步西山麓。山上有骁媒，山下有麀鹿。见之感物理，不觉心烦促。天生本同类，何忍自鱼肉。弋人前致词："弋具未为毒。不见余耳交，一旦成翻覆。"（《古诗二首》）②

这两首诗中"化机有常运，物性固难凿"、"得失觉何有，终身浪悲乐"、"见之感物理，不觉心烦促"等句，既为古诗所常用，同时又接近于宋人的道学诗。程敏政的诗歌，时时又将唐、宋诗的典故杂用在一起。如《题小景杂画》诗：

> 青山一发海中央，岛雾昏昏拍岸黄。过客不堪肠断处，尉佗城下水如汤。（其一）
> 绿树萧然荫草亭，酒船安近蓼花汀。分明一夜溪头雨，洗出春山数点青。（其三）
> 渔翁独棹木兰舟，白草江亭两岸秋。欸乃一声天漠漠，望中家在夕阳洲。（其五）③

---

① （明）程敏政：《篁墩文集》，卷三十五，第611页。
② 同上书，文渊阁四库全书，第1253册，卷六十二，第391—392页。
③ 同上书，文渊阁四库全书，第1253册，卷六十二，第394页。

组诗第一首的结句，与苏轼的《六月二十七日望湖楼醉书五首》其一末句"望湖楼下水如天"① 句式相同；第三首的末句从黄庭坚《雨中登岳阳楼望君山二首》其二末两句"可惜不当湖水面，银山堆里看青山"② 化出；第五首的第三句化用柳宗元《渔翁》中"欸乃一声山水绿"③ 句。三首诗中所用典故，虽未穷尽其典故所出，但已经可以看到作者参用了唐、宋诗句的事实。《乙酉岁(1465)瀛东别业杂兴集古》集唐王维、白居易、杜甫、秦系、杜牧、杜荀鹤、司空曙、高骈、郑谷和宋元寇准、陈抟、欧阳修、张咏、司马光、程颢、王安石、朱淑真、杨万里、朱熹、王钦臣、赵孟頫二十一人诗句。《集古八绝》使用李白、张籍、杜甫（计八句）、李从一、王维（计三句）、薛能、白居易（计二句）、韦应物、崔珏、刘禹锡（计四句）、张泌、许浑等唐代诗人和戴敏、欧阳修、王安石、张耒等宋代诗人及元代程钜夫的诗作。《题李太史世贤梅花图集古》有宋人寇准、王安石、黄庭坚、秦观、苏轼、贺铸等人的诗句，《桃源图诗建宁邑令汪文焕既卒其子良佐奉葬县之桃源且绘为图以致哀慕之意予感其事为集古诗一章并以勉其孙之为诸生者》有唐、宋、元人诗句。《九日怨十章亡弟克宽始生日在岁之重九自号稷菊每自江南赴北京秋试弗利辄过是日乃告归滕县道中马上忽忽念此殆不能为怀因集古诗十绝题曰九日怨用以泄予之哀思焉》集唐诗人王维、白居易、杜甫、王昌龄、崔珏、李从一、崔曙、柳宗元、赵嘏、李商隐、孟郊、崔鲁、郑谷、曹唐、朱放十五人的诗句，集宋诗人王安石、陈师道、苏轼、王禹偁、黄裳、潘大临六人的诗句，其中使用杜甫诗十三句、王安石诗二句、陈师道诗二句、苏轼诗二句。以上诸集句诗所引诗人诗句的分布情况说明了程敏政对唐诗，尤其对杜甫诗歌的熟知，还说明了程敏政对宋诗也是相当熟悉的，并且对宋诗大家有所认定。程敏政对宋人诗家的作品进行唱和的诗作有《和吊梅宛陵诗韵》、《嘉兴拜先师吕文懿公冢以陈无己丘园无起日江汉有东流诗韵敬赋十首》、《过太湖追和宋苏舜钦韵》、《旧春斋居闻诸君子用东坡韵有作甚盛今冬祈雪仆方至自江南预宿此房附骥一首录呈寅长鼎仪》、《饮定惠寺次旧韵调邦彦》等。明代

---

① （宋）苏轼著，（清）冯应榴辑注：《东坡诗集合注》，上海古籍出版社 2001 年版，第 1 册，第 318 页。又见《苏轼全集》，第 1 册，诗集卷七，第 75 页。

② （宋）黄庭坚著，任渊、史容、史季温注：《山谷诗集注》，上册，第 402 页。

③ （唐）柳宗元：《柳宗元集》，第 4 册，中华书局 1979 年版，第 1252 页。

馆阁很多诗人写过和雪之作，可以看做学习苏轼的典型例子，程敏政亦有《西涯学士再和东坡雪韵邀予同作四章》等诗歌。倪钟是明代一位宗宋的诗人，程敏政和他的赠答诗歌很多，如《和答倪都宪》诗，此诗后有识语："向闻爱看坡诗，近睹来篇，格律大进，且妙得长公三昧，然非具眼者莫识也。健羡之余，得五十六字，少见意云。"① 在健羡的语气中，可以看到程敏政对苏轼诗歌的喜欢。《四库全书总目·〈篁墩集〉提要》仅依据程敏政年轻时于天顺五年（1461）所作之《苏氏梼杌序》，片面夸大程敏政论北宋蜀党洛党之争挞伐蜀党的态度②，由此看来，四库馆臣以偏概全，甚不妥当。程敏政也唱和元代诗人的创作，如《结袜子杨铁厓以此题归之张释之予爱其善阙乃效之得二篇》、《追和虞道园石湖治平寺诗韵》等诗。总言之，在程敏政的创作中，也表现出成化、弘治诗坛出入唐、宋、元诗的共同倾向。

　　程敏政大量创作了禁体物诗和限韵诗，如《斋居喜雪联句》是他与陆钶、陆简、倪岳等玉堂夜值所作的禁体物诗，而限韵诗的创作更多，如《成化甲辰（1484）长至日走与倪翰长舜咨吴同寅原博及李子阳白秉德二太史有陪祀西陵之行前此谒陵赓倡最盛至是诸君子复将继之予谢不能然往返之间天日佳胜无风雪载途之苦亦自不能嘿然有倡斯和得十有八篇借韵者十五联句者一限韵者二舜咨请书一通用备故事联句一篇则秉德书之是行也费司成廷言实与之偕然分祀东陵道中相失其所得者当附入云》组诗含限韵诗两首，另有《司言仪宾戒酒限韵索诗》、《与王宣溪世赏同至虎丘醉中限韵一首》、《饮黄司训家限韵》、《上巳日修禊南山溪上限韵》、《三月九日南山小酌限韵》、《南山夜酌分题限韵得□清香》、《席上限韵》、《廉伯学士家赏盆梅限韵》、《饮王世赏侍讲园亭限韵一首》、《饮司言仪宾园亭限韵》、《限韵一首》等，创作非常丰富。

　　程敏政于古乐府诗题的创作也很多。《篁墩文集》卷六十一有《大明中兴铙歌鼓吹曲》共八章，《黄石操》、《门有车马客行》、《君马黄》、《墙上难为趋行》、《将进酒》、《驱车上东门行》、《铜雀妓》、《古镜行》、《侯门怨》等皆为乐

---

① （明）程敏政：《篁墩文集》，文渊阁四库全书，第1253册，卷八十七，第687页。
② 按，《四库全书总目·〈篁墩集〉提要》说"（程敏政）特以生于朱子之乡，又自称为程子之裔，故于汉儒、宋儒，判如冰炭；于蜀党、洛党，亦争若寇雠。门户之见既深，徇其私心，遂往往伤于偏驳。"（《四库全书总目》，卷一百七十一，第1491—1492页）李东阳《篁墩文集序》："于朱子之说尤深考核，自以为得我师焉。"（《李东阳集》，卷三，第56页）

府诗歌。艳情诗也有数首，如《铜雀妓》、《巫山高》、《明妃曲》三篇俱为长篇。邱濬等翰林作家也创作《明妃曲》诗，可知它是当时翰林院作家比较常写的一个诗题。

程敏政的诗歌感情深沉而不颓废，蕴蓄而不张扬，以风情摇曳、俊往清逸取胜。如《憩郑州》"荒城临旷野，古庙控长河"① 写景阔大而苍古，营造苍凉的氛围；《渡江次采石》是他于南京所作怀古诗，感情与唐代刘禹锡的系列咏史诗接近；《九月十八日与李士敬登楼》写他与友人登楼共眺，对朋友的未来寄予殷殷深情；《宿资胜寺与王文玙进士夜谈》写朋友载酒过禅室，与作者彻夜长谈，环境清冷而好怀不尽，以钟声从禅院东面传来结句，产生了悠远的意味，得唐人之体；《己酉（1489）六月二日初至南山》其一是作者归乡之后的诗作，以拟声词写水，反映他多年离家仕宦的憾恨，所写的归来心情并不宣泄快畅，而是处理成平静的抚慰；《塔坑铺》也是在故乡的诗作，写路转岭阴，残雪犹在，虽然得意而寒鹊在鸣，都给感情染上寒意。作者晚年，道学日进，诗风更加清淡，以《秋日杂兴二十首》为代表，组诗以客散、败叶、秋雨、幽人、孤坐、离合之场景和读《易》、读《招隐》的生活结合，更加近于田园山水的风格。部分诗歌具有活力，风格清新轻巧，如《约同年诸君子游梁园》以"明日梁园寻旧约，不妨同踏软红尘"② 句写他年少春风得意的精神面貌；《元夕灯诗十首应制》其六以"尽把芳心变赤心"③ 句，使寻常题花的应制诗歌产生了新奇的效果。

程敏政是当时一位著名的翰林作家，他在诗文上的创作上篇帙繁富，几可与李东阳并肩。其文学创作明显地体现出文学自身的审美特性，是明代把考证和古文创作结合起来较成功的翰林作家，于清代的桐城派古文理论具有先驱的意义。

二　吴地的馆阁大家——吴宽与王鏊

明代吴地的文学创作到了成化（1465—1487）之时，人才辈出，出现了一

---

① （明）程敏政：《篁墩文集》，文渊阁四库全书，第1253册，卷六十二，第392页。
② 同上书，卷六十二，第394页。
③ 同上书，卷六十二，第400页。

次人才鼎盛的高峰。乡居者以沈周为首，在馆阁者以吴宽为首，他们经常进行唱和，所以吴中的诗风与翰林中的主流风格趋同，从原来宗唐转为宗宋①，创作了大量具有宋诗特征的诗歌。吴人在京师者，聚居在杨柳湾，形成地域性的团体。王鏊《送广东参政徐君序》说"始吾苏之仕于京者，有文字会"②，参加的苏州府文人，不止限于翰林中人。吴宽诗《和济之次玉汝过饮园居韵》"吴音满坐语偏真"③句反映出的就是吴地在京诗人聚会时的情景。著名者有张泰、张弼、邵宝、顾清、吴宽、王鏊、吴俨、陆深、李应祯、陆容、杨循吉、沈钟、陈琼等人，以吴宽和王鏊二人名声最著。

吴宽及其门生弟子，衍生出一个独具特色的馆阁体诗派，是为吴声也是馆阁体创作，但有变雅之音。文徵明、陈章、陈琼、王弼、赵宽等皆出其门下。诸人中王弼师山谷，多拗体，造思甚苦，也是学习宋诗的例子，这与李东阳等人的做法并无二样。吴宽门下士的交游诗友又有王佐、徐宽、侯直、杨循吉等，在郎署组成诗社，尤以杨循吉最为特出。杨循吉不屑于规摹三唐，不以格律体裁为论，略似杨诚斋体。

吴宽（1435—1504），字原博，号匏庵，南直隶苏州府长洲人。成化八年（1472）第一人及第，授修撰，历右谕德、少詹事兼侍讲学士、翰林院学士、礼部尚书。有《家藏集》七十七卷。

吴宽的文学成就，当时已经有李东阳、王鏊两位友人进行了评价。李东阳认为"为诗深厚醲郁，脱去凡近，而古意独存；其为文，典而不俗，邑而不泛，约之理义，以成一家之言"。④王鏊认为"其为诗，寄兴闲远，不为浮艳之语，用事精切，不见斧凿之痕"，"纤余有欧之态，老成有韩之格"⑤，可与翰林前辈杨士奇并肩齐驱。他们的评价有其合理之处，也都有阿谀的成分。吴宽追求古意，多以魏、晋事入典，风格接近陶渊明、韦应物、白居易等人。在

---

① 吴宽在《题陈起东诗稿后》论陈起东的诗歌创作时说："近时学诗者以唐人格卑气弱，不屑模仿，辄以苏、黄，自负者比比，卒之不能成，徒为阳秋家一笑之资而已。吾友陈起东少喜吟咏，专以唐人为法。"（吴宽：《家藏集》，文渊阁四库全书，第1255册，卷五十，第459页）陈起东是一个专门学唐的吴地诗人，但是当时诗风已经转变，不为时风所靡的吴地作家很少。

② （明）王鏊：《震泽集》，文渊阁四库全书，第1256册，卷十，第249页。

③ （明）吴宽：《家藏集》，卷二十四，第178页。

④ 同上书，第3页，李东阳序。

⑤ 同上书，第3页，王鏊序。

写江南风物方面，吴宽比程敏政更具有南方文学的特色，但不以艳语入诗。《四库全书总目·〈家藏集〉提要》的评价显得更加平实，在李、王二人的评论基础上有所发展：

> 宽学有根柢，为当时馆阁钜手。平生学宗苏氏，字法亦酷肖东坡。缣素流传，赏鉴家至今藏弃。诗文亦和平恬雅，有鸣鸾佩玉之风。朱承爵《存余堂诗话》称其《雪后入朝》诗，虽非高格，至谓其"诗格尚浑厚，琢句沉著，用事典切，无漫然嘲风弄月"之语，则颇为得实。以之羽翼茶陵，实如骖之有靳。①

以上数则评价语都指出吴宽平生宗苏的学术渊源。其实，吴宽的诗歌创作还向多位宋代的诗人学习。除了追求古格外，还在用事、格调等方面向宋人学习，而李东阳和王鏊竟然略过不提，这当是二人有意的忽略，或为避吴宽宗宋之讳。

李东阳主持文坛的时候（大约从 1470 年至 1516 年四十余年），明代的翰林馆阁文学在相当程度上脱离了儒家道学文学观对它的束缚，文学回归于自身，比较注重文采。吴宽的诗歌，很少写理学家体认世界的认知结果，而只是写其景其情，具有文学的特质。其《哀顾进士文之》曰："把笔或缀言，随物写形似。于其气尽时，新意尤崛起。累累相示余，俛首不敢拟。"② 在这首为顾进士所写的挽诗中，"随物写形似"，即指顾进士注重对物象进行审美创造的文学创作活动，吴宽对此诗法是认同的。吴宽的风格多样，也有像程敏政等人诗作的那种豪气，但总的来看其豪壮诗作数量少于诗风清淡之诗。《秋日闲居》诗，意蕴清绝：

> 委巷寡人迹，杳无尘俗侵。虚窗对高树，日午落疏阴。玄蝉响方断，好鸟复一吟。俯首阅陈编，直窥古人心。抱冲世味薄，处寂佳境深。凉风

---

① （清）永瑢等：《〈家藏集〉提要》，《四库全书总目》，卷一百七十一，第 1493 页。
② （明）吴宽：《家藏集》，卷一，第 7—8 页。

满衣袖，自起弹吾琴。琴声和以畅，永日有余音。①

此诗创意来自陶渊明，又夹杂田园山水诗的韵致，反映了吴宽冲散的情怀。
《五月十三日移竹》诗别出心思和意度：

> 今朝竹醉教移竹，荷锸穿云去路赊。却笑此君多潦倒，醒来已在别
> 人家。②

此诗以戏谑语写移竹，将竹拟人化，显得作者别出心裁。《雨雹》善于写景：

> 江城六月暑气薄，夜半有声敲屋角。静听仿佛是何声，淅沥丁当更
> 瀺灂。初如有客来扣门，入夜不应声剥啄。须臾万骑争奔驰，矢石交挥
> 攒乱槊。披衣惊起推半扉，入手磊磈心方觉。奇形三出花半开，幻作牛
> 羊并六驳。买绡客泣海市珠，献玉人弃荆山璞。吁嗟天工一何巧，岂有
> 郢人为斤斫？百年老人浑未识，此物尝闻雨幽朔。何为江南亦有之？欲
> 问天工愁缅邈……③

作者写江南雨雹的奇异景象，诗中充满好奇之情。未见冰雹，先闻其声，声音
渐渐大了，遂披衣出观，入手触之，方知确定无疑；既摹其声，复写冰雹之色
泽，方珠玉可拟。诗语清丽，意趣高洁。另如《次韵沈启南僧斋夜坐》、《除
夜》、《雨后独游园中》、《雪夜》、《次韵天全翁书遗光福徐用庄雪湖赏梅十二
绝》等诗，词秀调雅，风格清淡，时含孤寂清冷之气。吴宽的此种诗风主要传
承自陶渊明、白居易、韦应物、柳宗元等人的风格。吴宽数和陶渊明诗韵，如
《次李宾之用陶韵止诗》、《和杨应宁次陶韵止酒》、《和傅曰川以病止酒次陶韵》
等。吴宽对韦应物的诗歌有着特别的爱好，如《秋日曝书偶阅韦苏州集》说

---

① （明）吴宽：《家藏集》，卷一，第4页。
② 同上书，卷一，第5页。
③ 同上书，卷一，第8—9页。

"爱此韦郎句"①，《雨后》诗"池上积雨余，惟闻芳草气。我亦爱韦郎，赋诗工五字"②，不仅表明自己喜欢韦应物的诗，而且所作亦肖似之；在《晚晴》诗的"世岂惟陶韦"③ 句和《和王允达病中杂述》诗"只吐陶韦句，时将代呻吟"④ 句中，吴宽把陶渊明与韦应物并提。《晚晴》的另一句"细咏柳州句"，表明吴宽亦爱好柳宗元的诗歌。这些诗人的风格比较接近，明代胡应麟说："靖节清而远，康乐清而丽，曲江清而淡，浩然清而旷，常建清而僻，王维清而秀，储光羲清而适，韦应物清而润，柳子厚清而峭。"⑤ 在胡应麟之前，吴宽爱好这些诗人，也能说明吴宽对诗歌的感受力及其诗歌创作风格上的整体特征。

吴宽和唐代的白居易居官相类，晚景差近，故尤好白氏诗歌。吴宽创作的组诗《济之席上咏物》之《风菱》诗中自述自己与白居易趣味相投，其他诗作则有《读乐天诗有五十八归来之句予明年正及其期遂次韵》、《夜读白乐天诗集二首》、《校白集杂书六首》、《病中读白集拟作二首》、《园中行读白集》、《玉延亭西植夜合花二首》其二、《偶阅白集有东园玩菊之作今岁小园菊开颇盛辄复次韵》、《有感效白体》、《惜月效白体》、《园中一鹤长鸣群乌时噪其旁若相语然因观白集有乌鹤赠答之作辄效其制为四绝或者能道其意非特所谓自取笑也》、《读苏集有除夜诗首四句云行年三十九劳生已强半岁莫日斜时还为昔人叹盖述白太傅语也后苏公止六十五而白公七十六予今年六十九适介其间因自赋以寄鄙怀》等首反映吴宽对白居易诗歌的异常熟稔，对白居易诗中感情有所共鸣，遂不时进行应和。

吴宽的诗歌创作特别明显地体现出他对宋诗的爱好。时人程敏政的创作，在集句诗作中引用宋代诗人的诗句，体现了他对宋诗的态度，而吴宽在理论和创作上均体现出宗宋的倾向。吴宽的布衣好友沈周（1427—1509）也是一个诗风从宗唐到宗宋转变的诗人。沈周早年所作，模仿唐人，后师眉山、放翁，出入于杜甫、苏轼、陆游之间。他们之间互相酬唱，交游密切。在成化、弘治年

---

① （明）吴宽：《家藏集》，卷十，第73页。
② 同上书，卷十八，第131页。
③ 同上书，卷二十一，第157页。
④ 同上书，卷十，第71页。
⑤ （明）胡应麟：《诗薮》，外编卷四，上海古籍出版社1979年版，第186页。

间吴中的宗宋诗风相当炽烈，而在朝廷，也盛行宋元诗的创作，乃明代馆阁风流。吴宽《赠别丁凤仪刑部》诗说丁凤仪"君诗不作宋元语，开元大历相追随"①，其语用背景即当时普遍流行的宋元诗风。

吴宽好苏，其诗歌颇用苏轼诗韵，如《题启南所藏林和靖手简追次苏文忠公韵》诗；以苏轼的故事为诗，如《谢孙希说送蒲团》"聊就坡翁偷谑语，一诗换得两尖团"句，此句后注"东坡谢送蟹螯之句"②，《济之席上咏物》诗之《冬笋》有句"大嚼何须肉，平生爱老坡"③，《悼彭侍讲先生》有句"潜然一掬临风泪，谁说东坡只哭私"④，《次韵鼎仪世贤问予病目》有句"诗家善谑坡应尔"⑤，把自己病目之痛拿来作谑语；因苏轼之作而续作，如《文宗儒以重九独饮用东坡古来四事巧相违之句续成一诗见示偶夜过宗儒北庄乘月而归因次韵以复》、《读苏集有除夜诗首四句云行年三十九劳生已强半岁莫日斜时还为昔人叹盖述白太傅语也后苏公年止六十五而白公七十六予今年六十九适介其间因自赋以寄鄙怀》等诗；苏轼有清虚堂诗，吴宽和翰林院诗友为此题追作多首，如《雪中李世贤（杰）招观东坡清虚堂诗真迹》、《是日往观果刻本盖世贤招饮恐客不至故给尔乃复次韵》、《明日世贤持启南雪岭图索题复次韵》等诗，皆次韵步和；《同年会散夜赴济之》中有"宛有眉山风致在，清虚堂里似重来"⑥句，把翰林盛会比拟于苏轼故事；吴宽还把苏轼的《赤壁赋》改写成《题赤壁图》，二作内容基本相同。

吴宽还把苏轼的词句化入诗中，如《二月晦日济之邀看桃花四首》有句"诸公好尽杯中物，春色三分已二分"⑦，如同邱濬《春吟》诗的"景色三分减二分"句，语本苏轼《水龙吟》（似花还似非花）词中"春色三分，二分尘土，一分流水"⑧句意；《中秋后二夜独坐》中"不须把酒问青天"，直接化用《水

---

① （明）吴宽：《家藏集》，卷三，第19页。
② 同上书，卷八，第53页。
③ 同上书，卷十三，第100页。
④ 同上书，卷八，第56页。
⑤ 同上书，卷九，第60页。
⑥ 同上书，卷十四，第102页。
⑦ 同上书，卷十三，第95页。
⑧ （宋）苏轼：《东坡全集》，第1册，《词集》，卷二，第609页。

调歌头》（明月几时有）词①，或谓苏轼语本李白《把酒问月》诗，但这首诗咏中秋，与苏轼的词意相合。

　　吴宽学宋诗不止宗师于苏轼一人，尚学多位宋代作家，如王安石、黄庭坚、陆游、范成大、潘大临等作家。诗作《登光福凤冈》"翻怪群山竞排闼"句化用王安石的《书湖阴先生壁》诗句，《癸丑（1493）闰五月十四五日久旱大热十七日得雨始解偶阅王荆公集首卷见二诗颇合乃次韵以寄济之》是步王安石诗韵之作；《次韵张汝弼见寄其诗有诗法将随陆放翁又立命独嫌磨蝎宫之语》，张弼（字汝弼）原作诗句讲吴宽诗法追随陆游，其"立命独嫌磨蝎宫"句更引起吴宽的无限感慨。吴宽自作有《病中读周益公集以术家谓其身坐磨蝎宫宜退不宜进宽命与公偶同所愧名贤德望不及远甚其退尤宜因诗纪之二首》，包含着仕途坎坷的感叹。"身坐磨蝎宫"这个典故牵涉唐代韩愈、宋代苏轼、周必大、明代高启等人和吴宽自己，前人皆因身坐磨蝎宫而命运不偶，吴宽才高却不得入阁，感慨系之。吴宽还有《重阳前连雨续潘邠老诗四首》、《雨止后复续邠老句二首》、《阅黄山谷集见八音诗戏作一首》等诗，或和潘大临，或习黄庭坚诗。吴宽的《病项》诗形容自己罹病之苦，此诗与黄庭坚写胡须之诗，手法接近，仿佛黄庭坚的诗风。《次韵倪学士祈雪斋宿》则是步韵倪岳于成化十二年（1476）祷雪斋宿翰林院时仿欧阳修禁体咏雪故事的诗作。

　　吴宽对南宋陆游的诗歌关注得较多，《次韵天全翁书遗光福徐用庄雪湖赏梅十二绝》其三"我爱涪翁与放翁"②，简直是一句学宋诗的宣言。《夜阅陆放翁剑南集因怀北邻故陆詹事廉伯盖集为陆君借予抄者惜未完耳》说明了当时翰林作家中传播陆游诗集的事实，而诗《侄奕勺泉烹茶风味甚胜》直接用陆游的诗意。

　　吴宽还对吴地的宋代作家关注得较多，表现出其乡土观念，如《西山杂兴七首效范文穆公》、《内阁阅秘书喜得石湖集》、《范石湖集有卧帽诗病中畏寒略效其制》、《新正无事偶阅乡先哲范文穆公石湖诗集见其多道吴中事因摘取其句有涉于春者辄赋一绝得十二首盖予入官适三十年处世几七十岁公私所系不即归田赋成令儿子辈诵之恍如身在吴中亦可以自慰也昔人有和陶之作予僭名为赓范

---

　　① （宋）苏轼：《东坡全集》，第1册，《词集》，卷一，第585页。
　　② （明）吴宽：《家藏集》，卷五，第33页。

其不免文穆公之笑乎》、《送济之归省》等诗，反映了作家有意传承同一地域前代文学成就的意识。

吴宽的一些诗歌则说明他对元代的诗歌也有所选择，如《元人陈惟寅有苏杭怀古诗各六首予以杭未至而苏事甚多总和六首》、《题治平寺琬上人所藏巨然山寺图追次虞道园先生韵》、《追和元危太朴学士游石湖宝积寺》等，所追和的元代诗人有陈惟寅、虞集、危素等人。

吴宽除了对唐、宋、元三代诗人的创作有所取舍外，还使用魏晋时期的典故，这种做法与黄庭坚接近。《济宁夜泊》诗"异邦信美非吾土"[1] 句语本曹丕《杂诗》其二；《寿席道士》中的"月下老翁井，云间玉女峰"与《世说新语》之"云间陆士龙"、"日下荀鸣鹤"[2] 问答语结构相同；《送陈坚远通判长沙》句"文雅弟难贤"，语本《世说新语》"元方（陈纪）难为兄，季方难（陈谌）为弟一作'元方难为弟，季方难为兄'"[3]；《谢济之送银杏》句"料非钻核意无猜"，语本王戎事；《济之席上咏物》则用阮籍佯狂的典故，《读石崇王明君词》论石崇所撰王昭君诗。吴宽诗歌中用魏晋典故的现象当是受到黄庭坚诗学理论潜移默化的结果。

吴宽的散文创作宗唐宋大家，《旧文稿序》自述其学文经过：

> 宽年十一入乡校，习科举业。稍长有知识，窃疑场屋之文，排比、牵合、格律，篇同之，使人笔势拘絷，不得驰骛以肆其所欲言，私心不喜。时幸先君好购书，始得《文选》读之，知古人乃自有文；及读《史记》、《汉书》与唐宋诸家集，益知古文乃自有人，意颇属之。……益属意古作，然既业为举子，势不得脱然弃去，坐是牵制，学皆不成，故累举于乡，即与有司意忤，虽平生知友未免咎予之迂，予则自信益固，方取向之《文选》及《史》、《汉》、唐宋之文，益读之，研究其立言之意、修词之法，不复与年少者争进取于场屋间……[4]

---

[1] （明）吴宽：《家藏集》，卷一，第 11 页。
[2] （南朝宋）刘义庆撰，余嘉锡笺疏：《世说新语笺疏》，卷下之下，中华书局 1983 年版，第 789 页。
[3] 同上书，卷上之上，第 11 页。
[4] （明）吴宽：《家藏集》，卷四十一，第 365 页。

吴宽先从学举子文（即时文）入手，后来接触到两汉及唐、宋散文，为此冒着极大的阻力学习古文。吴宽直到三十八岁才进士及第，与他不合时宜地学习古文屡被主司所抑有一定的关系。《送周仲瞻应举诗序》抨击时文的弊端，又一次阐述吴宽对宋代散文的推崇：

> 文之敝既极，极必变，变必自上之人始，吾安知今日无若宋之欧阳永叔者，而一振其陋习哉？吾又安知无若苏、曾辈出于其下，而还其文于古哉？[①]

两宋以来迄明代嘉靖年间，时文与古文严重对立，时文是文体极弊的产物，宋代的古文运动有力地纠正了文风，此序反映了成化之时文体弊坏的现实和作者欲重新振兴文风的努力。

成化馆阁创作中文学色彩增强的趋势，也体现在吴宽的散文创作中。其《医俗亭记》写他以竹疗俗，行文充满了作者的个人情趣：

> 余少婴俗病，汤熨针石咸罔奏功，而年日益久，病日益深，殆由腠理肌肤，以达于骨髓，而为废人矣。
>
> 客有过余，诵苏长公竹诗（按，即苏轼《于潜僧绿筠轩》诗）至"士俗不可医"之句，瞿然惊曰："余病其痼也耶！何长公之诗云尔也！"既自解曰："士俗坐无竹耳，使有竹，安知其俗之不可医哉？"则求竹以居之，而家之东偏隙地仅半亩，墙角萧然，有竹数十个。于是日使僮奴壅且沃之，以须其盛。越明年，挺然百余，其密如簀，而竹盛矣。复自喜曰："余病其起也耶！"因构小亭其中，食饮于是，坐卧于是，啸歌于是，起而行于是，倚而息于是，倾耳注目，举手投足，无不在于是。其藉此以医吾之俗，何如耶？吾量之隘，俗也，竹之虚心有容，足以医之；吾行之曲，俗也，竹之直立不挠，足以医之；吾宅心流而无制，竹之通而节，足以医之；吾待物，混而无别，竹之理而析，足以医之；竹之干云霄而直上，足

---

① （明）吴宽：《家藏集》，卷三十九，第343页。

以医吾志之卑；竹之历冰雪而愈茂，足以医吾节之变；其潇洒而可爱也，足以医吾之凝滞；其为筒，为简，为箭，为笙箫，为篮篚也，足以医吾陋劣而无用。盖逾年而吾之病十已去二三矣，久之，安知其体不飘然而轻举？其意不释然而无累？其心不充然而有得哉？……

　　明年，余将北去京师，京师地不宜竹，余恐去竹日远而病复作也，既以名其亭，复书此为记，迟他日归亭中，愿俾病根悉去之。不识是竹尚纳我否？①

吴宽借竹以修身养性，淋漓尽致地展现其性情。竹给明代学者以品德上的熏陶，是儒家思想的比德载体。比德是明代馆阁文学根深蒂固的主要文学观念，吴宽此文并没有干巴巴地说教比德，他把抽象的观念转化为可感的、充满情趣的形象，性情感人。文中善于排比和对照，展现了作者具体可感的高洁情操。行文纡徐，气象容与，雍容不迫，意趣自足，具有较强的可感性。

　　吴宽的散文创作，善于使用排比、反复等修辞手法，屡屡见于篇章。如《西溪草堂记》写芥泾的人文环境：

　　　　缘溪居民百余家，有田可耕，有圃可种，有矶可钓，有市可贾，有舟楫可通，有桥梁可度，有仙宫佛庐可游赏，而憩息介其间……②

明代的翰林作家在写作上运用排比的修辞手法时，似乎形成一个特征，即以同样的字、词领起各句，越往后的句子，所领的字词越多，句子长度因此不断增加，邱濬在《送乡友林茂才赣州府学训导序》中即用了这样的写法，这是宋代欧阳修、曾巩极度伸展而不费力的散文风格。

　　王鏊（1450—1524），字济之，号守溪、拙叟，南直隶苏州府吴县人。成化十一年（1475）第三人及第，授编修，历侍讲学士、翰林院学士。正德元年（1506）入阁，预机务。有《震泽集》三十六卷。

　　当时的吴中诸作家中，王鏊与吴宽齐名，同为馆阁文学主将，是茶陵诗派

────────

① （明）吴宽：《家藏集》，卷三十一，第242页。
② 同上书，卷三十二，第254页。

的重要成员。文章善修法为工，规摹韩愈、王安石，颇有矩法。据霍韬所论，王鏊的文章早年以雄放、纵逸为特征①，与昆山叶盛（1420—1474）的影响有关。王鏊年轻时游学京师，犹得见其郡中前辈叶盛，受到叶盛的奖掖。《明语林》曰："王济之年十六，随父游京师，读书太学。一时先达名流，屈年行求为友。值总宰王九皋（翱）新逝，叶文庄（盛）曰：'失一王翱，得一王鏊，安知非后来九皋？'"②以韩琦、范仲淹功业自期的叶盛，其胆识和博取深诣的文风在吴地作家中别具一格，影响深远。王鏊晚年所作洗尽繁华，崇尚质简平淡，风格有所转变。诗不专法唐，于北宋似梅尧臣，于南宋似范成大。王鏊是明代时文与古文并重的翰林作家，号称八股文制作的宗师。《四库全书总目·〈震泽集〉提要》说：

> 鏊以制义名一代，虽乡塾童稚，才能诵读八比，即无不知有王守溪者。然其古文亦湛深经术，典雅迺洁，有唐宋遗风。盖有明盛时，虽为时文者，亦必研索六籍，泛览百氏以培其根柢，而穷其波澜。鏊困顿名场，老乃得遇。其泽于古者已深，故时文工而古文亦工也……③

王鏊对于八股时文用力甚勤，一生浸淫，其创作于八股的文法和古文的文法都产生了巨大的影响。王鏊的同乡好友吴宽却反对时文，在《送周仲瞻应举诗序》中，吴宽抨击时文"限之以对偶"、"率腐烂、浅陋、可厌之言"、"其说穿凿牵缀"④，所以吴宽力主尽涤时文之习，学为古文。北宋欧阳修、苏轼均反对时文的陋习，他们对时文的有关论述为元、明以来翰林作家所奉行，明代从陶安、刘基、刘三吾、宋濂、苏伯衡到解缙、胡广、萧镃、薛瑄再到吴宽，组成一条完整的反对时文、鄙视时文的理论脉络。王鏊精于时文和古文的创作，对后来唐宋派把时文提高到古文同样高度的论调应当有一定的作用。

---

① 参见霍韬《震泽集序》（王鏊：《震泽集》，文渊阁四库全书，第1256册，第120页，序）。
② （清）吴肃公：《明语林》，卷六，第98页，"赏誉"条。
③ （清）永瑢等：《〈震泽集〉提要》，《四库全书总目》，卷一百七十一，第1493页。
④ （明）吴宽：《家藏集》，卷三十九，第342页。

王鏊的诗歌学习宋诗，学宋而不专宗于一家。其《风琴》对苏轼《琴诗》的形式进行模仿，而出之以新意：

> 天风泛弦弦自鸣，案间云影波纹惊。非《韶》非《濩》非《咸》《英》，依然谁唱还谁赓？不为音节音节成，乃知自有无声声，一洗世上琵琶筝。①

此诗第二句写景细致，把云影形容得很新奇，顿出新意。作者把风吹过琴弦发出的天籁之音，借助于类似苏轼《琴诗》的两处"若言"、"何不"的句式，独创三处"非"和两处"谁"的句子，形成节奏舒缓、韵致飘逸的特点。

王鏊的部分诗歌使用生僻字，读起来佶屈聱牙，如《登阳山大石》、《虎丘》、《玉泉亭》三诗，诗歌明显地带有韩愈横鹜别驱、崭绝倔强的斗奇倾向和黄庭坚独造生新、专意出奇的笔法，词必穷力以追新，描绘阳山石块变态万千的形状和虎丘、燕山的景色。《铜炉》诗多使用典故，连缀成诗；《韩侍郎庭中芍药盛开》诗写芍药，刻画妍丽，仿佛有衷曲寄托，接近于西昆体。王鏊的诗歌创作也体现了以宋词入诗的方法，如《次韵蔡九逵投赠》之"日长庭院闲无事，抄得东家种树书"②两句用辛弃疾词《鹧鸪天》（壮岁旌旗拥万夫）的"却将万字平戎策，换得东家种树书"③句子，诗中表达的感情亦相近；《湖心亭》和《次韵东冈十咏》其九两首诗都用了苏轼《水调歌头》（明月几时有）"把酒问青天"④的词句。

王鏊晚年之作，益见精神，前人谓其诗有"宋筋唐骨"。如以下两首：

> 勾曲归来访故乡，姑苏台上看斜阳。影同月下三人饮，目断云中一鸟翔。往事悠悠余雪鬓，交情款款只霞觞。岁寒尚有篱边菊，欲伴韩公晚节香。（《诗为别二首》其二）

> 箭缺挽天知几重，半山聊复憩吾慵。孤臣何处埋幽愤？夫差杀公孙胜于

---

① （明）王鏊：《震泽集》，文渊阁四库全书，第1256册，卷一，第128页。
② 同上书，卷五，第189页。
③ （宋）辛弃疾著，徐汉明编校：《稼轩集》，长江文艺出版社1990年版，第196页。
④ （宋）苏轼：《苏轼全集》，第1册，《词集》，卷一，第585页。

此高阁闲来坐晏春。深院潺湲鸣剖竹，悬崖砬硪偃长松。回船又过枫桥去，卧听寒山寺里钟。（《与谢宪副德温游阳山箭缺至半山寺而止》）①

这两首诗歌都明显地具有悠远的余味，与唐诗的气象接近，在明朝翰林院作家诗歌创作中属上乘之作。《诗为别二首》其二诗中往事悠悠、交情款款之语显得雍容闲雅，又以篱边的菊花写情趣高洁，在雍容中提升作者的人生品位，使作者的形象显得峭硬刚直；《与谢宪副德温游阳山箭缺至半山寺而止》诗的首四句，两两皆以问句起笔，而以景物和人物的活动应之，在悠闲地观赏景物之时，隐约反映作者内心的孤愤，能合杜诗的精神与孟浩然诗歌的表现手法于一体。

王鏊的诗歌清新峻洁，兴味悠长，既反映成化、弘治年间明朝中兴时作者在翰林的清趣，也反映正德之时他在内阁面对焦芳与刘瑾勾结、荼毒士人的无奈心情及致仕退休之后生活闲适却心忧国事的感情。如以下两首：

　　忽而晴，忽而雨，细雨霏霏洗残暑。天意阴晴两不期，人事炎凉遽如许。遽如许，黄叶秋林蝉独语。（《即事》）②
　　我生抱幽忧，有癖结中抱。当喜常咨咨，居常殊悄悄。一朝逢至人，如梦忽呼觉。至言何须烦，胸中殊浩浩。古今等蘧庐，生死一浮泡。委顺齐宠辱，真怀无丑好。得之亦不惊，失之曾不懊。一身自悠悠，此外何足道。长揖谢至人，闻此苦不早。（《我生》）③

《我生》表露作者禀性有幽忧情怀，易为宠辱、生死、人事炎凉而感情波动，但这两首诗都表现出他已经度越狭隘的观念，达到齐古今、生死、荣辱的思想境界。《即事》整首诗以清新而悠远的意象表现他的内心世界，以眼前景譬类人事的炎凉，具有理与景一的哲理意味。《招姚存道》这首诗更加明显地表现了王鏊欣赏清景的苦闷心情：

---

① （明）王鏊：《震泽集》，卷六，第205、206页。
② 同上书，卷二，第140页。
③ 同上书，卷三，第157页。

子闲终不来，我病能数往。翛然共月庵，清约坐成爽。一雨终夜鸣，残暑归洗荡。孤怀苦郁陶，世事多卤莽。当时隔燕吴，晤语成坐想。如何咫尺间，还复劳企仰。小园亦何有，一味凉可赏。闲庭风叶鸣，虚室云月朗。筋豆非苟然，形声要重讲。①

在残暑为夜雨洗荡殆尽的夜晚，风吹月朗，凉爽可赏。这种景色最适合携朋友一起惬意游赏，而作者乃满怀孤苦，亟邀姚存道前来纾解烦闷。这首诗把苦闷心情与美景结合在一起，形成清兴与苦闷交织的情绪，形成多声部合奏的情感表达。另如《秋日斋居值雨已而大雪呈韩亚卿二首》其一诗极写笼罩天地间的千万愁苦，《偶成》诗表现了作者济世壮志不能实现的感慨，寄兴深远。

王鏊的诗歌具有南宋范成大的风格，和吴宽学习吴地前辈作家的动因相同。王鏊此类诗歌作品主要是田园题材的创作，《消夏湾》、《五月十三日过东冈看新竹时杨梅正熟红绿掩映甚可观也诗因及之》两诗以吴中的景物表现作者退居故里的闲适生活；《二月真适园梅花盛开四首》组诗以雪写梅花，四首诗都突破了向来以香气和疏影写梅的窠臼，有其独到之处。这类诗歌，总体上有着温润、婉丽的特征。

正德四年（1509），王鏊致仕。闲居十余年，多居住在吴中一带，所以王鏊反映吴地的诗歌作品数量比吴宽等人的多，更具有江南的地域特征。《咏并蒂莲三首》写女子倚楼见鸳鸯感情波动的情状，诗情与诗景都是吴地诗歌的特征；《灵岩山》、《再游南湖》、《七宝泉》、《焦山》、《己卯（1519）开岁连雪有作》等诗都是写吴地风物的作品。

王鏊的诗歌成就多方，以清新峻洁为主，但不乏豪健的作品，如《至徐州口占四绝》其四："放歌曾是昔年游，濯足看山坐浪头。今日重来人不见，满天风雨过徐州。"②眼前满天风雨之壮观，不减当年，今日重游旧地，回忆昔日的豪情，黯然神伤；《听人弹琴》诗中语仿白居易《琵琶行》，但是豪壮之语过之，如"划然忽造崩山音"、"黄昏风雨势振天，天青雨歇山娟娟"③等，以

---

① （明）王鏊：《震泽集》，卷四，第169页。
② 同上书，卷五，第188页。
③ 同上书，卷一，第129页。

形容琴声的声感效果，这是白居易原诗中没有的意象；《云山图二首》写群山欲雨的景色："远山隐隐半欲没，近山巍巍高独出。近山远山出没间，雾敛烟霏两明灭。山南山北殷其雷，天雨欲来还不来。余辉倒映半岩赤，灵籁中含万壑哀。"写景阔大，蕴势极饱满；再写云："天将雨，山出云，平原草树杳莫分。须臾云吐近山出，远岫葼䣾吞欲入。映空明灭疑有无，先后高低殊戢戢。"[①] 作者并不限于图卷所画的一处景观，以工笔再现之，而是着眼于较广阔的视野，写天雨欲来时，云雾笼罩下景物的变化，颜色的不同，作者的博大胸襟也在此得到表现。

王鏊的散文创作与三杨所作的文体接近，多应酬之作，风格亦与之趋近。

第三节　李东阳及其门人的创作

成化、弘治之时的文坛崛起了以李东阳为首的茶陵派[②]，这是一个以翰林作家为主要成员的创作团体，其在馆阁的创作主将有倪岳、程敏政、吴宽、王鏊、陆釴、张泰、陈音、吴俨、张弼、李杰、林瀚、彭教、傅瀚、谢铎、林俊、陆简、马中锡、董越等友人以及李东阳的学生石珤、邵宝、陆深、吴一鹏、张邦奇、罗玘、顾清、钱福、谢迁、鲁铎、杨慎、储巏、汪俊、汪偕等人。李东阳曾经"操文柄四十余年"[③]，而他在翰林院的门人之创作则延续到嘉靖中叶（约16世纪40年代）。李东阳的影响时间长达七十年左右（1470—1540），随着前后七子的崛起而逐渐消歇。

李东阳（1447—1516）字宾之，号西涯，原籍湖广茶陵（今湖南茶陵）人。天顺七年（1464）进士，选庶吉士，授翰林院编修，历官侍讲、侍讲学士，充东宫讲官，以侍读学士入内阁典诰敕。弘治八年（1495），入阁预机务，

① （明）王鏊：《震泽集》，卷一，第128页。

② 根据司马周博士论文《茶陵派研究》（南京师范大学2003年博士学位论文，未刊稿）第26—35页进行统计，茶陵诗派的成员约150人，这是一个规模庞大的文学团体，覆盖及当时翰林院、诸郎署与山林的作家。

③ （清）钱谦益：《列朝诗集小传》，丙集，第274页，引靳贵《麓堂集后叙》语。

在内阁十八年。有《怀麓堂集》等。

李东阳的文学创作实承自杨士奇，海盐徐泰（弘治举人，主要生活于正德、嘉靖年间）《诗谈》称"庐陵杨士奇格律清纯，实开西涯之派"①，这句话也指出了李东阳继承和发展了杨士奇众多风格中的"清纯"一种，因此与杨士奇的雍容台阁体之态不同，但这也正是李东阳藉以矫正台阁之弊的风格。李东阳领袖当时文坛，正如徐泰所言"长沙李东阳《大韶》一奏，俗乐俱废，中兴宗匠邈焉寡俦"②，起到振瘵起痹的作用。

业师陈书录先生从审美追求和创作实践两个方面对李东阳的诗歌成就进行了全面的概括③，令笔者叹为观止。拙著仅就李东阳和同时代其他作家的诗文创作之共性及李东阳与杨士奇的区别之处作以下论述。

李东阳的馆阁诗文作品，也有规模极像三杨台阁体之作，如《郊祀前一日斋居候驾》、《庆成宴初预殿坐》、《初预郊坛分献得南海》、《京都十景》、《元日早朝》、《郊祀喜晴有述》、《弘治庚戌（1490）三月十五日殿试读卷东阁次都宪屠公韵》、《十七日文华殿读卷次司马马公韵》、《十八日听传胪有作》、《十九日恩荣宴席上作》、《圣驾诣郊坛省牲喜晴次阮礼部韵二首》、《元旦早朝》、《孟春陪庙祀》、《郊坛候驾》、《郊坛分献再得四渎》、《庆成宴有述》、《赐枇杷》、《赐杨梅》等诗，尤以侍讲经筵时与入阁以后所作为多。以《庆成宴初预殿坐》为例：

> 大官分胙出郊牛，又向宫筵侍玉旒。瞻拱正当天北面，班行初坐殿东头。斟来琥珀杯频满，舞罢猱貌队始收。正是君臣修省日，感恩无地答皇猷。④

作者初预殿坐，参加庆成宴，其感恩的心情和三杨等台阁作家相同，所描写的眼前之景是宫殿的壮丽、仪礼的庄重和君臣之嘉谟洪休，但是这不是李东阳的

---

① （明）陶宗仪：《说郛》，文渊阁四库全书，第880册，卷七十九下，第415页引。
② 同上书，第416页引。
③ 参见陈书录《明代诗文的演变》，江苏教育出版社1996年版，第144—152页。
④ （明）李东阳：《李东阳集》，岳麓书社1984年版，第一卷，第362页。

主导创作风格。《次韵答邵户部文敬前后得七首》其三夹杂着两种感情：

> 阁吏催成应制诗，御香初散雨如丝。西垣地切层霄半，秘府书存百代遗。通籍久怀明主赐，负暄终抱野人私。多才独愧东曹彦，未有贤劳答盛时。①

此诗前半，肖似台阁体之作，而后半以"终抱野人私"句，反映出李东阳的个人情怀，不似台阁体极盛之时，唯见一片颂扬之声淹没作家个性的创作。

明代洪武初年，多位翰林院馆阁作家论述过文章与世运相对应的关系，秉承刘勰《文心雕龙》中《时序》篇的观点，用以论证明初的开国气象与应运而生的馆阁文学之间的关系。同样的，以《时序》篇的观点说明成化、弘治之间的作家风格整体转变也是恰当的。自正统以来迄明末，明王朝充满了内忧外患，这是一个大趋势。成化年间（1465—1487），朝廷正直的士人和奸佞小人（如李孜省、万安等）的斗争从未停止。成化末年到弘治初年，明朝在徐溥等内阁大学士的从容辅导和委曲调剂下有所起色。时代的气运对明朝馆阁作家的风格产生了巨大的影响。程敏政《丘先生文集序》评邱濬的风格以"闳肆而精纯，明润而雅洁"②，虽然在馆阁大家邱濬的创作中，尚以闳肆为主，但业已出现"明润而雅洁"的风格，说明成化以来馆阁作家创作风格的转变。从李东阳到倪岳、程敏政、吴宽、王鏊等人，不尚豪放之气是他们的共同特征，而更多的创作表现出翰林作家们的主观世界逐渐变得逼仄狭小，风格上趋向清峻整洁，不复台阁体雍容典雅，这是明朝衰变产生的必然结果。

李东阳的诗歌，充满低沉的感情。在《次韵答邵户部文敬前后得七首》其二诗中，他说"一代文章数首诗，几人赢得鬓成丝"③，想到一代文章最终只会有数首诗流传后世，情绪多么沮丧！《丙午顺天府鹿鸣宴后有作》诗中写道"官曹饱后心长怍"、"极知荣宠是虚名"④，此诗作于成化二十二年丙午

---

① （明）李东阳：《李东阳集》，第一卷，第271页。凡本书所引李东阳诗俱在《李东阳集》，第一卷，不另详注。

② （明）程敏政：《篁墩文集》，卷二十九，第513页。

③ （明）李东阳：《李东阳集》，第一卷，第271页。

④ 同上书，第一卷，第368页。

（1486），李东阳为顺天乡试考官，却有着内心长作和荣崇虚名的感触；《送萧履庵之镇宁二首》其二之"杯酒平生几故人，送君南去独伤神"、《观仁辅林黄门宅看莲诗戏次其韵》的"老去愁多只为花，不堪风雨更泥沙"① 等句，情绪偏于感伤；《昌平学宫和刘谏议祠韵》之"忧国心惟异代知"、"不须感慨深怀古，风雨催人鬓易丝"② 数句表现了李东阳忧国的情怀；《再叠答夏提学二首》其二之"私通官籍恐难辞"、"耽诗癖在身长瘦，学道心劳岁恐迟"③ 句反映了作者不能从官场中脱身，只能独叹"岁迟"，内心异常愁苦，绝不同于刘健等大学士率性辞官退居的快意；《遇雨后送镜川杨先生谒陵次去秋见忆韵二首》诗的"苦雨途穷怜我拙"、"倦游丘壑心还在"及"只应幽赏胜孤眠"④ 等句表现因官居清华而显得百无聊赖、内心忧愁的感情等。成化和弘治两朝，虽然不断有奸佞小人乱政，但能臣亦复不少，明朝正有中兴的气象，而李东阳的诗歌意向却趋于凄冷，风格偏于沉重，二者形成极大的反差。

李东阳的这种感情与唐代杜甫的沉郁风格有相似之处，但其悲痛、衰朽之情显得太浓厚而且沉重，体现在语言上，他的部分诗歌用语偏于阴冷、衰老、凄凉、愁苦和悲伤，如《祥后次方石谢先生见慰四首》组诗以啼、愁、怨、商、恨、悲、病、老、无情、贫、悲歌、哭、呜咽入诗，《次韵答方石先生斋居见寄》诗以感雪霜、寒、清夜入诗，《再答方石》诗以惊、神独往、怀病入诗，《次青溪除夕韵》诗以百感、愁、余恨入诗，《柱诸友先君墓次方石先生韵奉谢二首》诗以荒郊、悲、废堞、多愁、穷、旧恨入诗，《次韵答时雍》诗以头白、弱质、瘦、病、苦吟等入诗，在李东阳的眼里"红尘非世界"（《春雪次韵方石》)⑤，常作低沉压抑之吟唱。李东阳前后数次写诗纪西涯旧居，这些诗歌反映了他的感情从欢喜到感伤的变化：

> 我家水西涯，性本爱幽僻。与君数携手，兴至忘所适。溪行缘萦纡，
> 野酌散愁寂。倦来倚树坐，举目见山色。山色忽已改，离别复几载。移居

---

① （明）李东阳：《李东阳集》，第一卷，第 325 页。
② 同上书，第一卷，第 354 页。
③ 同上书，第一卷，第 355 页。
④ 同上书，第一卷，第 358 页。
⑤ 同上书，第一卷，第 373 页。

在城南，咫尺隔江海。夜来春风至，芳意思共采。道逢旧邻人，茅堂复何在？（《赠彭民望三首》其三）①

新筑湖堤面面平，乱桥欹岸失纵横。轻鸥着水惊还去，老马缘溪恋复行。旧日邻家今几在，别来光景共谁争？匆匆不尽逢僧话，刚说无生便有情。（《再经西涯》）②

城中风景梦中路，病不出游空有身。柳条弄水色不定，鸥鸟傍沙情自亲。旧邻十室九易主，古寺百年长占春。恸哭儿童钓游地，白头重到为何人？（《重经西涯》）③

这三首诗的感情一首比一首沉重。《赠彭民望三首》其三和《若虚诗来欲平马讼五叠韵答若虚并柬文敬佩之》等诗有着对往昔少年生活的美好回忆，诗写西涯住处景色幽静，兴至而忘返；《再经西涯》写景色依旧而人事变迁，和《宿海子西涯旧邻》里所写的"二十年前事，都向春风梦里消"④ 句，情绪低沉，感慨不已；《重经西涯》则写得非常沉痛，作者既病且老，情怀易伤，至于恸哭。

李东阳的部分诗歌沉郁和清味结合，把杜甫诗歌的刚健一面和杨士奇诗作的清纯格律结合，形成其既硬瘦而又兴味悠长的风格。李东阳的诗歌于杨士奇之"清纯"有所取则和发展，并影响到馆阁中诸大家，形成一时诗歌创作的共同特征。其《鹳林书巢叠诸君韵二首》第一首诗说"小结书林数尺巢，闲将露翼倚烟梢。居宁择地心常乐，力不凌云世所嘲"，反映出他悠闲常乐的生活，似乎把仕途上的穷达置之度外；第二首诗则表达出他的旷达襟怀：

幽栖无意托声名，小榜轩居亦近情。四海于身皆俯仰，一枝随分且飞鸣。山林旧侣心犹在，风雨中宵梦不惊。读罢庄生《齐物论》，始知天地有鹏程。⑤

---

① （明）李东阳：《李东阳集》，第一卷，第130页。
② 同上书，第一卷，第353页。
③ 同上书，第一卷，第377页。
④ 同上书，第一卷，第280页。
⑤ 同上书，第一卷，第327页。

或以悠，或以闲，作者体会到它也是近情人生之一种，这是李东阳在《庄子》的影响下得到的精神解脱，此诗表现出清旷的特征。《次柳文范中书阁直赏雪韵三首》其二写雪景可称清奇：

> 贝阙瑶坛路不分，眼看飞雪乱如云。高城暝带朝鸦色，小苑斜披猎骑群。冰溜响檐惊短梦，冷花吹面拂残醲。自应瓦砾难为质，故乏琼瑶可报君。①

写雪之笔出人意表，不直写雪，而写雪中的高城和小苑以及冰溜醒人、冷花吹面的感受，捉笔不与他人同，而雪景可以想见。李东阳与同僚常互送鱼、笋、杨梅干、柑等物，所作的奉谢诗，均表现出士大夫清雅的志趣。《西山十景》写作者在日日车马奔走间，竟连近郊的西山都无暇游览，因此一朝成行，尽写山水给予他的清适之趣，毫不及吏事。即使写早朝的作品也充满清景，如《雪后早朝》诗：

> 六日长安雪满城，五更钟鼓一时晴。水精宫冷云犹冻，鸤鹊楼高月正明。朝马不嘶金勒静，院灯无影玉堂清。只应天上寒如许，怪底人间梦不成。②

这首诗虽然写有宫殿、朝堂等处，但其景色调偏冷，无热闹景象。

李东阳对苏轼的才情和诗歌充满艳羡之情，模拟和步和之作常有。在和杨守陈的诗歌中，屡次以苏轼赞美对方，如"闻说公才似长苏"、"谁似张公可配苏"、"幸是陈郎早识苏"（《和杨学士先生东阁跌坐韵四首》)③ 等句；诗作有分题《馈岁》、《别岁》、《守岁》三首一组的《除日追和坡诗三首》及《题沈启南所藏林和靖真迹追和坡韵》、《雪用坡翁聚星堂禁体韵》、《郊行戏效东坡吃语》、《雪夜追次坡翁韵四首》、《东坡煎茶图次坡韵》等首，都是和苏轼原唱之

---

① （明）李东阳：《李东阳集》，第一卷，第359页。
② 同上书，第一卷，第362页。
③ 同上书，第一卷，第338页。

作，其中有的甚至是禁体物之作；《徐州新洪诗》与苏轼的原作一样，善于形容百步洪的惊险，两诗差可仿佛。

李东阳对宋诗精神的体会，还表现为创作上穷力以出新。他在《曰川会诸同年用韩昌黎园林穷胜事钟鼓乐清时二句分韵得时字因效韩体》中形容自己屈郁的内心，以多个比喻句连贯而下："我怀久屈郁，如以结就觿。如鹰掣绦旋，如骥辞衔羁。又若万里冰，流飙荡空渐"①，体现效"韩愈体"创作怪奇意象的特征；学李贺体，作有《题陶成草虫图效李长吉》诗，注重色彩的搭配和意向的生新；在饯别倪岳的筵席上，作《舜咨归省尚书公饯者以韩昌黎送郑校理诗分韵予最后得廓字时吕中书秉之得洛黄鸿胪蕴和得阁邵户部文敬得薄濮武库用昭得泊俱同韵除互押外共得二十有六予诗后成凡诸君所用者皆不敢袭其韵数亦不敢独减诸君独廓字乃所分本韵虽已为户部所押不复避也》②诗，同样以分韩愈诗为韵，但在写作时又得避开吕、黄、濮三人已经用过的韵脚，用韵数量又不少于他们的诗作，典型地表现出争奇斗才的创作心理；李东阳创作的限韵诗，如《上元后十日会冶斋观梅值雪限韵二首》也表现了同样的创作心理；《雪和杨考功韵》诗有句"白战惊逢雪，诗坛三戒严"③，《雪夜追次坡翁韵四首》其三诗有"白战坛空未解严"④等句，与王鏊诗《试院赠外帘吕推官卣》"青镫晃晃官曹接，白战沉沉号令严"⑤句，足以说明当时翰林院作家创作禁体物诗的盛况，而禁体物诗创作是极具挑战性的，对作家的才能进行无情的敲打和严峻的考验，成功的禁体物诗创作，能取得于艰难中见奇丽的效果；《游白秉德西园次韵二首》其二有句"门连甲第三家近，节过重阳六日才"⑥，是一倒装的句式，善于模仿杜甫的诗句而形成语言的陌生感。

李东阳的诗歌创作中还有风格超拔的一类作品。作者往往只提供一些画面或某些感情流动的细微痕迹，但是读者的整体观感却很强烈。如《雪夜追次坡翁韵四首》其二：

---

① （明）李东阳：《李东阳集》，第一卷，第 140 页。

② 同上书，第一卷，第 187 页。

③ 同上书，第一卷，第 251 页。

④ 同上书，第一卷，第 407 页。

⑤ （明）王鏊：《震泽集》，文渊阁四库全书，第 1256 册，卷一，第 131 页。

⑥ （明）李东阳：《李东阳集》，第一卷，第 332 页。

　　放朝声里散晨鸦，闲取诗题赋雪车。陆海平翻千顷浪，江梅乱落满城花。几人标格如江令，何处交情有戴家？不尽高楼看爽气，拟寻樵迹认山叉。①

此诗写得清绝至极，诗中雪景至白弥天，人物标格高洁，兴味悠远，能感动人心。《上元后十日会冶斋观梅值雪限韵二首》其一是在限韵的情况下写出的作品：

　　有约移尊玉署东，小梅疏雪赏心同。轻飔晚色还随袖，浅著春寒未满丛。娱客漫须琴有调，催诗却笑雨无功。休论腊日三回白，且胜元宵万点红。②

现代作家郁达夫著有小说《春风沉醉的晚上》，我曾惊叹作者当时是怎么拟想出这个题目的！"春风沉醉的晚上"这个题目本身包含了异常丰厚的意蕴。"春风沉醉"，是形容李东阳这首诗歌最好的语词，作者似乎把所有的喧嚣摅瀹，只留下柔曼的琴声、优美的篇什与赏梅的画面。

　　李东阳的古诗创作分乐府、拟乐府、五言古诗、七言古诗等类。作于弘治十七年（1504）的《拟古乐府》为一时巨作，共一百零一首，是李东阳精心结撰之作，体现了其诗学观点：

　　予尝观汉魏间乐府歌辞，爱其质而不俚，腴而不艳，有古诗言志依永之遗意，播之乡国，各有攸宜。嗣以是还，作者代出，然或重袭故常，或无复本义，支离散漫，莫知所归；纵有所发，亦不免曲终奏雅之诮。唐李太白才调虽高，而题与义多仍其旧。张籍、王建以下，无讥焉。元杨廉夫力去陈俗，而纵其辩博，于声与调或不暇恤。……或因人命题，或缘事立义，托诸允语，各为篇什。……内取达意，外求合律……其或刚而近虐，简而似傲，乐而易失之淫，爱而不觉其伤者，知言君子，幸有以正我云。

---

① （明）李东阳：《李东阳集》，第一卷，第 406 页。
② 同上书，第一卷，第 409 页。

《拟古乐府引》)①

上引《拟古乐府引》阐明李东阳的创作用意：首先，重拾汉魏间乐府的精神，不必用汉魏乐府的旧题与含义，强调追求古乐府"质而不俚"、"腴而不艳"的风格，发挥乐府的社会功用，所以间取史册故事和忠臣义士、幽人贞妇为题②，这个主张是对明代翰苑作家沿用唐代乐府题目进行创作实践的反拨，也是对自李时勉以来诸多翰林作家创作艳体乐府诗现象的反拨；从李东阳的创作实践来看，他与吴宽的诗歌创作中基本上没有艳体的诗歌作品。其次，李东阳讲究声律，以期恢复古乐府可讴可歌的传统。对前七子的诗歌复古运动来说，李东阳的这种主张倡理论之先声，在这个意义上，李东阳启发了前七子的复古运动。

在五言诗歌的创作上，李东阳对陶渊明诗歌的情趣和风格体会很深，创作有《习隐二十首》五言古诗，诗中的情趣在仕与隐之间，同时有隐居观物和大臣操心国事的双重面貌，体现大隐隐于朝的思想，此外如《题渊明归来图》、《四职图》、《怀竹》等诗风格接近陶诗。这类诗歌创作最明显的一个现象是李东阳使用陶渊明的诗韵与多位朋友唱和。作品数量最多的一次唱和创作起源于李东阳病中仍然写作诗歌不休，倪岳来诗奉劝戒诗专事调养，东阳遂以陶渊明《止酒》诗韵唱和，有《予病中颇爱作诗舜咨以诗来戒者再未应也偶诵陶渊明止酒诗自笑与此癖相近因追和其韵断自今日为始成化丁酉（1477）春正月十日》、《入春绝不作诗清明后三日与鸣治师召游大德观为二公所督甚苦得联句四首已而悔之因用止诗韵以自咎先是诸同年皆有和章为说不一鸣治独持两可之说至是竟为所沮云》、《时用得诗见和似怪予破戒者用韵奉答》、《初予止诗鼎仪有约同止予援张汝弼故事以只鸡斗酒为罚鼎仪固未尝止及予破戒乃和韵见索再叠前韵并鸡酒答之》、《予破戒时颇念鼎仪之约鸣治师召许为代罚既有成约再用韵邀三公同赴》等，这是一次用陶韵互相唱和的文学活动。又有《体斋止酒用陶韵因迭韵问之》、《家君以诗戒夜归因用陶韵自止辛丑（1481）十二月望日》、《答杨太常止酒用陶韵二首》等诗。在不同的年份中，李东阳使用同一韵部不断地进行

---

①　（明）李东阳：《李东阳集》，第一卷，第1—2页。
②　参见司马周博士学位论文《茶陵派研究》第70—71页"拟乐府研究"专节。

创作，这种现象和他创作陶诗风格的诗说明了李东阳对陶诗的稔熟和爱好，也是其追复古诗的尝试。五律中《种竹》、《小园即事》、《竹坡》、《山行十首》、《西庄独咏得四首》、《种竹二首》等诗善于写景，精神与陶诗接近。

李东阳曾经在成化十三年（1477）和弘治十七年（1504）两次创作集句诗。我们在对这两批次的集句诗进行分析和比较时，发现了李东阳前后期诗学思想的异同及其转变的方向。

首先，从总体上看，李东阳的集句以唐代诗人的诗歌为主，诗人众多。李东阳于成化十三年（1477）创作了四十四首集句诗，诗句来源于司空曙、杜甫、胡宿、钱起、白居易、许浑、郑准、张籍、皇甫曾、刘禹锡、李商隐、李远、陆龟蒙、杨巨源、孙逖、贾岛、雍陶、王建、皮日休、卢纶、赵嘏、韩愈、韩翃、权德舆、李从一、崔峒、王维、韦应物、岑参、刘长卿、马戴、张泌、杜牧、司空图、武元衡、韦庄、沈佺期、薛逢、李拯、胡曾、张继、崔鲁、曹唐、高骈、李白、李郢、皇甫冉、戎昱、卢弼、谭用之、李涉、李顾、崔颢、温庭筠、常建、韦渠牟、杜荀鹤、吴融、窦叔向、包何、柳宗元、薛汉、刘商、韦元旦、王仲初等 64 位唐代作家的作品，涵盖唐代初、盛、中、晚各阶段的作家，以集杜甫的诗歌为最，有七首诗完全集自杜诗，表现出对杜甫的独尊思想。于弘治十七年（1504）创作的三十五首集句诗，诗句来源于柳宗元、李白、杜甫、岑参、白居易、王维、郑谷、吴子华、王季友、卢纶、杜荀鹤、韩愈、杜牧、张籍、武元衡、雍陶、刘长卿、许浑、姚合、李商隐、胡曾、司空曙、窦叔向、唐彦谦、薛涛、贾岛、储光羲、皮日休、韦渠牟、戎昱、杨巨源、王建、李贺、韩翃、皇甫曾、张籍、温庭筠、孟郊、施肩吾、卢仝、崔曙、高适、贺知章、韦庄、吕洞宾、权德舆、胡宿、元稹、郎君胄、朱湾、王维、钱起、吴融、窦常、王昌龄、杨炯、刘禹锡、韦应物、李益、崔鲁等约 60 位唐代诗人的作品，集自杜甫的诗句仍居首位，虽然不像成化十三年（1477）那样整首整首地集杜诗，但这批诗歌中三分之二强的诗歌每首均集有杜诗句子，其中《病中言怀长句》一诗用五句杜诗。杜诗在李东阳的集句诗中高频率地出现，有力地说明了作者晚年更加爱好杜甫诗歌的倾向。

其次，这两次集句诗歌的创作印证了李东阳在《怀麓堂诗话》中出入宋、元的诗学思想，而弃元人宋则是《怀麓堂诗话》未曾道及的重要观念，当是李东阳晚年诗歌创作的重大转变。成化十三年（1477），作者 31 岁，其诗学思想尚处于探索阶段，而弘治十七年（1504），作者 58 岁，进入暮年，主盟文坛近三十年，其诗学思想处于成熟期。创作于成化十三年的集句诗中，使用元代赵孟頫、张翥、李林、施钧、元好问、王士熙、王义山、戴良、同恕、萨都剌、范德机、阿尔沙、刘固、黄溍、揭傒斯、虞集、马祖常、钱惟善、杨载等 19 位作家的作品仅次于唐代作家的作品，赵孟頫、张翥两人的诗句多次被使用，而在这批集句诗中，宋代作家只有苏轼、欧阳修、陈与义、朱熹、陆游、巩丰、魏野、邵雍 8 人的作品被李东阳集句时采用，宋、元两代作家、诗句数量对比悬殊，说明李东阳壮岁之时对元诗的重视。弘治十七年的集句诗创作，除了集唐代的诗歌外，其他几乎都是宋代作家的作品，诗句源于李昉、唐庚、严羽、张栻、苏轼、王禹偁、邵雍、王安石、陆游、杨蟠、吕颐浩、赵师秀、陈与义、章泉、华岳、石介、王之道、黄庭坚、真德秀、司马光、曾几、程颢、欧阳修、姜特立、杨万里、赵抃、宋祁、孔平仲、曹翰、苏舜钦、刘挚 31 位作家的作品，其中邵雍的诗歌被采用达十一句之多，说明李东阳延续并发展了他在成化间创作集句诗所体现的爱好道学的思想，以邵雍的思想来陶写胸襟，也符合李东阳与庄昶、陈献章等理学家密切交往的事实。苏轼、陆游和杨万里的诗句也被大量地采用，这一现象则又说明了李东阳对诗歌审美特性的重视。采用元代作家的诗句总共不到十五句，集中在《寿潘南屏先生六十五首》的第五首，此诗就有虞集、杨载、张翥、揭傒斯四家四句诗，相对于《岁暮长句》中采用宋代 9 位作家诗句，分散在各诗中的元人诗句着实显得孤零和单薄。这说明晚年的李东阳已经弃元人宋，或者说由元人宋，对宋诗倾注着更多的注意力，当是前七子反对这一创作转向，主张诗文宗秦汉和盛唐的复古动因。

　　再次，李东阳在集句诗的创作中表现了他对汉魏两晋诗歌的熟悉和爱好。《岁暮即事》第一首集有曹丕、曹植、陶渊明、左思等人的古诗和《诗经》成句等共八句，其中陶渊明的诗四句；第二首有阮籍、孙楚、陶渊明、石崇、蔡邕、王粲、谢混、曹植等诗人的诗共十二句，陶诗五句，这样的集句诗和李东阳创作拟乐府诗的意图是相同的，是他追复古体诗歌风格主张的体现，也表现出李东阳对陶渊明诗歌的垂青。

　　李东阳的诗歌创作现象，反映了明代弘治年间前七子崛起之前诗歌创作的实际情况。一方面，在出入宋元、创作禁体诗歌等方面，李东阳与倪岳、程敏政、吴宽、王鏊等馆阁作家的创作表现出一致性，风格上也存在趋同的倾向，由上而下地影响到当时社会上各层面作家的创作风尚，而这些方面正是前、后七子大力反对的，成为七子诗学理论的抨击对象。另一方面，七子派又从李东阳追复古诗、推崇杜甫的思想中汲取养分，充实到他们的复古理论中，李东阳与前七子之间构成非常复杂的矛盾关系。李东阳对宋代诗歌及其理论的推崇，为其门生杨慎继续开拓和发挥，也成为前七子倡复古诗和盛唐律诗的动因。

第十章　正德以后明代翰林院与馆阁文学的发展趋势

拙著第八章分析了馆阁大家邱濬的文学创作，第九章继续分析程敏政、倪岳、吴宽、王鏊等重要作家的创作，他们的丰硕创作实绩共同构成成化、弘治年间翰林院馆阁文学的整体气象。李东阳的创作和文学理论显得尤为重要，其于文学创作实践和理论上的诸多创获，对他的学生和前七子的文学活动皆有启发意义，他们基本笼罩在李东阳的文学创作及理论之下，即使连前七子之代表作家李梦阳的散文创作也表现出宋人宋文的特征①，而学宋文与宋诗是李东阳等翰林院作家为改变台阁体流弊而开辟的最主要的创作路径。虽然李东阳导夫先路，但由于七子派的出现及其对馆阁文学狂飙式的扫荡，学宋的路数没有在弘治、正德以后发展和充拓成明代馆阁文学创作的新路径。

当李东阳晚年，李梦阳崭露头角，已经表现出对李东阳的不满②；李东阳去世以后，"崆峒倡为剿拟古学，倍背师门，秦人康、王辈失职訾毁。嘉靖初，山东李开先趋风附和，曰：'西涯为相，诗文取絮烂者，人才取软滑者，不惟诗文靡败，而人才亦随之。'……"③"则诋其春容大雅之诗文为软熟，诋其所取文学气节之杨升庵为私以魏科。"④ 七子派对李东阳大肆诋毁，以排击李东阳为能事，排斥李东阳的诗文创作和理论创见，试图割断李东阳等馆阁作家在

---

① 郭预衡主编的《中国古代文学史》分析李梦阳的《游庐山记》认为："梦阳虽持'文必秦汉'之论，而实际上，写景状物，发为议论，颇似宋人。由此可知，'七子'之首如梦阳者，其理论和实践，并不是完全一致的。"（郭预衡：《中国古代文学史》，第4册，上海古籍出版社1998年版，第36页）

② 参见廖可斌《复古派与明代文学思潮》，台湾文津出版社1994年版，第六章"第二阶段"节。

③ （清）钱谦益：《列朝诗集》，清顺治间绛云楼刻本，第23册，丙集，卷第五，第41页。

④ （清）彭维新：《文正公论》，《李东阳集》，第三卷，岳麓书社1984年版，第470页，附载。

创作和理论上与他们的关系。李东阳去世以后，以李梦阳、何景明为首的七子派之文学创作迅速取代了翰林院馆阁文学的地位，文学创作的坛坫从翰林下移至郎署。此后一百余年间，明朝的馆阁文学一直处于弱势地位。

第一节　李东阳之后明代馆阁文学的发展概况

在李东阳之后，翰林院作家的创作大致有三种情形。

一　笃守李东阳成法的创作

成、弘之间，李东阳"执化权，操文柄，弘奖风流，长养善类。昭代之人文为之再盛。百年以来，士大夫学知本原，词尚体要，彬彬焉，或或焉，未有不出长沙之门者也"①。当时，文学之士均出于李东阳门下②。李东阳在翰林的门生即达二十余人，人有撰作，所以在李东阳的主导下，翰林院的创作队伍声势浩大，馆阁文学为之再次兴盛。

本书第九章虽然没有详尽地分析茶陵派中的翰林作家，但明代正德以至嘉靖以后翰林院作家创作都或多或少地浸染了以李东阳为首的翰林作家群体的创作风气。当李、何崛起之时，翰林中的作家，笃守李东阳师法的还有孙承恩、黄佐、顾清、石珤、陆深等人，直到杨慎于嘉靖三十八年（1559）去世，李东阳的门人至此全部去世。

李东阳有六位著名的学生：石珤、罗玘、邵宝、顾清、鲁铎、何孟春，仿佛宋代的苏门六学士，除何孟春以丁父忧不入史馆、鲁铎改国子监司业外，其余四人皆在翰林院供职。邵宝（1460—1527）的诗歌较顺畅，便于朗读，其和苏轼诗韵与元人韵，遵循李东阳的诗歌创作路径；诗从杜陵，甚至手抄伪苏注

---

① （清）钱谦益：《列朝诗集小传》，丙集，第 269 页。
② 参见（清）钱谦益《列朝诗集》（清顺治间绛云楼刻本），第 23 册，丙集，卷第五，第 1 页，卷首语。

杜诗，又梓行之①；又倡李白，倡闲散语，似道家语。在李梦阳、何景明崛起之时，邵宝坚守师法，确然不改轨度。顾清（1460—1528）的馆阁诗味比罗玘、邵宝浓厚，擅长长篇，多和韵诗，至一和再和，亦和苏轼诗韵，以逞才力，风格雅丽奇劲。他的诗句如"时从雅淡出奇丽，少年敛手不得矜"、"取青媲白应千层"②、"公诗险语何层层"③等，是其自身创作的写照。鲁铎（1461—1527）之五言诗，味如嚼蜡，学陶诗而诗味太过淡然；他的部分小诗描写田园，清新自喜，七言诗语流利。石珤（1466—1529）诗多汉魏之音，古体为多，居庙堂之高远而思江湖，具陶诗味，有田园园居的闲散之趣；七言古诗超脱凡近，尤为李东阳激赏，写了很多宫词。罗玘（1447—1519）（字景鸣）擅长于文，为文振奇则古，词必己出，极尽苦思；诗歌古奥，语言曲折难读，欲复古而不逮。

李东阳的另两位学生储巏（1457—1513）、杨慎（1488—1559），他们的诗歌中采用了很多南朝典故，掇拾六朝之英，尤以杨慎诗歌含吐六朝于明代，自成一家，称"用修派"（或称"六朝派"）④，呈现出与李东阳不同的风格，清人谓"其诗含吐六朝，于明代独立门户。文虽不及其诗，然犹存古法，贤于何、李诸家窒塞艰涩、不可句读者"⑤。李东阳的学生不能奄有其师风格，各得其师之一绪，创作各有专擅。

杨慎是一位在诗歌理论上和创作中着力提倡宋诗的馆阁作家，尤其值得注意。杨慎追随乃师和翰林院的创作风格与方向。杨慎少年即从学于李东阳，为门下士。追随李东阳16年之久，虽不曾被李东阳视为衣钵传人，但终杨慎一生，对乃师尊崇有加，言必称"先师"，"诗文衣钵，实出指授"⑥。正德六年（1511），24岁的杨慎状元及第，授修撰，37岁时（1524）离开翰林院，官翰林院的时间前后13年。其父内阁大学士杨廷和为成化十四年（1478）进士，

---

①　杨慎《升庵诗话》卷六："宋世有妄人，假东坡名作《杜诗说》一卷刻之，一时争尚杜诗，而坡公名重天下，人争传之，而不知其伪也……近日邵文庄宝乃手抄其注，入杜诗七言律刻行，岂不误后学耶？"（见丁福保辑《历代诗话续编》，第757—758页）

②　（明）顾清：《敬亭见和山行有李杜齐能之句虽主押韵而亦非所当也因歌奉答拜写近怀》，《东江家藏集》，文渊阁四库全书，第1261册，卷十五，第483—484页。

③　（明）顾清：《冬至谒陵次三江送行韵》，《东江家藏集》，卷十四，第480页。

④　（清）朱彝尊：《静志居诗话》，上册，卷十二，第355页，"朱曰藩"条。

⑤　（清）永瑢等：《〈升庵集〉提要》，《四库全书总目》，卷一百七十二，第1502页。

⑥　（清）钱谦益：《列朝诗集小传》，丙集，第274、354页。

选庶吉士，散馆授检讨，杨慎出生于其父举进士十年之后，所以可以说杨慎的前半生深受馆阁的熏陶。

杨慎对宋诗著论较多，这在明人诗话中是一个突出的现象，但推崇宋人宋诗绝不是杨慎石破天惊的论调。自成化以来，明代的翰林院作家在集句诗、限韵诗、禁体物诗和翻新改写宋代作家名篇等方面都表现出他们对宋人作品的羡慕与推崇，杨慎亦记载当时内阁大学士王鏊对宋诗的欣赏态度："王（鏊）公平昔极爱荆公诗文，而此诗（按，指王安石《桤木诗》）王公亦偶不记忆耳。"① "踪希宋体，音闳盛唐乐府，或创新，制叠韵，竞侈联篇"②，是成化、弘治时期翰林院文学创作的大趋势。杨慎之师李东阳也曾经创作了两批集句诗，反映出他晚年对宋代著名诗人的认定和弃元入宋的态度。李东阳在其《怀麓堂诗话》中对宋诗持模糊的态度，而杨慎则在《升庵诗话》中明确反对"宋无诗"的观点，并举例论证唐、宋诗互有优劣的现象，充分地论证了宋人诗论中的"夺胎换骨"的理论。

前七子崛起后，变本加厉地提倡"宋无诗"的观点："（潜虬）山人商宋梁时，犹学宋人诗。会李子（按，指李梦阳）客梁，谓之曰：'宋无诗。'山人于是遂弃宋而学唐……"③ 从而为其"诗必盛唐"的口号大张旗帜。杨慎与前七子几乎同时，他对宋诗的相关观点还具有声援乃师、与前七子"别张壁垒"④的意义，而且这个意图异常明显。《升庵诗话》卷一"文与可"条列举北宋文与可《丹渊集》中《咏闲乐》、《过友人溪居》、《晚次江上》、《玉峰园避暑值雨》、《极寒》、《江上主人》、《咏梨花》、《咏杏花》等八首诗后说："此八诗置之开元诸公集中，殆不可别，今曰宋无诗，岂其然乎！"⑤ 所谓"今曰宋无诗"，于当代李梦阳等人的复古口号其针对性是非常明显的。卷十二"莲花诗"条记"亡友何仲默尝言：'宋人书不必收，宋人诗不必观。'余一日书此四诗（按，指宋张耒《莲花诗》、《荷花诗》、刘劭《夜度娘歌》及寇准《江南曲》）

---

① （明）杨慎：《丹铅余录·摘录》，文渊阁四库全书，第 855 册，卷八，第 285 页。

② （清）陈田：《明诗纪事》，丙签，影印第 635 页，序。

③ 参见（明）李梦阳《潜虬山人记》（《空同集》，文渊阁四库全书，第 1262 册，卷四十八，第 446 页）。

④ （清）钱谦益：《列朝诗集小传》，丙集，第 354 页。

⑤ （明）杨慎：《升庵诗话》，见丁福保辑《历代诗话续编》，中册，卷一，第 654—655 页。

讯之曰:'此何人诗?'答曰:'唐诗也。'余笑曰:'此乃吾子所不观宋人之诗也。'仲默沉吟久之曰:'细看亦不佳。'可谓倔强矣。"① 前七子声称可以通过每一篇诗文的势、思、意、义、格、调、才、气、音等方面来辨别诗文的年代与作者②,这是南宋诗论家严羽所标榜的本事:"试以数十篇诗,隐其姓名,举以相试,为能别得体制否?"③ 而严羽的《沧浪诗话》是前、后七子的理论渊源所自:"嘉靖之末,王、李名盛,详其诗法,尽本于严沧浪。"④ 杨慎之于何景明既是至交,那么何景明误辨这四首诗,多少也带有轻诋的意味。

　　在诗歌创作宗唐的大气候下,杨慎也只好说"宋诗信不及唐"⑤,但是他为恢复宋诗在历史上的应有地位作了有益的贡献。杨慎论刘敞《喜雨诗》⑥ 及苏舜钦《吴江诗》、王安石《雨诗》、孔文仲《早行》、寇准《南浦》、郭功甫《水车岭》、苏辙《中秋夕》、朱熹《雨诗》,张栻《题南城》、《东渚》、《丽泽》、《水西屿》、《采菱舟》等绝句⑦时,都极力辨正这些诗的成就,称它们都无愧于唐人,因此时人不可有"宋无诗"的叫嚣。杨慎对寇准的《南浦》尤其赞赏,两称之(一在《升庵诗话》卷四"宋人绝句"条,一在卷七"南浦诗"条),给予"有王维辋川遗意,谁谓宋无诗"⑧ 和"妙处不减唐人"⑨ 的评价。杨慎对宋人诗歌的评论仅是表层的、零星的,未达到深层的、理论的论述高度。虽在《升庵诗话》卷八亦有"唐人诗主情,去《三百篇》近;宋人诗主理,去《三百篇》却远"的比较,并贬低宋诗,较之全篇的零碎批评,杨慎对宋诗的整体评价显得非常单薄。杨慎对宋诗的所有评论比较公允,佐证有力,对宋诗艺术成就的挖掘是一次有益的尝试。

　　杨慎对宋诗的欣赏不止于对具体诗歌的品鉴,他更对梅圣俞、黄庭坚的诗

---

① (明)杨慎:《升庵诗话》,见丁福保辑《历代诗话续编》,中册,卷十二,第872—873页。

② 参见(明)李梦阳:《驳何氏论文书》、《再与何氏书》、《与徐氏论文书》(《李空同全集》,明万历浙江思山堂本,卷六十一)等。

③ (宋)严羽:《答出继叔临安吴景仙书》,见郭绍虞《沧浪诗话校释》,人民文学出版社1961年版,附录,第252页。

④ (清)冯班著,何焯评:《严氏纠缪》,转引自郭绍虞《沧浪诗话校释》,附辑,第283页。

⑤ (明)杨慎:《升庵诗话》,卷四,第717—718页,"宋人绝句"条。

⑥ 同上书,卷十二,第894页。

⑦ 同上书,卷四,第717—718页。

⑧ 同上书,卷四,第718页。

⑨ 同上书,卷七,第772页。

歌理论产生很大的兴趣，尤其对黄庭坚的"点铁成金"和"夺胎换骨"理论阐发甚多。黄庭坚强调从前人现成的学问和诗句中"点铁成金"、"夺胎换骨"："古之能为文章者，真能陶冶万物，虽取古人之陈言入于翰墨，如灵丹一粒，点铁成金也。"① "不易其意而造其语，谓之换骨法；窥入其意而形容之，谓之夺胎法。"② 兹列举《升庵诗话》数则如下：

> 江总《折杨柳》云："塞北寒胶折，江南杨柳结。不悟倡园花，遥同葱岭雪。春心既易荡，春树聊攀折。共此依依情，无奈年年别。"唐张说诗亦云："塞上绵应折，江南草可结。欲持梅岭花，远竞榆关雪。"微变数字，不妨双美。（《升庵诗话》卷十　张说诗）

> 梅圣俞诗："南陇鸟过北陇叫，高田水入低田流。"山谷诗："野水自添田水满，晴鸠却唤雨鸠来。"李若水诗："近村得雨远村同，上圳波流下圳通。"其句法皆自杜子美诗"桃花细逐杨花落，黄鸟时兼白鸟飞"之句来。（卷十　梅圣俞诗）③

以上两则当属于黄庭坚"点铁成金"之法。"张说诗"这一则讲的是唐代张说《冬日见牧牛人担青草归》诗前四句"微变"江总《折杨柳》诗"数字"，也是好诗，无意中体现了"点铁成金"的精神。"梅圣俞诗"这一则归纳出梅尧臣、黄庭坚、李若水的三首诗歌两句之间以物对物、以方位对方位的句法渊源于杜甫的《曲江对酒》"桃花细逐杨花落，黄鸟时兼白鸟飞"句。梅、黄、李三位宋代诗人在杜甫这一句法的基础上，自铸伟词，词虽不同，而句法则一，可算是"古人之陈言"一类。当然也可以说是"不易其意而造其语"之类，那么又可算是"换骨法"了。以下两则谈的是"夺胎换骨"法：

> 张说送客诗曰："同居洛阳陌，经日懒相求。及尔江湖去，念别思悠

---

① （宋）黄庭坚：《答洪驹父书三首》，《豫章黄先生文集》，四部丛刊第 164 册影宋本，卷十九，第 23 页。

② （宋）惠洪《冷斋夜话》引黄庭坚语。转引自郭绍虞、王文生编《中国历代文论选》（上海古籍出版社 1980 年版），第 2 册，第 321 页。

③ （明）杨慎：《升庵诗话》，卷十，第 828、831 页。

悠。"又一首云:"常时好闲独,朋旧少相过。及尔宣风去,方嗟别日多。"
二首一意。余又记羽士吴筠《别章叟》一首云:"平昔同邑里,经年不相
思。今日成远别,相对心凄其。"能道人情,亦前人未说破也。(卷十一
诗句用意)

　　谢灵运诗:"晓闻夕飙急,晚见朝日暾。"此语殊有变互。凡风起必以
夕,此云晓闻夕飙,即杜子美之"乔木易高风"也;晚见朝日,倒景反照
也。孟郊诗:"南山塞天地,日月石上生。高峰夕驻景,深谷夜先明。"皆
自谢诗翻出。(卷十一　晚见朝日)①

　　"诗句用意"这一则说的唐代张说的《送王光庭》、《送高唐州》这两首送客诗
句意重复,当然不是"夺胎换骨"的典范,而杨慎举吴筠送贺知章的《别章
叟》诗,该诗能道出他人所未能道出的"别意",是体现"窥入其意而形容之"
的"换骨法"的好诗。从该例中,又可见到梅尧臣提倡的"得前人所未道者,
斯为善也"之"意新语工"②观点对杨慎的影响。"晚见朝日"这一则仔细地
解释谢灵运的《石门新营所住四面高山回溪石濑茂林修竹》中"晓闻夕飙
急,晚见朝日暾"的变互手法,并为杜甫、孟郊所用。杜甫之《向夕》:"深
山催短景,乔木易高风"句以"深"对"短"本"晓闻夕飙急"的句法,更
重要的是杜诗诗题为《向夕》,而将夕阳乔木高风之景散落于句中写之,是
"夺胎换骨"法的极致。杨慎的阐发是那么深刻,被明代陶宗仪《说郛》称
为"翻案"③之举。以下两则集中地谈诗文创作中均有"夺胎换骨"的文艺
现象:

　　后汉肃宗诏曰:"父战于前,子死于后;弱女乘于亭障,孤儿号于道
路;老母寡妻设虚祭,饮泣泪,想望归魂于沙漠之表,岂不哀哉?"李华
《吊古战场文》祖之。陈陶《陇西行》云:"可怜无定河边骨,犹是春闺梦
里人。"可谓得夺胎之妙。(卷十一　诗文夺胎)

----

① (明)杨慎:《升庵诗话》,卷十一,第 857、850 页。
② (宋)欧阳修:《六一诗话》,见何文焕辑《历代诗话》,上册,第 267 页,引梅尧臣语。
③ (明)陶宗仪:《说郛》,文渊阁四库全书,第 880 册,卷八十,第 443 页。

汉贾捐之《议罢珠崖疏》云："父战死于前，子斗伤于后；女子乘亭鄣，孤儿号于道；老母寡妇，饮泣巷哭，遥设虚祭，想魂乎万里之外。"《后汉·南匈奴传》、唐李华《吊古战场文》全用其语，意总不若陈陶诗云："誓扫匈奴不顾身，五千貂锦丧沙尘。可怜无定河边骨，犹是春闺梦里人。"一变而妙，真夺胎换骨矣！（卷十二　夺胎换骨）①

西汉元帝时，贾捐之撰《议罢珠崖疏》，上引篇中动人之语屡为后人所用，杨慎列举了汉章帝的诏书、唐代李华的赋作、五代陈陶的诗歌等诗文"夺胎换骨"的现象，称之为"得夺胎之妙"、"一变而妙，真夺胎换骨矣！"这三篇诗文对贾捐之的《议罢珠崖疏》部分语的"夺胎换骨"改造如下：东汉章帝时，帝国与匈奴征战不休，章帝与太仆袁安计议，下诏交还所掠匈奴生口以安慰北匈奴，诏书中稍增损《议罢珠崖疏》语而采取之，所施用对象发生变化；唐代李华的《古战场文》这篇赋则综合夺胎、换骨二法，对贾氏原文之意重新形容，篇幅有所扩展，但还有沿袭贾氏原文的痕迹；杨慎对五代陈陶《陇西行》的评价最高，认为其"意"犹存，而用语完全不同于原作，其中"可怜无定河边骨，犹是春闺梦里人"二句更是戛戛独造，故称之为"一变而妙"，是"夺胎换骨"法的典范。

在翰林院作家文风和宗尚发生转变的大气候中，杨慎对宋代作家的诗文作了大量的研究。其诗学理论中对黄庭坚诗歌理论的继承和阐发，前贤多所讳言，但作为诗学研究的对象，今人不能对它视而不见。

杨慎对北宋黄庭坚诗歌的创作实践也有所借鉴。他把黄庭坚诗歌创作实践的经验融会到翰林院重视乐府诗歌创作的风会中，达到踏水无痕的地步。黄庭坚对六朝诗歌、语料、典故多所采撷，这种做法也启发了杨慎对六朝诗歌的重视，对于杨慎"含吐六朝"的诗歌风格之形成有着直接的影响。郭预衡主编的《中国古代文学史》称黄庭坚"善于使用事典，广征博引，犹（按，当作尤字）喜用《庄子》、《世说》及南朝语，甚至是佛经、语录等他人少用之典……"②其中的"《世说》和南朝语"当包括东汉和六朝的语言，杨慎把对六朝语言和

---

① （明）杨慎：《升庵诗话》，卷十一，第 869 页；卷十二，第 877—878 页。
② 郭预衡主编：《中国古代文学史》，上海古籍出版社 1998 年版，第 131 页。

典故的使用扩大到学习和模仿六朝诗歌、选体①诗歌更广阔的天地。杨慎的诗材取之于六朝者最多，"凡所取材，六朝为冠，固一代之雄匠哉！"②而"根据诗题、题注、自序、评点等信息统计，杨慎选体中以《古诗十九首》和谢灵运为多……汉魏体中，杨慎拟《古诗》最多……除《古诗》外，杨慎则多拟康乐体……从杨慎的拟诗，大体可以看出他的宗尚，杨慎'独夷鲍谢'，其言当属实情"③。胡应麟认为杨慎学习六朝诗歌，影响终其一生，评杨慎诗"大概错彩镂金，雕绘满眼耳。滇中作如《春兴》八首，语亦多工"④。现举《春兴八首》第一首：

> 遥岑楼上俯晴川，万里登临绝塞边。碣石东浮三缝色，秀峰西合点苍烟。
>
> 天涯游子悬双泪，海畔孤臣谪九年。虚拟短衣随李广，汉家无事勒燕然。⑤

此诗当作于嘉靖十二年（1533），距杨慎被贬九年。此年十月，明朝边境重镇大同因都御史刘源清和总兵李谨刻薄寡恩，导致镇守士兵全部哗变。十三年（1534）春，蒙古部落趁机和叛军结盟，侵入大同两个关口。这首诗歌写得首尾圆合，表现了作者虽遭贬斥蛮方，而不忘边事的忧国情怀。作者所用三个地名和故事，都与汉代有关：暗用苏武在北海边上牧羊的典故和汉代飞将军李广的故事，汉末曹操征战诸侯，曾经临碣石而抒豪情，无一不与表达作者的忠心相吻合。感情时而豪迈，时而感伤，境界开阔，体现出"语工"的特点。而同样也作于云南的《春泛晚归》则是一首体现其"六朝体"特征的诗歌：

---

① 按，（南宋）严羽著，郭绍虞校释《沧浪诗话校释·诗体四》："又有所谓选体选诗时代不同，体制随异，今人例谓五言古诗为选体，非也。"大体上，六朝诗歌和选体诗外延交叉而不重合。

② （明）王世贞：《明诗评》，卷一，见吴文治主编《明诗话全编》，第四册，江苏古籍出版社1997年版，总第4354页，《王世贞诗话》第十七则。

③ 雷磊：《杨慎诗学研究》，中国社会科学出版社2006年版，第103页。

④ （明）胡应麟：《诗薮》，上海古籍出版社1979年版，续编卷一，第348页。

⑤ （明）杨慎：《升庵集》，文渊阁四库全书，第1270册，卷二十六，第195—196页。

滇海横波摇远天，青峰影在柁楼前。汀蘋裊裊风色起，崖草凄凄春兴连。

渔父濯缨歌鼓枻，姹女当垆工数钱。醉归不嗔无两炬，东塔已高西月弦。①

作者似乎很满足在滇中的生活，热爱这里的滇海和青峰，他眼中的景色有汀萍、崖草、渔父濯缨而歌、靓女当垆数钱，均染上温暖的色彩，也有艳情的成分。整首诗色彩缛丽而清新，境界阔大而清幽。

杨慎对宋代以前的文学创作评论公允，于汉魏六朝、初唐、盛唐、中唐、晚唐及宋代诗歌俱有所涉猎，汉魏六朝古诗、杜诗、晚唐诗及宋代诗歌是他论列较多的对象。考虑到他的诗风受到前代诗歌多个对象的影响，所以朱彝尊称之为"用修派"，较之用"六朝体"命名杨慎的诗风，更加恰当。

杨慎门人张含撰《升庵南中集序》曰："杨子髫之年也，其修辞崛赜险隐，骎骎乎入李贺。"②说明杨慎少年时曾模仿李贺的风格，并最终融进他受到六朝诗歌影响的风格中。明末清初的学者钱谦益注意到杨慎的诗风中有晚唐诗歌的因子："用修乃趁沈酣六朝，揽采晚唐，创为渊博靡丽之词。"③在杨慎的观念中，今人所谓中唐韩愈、李贺等诗人都被他划为晚唐诗人，这是一个与今人看法不同而值得注意的地方。"晚唐惟韩、柳为大家。韩、柳之外，元、白皆自成家。余如李贺、孟郊祖骚宗谢，李义山、杜牧之学杜甫，温庭筠、权德舆学六朝，马戴、李益不坠盛唐风格，不可以晚唐目之。数君子真豪杰之士哉！"④杨慎不以时代而以成就论晚唐诗人，有利于提高晚唐诗人的地位。《升庵诗话》卷二"王少伯赠张荆州"、"王昌龄从军行"二则结合王昌龄的诗歌对韩愈的"横空盘硬语"进行阐发。杨慎对韩愈诗歌奇句险韵的关注与他少年时学习李贺"崛赜险隐"风格的用意是一致的。

《升庵诗话》探讨了晚唐的两派诗人："晚唐之诗，分为二派：一派学张

---

① （明）杨慎：《升庵集》，卷三十，第218页。

② （明）杨慎：《升庵南中集》，明嘉靖六卷本。转引自雷磊《杨慎诗学研究》，附录三，中国社会科学出版社2006年版，第204页。

③ （清）钱谦益：《列朝诗集小传》，丙集，第354页。

④ （明）杨慎：《升庵诗话》，卷十一，第851页，"晚唐两派诗"条。

籍，则朱庆余、陈标、任蕃、章孝标、司空图、项斯其人也；一派学贾岛，则李洞、姚合、方干、喻凫、周贺、九僧其人也。其间虽多，不越此二派。"①另在卷七"马戴诗"、"马戴楚江怀古"，卷九"陶弼"、"许浑"，卷十一"贾岛佳句"等则仔细地品评了各家作品。

杨慎对晚唐诗歌的关注，对万历以后的明代诗人颇有影响。明末清初的学者兼诗人朱彝尊总结有明一代诗人的诗歌成就时，注意到万历以后（一般习称"晚明"）诗人喜好晚唐诗歌的现象，唐、明这两个朝代的后期诗人气味似乎甚是相投。左光斗（1575—1625）"诗多晚唐风韵"，宋登春（？—1644）"生诗平淡寡深思，不失为贾浪仙、李才江一流"，王彦泓（1593—1642）其艳情诗"结撰深得唐人遗意"，学习晚唐段成式、李商隐、韩偓的诗风，徐之瑞"近体效韩冬郎（偓），极其绮靡"②，而竟陵派钟惺选《唐诗归》时，也选了四卷晚唐诗，他们"察其幽情单绪"③ 的创作主张，与晚唐贾岛的诗风比较接近，对晚明诗人学晚唐诗起到推波助澜的作用。

二　馆阁诸臣中道学家的文学创作

李东阳之后，翰林院中还有部分作家身兼儒家理学学者身份，如湛若水（1466—1560）、罗钦顺（1465—1547）、梁储（1451—1527）等人，湛、梁二人既为陈献章弟子，又与李东阳关系密切，创作中秉持道学家的文学观念。本节追溯宋明两代理学家关于物我关系的观点，着重论述明代正德、嘉靖年间著名理学家罗钦顺的哲学主张对后世文学理论的意义。

罗钦顺，字允升，号整庵，江西吉安府泰和人。弘治六年癸丑（1493）一甲第三人进士及第，官至南京吏部尚书，谥文庄。罗钦顺关于物我关系的观点是清末民初学者王国维（1877—1927）在《人间词话》中所倡境界说出现之前最具深度的论述。王国维的《人间词话》刊行于光绪三十四年（1908）《国粹

---

① （明）杨慎：《升庵诗话》，卷十一，第851页，"晚唐两派诗"条。
② （明）朱彝尊：《静志居诗话》，卷十七，第499、526页；卷十九，第570、580页。
③ （明）钟惺：《诗归序》，转引自郭绍虞、王文生主编《中国历代文论选》，第三册，上海古籍出版社2001年版，第213—214页。

学报》上：

> 有有我之境，有无我之境。"泪眼问花花不语，乱红飞过秋千去。"
> "可堪孤馆闭春寒，杜鹃声里斜阳暮。"有我之境也。"采菊东篱下，悠
> 然见南山。""寒波澹澹起，白鸟悠悠下。"无我之境也。有我之境，以
> 我观物，故物我皆著我之色彩。无我之境，以物观物，故不知何者为
> 我，何者为物。古人为词，写有我之境者为多，然未始不能写无我之
> 境，此在豪杰之士能自树立耳。①

据寇鹏程于 2006 年的统计和归纳，2006 年前计有 19 种解释有我之境和无我
之境的观点②。有我之境和无我之境的理解正确与否，乃是判断境界说是王国
维独创之理论还是沿用前人见解的重要依据③。为了求得的解，有学者甚至否
定"无我之境"的存在④，或者认定"无我之境"仅仅是一哲学层面的术语，
与文学和艺术毫无关涉⑤。更多的观点似乎是以孟子的"知人论世"的方法
论研究王国维的境界说，提出其境界说与其所接受的西方哲学家康德、尼
采、叔本华的哲学思想有着密切的关系，这种论证趋势在 21 世纪初以来越

---

① 王国维：《人间词话汇编汇校汇评》，北岳文艺出版社 2004 年周锡山编校本，第 11 页，第三则。
② 参见寇鹏程《历来关于王国维"有我"、"无我"之境的研究》，《内江师范学院学报》2006 年
第 3 期。
③ 参见程国赋《王国维文艺思想研究的世纪考察（上）》，《学术交流》2005 年第 2 期。程国赋
认为王国维曾提及"以我观物"、"以物观物"，"这是理解王氏'有我'、'无我'的关键，也就是说，
只有弄清何者为物，何者为我，物我之关系等问题，才能获得王国维'境界'理论的真谛"（第
160—161 页）。
④ 祖保泉：《漫议王国维的"意境"说》，《安徽师范大学学报》2005 年第 1 期。该文的观点是：
"王氏提出的'无我之境'，从意境的完整性、创作过程以及以往词作实践来看，实际上是不存在的。
王氏自己曾两度扬弃'无我之境'的旧说，值得人们体会和观察。"（第 80 页）"《人间词话》中的失
误，最显著的莫过于'无我之境'说。"（第 82 页）按，该文提出的两度扬弃指的是王国维于 1914—
1915 年间发表的《二牖轩随录》之《人间词话选》"完全扬弃了'有有我之境，有无我之境'那一条"
（第 84 页）。根据王国维《人间词话选》这么一种选集而断语如此，显得武断。
⑤ 王文生：《王国维的"无我之境"与艾略特的"无个性文学"》，《文艺研究》2005 年第 2 期。
王教授认为"王国维提出无我之境的概念就是从这样的理论（按，指西方的'理式'，或通称'理念'）
引申而来"（第 67 页），与佛经无关（参见王文生《论情境》，上海文艺出版社 2002 年版）。"王国维用
'以物观物'的理性思维方法作为创造'无我之境'的方法，倒是表现了理论上的一致性，进一步证明
了他的'无我之境'是一哲学之'境'，而不是文学之'境'。"（第 68 页）

来越明显。①

对于王国维境界说与中国传统文化的语源学研究一直进展不大，面对着势头迅猛且方法和视角多样的王国维境界说与西方哲学、美学关系研究而言，从事中国传统文化与王国维关系研究的学者囊中羞涩，显得相当尴尬。钱鍾书先生的王国维研究对于推进王国维与中国诗学、哲学之关系研究具有重要的推力，笔者以为自钱鍾书先生在《谈艺录》和《管锥编》中西比较中敢于倡言王国维诗歌创作和文艺理论中之中国因素，乃有 20 世纪 90 年代以来对于王国维境界说与中国传统哲学和文学关系的探讨。

1991 年，陈良运注意到北宋理学家邵雍的哲学思想之于王国维境界说的关系，引用了邵雍《皇极经世全书解》和《伊川击壤集序》的一些文字②。1994 年，柯汉琳"从中国古代哲学关于宇宙、人生'有''无'境界的学说和'以我观物'、'以物观物'的本义入手，对王国维的两种境界说作出新的解释"。该文上溯到荀子，认为荀子"虽没有'以我观物'与'以物观物'的说法，但却与后人提出'以我观物'与'以物观物'的概念并作为'观物'的两

---

①　21 世纪之初，具有代表性的研究成果有：（1）陈良运《境界、意境、无我之境——读〈论情境〉与王文生教授商榷》（《文艺理论研究》2003 年第 3 期），该文肯定王攸欣"令人信服地验证了王国维的'境界说'，是由叔本华美学核心——'理念'替换而来"（第 63 页）。（2）祖保泉《漫议王国维的"意境"说》（《安徽师范大学学报》2005 年第 1 期），该文直接说："人们知道，'以物观物'的来头在于叔本华的《作为意志和表象的世界》中所说的'在直观中遗忘自己'"（第 83 页）。（3）罗钢《七宝楼台，拆碎不成片段——王国维"有我之境"、"无我之境"说探源》（《中国现代文学研究丛刊》2006 年第 2 期），作者认定王国维境界说的重要范畴"是分别依据叔本华美学和席勒肇端的西方现实主义与理想主义的美学建构起来的"（第 141 页）。（4）蒋寅《原始与会通："意境"概念的古与今——兼论王国维对"意境"的曲解》（《北京大学学报》2007 年第 3 期），该文摘要中说："王国维在西方艺术理论的启发下，取当时流行的'意境'概念来发挥他的文学观，对民国以来的诗歌理论产生深远影响，在当代学者的不断阐释、开拓下，意境遂成为一个与传统用法割裂的现代诗学范畴"（第 12 页）。（5）杨伯岭《审美现代性走向：王国维词学研究三论》（《文艺理论研究》2007 年第 5 期），这是时间较近的一篇论文，其观点是"虽然中国儒家伦理哲学也有，但王氏主要是直接接受了康德、叔本华等人哲思的终极关怀"（第 60 页）。孟泽《"可爱者不可信，可信者不可爱"暨"境界"释义——论王国维对西学的疑信与取舍》（《湘潭大学学报》2006 年第 5 期），他认为《人间词话》"夹杂了康德、叔本华哲学的'流风余韵'"（第 21 页），而作者于 2004 年发表的《在"可爱"与"可信"之间——王国维的学术转向与"境界说"释义》（《诗探索》2004 年秋冬卷）持的观点是王国维"用古典语言形式，书写人生启蒙、意义觉醒的错愕与生命羸弱的悲苦体验，也有峻急慷慨之辞，不乏宋诗的'义理'气息。"可见孟泽的观点发生的渐变。

②　陈良运：《王国维"境界"说之系统观》，《社会科学战线》1991 年第 2 期。

个不同层次的理论存在着内在的逻辑联系"①。引用了邵雍《皇极经世全书解》之《观物内篇》、《观物外篇》五节文字，并涉及张载、程颢等宋代理学家。这是迄今为止关注王国维的境界说与北宋理学家关系用力最深的一家。2002 年，钱剑平认为1907 年王国维写《人间词乙稿·序》，"初步提出了《人间词话》中重要的'有我'、'无我'的概念。文中'观我'、'观物'其实就是《人间词话》中所论述的'有我'、'无我'的雏形"②。

《人间词话》汇校本加了两条重要的按语："手稿无'以我观物'四字。""手稿无'以物观物'四字。"③ 手稿本原作："有我之境，外（圈去）物皆著我之色彩。无我之境，不知何者为我，何者为物。古人为词，写有我之境者为多，然未始不能写无我之（下划线数字原作'此即主观诗与客观诗之所由分也'）境，此在豪杰之士能自树立耳。"④ 这些原手稿上涂抹的语句，是学者们研究王国维"有我之境"与"无我之境"原意的根据。

孟子知人论世的方法是从事王国维境界说研究的学者们的圭臬。笔者以为学界也应当对手稿本所无的"以我观物"、"以物观物"八字给予应有的重视。若无这八个字，对于王国维所说的"有我之境"和"无我之境"，人皆煞费脑筋；手稿本之所无和王国维1908 年在《国粹学报》发表之所增语，似乎夫子自道，提示读者应当重视宋代以来理学之于其境界说的关系。

北宋理学家邵雍的哲学体系对北宋道学和文学的影响甚巨。他的击壤体诗歌是其哲学思想内化于诗歌创作的实践，也是宋诗面貌之一种⑤。由于诸人对邵雍物观说的解读存在很大分歧，故不嫌烦累把邵雍的《伊川击壤集序》录出如下：

《击壤集》，伊川翁自乐之诗也。非唯自乐，又能乐时与万物之自

① 柯汉琳：《王国维"有我之境"、"无我之境"新论》，《华南师范大学学报》1994 年第 4 期。
② 钱剑平：《从〈人间词话〉的定稿看王国维文学思想成熟的轨迹》，《上海大学学报》2002 年第 6 期。
③ 王国维：《人间词话汇编汇校汇评》，第 11 页。
④ 王国维：《王国维〈人间词〉〈人间词话〉手稿》，浙江古籍出版社 2005 年版，第 55 页，原第 1 页；第 65 页，原第 6 页。按，下划线系原有。
⑤ 参见傅璇琮、蒋寅等主编《中国文学通论·宋代卷》，辽宁人民出版社 2005 年版。

得也。

伊川翁曰：子夏谓"诗者，志之所之也。在心为志，发言为诗。情动于中而形于言，声成其文而谓之音"。是知怀其时则谓之志，感其物则谓之情，发其志则谓之言，扬其情则谓之声，言成章则谓之诗，声成文则谓之音。然后闻其诗，听其音，则人之志情可知之矣。且情有七，其要在二，二谓身也，时也。谓身则一身之休戚也，谓时则一时之否泰也。一身之休戚，则不过贫富贵贱而已；一时之否泰，则在夫兴废治乱者焉。是以仲尼删《诗》，十去其九；诸侯千有余国，风取十五；西周十有二王，雅取其六。盖垂训之道，善恶明著者存焉耳。

近世诗人，穷戚则职于怨憝，荣达则专于淫泆。身之休戚，发于喜怒；时之否泰，出于爱恶。殊不以天下大义而为言者，故其诗大率溺于情好也。噫！情之溺人也甚于水。古者谓水能载舟，亦能覆舟，是覆载在水也，不在人也。载则为利，覆则为害，是利害在人也，不在水也。不知覆载能使人有利害耶，利害能使水有覆载耶？二者之间，必有处焉。就如人能蹈水，非水能蹈人也，然而有称善蹈者，未始不为水之所害也。若外利而蹈水，则水之情亦由人之情也；若内利而蹈水，则败坏之患立至于前。又何必分乎人焉水焉，其伤性害命一也。

性者，道之形体也，性伤则道亦从之矣。心者，性之郭廓也，心伤则性亦从之矣。身者，心之区宇也，身伤则心亦从之矣。物者，身之舟车也，物伤则身亦从之矣。是知以道观性，以性观心，以心观身，以身观物，治则治矣，然犹未离乎害者也。不若以道观道，以性观性，以心观心，以身观身，以物观物，则虽欲相伤，其可得乎？若然，则以家观家，以国观国，以天下观天下，亦从而可知之矣。

予自壮岁，业于儒术，谓人世之乐，何尝有万之一二，而谓名教之乐，固有万万焉。况观物之乐，复有万万者焉。虽死生荣辱，转战于前，曾未入于胸中，则何异四时风花雪月，一过乎眼也。诚为能以物观物，而两不伤者焉。盖其间情累都忘去尔，所未忘者，独有诗在焉。然而虽曰未忘，其实亦若忘之矣。何者？谓其所作异乎人之所作也。所作不限声律，不沿爱恶，不立固必，不希名誉，如鉴之应形，如钟之应声。其或经道之余，因闲观时，因静照物，因时起志，因物寓言，因志发咏，因言成诗，因咏成声，因诗成音。是故哀而未尝伤，乐而未尝淫。虽曰吟咏情性，曾何累于性情哉？

钟鼓，乐也；玉帛，礼也。与其嗜钟鼓玉帛，则斯言也不能无陋矣。必欲废钟鼓玉帛，则其如礼乐何？人谓风雅之道，行于古而不行于今，殆非通论，牵于一身而为言者也。吁！独不念天下为善者少，而害善者多；造危者众，而持危者寡。志士在畎亩，则以畎亩言，故其诗名之曰《伊川击壤集》。时有宋治平丙午中秋日也。①

当代研究者即便已经注意到邵雍的哲学体系对王国维的境界说的影响，但是多引用其《皇极经世书》之《观物内篇》："圣人之所以能一万物之情者，谓其圣人之能反观也。所以谓之反观者，不以我观物也。不以我观物者，以物观物之谓也。既能以物观物，又安有我于其间哉！是知我亦人也，人亦我也。我与人皆物也。"② 一般人（即下文宋濂序文所谓之"凡夫"）不能做到"反观"，不能进行"以物观物"，只能"以我观物"，而圣人能"反观"，即"以物观物"，所以在邵雍的哲学体系中"以我观物"劣于"以物观物"，二者是非此即彼的对立关系，后者能够达到"心"（"性之郭廓"）与"身"（"心之区宇"）和谐，不伤害性命的境界，因为邵雍认为"物者，身之舟车也，物伤则身亦从之矣"，"以物观物，则虽欲相伤，其可得乎？"

我们应当看到邵雍的哲学思想与其在诗歌创作上的理论存在着细微的区别，这一点在邵雍自撰的《伊川击壤集序》中体现出来。《伊川击壤集序》并没有讲非常精深的圣人如何贯彻为诗之道，而是讲他自己自壮岁以来对于儒术的体认，并联系到诗歌创作中路径的体悟，讲的是芸芸众生之普通人可以在诗歌创作中实践的方法论。固然可以看到《皇极经世书》的哲学路数，但是此序所论的观点没有高高在上的不可捉摸的神秘感。邵雍并没有区分圣人与凡夫们进行文学创作时能够达到两种对立的，也是不同层次的境界。我们看到的是，

---

① （宋）邵雍：《击壤集自序》（文渊阁四库全书，第1101册，第3—4页，《击壤集》原序），载郭绍虞、王文生主编《中国历代文论选》，第2册，上海古籍出版社1980年版，第275—276页。

② （宋）邵雍：《皇极经世书》，文渊阁四库全书，第803册，卷十二，第1050页。

邵雍的文艺观发展了、修正了他的哲学观。他把《皇极经世书》中的"反观"、"以我观物"更细致化为"以道观性，以性观心，以心观身，以身观物"，把"以物观物"细致化为"以道观道，以性观性，以心观心，以身观身，以物观物"，"诚为能以物观物，而两不伤者焉。盖其间情累都忘去尔，所未忘者，独有诗在焉。然而虽曰未忘，其实亦若忘之矣"。用"以物观物"的创作方法泯灭物我"未忘"与"忘"之间的间隔。"心者，性之郛廓也，心伤则性亦从之矣。身者，心之区宇也，身伤则心亦从之矣。物者，身之舟车也，物伤则身亦从之矣。"从"心"、"身"、"物"三者间身是"心之区宇"，"身伤则心亦从之"；物是"身之舟车"，"物伤则身亦从之"的物—身—心的关系，最后导出"心者，性之郛廓也，心伤则性亦从之"的观点，反映出"心"、"身"、"物"之间是可以转换的、流通无滞的，不存在艰难的超越之界限，也就是说"以我观物"和"以物观物"是可以发生内在转换和流通的，在圣人和达到诗歌最高境界的诗人那里，"以物观物"即"以我观物"，"以我观物"亦即"以物观物"。这就是邵雍的文艺观。

邵雍的哲学观延伸到文艺上，即"有我之境"和"无我之境"亦不存在所谓的对立性质。（谭）佛雏认为："显然，邵氏的'以我观物'与'以物观物'说，同王氏说法从字面到实质都是基本一致的。"[①] 其立论的根据是邵雍《伊川击壤集序》，但是佛雏认为"有我之境"与"无我之境"对立，其依据却又源于《皇极经世书》，这个结论是不妥当的。故可以进一步说，但凡认为"有我之境"与"无我之境"对立的观点也是不准确的。

明代何良俊《四友斋丛说》卷二十一"释道一"类所载以下两则的对象其实是黄庭坚：

> 又云："若以法眼观，无俗不真；若以世眼观，无真不俗"。

> 心禅师曰："若不见性，则祖师密语，尽成外书；若见性，则魔说孤

---

① 佛雏：《辨"有我之境"与"无我之境"》，见姚柯夫编《〈人间词话〉及评论汇编》，书目文献出版社 1983 年版，第 467 页。

禅，皆为密语。"①

"若以法眼观，无俗不真；若以世眼观，无真不俗。"此佛经语为黄庭坚所称引，见其《题意可诗后》②。心禅师指北宋禅宗临济宗黄龙派晦堂祖心禅师，黄庭坚与祖心禅师有师友之谊。《四友斋丛说》卷二十一曰："唐、宋人文章妙丽，而深明内典者，莫过于白太傅、苏端明、黄太史，其言亦足以弘明大教。"③

黄庭坚（1045—1105）是北宋著名的文学家，与邵雍（1011—1071）同时而稍晚。《四库全书总目·〈伊川击壤集〉提要》曰："《击壤集》二十卷河南巡抚采进本，宋邵子撰。前有治平丙午自序，后有元祐辛卯（按，卯当作未。哲宗元祐六年辛未，公元 1091 年④）邢恕序。"⑤ 宋英宗治平三年丙午（1066），邵雍自序《伊川击壤集》，可知邵雍的思想关于"以身观物"与"以物观物"的思想已经成熟定型。到了黄庭坚生活的年代，尽管在元祐年间（1086—1093）士大夫集团内部存在着朔学、洛学、蜀学的学术分野和政治阵营⑥，但这种哲学思想已经成为包括蜀党的苏轼和黄庭坚在内的士大夫共同构建的宋代理学的一部分，潜移默化地影响了北宋中后叶的哲学家和文学家，苏轼等人并没有因邵雍是程颢、程颐的论道友⑦而抛弃他的哲学思想。

明代理学上承宋代理学，在陈献章（1428—1500，字公甫）之前，以程朱理学为一尊。成化、弘治年间，传统的程朱理学受到质疑，出现了新的学术流派，陈献章、庄昶、罗伦等人融会佛学思想，提倡以静坐修养，形成"白沙学派"，出现心学的萌芽。黄瑜《双槐岁钞》卷十"一月千江"条记载了宋濂的理学思想：

① （明）何良俊：《四友斋丛说》，《明代笔记小说大观》本，第 1036 页。

② （宋）黄庭坚：《黄文节公全集》，四川大学出版社 2001 年版，正集卷二十五，第 665 页，题跋。南宋魏庆之《诗人玉屑》卷十三引作"山谷论渊明诗"。

③ （明）何良俊：《四友斋丛说》，第 1032 页。

④ （宋）邢恕《康节先生伊川击壤集后序》："元祐六年辛未夏六月甲子十有三日原武邢恕序。"载邵雍《击壤集》，文渊阁四库全书，第 1101 册，第 172 页。

⑤ （清）永瑢等：《〈伊川击壤集〉提要》，《四库全书总目》，卷一百五十三，第 1322 页。

⑥ 参见沈松勤《北宋党争与文学》，人民出版社 1998 年版，第 148 页。沈松勤认为"蜀、洛之争大约始于元祐元年（1086）九月，止于元祐八年（1093），其间亦关涉朔党。"按，旧党内部的党争发生在邵雍去世之后，与邵雍没有直接的关系。

⑦ 唐明邦：《邵雍评传》，南京大学出版社 1998 年版，第 55 页。

　　宋景濂《序瑞岩和尚语录》："人生而静，性本原明，如大月轮，光明遍照凡苏迷卢境界。且湿性者，大而河海，小而沼沚，莫不有月，而中天之月未尝分也。月譬则性也，水譬则境也。"曹端夫首倡理学，以月川自号，岂有取于月映万川之喻与？薛文清曰："万川总是一月光，万物体统一太极也。川川各具一月光，物物各具一太极也。"佛氏数谓："一月普现一切水，一切水月一月摄"，得此意矣。陈公甫尝作《西江月》二阕，张学士元祯和韵云："一月千江千月，一通万感万通，先生何必苦加功？无用中藏有用。一个法身如粟，大千有象皆笼。不须淘净不须熔，本自无迎无送。"……邹如愚亦尝著论曰："天下岂有性外之物哉？尝观诸月矣。出没乎丹崖青壁之上者，月也；容与乎虚室空谷之间者，月也；荡乎江、止乎渊、依乎树杪者，月也。古人之所见者，月也；今人之所见者，月也。其为月也，岂有异乎哉？"视宋、薛稍广。……夫中者，天下之大本，性固万理之一源，又奚必取诸禅？名理而取诸禅，吾儒其衰矣乎？[①]

　　按，宋濂（1310—1381），字景濂，号潜溪，今人编有《宋濂全集》。《宋濂全集》第一册《翰苑续集》卷之一《瑞岩和尚语录序》比黄瑜所记更完整，标点也更通顺：

　　　余观《大梵天王问佛决疑经》所载：梵王以金色波罗夷花献佛，请为说法。佛拈花示众，人天百万，悉皆罔措，独金色头陀破颜微笑。佛云："吾有正法眼藏、涅槃妙心、实相无相，分付摩诃迦叶。"呜呼！此非禅波罗蜜之初乎！

　　　人生而静，性本圆明，如大月轮光明遍照，凡苏迷卢境界具湿性者，大而河海，小而沼沚，无不有月。是故有百亿水，则百亿之月形焉。仰而瞻之，而中天之月未尝分也。月，譬则性也；水，譬则境也。一为千万，千万为一，初无应者，亦无不应者，体用一源，显微无间也。大圣全体皆

---

①　（明）黄瑜：《双槐岁钞》，《明代笔记小说大观》本，第280页。

真，不失其圆明之性，如月在寒潭，无纤毫障翳，清光烨如也。凡夫为结习所使，业识所缚，而惟迷暗是趋，如月在浊水，固已昏冥无见，加以狞飙四兴，翻涛鼓浪，鱼龙出没，变幻恍惚，欲求一隙之明，有不可得矣。故圣人之心主乎静，静而非静，而动亦静也；凡夫之情役于动，动而不静，而静亦动也。吾达摩大师特来东土，以迦叶所传心学化被有情，欲澄浊为清，止浪为平，直入于觉地而后止。故其体常寂，而寂无寂也；其智常照，而照无照也；其应常用，而用无用也。至此，则其妙难名矣，然未易以一蹴到也。惟一惟虚，坐忘其躯；或缓或徐，长与神明居。惧其散而弗齐也，设疑情以一之；恐其至而自画也，假善巧以引之；虑其偏而失正也，挽沉溺以返之。其道盖如斯而已。历代诸师，各尊所闻，守此而不敢失。

……余久闻师名，亦尝窥见语言之一二，兹又获睹其全。惊霆春而疾飙驰，山岳移而海水立，鬼神泣而魑魅奔，有闻之者，凡情尽丧。余故不辞，为稽《决疑经》所载，以启禅源；法水月之喻，以明性原；推达磨之教，以为学源。历题之于首简。余老且病，凡求文缤纷于前。悉皆谢绝。今独为师拈此者，悯大法之陵夷，乐师言之契道也。①【至此皆用《宋濂全集》文字，《全集》无下段文字。据中华佛典宝库《卍新纂续藏经》第71 册 No.1416《恕中无愠禅师语录》补。】

洪武七年十月二十二日，翰林侍讲学士、中顺大夫、知制诰、同修国史兼太子赞善大夫金华宋濂序。(No.1416—A《瑞岩恕中和尚语录序》)②

明初的宋濂既是一位儒家学者，也是一位精通佛经内典的文人，时有"宋和尚"之称③。这篇序很明显地借鉴了苏轼的《赤壁赋》关于水的住往、月之盈缩思考的思维和句式，但也突出地表现出宋濂援佛入儒的思想。"故圣人之心主乎静，静而非静，而动亦静也；凡夫之情役于动，动而不静，而静亦动也。

---

① （明）宋濂《瑞岩和尚语录序》，《宋濂全集》，《翰苑续集》，卷一，第 784—785 页。

② http://www2.fodian.net/BaoKu/FoJingWenInfo.aspx? ID＝X1416 或 http://www.cbeta.org/result/normal/X71/1416_001.html。

③ （明）焦竑：《玉堂丛语》，卷六，第 198 页，"品藻"条。

吾达摩大师特来东土，以迦叶所传心学化被有情，欲澄浊为清，止浪为平，直入于觉地而后止。故其体常寂，而寂无寂也；其智常照，而照无照也；其应常用，而用无用也。至此，则其妙难名矣，然未易以一蹴到也。"这几句对于我们理解王国维的"有我之境"和"无我之境"几乎有着醍醐灌顶的作用。在宋濂眼中，"静而非静，而动亦静"、"动而不静，而静亦动"、"其体常寂，而寂无寂"、"其智常照，而照无照"、"其应常用，而用无用"，静与动、常寂与无寂、常照与无照、常用与无用在逻辑上是等值判断，可以拨开历来"有我之境"和"无我之境"所指为何、两种境界何者为胜的争执迷雾，二者只为一种境界，无论言"有我之境"抑或言"无我之境"，指的都是王国维所谓之"境界"。宋濂认为当静与动、常照与无照、常用与无用等同之时，"至此，则其妙难名矣。然未易以一蹴至也"。讲的就是最妙最高的难名之境界，王国维讲的文学上之境界无异于此。主要生活于明代成化年间的黄瑜（1470 年前后在世）是一位恪守儒家思想的学者，对于援佛入儒持反对意见，对于宋濂的佛学造诣不甚了解，故其对于评价张元祯和邹如愚也不尽正确，但是他援引的成化、弘治年间的馆阁作家、理学家张元祯（1437—1506）步和心学白沙学派创始人陈献章的《西江月》词之"无用"与"有用"、"无迎无送"的认识，却与宋濂的看法契合。

明代罗钦顺（1465—1547）生活于正德、嘉靖两朝的时间，约 42 年。罗钦顺"潜心格物致知之说"，"专力于穷理、存心、知性"[①]，不接受心学思想，于明代中叶为一名儒。他又是一位论物我的儒家学者，从目前所观察到的文献，罗钦顺关于境界及物我关系的论述直接为王国维的《人间词话》所用。嘉靖年间，理学家正有非常激烈的物我关系辩论。张位撰《刻敬所王先生文集序》曰："窃观海内作者犁然，物我相胜，持论而不下，大都两端。谭名理则曼衍天倪，百拘一律，似唉蟪者，索无遗味，欲提正朔空名，区区与天下争衡，其谁与我？"[②] 张位，隆庆二年（1568）进士，是嘉靖二十三年（1544）进士王宗沐的门人，官武英殿大学士。王宗沐文集此序系张位于万历元年（1573）长至日所撰，说明嘉靖中叶以来至万历初年理学家讲学的情形。理学

---

① （清）张廷玉等：《明史》，卷二百八十二，列传第一百七十，第 7237 页。
② （明）王宗沐：《敬所王先生文集》，明万历元年（1573）刘良弼刻本，序，第 1 页。

中的物我命题成为传统程朱理学和王阳明心学的学者们相持不下的论题。何乔远《名山藏列传》曰："钦顺之学，始以禅入，后悟其非，慨然圣人之道而深辟释氏之谬。其学以精言性，以神言心，以变言情，以合一言理气，以道心谓性，以人心谓情，以理一分殊明理气之合一性体至精，故道心以为微。惟精所以审其几，情用至变，故人心以为危。惟一所以存其诚，统体一太极，故曰理之一，性之静也，天命之初也。人皆可以为尧舜也，各具一太极，故曰分之殊，情之动也率性之道也。刚柔善恶生其间，仁见为仁，智见为智，百姓见为日用也。释氏一家之言，有见于心，无见于性，其所谓觉，第知觉之觉，不能要于天命之本来，而徒以空寂灵妙为境界，是以格物致知皆弁髦之无用。远之陆象山、杨慈湖，近之陈献章、王守仁，其学皆原于此，则何以使物我俱融，内外兼照，尽己性以尽物性，以达经世宰物之用。"① 罗钦顺认识到以"空寂灵妙"为境界，不能使"物我俱融"，"内外兼照"，"尽己性以尽物性"，这些提法对王国维所建立的文学评论的境界说具有直接的借鉴意义。王国维所论境界为何物，至今争论不休，似以"空寂灵妙"为真谛，却远逸此意。其论诗词既分有我、无我之境，又增添以我观物、以物观物之说，究其竟，当是泯灭物我界限，使诗人不执著于物我二分的对立，俱能体味"物我俱融"，"内外兼照"，"尽己性以尽物性"之最高境界，而这正是罗钦顺的哲学见解在文学理论上的延伸。

三　向七子派趋同的馆阁文学创作

弘治以来，馆阁作家康海（1475—1540）和王九思（1468—1551）两人由于自身遭遇的原因，改变其创作宗尚，附和李梦阳等人的创作和主张，这是明代翰林院馆阁文学创作发生的第一波裂变。正当前七子风靡天下之时，翰林院中部分作家与李何关系密切，转变了他们的创作方向，如崔铣、吕柟等人。崔铣（1478—1541）论明代诗文源流，独于李东阳不齿及，可见他对李东阳的不满。吕柟（1479—1542）"文集佶屈聱牙，纯为伪体，而其解《四书》，平正笃

---

① （明）何乔远：《名山藏列传》，周骏富辑《明代传记丛刊》，第 4 册，台湾明文书局印行，总第 77 册，第 659—660 页。

实乃如此，盖其文章染李梦阳之派，而学问则宗法薛瑄，二事渊源各别，故一人而如出两手也"①，吕柟明显地受到七子文风影响，不受明代翰林院馆阁文学传统的约束。陆深虽守李东阳茶陵诗派的家法，但是他对李梦阳、何景明的诗歌创作甚多推崇。姚涞，浙江慈溪人，嘉靖二年（1523）第一人及第，历官翰林院侍讲、学士，与文徵明等有密切的交往，同时与七子派的关系非常密切。《静志居诗话》曰："学士尝与孙太初（孙一元）、薛君采（薛蕙）、高子业（高叔嗣）相唱和，且闻山东李中麓（李开先）富于藏书，特遣其子就学。"②薛蕙著《西原遗书》，《〈西原遗书〉提要》谓："大旨尊陆九渊、杨简之说，毅然不讳其入禅，至谓释氏于六度万行未尝偏废，殊为驳杂。蕙本诗人，足以自传于后。乃画蛇添足，兼欲博道学之名，又务立新奇，遁入异教。"③薛蕙退居西原后，著《约言》，"是姚江良知之宗也，其去濂洛关闽之学固已远矣"④。薛蕙本以诗人自可命世，却执意学宗姚江，"欲博道学之名"，学统颇为驳杂。在文学上，薛蕙与前七子倡和颇多。"同时若何景明、薛蕙皆梦阳倡和之人。景明《谕诗》诸书，既断断往复，蕙亦有'俊逸终怜何大复，粗豪不解李空同'句，则气类之中已有异议，不待后来之排击矣"⑤。薛蕙既与李、何倡和，对他们的风格特征亦有深刻把握。薛蕙不但与姚涞唱和，亦与同年严嵩（1480—1565）颇相唱和，游走于馆阁与七子派之间，风格比较独特。《〈考功集〉提要》曰："正、嘉之际，文体初新，北地、信阳声华方盛。蕙诗独以清削婉约介乎其间。古体上抈晋、宋，近体旁涉钱、郎。核其遗编，虽亦拟议多而变化少，然当其自得，觉笔墨之外，别有微情，非生吞汉魏、活剥盛唐者比。其《戏成五绝句》取何景明之俊逸，而病李梦阳之粗豪，所尚略可见矣"⑥。另有管楫者，著《平田诗集》二卷。管楫本人与文徵明、薛蕙具有交游。"其诗颇沿七子之派，盖楫与薛蕙、何景明、高叔嗣诸人相倡和，渐染而

① （清）永瑢等：《〈四书因问〉提要》，《四库全书总目》，卷三十六，第302页。
② （清）朱彝尊：《静志居诗话》，卷十一，第315页。
③ （清）永瑢等：《〈西原遗书〉提要》，《四库全书总目》，卷一百二十四，第1069页。
④ （清）永瑢等：《〈约言〉提要》，《四库全书总目》，卷一百二十四，第1069页。
⑤ （清）永瑢等：《〈空同集〉提要》，《四库全书总目》，卷一百七十一，第1497页。
⑥ （清）永瑢等：《〈考功集〉提要》，《四库全书总目》，卷一百七十二，第1503页。

然也"①。薛蕙与管楫等人诗歌固然沾染七子派的特征，但是高叔嗣的诗歌却与前七子之徐祯卿风格相类。四库馆臣《〈二家诗选〉提要》曰："明自宏（弘）治以迄嘉靖，前、后七子轨范略同，惟（徐）祯卿、（高）叔嗣虽名列七子之中而泊然于声华驰逐之外，其人品本高，其诗上规陶、谢，下摹韦、柳，清微婉约，寄托遥深，于七子为别调越。一二百年，李、何为众口所攻，而二人则物无异议。"② 高叔嗣虽受知于李梦阳而不宗其说，可知前七子的内部，风格并非统一，非如后来之后七子诸人排斥异端。

第二节　正德以后明朝翰林院与政治的关系

明代正德以后诸朝，翰林院的组成人员在数次政治斗争中有很大的变化。凡正德年间刘瑾专政、嘉靖初年大礼议、隆庆万历间的党争、崇祯年间党争四次重大政治斗争期间，翰林院的组成人员均有较大的变化。受此影响，馆阁作家及其文学成就亦随之变化。

明代《礼部志稿》卷五十六"侍郎靳贵"曰："武宗登极，以旧学升太常寺少卿兼侍读，充日讲，寻以母忧去。终丧，仍旧秩掌翰林院事，授庶吉士业。正德四年，进礼部右侍郎。时逆瑾盗政，常因事讽贵，密书翰林官殿最以进，贵不从，衔之。时翰林多外迁，贵亦左迁为光禄寺卿。已，乃复旧。荐更吏部，进兼学士，管诰敕，掌詹事府事。"③ 刘瑾专政，事在武宗正德元年（1506）至五年（1510）八月，几乎长达五年，天下士民尽罹苦难。清人谷应泰曰："（尚书）韩文一发不中，而顾命诸臣斥逐无遗；六给事、十三御史之章再入，而谏官台臣诛锄略尽。于是北门之狱骤兴，搢绅之祸尤烈。内阁树其私人，部寺张其羽翼，威焰加于郡国，更置及于岩疆。"④ 这是明末魏忠贤之前

---

① （清）永瑢等：《〈平田诗集〉提要》，《四库全书总目》，卷一百七十六，第1573页。
② （清）永瑢等：《〈二家诗选〉提要》，《四库全书总目》，卷一百九十，第1730页。
③ （明）林尧俞、俞汝楫：《礼部志稿》，文渊阁四库全书，第598册，卷五十六，第1013页。
④ （清）谷应泰：《明史纪事本末》，中华书局1977年版，卷四十三，第657—658页。

最为酷烈的宦官专政，祸害极大。正德元年，吏部尚书焦芳潜同瑾党，刘瑾故援引入阁，表里为奸。二年（1507）三月，刘瑾矫诏榜奸党于朝堂，指前大学士刘健等57人结党交通，令致仕。翰林诸官刘健、谢迁、韩文、杨守随、林瀚、刘瑞、顾清、梁储、毛澄、傅珪、王鏊、张昺、何瑭、徐穆、汪俊等或致仕，或降职，或改部属，或改外任，尤为排击翰林恶己者的是正德四年（1509），刘瑾以文士不习世故为借口谪翰林十余人为南京员外郎主事等。《殿阁词林记》卷十八曰："逆瑾用事，凡修孝庙《实录》者挤黜大半，修《会典》者亦褫其秩。于是侍读徐穆、编修汪俊等俱谪南京部属等官，亦有降知县者，皆以扩充政务为名。"刘瑾党羽并在翰林院中安插自己的子弟，如改焦芳之子焦黄中、刘宇子刘仁等七人为庶吉士，焦黄中留馆一年内即授检讨，历侍读、侍郎，刘仁授编修。刘瑾之后，正德十五年（1520），武宗南巡，馆阁诸臣舒芬等人谏疏，亦获谴。"迨武宗南巡，修撰舒芬、编修王思、江晖、马汝骥上疏，谏语多直懑。武宗乃谪芬为广东提举，思为三河驿丞，晖、汝骥为知州。"①

刘瑾专政给正德以后历朝的权臣打击政见不同的翰林官员开了一个很坏的范例。成化年间，号称"翰林四谏"的罗伦、黄仲昭、章懋、庄昶虽然被谴，但不久皆复本官或起用。成化年间朝廷处罚翰林官员的程度及其动机皆异于宦官刘瑾对翰林院官员的打击和清洗。刘瑾乱政的具体做法是找到各种借口，以扩充政务为名，把翰林官员驱逐出去，或贬谪，或改官，让他们离开明朝士大夫视为极选的清华之地，永久性地失去尊荣的地位和仕途升迁的捷径。

嘉靖皇帝（1522—1566）以外藩入继大统，欲尊本生父兴献王为皇考，尊孝宗为皇伯考，轰轰烈烈的"大礼议"事件就此爆发，赞成者与反对者结成阵营，规模宏大，局势发展至极端尖锐对立的地步，对翰林院官员的仕途和人生影响巨深。嘉靖三年（1524），前后赞同皇帝想法的只有张璁、霍韬、熊浃与桂萼等数人，而反对者声浪巨大，前后有23、20、16、39、12、36、12、20、27、15、12人11批次明朝中央政府各台省部院的官员至左顺门跪伏谏止，翰林官员有贾咏、丰熙、张璧、舒芬、杨维聪、姚涞、张衍庆、许

---

① （明）廖道南：《殿阁词林记》，文渊阁四库全书，第452册，卷十八，第361页，"谪谴"条。

成名、刘栋、张潮、崔桐、叶桂章、王三锡、余承勋、陆钶、王相、应良、金皋、林时、王思、杨慎、吕柟、邹守益、朱希周24人。嘉靖皇帝按图索骥收系丰熙等142人，令何孟春等65待罪，继续追查，总共系狱及待罪者220人，杨慎等180余人被廷杖，王相等19位官员死于杖下，复杖杨慎等7人，编成丰熙等8人。嘉靖皇帝尤憾恨杨廷和、杨慎父子，谪杨慎戍云南，永不叙用①。新贵得势者有张璁（避帝讳，改名孚敬）、桂萼、霍韬、方献夫、席书等人。嘉靖三年，改张璁、桂萼为翰林院学士，方献夫为侍讲学士。除霍韬外，俱得入阁，为大学士，张璁最得恩宠。张璁等人不顾名节，如此暴贵，为翰林官员所不齿，故张璁等人对翰林院诸臣恨之入骨。《万历野获编》载："张永嘉之入相，去登第六年耳，时嘉靖丙戌（五年，1526）。诸庶常在馆，以白云宗阁老呼之，每进阁及朔望阁试，间有不赴者，并不引疾给解，张始震怒，密揭于上，谓俱指为费铅山（宏）私人，于时俱遣出外授官，无一留者。为史官时，去改吉士甫逾年耳，故事，散馆期尚隔一年也，内唯陆粲得为吉士，王宣得为御史，余皆部寺知县。其中毛渠为故相纪之子，费懋贤为故相宏之子，杨恂为故相廷和侄，皆切齿深仇，故波及余人，内赵时春为是科会元，年仅十八，亦止刑部主事耳。次年己丑（八年，1529），即永嘉为大主考，取会元唐顺之等二十人为庶吉士，时举朝清议，尚目议礼贵人为胡虏禽兽，诸吉士不愿称恩地，以故亦恨望之，且皆首揆杨丹徒（一清）所选，益怀忿忌，比旨下，改授甫数日，又密揭此辈浮薄非远到器。于是奉旨：迩年大臣徇私，市恩立党，于国何益，自今永不必选。盖犹指（费）宏，并侵（杨）一清也。于是教习大臣停推，新吉士亦不入馆读书，即以应得之官出授，皆部寺州县，仅王表得给事，胡经等得御史，盖科道三人而已。"②张璁（改名张孚敬）对翰林院的打击造成严重的后果。万历间人沈德符留心于词林典故，他指出正德六年辛未（1511）杨慎榜、十二年丁丑（1517）舒芬榜、十六年辛巳（1521）杨惟聪榜无一人拜相，九年甲戌（1514）唐皋榜无庶吉士；嘉靖二年癸未（1523）姚涞榜一甲无庶吉士，五年丙戌（1526）龚用卿榜、八年己丑（1529）罗洪先榜，"合二科庶常四十人，

---

① 参见（清）谷应泰《明史纪事本末》（中华书局1977年版）卷五十"大礼议"。
② （明）沈德符：《万历野获编》，《明代笔记小说大观》本，卷七，第2106—2107页。

为永嘉所恶，俱授外官，至无一人留词林矣"；最为不竞的是十一年（1532）壬辰林大钦榜，该榜进士仕途差强人意。从正德六年辛未到嘉靖十一年壬辰（1511—1532）间，共八科，皆由于张璁、桂萼等大礼议新贵对翰林施加的打击报复，致仕多士无人入阁，仕途坎坷，足见明代翰林院庶吉士制度对于培养人才的重要性以及政治斗争对翰林院官员的影响。张璁卒于嘉靖十八年（1539）①，二十年辛丑（1541）沈坤榜，有四相。自十七年戊戌（1538）茅瓒榜始至沈德符生活的时代，"自此大拜不复有他官矣……岂唯张、桂（萼）诸公真能夺造化之炉锤耶？"②当翰林院人数不足的时候，张孚敬即招纳私人入馆。《殿阁词林记》载："嘉靖初，修撰吕柟、编修邹守益以言礼，柟谪判解州，守益判广德。张孚敬又以扩充政事谪侍读崔桐、修撰杨维聪等。十二年七月，詹事顾鼎臣轮讲《衍义》不到，席春谗谮，乃谪臣道南判徽州，蔡昂判湖州。十三年三月，今上祀帝社稷坛，问：'日讲官五员，如何少两员？'司礼监查名。张孚敬即拟伊甥祭酒王激等补充讲官。上曰：'见今侍从人少，廖道南、蔡著着取回复职，照旧供事。'"③嘉靖初叶，前后大约十五年时间中，张孚敬等人对翰林院和庶吉士制度的破坏，是明朝翰林院建制以来最大的人员变动。张、桂之后，崇祯以前，人为大学士的皆为馆阁中人，破例从他曹入阁者几乎没有，即所谓的"自此大拜不复有他官"的稳定状态，即使张居正当政时期和万历间党争异常剧烈时亦遵循此旧典。

张璁等人一旦掌权，除了破坏庶吉士制度外，实质性地对翰林院的组成人员资质进行审查，行翰林补外、外寮补内之法。嘉靖初，霍韬大礼议擢少詹事，即向嘉靖帝上用人之法，"谓翰林不当拘定内转，宜上自内阁以下，而史局举出补外，其外寮不论举贡，亦当入为史官，如太祖初制"④。该疏在朱国祯的《涌幢小品》中记载得比较详细："迩年流弊，官翰林者不迁外任，官吏

①　按，（明）沈德符《万历野获编》："戊戌（1538）则袁慈溪一一甲继之，是年无庶常，而张永嘉已先一年卒。"（卷七，第2093页）据此推算，张孚敬（按，张璁，嘉靖中避讳更名孚敬，永嘉人）卒于嘉靖十六年（1537），记载当误。《明史》张璁本传作孚敬卒于嘉靖十八年（1539）二月。谭天星《明代内阁制度》（中国社会科学出版社1996年版，第259页）附录作张璁卒于嘉靖十八年（1539），而其致仕在嘉靖十四年（1535）。

②　（明）沈德符：《万历野获编》，卷七，第2093页。

③　（明）廖道南：《殿阁词林记》，文渊阁四库全书，第452册，卷十八，第361页，"谪谴"条。

④　（明）沈德符：《万历野获编》，卷七，第2175页。

部者不改别曹，升京堂者必由吏部。人辄以二官为清要，以至翰林不畏陛下而畏内阁，中外臣工不畏陛下而畏吏部，百官以吏部、内阁为腹心。请自今翰林入阁，必五品以上，循至三品，即迁外省参政及各部侍郎。凡六部尚书、侍郎，或留兼师傅等官，改除参政、布政。翰林六品以下，俱调外任，练达政体，仍转翰林。六部郎中、员外、给事中、御史，俱补郡守。佥事、参议、监司、守令，政绩卓异，即擢卿丞。有文学者，擢翰林，而举人岁贡，亦得以擢翰林升部院，不宜以资格限。"① 明朝人一旦拾起所谓"太祖初制"来论事，一切被变更的制度仿佛便笼罩在明太祖无比的威严和无上的抗拒力之下，均要以"太祖初制"为准。违背祖制对于明朝人来说最要不得的，动辄行诛杀之重罪。霍韬的恫吓没有收到效果，因为霍韬所论重点针对的是内阁、翰林院、吏部的地位及权力，涉及面太大，从翰林院到六部官员，无论大学士、六部尚书等高级官员到一般郎中、员外等低级官员，都在调整之列，此种措施为明代以前历代所未有，堪称空前，故必然遭到吏部尚书廖纪的反驳，遭到所有中央政府官员的反对，难以实行。直到张璁向皇帝密揭之后，才产生一定的效果，但亦只限于翰林官员外调。"其说亦可采，但时非开创，一旦更张，人所不习，故太宰廖纪力言其窒碍，上亦随时酌行之旨，盖世宗亦知霍说之难行耳。比张罗峰（孚敬）入阁，因侍读汪佃讲书不惬上旨，令吏部调外，张因密揭，并他史臣不称者改他官。首揆杨石淙（一清）附会其说而推广之，上遂允行，既调汪府通判，而中允杨维聪、侍讲崔桐等二十余人，俱易外吏以去，京师《十可笑》中所云'翰林个个都外调'者是也。盖霍、张俱起他曹，故痛抑词林至此，杨丹徒自谓附张得计，未几亦为张逐矣，此玉堂一时厄运，特假手于两权臣耳。"② 嘉靖三年至六年（1524—1527），张璁任翰林学士、兵部右侍郎、署都察院，进礼部尚书，其间与士流构隙，因成怨恨，终于借汪佃讲书报复词林，贬谪改官达 22 人，翰苑为之一空。嘉靖六年（1527），张璁入阁为大学士，至嘉靖十四年（1535），前后在阁时间 8 年左右。从嘉靖三年到十四年（1524—1535），明代的翰林院制度在这段时间内受到严重的破坏。翰林词臣外逐，必然导致馆阁文学传统的外移和消退，而此时前七子的风流未央，填补了

① （明）朱国祯：《涌幢小品》，《明代笔记小说大观》本，卷八，第 3285—3286 页。
② （明）沈德符：《万历野获编》，卷七，第 2175 页。

馆阁文学在文坛的缺席。

张居正柄政时期，明朝翰林院组成人员发生第三次重大的调整。张居正于嘉靖四十三年七月（1564）充裕王（即后来的穆宗）讲官，开始其飞黄腾达的政治坦途。穆宗隆庆元年（1567），张居正以礼部右侍郎改吏部左侍郎兼东阁大学士，直内阁。同年，进礼部尚书武英殿大学士，成为顾命大臣。神宗即位，谋逐高拱，升首辅。万历五年（1577），张居正父丧，皇帝命夺情吉服视事，翰林院官王锡爵、张位、赵志皋、吴中行、赵用贤、习孔教、沈懋学、田一儁、于慎行、张一桂、李长春辈等词臣数十人皆以为不可。编修吴中行、检讨赵用贤、刑部员外艾穆、主事沈思孝合疏言居正忘亲贪位。张居正大怒，礼部尚书马自强、翰林院掌院学士王锡爵为四人求情，并为居正挤兑得难堪之极。吴中行等四人终受杖谪戍，此事激起翰林官员对张居正的敌意，居正亦借此贬谪不当意者。居正死后，吴中行、赵用贤、艾穆、沈思孝、王用汲、沈懋学、朱鸿谟、赵应元、傅应祯、赵世卿、邹元标、田一儁俱复官，王锡爵等起复田间。

张居正柄政以来的另一个重要措施，即禁讲学，因为讲学诸人各立门户，容易结党，不利于明朝的统治。万历八年（1580）春，永丰梁汝元聚徒讲学，吉水罗巽亦与之游。汝元扬言张居正专政，当入都颂言逐之。居正微闻其语，授指有司捕治之，俱逮死狱中。因禁讲学，复得罪天下讲学学者。按照常理来说，居正不当禁讲学。其座师徐阶及徐阶之师聂豹都是倡学江南的重要政治人物。"江西人聂豹初任华亭知县，时徐文贞为诸生，甫童弁，聂器重之，引为同志，且与讲王文成良知之学。徐即联第，骤贵至宰相，则聂久放退家居，徐以兵事特荐之，由副使二年而至兵部尚书。"① 聂豹入《明儒学案》卷十七"江右学案"，为江右（江西）得王阳明心学真传之选者。"徐文贞素称姚江弟子，极喜良知之学，一时附丽之者，竞依坛坫，旁畅其说，因借以把持郡邑，需索金钱，海内为之侧目。张文忠为徐受业弟子，极恨其事，而诽议之，比及当国，欲遂尽灭讲学诸贤，不无矫枉之过。"② "张江陵秉政，素憎讲学诸公，

---

① （明）沈德符：《万历野获编》，卷七，第2105—2106页，"四宰相报恩"条。
② 同上书，卷八，第2122页，"嫉谗"条。

言路逢其意，攻守仁者继起。"① 明代嘉靖以来讲学日盛，单是江西一省各府，讲会异常兴盛。"江西讲会，莫多于吉安。在郡有青原、白鹭之会，安福有复古、复真、复礼、道东之会，庐陵有宣化、永福二卿之会，吉水有龙华、玄潭之会，泰和有粹和之会，万安有云兴之会，永丰有一峰书院之会。又有智度、敬业诸小会，时时举行。"② "分曹讲学，各立门户，以致并入弹章。"③ 明代讲学的功过及其对于明朝灭亡的历史责任，前人多所论述，即嘉靖、万历年间即已有士人认识到讲学的是非。何良俊（1506—1573）的《四友斋丛说》一书大量记载了隆庆之前士大夫的言行。"我朝薛文清（瑄）、陈白沙（献章）、吴康斋（与弼）、王阳明（守仁），好谈理性，岂是不长于经术？但既托之空言，遂鲜实用。其门弟子又蹈袭其师说，各立门户，深衷厚默，剿取道学之名，以为进取之捷径。"④ 论阳明"致良知"："阳明先生拈出'良知'以示人，真可谓扩前圣所未发。……（良知）乃得于禀受之初，从胞胎中带来，一毫不假于外，故其功夫最为切近。阳明既已拈出，学者只须就此处着力，使不失本然之初，便是作圣之功。其或杂以己私，则于夜气清明之时，反观内照，而其虚灵不昧之天，必有赧然自愧者。因此渐渐克去，损之又损，而本体自无不具矣，又何必费许多辞说哉！夫讲论愈多，则枝叶日繁，流派日广。枝叶繁而本根萎，流派广则源泉竭。歧路之多，杨朱之所以下泣也，其于理性何益哉。"⑤ 何良俊对于明代理学的批评，一针见血，见解越轶时人，的为确论。另者，在沈德符看来，李贽的学说"独创特解，一扫而空之"⑥，而同时人朱国祯却有所反省，"凡真正道学，决被攻击推敲，即贤者犹不免致疑于形迹间。而惟一种邪说横议，最能惑人，为人所推，举国趋之若狂。故以李卓吾次之，匪敢雌黄，聊志吾过"⑦。"今日士风猖狂，实开于此（按，指李贽及其思想）。全不读四书五经，而李氏《藏书》、《焚书》，人挟一册以为奇货，坏人心，伤风化，

---

① （明）沈德符：《万历野获编》，卷十四，第2278页，"四贤从祀"条。
② （明）朱国祯：《涌幢小品》，卷十七，第3501页，"槎棒"条。
③ （明）沈德符：《万历野获编》，卷二十七，第2624页，"紫柏评晦庵"条。
④ （明）何良俊：《四友斋丛说》，卷三，第887页。
⑤ 同上书，卷四，第889页。
⑥ （明）沈德符：《万历野获编》，卷二十七，第2624页，"紫柏评晦庵"条。
⑦ （明）朱国祯：《涌幢小品》，卷十六，第3482页，"邪正"条。

天下之祸，未知所终也。"

　　张居正之后，明代万历年间党争剧烈，翰林院不可避免地卷入政治漩涡。"时门户之说盛兴，但问趋向异同，不问事理曲直。"① 此条系于万历三十四年（1606），足见万历中叶以来的政治态势。明王朝所有官员的道德向背发生重大变化，不重师弟之情谊，更看重《万历野获编》所谓的同咨之好："士人当重座主，无论乡、会皆然。若作外吏，遇台剡举荐，虽称相知，然恩地轻重，相去自远；数十年来，特重荐师，待以异礼，几出乡、会座师之上。盖房考座师，日后升沉不可问，而荐主西台烜赫，且可藉以为援，势使然也。以故近世建言诸公，参劾会试大座师者屡见，则大座师已登揆席，次亦要地，可借以博直声，而参荐主者无一人焉，其向背最为易见。至于中行知推同时行取者，向号'同咨'，不过以咨文并列，初无谱牒之谊。自戊戌（万历二十六年，1598）一咨，候命辇下者五载，青袍角带麟集都城，匹马过从靡间朝夕，而西北大老有位望气力者，时携壶榼作黄袍授衣故事。于是一时风靡，论议如出一口，敦讲年谊，情比埙篪。……二十年来，同咨之好更胜同榜十倍，其子弟修通门之敬亦加严，然戊戌以前无此也。今同年往还投刺，俱称年弟，然先人丁丑榜中，唯同馆数相知称之，其余皆年侍生也。"② 由于利益的关系，统治阶级内部结成不同的党派，讲学上之门户延伸为政治上的结党营私，对于晚明国家沉浮与兴亡具有重大的意义。翰林院内绵延数代的师徒之情谊受到严重的攻击。如李维桢之于陈长祚、陈长祚之于叶向高、叶向高之于顾起元、顾起元之于杨守勤，俱为师徒。时间从穆宗隆庆辛未（1571）李维桢以编修分考得陈长祚到万历三十二年甲辰（1604）杨守勤，延绵30余年，而叶向高在万历四十一年癸丑（1613）以首揆主考，得周延儒一榜，尤为称盛，则师弟相传超过40年。"衣钵之传，则向来未有绵远如此公者。"③ 翰林院馆阁诸臣衣钵数代相传在词林掌故中绝对是一种佳话，但是在万历年间，却是政治斗争的对象。万历中叶以后，政坛上的斗争发展出"座主复推座主"、"门生复及门生"的线性思维。"比年以来，则陶石篑（望龄）、刘云峤（应秋）二公俱负相望，陶居

---

① （明）沈德符：《万历野获编》，卷三十，第 2697 页，"妖人刘天绪"条。
② 同上书，卷十五，第 2303 页，"荐主同咨"条。
③ 同上书，卷十五，第 2302 页，"李京山门生"条。

家最久，丁未年（三十五年，1607）以房师李晋江故，忽被暗纠，云座主复推座主，门生复及门生，人皆疑骇。……御史暗纠疏，后复明指其人，云座主复推座主，谓甲辰之杨守勤，将推座主顾起元，而顾复推座主方从哲，并再起沈一贯也；云门生复及门生者，谓新阁臣李廷机将及门生陶望龄，而陶复及门生汤宾尹，汤又及门生邵景尧辈也。如此株连波累，无论其言信否，然而心术可知矣。"① 按，沈一贯为万历十七年己丑（1589）庶吉士教习大臣，刘应秋于万历十一年癸未（1583）第三人及第，第二人乃李廷机，方从哲为同榜进士，选庶吉士。陶望龄，万历十七年第三人进士及第，选庶吉士。所谓门生复及门生和座主复推座主，俱指向万历十一年朱国祚榜的李廷机、方从哲和刘应秋三人，而向上则旁及大学士沈一贯，向下则及陶望龄［万历十七年（1589）第三人及第］、汤宾尹［万历二十三年乙未（1595）第二人及第］、邵景尧［万历二十六年（1598）第二人及第］、杨守勤［万历三十二年甲辰（1604）第一人及第］等人。

以上数人，除刘应秋、李廷机、汤宾尹三人外俱浙江人，而沈一贯为前期浙党的领袖。《明史纪事本末》曰："（万历）二十二年，五月丁亥，吏部推阁臣王家屏、沈鲤、陈有年、沈一贯，左都御史孙丕扬，吏部右侍郎邓以赞，少詹事冯琦。不允。初，阁臣王家屏以谏册储罢归。至是，上谕有'不拘资品堪任阁臣'语，吏部遂以家屏等名上。上览不怿，下旨诘责，以宰相奉特简，不得专擅。吏部尚书陈有年争之，以为冢宰总宪廷推，自有故事，王家屏为相有名，若宰相不廷推，将来恐开捷径，因乞骸骨。上命驰驿还籍，以孙丕扬代之。辛卯，以沈一贯、陈于陛为礼部尚书兼东阁大学士，直文渊阁。调文选郎中顾宪成。给事中卢明陬、逯中立先后疏救，上益怒。宪成削籍……申时行、王锡爵皆婉转调护，而心亦以言者为多事。锡爵尝语宪成曰：'当今所最怪者，庙堂之是非，天下必欲反之。'宪成曰：'吾见天下之是非，庙堂必欲反之耳！'遂不合。然时行性宽平，所斥必旋加拔擢。一贯既入相，以才自许，不为人下。宪成既谪归，讲学于东林，故杨时书院也。孙丕扬、邹元标、赵南星之流，謇谔自负，与政府每相持。附一贯者，科、道亦有人。而宪成讲学，天下

---

① （明）沈德符：《万历野获编》，卷十六，第2340页，"己丑词林"条。

趋之。一贯持权求胜，受黜者身去而名益高。此东林、浙党所自始也。其后更相倾轧，垂五十年。"① 申时行、王锡爵等阁臣虽与顾宪成政见不同，但"时行性宽平，所斥必旋加拔擢"，但是沈一贯的入阁及孙丕扬、邹元标、赵南星之流的"謇谔自负"，每每造成议事相持不下，改变了被削籍的顾宪成的仕途。顾宪成居东林书院讲学，欲以主持清议为己任，天下趋之，与沈一贯等矛盾渐深，终至相互倾轧垂50年，危及明朝国运。《东林列传》曰："东林非亡明者，攻东林者亡之也。哀哉！"②

　　汤宾尹虽为宣城人，而为万历后期浙党的领袖，继续与东林党对峙。汤宾尹本人进士及第后，历官翰林编修、中允、谕德，掌司业事，迁右庶子，升南国子监祭酒。万历三十八年庚戌（1610），为同考官，取韩敬等人，为宣党党魁，声焰慑天下。《明史》曰："台谏之势积重不返，有齐、楚、浙三方鼎峙之名。齐则给事中亓诗教、周永春，御史韩浚。楚则给事中官应震、吴亮嗣。浙则给事中姚宗文、御史刘廷元。而汤宾尹辈阴为之主。（按，《池北偶谈》卷六：'有宣党、昆党种种别名，宣即宾尹，昆则顾天埈也。'③）其党给事中赵兴邦、张延登、徐绍吉、商周祚，御史骆骎曾、过庭训、房壮丽、牟志夔、唐世济、金汝谐、彭宗孟、田生金、李徵仪、董元儒、李嵩辈，与相倡和，务以攻东林排异己为事。其时考选久稽，屡趣不下，言路无几人，盘踞益坚。后进当入为台谏者，必钩致门下，以为羽翼，当事大臣莫敢撄其锋。诗教者，（方）从哲门生，而吏部尚书赵焕乡人也。焕耄昏，两人一听诗教。诗教把持朝局，为诸党人魁。武进邹之麟者，浙人党也。先坐事谪上林典簿，至是为工部主事，附诗教、浚。求吏部不得，大恨，反攻之，并诋从哲。诗教怒，（赵）焕为黜之麟。"④ 明代万历以来的党争对晚明的士人命运产生极大的影响，翰林院的官员遴选，受制于党争，终明世而皆是。

　　崇祯皇帝即位以后有感于明朝外强中干的政治局面，多方搜求人才、选拔

---

①　（清）谷应泰：《明史纪事本末》，中华书局1977年版，卷六十六，第1027—1028页，"东林党议"条。

②　（清）陈鼎：《东林列传》，文渊阁四库全书，第458册，卷二，第204—205页。

③　（清）王士禛：《池北偶谈》，清代笔记史料丛刊本，中华书局1982年版，卷六，谈献二，第140页。

④　（清）张廷玉等：《明史》，卷二百三十六，列传第一百二十四，第6161页。

人才，改革成制，包括翰林院制度。朝廷自上而下改革传统循资升迁的制度，实施荐举、保举诸法①，翰林院的组成官员亦在改选之列。《明史纪事本末》卷七十二记载："六年（癸酉，一六三三）二月，谕吏部荐举潜修之士，科道不必专出考选，馆员须应先历知、推，垂为法。"《明史》卷七十三记载："崇祯七年（1634）又考选推官、知县为编修、检讨，盖亦创举，非常制也。"②由此可知，外官考选为翰林院官的制度在崇祯七年付诸实施。清同治刊本《福建通志·明列传》记载："黄文焕，字维章，又字坤五。天启乙丑（1625）进士。为文淹博，无涯涘。历知海阳、番禺、山阳三县，皆有声绩。崇祯七年（1634）召试，擢翰林院编修，晋左春坊左中允。"③永福县（今福州市永泰县）的著名士人黄文焕成进士以后，本已外授知县，朝廷改革考选制度，入为翰林院编修，因此有机会和馆阁名臣黄道周探讨易经，并于崇祯十五年（1642）同入诏狱，在狱中倡和为集，深究学术。所谓崇祯"非常制"之变革，持续到明亡时。同治刊本《福建通志·明宦绩》曰："郭之祥，字字山，吉水人。崇祯戊辰进士，任知县，在任七载，清介如一。捐赀修学校及祠宇桥梁。时考选翰林，外任者皆得与之。之祥中选，士林荣之。"④郭之祥系崇祯戊辰元年（1628）进士，他是崇祯年间福建崇安县（今武夷山市）著名的知县，被朝廷考选为翰林，当在崇祯十年（1637）。《崇安县新志》曰："之祥，字字山，

---

① 按，明代政治素有专用正途和兼用三途之争。《明史》卷七十一《选举三》："选人自进士、举人、贡生外，有官生、恩生、功生、监生、儒士，又有吏员、承差、知印、书算、篆书、译字、通事诸杂流。进士为一途，举贡等为一途，吏员等为一途，所谓三途并用也。京官六部主事、中书、行人、评事、博士，外官知州、推官、知县，由进士选。外官推官、知县及学官，由举人、贡生选。京官五府、六部首领官、通政司、太常、光禄寺、詹事府属官由官荫生选。州、县佐贰，都、布、按三司首领官，由监生选。外府、外卫、盐运司首领官，中外杂职、入流、未入流官，由吏员、承差等选。此其大凡也。其参差互异者，可推而知也。"（第1715页）"初太祖尝御奉天门选官，且谕毋拘资格。选人有即授侍郎者，而监、司最多。进士、监生及荐举者，参错互用。给事、御史亦初授升迁各半。永、宣以后，渐循资格，而台省尚多初授。至弘、正后，资格始拘，举、贡虽与进士并称正途，而轩轾低昂，不啻霄壤。隆庆中，大学士高拱言：'国初，举人跻八座为名臣者甚众。后乃进士偏重，而举人甚轻，至于今极矣。请自授官以后，惟考政绩，不问其出身。'然势已积重，不能复返。崇祯间，言者数申'三途并用'之说。间推一二举人如陈新甲、孙元化者，置之要地，卒以倾覆。用武举陈启新为给事，亦声名溃裂。于是朝端又以为不若循资格。而甲榜之误国者亦正不少也。"（第1717页）

② （清）张廷玉等：《明史》，卷七十三，志第四十九，职官二，第1788页。

③ （清）陈寿祺：《福建通志》，台湾华文书局股份有限公司1968年影印同治十年刊本，中国省志之九，卷一百九十八，原第58页，影印总第3595页。

④ 同上书，卷一百三十三，原第16页，影印总第2380页。

吉水人。进士。崇祯三年任，在崇七年，清介如一。"又，柴世埏："字莲生，仁和人。崇祯十一年任。"① 据《崇安县新志》所载，郭之祥于崇祯三年至崇祯十年（1630—1637）间任知县，计 7 年。继任者为柴世埏，崇祯十一年（1638）任。崇祯八年（1635）八月，"上谕：'致治安民，全在守令。命两京文职三品以下、五品以上各举堪任知府一人，亡论科第、贡、监。在内翰林、科、道，在外抚、按、司、道、知府各举州县官一人，亡论贡、监、吏士。过期不举者议处，失举连坐'。""十一年（戊寅，一六三八）春正月，裁南京冗官八十九员。翰林简讨郭之祥请进士二甲以下尽任知县、推官。不历州县，毋补部曹；不历部曹，毋改翰林、科、道。"② 《明史》卷七十二《职官志》曰："京官六年一察，察以己、亥年。五品下考察其不职者，降罚有差；四品上自陈，去留取旨。外官三年一朝，朝以辰、戌、丑、末年。前期移抚、按官，各综其属三年内功过状注考，汇送复核以定黜陟。"③ 黄文焕在崇祯七年甲戌（1634）召试，擢编修。郭之祥在崇祯十年丁丑（1637）荣选翰林检讨。二人都符合明代考察外官所谓"大计"的制度，由此看来，崇祯年间考选制度的改革并非随时考察，依然遵循弘治以来的"大计"制度。从这个意义上来说，考选推官、知县为编修、检讨，确实是一创举，但其时间仍循旧制，固亦常制也。

崇祯以前，翰林院的官员一般通过除授一甲进士修撰、编修官和庶吉士教养的方式进行培养，历数科循序渐进，愈养愈多，形成翰林院从最低级的检讨等官员到内阁大学士的仕宦链条和人才培养模式。崇祯帝欲挽救万历年间以来逐渐沉沦的明王朝这艘大船，因而宵旰靡息，思以改变旧典，作养人才，把嘉靖初霍韬提出而未能落实的主张付诸实施。崇祯六年（1633）开始实行荐举法，更于崇祯八年（1635）实施保举连坐法。崇祯十一年（1638）正月，郭之祥已经到北京任翰林院检讨，并向皇帝建议朝廷中央部曹官员均需历官知县、推官，以锻炼其才干，同时在中央部曹官员中择优选任翰林院官及科道官。由于明朝廷在 5 年之后灭亡，这次制度变革造成的翰林官员变化及馆阁作家队伍

---

① （民国）刘超然修，郑丰稔纂：《崇安县新志》，台湾成文出版社 1975 年影印民国三十年（1941）铅印本，中国方志丛书华南地方第 238 号，第九卷，名宦，原第 7 页，影印第 232 页。

② （清）谷应泰：《明史纪事本末》，卷七十二，第 1185—1186、1194 页，"崇祯治乱"条。

③ （清）张廷玉等：《明史》，卷七十二，第 1737—1738 页。

调整对于末世的文学没有产生很大的影响。

第三节 万历末年明朝馆阁文学向传统的回归

明代嘉靖年间以李攀龙（1514—1574）、王世贞（1526—1590）为首的后七子再度倡导诗文复古，成为延续到隆庆（1567—1572）、万历（1573—1619）初 20 年最重要的创作流派，影响了内阁大学士、馆阁重要作家王锡爵（1534—1610）等人的创作。当七子派气势正盛之时，又有归有光、茅坤、唐顺之、王慎中等提倡唐宋古文。唐宋派的取径及其创作实绩最终获得王世贞的赞赏，也得到王锡爵的推崇，昭示着万历以后馆阁作家散文创作转向唐宋古文的必然归宿。

王世贞与王锡爵为同乡，王锡爵称之为"吾友"①，二人诗文多所往返。王锡爵与王家兄弟交游密切，仅《王文肃公牍草》卷一至卷七就收录写给王世贞的书信十一通，写给王世懋的书信四通，关系非同寻常，并作有《祭王麟洲文》、《祭王麟洲元配淑人文》、《祭王凤洲文》、《太子少保刑部尚书凤洲王公神道碑》等。王锡爵之女卒，"弇州公作传，备详始末，凡数百言"②；王锡爵之父卒，"弇州公兄弟为状、传"③，三王之间多有唱和之作。万历六年（1578），王锡爵告假省亲，曾经和王世贞并处太仓城南靖庐中④。《弇州续稿序》曰："又服官四方十余年，末又倦而逃于玄。当其时，予与公比居，四方之士延慕光尘者踵相属，余波及予，予不胜苦，距户谢之。"⑤《太子少保刑部尚书凤洲

---

① （明）王锡爵：《王文肃公文集》之《王文肃公文草·太仓重建海宁寺记》、《太子少保刑部尚书凤洲王公神道碑》，四库全书存目丛书集部，第 136 册影明万历王时敏刻本，齐鲁书社 1997 年版，第 205、307 页。

② （明）王衡：《王文肃公年谱》，北京图书馆珍藏本年谱丛刊第 52 册影清光绪二十五年（1899）太仓王宗愈刻本，北京图书馆出版社 1999 年版，第 21 页。

③ 同上书，第 27 页。

④ 同上书，第 21—22 页。

⑤ （明）王锡爵：《王文肃公文集·王文肃公文草》，四库全书存目丛书集部，第 136 册，第 193 页。

王公神道碑》曰："与余结庐城南，戒食梵诵甚苦。"① 在《邹定宇侍郎》信中说："如仆乃厌世老头陀，兄不尝规我于弇州席上耶?"② 足见王锡爵与王世贞之间密切的关系。王锡爵的文集中有多篇与王世贞有关联之文，对其文学主张相当推崇。《袁文荣文集序》曰：

> 锡爵间颇闻世儒之论，欲以轧苴骷骸，微文怒骂，闯然入班、扬、阮、谢之室，故高者至不可句，而下乃如虫飞蜂鸣，方哓哓哆公，以为文字至有台阁体而始衰，尝试令之述典、诰、铭、鼎、彝，则如野夫闺妇，强衣冠揖让，五色无主，盖学士家溺其职久矣。自锡爵游公门下，公所为文章，皆肆意冲口，对客立就，古辞古事，如鬼神输运，以供佐使，而华富温密，卒泽于仁义，炳如也。……（公）非三代两汉之书不观，非尔雅方闻之士不友，非《咸》、《夏》钧天之音不听，故无棘塞诡众之辞。③

袁炜（1508—1565），浙江慈溪人，谥文荣。嘉靖四十一年壬戌（1562）以大学士充考试官，是王锡爵的座师。据该序，明朝嘉靖末年的文学创作盛行复古，至产生"高者至不可句，而下乃如虫飞蜂鸣"的弊端，以攻击馆阁文学创作，而馆阁作家亦以七子派之"文必秦汉"为宗，如袁炜的读书和行事，"非三代两汉之书不观，非尔雅方闻之士不友，非《咸》、《夏》钧天之音不听"，其创作"古辞古事，如鬼神输运，以供佐使，而华富温密，卒泽于仁义"，所以没有假复古派"棘塞诡众"的毛病。王锡爵深深认同复古狂热所涌现的弊端，如其《马文庄公文集序》曰：

> 先生往在礼部，数发愤叹息文体之坏，以谓文者直写厥衷行止，一寓之自然。好古之士近乃不师神而师险，刬取《蕥书》、《竹简》中险棘句字，以饰陋惊愚，游谈惊坐，而大雅索然。④

---

① （明）王锡爵：《太子少保刑部尚书凤洲王公神道碑》，四库全书存目丛书集部，第136册，第310页。

② （明）王锡爵：《王文肃公文集·王文肃公牍草》，四库全书存目丛书集部，第135册，第587页。

③ （明）王锡爵：《袁文荣文集序》，四库全书存目丛书集部，第136册，第195、196页。

④ （明）王锡爵：《马文庄公文集序》，四库全书存目丛书集部，第136册，第196页。

马自强（1513—1578），于隆庆六年（1572）八月被即位的神宗皇帝擢为礼部
右侍郎，万历六年（1578）三月以太子太保、礼部尚书入阁①。根据王锡爵这
两首序文，可以断定万历六年（1578）以前明代士人已经对文学复古产生严重
的偏差认识，形成所谓的假复古派，以区别于王世贞主导的复古派，而此时正
是后七子派锋芒最盛的时候。

后七子最盛的时候，随即而来的就是七子派创作浪潮衰退的年代。王锡爵
在《弇州续稿序》里有着无限的感慨：

> 今之貌尊元美者，见其诗文辄曰：此《史》，此固，此汉魏，此盛唐。
> 夫必《史》、必固、必汉魏、必盛唐句字而仪之？当公之时，盖亦有优于
> 缔画者矣，传未数十年而新陈相变，世已笑其索然而无奇。②

从实际创作情形上看，当时除了七子派复古的理论主张外，亦出现了所谓
"师神"的文学创作主张，接近于后来公安三袁伯仲的观点。马自强倡导以
"师神"复古，必须"直写厥衷行止，一寓之自然"，隐然有万历中叶以后三袁
公安派主性灵的文学观点。

而在嘉靖中叶，归有光已经在朝廷公卿中大著声名，也反映了馆阁大臣及
馆阁作家对归有光散文的重视。翰林院学士张治于嘉靖十九年庚子（1540）
"主应天试"③，"文毅公得先生文，谓贾董再生，将置之第一，疑太学多他省
人，更置第二"④，名满江南。其后归有光连续八次参加会试不第，而他的名
望愈高。王世贞《书归熙甫文集后》曰：

> 余成进士时，归熙甫则已大有公车间名，而积数年不第。每罢试，则
> 主司相与咤恨，以归生不第何名为公车。而同年朱检讨者伬人也，数问余
> 得归生古文辞否，余谢无有。一日忽以一编掷余面，曰："是更不如崔信

---

① 参见王其榘《明代内阁制度史》，中华书局 1989 年版，第 419 页。

② （明）王锡爵：《王文肃公文集·王文肃公文草》，四库全书存目丛书集部，第 136 册，第 193 页。

③ （明）王世贞：《弇山堂别集》，卷八十三，第 1572 页。

④ （明）孙岱《归震川先生年谱》，北京图书馆藏珍本年谱丛刊第 49 册影清光绪六年（1880）嘉
兴金吴澜《归顾朱三先生年谱》合订刻本，北京图书馆出版社 1999 年版，第 54 页。

明水中物邪?"且谓:"何不令归生见我? 当作李密视秦王时状。"余戏答:"子遂能秦王邪? 即李密未易才也。"退取读之,果熙甫文,凡二十余章。多率略应酬语,盖朱所见者杜德机耳。①

王世贞22岁即举嘉靖二十六年(1547)进士,恃才傲物,对归有光的盛名等闲视之,并讥讽推崇归有光的朱检讨,后七子与唐宋派之间的紧张关系由此可见一斑。按,此朱检讨是王世贞同榜进士、官翰林院检讨的朱大韶。朱大韶把归有光比作隋唐之交的才士崔信明,反映了馆阁作家对归有光的态度。归有光晚年更是受到内阁大学士高拱、赵贞吉的重用,召为南京太仆丞,掌内阁制敕。若天假以年寿,归有光的散文成为馆阁文学的必然选择恐怕在时间上来得更早些,非必得依赖馆阁作家通过创作和选择而发生这种历史演进②。

在假复古派受到排击,复古派必然衰落,"师神"文学主张消退之际,王

---

①　(明)王世贞:《读书后》,文渊阁四库全书,第1285册,卷四,第55页。

②　按,郭英德先生认为嘉靖二十三年甲辰(1544)科进士、刑部主事临海人王宗沐与同年松江华亭人袁福徵、嘉靖十七年(1538)进士孝丰人吴维岳等人共结诗社,他们的论诗旨趣基本上追随唐宋派,跟前、后七子的主张大不相同。(此观点见于郭先生《谢榛与盛唐诗》一文。据郭先生自述,该文曾在2001年香港大学主办的"李白杜甫与盛唐文化国际学术研讨会"上宣读,见其《明清文学史讲演录》,广西师范大学出版社2005年版,第312页)"唐宋派中,除归有光一开始就'不喜为今时之文',而反对秦汉派的拟古文风外,其他人都有一段追随秦汉派的经历。"(熊礼汇:《明清散文流派论》,武汉大学出版社2004年版,第294页)"王世贞于嘉靖二十六年(1547)中进士后,授刑部主事,他加入了浙江临海的王宗沐、寄籍山东濮州的李先芳(按,李先芳系王世贞同年进士,较世贞早入该社)、浙江孝丰的吴维岳等诗社"(陈书录:《儒商及文化与文学》,中华书局2007年版,第212页),此诗社当即郭英德先生所著论者,《明史》卷二百八十七直呼为"王宗沐、李先芳、吴维岳等诗社"(第7379页)。虽然吴维岳系嘉靖十七年(1538)进士,而此诗社当成立于王宗沐成进士之嘉靖二十三年(1544)后。王宗沐的文学主张固然前后有所转变,但"少游郎署间,诸郎雅习文辞相雄,先生亦时时过从,与讲左、马、《离骚》之业","顾念此非其至也",然后别从唐宋。(张位:《刻敬所王先生文集序》)若此诗社真追随唐宋派,王世贞于嘉靖二十六年(1547)入社事可骇听闻。其时,唐宋派诸家尚未完成从秦汉派到唐宋派的转变,以故郭英德先生的观点值得商榷。但以归有光为代表的唐宋派古文成为馆阁作家从事文学创作的选择确实可以更早一些。(明)沈德符《万历野获编》卷十六:"前此嘉靖间,则昆山归熙甫有声公车,鄞余文敏有丁欲师之,不许,余及后后,乙丑(按,嘉靖四十四年,1544)分校礼闱,得归卷而奇之,置之上第。"(《明代笔记小说大观》本,第2344页)若归有光纳余有丁[嘉靖壬戌(1562)第三人]为门生,以余有丁之影响,归有光的文学创作在馆阁之中散播开来应当更早,声势也应更盛。归有光掌内阁制敕,地位清要。(明)沈德符《万历野获编》卷九"两殿两房中书":"两房诸寮间有甲科名士亦居。如徐学谟以吏部主事入,供事吴国伦则出拜吏科给事中,严杰出为御史,归有光则入为太仆寺丞供事。至于乙科非高才大力不得入,其不愿久留者,俱以郎署出为藩臬大吏矣。"(《明代笔记小说大观》本,第2157页)据此条,我们可以看到高拱等内阁大学士对归有光文学创作的认同和肯定。

锡爵已经心许唐宋派的古文创作。归有光（1507—1571）是王锡爵的近亲，王锡爵和归有光有一定交往，王锡爵作有《明太仆寺丞归公墓志铭》①。王锡爵在《顾二怀文学》中论当代文学及境界，亦兼论及归有光的古文创作：

> 昨承教，佳篇已尽读一过，文字至此既雕既琢，复归于朴之意。其精处不暇论赞而仆又恐其过于精，为世眼所忽，因僭易指摘一二处却寄。大抵归太仆古文家已得其髓，而用之时义，则似抱瓮灌畦涓涓然，用力多而见功寡，高明裁之。②

"文字至此既雕既琢，复归于朴之意"是归有光等古文家文章的精髓。这种见解与清代姚鼐的看法相同。姚鼐《与王铁夫书》曰：

> 故文章之境，莫佳于平淡，措语遣意，有若自然生成者，此熙甫所以为文家之正传，而先生真为得其传矣。③

可见在这篇唐时升代作的墓志铭中，王锡爵对于归有光的散文特征是深为认同的。王锡爵还通过其他的先辈和友人接受唐宋派古文创作的观念。宜兴万士和（1516—1586）和无锡周子义（1529—1586）是王锡爵最欣赏的士人：

> 嘉、隆来，学者文胜极矣，以予目中仅仅乃得公与万宗伯毗陵两先生。两先生《易》名，皆以文用之。④

万士和，嘉靖二十年辛丑（1541）科进士，长王锡爵近二十岁，锡爵自述"不佞尝以乡先辈事公"。万士和是唐宋派作家唐顺之（1507—1560）的学生，学

---

① 按，此铭为唐时升代作，见孙岱《归震川先生年谱》，第43页。时升，唐钦尧之子。
② （明）王锡爵：《王文肃公文集·王文肃公牍草》，卷一，四库全书存目丛书集部，第135册，第523页。
③ （清）姚鼐：《与王铁夫书》，《惜抱轩全集·文后集》，卷三，国学整理社1936年版，第222页。
④ （明）王锡爵：《周文恪公墓表》，《王文肃公文集》，四库全书存目丛书集部，第136册，第330、331页。

术思想上深受其影响：

> 始公自少时则已从唐荆川先生游。先生为名儒，师友间要在古人学问名理行谊相切磋，惟公得之最深。然顾尝谓锡爵曰："吾师刻身练名节，习于世故，实万倍不敏。乃师用才高，不能无见锋锷，而不敏仅仅藏拙自守，默而图寡过已尔。"①

嘉靖十八年（1539）十二月唐顺之被免为民②，此后十余年间，读书于故乡阳羡山中，直到嘉靖三十三年（1554）起用为兵部职方郎中。在这十余年时间里，唐顺之成为名儒。嘉靖三十一年（1552），唐顺之四十六岁，大学士徐阶撰唐父寿文曰："太史君博学笃行，名声闻四方，家食，大臣屡荐之，不召，然上意将老而用之，非常情能测也。今而后，公寿益高，太史公亦起佐天子，尽展其蕴蓄以寿天下。"③ 同时，唐顺之也从七子派散文的追随者转向成长为唐宋派古文大家。嘉靖二十八年（1549），唐顺之"刊《唐宋名贤策论》、《文粹》八卷……复与遵岩王公讲学论文，自是闻见益博"④。所以，万士和既受唐顺之儒学思想的影响，深得乃师真传，必然也受到唐顺之古文理论的浸染。

从王锡爵的另一师承来看，王锡爵的创作很早就受到韩愈诗文的影响。王锡爵《翰林院检讨后庵吴公暨配封孺人陈氏合葬墓志铭》交代得很清楚：

> 前翰林院检讨后庵吴先生盖尝辱一言之誉于不肖锡爵，锡爵实阴师而严事之。先生之被谗归也已，键门谢客。锡爵数款其庐，执故人子弟之礼。……喜读昌黎诗文，效其语作小诗，同郡荆川先生一见奇之。……锡爵之举会试也，会先生为同考官。时主考为慈溪袁文荣公（按，指袁炜），公故以《诗》经魁天下，而举场故事有"座主门生传衣钵"之说，众指目

---

① （明）王锡爵：《万文恭公墓志铭》，《王文肃公文集》，四库全书存目丛书集部，第136册，第342页。

② （清）唐鼎元：《明唐荆川先生年谱》，北京图书馆珍藏本年谱丛刊第47册影民国二十八年（1939）武进唐氏铅印本，北京图书馆出版社，卷二，第526页。

③ 同上书，卷三，第652页。

④ 同上书，卷三，第630页。

公，以谓必举《诗经》第一，而先生独奋然曰："天下事当以天下人之心处之，今满场桃李，谁不出公门而娓娓事此小物为也？"公闻而矍然起谢，曰："子言诚是。"于是遂定，而锡爵僭为举首。比廷试，则又属先生受卷，得差次甲乙，上请而锡爵拟第三，世庙亲擢为第二。既成而文荣公特遣谢先生，先生笑不受，曰："我固不知公为，何人知公？乃皇上与本座师马公也。"①

后庵是武进人（原籍宜兴，其父吴性占籍武进）吴可行②的号，他是王锡爵的师友，约长王锡爵二十岁。吴可行是嘉靖三十二年癸丑（1553）科三甲进士，改庶吉士，授翰林院检讨。他在年轻时候就喜读韩愈的诗文，并且得到乡贤荆川先生唐顺之的赏识，这表明吴可行是唐宋派的同声③。

通过王锡爵与归有光、万士和及吴可行等人的交往，王锡爵接受了唐宋派古文及其理论主张，其文风是其兼顾七子派和唐宋派，在二者之间权衡的必然结果，晚年又以文坛盟主的身份对当代散文创作正确方向进行了总结，昭示了一个新的散文创作时代的来临。

吴可行喜读韩愈诗文影响及王锡爵，决定了王锡爵的文风与唐宋派古文的整体风格的差异。从王锡爵创作的各体作品来看，包括上引的各段文字，都有险棘生僻的字句，多入七子派壁垒。钱基博认为七子派的文风"为文故作艰深，钩章棘句，至不可句读；持是以号于天下，而唐宋之文扫地以尽。""自明之季，学者知由韩柳欧苏沿洄以溯秦汉，而不为钩章棘句者，归氏之力也。"④虽其文别于唐宋派古文，但是王锡爵能反省后七子复古运动的弊端，理论主张

---

① （明）王锡爵：《王文肃公文集·王文肃公文草》，四库全书存目丛书集部，第136册，第394—395页。

② 按，王锡爵所撰墓志铭谓吴可行在77岁时去世，生卒年未详。王锡爵在万历十九年（1591）、二十二年（1594）两次归省，二十二年归家以后累召不起。兹据此墓志铭中语"盖锡爵退奉先生教立身遇主，粗成始终。既解事而谋与先生为方外之游，则先生不起矣"（四库全书存目丛书集部，第136册，第394页）。初步断定吴可行的生卒年在1518—1594或1515—1591。

③ "一般人则将唐宋派之形成定位在嘉靖十二年。"嘉靖十二年，值公元1533年。语见左东岭《阳明心学与唐顺之的学术思想、文学思想及人格心态》，《明代心学与诗学》，学苑出版社2002年版，第112页。

④ 钱基博：《古文辞类纂解题及其读法》，上海中山书局1929年版，第12、13页。

树立得相当高远，处于文风转变的关头，志向高远却未能完全纠正文风，有待于其人之后理论和创作实绩一致、完全实现文风转变之馆阁作家的出现。在诗歌理论方面，王锡爵的观点则认同明代馆阁诗人的诗歌理论，取径有别于七子派。《唐诗会选序》曰：

> 周历之季，风雅颂之音亡矣，盛汉仅可取者，苏、李之上，《古诗十九首》与夫《饮马长城窟》、《长歌行》诸作而已。建安、黄初之间，林林作者，亦时有仿佛一二焉，然以厕《三百篇》之音，区以别矣。自是而后，代兴代替，愈巧愈拙，至于齐、梁，其靡殆甚。入唐而后，稍自振拔，成一代之长，亦备诸体，故今之言诗必曰唐音。……惟襄城杨士弘、新宁高棅二刻差可人意……盖谭者称宋元无诗，诗教之兴盛于我朝而尤莫盛于今日，槖人墨士卑大历以后弗取，亦往往矫厉太过，失其中行。①

《唐诗会选》是明代李拭编选的一部唐诗选集，持南宋严羽《沧浪诗话》之妙悟和格力、音调、气象、意趣论诗。就序中所持论，乃是有明一代馆阁作家的论调，非所谓汉魏盛唐之七子诗论。究其原因，与明代嘉靖至万历年间馆阁文学复兴有密切的关系。王锡爵的馆阁作家身份在其立身行事和创作中起到关键作用。

明中后期馆阁创作兴盛的时期大约从 16 世纪 60 年代到 17 世纪 30 年代，馆阁文学完成从先秦两汉文到唐宋文的复归。以嘉靖四十一年（1562）申时行榜一甲三人为代表，馆阁文学再次与后七子文学创作隐然构成抗争之态势。申时行（1535—1614，吴县人）、王锡爵（1534—1610，太仓人）、余有丁（1527—1584，长洲人）为明嘉靖四十一年壬戌科三鼎甲。三人文行著称天下，李维桢序申时行《赐闲堂集叙》曰：

> 明兴，古文辞尚台阁体，朱弦疏越有遗音，玄酒太羹有遗味，而其末流日趋于萎弱臭腐，汉魏三朝三唐诸论著屏弃不复省览。李文正起而振之

① （明）王锡爵：《王文肃公文集》，四库全书存目丛书集部，第136册，第197、198页。

未畅。厥后自是学《左》、《国》、《史》、《汉》者稍稍继出，其人多在他署而翰苑缺焉。安阳、华州二三君子倡而置和。至壬戌及第三公始洗宋元相沿积习，一意师古翰苑之文，直驰骤三代两京，则三公一变之功也。三公皆相，为本朝盛事，而余文敏间出宦留都，王文肃数退里居，独申文定仅一奉大父讳，自史官涉登首……①

三人中，王锡爵对自己的文学创作尤为自负。朱国祯《涌幢小品》曰：

> 先生自谓文行冠绝今古。丙戌（按，万历十四年）取士，并会录，稍破常格。时归德（按，指沈鲤）为大宗伯，颂言坏文体自此始。太仓怒甚，然会录果不甚佳，墨卷大雅者殊少。而太仓之文行，又不可以此贬价也。②

万历十四年（1586），时为王世贞主盟文坛的晚年。王锡爵在本年充主考官在会试中"稍破常格"之所为，明显地透露出他意欲在王世贞之后主持文坛的目的，意图在会试中为馆阁选拔人才，试图恢复馆阁文学在文坛的垄断地位。此举收效明显，馆阁作家竞相濡毫从事创作和著述，涌现不少大家，如朱国祯、吴道南这两位同榜作家。钱士升序吴道南《吴文恪公文集》曰：

> 万历壬辰（1592）、己丑（1589）间又最盛，维时治道庞鸣，人文瀹郁，馆阁名臣应期而起者背项相望，而吾师吴文恪公其最著也……③

吴道南（1547—1620），万历己丑（1589）进士，与朱国祯为同年，二人交情甚好。朱国祯在晚明以著史名于后世，著有《皇明史概》、《大政记》、《大训记》、《涌幢小品》等，他的文学创作成就往往为其史学成就所掩，也往往为文学史家忽略。就其传世之《朱文肃公集》、《朱文肃公诗集》来看，成就确实

---

① （明）申时行：《赐闲堂集序》，四库全书存目丛书集部，第134册，卷首，序。
② （明）朱国祯：《涌幢小品》，《明代笔记小说大观》本，第3312页。
③ （明）吴道南：《吴文恪公文集》，四库禁毁书丛刊集部，第31册，影明崇祯吴之京刻本，北京出版社1997年版，卷首，序。

不高，或者因受到陈腐的理学束缚太深之故，而其《涌幢小品》却体现出作者深厚的创作功力。"著者闲居在家的时候，始于万历三十七年己酉之春，到天启元年辛酉的冬天（一六○九——一六二一），费了十三年的功夫著了这部书。……尤其叙述明代中叶的人物，如戴冠、王守仁、沈周、吴昂等人的逸事，相当生动。"① 谢国桢先生也认同《涌幢小品》这部历来被视为史籍的著作在记载人物逸事方面很生动，其实不止是如此，作者记载他一生所经历的事件和足履所经之处的景物以及他在仕宦生涯中饮水履冰的心情，其文笔更细腻入微，真实生动，风格迥异于其文集和诗集，直可把《涌幢小品》视为朱国祯的文学作品，而且只要凭着《涌幢小品》中的文字，便可奠定他在晚明馆阁文学乃至整个文坛的地位。

朱国祯的《涌幢小品》之于清代姚鼐的代表作《登泰山记》产生巨大的影响（兹不赘论，另拟专文论证二者的关系）。姚鼐（1731—1815）晚于朱国祯（1557？—1632）整整一个世纪，分属于两个朝代。之所以分隔两代而能产生巨大影响，其原因在于朱国祯是归有光之后唐宋派古文创作理论和实践的继承人，朱国祯以其著述体现姚鼐散文理论义理、考证、文章三大要素，构成从归有光到姚鼐之间传承上不可或缺的环节。朱国祯的文学主张和著述实践背后隐藏着明代万历年间馆阁文风转变的背景。

朱国祯的文学观念和文学批评的活动主要记载于《涌幢小品》的第十八卷，他卷亦有些许。对于后七子派的批评，集中反映在朱国祯对王世贞其人其文其事的评价上。由于朱国祯之于王世贞的关系没有王锡爵之于王世贞那么密切，所以他对王世贞以及后七子复古运动的流弊揭露得相当直白而深刻，几乎没有什么顾忌：

> 王弇州不善书，好谭书法。其言曰："吾腕有鬼，吾眼有神。"此自聪明人说话，自喜、自命、自占地步。要之，鬼岂独在腕？而眼中之神，亦未必是真，是何等神明也。此说一倡，于是不善画者好谭画，不善诗文者好谭诗文，极于禅玄，莫不皆然。

---

① 谢国桢：《明清笔记谈丛》，上海古籍出版社1981年版，第36页。

　　名将必好文，名臣必备武。好文，故有所附丽而益彰；备武，故有所挥霍而益远。名臣不必言矣。名将则近时戚将军，得交汪南明、王元美弟兄，沈紫江希仪，交唐荆川，故其战功始著……而刘（显）颇喜文事，余与其少子国樟会于招宝山，语及戚，大不满，谓多假手，未知其果否也。

　　王弇州云："志表之类，虽称谀墓，尚是仁人孝子以念，至于后进少年，偶得一二隽语，便欲据西京，超大历；官评仅考中下，辄称冯翊、黄颍川。老而不死，多作诳语，畏入地狱。"观此则公之忏悔已甚，而近日诸家文集，当有以自振矣。①

既以王世贞之语表现王氏晚年对平生作文和文学观念的反思，也表现出朱国祯对当时文坛充斥着七子派黄茅白苇般创作弊病的矫枉意识。其"换字"一条则是对七子派复古创作换字法的针砭："近日名家文字，多用换字法。其计无复之，则曰俚之：黾勉曰闵免，尤甚曰邮甚，新妇曰新负，異曰异，须臾曰须摇，赤帜曰赤志。又以殊字代死字，古称殊死乃斩首，分为二也。奉母曰奉妣，妣指已死者而言。"② 而对于唐宋派，则充满乡党感情：

　　鹿门之叙事，庶几龙门。

　　茅鹿门先生，文章擅海内，尤工叙事志铭，国朝诸大家皆不及也。③

在文学批评中，也反映了朱国祯本人的文学观念：

　　叙事文虽细碎，极要照顾……古人作文，约大而小；今之作文，推小而大。烦简亦如之，此所以分也。

----

① （明）朱国祯：《涌幢小品》，卷二十二，第 3652 页，"好谭"条；卷九，第 3317—3318 页，"四少保"条；卷十八，第 3528 页，"忏悔"条。
② 同上书，卷十八，第 3528 页。
③ 同上书，卷十八，第 3524 页，"浙文"条；卷二十二，第 3639 页，"俚诗有本"条。

韩昌黎之文，本之于经，而得法于《孟子》。昌黎授之皇甫持正，持正授之来无择，无择授之孙可之，可之没，其法中绝。后王临川得之独深，而边幅稍狭。①

此条补充了唐宋派代表作家归有光的师法渊源。王安石之"边幅稍狭"于归有光散文仿佛可见，可谓归有光的前辈。一般论者都只注意到韩愈、欧阳修的文风对归有光的影响，如王世贞说"千载有公，继韩、欧阳，余岂异趋？久而始伤"②。甚至近人钱基博也认为"是皇甫湜、李翱皆有韩愈之一体。其衍李翱之优游之一体者，至则为欧阳修之神逸，不至则为曾巩、苏辙之清谨。其衍皇甫湜奇崛一派者，至则为王介甫之峻奥，不至则为苏洵、苏轼之奔放"③。朱国祯的看法显得独具见地。

朱国祯于万历十七年己丑（1589）成进士，并于五月选庶吉士。王世贞《弇山堂别集》卷八十四科试考四记载：

二月，命少傅兼太子太傅礼部尚书建极殿大学士许国、詹事府掌府事太子宾客吏部左侍郎兼侍读学士王弘诲主会试，取中举人陶望龄等。廷试，赐焦竑、吴道南、陶望龄及第。

五月，改进士王肯堂、刘日（按，当作日字④）宁、顾际明、庄天合、董其昌、蒋孟育、区大相、黄辉、冯有经、傅新德、周如砥、朱国桢（按，祯一作桢⑤字）、乔徹（按，彻当作胤⑥字）、唐效纯、林尧俞、孙羽侯、徐彦登、包见捷、罗拣（按，当作栋字⑦）、吴鸿功、冯从吾、郭士吉（校勘记八："郭士吉"下应有"为庶吉士"四字），命吏部左侍郎太子

---

① （明）朱国祯：《涌幢小品》，卷十八，第3527页，"文照顾"条；卷十八，第3523页，"韩文"条。
② （明）王世贞：《归太仆赞》，见《震川先生集》，上海古籍出版社1981年周本淳点校本，第975页。
③ 钱基博：《古文辞类纂解题及其读法》，第32—33页。
④ 朱宝炯、谢沛霖：《明清进士题名碑录索引》，上海古籍出版社1980年版，第2570页。
⑤ 王根林：《〈咏幢小品〉校点说明》，《明代笔记小说大观》本，第3103页。
⑥ 朱宝炯、谢沛霖：《明清进士题名碑录索引》，第2570页。
⑦ 同上书，第2571页。

宾客兼侍读学士沈一贯、礼部左侍郎兼侍读学士田一俊教习。①

江南四府中有王肯堂（三甲第一百五十四名）、董其昌（二甲第一名）、唐效纯（二甲第七名）三人入选，而王世贞的儿子王士骐（二甲第三十一名）不得预选。沈德符《万历野获编》卷九"王文肃密揭之发"条记载该科馆选的内情：

> 其时王宇泰肯堂为文肃（按，王锡爵谥文肃）至契，已居馆元，而董思白其昌名盖一世，自不得见遗，唐完初效纯为荆川先生冢孙，乃父凝庵太常②又次辅新安第一高足，用全力图必得，则江南四府已用三人，万不能再加矣……③

该科馆选竞争异常激烈，所以王世贞的儿子王士骐对其父执、首辅王锡爵切齿恨之，于万历三十五年丁未（1607）私录王锡爵密揭激言路之怒，以思报复。唐效纯是唐宋派古文大家唐顺之的孙子，又是次辅许国的得意弟子，凭借着其家世和次辅的爱重而成庶吉士。唐效纯和次辅许国的密切关系，反映了内阁重臣许国对唐宋派古文的推许和首肯，也间接反映了明代万历年间从 16 世纪 80 年代末或者更早一些从许国进入馆阁以后馆阁文学开始渐渐转向唐宋派的事实。

通过分析，明代馆阁文学到了朱国祯的年代已经完成了从文学思想到创作两方面对七子派的批判和对唐宋派的认同，更何况明初的馆阁作家原本就是师法唐宋作家的。在朱国祯的时代，馆阁文学完成了创作理论和实践上的回归，

---

① （明）王世贞：《弇山堂别集》，卷八十四，第 1611—1612 页。

② 次辅许国充万历己丑年会试的大主考，于唐效纯为座师，故此处当断开，前后文义始通。又唐效纯之父唐鹤征（1538—1619），号凝庵，隆庆五年（1571）二甲进士。次辅新安指内阁大学士许国（1527—1596），嘉靖四十四年（1565）三甲进士，选庶吉士，散馆授检讨，隆庆六年（1572）方成为太子的日讲官。

③ （明）沈德符：《万历野获编》，《明代笔记小说大观》本，卷九，第 2148 页。按，多洛肯《明代浙江进士研究》（上海古籍出版社 2004 年版）第 167—168 页《明代历科科举考选庶吉士情况统计表》，永乐十三年选庶吉士 62 人，浙江籍 11 人；宣德五年选 8 人，浙江籍 5 人；景泰二年选 20 人，浙江籍 8 人；成化二年选 24 人，浙江籍 6 人。成化五年至嘉靖十一年，浙江籍庶吉士一般不超过 4 人，似乎与沈德符的记载暗合。可见明廷在成化二年之前选庶吉士并不限定一直、省进士与选的最多人数。

所以清人在《四库全书总目·〈怀麓堂集〉提要》中有以下断语："自李梦阳、何景明崛起宏（弘）、正之间，倡复古学，于是文必秦汉，诗必盛唐，其才学足以笼罩一世，天下亦响然从之，茶陵之光焰几烬。逮北地、信阳之派转相摹拟，流弊渐深，论者乃稍稍复理东阳之传，以相撑拄。盖明永、洪以后，文以平正典雅为宗，其究渐流于庸肤。庸肤之极，不得不变而求新。正、嘉以后，文以沉博伟丽为宗，其究渐流于虚㤭。虚㤭之极，不得不变而务实。二百余年，两派互相胜负，盖皆理势之必然。平心而论，何、李如齐桓、晋文，功烈震天下，而霸气终存。东阳如衰周、弱鲁，力不足御强横，而典章文物尚有先王之遗风。殚后来雄伟奇杰之才，终不能挤而废之，亦有由矣。"① 钱基博引用《四库全书总目》的这段提要时文字稍异："既北地、信阳之派转相摹拟，流弊渐深；论者乃稍稍复理唐、宋之坠绪以相撑拄。盖宋、元以来，文以平正典雅为宗，其究渐流于庸肤；庸肤之极，不得不变而求奥衍。王、季（按，当作李）之起，文以沉博伟丽为宗，其究渐流于虚㤭；虚㤭之极，不得不返而求平实。一张一弛，两派迭为胜负，盖皆理势之必然。"② 两相对照，在钱基博看来，宋元以来的馆阁体散文创作（包括明代的台阁体）以及"出入元明，沿流唐代"的李东阳就是派衍唐宋散文的。钱基博把李东阳之传等同于唐宋古文坠绪，在时间上把明代永乐、洪熙以来的馆阁文风扩展为宋元以来的馆阁文风。七子派的兴起，使得"唐宋之文扫地以尽"，而唐宋派文学主张为晚明馆阁作家尊崇，乃是对宋元以来的馆阁文学创作传统的回归。

---

① （清）永瑢等：《〈怀麓堂集〉提要》《四库全书总目》，卷一百七十，第 1490 页。
② 钱基博：《古文辞类纂解题及其读法》，第 12—13 页。

主要参考文献

（按著作首字英文字母排列）

A

（宋）韩琦：《安阳集》，文渊阁四库全书本。

B

（明）陈献章：《白沙集》，文渊阁四库全书本。

（明）朱右：《白云稿》，文渊阁四库全书本。

（明）王恭：《白云樵唱集》，文渊阁四库全书本。

（宋）吴则礼：《北湖集》，文渊阁四库全书本。

沈松勤：《北宋党争与文学》，人民出版社 1998 年版。

何寄澎：《北宋的古文运动》，台北幼狮文化事业公司 1992 年版。

（明）何瑭：《柏斋集》，文渊阁四库全书本。

（明）杨守阯：《碧川文选》，丛书集成初编本。

（明）梁潜：《泊庵集》，文渊阁四库全书本。

C

（南宋）严羽著，郭绍虞校释：《沧浪诗话校释》，人民文学出版社 1983 年版。

（明）孙作：《沧螺集》，文渊阁四库全书本。

（东汉）曹操：《曹操集》，中华书局 1959 年版。

（明）王恭：《草泽狂歌》，文渊阁四库全书本。

（魏）曹植著，赵幼文校注：《曹植集校注》，人民文学出版社1984年版。

（明）刘崧：《槎翁诗集》，文渊阁四库全书本。

司马周：《茶陵派研究》，南京师范大学2003年博士论文。

刘声木：《苌楚斋续笔》，《丛书集成三编》，第7册，台湾新文丰出版公司1997年版。

（民国）刘超然修，郑丰稔纂：《崇安县新志》，台湾成文出版社1975年影印民国三十年（1941）铅印本。

（明）邱濬：《重编琼台稿》，文渊阁四库全书本。

（南宋）朱熹集注：《楚辞集注》，上海古籍出版社1979年版。

（清）孙承泽：《春明梦余录》，文渊阁四库全书本。

（清）鄂尔泰等：《词林典故》，文渊阁四库全书本。

（明）申时行：《赐闲堂集》，明万历刻本。

（明）张以宁：《翠屏集》，文渊阁四库全书本。

D

（明）高启：《大全集》，文渊阁四库全书本。

（明）刘定之：《呆斋前稿》，《存稿》，《续稿》，明万历二十二年（1594）杨一桂补刻本。

（明）陈敬宗：《澹然先生文集》，四库全书存目丛书本影清钞本。

（明）林文：《淡轩稿》，明嘉靖四十五年（1566）林炳章刻本民国重修本（张琴钞补）。

（明）廖道南：《殿阁词林记》，文渊阁四库全书本。

（明）余继登：《典故纪闻》，中华书局1981年版。

（明）庄昶：《定山集》，文渊阁四库全书本。

（明）刘春：《东川刘文简公集》，明嘉靖三十三年（1554）刘起宗刻本。

（明）顾清：《东江家藏集》，文渊阁四库全书本。

（明）杨士奇：《东里集》，文渊阁四库全书本。

（清）陈鼎：《东林列传》，文渊阁四库全书本。

（明）郑纪：《东园文集》，文渊阁四库全书本。

（明）王世贞：《读书后》，文渊阁四库全书本。

E

陈垣：《二十史朔闰表》，古籍出版社 1956 年版。

F

（南宋）祝穆：《方舆胜览》，文渊阁四库全书本。

（明）陈循：《芳洲文集》，《芳洲诗集》，明万历二十一年（1593）陈以跃刻本，《芳洲文集续编》，明万历四十六年（1618）陈以跃刻本。

（明）汪广洋：《凤池吟稿》，文渊阁四库全书本。

（明）章懋：《枫山集》，文渊阁四库全书本。

廖可斌：《复古派与明代文学思潮》，台北文津出版社 1994 年版。

（清）陈寿祺等撰：《福建通志》，同治十年（1871）刊本，台湾华文书局股份有限公司 1968 年影印。

（明）高启：《凫藻集》，文渊阁四库全书本。

G

（明）雷礼：《国朝列卿纪》，续修四库全书影印明万历徐鉴刻本。

（明）高棅：《高待诏诗》，闽中十子诗集本。

（明）李时勉：《古廉文集》，文渊阁四库全书本。

（南宋）吴龙翰：《古梅遗稿》，文渊阁四库全书本。

（明）王鏊：《姑苏志》，文渊阁四库全书本。

（明）李贤：《古穰集》，文渊阁四库全书本。

钱基博：《古文辞类纂解题及其读法》，上海中山书局 1929 年版。

（明）刘珝：《古直先生文集》，明嘉靖三年（1524）刘铣刻本。

（元）关汉卿：《关汉卿全集校注》，河北教育出版社 1988 年版。

（唐）释道宣：《广弘明集》，文渊阁四库全书本。

（明）罗玘：《圭峰集》，文渊阁四库全书本。

（明）谢迁：《归田稿》，文渊阁四库全书本。

（明）谈迁：《国榷》，中华书局 1988 年版。

（明）孙岱：《归震川先生年谱》，北京图书馆藏珍本年谱丛刊第 49 册，影清光绪六年（1880）嘉兴金吴澜《归顾朱三先生年谱》合订刻本，北京图书馆出版社 1999 年版。

H

（明）黄佐：《翰林记》，文渊阁四库全书本。

（明）王达：《翰林学士耐庵王先生天游杂稿》，明正统胡滨刻本。

（明）薛瑄：《河汾诗集》，明成化五年（1469）谢庭桂刻本。

（明）胡广：《胡文穆文集》，清乾隆十五年（1750）刻本。

（明）胡广：《胡文穆杂著》，文渊阁四库全书本。

（南宋）黄昇：《花庵词选》，文渊阁四库全书本。

（明）程敏政：《篁墩文集》，文渊阁四库全书本。

（宋）邵雍：《皇极经世书》，文渊阁四库全书本。

（明）王兆云：《皇明词林人物考》，续修四库全书影印万历刻本。

（明）黄淮：《黄文简公介庵集》，民国二十七年（1938）永嘉黄氏排印敬乡楼丛书本。

（宋）黄庭坚：《黄文节公全集》，四川大学出版社 2001 年版。

（明）黄淮：《黄忠宣公文集》，明嘉靖冯时雍刻本。

J

（宋）邵雍：《击壤集》，文渊阁四库全书本。

（明）吴宽：《家藏集》，文渊阁四库全书本。

（南宋）辛弃疾著，徐汉明编校：《稼轩集》，长江文艺出版社 1990 年版。

（美）牟复礼、（英）崔瑞德：《剑桥中国明代史》，中国社会科学出版社 1992 年版。

（明）靳贵：《戒庵文集》，四库全书存目丛书本。

（南宋）不著撰人：《锦绣万花谷》，文渊阁四库全书本。

（明）郑瑗：《井观琐言》，文渊阁四库全书本。

（明）金幼孜：《金文靖集》，文渊阁四库全书本。

（明）薛瑄：《敬轩文集》，文渊阁四库全书本。

（清）朱彝尊：《静志居诗话》，人民文学出版社 1990 年版。

（明）吕柟：《泾野先生文集》，续修四库全书本。

K

（明）曾棨：《刻曾西墅先生集》，明万历十五年（1587）吴期炤刻本。

（明）李梦阳：《空同集》，文渊阁四库全书本。

L

（明）岳正：《类博稿》，文渊阁四库全书本。

（明）李东阳：《李东阳集》，岳麓书社 1984 年版。

（明）李东阳：《李东阳续集》，岳麓书社 1997 年版。

（明）林尧俞、俞汝楫：《礼部志稿》，文渊阁四库全书本。

丁福保：《历代诗话续编》，中华书局 1983 年版。

（清）何文焕辑：《历代诗话》，中华书局 1981 年版。

（唐）李白：《李太白文集》，上海书店 1988 年版。

（明）刘球：《两溪文集》，文渊阁四库全书本。

（清）钱谦益：《列朝诗集》，清顺治年间钱氏绛云楼刻本。

（清）钱谦益：《列朝诗集小传》，上海古籍出版社 1983 年版。

（明）刘基：《刘基集》，浙江古籍出版社 1999 年版。

（唐）柳宗元：《柳宗元集》，中华书局 1979 年版。

（唐）刘禹锡：《刘禹锡集》，中华书局 1990 年版。

（明）鲁铎：《鲁文恪公文集》，四库全书存目丛书本。

（明）陆深：《陆文裕公行远集》、《外集》，四库全书存目丛书本。

（明）叶盛：《菉竹堂稿》，清钞本。

（明）黎淳：《黎文僖公集》，续修四库全书本。

M

（明）朱元璋：《明太祖文集》，文渊阁四库全书本。

（明）马愉：《马学士文集》，明嘉靖四十一年（1562）迟凤翔刻本。

黄彰健等校：《明实录》（太祖—世宗），台北"中央研究院"历史语言研究所校印。

（清）夏燮著，沈仲九标点：《明通鉴》，中华书局 1959 年排印本。

吴文治主编：《明诗话全编》，江苏古籍出版社 1997 年版。

王其榘：《明代内阁制度史》，中华书局 1989 年版。

（清）陈田：《明诗纪事》，上海古籍出版社 1993 年版。

（清）张廷玉等：《明史》，中华书局 1974 年版。

（清）龙文彬：《明会要》，中华书局 1956 年版。

（清）黄宗羲：《明儒学案》，文渊阁四库全书本。

（明）程敏政：《明文衡》，文渊阁四库全书本。

（清）黄宗羲：《明文海》，中华书局 1975 年版。

（清）沈德潜等编：《明诗别裁集》，中华书局 1979 年版。

朱宝炯、谢沛霖：《明清进士题名碑录索引》，上海古籍出版社 1980 年版。

钱基博：《明代文学》，商务印书馆 1933 年版。

陈书录：《明代诗文的演变》，江苏教育出版社 1996 年版。

左东岭：《明代心学与诗学》，学苑出版社 2002 年版。

黄卓越：《明永乐至嘉靖初诗文观研究》，北京师范大学出版社 2001 年版。

昌彼得等：《明人传记资料索引》，台北文史哲出版社 1968 年版。

熊礼汇：《明清散文流派论》，武汉大学出版社 2003 年版。

吴智和主编：《明史研究论丛》，台北大立出版社 1982 年版。

陶希圣、沈任元著：《明清政治制度》，台北商务印书馆有限公司 1983 年版。

董光和、张国乔主编：《明代孤本人物小传》，北京图书馆出版社 2003 年版。

姬秀珠：《明初大儒方孝孺研究》，台北文史哲出版社 1991 年版。

张健：《明清文学批评》，台北国家出版社 1983 年版。

麦仲贵：《明清儒学家著述生卒年表》，台湾学生书局 1977 年版。

关文发、颜广文：《明代政治制度研究》，中国社会科学出版社 1995 年版。

罗冬阳：《明太祖礼法之治研究》，高等教育出版社 1998 年版。

谢国桢：《明清笔记谈丛》，上海古籍出版社 1981 年版。

（明）林鸿：《鸣盛集》，文渊阁四库全书本。

（战国）孟子著，（清）焦循撰：《孟子正义》，中华书局 1987 年版。

（宋）胡次焱：《梅岩文集》，文渊阁四库全书本。

（清）谷应泰：《明史纪事本末》，中华书局 1977 年版。

（清）吴肃公撰，陆林校点：《明语林》，黄山书社 1999 年版。

（明）唐鼎元：《明唐荆川先生年谱》，北京图书馆珍藏本年谱丛刊第 47

册，影民国二十八年（1939）武进唐氏铅印本，北京图书馆出版社。

（明）何乔远：《名山藏列传》，周骏富《明代传记丛刊》本，台湾明文书局影印。

陈宝良：《明代社会生活史》，中国社会科学出版社 2004 年版。

（明）过廷训：《本朝分省人物考》，续修四库全书本。

N

（明）倪谦：《倪文僖集》，文渊阁四库全书本。

O

（宋）欧阳修：《欧阳修全集》，中国书店 1986 年版。

P

（明）彭时：《彭文宪公集》，清康熙五年（1666）彭志桢刻本。

（明）彭华：《彭文思公文集》，彭氏二文合集本。

（清）朱彝尊：《曝书亭集》，文渊阁四库全书本。

Q

（明）陈琏：《琴轩集》，聚德堂丛书本。

（明）倪岳：《青溪漫稿》，文渊阁四库全书本。

（宋）吴处厚：《青箱杂记》，上海古籍出版社 2001 年版。

（明）徐溥：《谦斋文录》，文渊阁四库全书本。

（明）钱福：《钱太史鹤滩稿》，四库全书存目丛书本。

（清）嵇璜等：《钦定续通典》，文渊阁四库全书本。

（明）王璲：《青城山人集》，文渊阁四库全书本。

（清）于敏中：《钦定日下旧闻考》，文渊阁四库全书本。

（南宋）赵师秀：《清苑斋诗集》，文渊阁四库全书本。

（清）曹寅、彭定求等：《全唐诗》，中华书局 1960 年版。

（清）黄虞稷：《千顷堂书目》，上海古籍出版社 2001 年版。

R

（明）吴伯宗：《荣进集》，文渊阁四库全书本。

（明）邵宝：《容春堂全集》，文渊阁四库全书本。

王国维：《人间词话汇编汇校汇评》，北岳文艺出版社 2004 年周锡山编校本。

S

（明）宋濂：《宋濂全集》，浙江古籍出版社 1999 年版。

（明）苏伯衡：《苏平仲集》，文渊阁四库全书本。

（明）周叙：《石溪周先生文集》，明万历二十年（1592）周承超刻本。

（明）萧镃：《尚约文钞》，清光绪三十一年（1905）萧氏趣园刻本。

（明）商辂：《商文毅公集》，明万历三十年（1602）刘体元刻本。

（明）王俦：《思轩文集》，明弘治刻本。

（明）沈周：《石田稿》，续修四库全书本。

（明）黄瑜：《双槐岁钞》，《明代笔记小说大观》本，上海古籍出版社 2005 年版。

（明）叶盛撰，魏中平点校：《水东日记》，中华书局 1980 年版。

（清）黄宗羲：《宋元学案》，中华书局 1986 年版。

马积高：《宋明理学与文学》，湖南师范大学出版社 1989 年版。

（明）谢一夔：《始丰稿》，丛书集成续编本。

（明）杨慎：《升庵集》，文渊阁四库全书本。

（明）陆钶：《少石集》，四库全书存目丛书本。

（清）永瑢等：《四库全书总目》，中华书局 1965 年版。

（清）永瑢、纪昀：《四库全书总目提要》，河北人民出版社标点整理本，2000 年版。

（清）康熙：《圣祖仁皇帝御制文集》，文渊阁四库全书本。

（清）雍正：《世宗宪皇帝上谕内阁》，文渊阁四库全书本。

（明）王褒：《三山王养静先生集》，明成化十二年（1476）谢光刻本。

（元）脱脱：《宋史》，中华书局 1977 年版。

（宋）苏轼：《苏轼全集》，上海古籍出版社 2000 年版。

（宋）苏轼著，（清）冯应榴辑注：《苏轼诗集合注》，上海古籍出版社 2001 年版。

（宋）黄庭坚著，任渊、史容、史季温注：《山谷诗集注》，上海古籍出版社 2003 年版。

（南宋）张镃：《仕学规范》，文渊阁四库全书本。

（南朝宋）刘义庆撰，余嘉锡笺疏：《世说新语笺疏》，中华书局 1983 年版。

（明）刘忠：《少傅野亭刘公遗稿》，明嘉靖间刻本。

（明）胡应麟：《诗薮》，上海古籍出版社 1979 年版。

（明）何良俊：《四友斋丛说》，《明代笔记小说大观》本，上海古籍出版社 2005 年版。

唐明邦：《邵雍评传》，南京大学出版社 1998 年版。

陈书录：《儒商及文化与文学》，中华书局 2007 年版。

T

（明）费宏：《太保费文宪公摘稿》，续修四库全书本。

（明）陶安：《陶学士集》，文渊阁四库全书本。

（明）谢铎：《桃溪净稿》，四库全书存目丛书本。

W

（明）宋濂：《文宪集》，文渊阁四库全书本。

（南朝梁）刘勰著，周振甫注：《文心雕龙注释》，人民文学出版社 1981 年版。

（明）王祎：《王忠文集》，文渊阁四库全书本。

（明）王英：《王文安公诗文集》，续修四库全书影印八千卷楼珍藏之朴学斋抄本。

（明）解缙：《文毅集》，文渊阁四库全书本。

（明）徐有贞：《武功集》，文渊阁四库全书本。

（明）周旋：《畏庵周先生文集》，明崇祯元年（1628）刻本。

（明）沈德符：《万历野获编》，《明代笔记小说大观》，第 3 册，上海古籍出版社 2005 年版。

（明）汪谐：《汪仁峰先生文集》，四库全书存目丛书本。

（明）吴俨：《吴文肃摘稿》，文渊阁四库全书本。

（明）孙承恩：《文简集》，文渊阁四库全书本。

（明）王绂：《王舍人诗集》，文渊阁四库全书本。

（明）吴节：《吴竹坡先生文集》，清雍正三年（1725）吴琦刻本。

（宋）李昉：《文苑英华》，中华书局 1966 年版。

（宋）王安石：《王安石全集》，上海古籍出版社 1999 年版。

（明）王锡爵：《王文肃公文集》，明万历王时敏刻本。

（明）王衡：《王文肃公年谱》，北京图书馆珍藏本年谱丛刊第 52 册，影清光绪二十五年（1900）太仓王宗愈刻本，北京图书馆出版社 1999 年版。

（明）吴道南：《吴文恪公文集》，明崇祯吴之京刻本。

（清）吴汝纶撰，施培毅、徐寿凯校点：《吴汝纶全集》，黄山书社 2001 年版。

X

（明）王偁：《虚舟集》，文渊阁四库全书本。

（明）孙蕡：《西庵集》，文渊阁四库全书本。

（明）宋讷：《西隐集》，文渊阁四库全书本。

（明）危素：《学斋别稿》，文渊阁四库全书本。

（明）方孝孺：《逊志斋集》，四部丛刊本。

（明）蒋冕：《湘皋集》，四库全书存目丛书本。

（明）石珤：《熊峰集》，文渊阁四库全书本。

（清）张岱：《西湖梦寻》，浙江文艺出版社 1984 年版。

（清）姚鼐：《惜抱轩全集》，国学整理社 1936 年版。

（清）姚鼐：《惜抱轩遗书三种》，光绪五年（1879）桐城徐宗亮刊本。

（明）焦竑：《献征录》，上海书店 1987 年版。

Y

（明）尹昌隆：《尹讷庵先生遗稿》，明万历刻本。

（明）王洪：《毅斋诗文集》，文渊阁四库全书本。

（明）王直：《抑庵文集》，《后集》，文渊阁四库全书本。

（明）杨荣：《杨文敏集》，文渊阁四库全书本。

（明）杨溥：《杨文定公诗集》，续修四库全书本影印明钞本。

（明）胡俨：《颐庵文选》，文渊阁四库全书本。

（明）杨守陈：《杨文懿公集》，丛书集成续编民国张寿镛四明丛书约园刊本。

（明）王世贞撰，魏连科点校：《弇山堂别集》，中华书局 1985 年版。

（明）焦竑撰：《玉堂丛语》，中华书局 1981 年版。

（日）吉川幸次郎：《元明诗概说》，台北幼狮文化事业公司 1986 年版。

（明）危素：《云林集》，文渊阁四库全书本。

（明）罗伦：《一峰集》，文渊阁四库全书本。

（明）梁储：《郁洲遗稿》，文渊阁四库全书本。

（明）陆深：《俨山集》，文渊阁四库全书本。

（明）王世贞：《弇州四部稿》，文渊阁四库全书本。

（清）顾嗣立编：《元诗选》，文渊阁四库全本。

（清）乾隆：《御选明诗》，文渊阁四库全书本。

（清）姚之骃：《元明事类钞》，文渊阁四库全书本。

（清）何焯：《义门读书记》，文渊阁四库全书本。

（清）乾隆：《御选唐宋诗醇》，文渊阁四库全书本。

（宋）黄庭坚：《豫章黄先生文集》，四部丛刊本。

（明）朱国祯：《涌幢小品》，《明代笔记小说大观》，第 4 册，上海古籍出版社 2005 年版。

Z

（明）柯潜：《竹岩集》，清雍正十一年（1733）柯潮刻本。

（明）王鏊：《震泽集》，文渊阁四库全书本。

（明）归有光：《震川先生集》，上海古籍出版社 1981 年周本淳点校本。

（明）朱国祯（桢）：《朱文肃公文集》，清抄本。

（明）朱国祯（桢）：《朱文肃公诗集》，清初清美堂抄本。

葛兆光：《中国思想史》，复旦大学出版社 1998 年版。

袁震宇、刘明今：《中国文学批评通史——明代卷》，上海古籍出版社 1996 年版。

简恩定：《中国文学复古风气探究》，台北文史哲出版社 1992 年版。

（明）朱升：《朱枫林集》，四库全书存目丛书本。

（明）郑纪：《东园文集》，文渊阁四库全书本。

（明）罗钦顺：《整庵存稿》，文渊阁四库全书本。

（明）张邦奇：《张文定公观光楼集》，续修四库全书本。

（清）徐乾学：《资治通鉴后编》，文渊阁四库全书本。

游国恩等：《中国文学史》，人民文学出版社 1964 年版。

方诗铭、方小芬：《中国史历日和中西历日对照表》，上海辞书出版社 1987 年版。

（东周）庄周著，（清）王先谦集解：《庄子集解》，成都古籍书店影商务印书馆 1934 年版。

（宋）章甫：《自鸣集》，文渊阁四库全书本。

游国恩等：《中国文学史》，人民文学出版社 1964 年版。

郭预衡主编：《中国古代文学史》，上海古籍出版社 1998 年版。

傅璇琮、蒋寅主编：《中国文学通论》，辽宁人民出版社 2005 年版。

郭绍虞、王文生：《中国历代文论选》，上海古籍出版社 1980 年版。

后 记

2000 年，我到南京师范大学攻读硕士学位时，还只是个二十来岁的小伙子，以为来日苦多，而到今日初步完成这一部博士论文时，感慨良多。这三年来时间直如白驹过隙，看！多年以前的人事恍然如在昨日，但是时光如流水一般，逝去不复回。

2004 年年初，在陈书录先生给博士生上课的时候，我受到先生的启发，遂以明代的翰林院与文学作为选题的方向，注意收集相关材料。明代的翰林院与文学这个课题笼罩着众多的子课题，是我一生穷尽精力也不能毕其功的未知领域，而我才能谫获，以樗散之质，进行《明代洪武至正德年间的翰林院与文学》的研究，虽然最终写成了论文，但我心实惶恐，汗出如浆，于明代翰林院的文学创作仅有一知半解之探索。限于攻读学位时间的限制和日趋紧张的个人生存空间等条件的制约，我的研究不得不为之中断，对我研究这一课题时确立的理想目标而言，这是一种遗憾。毕业之时，对于关心我、教诲我的陈老师，我内心时时感到惭愧，为经常因他事而不抓紧时间研读而感到愧疚，为未能用尽全功从事研究而赧颜。

业师陈书录先生和师母如同我的父母一样和蔼、亲和，在学习上、在生活上，先生和师母给予我无微不至的关心。每次到陈老师家，都感受到宾至如归的温馨。陈老师循循善诱，我曾亲聆先生对我人生失误的教诲，我永远愿为先生的一个小学生。非吹嘘之所及，纵策鞭以何加。

在攻读博士学位时，在生活和学习中得到刘传鸿、张同铸、赵永源、艾立中等友人的帮助甚多，在此怀念我们曾经度过的美好岁月并感谢各位友人。

　　1998 年，我读过一首印度诗歌："你无论走多远，也不会走出我的心。黄昏时刻的树影拖得再长，也离不开树根。"此际翻出此诗，虽历时甚久，而灵犀一触，遂摇荡我情灵。借此诗传达我在南京六年间对家中父母和妻子的牵挂之情。

　　续后记：毕业以来，陈师多次催促我要继续把博士论文的选题向后延伸，向深处挖掘。此次修订，盖因博士论文而扩展之。四年以来，陆续阅读了一些文献，搜罗剔抉，此次一并增补进去。本书最大的修改在于改写了结语，将它拓展成本书的第十章，确立了万历年间馆阁文学回归的时间节点，为开展七子派文学与馆阁文学关系的交叉研究建立了一个准确的时间，提供了将来研究的坐标系。第十章中第一节的一、二两部分内容系与内子程妹芳、师姐李良芳合作之成果，因出版采入本书中，特此说明。

　　眼下，我的明代馆阁文学研究虽然仅开展到正德末年嘉靖初年，但是确信随着这项研究的继续展开，将最终完成对整个明代翰林馆阁文学的研究，这是陈老师的希望，也是我的理想和标的。陈师对我的鼓励，我将时刻铭记，不管身在何处，都将继续发扬光大陈师从事学术研究的精神。

　　本书的出版得到中国社会科学出版社郭晓鸿博士的大力帮助。2008 年夏，我写的一篇小论文被编入陈煜斓教授主编的《走近幽默大师》，郭博士担任该书的责任编辑。郭博士认真、热情、负责的态度给我留下了深刻的印象。本书修订完成后，郭博士慨允担任责任编辑，介绍拙著进入杨义先生主编的《五色石丛书》。所有的编责事宜话不在多，而用力精勤，这是最为我感动的。在此，深表谢忱！

　　本书出版得到漳州师范学院学术专著出版基金的资助，尤其得到胡金望教授的教益，在此谨致谢忱！

　　在此时，想起了我在南京的硕士生导师石家宜老师和师母、博士生导师陈书录老师和师母，谨以本书的出版向恩师们传达敬意和感动之情！藏之不忘，永以为好。

　　看着每天放学回来的小女儿和她的妈妈，时时陷入余韵悠长的回忆。小女与本书同步长成，活泼而聪明，美丽且好学，这份功劳是内子的，我则于此愧疚多矣！

郑礼炬

2010 年夏日修订于漳州江滨新寓所